MAIER: JUGENDSCHRIFTTUM

Bode

JUGENDSCHRIFTTUM

Formen, Inhalte, pädagogische Bedeutung

Von

Karl Ernst Maier

7., neubearbeitete Auflage

1973

VERLAG JULIUS KLINKHARDT · BAD HEILBRUNN/OBB.

Gesamtherstellung: Graphischer Großbetrieb Friedrich Pustet, Regensburg
Printed in Germany 1973
ISBN 3 7815 0201 5

VORWORT ZUR DRITTEN AUFLAGE

Während die zweite Auflage des Buches im wesentlichen unverändert bleiben konnte, wurde die dritte Auflage überarbeitet und teilweise erweitert.

Vor allem wurden die Schrifttumsangaben auf den neuesten Stand gebracht und die Literaturbeispiele aus dem Kinder- und Jugendschrifttum durch Neuerscheinungen der letzten Jahre ergänzt. Um dem Praktiker die Verwendung der vorgeschlagenen Jugendbücher zu erleichtern, wurden sie durchwegs mit einem Hinweis auf Alterseignung versehen.

Abgesehen von kleineren Textergänzungen und Neuformulierungen in allen Teilen des Buches wurde dem Kapitel »Märchen« ein Abschnitt über das Kunstmärchen und seine Dichter beigefügt, der Fragenkreis »Schülerbücherei« ausführlicher erörtert, die Verwendung des Jugendbuches im Unterricht und die pädagogische Funktion des Jugendbuches neu überdacht. Im letzten Kapitel habe ich die Forderung nach Kindertümlichkeit noch genauer präzisiert, einige Hinweise auf die Ergebnisse der Jungleserkunde eingefügt und eine zusammenfassende Überschau der Lesealtersentwicklung beigegeben.

Nicht alle Vorschläge und Wünsche – von Fachkollegen, Rezensenten und interessierten Lesern vorgebracht – konnten berücksichtigt werden, um den Umfang nicht zu stark auszuweiten und den ursprünglichen Zweck des Buches, ein überschaubarer Abriß zu sein, zu wahren.

Ich danke allen, die durch Besprechungen und Hinweise mitgeholfen haben, das Buch in der Öffentlichkeit bekannt zu machen. Mein Dank gilt auch dem Verlag Julius Klinkhardt für die gute Betreuung des Werkes und meinem Assistenten, Herrn Dr. Wellenhofer, der mir beim Korrekturlesen und bei der Erstellung des Registers behilflich war.

Möge das Buch weiterhin dem Anliegen der Jugendliteratur und der literarischen Erziehung gute Dienste erweisen.

Regensburg, im Juli 1968 Karl Ernst Maier

ZUR VIERTEN AUFLAGE

Die vierte Auflage blieb unverändert. Es wurden lediglich einige Schrifttumshinweise und Literaturbeispiele eingefügt.

Regensburg, im September 1969 Karl Ernst Maier

VORWORT ZUR SIEBTEN AUFLAGE

Die Neubearbeitung hat die Grundstruktur und Grundauffassung des Buches unverändert gelassen. Sie führte jedoch zu erheblichen Ergänzungen. So werden beispielsweise die Probleme der Bilderbuchgestaltung noch ausführlicher als bisher behandelt. Im Kapitel über Kinderreim und Kindergedicht findet nunmehr auch das kindereigene Versgut einen Platz, und im Rahmen der »Kinderlieddichter« wird dem Kindergedicht der Gegenwart ein eigener Abschnitt gewidmet. Die Comics – in den früheren Auflagen nur gelegentlich erwähnt – werden auf Grund der wiedergewonnenen Aktualität in einem gesonderten Kapitel behandelt. Abgesehen von der Erweiterung durch Kapitel und Abschnitte ergab sich die Notwendigkeit, an vielen Stellen des bisherigen Textes neue Gesichtspunkte einzubeziehen und durch eine differenziertere Darstellung Stand und Schwerpunkte der gegenwärtigen Diskussion deutlich zu machen. Ich hoffe, daß dadurch der Informationswert des Buches noch gesteigert werden konnte.

Die Schrifttumsangaben wurden dem neuen Stand angepaßt. Die ausgewählte Sekundärliteratur wurde in übersichtlicher Zusammenstellung jeweils den einzelnen Kapiteln angefügt. Hinsichtlich der als Beispiele angeführten Kinder- und Jugendbücher war ich bemüht, nur Titel zu nennen, die zum Zeitpunkt der Manuskriptbearbeitung tatsächlich lieferbar waren.

Bei der mühsamen Arbeit der Durchsicht, Überprüfung, Korrektur und Manuskripterneuerung haben mir Frau Gertrud Petz und Herr Helmut P. Mader wertvolle Hilfe geleistet. Ich danke ihnen dafür herzlich.

Regensburg, im Februar 1973 — Karl Ernst Maier

INHALT

Das Jungenbuch

Das Abenteuerbuch

Die Comics

Das Sachbuch

Zweiter Teil

Jugendliteratur in historischer Betrachtung
(Seine Einschätzung im Wandel der Geschichte)

Jugendschrift als Literaturgut

Jugendliteratur als Lehr- und Erziehungsgut

EINLEITUNG

Dieses Buch stellt sich die Aufgabe, in den Gesamtkomplex Jugendliteratur einzuführen. Durch eine übersichtliche Systematisierung sollen die verschiedenen Gegenstands- und Problembereiche bekanntgemacht und in ihrem Zusammenhang aufgezeigt werden.

Der Verfasser will damit den am Jugendbuch Interessierten helfen, sich eine umfangreiche Informationsbasis zu schaffen. Ohne grundlegende Sachkenntnis und ohne Einblick in die Hauptprobleme ist es kaum möglich, weder die gegenwärtige Diskussion zum Thema Jugendliteratur ausreichend zu verstehen, noch an ihr produktiv teilzunehmen. Zwar bietet sich eine umfangreiche Sekundärliteratur älteren und neueren Datums an. Da sie sich aber mit Einzelfragen und Fragebereichen beschäftigt, ist es sehr schwierig und zeitraubend, sich auf dem Wege des Studiums von Detailbeiträgen den erforderlichen Überblick zu verschaffen. Eine Reihe wichtiger Arbeiten ist außerdem nur sehr schwer zugänglich; sei es, daß sie als Zeitschriftenaufsätze erschienen oder in unterdessen vergriffenen Büchern enthalten sind. Wie sollte es beispielsweise der Mehrzahl künftiger Berufspädagogen, Bibliothekare, Buchhändler usw. möglich sein, während ihrer Ausbildung das weitverstreute Einzelmaterial einzusehen und zu studieren. Es ist daher durchaus berechtigt und sinnvoll, wenn sie nach Einführungen Ausschau halten, die ihnen einen zusammenfassenden Überblick in die Fülle der Fakten und Fragen geben.

Das Buch beschränkt sich aber nicht auf die bloß deskriptive Darstellung von Fakten und Meinungen. Es will auch kritisch erörtern und einen Standpunkt beziehen. Der Leser soll dadurch nicht von der Aufgabe entbunden werden, sich wenigstens mit einzelnen Teilgebieten selbständig auseinanderzusetzen und zu einer eigenen Meinungsbildung zu kommen. Die zahlreichen, den Kapiteln zugeordneten Hinweise auf einschlägige Fachliteratur wollen ihm dazu Anregung und Hilfe sein.

Der Verfasser hat das Buch aus seiner vieljährigen Erfahrung in der Schulpraxis sowie im Lehrdienst an Hochschule und Universität geschrieben. Auswahl und Darstellung des Stoffes erfolgten vorwiegend im Hinblick auf Studierende und Schüler, in deren beruflichem Ausbildungsgang Jugendliteratur als Fachgebiet eine Rolle spielt. Es darf aber angenommen werden, daß die Ausführungen für alle, die sich mit dem Gegenstand Jugendliteratur befassen, von Interesse und Nutzen sind.

Der Begriff Jugendliteratur oder Jugendschrifttum ist ein Sammelname, der sich auf das Lesegut der frühen Kindheit ebenso bezieht wie auf das der Puberät (bis etwa 16 Jahre). Er umfaßt das eigentliche Kinderbuch (Bilderbücher, Märchen etc.) und das eigentliche Jugendbuch (Abenteuerbücher, Sachbücher etc). Dem bisherigen Sprachgebrauch entsprechend meint Jugendliteratur vorwiegend die Privatlektüre, die in der Freizeit, weitgehend aus eigenem Entschluß und in eigener Wahl, gelesen wird. Das Schulbuch gehört also nicht zum Bereich der Jugendliteratur, wenngleich nicht ausgeschlossen ist und nicht ausgeschlossen sein darf, daß Kinder- und Jugendbücher auch in der Schule neben dem herkömmlichen Unterrichtsbuch eine Rolle spielen.

Im *ersten Hauptteil* werden die wichtigsten Gattungen (oder Arten) der Jugendliteratur von verschiedenen Aspekten aus vorgestellt und erörtert. Die gewählte Gattungseinteilung ist eine Möglichkeit unter anderen. Der Kenner weiß, daß es kein ideales Einteilungsschema gibt. Jedes ist letzten Endes eine Hilfskonstruktion, um das Ganze überschaubar und greifbar zu machen. Wie weit manche Textarten und Literaturformen, die nicht als »Gattungen« in die Gliederung des Buches eingegangen sind, gelegentlich berücksichtigt werden konnten, darüber gibt das Sachverzeichnis Auskunft.

Der *zweite Hauptteil* erörtert jugendliterarische Fragen unter verschiedenen theoretischen Gesichtspunkten. Der Verfasser ist sich bewußt, daß Lücken geblieben sind. Es gibt Grenzen der Zeit, des Raumes, aber auch Grenzen, die dadurch entstehen, daß man sich für einen bestimmten Weg der Darstellung, für eine bestimmte Anordnung der Inhalte entscheidet. Nicht alles »noch Wichtige« fügt sich dann ohne weiteres deutlich genug ein; manches bleibt am Rande und wird nur gelegentlich angesprochen.

Der systematische zweite Teil geht von einem historischen Abriß aus. Dieses Kapitel verfolgt nicht den Zweck, geschichtliche Fragen um ihrer selbst willen darzustellen, sondern steht im Dienst des vertiefenden Gegenstands- und Problemerfassens. In den folgenden Kapiteln wird Jugendliteratur vom literarischen, vom pädagogischen und vom psychologischen Aspekt aus betrachtet. Der soziologische Gesichtspunkt findet jeweils angemessene Beachtung.

ERSTER TEIL

Das Bilderbuch

A. Wesensmerkmale des Bilderbuches

1. Das erste einfache Wesensmerkmal des Bilderbuches ergibt sich aus der Feststellung, daß nicht das Wort, sondern *das Bild* die dominierende Stelle einnimmt. Was mitzuteilen ist, geschieht vorwiegend oder ausschließlich durch Bilder.

Das *textfreie Bilderbuch,* in dem nur die bildliche Darstellung Verwendung findet, ist formal gesehen die »reine« Form des Bilderbuches. Es beschränkt sich ausschließlich auf das Bild; sei es, um dem noch leseunkundigen Kinderpublikum entgegenzukommen, sei es, um durch den Verzicht auf das gedruckte Wort die Aussagekraft des Bildes zur vollen Wirkung kommen zu lassen. Bilderbücher, die auf jeden Text verzichten, sind aber relativ selten.

Im Bilderbuch *mit kleinen Textbeigaben* bleibt das Bild erstrangig, das gedruckte Wort ist nur beigeordnetes Hilfsmittel. Bild und Wort stehen zueinander in einem Verhältnis, das dem im illustrierten Buch gerade entgegengesetzt ist: nicht die Abbildung, sondern der Text »illustriert«. Die gedruckte Sprache übernimmt eine Hilfsfunktion. Sie besteht darin, das Dargestellte zu benennen, näher zu beschreiben oder zu ergänzen, die Atmosphäre des Bildes zu unterstreichen oder den abgebildeten Geschehenszusammenhang zu verdeutlichen. In jedem Falle will aber der Text beitragen, dem Kinde zu helfen, die visuelle Bildersprache in gesprochene Sprache umzusetzen. Es wird zum Nachsprechen, zum selbstschöpferischen freien Sprechen und Erzählen angeregt.

In vielen Bilderbüchern nimmt der Text eine Rolle ein, die mehr ist als die einer bloßen Bildbeigabe und -ergänzung. *Abbildung und Text* stehen *gleichbedeutend* nebeneinander und machen miteinander das originelle Werk aus. Den Bildern ist ein kongenialer Text beigefügt oder umgekehrt, eines kann nicht auf das andere verzichten, und beides ist zu einer Einheit verschmolzen. Bild und Sprache wirken zusammen am gleichen Gegenstand, um so »in der Verschwisterung beider Künste einen höheren Grad der Vollendung«[1] zu erlangen.

---

[1] Heinrich Wolgast: Über Bilderbuch und Illustration. In: Vom Kinderbuch (Gesammelte Aufsätze). Leipzig 1906.

Wie weit die »Verschwisterung« jeweils gelungen ist, ist weniger eine Frage des gleichmäßigen quantitativen Anteils von Sprache und Bild als eine Frage der inneren Identität. Dabei kommt es nicht darauf an, daß eine möglichst weitgehende inhaltlich-stoffliche Kongruenz erzielt wird, sondern daß Bild und Text mit den ihnen zu Gebote stehenden unterschiedlichen Aussagemitteln verschiedene Seiten ein- und desselben Gehalts darstellen und zu einem integrativen Ganzen zusammenfügen. Die innere Identität von Sprache und Abbildung ist nicht an ein bestimmtes Aufbauschema gebunden. In den meisten Bilderbüchern stehen Text und Bild parallel nebeneinander, das heißt: beide verweilen beim gleichen Gegenstand, bei der gleichen Situation, oder schreiten gemeinsam im Handlungsablauf voran. Daneben ist aber auch ein »alternierendes Voranschreiten« möglich, »bei dem Text und Bild einander gewissermaßen ablösen«[2] und nacheinander – jeweils auf ihre Weise – neue Inhalte aufzeigen.

Die Zahl der Bücher, in denen Text und Bild gleichrangige Bedeutung haben und miteinander den Eigencharakter des Werkes hervorbringen, ist groß. Wie eng sprachliche und bildliche Darstellung miteinander verflochten sein kann, so daß eine Trennung oder ein Auswechseln von Text und Bild nicht denkbar ist, zeigt sich vor allem an älteren Bilderbüchern, so zum Beispiel an den klassischen Versgeschichten von Wilhelm Busch oder auch an Heinrich Hoffmanns »Struwwelpeter«. Die innere Identität von Text und Bild wird begünstigt, wenn der Autor Schriftsteller und Zeichner in einer Person ist. Das ist aber – wie viele Bilderbücher zeigen – nicht Voraussetzung. »Der glückliche Löwe« von L. Fatio und R. Duvoisin (Herder), »Schellen-Ursli« von S. Chönz und A. Carigiet (Schweizer Spiegel) oder »Und oben schwimmt die Sonne davon« von E. Borchers und D. Blech (Ellermann) sind nur einige Beispiele dafür, wie auch Werke, deren Urheberschaft auf mehrere Autoren zurückgeht, zu überragender künstlerischer Geschlossenheit von Bild und Sprache gelangen können.

2. Ein zweites Wesensmerkmal des Bilderbuches ergibt sich aus seinem *Leserkreis.*

Es wendet sich vor allem an den unliterarischen »Leser«. Vor der Erfindung des Buchdruckes war das gesamte schrift- und leseunkundige Volk sein Publikum; heute ist das Kind zwischen zwei und acht Jahren sein adäquater Partner. Das Bilderbuch ist *Kinderbuch.*

Das besagt, daß dem Erwachsenen eine besondere Aufgabe bei der Begegnung von Kind und Bilderbuch zukommt. Die unterstützend-helfende Gegenwart der Mutter, der großen Schwester, der Erzieherin in Vorschule und Kindergarten ist unerläßlich. Der Text muß vorgelesen, die Bilder müssen erläutert werden. Das Kind braucht einen Partner, der auch bereit ist zuzuhören, wenn es über die Bilder sich aussprechen, wenn es erzählen will, der bereit ist, immer wieder

---

[2] Alfred Cl. Baumgärtner: Erzählung und Abbild. In: Aspekte der gemalten Welt. Weinheim/Berlin 1968, S. 71.

geduldig anzuschauen, was das Kind ihm zeigen will. Dieses Dabeisein der Großen ist wichtig für die Entfaltung der geistigen Regsamkeit und der Fähigkeit des Kindes, als Bilderbuchbetrachter voranzukommen. Im Vorschulbereich und in der Grundschule zeigt sich der Unterschied zwischen den Kindern, die zu Hause solche Hilfe erfahren und denen, die sie entbehren, sehr deutlich. In ein und derselben Lebensaltersgruppe finden wir neben Kindern, die bereit und fähig sind, relativ anspruchsvolle Bilder und Bilderbuchgeschichten aufzunehmen, auch andere, die für das Bilderbuch nur wenig Interesse zeigen oder in der Entwicklung als Bilderbuch-»Leser« um einige Stufen zurückgeblieben sind.

Wenn der adäquate Leserkreis des Bilderbuches die Kinder sind, dann ergibt sich daraus die Notwendigkeit, daß Interessen und Fähigkeiten des Kindes und Struktur und Inhalt des Bilderbuches übereinstimmen. Diese Forderung bedarf einer näheren Erläuterung:

Zunächst ist daran zu erinnern, daß unser Wissen um die Kindertümlichkeit der Formen und Stoffe auf recht unsicherem Boden steht. Man hat vom Alterstypus und vom sozialkulturellen Gruppentypus her das Wissen zu ergänzen versucht. Die wertvollen Erkenntnisse, die dabei gewonnen worden sind, können aber doch nicht darüber hinwegtäuschen, daß genaue und zutreffende Einblicke nur am jeweiligen individuellen Einzelfall gewonnen werden können. Sicher gibt es Themenkreise, von denen wir auf Grund wiederholter Erfahrung sagen können, sie seien für das Kind ansprechend und reizvoll. Es wäre aber verfehlt, solches Wissen zu dogmatischen Regeln zu machen. So richtig es beispielsweise ist, daß Stoffe aus der räumlichen Nahwelt des Kindes als Bilderbuchinhalte besonders geeignet sind, ebenso sicher ist, daß nicht alles, was um das Kind herum sinnlich gegeben ist, von vornherein seine Anteilnahme findet. Viele Erscheinungen der objektiven Umwelt bleiben – um mit Uexküll zu sprechen – bloße »Umgebung«, ohne zur Ranghöhe subjektiver »Umwelt« aufzurücken. Andererseits kann aber manche räumlich und zeitlich weit abgelegene Erscheinung in der Vorstellung selbst kleiner Buben und Mädchen schon erstaunlich gegenwärtig sein (wenn auch einseitig akzentuiert und naiv vereinfacht).

Man sollte daher in der Auswahl von Kinderbuchinhalten nicht kleinlich verfahren und schon gar nicht glauben, durch eine Schablone altersgemäßer und soziologisch bedingter Interessenkreise die letzte passende Antwort zu erhalten. Der Fülle der möglichen Interessen und Fähigkeiten auf seiten des Kindes muß eine inhaltliche und formale Reichhaltigkeit auf seiten des Bilderbuches entsprechen.

Selbst wenn es uns möglich wäre, die psychische Eigenwelt des Kindes genau zu erfassen (was im individuellen Einzelfall im gewissen Umfang denkbar ist), darf keineswegs die Forderung nach Übereinstimmung zwischen Kind und Buch im Sinne einer möglichst reinen Kongruenz und totalen Anpassung verstanden werden. Die kindliche Eigenwelt hat nicht statischen, sondern dynamischen Charakter und ist einem beständigen Wandlungs- und Erweiterungsprozeß unterworfen. Das kindadäquate Bilderbuch hat dem Entwicklungsgeschehen gerecht zu werden. Das heißt, es muß durch ein Angebot von Formen und Inhalten, die außerhalb des augenblicklichen Vermögens des Kindes liegen, den Entwicklungsgang inspirieren und unterstützen.

Die Einbeziehung des antizipatorischen Moments in unsere Überlegungen macht ebenfalls ein ängstliches Festhalten an eng umrissenen Inhalten und Strukturen überflüssig. Nur ist natürlich diese Empfehlung nicht als Freibrief für alles und jeden zu verstehen, nicht als Ermutigung zur Sorglosigkeit, die jede prüfende Überlegung vom Aspekt des Kindes aus für überflüssig erachtet. Es gibt Grenzen kindlichen Erfassens und Leistens. Eine weit verbreitete Richtung der vergangenen Kinderpädagogik hat in ihrem Bemühen, »Überforderungen« fernzuhalten, das Feld innerhalb dieser Grenzen nur minimal ausgeschritten; eine moderne Richtung der Kinderpädagogik ist in ihrem Bemühen, »Unterforderungen« zu vermeiden, in der Gefahr, die Grenzen des Kindes überhaupt nicht mehr zu sehen und zu respektieren[3].

B. Formen und Themenkreise des Bilderbuches

1. Die Fähigkeit des Bilderkennens und Bildverstehens wird in der Regel zum erstenmal im Laufe des zweiten Lebensjahres festgestellt. Es sind die vertrauten Tatsachen der nächsten Umwelt, die nun vom Kinde auf bildlichen Darstellungen erkannt und lustvoll betrachtet werden. Kennzeichnend für diese Frühstufe ist, daß noch keine komplexen Bildinhalte erfaßt werden. Welches Bildmaterial auch immer dem Kinde in die Hand kommt (Illustrierte, Prospekte, Bücher), es greift Einzelheiten heraus, die es mit seinen geläufigen Vorstellungen verbinden kann, läßt andere abgebildete Fakten unbeachtet und erkennt nicht den Gesamtzusammenhang oder die spezielle Aussageabsicht der Darstellung.

Das *Elementarbilderbuch* will dem frühesten Bildbetrachten entgegenkommen. Es bringt Einzelerscheinungen, die im naiven Weltbild der Kleinen elementare Bedeutung haben. Wir finden Dinge des täglichen Umgangs (Spielzeug und Gebrauchsgegenstände), Einrichtungen aus Haus und Hof, Bäume und Blumen, aber auch technische Erscheinungen des modernen Lebens (Auto, Zug, Straßenbahn). Das Kind freut sich, dies alles im Buch wiederzufinden und hundertmal ungestört betrachten zu dürfen. Vor allem gilt das für die Abbildung von Menschen und Tieren. Ihnen gehört das bevorzugte Interesse. Sie tauchen bezeichnenderweise ja auch als Lieblingsobjekte der ersten Zeichenversuche auf.

Anschauen, Benennen und manuelles Hantieren (Zeigen, Abtasten, Greifen, Werfen) stellen eine Einheit dar. Das Kind benützt Bild, Heft oder Buch, um experimentierend dessen Umgangsqualitäten zu überprüfen. Dem ausgeprägten motorischen Bedürfnis, der Lust am spielerischen Manipulieren, kommt das er-

---

[3] Vgl. S. 249 ff.: Forderung nach Kindertümlichkeit.

ste Bilderbuch durch möglichst robuste Ausstattung (»unzerreißbarer«, kompakt gebundener Karton), gelegentlich auch durch Berücksichtigung besonderer funktioneller Möglichkeiten (Leporellos, Aufstellbilder, Kombinationsbilder) entgegen.

Elementarbilderbücher sind:

Vom 2./3. Lj. an: H. Heyduck-Huth: Wenn die Sonne scheint (Maier). – H. Heyduck-Huth: Fahrzeuge (Maier). – K. Maillard: Arche Noah (Stalling). – K. Maillard: Das ist unser Haus (Stalling). – L. Schwarz: In einem kleinen Haus (Ellermann). – L. Schwarz: Einen Löffel für den goldenen Hahn (Ellermann). – Janosch: Wir haben einen Hund zu Haus (Parabel). – Lemke/Pricken: Welche Tiere siehst du hier? (Maier). – E. Carle: 1, 2, 3, ein Zug zum Zoo (Stalling).

Vom 3./4. Lj. an: Nowak/Wuhrer/Neubauer-Zacharias: Die Vorschule der Verkehrserziehung (ADAC). – Schröder/Blecher: Kunterbunter Schabernack (Bitter).

2. Sobald das Kind im umfassenderen Bilderschauen geübt ist, will es Bilderbücher, die mehr als nur einen Gegenstand aufzeigen. Es möchte viel sehen, inhaltsreichere Bilder betrachten, um dann Einzelheiten entdecken und sie in Zusammenhang bringen zu können. Das Kind ist jetzt fähig, ein Stückchen Welt mit seinen typischen Details ganzheitlich (analysierend und synthetisierend) zu ergreifen.

Das *Szenenbilderbuch* entspricht dieser fortgeschrittenen Stufe des Bilderschauens. Seite für Seite bringt es einen kleinen, geschlossenen Bereich der Wirklichkeit. Daß die Inhalte kindernah, die zahlreichen Details leicht voneinander abhebbar, die übergeordneten einheitsstiftenden Momente dem sinnlich wahrnehmbaren Leben entsprechen sollen, versteht sich eigentlich von selbst. Der Spielplatz, der Kaufladen, die Straße, der Bauernhof, die Küche der Mutter, der Wald usw. sind Einheiten, die vom Kind ohne Schwierigkeiten erfaßt werden[4].

Szenenbilderbücher sind:

Vom 3./4. Lj. an: H. Heyduck-Huth: Kommt in den Wald (Maier). – H. Heyduck-Huth: Drei Vögel (Maier). – S. Müller-Firgau: Benjamins Bilderbuch (Herder). – A. Mitgutsch: Rund herum in meiner Stadt (Maier). – A. Mit-

---

[4] Vorläufer des Szenenbilderbuches ist der Orbis pictus von Comenius (1658). Seine Bilder stellen im allgemeinen nur solche Gegebenheiten nebeneinander, die auch für das Kind sinnfällig zusammengehören.
Ein historisches Gegenstück dazu ist der Bilderatlas im »Elementarwerk« von Basedow (1774). Hier sind die Darstellungen auf den Bildtafeln vorwiegend abstrakten Begriffen untergeordnet. Um dieser Begriffe willen wird die Natur zersplittert; es werden Dinge nebeneinander gestellt, die in der Wirklichkeit nicht nebeneinander zu finden sind.

gutsch: Bei uns im Dorf (Maier). – A. Mitgutsch: Komm mit ans Wasser (Maier). – Stahleder/Högner: Ich sehe was, was du nicht siehst (Langewiesche-Brandt). – Hille-Brandts/Maillard: Ich bin das kleine Steffelchen (Stalling). – Best/Wölfel/Devillers: Das ist unser Haus (Schwann). – Best/Wölfel/Devillers: Das ist unser Garten (Schwann). – B. Wildsmith: Der Zirkus (Atlantis).

3. Szenenbilderbücher können als Übergang zu *Bilderbuchgeschichten* angesehen werden.

Schon die Szenenbilderbücher regen das Kind zum Erzählen an. Es verwandelt den statischen Charakter des Bildgehalts in dynamisches Geschehen, und wir erkennen, wie die Fähigkeit mehr und mehr zunimmt, Menschen, Tiere und Dinge in einen Handlungsablauf zu setzen, sie im wirkenden Mit- und Gegeneinander zu sehen.

Bei manchen Kindern ist die Gabe des dynamischen Bildbetrachtens schon so früh entwickelt, daß Szenenbilderbücher und Bilderbücher mit kleinen Geschichten gleichzeitig angeboten werden können. Aber auch der Durchschnitt wird bereits im vierten Lebensjahr eine Handlung, die sich von Bildseite zu Bildseite fortentwickelt, ohne Mühe verstehen, wenn sie nach Inhalt und Aufbau der Naivität des Kindes entspricht. Nicht alle Eltern haben die erforderliche Einfühlungsgabe, und sie wählen zu früh jene anspruchsvolleren Bilderbuchgeschichten aus, die normalerweise erst für das Schulkind geeignet sind.

Das Märchenbilderbuch greift gerne zu den volkstümlichen Kinder-, Tier- und Scherzmärchen. Sie sind dem Kinde in der Regel vom mündlichen Erzählen her schon bekannt, es macht sich das Geschehen von neuem lebendig und »liest« an Hand der Bilder. Demnach ist wichtig, daß die Bilderbücher sich an den Inhalt der bekannten Märchen halten. Die Abbildungen sollten dem Kinde genügend Spielraum für die eigenen Vorstellungen lassen. Es gehört zur Eigenart des Volksmärchens, Details von Milieu und Personen nur sparsam zu geben, über manche Einzelheit der Handlung mit wenigen Worten hinwegzugehen, Gefühlsregungen und Stimmungslagen nur anzudeuten. Der Illustrator kann leicht des Guten zu viel tun und den gleichen Fehler begehen wie der Erzähler, der versucht, das Numinose und Geheimnisvolle realistisch auszumalen und das Angedeutete bis ins einzelne zu schildern.

Märchenbilderbücher mit altem Erzählgut:

Vom 3. Lj. an: Grimm/Hoffmann: Der Wolf und die sieben Geißlein (Sauerländer). – Grimm/Hoffmann: Dornröschen (Sauerländer). – Grimm/Zavrel: Die Sterntaler (Patmos).

Vom 4./5. Lj. an: Zavrel/Vodnik: Die Geschichte eines Wassermanns (Nord-Süd). – Grimm/Oberländer: Die Bremer Stadtmusikanten (Ellermann). – Grimm/Oberländer: Das tapfere Schneiderlein (Ellermann). – Grimm/Brandt: Die Wichtelmänner (Atlantis). – Grimm/Bernadette: Jorinde und Joringel (Nord-Süd).

Vom 6. Lj. an: Grimm/Fromm: Der goldene Vogel (Ellermann). – Grimm/Fromm: Der Eisenhans (Ellermann). – Grimm/Fromm: Sechse kommen durch die Welt (Ellermann). – Grimm/Hoffmann: Die sieben Raben (Sauerländer). – Grimm/Hoffmann: Die vier kunstreichen Brüder (Sauerländer). – Grimm/Hoffmann: Rapunzel (Sauerländer).

Märchenbilderbücher nach neueren Stoffen und Kunstmärchen:

Vom 4. Lj. an: Alverdes/Braun-Fock: Vom dicken fetten Pfannkuchen (Stalling). – Kopisch/Grüger: Die Heinzelmännchen (Peters). – Kopisch/Lemke: Die Heinzelmännchen von Köln (Bertelsmann). – Kopisch/Lentz: Die Heinzelmännchen (Loewes). – Andersen/Palecek: Das häßliche Entlein (Nord-Süd). – H. Aichinger: Der Regenmann und die Regenfrau (Ensslin).

Vom 5./6. Lj. an: Scheidl/Boratynski: Das Mondgesicht (Sellier). – B. Schroeder: Lupinchen (Nord-Süd). – Janosch: Der Josa mit der Zauberfiedel (Parabel). – Prokofjew/Haacken: Peter und der Wolf (Parabel). – U. Schaeffler: Der Dieb und die blaue Rose (Münchner Bilderbuch und Sellier). – Lindgren/Wiberg: Tomte Tummetott (Oetinger). – A. Mitgutsch: Ulus abenteuerliche Reise zum Nordlicht (Sellier).

Bilderbücher nach Fabeln:

Vom 5./6. Lj. an: La Fontaine/Wildsmith: Der Nordwind und die Sonne (Atlantis). – La Fontaine/Wildsmith: Der Hase und die Schildkröte (Atlantis). – La Fontaine/Wildsmith: Der Müller und sein Esel (Atlantis). – La Fontaine/Wildsmith: Der reiche Mann und der Schuster (Atlantis). – Showalter/Ungerer: Der Bauer und der Esel (Diogenes). – A. und M. Provensen: Fabeln des Äsop (Maier). – Ende/Pricken: Tranquilla Trampeltreu (Thienemann).

Die *wirklichkeitsnahen Bildergeschichten* verlassen den Märchenrahmen und bewegen sich in den Verhältnissen der möglichen und gegenwärtigen Welt. Die Kinder in Familie, Dorf und Stadt, bei uns und anderswo, Tiere und Spielzeug, Natur und Technik: das alles kann zum Handlungsgegenstand der wirklichkeitsnahen Bildergeschichte werden. Die Sprache, die mit und neben dem Bild das Geschehen aufzeigt, repräsentiert in ihrer Variationsbreite bereits viele Formen und Mittel sprachlicher Gestaltung, die in der erzählenden Kinderliteratur möglich sind.

Wirklichkeitsnahe Bildergeschichten:

Vom 3./4. Lj. an: H. G. Lenzen: Onkel Tobis Landpartie (Bertelsmann). – E. Carle: Die kleine Raupe Nimmersatt (Stalling). – E. Carle: Die kleine Maus sucht einen Freund (Stalling). – Preußler/Lentz: Die dumme Augustine (Thienemann). – Janosch: 3 Räuber und 1 Rabenkönig (Parabel). – Janosch: Das Auto hier heißt Ferdinand (Parabel). – S. Heuck: Büffelmann und Adlerkönig (Betz). – Leher/Kirchberg: Die alte Linde Gundula (Bertelsmann). – Tolstoi/Baumann/Vormstein: Die drei Bären (Bertelsmann). – H. Hoffmann: Ich baue mir ein Häuschen (Schreiber). – W. Scholte: Bunthals und der Vogelfänger (Signal). – A. Fuchshuber: Der Floh (Thienemann).

Vom 5./6. Lj. an: Borchers/Blech: Und oben schwimmt die Sonne davon (Ellermann). – Borchers/Robeck: Schöner Schnee (Ellermann). – Krüss/Rubin: 3×3 an einem Tag (Betz). – D. Mc Kee: Mark und das Einrad (Betz). – P. D. Eastmann: Das merkwürdige Ei (Carlsen). – W. Hofmann: Konrad (Diogenes). – T. Ungerer: Die drei Räuber (Diogenes). – W. Grieder: Moritz Blunz und die Hühner (Sauerländer). – L. Lionni: Swimmy (Middelhauve). – Janosch: Flieg Vogel flieg (Parabel). – Guggenmos/Aichinger: Ein Körnchen für den Pfau (Kaufmann). – Chönz/Carigiet: Schellen-Ursli (Schweizer Spiegel). – Chönz/Carigiet: Flurina und das Wildvöglein (Schweizer Spiegel). – Fatio/Duvoisin: Das Buch vom glücklichen Löwen (Herder). – W. Busch: Eine Auswahl für Kinder (Bibl. Institut). – W. Busch: Max und Moritz (Braun & Schneider). – G. Mordillo: Das Piratenschiff (Insel).

Vom 7./8. Lj. an: Lindgren/Wikland: Polly hilft der Großmutter (Oetinger). – A. Mitgutsch: Nico findet einen Schatz (Sellier). – J. Balet: Joanjo (Betz). – Lissow/Bugatti: Kunterbunter Benjamin (Jungbrunnen). – A. Carigiet: Birnbaum, Birke, Berberitze (Schweizer Spiegel). – A. Carigiet: Zottel, Zick und Zwerg (Schweizer Spiegel). – Klostermann/Reidel: Timofei und Natascha (Thienemann). – Janosch: Böllerbam und der Vogel (Middelhauve). – A. Lobel: Kartoffeln hier – Kartoffeln da (Sauerländer). – Borchers/Stiller: Das rote Haus in einer kleinen Stadt (Ellermann).

Der Realismus im Bilderbuch ist psychologisch berechtigt, denn schon im Vorschulalter zeigt der junge Mensch neben dem bekannten magischen Zug die Neigung, die Dinge und Vorgänge zu erkennen und zu beurteilen wie sie wirklich sind. Mit Phantasie *und* Verstand will er die Erscheinungen durchdringen. Beide Tendenzen gehen Hand in Hand. Das heißt aber auch, daß Wirkliches und Unwirkliches noch nicht streng voneinander geschieden werden. Wirklichkeitsgemäße Darstellung und phantastische Übermalung, sachlich-logische Ereignisse und Geschehnisse außerhalb der Naturgesetze werden bereitwillig aufgenommen, ohne daß zwischen beiden Dimensionen ein deutlicher Gegensatz oder eine Kluft verspürt würde.

So ist es gerechtfertigt, wenn neben den wirklichkeitsnahen Bildergeschichten, die sich konsequent auf die realistische Dimension beschränken, auch *phantastische Bilderbuchgeschichten* angeboten werden, die gelegentlich oder durchgängig das objektiv Mögliche phantastisch ausweiten. Dieses Wechseln von einer Ebene in die andere wird vom Kind ohne Zögern mitvollzogen. Ohne Befremden akzeptiert es, wenn zum Beispiel der Kasimir über den Apfelbaum zum Mond hinaufsteigt und »grad wie mit einem Zeppelin« über eine doch recht wirklichkeitsnahe Welt mit Wolkenkratzern, Pyramiden und Ozeandampfern hinwegfliegt (M. Reidel »Kasimirs Weltreise«), wenn die Tiere bei Mrs. Beeston sich teils wirklichkeitsgerecht, teils »unmöglich« benehmen (Nebehay/Schmögner »Mrs. Beestons Tierklinik«), wenn der ulkige Herr PP mit seiner Baßtrompete in einer mitunter phantastisch verfremdeten Welt herumbläst (P. Stroyer »PP und sein großes Horn«).

Die kindliche Phantasiebegabung darf dennoch nicht überschätzt werden. Es hat den Anschein, als ob manche Autoren von Bilderbüchern (und Kindergeschichten) glauben, je übersteigerter und komplizierter die Vermengung von Wirklichkeit und Phantasie sei, um so entzückter reagierten die Kinder. Wenn es auch richtig ist, daß manche Kinder eine erstaunliche Vorstellungskraft besitzen, so ist doch der Durchschnitt an die Grenze einer geradlinigen und naiven Vorstellungsphantasie gebunden[5].

Bilderbuchgeschichten mit gelegentlichen oder überwiegenden phantastischen Zügen:

Vom 4. Lj. an: M. Reidel: Kasimirs Weltreise (Betz). – M. Reidel: Moritaten für Kinder (Sellier). – H. Brun: Der ungeschickte Zauberer (Bertelsmann). – L. Fromm: Pumpernick und Pimpernell (Ellermann). – Minarik/Sendak: Der kleine Bär (Sauerländer) u. Forts. – W. Blecher: Wo ist Wendelin? (Beltz). – Hoberg/Wolf: Das Mäuslein und der Elefant (Herder). – L. Lionni: Frederick (Middelhauve).

Vom 5./6.Lj. an: M. Sendak: Wo die wilden Kerle wohnen (Diogenes). – Nebehay/Schmögner: Mrs. Beestons Tierklinik (Jugend und Volk). – R. Duvoisin: Veronica, das Nilpferd (Herder). – Stempel/Ripkens/Blech: Ich will (Ellermann). – Guggenmos/Lucht: Alle meine Blätter (Middelhauve). – Groves/Hayton/Mc Callum: Das wandernde Haus (Oetinger). – J. Spohn: Das Riesenroß (Bertelsmann). – Krüss/Lemke: Zehn kleine Negerlein (Bertelsmann). – P. Stroyer: PP und sein großes Horn (Oetinger). – Burroway/Lord: Das Riesen-Marmeladenbrot (Thienemann). – Baumann/Janosch: Der wunderbare Ball Kadalupp (Betz). – Ferra-Mikura/Candea: Unsere drei Stanisläuse (Jungbrunnen) u. Forts. – Ruy-Vidal/Loup: Udo Ungeheuer (Sauerländer).

Vom 7./8. Lj. an: A. Mitgutsch: Pepes Hut (Parabel). – Ast/Grée/Fix: Serafin und seine Wundermaschine (Diogenes). – B. Lornsen: barrnabas und seine welt (Thienemann).

4. Das *Sachbilderbuch* bedient sich der Elemente und Darstellungsformen des

---

[5] Es ist fraglich, ob die Mehrzahl der Kinder z. B. die phantastische Bilderbuchgeschichte »Die Kinder im Dschungel« von A. Lindgren (Oetinger) nachvollziehen kann. Der originelle Einfall, den von den Kindern gemalten Dschungel mit Tiger plötzlich echt werden zu lassen, wird vom Bilderbuchbetrachter noch akzeptiert. Wie aber das weitergeht – die Kinder selbst werden mit weißer Farbe überpinselt, »ausgelöscht«, schließlich neu gemalt und wieder sichtbar gemacht – das dürfte dem naiven Beschauer einige Verwirrung bereiten. Die Autorin hat Wirklichkeit und Unwirklichkeit in einer zu komplizierten Weise miteinander vermengt.

Bilderbuches, um Wissen zu vermitteln. Die Idee, Bild und Lernen miteinander zu verbinden, ist alt. Sie geht auf den von J. A. Comenius nachhaltig vertretenen pädagogischen Grundsatz der Anschauung zurück; sie mache das Lernen im Kindesalter erfolgreicher und gleichzeitig leichter und angenehmer. Sein Orbis pictus (1658), »das ist aller vornehmsten Welt-Dinge und Lebens-Verrichtungen Vorbildung und Benamung«, ist der bedeutendste und berühmteste Vorfahre des Sachbilderbuches. Unzählige Anschauungsbücher für Kinder folgten – begünstigt vor allem von der Aufklärungspädagogik – und beherrschten bis in die Mitte des 19. Jahrhunderts das Feld des Bilderbuches[6]. Dann aber wurden andere Momente dominierend: das fabulierende, unterhaltende, künstlerische Bilderbuch setzte sich durch.

Das Interesse der Gegenwart am Sachbilderbuch steht einerseits in Zusammenhang mit der starken Verbreitung des Sachschrifttums überhaupt, andererseits mit dem Wandel der Kindererziehung und der Forderung nach Intensivierung einer früh einsetzenden rationalen und wissensorientierten Bildung.

Inhaltlich betrachtet lassen sich zwei Gruppen unterscheiden: Sachbilderbücher, die eine möglichst große Fülle von Welt und Wirklichkeit zu vermitteln suchen, und andere, die sich auf ein eng gestecktes Themengebiet beschränken.

Die enzyklopädischen Bildbände üben erfahrungsgemäß durch ihre meist großformatige und bildgestalterisch aufwendige Aufmachung, sowie durch den abwechslungsreichen Inhalt eine starke Anziehungskraft auf Kinder aus. Der junge Leser und Betrachter entnimmt dem stofflich überreichen und oft divergierenden Angebot eine Menge Einzelwissen, das seinen Informationsstand verbessert und spezielle Interessen und Wissensbedürfnisse anregt. Die Erwartungen mancher Herausgeber von enzyklopädischen Bilderbuchwerken, das Kind werde zur systematischen Überschau und zum organischen Zusammenfügen der Teilgebiete befähigt und somit in seinem umfassenden Weltverständnis bereichert, erfüllen sich nicht.

Die meisten Sachbilderbücher befassen sich jedoch mit einem begrenzten Gegenstand. Die Variationsbreite der insgesamt vorkommenden Thematik ist groß. Sie erstreckt sich von der unmittelbaren Umwelt der Kinder bis hinein in die große Welt der Technik, der Kultur, der Wissenschaft. Man sollte aber bei allem Optimismus über die kindliche Verstehens- und Aufnahmefähigkeit den Bogen nicht überspannen. Vieles hat seinen Platz erst im Jugendsachbuch oder im Lehrbuch der Schule. Auswahl und Zusammenstellung der Inhalte dürfen nicht allein von der Bedeutsamkeit einer *Sache,* sondern müssen eben auch von

---

[6] Aus dem belehrenden Bilderbuchschrifttum der Aufklärung sei lediglich F. J. Bertuchs »Bilderbuch für Kinder« (1796 ff.) erwähnt. Dieses mehrbändige Bilderbuch enthält »eine angenehme Sammlung von Tieren, Früchten, Mineralien, Trachten und allerlei andern unterrichtenden Gegenständen aus dem Reiche der Natur, der Künste und Wissenschaften«, wie es in dem ausführlichen Titel heißt.

der geistigen Lage des *Kindes* her und von seiner Eigenart, Erkenntnisse zu gewinnen, bestimmt werden.

Sachbilderbücher:

Vom 4. Lj. an: U. Löfgren: Der wunderschöne Baum (Atlantis). – B. Wildsmith: Fische (Atlantis). – B. Wildsmith: Vögel (Atlantis). – Rechlin/Cruse: Rotgelb-grün. Ein Verkehrsbilderbuch (Stalling). – W. Maurer: Von A bis Z (Maier).

Vom 5./6. Lj. an: Frisch/Hülsmann: Das Wasser und seine Tiere (Atlantis). – E. und V. Bäumer: Die Geschichte vom Fluß (Atlantis). – Ziswiler/Kühn: Der Wald und seine Tiere (Atlantis). – E. und I. Mari: Der Apfel und der Schmetterling (Ellermann). – Th. Egner: Karius und Baktus (Blanvalet). – Faeser/Johnson: Sicher zur Schule (ADAC). – R. André: Herders buntes Bilderlexikon (Herder).

Vom 7./8. Lj. an: Baumann/Boratynski: Wieviel Uhr ist's anderswo? (Thienemann). – E. Fuchs: Hier Apollo 11 (Ellermann). – C. Portal: Das Leben einer Königin (Leben und Untergang eines Ameisenvolkes) (Sellier). – R. D. d'Ami: Bunter Kinderkosmos (Franckh).

Die Bibel im Bilderbuch:

Steuben/Grüger: Und Gott schuf Himmel und Erde (Herder). – Rechlin/Herrmann: Die Arche Noah (Gütersloher Verlagshaus). – Wiemer/Herrmann: Jona und der große Fisch (Gütersloher Verlagshaus). – Wiemer/Herrmann: Joseph und seine Brüder (Gütersloher Verlagshaus). – R. Herrmann: Die Weihnachtsgeschichte (Gütersloher Verlagshaus). – S. Zavrel: Sie folgten dem Stern (Patmos).

5. Eine Sonderstellung im Bilderbuchsektor nehmen die *Foto-Bilderbücher* ein. Das fotografische Element, das an Stelle des gemalten und gezeichneten Bildes tritt, eignet sich besonders für Bilderbücher mit sachkundlichen Absichten. Wie Beispiele zeigen, können sich aber Fotos auch in ein poetisches Bilderbuch vorzüglich einpassen (A. Lamorisse »Der rote Luftballon«). Erst die Zukunft wird zeigen, wie weit sich die Fotografie im Bilderbuch durchsetzt. Die bisher wegweisenden Foto-Bilderbücher behandeln natur- und sozialkundliche Stoffe und zeigen Ausschnitte aus dem Leben von Kindern fremder Länder[7]. Ihre Verwendung empfiehlt sich in der Regel erst im Schulalter.

Fotobilderbücher:

A. Bergman-Sucksdorf: Ricki, der junge Fuchs (Oetinger). – J. Myrhoy: Pinguin Pondus (Carlsen) u. Forts. – Pajot/Barrère: Balduin, das Meerschweinchen (Forum). – Osbeck/Limmer: Mein Esel Benjamin (Reich).

---

[7] Vgl. Bettina Hürlimann: Europäische Kinderbücher in drei Jahrhunderten. Zürich/Freiburg i. Br. 1959, S. 184 ff. – Walter Scherf: Fotobilderbücher, die von Kindern in fremden Ländern erzählen. In: ZS Jugendliteratur 1963/1.

C. Probleme der Bilderbuchgestaltung

Man kann nicht vom Bilderbuch sprechen, ohne auf sein eigentliches Element, das Bild selbst, einzugehen. Der Versuch einer solchen Betrachtung wird vor allem zwei Gesichtspunkte ins Auge zu fassen haben. Der eine bezieht sich auf das Bilderbuch als Objekt des künstlerischen Schaffens, auf seine Stilformen und seine bildnerischen Mittel. Der andere Gesichtspunkt wendet sich der Frage zu, wie die jeweiligen bildnerischen Strukturen vom Kind aufgenommen und verstanden werden.

1. *Kunstgeschichtliche* Studien zum Bilderbuch – sie sind erst in Ansätzen vorhanden[8] – ermöglichen Aussagen über den Zusammenhang von Bilderbuchschaffen und herrschenden Kunstströmungen.

Hans A. Halbey kommt für die deutsche Bilderbuchproduktion in der ersten Hälfte des 20. Jahrhunderts zu dem Ergebnis, »daß es zwar überzeugende Beweise für den Niederschlag der jeweils herrschenden Kunstströmung von Bilderbuchkünstlern gibt, daß jedoch die Masse der Bilderbücher verhältnismäßig unberührt davon blieb«[9].

In der zweiten Hälfte des 20. Jahrhunderts ist – wie Gunter Otto bemerkt – ganz allgemein gesehen »eine zunehmende Modernität zu verzeichnen«; es lassen sich Veränderungen und Schwerpunkte nachweisen, die zwar nicht in direkter Abhängigkeit von bestimmten zeitgenössischen Künstler- und Kunstströmungen stehen, aber als ein »Allgemeineinfluß der Gegenwartskunst auf die Bilderbuchproduktion« gedeutet werden können. »Der Einfluß geschieht nicht durch Personalstile, durch individuelle künstlerische Lösungen, sondern durch zeittypische künstlerische Prinzipien, Tendenzen und Konventionen[10].« Sie prägen in einem viel umfangreicheren Ausmaß als früher die Bilderbuchproduktion und erwirken insgesamt einen Einfluß der Kunst auf das Bilderbuch, den sich Wolgast und andere Vertreter der Kunsterziehungsbewegung gewünscht, in dieser Breite aber niemals erreicht haben.

Der neue Bilderbuchstil ist analog zum Kunstschaffen der Gegenwart durch eine Vielfalt verschiedener, zum Teil divergierender Ausdrucksformen gekennzeichnet. Es ist aus diesem Grund nicht möglich, ihn generell auf bestimmte Merkmale festzulegen. Mir ist auch keine Arbeit bekannt, die eine umfassende und systematische Stilanalyse des gegenwärtigen Bilderbuchangebotes zustande gebracht hätte. Was vorliegt, sind Versuche einer Übersicht oder die Erwägung einzelner besonders deutlich erkennbarer Tendenzen.

---

[8] Vgl. Hans Adolf Halbey: Das Bilderbuch in Deutschland im 20. Jahrhundert. In A. C. Baumgärtner (Hrsg.): Aspekte der gemalten Welt. Weinheim 1968.

[9] H. A. Halbey: a.a.O., S. 27.

[10] Gunter Otto: Stilformen der Gegenwartskunst und das moderne Bilderbuch. In: Aspekte der gemalten Welt. A.a.O., S. 52.

So nennt Bettina Hürlimann, eine vorzügliche Kennerin des Bilderbuches, als Merkmale der neuen deutschen Kinderbuchmalerei »die Aufhebung der festen Umrißlinien, die früher pädagogisches Gebot schienen, die Neigung zur Karikatur, die Abkehr vom Gefühlvollen, das Eindringen der Gebrauchsgraphik und einer gewissen gewollten Naivität, die an die Malart der Primitiven erinnert«[11].

Eine von Gunter Otto betreute Studienarbeit[12] kam zur Aufschlüsselung in fünf Typen der bildnerischen Strukturen im modernen Bilderbuch. Als Untersuchungsmaterial wurden 165 Bilderbücher von 1955–1965 verwendet.

Die fünf Strukturtypen sind:

Das *dekorativ-flächige* Arrangement mit fest konturierten, gegeneinander abgegrenzten, klarfarbig angelegten und in sich nicht modulierten Flächen. Ähnliche Bildelemente werden zu einem einfachen Ensemble von Farbwerten und Formfiguren arrangiert. Beispiele: »Regentrude« von Reiner Zimnik, »Das kleine Blau und das kleine Gelb« von Leo Lionni.

Der *malerische Bildzusammenhang* als Gegenbegriff zum Dekorativ-Flächigen mit einer Farb- und Formgebung, die weniger am isolierten Element als vielmehr am Erscheinungszusammenhang von Licht und Raum orientiert ist. Beispiele: »Das Auto hier heißt Ferdinand«, von Janosch, »Oberpotz und Hoppelhans« von Lilo Fromm.

Der *zeichnerische Bildzusammenhang* mit einer Dominanz von Linien als Umriß, Form oder graphische Belebung von Flächen. Im Unterschied zum dekorativ-flächigen Arrangement ist das Bild detailliert graphisch durchgegliedert. Beispiele: »Peter und der Wolf« von Frans Haacken.

Die *Kombination von Fleck und Linie* in vielfältigen Formen: durch Linien, die den Fleck präzisieren, durch ein Ineinander von malerischem Fleck und graphischer Linie. Beispiele: »Der Löwe und die Ratte« von Wildsmith, »Das Wolkenschaf« von Werner Klemke.

Montierte Bilder unter Verwendung verschiedener Montagetechniken (Druck-, Stempel-, Reiß- und Klebeverfahren) bei mannigfachen Kombinationen. Beispiele: »Der Jakob und die Räuber« von Marlene Reidel, »Swimmy« von Leo Lionni.

Eine Arbeit von Eva Schmidt untersucht 100 Bilderbücher nach den Kategorien formale Gestaltung, Farbgebung und Stilrichtung[13]. Sie kommt dabei zu folgenden Ergebnissen:

Die *formale Gestaltung* ergibt drei Gruppen.

Die erste Gruppe der klaren Linien, glatt begrenzten Konturen, der Überein-

---

[11] Hürlimann: Europäische Kinderbücher. A.a.O., S. 211.

[12] G. Otto: a.a.O., S. 49 ff.

[13] Eva Schmidt: 20 Jahre deutschsprachiges Bilderbuch. In: ZS Jugend und Buch 1964/4.

stimmung von Farbe und Kontur macht gut die Hälfte der untersuchten Bilderbücher aus. Beispiele: »Die sieben Raben« von Felix Hoffmann, »Kinder, heut ist Wochenmarkt« von Katharina Maillard.

Zur zweiten Gruppe der flotten Strichzeichnungen mit offenen Konturen, der oft leicht schattierten, mit der Kontur nicht übereinstimmenden Farbgebung gehört etwa ein Drittel der untersuchten Bilderbücher. Beispiel: »Der glückliche Löwe« von Roger Duvoisin.

Nur 8% des Untersuchungsmaterials wird zur Gruppe der Bilderbücher mit impressionistisch verschwimmenden Farben, wobei die Konturen einmal mehr, einmal weniger angedeutet sind, gerechnet. Als typisch für diese formale Gestaltung wird Janusz Grabianski genannt.

In der *Farbgebung* der Bilderbücher unterscheidet E. Schmidt nach gebrochenen und ungebrochenen Farben, nach Differenzierungsbreite, Helligkeits- und Stärkegraden. Dabei stellt sie fest, daß ungebrochene Farben nur bei 7 Bilderbüchern vorkommen, rund ein Drittel der Bücher leuchtende Farben, fast zwei Drittel durchwegs matte Farben verwenden.

Hinsichtlich der *Stilrichtungen* kommt die Untersuchung zur Aufschlüsselung nach fünf Stilgruppen:

Schmidt nennt die Karikatur mit Überbetonung der charakteristischen Personen- und Gegenstandsmerkmale bei gleichzeitiger Verzerrung der Proportionen; den Neoprimitivismus, in dem sich Merkmale der Kinderzeichnungen mit denen der Karikatur vereinigen; den Poetischen Realismus, der durch gehobene und verdichtete Darstellung der Wirklichkeit diese gefühlsmäßig erleben läßt; die Antiquiertheit, worunter sie jene altmodischen Darstellungen versteht, die den Poetischen Realismus vor etwa vierzig bis fünfzig Jahren repräsentieren; den Expressionismus, der im Untersuchungsmaterial am seltensten vorkommt und nur als Anlehnung an die expressionistische Stilrichtung bezeichnet werden kann.

2. Wie steht aber *das Kind* zur künstlerischen Struktur und Mannigfaltigkeit des heutigen Bilderbuches?

Wie lassen sich kindlicher Anspruch, kindliche Erwartung und Bildauffassung mit den differenzierten graphischen Gestaltungsstrukturen in Übereinstimmung bringen? Sollen nicht unreflektierte Meinungen oder vorläufige Theorien der Vergangenheit für alle Zeit bestimmen, was für Kinder angemessen und geeignet ist, so müssen parallel zu den Untersuchungen, wie Bilderbücher sind, Untersuchungen durchgeführt werden, wie und ob diese Bilderbücher ihrem eigentlichen Partner, dem Kind, gerecht werden.

Die Kinderforschung hat auf verschiedenen Wegen Aufschluß über das tatsächliche Verhältnis Bilderbuch (Bild) und Kind gesucht.

Die nächstliegende Methode ist die *unmittelbare Beobachtung und Befragung* der Kinder selbst. Ihr Vorzug liegt in der Direktheit des Lösungsversuches, ihr Nachteil in der beschränkten Fähigkeit des Kindes, ein Urteil zu formulieren, und in der Schwierigkeit für Erwachsene, die kindliche Aussage richtig zu deuten.

Ein anderer Weg, die Einstellung des Kindes zum Bild kennenzulernen, führt über das Kind als Gestalter, über die *Kinderzeichnung*. Die Vorteile dieses methodischen Vorgehens liegen in der bequemen Verfügbarkeit des Auswertungsmaterials. Weil keine Abhängigkeit von der kindlichen Sprachfähigkeit besteht, können schon kleinere Kinder in die Untersuchung einbezogen werden. Nachteilig ist, daß zwei verschiedene Vorgänge (Produktivität und Rezeptivität, Ausdruck und Eindruck) aufeinander bezogen werden. Es besteht die Gefahr, Schlüsse aus dem einen zu ziehen, die für das andere nicht zutreffen. Die einfache Regel stimmt nur bedingt: »Laß sehen, wie du zeichnest, und ich sage dir, welche Bilder dir gefallen!« Das Kind ist in seiner Entwicklung als Zeichner hinter der als Bildbetrachter zurück. Es engagiert sich außerdem als Zeichner und als Bildbetrachter jeweils anders[14]. Dennoch kann die Kinderzeichnung trotz der Vorbehalte einiges über das rezeptive Bildauffassen der Kinder aussagen.

Zuerst aber einige Ergebnisse der Befragungsmethode:

Wilhelm Nolte veröffentlichte 1942 Erhebungsergebnisse über die Reaktion des Kindes auf Bilder[15]. Er teilt mit, daß jüngere wie ältere Kinder solche Bilder bevorzugen, »die die Welt so wiedergeben, wie sie in Wirklichkeit ist. Naturtreue in Form und Farbe wird von Kindern immer wieder gefordert und bildet einen maßgeblichen Gesichtspunkt für die Wahl. Das Kind sieht im Bilde ... ›eine Wiederholung eines Stückes der lebendigen Welt, in der es gleichsam umherwandert‹. Es muß deutlich erkennbar sein, was erzählt worden ist. Verschwommenheiten und unklare Konturen stören. Alles muß ›richtig‹ sein, d. h. mit dem Text der Erzählung übereinstimmen ... Die dem Inhalt der Szene entsprechende Stimmung, die dem Erwachsenen bei der Bildbewertung so wichtig ist, sucht das Kind nicht. Dafür bevorzugt es allgemein heiter gestimmte, lichte, freundliche Bilder«[16]. Nolte stellte auch Kinderzeichnungen zur Wahl, die aber Ablehnung fanden. Das Hauptkriterium kindlicher Bildbetrachtung sei eben Naturtreue, Klarheit und »Richtigkeit«.

Die schon vor einer Generation von Nolte gewonnenen Erkenntnisse scheinen sich auch für die jüngste Vergangenheit und für die Gegenwart im wesentlichen zu bestätigen. Eine stichprobenartige Untersuchung Gunter Ottos bei Kindern des 1.–3. Schuljahres und bei einer Gruppe von Zwölf- und Vierzehnjährigen ergibt, daß graphisch feste, prägnante und gegenständlich klare Bildformen bevorzugt werden[17].

---

[14] Vergl. Ludwig Hofmann: Bilderbuch und Kinderzeichnung. In A. C. Baumgärtner (Hrsg.): Aspekte der gemalten Welt. A.a.O., S. 59.

[15] Wilhelm Nolte: Kind und Märchenbild. Sein und Sollen. Bd. 3, München 1942.

[16] Aus der Zusammenfassung durch Wilhelm Hansen in: Die Entwicklung des kindlichen Weltbildes. München 1965 (6. Aufl.), S. 324.

[17] G. Otto: a.a.O., S. 43 ff.

Auch die Experimente des Buchklubs der Jugend in Österreich deuten auf das starke Hervortreten der Realitätsbewertung des bildbetrachtenden Kindes. Unter verschiedenen Bilderbuchtypen wurden von den Kindern folgende Auswahlen getroffen:

60% für realistische Formen, übersatte Farben mit starker Konstrastwirkung, an Kitschig-Geschmackloses grenzend
20% für geschmackvollen Realismus
10% für Karikatur – Groteske
5% für nachgeahmte Kinderzeichnung
5% für zarte und weiche Bilder mit romantischer Stimmung[18]

Die Untersuchungsergebnisse zeigen, daß bei Kindern die realistische Darstellung favorisiert ist. Sie lassen den Schluß zu, daß der Betrachter vor allem von dem Bedürfnis gelenkt ist, die Wirklichkeit kennenzulernen, daß ihm »das Bild in erster Linie Weg zur Welt, Hieroglyphe der Realität«[19] ist. Diese Schlußfolgerung bedarf im Hinblick auf die Eigenart kindlichen Wirklichkeitserfassens einer Präzisierung.

Hierbei ist das Studium der *Kinderzeichnung* eine wertvolle Hilfe. Die produzierten Gebilde sind der Versuch des Kindes, die Welt aus seiner Sicht darzustellen. Technisches Unvermögen, eine noch wenig kontrollierte und gezügelte motorische Lust oder auch die Übernahme der Darstellungsmanier von Erwachsenen können den Versuch mißlingen lassen. Dennoch lassen sich aus Kinderzeichnungen Einsichten gewinnen, wie Kinder die Wirklichkeit sehen.

Das Kind zeichnet schematisierend vereinfacht, stellt nur das ihm Wichtige deutlich heraus und läßt all das fort, was ihm unwesentlich erscheint oder was es nicht erlebt und »sieht«. Wir schließen daraus, daß das Kind auch beim Betrachten von Bildern größten Wert auf die Wiedergabe der wesenstypischen Merkmale von Mensch, Tier, Pflanze und Gegenstand legt. Verständnis und Zustimmung sind vom Vorfinden dieser Qualitäten abhängig. Es erwartet von Bildern nicht den extremen Naturalismus, der lückenlos und streng objektiv die Erscheinungen wiedergibt, sondern eine Wirklichkeitstreue, die dem Wesentlichen gerecht wird und die Grundmerkmale deutlich hervorhebt. In den Augen des Kindes ist eine Bildgestaltung dann »echt« und »natürlich«, wenn die charakteristischen Merkmale zur Anschauung gelangen. Dieser »Naturalismus« steht zur künstlerischen Gestaltung nicht im Widerspruch; denn auch sie strebt die Herausarbeitung und die Verdichtung des Wesentlichen an.

Dabei kann es sich um die Charakterisierung und Typisierung von *Einzelheiten*, ebenso aber um die Wiedergabe *»ganzheitlicher«* Strukturen und Zusammenhänge handeln. Für das Bilderbuch ergibt sich daraus ein weiter Spielraum künstlerischer Möglichkeiten. Es ist keineswegs auf Stilformen begrenzt, die sich

[18] R. Bamberger: Jugendlektüre. A.a.O., S. 93.
[19] Hans Zbinden: Das Bild in der Welt der Jugend. In: ZS Jugendliteratur 1957/9.

nur der Einzelerscheinungen annehmen und ihre Merkmale deutlich machen, sondern läßt auch künstlerische Überformungen zu, deren Effekt in der Übermittlung eines Gesamteindrucks, einer Atmosphäre des Wirklichkeitsausschnittes liegt. Es ist meines Erachtens unnötig, prinzipiell die detaillierte Darstellungsweise einer früheren, die ganzheitliche einer späteren Stufe des Bildbetrachtens zuzuordnen, zumal es umstritten ist, wann Kinder ihre Umwelt mehr synthetisch oder mehr analytisch erleben. Beides dürfte schon im frühen Bilderbuchalter eine Rolle spielen, wobei die Bevorzugung eines der beiden Verfahren mit dem zu erfassenden Gegenstand zusammenhängt. Umweltdinge, auf die das Kind überwiegend affektiv und fühlend anspricht, begünstigen eine analytische, auf die es überwiegend sachlich und verstandesmäßig reagiert, eine synthetische Form des Erfassens.

Bilderbücher für alle Altersstufen sollten daher hinsichtlich ihres Bildmaterials so gestaltet sein, daß sie den verschiedenen Erlebensweisen Raum bieten. Eine Festlegung des kindgemäßen Bilderbuchstils auf naturgetreue und exakte Realistik oder auf die durchgängige Beachtung klarer Formen und Konturen trägt nicht der Tatsache Rechnung, »daß das Realitätsbewußtsein des Kindes nicht ausschließlich auf konkreten Erfahrungen und Feststellungen begründet ist«, daß es seine Bilder nicht allein mit dem Auge wahrnimmt, sondern mit seiner ganzen Innerlichkeit beteiligt ist, und daß das Bilderbuch dem Kind helfen muß, »die volle seiner Erlebnisfähigkeit zugängliche Wirklichkeit sich zu erschließen«[20].

Die Kinderzeichnung wurde mehrfach herangezogen, um auch Einzelfragen wie Anwendung oder Vernachlässigung der Perspektive, Bedeutung von Farbe und Form näher zu klären.

Kinderzeichnungen entbehren durchschnittlich bis ins Schulalter hinein der perspektivischen Gestaltung. Erst in den mittleren Schuljahren bemüht sich das Kind häufiger um objektiv korrekte Darstellung der Raumverhältnisse. In der frühen Kindheit bedeutet das Fehlen von Perspektive nicht so sehr ein Nichtkönnen, sondern ein grundsätzliches Nicht-sehen. Darum nimmt das betrachtende Kind Bildkompositionen, die der Raumerfassung des reifen Auges unwirklich erscheinen, ohne Bedenken hin. Man braucht freilich die aneinanderreihende Zweidimensionalität nicht zu einem durchgängigen Prinzip des Bilderbuches dieser Altersstufe zu machen; das Kind lehnt ja Perspektive und realistische Raumordnung nicht ab, es verlangt sie nur nicht. Auch in diesem Zusammenhang sollte beachtet werden, daß die Fähigkeit des kindlichen Bildbetrachters in der Regel auf einer reiferen Stufe steht als die des kindlichen Bildproduzenten und daß im übrigen das Bild dazu beitragen soll, differenzierteres Auffassen zu entwickeln. Komplizierte Raumverlagerungen und -überschneidungen, bei denen wesentliche Teile der abgebildeten Gegenstände verdeckt sind, wer-

---

[20] L. Hofmann: Bilderbuch und Kinderzeichnung. A.a.O., S. 61.

den jedoch – vor allem für das jüngere Kind – »zu einem unter Umständen nicht lösbaren Puzzlespiel«[21].

Die Frage, welche Funktion Form und Farbe beim kindlichen Gestalten haben, ist Inhalt zahlreicher Untersuchungen[22]. Bis ins Schulalter hinein nimmt die Form bei der Bilddarstellung des Kindes einen wichtigeren Platz ein als die Farbe. Dies gilt für die Anwendung der Farbe überhaupt wie für ihren realistischen Gebrauch. Fast alle Sorgfalt gilt der Umriß- und Formgebung, und wenn Farbpinsel oder Farbstifte unbeeinflußt benützt werden, dienen sie nicht zum Auftragen von Farbflächen, sondern in der Hauptsache der Konturgebung. Die Form erhält eine annähernd realistische Gestaltung, in der Farbwahl ist die Übereinstimmung mit der Natur erheblich geringer. Es wurde festgestellt, daß mitunter auffällige, nichtrealistische Farben zur Hervorhebung des dem Kinde Wichtigen und Bedeutsamen dienen. Man kann daraus nicht schließen, daß die Farbe beim Bilderkennen eine zweitrangige Rolle spielt. Selbstverständlich vermag sie auch im Kindesalter das gegenständliche Bilderfassen wesentlich zu unterstützen. Ihre eigentliche Funktion liegt aber im emotionellen Bereich. Farbe stiftet und fördert die gefühlsmäßige Beziehung zwischen Bild und Kind, zieht durch helle und kräftige Töne an, ruft durch überwiegend dunkle und düstere Farben mitunter Regungen der Angst und Beklemmung hervor und veranlaßt beim Kleinkind affektartige Reaktionen. Die auffallende Vorliebe für dunkle Farbgebung im modernen Bilderbuch bedarf unter diesem Gesichtspunkt einer kritischen Beachtung.

Die Farbe des Bildes ist also maßgeblich am positiven oder negativen Angemutetwerden des kindlichen Betrachters, am Zustandekommen harmonischer oder kontrastierender Erlebnisse beteiligt. Sie trägt wesentlich dazu bei, ob und wie das Bild Stimmung und Atmosphäre ausstrahlt und in welchem Umfang das stoffliche Interesse des Kindes auch schon von einfachen ästhetischen Gefühlen begleitet wird. Die Leuchtkraft der Farben, die Buntheit eines Bildes werden bereits zu einer Zeit genossen, da für Schönheit von Form und Gestalt noch weniger Verständnis vorhanden ist. Die Formdarstellung gibt den Ausschlag zur kindlichen Beurteilung nach den Kategorien »richtig« und »falsch«, die Farbgestaltung nach denen von »schön« und »nicht schön«[23].

---

[21] Otto M. Ewert: Die gemalte Welt als Entwicklungsanstoß. In A. C. Baumgärtner (Hrsg.): Aspekte der gemalten Welt. A.a.O., S. 87.

[22] Vgl. Beiträge der Psychologie und Kunsterziehung, z. B. die älteren Arbeiten von H. Volkelt, K. und Ch. Bühler, H. Graewe, M. Haubold, G. Britsch und E. Kornmann, sowie Arbeiten von Grözinger, Meyers, Kienzle, Schwerdtfeger, Mühle.

[23] Vgl. zu den Ausführungen dieses Abschnittes auch Fromut Minke: Das Kleinkind hat das Wort zum Bilderbuch. In: ZS Jugendliteratur 1959/3. – Margarita D. Beitl: Das Bilderleben im frühen Kindesalter. In: ZS Jugendliteratur 1962/8.

D. Pädagogische Bedeutung des Bilderbuches

Wenn hier und in den folgenden Kapiteln die pädagogische Bedeutung einzelner Kinder- und Jugendbuchgattungen aufgezeigt wird, so darf das nicht als Unterordnung der Lektüre unter ein einseitiges pädagogisches Zweckdenken verstanden werden. Es wäre aber wirklichkeitsfern, wollte man den Einfluß, der von der Literatur ausgeht, übersehen oder gar als nicht vorhanden bezeichnen. Der Versuch, eine Art Wirkungslehre der Kinder- und Jugendliteratur aufzustellen, ist daher berechtigt, wenn auch ihre Aussagen cum grano salis zu verstehen sind. Die bildnerischen, entwicklungsformenden, erziehlichen und literarpädagogischen Einflüsse müssen nicht in jedem Falle eintreten. Milieu- und anlagebedingte Faktoren, die Lebenssituation, der Bezug zur jeweiligen Literatur, nicht zuletzt auch die Mittelsperson zwischen Leser und Buch sind dafür ausschlaggebend, ob und wie die möglichen Wirkungen eintreten.

1. Die Bedeutung des Bilderbuches besteht zunächst in seiner *umweltzeigenden und umweltklärenden Funktion.*

Der große Reiz, den Bilder auf das Kinderauge ausüben, beruht weitgehend darauf, daß hier die Möglichkeit gegeben ist, einem Ausschnitt aus der Fülle der täglich und stündlich vorüberziehenden Wirklichkeit ein Halt zuzurufen. Das Kind nimmt mit dem Bild ein Stückchen Welt in seine Hände, kann mit ihm nach eigenem Ermessen umgehen, es mit seiner Phantasie umspielen und kurz oder lang bei ihm verweilen. Die Vorliebe für Bilder geht aber auch darauf zurück, daß ihr Verständnis nur bedingt von der Sprache abhängig ist.

Zwar kann und soll die Fähigkeit, sich sprachlich zu artikulieren, im Umgang mit dem Bilderbuch gebraucht und gefördert werden, doch ist nicht das Wort, sondern eben das Bild das primäre Medium. Das Wort tritt hinzu, um die Aussage des Bildes zu klären und zu ergänzen.

So werden Bild und Bilderbuch dem Kind zu einer wertvollen Hilfe, die Umwelt zum geistigen Besitz zu machen. Das wiederholte Betrachten, das verweilende Eindringen, das vielfältige Sich-in-Beziehung-setzen unterstützen das Kennenlernen und Habhaftwerden der Umwelt.

Das bildlich Dargestellte ist aber nur Abbild und nicht die Wirklichkeit selbst. Das bedeutet Chance und Gefahr zugleich: Das Bild kann Dinge vor die Sinne stellen, die augenblicklich gar nicht real gegenwärtig sind. Das hat den Vorteil, daß sie aus der Distanz übersichtlicher und klarer geschaut werden, bringt aber auch die Gefahr, daß sich willkürliche Vorstellungen und Meinungen herausbilden, die dem Wesen der Erscheinung nicht entsprechen. Darauf muß besonders bei Kindern geachtet werden, die frühzeitig als Stubenhocker und Bücherwürmer ihre Erfahrungen überwiegend aus Bildern und Bildergeschichten beziehen. So notwendig Bilder sind, so darf das Kind nicht von ihnen überflutet werden. Der gesunde Drang des Kindes, sich zu tummeln und zu spielen, ebenso sein Bedürfnis, Schauen, Sprechen und Tun miteinander zu verbinden, sind ausreichend zu pflegen und, wenn erforderlich, kräftig zu unterstützen.

2. Während sich das Kind mit dem Bilderbuch auseinandersetzt und seinen material-stofflichen Gehalt sich anzueignen versucht, vollzieht sich gleichzeitig ein *Prozeß geistigen Trainings und geistiger Anregung.*

Wie sehr Bilderbücher zu geistiger Aktivität und Leistung animieren, kann jeder Erwachsene feststellen, der sich die Zeit nimmt, mit den Kindern Bücher zu betrachten. Margarita D. Beitl berichtet aus ihrer Erzieherpraxis in der Vorschule und stellt fest, wie das Kind bei der Erschließung des Bildgehalts »mit zunehmendem Interesse logische Folgerungen zieht, phantasievoll die Bildergeschichte weiterspinnt oder umdeutet, sachliche Erläuterungen gibt, sinnvolle Vergleiche anstellt, kritische Anmerkungen bringt u. a. m. Solche geistige Leistung beglückt das Kind ... Die Erfolgsfreude ermuntert das Kind stets zum Weiterforschen, weshalb Kinder am liebsten ein paar Bilderbücher nacheinander anschauen wollen (›Du kannst mir das nächste Mal auch zwei Bilderbücher bringen!‹)«[24]

Die aktive Auseinandersetzung mit dem Bilderbuch ist »eine Art von geistigem Spiel« (O. M. Ewert), kein aufgabenbewußtes, zielstrebiges, mühevolles geistiges Tun, sondern eine aus der spontanen Freude für Bild und Geschichte sich entfaltende und eine am erfolgreichen Erkennen und Auseinandersetzen sich zwanglos steigernde Aktivität.

Obwohl dem Kind der Umgang mit dem Bilderbuch eine vergnügliche Angelegenheit ist, stellt dennoch das geistige Geschehen, das sich dabei vollzieht, ein erhebliches Maß an Leistung dar. Erkennen, Deuten, Interpretation von Bild und Text sind ja nicht Vorgänge, die das Kind ohnehin beherrscht, sondern die es erlernen, trainieren und in einem fortschreitenden Entwicklungsprozeß differenzieren muß. Schon das bloße Erkennen der in der Abbildung gemeinten Wirklichkeit ist ein komplizierter geistiger Akt, der uns Erwachsenen nur deshalb einfach und selbstverständlich erscheint, weil der Zeitpunkt, in dem wir uns diese Fähigkeit angeeignet haben, außerhalb unseres Erinnerungsvermögens liegt. Wir alle mußten einmal die Barriere überwinden, die zwischen Wirklichkeit und Abbildung steht. Sie ist dadurch gekennzeichnet, daß das abgebildete Ding nun eben doch nicht das Ding selbst ist, sich von ihm in Größe und Dimensionalität unterscheidet, nur mit den Augen und nicht auch mit anderen Sinnen »greifbar« ist. Die Unterschiede zu erkennen, die Identität des einen mit dem anderen herzustellen, heißt erfahren, was das Bild schlechthin ist und leistet. Dieser elementare Erfahrungsprozeß setzt bereits auf der frühesten Stufe des Bildbetrachtens ein, auf ihm bauen sich weitere Erfahrungs- und Lernprozesse auf, die das Bilderleben differenzieren und verschiedene Möglichkeiten bildnerischer Darstellung verständlich machen.

---

[24] Margarita D. Beitl: Die Bedeutung des Bilderbuches in der vorschulischen Erziehung. In Arbeitskreis für Jugendliteratur (Hrsg.): Jugendliteratur in einer veränderten Welt. Bad Heilbrunn 1972, S. 109.

Die neuen Erfahrungs- und Lernprozesse stellen sich nicht von selbst ein. Sie bedürfen der Stimulation, der Verstärkung und der Lenkung durch die Umwelt. Der Erwachsene muß didaktische Hilfe anbieten und Impulse setzen. »Es kann für einen Erwachsenen einerseits überaus einfach sein, mit einem Kind ein Bilderbuch auszukosten, wenn er sich etwas von dem Bilddenken und der plastischen Erlebnisfähigkeit des Kindes bewahrt hat. Andererseits kann das Bilderbuchbetrachten eine recht anspruchsvolle Aufgabe sein, wenn die vielen didaktischen Möglichkeiten, die im Bilderbuch liegen, gesehen und ausgeschöpft werden.«[25] Man wird gerade von der institutionalisierten Vorschulpädagogik erwarten dürfen, daß sie die didaktischen Möglichkeiten nützt und für die Verwendung des Bilderbuches in ihrem Bereich ein differenziertes Methodenbewußtsein und konkrete Zielvorstellungen entwickelt.

Dabei wird es darauf ankommen, Verfahren zu finden, die vor allem die schöpferischen und produktiven Kräfte des Kindes ansprechen, die der Spontaneität und der Selbstständigkeit im Denken, Sprechen, Urteilen und Problemelösen einen weiten Spielraum zubilligen, die die Sensibilität (Offenheit für Reizeindrücke und Erfahrungen) steigern – kurz: die der Förderung der menschlichen *Kreativität* dienen. Man beobachtet in der frühen Kindheit »nahezu alle Bedingungen, die zu kreativen Leistungen führen, in ausgeprägter Form, vor allem spontane Aktivität, Ausdrucksverhalten und Sensibilität (Offenheit) für Reizeindrücke«.[26] Diese Verhaltensweisen sollte der Bilderbuchpädagoge aufgreifen, indem er die Kinder zum selbständigen Schauen und Entdecken, zum Assoziieren und Fabulieren, zum originellen Weitergestalten in Sprache und bildnerischem Ausdruck animiert usw. Da sich das Spielverhalten – nach den Ergebnissen der Kreativitätsforschung – in hervorragender Weise zur Aktivierung kreativer Prozesse eignet, ist auch aus diesem Grunde großer Wert darauf zu legen, das Bilderbuchbetrachten im Vorschulalter in ungezwungen spielerischer Weise durchzuführen und keineswegs in eine systematisiert schulische Form zu pressen.

Die meisten Bilderbücher liefern geeignete Ansatzmöglichkeiten, die schöpferischen und produktiven Kräfte des Kindes zu provozieren. Es ist dennoch notwendig, schon bei der Auswahl den Gesichtspunkt der Kreativitätsförderung zu bedenken. Das ohnehin Verständliche und leicht Zugängliche fordert die psychische Aktivität nur wenig heraus, gleiche oder ähnliche Inhalte sprechen das Ausdrucksverhalten nur mäßig an, immer wiederkehrende gleiche Strukturen und Darstellungsweisen stumpfen die Sensibilität eher ab, als daß sie sie verfeinern. Man sollte daher darauf achten, verschiedene Kategorien von Bilderbüchern auszuwählen, unterschiedliche Formen und Inhalte anzubieten, und hin und wieder den Versuch wagen, an die äußerste Grenze dessen, was das Kind eben noch bewältigen kann, heranzukommen. Es gibt Bilderbücher, die bewußt

[25] M. D. Beitl: Die Bedeutung des Bilderbuches ... a.a.O., S. 115.
[26] Rolf Oerter: Psychologie des Denkens. Donauwörth 1971, S. 383.

darauf angelegt sind, kreative Leistungen des Kindes zu stimulieren. Es handelt sich dabei meistens um neuartige Experimente, die bei der Mehrheit der erwachsenen Bilderbuchbenützer auf Skepsis und Ablehnung stoßen. Versuche zeigen aber oft, daß Kinder mit ihnen mehr anzufangen wissen als Erwachsene: so etwa mit Leo Lionnis »Das kleine Blau und das kleine Gelb« (Oetinger), ein Bilderbuch, in dem farbige Punkte und Flächen von den Kindern erst mit Leben gefüllt werden müssen, oder mit Boy Lornsens »barrnabas und seine welt« (Thienemann), dessen Bildabstraktion nicht so weit wie bei Lionni geht, wo aber Schreibmaschinenlinien, Schreibmaschinenzeichen, einige wenige geometrische Formen und ungebrochene Farben Gegenständlichkeit lediglich anskizzieren. Es ist der Produktivkraft und Fabulierlust des Betrachters anheimgestellt, die Dreiecke, Punkte und Linien in vorstellbare Wirklichkeit zu übertragen.

3. Das Bilderbuch erfüllt neben der umweltklärenden und der formalbildenden Wirkung auch eine im engeren Sinne *erziehliche Funktion*. Gemeint ist damit der Einfluß auf das sittlich-moralische Denken und Werten, auf die Strebungen und willentlichen Vorgänge, auf Haltung und Verhaltensweise des Kindes bis hin zum äußerlichen Benehmen.

Nun unterscheiden sich freilich Bilderbücher hinsichtlich ihrer pädagogischen Intensität und Methode ganz wesentlich.

Im traditionellen Bilderbuch kommt dem Erziehungsfaktor eine dominierende Rolle zu. Wo die erziehlich-moralische Absicht offenkundig zutagetritt, spricht man mit Recht vom *moralischen Bilderbuch*.

Als literarische Vorgänger können einerseits die bis ins 16. Jahrhundert zurückreichenden »Zuchtbüchlein« angesehen werden. Ihr methodisches Kennzeichen besteht darin, daß sie in direkter Belehrung das Kind mit Regeln und Anweisungen für das Verhalten in der Schule, auf der Straße und in der Familie ansprechen:

> Wenn dich des Morgens früh die lieben Eltern wecken:
> da mußt du dich nicht mehr ins Bett hinunterstecken.
> Sobald man dich geweckt: so mache dich bereit,
> und steig aus deinem Bett mit aller Ehrbarkeit . . .[27]

Die literarischen Wurzeln des moralischen Bilderbuches liegen aber auch im volkstümlichen Erzähl- und Beispielgut des Mittelalters. Darin begnügt man sich nicht mit bloßen Regeln und Vorschriften, sondern erzählt lebensnahe Exempla, um auf diese Weise die Lehre anschaulich, eindrucksvoll und angenehm faßbar zu machen.

Aufklärung und 19. Jahrhundert haben das erzählte Beispiel in Wort und Bild als besonders geeignetes Mittel der moralischen Belehrung geschätzt.

---

[27] Aus dem seinerzeit weitverbreiteten Zuchtbüchlein »Der Höfliche Schüler« (1741).

Das berühmteste und erfolgreichste Bilderbuch dieser Gattung ist *»Der Struwwelpeter«* des Frankfurter Arztes Dr. Heinrich Hoffmann (1845). »Das Kind«, so äußert er sich selbst, »lernt einfach nur durch das Auge, und nur das, was es sieht, begreift es. Mit moralischen Vorschriften zumal weiß es gar nichts anzufangen. Die Mahnung: sei reinlich! sei vorsichtig mit dem Feuerzeug und laß es liegen! sei folgsam! – das alles sind leere Worte für das Kind. Aber das Abbild des Schmutzfinken, des brennenden Kleides, des verunglückten Unvorsichtigen, das Anschauen allein erklärt sich selbst und belehrt.«[28]

Die Kritik am »Struwwelpeter« und an anderen moralischen Beispielbüchern richtet sich nicht gegen das Prinzip der Anschaulichkeit, sie wendet sich auch nicht gegen den Erziehungsanspruch an sich, den diese Bücher erheben (abgesehen Kritik aus dem pädagogischen Lager, das jeglichen absichtlichen Einfluß auf Kinder durch Erwachsene für unnötig und schädlich hält). Die Einwände sind speziellerer Art und richten sich

gegen die Verwendung negativer Verhaltensmodelle,
gegen die repressive Strafpädagogik,
gegen die autoritär-dogmatische Unbedingtheit seiner ethischen Erziehung.

Auf diese Einwände soll im folgenden etwas näher eingegangen werden.

Es ist für den »Struwwelpeter« charakteristisch, daß er vom negativen Verhalten der Kinder ausgeht. Seine Beispiele zeigen, wie böse, unartige, unfolgsame Kinder sind. Die Kritiker vermuten oder behaupten, daß die Geschichten, die bei den Zuhörern Widerwillen gegen das Fehlverhalten und die Bereitschaft, es anders und besser zu machen, hervorrufen sollen, gerade zum Gegenteil führen. Sie wirken negativ modellhaft und verleiten zur Nachahmung. Diese Gefahr ist tatsächlich gegeben. Vor allem vitale und experimentierfreudige Kinder neigen dazu, die Unartigkeiten zu übernehmen und es etwa dem bösen Friedrich oder der zündelnden Pauline gleichzutun. Das mag auch für Kinder zutreffen, die sich zurückgesetzt und zu wenig beachtet fühlen. Aber handelt es sich bei diesen Reaktionen nicht um Ausnahmefälle, die, wenn sie eintreten, weniger dem Bilderbuch als der erziehlichen Umwelt anzulasten sind; einer Umwelt, die dem Kind zu wenig Aktionsraum zubilligt, oder die ihm zu wenig Beachtung und Anerkennung schenkt? Normalerweise darf man annehmen, daß die im Buch erfolgende eindeutige Mißbilligung des geschilderten Verhaltens seine Wirkung nicht verfehlt. Die Kinder erkennen sehr wohl, daß sie Anti-Modellen gegenüberstehen und daß hier etwas zu sehen ist, was ganz und gar nicht nachzuahmen ist. Die faszinierende Anziehungskraft des »Struwwelpeter« beruht ja gerade weitgehend auf diesem klaren Erkennen des Negativen, auf der Möglichkeit, andere Kinder bei einem Verhalten beobachten zu können, von

---

[28] Zit. bei Irene Dyhrenfurth: Geschichte des deutschen Jugendbuches. Zürich/Freiburg i. Br. 1967 (3. Aufl.), S. 124 f.

dem man schon weiß, daß es falsch ist, und das zum eigenen Wunschverhalten ganz und gar im Widerspruch steht.

Die aufgezeigten Fehlformen sind dem Kinde also nicht fremd. Es handelt sich nicht um sensationelle Neuigkeiten, von denen eine besonders imitative Kraft ausginge. Hoffmann hat nicht neue Variationen kindlicher Unarten erfunden, sondern auf Verhaltensweisen zurückgegriffen, die im Familienalltag durchaus geläufig sind. Es liegt daher nahe, anstatt von Imitation von Projektion zu sprechen, von der Möglichkeit nämlich, die eigenen Mängel symbolisch zu übertragen, abzuladen, sich ihrer zu entledigen. Walter Scherf verweist auf diese tiefenpsychologische Interpretation und ist der Meinung, daß Heinrich Hoffmann »etwa mit dem Hans-guck-in-die-Luft, dem Suppenkaspar oder dem Zappelphilipp treffliche Figuren angeboten hat, auf die man nur allzugern die den Familienfrieden untergrabenden Unarten werfen und dann vergnügt aus eigener Sicherheit beobachten kann, was daraus wird. Es ist ein köstliches Gefühl, selbst wieder im Geborgenen zu sitzen, während draußen in der Welt meine schlechten Eigenschaften sich immer lächerlicher darstellen und schließlich in einer dramatischen Schlußszene nicht etwa nur das Zeitliche segnen, sondern ohne Rest mit Haut und Haar aus der Welt geschafft werden«[29].

Eine andere typische Eigenart des »Struwwelpeter«-Schemas ist das Vorherrschen einer repressiven Strafpädagogik. In einem sich wiederholenden Verlaufsmodell wird zunächst die Untat, dann die der Untat folgende Strafe dargestellt. Es ist naheliegend, alles, was gegen Repression in der Erziehung eingewendet wird, auch gegen den »Struwwelpeter« zu Felde zu führen; ihre geringe pädagogische Effektivität, die keine Langzeitwirkung hat, sondern nur der augenblicklichen Anpassung dient; ihre unerwünschten Begleiterscheinungen wie Frustration, Aggression, Angst. Eltern und Erzieher dürfen solche Hinweise nicht zu leicht nehmen und müssen mögliche Reaktionen dieser Art einkalkulieren, vor allem bei sensiblen und nervlich labilen Kindern. Unter Umständen gebietet die seelische Konstitution des Kindes, auf diese oder jene Geschichte oder auf das ganze Buch als Kleinkinderlektüre zu verzichten. In die kritischen Überlegungen sollte aber doch auch mit einbezogen werden, daß es etwas anderes ist, ob ich Strafe konkret an mir selbst erleide, ob ich unmittelbarer Beobachter einer repressiven Erziehungsaktion bin oder ob ich sie – wie im »Struwwelpeter« – über Bild und Vers erlebe. Im letzteren Falle können die Konturen des Erlebnisses je nach der Weise der Übermittlung recht unterschiedliche Formen erhalten. Die Befürworter des »Struwwelpeter« führen an, daß die Eigenart seiner Bilder und Texte eine gewisse Distanzierung des Ich begünstige, so daß die schlimmen Auswirkungen nicht wie ein selbsterfahrenes Geschick empfunden würden und tiefgehende existentielle Erschütterungen ausblieben. »Wenn auch

[29] Walter Scherf: Vom Handwerk der Bilderbuchrezension. In A. C. Baumgärtner (Hrsg.): Aspekte der gemalten Welt. A.a.O., S. 144.

in diesen Geschichten«, schreibt Irene Dyhrenfurth, »die reale Umwelt des Kindes erscheint, so hat der Zeichner es doch vermocht, sie zwar nicht zu idealisieren, aber sie doch ein wenig ins Unwirkliche zu verschieben . . ., altertümliche Kleidung, der etwas dilettantische und deshalb kindliche Stil der Zeichnung entrückt das Ganze ein wenig ins Märchenhafte«[30]. Auch die Verse, deren komisch-heiterer Zug den kleinen Kindern nicht verborgen bleibt, tragen zur Entbrutalisierung des – objektiv gesehen – grausamen Geschehens bei.

Schließlich ist auch noch jener Einwand aufzugreifen, der sich gegen die autoritär-dogmatische Unbedingtheit der ethischen Erziehung im »Struwwelpeter« richtet. Das Buch läßt keinen Zweifel weder darüber aufkommen, was als gut und böse zu gelten hat, noch darüber, daß sich jedes Tun in positiver oder negativer Weise auf den Handelnden auswirkt. Beides aber – so wird eingewendet – widerspricht den Geboten ethischer Erziehung.

Die eindeutige Deklaration eines Verhaltens als gut oder als schlecht sei bedenklich, weil sie das Kind unter den Zwang setze, fremde Werturteile zu übernehmen. Es habe keine Möglichkeit zur eigenen Erarbeitung von Maßstäben, die deshalb nur oberflächlich angeeignet würden. – Es ist richtig: der »Struwwelpeter« läßt durch die suggestive Wirkung seiner Geschichten dem freien Werten und Entscheiden des Kindes nur wenig Spielraum. Die Frage ist aber, wie weit das Kleinkind solche Freiheit schon sinnvoll nutzen kann. Die wissenschaftliche Beschreibung der moralischen Entwicklung verweist auf den »Satellitenstatus« (D. P. Ausubel), auf die »heteronome Moral« (J. Piaget) des jüngeren Kindes. Es akzeptiert die Rolle der Abhängigkeit von den Eltern und verlangt nach Halt und Sicherheit. Normative Bestimmungen und Belehrungen und die Unbedingtheit der Aussagen werden nicht als Zumutung empfunden. Kleine Kinder erwarten vom Erwachsenen, daß er durch klare Bekundung die Richtung des Urteilens und Handelns festlegt.

So lange ihnen die Umwelt – gleichsam als Gegenleistung für kindliche Anpassungsbereitschaft – Liebe, Verständnis, Geborgenheit schenkt, empfinden sie die Steuerungsabsichten der Erwachsenen keineswegs als lästige Eingriffe in ihre individuelle Freiheit.

Auch der Automatismus, mit dem in den »Struwwelpeter«-Geschichten Unartigkeit und Bosheit vergolten werden, entspricht nicht den Idealvorstellungen der Sittlichkeitserziehung. Schon auf dem ersten Blatt des Buches wird mit den Zeilen

Wenn die Kinder artig sind,
kommt zu ihnen das Christkind

der typische Wenn-dann-Aufbau angekündigt, der in allen folgenden Geschichten eingehalten wird. Weil der Struwwelpeter unsauber und schlampig ist, wird

[30] I. Dyhrenfurth: a.a.O., S. 124 f.

er verspottet (»pfui ruft da ein jeder«), weil der Friedrich Tiere quält, wird er vom Hund gebissen, weil Paulinchen gegen das ausdrückliche Verbot der Eltern mit dem Feuer spielt, geht es in Flammen auf, weil der Suppenkaspar nicht essen will, stirbt er usw. Ist dieser Strafautomatismus nicht anzuzweifeln, weil er dem Kind den Blick für den Unwert des Bösen (und für den Wert des Guten) an sich verstellt? Auch dieser Einwand ist am Wesen des Kindes zu prüfen. Wer sich der Erfahrung nicht verschließt, daß Kleinkinder Bedeutsamkeit und Wert einer Sache noch weitgehend vom erlebten Unlust- oder Lustfaktor abhängig machen, der wird einer »Struwwelpeter«-Kritik, die sich gegen die naive Ethik der praktischen Auswirkungen wendet, nur bedingt zustimmen können.

Man kann den »Struwwelpeter« heute nicht mehr mit der gleichen Selbstverständlichkeit als Haus- und Erziehungsbuch hinnehmen wie das Generationen hindurch geschehen ist. Eine kritische Auseinandersetzung ist notwendig. Sie sollte nicht nur die Hypothesen moderner pädagogischer Theorien, sondern auch die Erfahrung der Erziehungspraxis einbeziehen und vor allem die Individualität des jeweiligen Kindes berücksichtigen. In einer Pädagogik, die in der Synthese zwischen Freiheit und Führung, Eigen- und Fremdbestimmung, natürlicher Selbstregulierung und normativer Begrenzung, individueller Bedürfnisbefriedigung und Kulturleistung ihre vorwiegende Aufgabe sieht, kann der »Struwwelpeter« keine zentrale Position mehr einnehmen, aber doch eine spezifische Funktion in einer ausgewogenen Gesamterziehung erfüllen[31].

Der »Struwwelpeter« ist schon zu Lebzeiten Heinrich Hoffmanns zu einem ungewöhnlichen Kinderbucherfolg geworden. Die erste Auflage war in einem Monat vergriffen, und weitere Auflagen folgten rasch aufeinander. Wenige Jahre nach seinem Tod wurde bereits die 200. Auflage erreicht. Das Buch wurde in fast alle Schriftsprachen der Welt übersetzt. Darüber hinaus ist das »Struwwelpeter«-Schema von anderen Autoren übernommen, nachgeahmt, auf andere Situationen übertragen und auch parodiert worden.

Als Protest gegen die im »Struwwelpeter« vertretene erziehliche Methode und Zielsetzung entstanden »Anti-Struwwelpeter«, der älteste erschien schon 1914 »und zeigte den Struwwelpeter als Freund der Tiere, mit langem gelockten Haar

---

[31] Beiträge zur »Struwwelpeter«-Diskussion:
K. Doderer: Klassische Kinder- und Jugendbücher. Weinheim 1969, S. 55 ff. – I. Dyhrenfurth: Geschichte des deutschen Jugendbuches. Zürich/Freiburg i. Br. 1967 (3. Aufl.) S. 123 ff. – B. Hürlimann: Europäische Kinderbücher in drei Jahrhunderten. Zürich/Freiburg i. Br. 1959, S. 96 ff. – W. Jahn: Am Anfang war das Lächeln. Bern/Stuttgart 1972 (2. Aufl.), S. 78 ff. – H. L. Köster: Geschichte der deutschen Jugendliteratur. München-Pullach/Berlin 1972. Nachdruck der 4. Aufl. 1927, S. 27 ff. – L. Künemund: Erfahrungen mit dem »Struwwelpeter«. In: ZS Jugendliteratur 1962/12. – A. v. Randow: Das Erziehungsmodell des »Struwwelpeter« und seine Aufnahme bei Vorschulkindern. In: ZS Jugendschriften-Warte 1971/7. u. 8. – H.-G. Steffen: Für und wider den »Struwwelpeter«. In: ZS Jugendschriften-Warte 1971/9.

von einem Strahlenkranz umgeben, als Denkmal des freien, ungebundenen jungen Menschen«[32]. Den letzten »Anti-Struwwelpeter« (Melzer 1970) brachte die antiautoritäre Bewegung unserer Tage hervor. Friedrich K. Waechter aktualisiert den alten Inhalt, wandelt die Ziele gerade ins Gegenteil:

Darum sei nicht fromm und brav
wie ein angepflocktes Schaf!

und läßt nicht die Kinder, sondern die Erwachsenen Fehler machen[33].

Marlene Reidel malte, zeichnete und sang »Moritaten für Kinder« (Sellier – mit Schallplatte). Im Singsang und dem etwas holprigen Versmaß des Bänkelliedes, in einer naivlapidaren Sprache und mit farbkräftigen, linolschnittartig konturierten Bildern werden größere und kleinere, harmlose und folgenschwere Fehler des Kindes ohne Sentimentalität vorgestellt. Beeinflußt von dem unkomplizierten und natürlichen Umgangsstil, den sie mit ihren eigenen Kindern pflegt, übernimmt sie – wohl weitgehend unbewußt – das »Struwwelpeter«-Schema. Die Erfahrung als Mutter mag sie wohl auch veranlaßt haben, manche Gefahren, mit denen wahrlich nicht zu spaßen ist (Straßenverkehr, Vergiftung), in drastischer Realistik darzustellen. Mit dem Schleck-Everl, das nie den Teller leer aß, in der Speisekammer aber wahllos von allem naschte, geht das so:

Und ganz oben standen Flaschen,
auch von diesen mußt' sie naschen.
Plötzlich fiel das Everl hin:
In einer Flasch' war Gift darin.
Sie jammerte noch kurz und leis –
und verstarb dann in der Speis.

In den meisten Geschichten transponiert jedoch Reidel die negativen Folgen ins Unwirklich-Phantastische und mildert sie dadurch. Das vergeßliche Mariechen wird zum Blümlein Vergißmeinnicht, der griesgrämige Xaver muß fortan als Brummbär im Zirkus tanzen, und die ständig streitenden und raufenden Buben Franz und Jockel werden zu Gockeln verzaubert:

Schaut nur mal im Hühnerhof!
Dort raufen die zwei immer noch.

Zwanzig Jahre nach dem »Struwwelpeter« veröffentlichte Wilhelm Busch 1865 seinen *»Max und Moritz«*. Da auch diese Bildgeschichte von Untaten der Kinder und letztlich vom Ende der Boshaftigkeit handelt, ist man versucht, ei-

---

[32] Helmut Müller: Der Struwwelpeter. In: Pressedienst der Arbeitsgemeinschaft von Jugendbuchverlegern in der Bundesrepublik Deutschland. April 1971.

[33] Vgl. Birgit Dankert: Die antiautoritäre Kinder- und Jugendliteratur. In Arbeitskreis für Jugendliteratur (Hrsg.): Jugendliteratur in einer veränderten Welt. Bad Heilbrunn 1972, S. 68 ff.

ne Parallele zum »Struwwelpeter« zu ziehen und »Max und Moritz« ebenfalls in die Kategorie moralisch belehrender Bilderbücher einzureihen. Der Grundtenor der »Bubengeschichte in sieben Streichen« ist aber völlig anders. Wilhelm Busch geht es nicht darum, die Verwerflichkeit der Streiche zu dokumentieren. Das Verhalten von Max und Moritz wird nur ironisch verurteilt (»ach, was muß man oft von bösen Kindern hören oder lesen!«), und hinter den Zeilen steht augenzwinkernd der Autor, als wollte er sagen: So schlimm ist das alles nicht! – Er will nicht pädagogisch wirksame Warnbilder setzen, wenn auch gelegentlich der Moralist in ihm durchbricht, wie zum Beispiel in den Versen an einen seiner kleinen Leser, wo er unter Hinweis auf Max und Moritz mahnend sagt:

> Aber das bedenke stets:
> wie man's treibt, mein Kind, so geht's.

Was Busch zunächst und vor allem beabsichtigt, ist das humoristisch-satirische Konterfei einer Welt, in der sich Übermut, Fixigkeit und Originalität mit Selbstzufriedenheit, Konventionalität und biederem Pflicht- und Ordnungssinn auseinandersetzen, ist die humorvolle, das heißt verstehende und nachsichtige Betrachtung des unvollkommenen Treibens der Menschen, in dem sich guter Wille und böses Trachten auf kuriose Weise begegnen und vermischen.

Obwohl den Kindern diese Hintergründigkeit weitgehend fremd bleibt, sind sie doch begeisterte Anhänger von »Max und Moritz«. Wo liegen die Gründe für die große Beliebtheit? Ist das herzhafte Lachen Beifall für die Boshaftigkeit der beiden Buben, entspringt es der Schadenfreude über das Mißgeschick der Erwachsenen und der Genugtuung über die erfolgreiche Opposition gegen die herrschende Autorität?

Das Vergnügen der Kinder an »Max und Moritz« hat andere Gründe. Es ist überwiegend die lustvolle Reaktion auf das Gelingen der originellen, übermütigen und gewagten Unternehmungen der beiden Buben, die nicht so sehr als Bösewichter und schon gar nicht als erfolgreiche Akteure eines antiautoritären Kinderaufstandes gesehen werden, sondern als übermütige und kraftstrotzende Burschen, denen unerschöpflicher Einfallsreichtum und unermüdliche »Experimentierlust« fast alles gelingen lassen. Die Betrachter genießen das immer wiederkehrende Überlegenheitsverhältnis der beiden und erfreuen sich an der Komik der einzelnen Szenen, die sich dadurch ergibt, daß gewohnte Proportionen und Vorstellungen verdreht und entstellt werden: der biedere und angesehene Schneidermeister strampelt hilflos im Wasser, der achtungswürdige Schulmeister liegt nach dem Pulverdampf lädiert und geschwärzt auf dem Rücken, der gute Onkel Fritze erwehrt sich schlagend und trampelnd der Maikäfer[34].

Im gegenwärtigen Bilderbuchschaffen sind Bemühungen erkennbar, über den

[34] Vgl. G. Sichelschmidt: Wilhelm Busch und die Kinder. In: ZS Jugendliteratur 1957/12. – B. Hürlimann: Europäische Kinderbücher. A.a.O., S. 118 ff. – I. Dyhrenfurth: Geschichte des deutschen Jugendbuches. A.a.O., S. 136 ff.

Rahmen der traditionellen Erziehungsanliegen hinaus Themen aufzugreifen, die früher entweder vernachlässigt worden sind oder noch keine Aktualität besessen haben.

Man wendet sich *alltäglichen, lebenspraktischen Problemen* zu, die erst durch die technische Entwicklung entstanden sind, so dem Verkehrsverhalten – z. B. E. Rechlin/M. Cruse »Rot-gelb-grün«, ein Verkehrsbilderbuch für kleine Leute (Stalling) – oder den Fernsehgewohnheiten der Kinder – z. B. die Geschichte von der Fernseh-Susi in M. Reidels »Moritaten« (Sellier). Man stellt sich in den Dienst einer zeitgemäßen Gesundheitserziehung, wie Thorbjörn Egner, dessen Bilderbuchgeschichte »Karius und Baktus« (Blanvalet) ganz speziell der Zahnpflege gilt und den Beweis erbringt, wie ein nüchternes Thema humorvoll und ohne trockene Belehrung bewältigt werden kann.

Andere Bücher versuchen, *sozialkundliche Probleme* in anschaulich-erzählender Bilderbuchmanier den Kindern zugänglich und plausibel zu machen. Wenn sie auch durchwegs auf direkte Belehrung verzichten, so ist doch das erziehliche Anliegen unverkennbar. Anita Lobel will in »Kartoffeln hier – Kartoffeln da« (Sauerländer) die Sinnlosigkeit und Inhumanität des Krieges aufzeigen. Elisabeth Borchers wendet sich in dem von Günther Stiller gezeichneten Bilderbuch »Das rote Haus in einer kleinen Stadt« (Ellermann) gegen den Zwang zur Uniformierung und Gleichschaltung im Denken und Handeln. Die auf wenige Handlungselemente beschränkte Geschichte soll gleichnishaft deutlich machen, welche Folgen diktatorische Anmaßung und gedankenlose Unterordnung hervorrufen. Geistiger Terror, Zwang, diktatorischer Freiheitsentzug finden sich überall – auch in Familie und Kinderstube. Eine Reihe moderner, pädagogisch engagierter Autoren will das Zusammenleben im Elternhaus vorwiegend von seiner Konfliktseite her zeigen und damit einen Beitrag zur sozialen und emanzipatorischen Erziehung leisten.

»Der Große Schrecken Elfriede, ein Lehrbuch von Otto Jägersberg mit Bildern von Victoria Chess für höfliche, nette, liebe, zuvorkommende und bescheidene Kinder« (Middelhauve) beabsichtigt – pädagogisch interpretiert – die repressive Familienstruktur in ihrer Fragwürdigkeit bloßzustellen. Elfriede opponiert gegen Konvention und Anpassung, Sie will nicht mehr höflich, nett und lieb sein. Nachdem alle Versuche, ihre Umwelt zu ändern, mißlingen, kehrt sie ihr den Rücken zu und zieht davon. Wer die Erziehung repressionsfreier und kinderfreundlicher wissen möchte, wird Büchern dieser Art seine Sympathie nicht versagen. Die Frage bleibt freilich, wie weit sich auch das Kinderpublikum ansprechen läßt. Sind kleine Kinder nicht einfach psychisch überfordert, wenn man ihnen zumutet, ihre Lage so zu interpretieren, daß die Eltern ihre Widersacher sind, wenn man von ihnen erwartet, sich mit »Protestkindern« zu identifizieren, die (wie im oben angeführten Beispiel) ihre Opposition konsequent bis zum Abbruch der letzten Beziehungen durchspielen? Bilderbücher sollen dem Kind Möglichkeiten anbieten, viele seiner Probleme und Konflikte an

Bildern und Geschichten kennenzulernen. Die Probleme und Konflikte dürfen aber nicht vom Aspekt und Reflexionsvermögen der Erwachsenen her, sondern müssen aus der Sicht und Erlebensweise des Kindes aufgezeichnet werden.

Das scheint mir bei »Udo Ungeheuer« von F. Ruy-Vidal und J.-J. Loup (Sauerländer) gut gelungen zu sein. Die Grundthematik (Udo, das schwarze Schaf, der Sündenbock in der Familie) wird vom Kind ohne größere Schwierigkeiten erkannt. Es identifiziert sich entweder mit dem geplagten Udo oder erkennt in den launischen und egoistischen Schwestern eigene Verhaltenszüge. Auch der Fortgang der Geschichte und die mögliche Lösung sind den Kindern durchaus verständlich: Udo setzt sich eines Tages zur Wehr, er schlägt zurück, er wird zum »Ungeheuer«; er ist bereit, wieder ein braver Junge zu werden, wenn er gerecht behandelt wird und ihn die boshaften Schwestern nicht mehr quälen und ausnützen.

Während bei den letztgenannten Bilderbuchbeispielen die pädagogische Intention der Autoren unschwer zu erkennen ist, liegt den meisten Bilderbüchern keine erziehliche Absicht zugrunde. Sie wollen erzählen, unterhalten, spannende und phantasiebefriedigende Abwechslung anbieten: sie wollen »zweckfreie« Kinderbücher sein. Dennoch verbirgt sich durchwegs auch in ihnen ein pädagogisch bedeutsamer Gehalt, der als *Entwicklungs- und Lebenshilfe* nicht zu gering veranschlagt werden darf. Das Kind erkennt in vielen Geschehnissen eigene Bedürfnisse, Wünsche, Sorgen, Probleme, mit denen es sich in seinem Leben auseinandersetzt. Und während es den Bilderbuchinhalt intensiv aufnimmt, sich mitfreut, mitängstigt, Ablauf und Lösung der Konflikte miterlebt, kann ihm Klärung und Sicherheit für seine individuelle Lebenssituation zuteil werden.

Hierzu noch einige Hinweise:

In »Pepes Hut« (Parabel) schwingt bei aller Heiterkeit und Komik deutlich der elementare Kinderwunsch mit, etwas zu bedeuten, vielleicht durch eine besondere Fähigkeit, vielleicht durch einen besonderen Besitz. Der prächtige Sombrero kommt wie ein Geschenk des Himmels. Pepe macht nicht nur Eindruck damit, er vollbringt Leistungen und erntet Belohnung, Lob und Ansehen.

In der märchenhaften Geschichte »Der Josa mit der Zauberfiedel« (Parabel) ist der Wunsch, etwas zu gelten, mit der Sorge ums Wachsen und Starkwerden verbunden. Der Josa war klein und »überhaupt nicht stark«. Wie sollte er da Köhler werden wie sein Väterchen, der starke Jeromir? Aber sein Freund, der Vogel, sagt: »Es kann nicht jeder ein Köhler sein«, und zeigt ihm einen anderen Weg zu Ansehen und Erfolg. Dieses Bilderbuch greift ein Anliegen auf, das die meisten Kinder kennen, und bringt es zu einer guten Lösung.

Im »Glücklichen Löwen« (Herder) wird das Bedürfnis, in vertrauensvoller und verstehender Gemeinschaft mit anderen zu leben, einen starken Freund zu besitzen und von ihm vor anderen bevorzugt zu werden, angesprochen. Nur der Schüler Franz versteht den starken Löwen wirklich und genießt seine besondere Zuneigung und Freundschaft.

Im »Schellen-Ursli« (Schweizer Spiegel) stehen hinter der einfachen Handlung zwei elementare Kinderbedürfnisse: das Geltungsbedürfnis (hier als Streben, nicht der Letzte zu sein und verspottet zu werden) und das Bedürfnis nach Geborgenheit (eine Nacht allein auf der Almhütte, dann glückliche Rückkehr zu den Eltern).

Ein besonders schönes Beispiel für ein Bilderbuch, hinter dessen äußerer Handlung sich elementare kindliche Bedürfnisse und Probleme verbergen, ist »Wo die wilden Kerle wohnen« von Maurice Sendak (Diogenes). Der kleine Max, der wieder einmal »ungezogen« war und ohne Essen zu Bett geschickt wurde, träumt sich in das Land, wo die wilden Kerle wohnen. Dort, bei den tollen Ungeheuern, setzt er sich durch und wird ihr König. Doch dann sehnt er sich wieder nach Hause, zu Vater und Mutter, die ihn liebhaben. Und er wacht in der Geborgenheit seines Zimmers auf, »wo es Nacht war und das Essen auf ihn wartete, und es war noch warm«. Die Leser der Geschichte genießen mit Max Überlegenheit und Erfolg; sie erleben aber auch mit ihm die Gefahr der Fremde und das Glück, einen sicheren Platz zu haben, wo man geborgen ist und zu dem man immer wieder zurückkehren kann. Den mitlesenden Eltern kann die Geschichte Einblick in die primären Motive kindlicher Aggression verschaffen und deutlich machen, daß Ungezogenheit häufig nur das eine Ziel verfolgt, einen guten Platz und Anerkennung in der Gruppe zu erringen (vgl. auch »Udo Ungeheuer«!).

4. Das Bilderbuch erfüllt als erstes Buch des Kindes wichtige *literarpädagogische Funktionen.* Zwischen Bilderbuch und Erwachsenenbuch erstreckt sich eine lange literarische Entwicklung mit vielen individuellen Möglichkeiten. Nicht nur über das Bilderbuch führt der Weg zur Literatur. Es gibt auch andere Zugänge, die sich erst zu einem späteren Zeitpunkt auftun können. Gewiß ist aber, daß ein kontinuierlicher Entwicklungsgang seinen Ausgang bei den einfachen und kindgemäßen Formen nimmt. Die Literaturpädagogik muß daher bereits hier ansetzen. Rüttgers schreibt im Hinblick auf die literarische Entwicklung des abendländischen Menschen: »Bilderbuch und Illustration stehen gewissermaßen als didaktische Hilfsmittel in der Elementarklasse jenes Lehrganges, der die abendländischen Völker zur Literatur und zum Bücherlesen hinführt. Und eben darum wird der Pädagoge, der auf dem weit engeren Raum der Volksschule eine nicht unverwandte Arbeit zu leisten hat, nicht ohne Interesse und Nutzen den Blick auf jenen naiven und vom Bedürfnis sicher geleiteten Erziehungsprozeß hinwenden«[35].

Das Bilderbuch ermöglicht literarische Ersterlebnisse, von denen wir Erwachsenen freilich nichts mehr wissen, und über die wir den kleinen Leser nicht befragen können. Sicher aber werden Art und Inhalt dieser Erlebnisse für eine Strecke die Einstellung zum Buch bestimmen.

Das Bilderbuch bereitet frühzeitig die Aufgeschlossenheit für andere Litera-

---

[35] Severin Rüttgers: Die Dichtung in der Volksschule. Leipzig 1914, S. 430.

turgattungen vor. Was für das Märchen nachgewiesen wurde, das gilt auch schon für das Bilderbuch: Es ist »Ausstrahlungskern« für späteres Lesegut, es schafft »Lesebahnen«, es ist ein Sprungbrett zu anderen Gattungen. Das märchenhafte Bilderbuch bereitet den Weg zum Märchenbuch, das wirklichkeitsnahe Bilderbuch zur realistischen Kindergeschichte, die Bildverserzählungen zur einfachen Reimdichtung, das Textbilderbuch zur illustrierten und unbebilderten Erzählung. Es werden also fundamentale Anfangspunkte für eine Weiterentwicklung gesetzt und exemplarische Ersterfahrungen ermöglicht.

Neben der grundsätzlichen literarpädagogischen Bedeutung kommt dem Bilderbuch eine wichtige Aufgabe für die Entwicklung des Sprachverständnisses und der Sprachbefähigung zu. In Familie und Vorschule ergeben sich für das Kind im Umgang mit dem Bilderbuch Möglichkeiten, noch nicht oder nur ungenau benannte Erscheinungen sprachlich zu begreifen und zugänglich zu machen. Das Bild unterstützt das bildhaft-anschauliche Erfassen der Sprache. Der Bilderbuchtext kann verschiedene Modifikation der Sprache als Verständigungsmittel und als Medium der Wirklichkeit aufzeigen[36].

Eine frühzeitige sprachliche und literarpädagogische Förderung schließt nicht ohne weiteres auch ein frühzeitiges Lesenlernen ein. Sprachtraining und elementare Literaturbegegnung sind nicht von der technischen Fähigkeit des Kindes, selber lesen zu können, abhängig. Sobald aber das Lesenlernen einsetzt – sei es in Vorschulkursen oder im ersten Schuljahr – kommt dem Bilderbuch mit einfachen Texten neben der Fibel eine wichtige Rolle zu. Die kurzen Textbeigaben ermuntern den Leseanfänger zu freiwilligen Leseversuchen auch außerhalb des Leselehrgangs. Bild und Text lösen einander ab und vermeiden im Wechsel von Anschauen und Lesen eine Überforderung der kindlichen Leistungskraft. Dieser Vorzug allein sollte schon Anlaß genug sein, das Bilderbuch in den ersten Klassen der Grundschule besser zu würdigen. Eine Auswahl guter Bilderbücher gehört in die Bücherei der Unterstufen und sollte die Lücken füllen, die für den Bibliotheksschrank der ersten Schülerjahrgänge immer noch typisch sind.

5. Die herkömmliche Auffassung, Kinder seien für *die ästhetische Seite* der Erscheinungen taub und blind, ist unrichtig. Schon im Kleinkind zeigen sich ästhetische Qualitäten, sie sind ebenfalls in der mittleren Kindheit feststellbar, wenn sie nur in der rechten Weise angesprochen werden. Obwohl die wissenschaftliche Literatur diesen Tatbestand nicht unerwähnt ließ, hat sich dennoch in der Allgemeinheit die gegenteilige Ansicht festgesetzt. Kinder sind Stoffbetrachter, so wird argumentiert, sie zielen auf den Inhalt und äußern sich auch nur zum Inhalt, also sind sie zu ästhetischen Empfindungen noch nicht fähig; sie leben in einem »außerästhetischen« oder »vorästhetischen« Bereich. – Auch die Schul-

---

[36] Vgl. hierzu A. C. Baumgärtner: Perspektiven der Jugendlektüre. Weinheim 1969, S. 59 ff. Siehe auch M. D. Beitls Anmerkungen über Sprachbildung und Bilderbuch in: Jugendliteratur in einer veränderten Welt. A.a.O., S. 117 ff.

pädagogik ist nicht unwesentlich von solchem Denken beeinflußt. Nicht zuletzt tragen so mißverständliche Kennzeichnungen wie »außerästhetisch« oder »vorästhetisch« zu irrigen Konsequenzen bei. Alexander Beinlich, der in seinem Beitrag zur Leserentwicklung die potentiellen ästhetischen Fähigkeiten des Kindes aller Stufen mit Nachdruck betont, fordert daher mit Recht, daß die verschiedenen Ebenen ästhetischen Erlebens gesehen und in der Erziehung berücksichtigt werden müssen. »Die Schule muß die vital-ästhetischen Grunderlebnisse pflegen und erweitern, bis ästhetische Früherlebnisse das Betrachten des Schönen zu vergeistigen und verstärken beginnen und die Reifezeit endlich das bewußte ästhetische Erleben zum Entfalten bringt«[37]. Wenn Kinder einen schlechten oder gar keinen Geschmack bekunden, darf das nicht als grundsätzliches Unvermögen zu ästhetischen Empfindungen interpretiert werden; es sollte vielmehr zu Überlegungen über die Unzulänglichkeit der Pädagogik anregen, die ihre ästhetischen Bildungsbemühungen zu knapp oder fehlerhaft ansetzt oder die Erziehung zum Schönen im wesentlichen der Pubertätspädagogik überantwortet. Während der Erzieher – in der Annahme noch nichts oder fast nichts tun zu können – abwartet, prägt eine vom geschmacklich Minderwertigen beherrschte Umwelt auf ihre Weise den ästhetischen Sinn der Heranwachsenden.

Normen und Maßstäbe ästhetischer Wertung bilden sich bereits im Grundschulalter. Der oft konstatierte »Hang zum Kitsch« der Kinder ist nicht naturgegeben und ursprünglich, sondern das Ergebnis einer früh einsetzenden Beeinflussung und Gewöhnung. Dem Umgang mit geschmackvollen und qualitätsvollen Bilderbüchern kommt demnach eine wichtige kunstpropädeutische Bedeutung zu. Richard Bamberger berichtet von Untersuchungsergebnissen, die den Schluß erlauben, daß Kinder, die regelmäßig und über längere Zeit hinweg gute Bilderbücher kennengelernt haben, in der Beurteilung von Bildern über differenzierte Maßstäbe verfügen und kitschig-geschmacklose Realität weit weniger bevorzugen als die Masse ihrer Altersgenossen[38].

Natürlich ist das Kind noch unfähig, über das Ästhetische zu reflektieren, und das Bilderbuch sollte beileibe nicht zum Anlaß genommen werden, die Fähigkeit, sich über ästhetische Erlebnisse auszudrücken, einzuüben. Der Vorgang der ästhetischen Formung bleibt dem Kinde notwendigerweise unbewußt. Die potentiellen altersmäßigen Anlagen werden angesprochen und entfaltet, und es werden Grundlagen gesichert, auf denen die Entwicklung zu reiferen Formen ästhetischen Erlebens voranschreiten kann. »Das Kind wird durch den Umgang mit naturgetreuen, wahren Formen und klaren, schönen Farben unbewußt ästhetisch gebildet und sein Sinn für Echtheit, Wahrheit und Schönheit gestärkt«[39]. Es

[37] Alexander Beinlich: Über die literarische Entwicklung in Kindheit und Jugend. In: Handbuch des Deutschunterrichts. Emsdetten 1970 (5. Aufl.), S. 903.

[38] R. Bamberger: Jugendlektüre. A.a.O., S. 93.

[39] Anna Krüger: Das Buch – Gefährte eurer Kinder. Stuttgart 1954 (2. Aufl.), S. 12 (6. Aufl. München o. J.).

werden Vorbedingungen reiferen Kunstempfindens geschaffen, wie Feinheit des Auges für Farbe und Gestalt, Fähigkeit zur Wahrnehmung des maßvoll Angedeuteten und Unaufdringlichen, Bereitschaft zum schauenden Verweilen und geduldigen Eindringen. Durch den Überkonsum geschmackloser Darstellungen aber stumpft das Auge ab, vergröbert die Phantasie, wird die Wahrnehmung flüchtig und oberflächlich usw.

Wenn das Kind sich selbst und dem Zufall der Einflüsse überlassen bleibt, wird sich die ästhetische Erziehung in der Jugendzeit nur auf kümmerlichen oder verbildeten Grundlagen aufbauen können. Es bleibt sehr fraglich, ob sie verhindern kann, daß der Heranwachsende sich in die Masse der Erwachsenen einreiht, die in ästhetischen Dingen hilf- und urteilslos ist und über das ausschließlich stofflich-unkünstlerische Betrachten nie hinauskommt.

E. Literatur zum Thema Bilderbuch

Bamberger, R.: Jugendlektüre. Wien 1965 (2. Aufl.), S. 86 ff.

Baumgärtner, A. C.: Perspektiven der Jugendlektüre. Weinheim 1969, S. 45 ff.

Baumgärtner, A. C. (Hrsg.): Aspekte der gemalten Welt. 12 Kapitel über das Bilderbuch von heute. Weinheim 1968.

Dierks, M.: Vom Bilderbuch zum Arbeitsbuch. Reutlingen 1965 (Jahresgabe des Ensslin-Verlages).

Dyhrenfurth, I.: Geschichte des deutschen Jugendbuches. Zürich/Freiburg i. Br. 1967 (3. Aufl.).

Göbels, H.: Bildergalerie für Groß und Klein. Alte deutsche Kinderbuchillustrationen. Gütersloh 1962.

Hürlimann, B.: Europäische Kinderbücher in drei Jahrhunderten. Zürich/Freiburg i. Br. 1959, S. 191 ff. u. a.

Hürlimann, B.: Die Welt im Bilderbuch. Moderne Kinderbilderbücher aus 24 Ländern. Zürich/Freiburg i. Br. 1965.

Kunze, H.: Schatzbehalter alter Kinderbücher. Vom Besten aus der älteren deutschen Kinderliteratur. Hanau a. M. 1965.

Köster, H. L.: Geschichte der deutschen Jugendliteratur. München-Pullach/Berlin 1972. Nachdruck der 4. Aufl. 1927, S. 9 ff.

Arbeitskreis für Jugendliteratur: Das Bilderbuch. Eine Auswahl von alten und neuen Bilderbüchern aus aller Welt. München 1967 (3. Aufl.).

Aus Zeitschriften:

Bayr-Klimpfinger, S.: Die Beziehung zwischen Kind und Bild. In: Die Jugend 1965/12. – Beitl, D.: Das Bilderleben im frühen Kindesalter. In: Jugendliteratur 1962/8. – Bödecker, H.: Forschungsaufgaben auf dem Gebiet des Bilderbuches. In: Jugend und Buch 1966/1. – Bödecker, H.: Bilderbuch und Bildungsförderung im Kindesalter. In: Jugendschriften-Warte 1967/5. – Bull, B. H.: Über Versform und Versmaß in Bilderbüchern. In: Jugendliteratur 1963/6. – Dittmer, J.: »Der kleine Igel«. Behandlung eines Bilderbuchthemas im Kleinkindalter. In: Blätter des Pestalozzi-Fröbel-Verbandes 1964, S. 49 ff. – Hernandez, A.: Bilderbücher in unserer Zeit. In: Jugendliteratur 1961/11. – Karnick, R.: Bilderbücher im Anfangsunterricht. In: Lebendige Schule 1965/11. –

Künemund, L.: Zum Bilderbuch als Bildungsmittel im Vorschulalter. In: Jugendschriften-Warte 1971/10. – Künnemann, H.: Grundschulkind und Bilderbuch. In: Das gute Jugendbuch 1965/3. – Schädel, D.: Das Bilderbuch in der Vorschularbeit. In: Buch und Bibliothek 1972/12. – Sichelschmidt, G.: Das moderne Bilderbuch. In: Das gute Jugendbuch 1965/3.

Kinderreim und Kindergedicht

A. Das Volksgut

1. Der *Romantik* gebührt das Verdienst, mit ihrer Hinwendung zur deutschen Vergangenheit das alte volkstümliche Dichtgut für alle Schichten des Volkes entdeckt, wiederbelebt und zu Ehren gebracht zu haben. Diese allgemeine Kulturtat der Romantik ist gleichzeitig ihr großer Beitrag zur Literatur der Kinder.

Es sind drei Gattungsbereiche der Volksdichtung, die von den Romantikern besonders gepflegt wurden:

Das Volkslied und Kinderlied: repräsentativ die Sammlung von Arnim und Brentano »Des Knaben Wunderhorn« (1805 und 1808);

das Volksmärchen: alles andere überragend und an Wirkung ohnegleichen die Sammlung der Brüder Grimm »Die Kinder- und Hausmärchen« (1812 und 1814);

die Volksbücher und Sagen: beispielhaft die Sammlung Simrocks »Deutsche Volksbücher nach den echtesten Ausgaben« (1839 ff.) und der Brüder Grimm »Die deutschen Sagen« (1816 und 1818).

Das Wirken der hier genannten Männer stand nicht allein. In ihnen aber gelangt die Leistung der Romantik für das Dichtgut des Volkes zu besonderen Höhepunkten. Es soll daher in diesem Kapitel über Kinderlied und Kindervers vom »Wunderhorn« der Freunde Achim von Arnim und Clemens Brentano ausgegangen werden.

Arnim spricht im Vorwort zu *»Des Knaben Wunderhorn«* einen Gedanken aus, der allen Sammlern der Romantik bewußt war (er findet sich auch in den Begleitworten der Brüder Grimm zu ihren Märchen): »Wäre ich ein Bienenvater, ich würde sagen: Das war der letzte Bienenstock, er wollte eben wegschwärmen; es hat uns wohl Mühe gemacht, ihn im alten Hause zu sammeln; bewahrt ihn, stört ihn nicht, genießt seines Honigs wie recht.« Das Bild bezieht sich auf das Volkslied allgemein, das seit der Aufklärung dem Gedächtnis des Volkes langsam zu entgleiten drohte. Seine melancholische Feststellung trifft weniger auf Kinderlied und Kindervers zu, deren Existenz durch die Anhänglichkeit der Kinder und durch die von ihnen und den Eltern dauernd eingeleitete Tradition von Generation zu Generation nicht im gleichen Ausmaß bedroht war wie das Volkslied.

Dennoch – wie viel bescheidener und dürftiger würde der Kinderliederschatz heute aussehen, hätten nicht Arnim, Brentano und andere auch Lieder, Verse und Reime der Kinder in ihre Sammeltätigkeit einbezogen, und gäbe es bis heute nicht immer wieder Sammelausgaben, die Eltern und Kindern das Alte neu in Erinnerung bringen.

Es muß allerdings vermerkt werden, daß die Romantik und das 19. Jahrhundert Volkstums- und Brauchtumsbewegungen hervorgebracht haben, die das Althergebrachte idealisierten und ideologisierten. Indem sie auszuklammern versuchten, was dieser Betrachtungsweise sich widersetzte, wurden sie der ganzen Wahrheit und Wirklichkeit der volkstümlichen Literatur nicht gerecht.

Das »Wunderhorn«, eine Sammlung von Volksliedern, enthält auch Kinderlieder, und einige Jahre später wurde ein eigener Anhang mit Kindervolksdichtung beigegeben: die erste gedruckte Sammlung deutscher Kinderreime. Es sind darunter:

Abends wenn ich schlafen geh;
Das Lied vom buckligen Männlein;
Die Ammenuhr;
Eia popeia, was raschelt im Stroh;
Ist ein Mann in Brunnen g'fallen;
Der Herr, der schickt den Jockel aus.

Dichter, Sprachwissenschaftler und Sprachfreunde wurden durch das Beispiel des »Wunderhorns« angeregt, ebenfalls verstreute Kinderverse zu sammeln, unter ihnen Uhland, Hoffmann von Fallersleben, Simrock. Bedeutende Maler (unter ihnen L. Richter) haben sie illustriert oder als Grundtext für Bilderbücher verwendet, Tondichter haben sie in Melodien gesetzt. Und was am wesentlichsten war: Eltern und Erzieher wurden ermuntert, sich der Lieder und Verse zu bedienen, und nicht mehr verschämt, als handle es sich um Albernheiten und kindisches Zeug.

2. *Alter und Herkunft* des volkstümlichen Kinderverses sind nicht genau festlegbar. Die Quellen, aus denen er gespeist wird, sind mannigfaltig. Sicher geht mancher Vers auf uralte Wurzeln zurück. Reime wie

Heile, heile, Segen!
Sieben Tage Regen,
sieben Tage Schnee:
Es tut mir nimmer weh!

weisen auf Beschwörungsformeln heidnischer Zeit. Andere lassen auf alte Wettersegen schließen, erinnern an die Nornen (drei Mädchen, drei Jungfrauen), an Frau Holle (Hollerbusch), an Zauberkraft oder Heiligkeit von Tieren (Kuckuck, Storch), an das gute, gefährliche, harmlose oder komische Wirken von Hexen, Zwergen und Männlein (Bi-Ba-Butzemann).

Dennoch sollte man den volkstümlichen Kinderversen nicht zu viel mythologische Bedeutung beimessen, wie es die ältere, von der Romantik beeinflußte Kinderliedforschung getan hat[1]. Es gibt näherliegende Erklärungen für den frühen Ursprung des Kinderverses als die oft recht gewagten und konstruierten mythologischen Interpretationen. Einen konkreten Hinweis auf das Alter mancher

---

[1] Vgl. hierzu beispielsweise Franz Magnus Böhme: Deutsches Kinderlied und Kinderspiel. Leipzig 1897.

Reime und Verse gibt die Erwähnung alter Berufe und Stände, vergangener Lebensverhältnisse und Bräuche, einstiger politischer Machtverhältnisse:

Kaiser von Rom
hat einen Sohn,
war noch zu klein,
Kaiser zu sein...

Seltener finden sich historisch genauer datierbare Hinweise wie in dem Einsingelied aus der Schwedenzeit, das (im »Wunderhorn« aufgezeichnet) auch heute noch in mundartlichen Variationen verbreitet ist:

Bet, Kind, bet,
morgen kommt der Schwed,
morgen kommt der Oxensterna,
der wird dem Kindl bet'n lerna.

Ein anderes Schwedenlied ist ebenfalls noch in vielen Gegenden lebendig:

Die Schweden san kumma,
ham alles mitgnumma,
ham d' Fenster neigschlagn,
hams Blei davontragn,
ham Kugeln draus gossen
und alle derschossen.

Obwohl das alte Versgut in der Überlieferung von Generation zu Generation und im alltäglichen Gebrauch durch Formveränderung, Worttausch, Inhaltsverschiebung, Kürzung und Ausweitung (oft nach Laune, manchmal angeregt durch aktuelle Verhältnisse) einem beständigen Wandel ausgesetzt war, haben sich in ihm »die gute alte Zeit«, die Welt des bürgerlichen Biedermeier, die dörfliche Großfamilie, die vorindustrielle Epoche einen auffallend festen Platz gesichert. Vielleicht liegt es daran, daß mit der schriftlichen Fixierung der volkstümlichen Kinderpoesie im 19. Jahrhundert ungewollt die Lebendigkeit der Tradition unterbrochen und ein Abschluß der Entwicklung herbeigeführt worden ist. Vielleicht liegt es auch daran, daß die breiten Schichten der nachfolgenden Epochen unter dem Einfluß der Medien und der Unterhaltungsindustrie nicht mehr über die gleiche Freude und Kraft zu poetischer Gestaltung verfügten. So blieb es bei der Postkutsche, bei der Ofenbank, beim Spinnrad und Brunnen, bei König, Graf und Bettelmann. Die Utensilien der modernen Technik und die neuzeitlichen Gesellschaftsverhältnisse fanden nur zögernd Eingang. Die Kinder – so weit sie diese Gedichte übernehmen – stoßen sich wenig an den antiquierten Materialien und Zuständen. Obwohl ihnen die altmodische Ausstattung nichts bedeutet, nehmen sie die Verse in Gebrauch und ergreifen die

Möglichkeit, die sie ihnen zum Spiel, zum geselligen und rivalisierenden Umgang mit ihresgleichen und den Großen bieten.

Die Verbreitung volkstümlichen Kinderguts ist in den letzten Generationen erheblich zurückgegangen. Im ganzen gesehen dürfte jedoch die Feststellung S. Rüttgers vor dem Ersten Weltkrieg auch heute noch zutreffen: »Die Zahl der Erwachsenen, die sich nicht wenigstens etlicher Texte aus ihrer Kinderstube oder von den Spielplätzen ihrer Jugend zu erinnern wissen, muß wohl sehr klein sein, mag auch die Zahl der erinnerten Lieder, Scherz-, Neck- und Spielreime im Vergleich zu dem nach Tausenden zählenden Bestand in unserer Sprache nicht eben groß sein ... Wenige Kinder werden so unglücklich groß werden, daß ihre Eltern und Pfleger nicht hie und da eine glückliche Stunde finden, mit ihnen zu singen und zu spielen«[2]. In der gegenwärtigen Situation sind es aber weniger die Eltern und Familien, sondern die institutionalisierten Erziehungsstätten (Kindergarten, Vorschule, Grundschule), die die nachwachsende Generation mit einem kleinen Bestand an volkstümlichen Reimen und Liedern bekannt machen. Das Elternhaus nimmt als Übermittler nicht mehr die führende Rolle ein.

Ruth Lorbe hat in einer 1971 veröffentlichten Untersuchung am Beispiel Nürnberg nachgewiesen, daß Lieder und Reime unter den Kindern noch zu finden sind und im Spielalltag gebraucht werden, ihre Virulenz jedoch soziologisch bedingt ist. Wo Kindergemeinschaften existieren, vor allem, wo sich freie Spielgruppen finden, wird Vers- und Liedgut benützt, bewahrt und regeneriert. Die freie »Zusammenrottung« der Kinder ist in Gegenden und Vierteln mit überwiegender Unter- und Mittelschichtbevölkerung eher möglich als in anderen Wohngebieten. Hier wird auch noch weitgehend die dem volkstümlichen Reimgut förderliche Mundart gesprochen. So erklärt sich, warum Lorbe in den Stadtgebieten mit vorwiegend werktätiger Bevölkerung einen vergleichsweise reichen Bestand an Kinderliedern und -versen auffinden konnte[3].

3. Viele der überlieferten und gesammelten volkstümlichen Kinderverse stammen von den Erwachsenen und sind *pädagogische Gebrauchsliteratur*. Sie sind im spielenden, scherzenden, pflegenden und erziehenden Verkehr zwischen Eltern und Kindern entstanden. In ihnen spiegeln sich der Tageslauf des Kindes mit Aufstehen, Anziehen, Waschen, Essen, Zubettegehen, das Kinderjahr mit Festen und Spielen, das Verhältnis zur Natur und zum Tier, die Anteilnahme am Tun der Erwachsenen in Haus und Beruf. Zahlreiche Verse sind mit körperlichem Tun verbunden, sind Tanz- und Spiellieder, Kniereiterliedchen, Fingerspielreime (»Der ist ins Wasser gefallen«; »Das ist der Daumen«). Sie kommen der Lust des Kindes, in Bewegung und tätig zu sein, entgegen. Andere wollen

---

[2] S. Rüttgers: a.a.O., S. 376.

[3] Ruth Lorbe: Die Welt des Kinderliedes. Dargestellt an Liedern und Reimen aus Nürnberg. Weinheim 1971.

den unersättlichen Tummeltrieb der Kinder dämmen helfen. Die Mutter weiß um die beruhigende Wirkung von Melodie, Klang, Rhythmus und Reim, und sie gebraucht dieses friedliche Instrument. Mit dem Schlummerlied (oder dem »Betthupferl«) geleitet sie ihr Kind aus der unruhigen Bewegung des Tages in Schlaf und Traum hinüber. »Schlaf, Kindchen schlaf« singen die Mütter in ungezählten Variationen bei allen Völkern. Ein »Heile, heile, Kätzchen« stillt die Tränen und lindert den Schmerz.

Manchmal wird ermahnt, getadelt, angeprangert:

Stöffele,
Pantöffele,
nimms Löffele;
wenn du essen willst,
so bete auch.

Pitsche, patsche, Peter,
hinterm Ofen steht er,
hinterm Ofen loant er (lehnt er),
wenn man 'n oschaut, woant er (weint er).

Gelegentlich wird auch gedroht:

I hab a schlimms Kinderl,
wann's immer so bleibt,
so stell i's in Garten,
daß 's d'Vögerl vertreibt.

Hin und wieder nehmen Mahnung und Drohung schärfere und rigorosere Formen an:

Ein gutes Kind,
das folgt geschwind.

Wer lügt, der stiehlt,
der kommt in die Höll
und wird dem Teufel
sein Räubergesell.

In solchen Versen kommt der strenge und repressive Geist der alten Hauspädagogik zum Ausdruck. Er drängt sich auch in jenen Schlafliedern ziemlich unkaschiert in den Vordergrund, die durch Einschüchterung das Kind zum Schlafen zwingen wollen. Die Drohung mit dem bösen Hund des Schäfers, dem schwarzen Schaf, dem Wolf soll den Schreihals endlich verstummen lassen, wenn gutes Zureden nicht hilft und die Versprechungen vom Engelstraum und von den Äpfeln und Birnen, die der Vater mitbringen wird, nichts erreichen. Eines der ältesten Schlaflieder lautet:

Swig, min liebez kint!
Swigest nicht, der wolf dich nimt;
dem wil ich dich schiere geben.
Swig, wiltu behalten din leben.

Die überwiegende Mehrzahl der überlieferten Kinderverse jedoch verstärkt nicht den strengen und unerbittlichen Geist der traditionellen Erziehung, sondern ist eher ein Korrektiv der sonst vorherrschenden Straf- und Zwangsmethoden. Obwohl sich das überlieferte Versgut inhaltlich mit den Wertmaßstäben und Normvorstellungen der alten Hausväterpädagogik deckt, ist es didaktisch gesehen ein kinderfreundliches Instrument der mütterlichen Erziehung. Gebot und Mahnung, Spott und Bloßstellung, Tadel und Drohung sind im freundlich-wohlwollenden Ton gehalten. Die friedliche Absicht wird durch die Versformulierung unterstrichen. Was Peter Rühmkorf über die Wirkung des Kinderverses im Verkehr der Kinder untereinander sagt, gilt auch für den Eltern-Kindbezug, daß nämlich, »wo der Reim sein Regiment ausübt, sanftere Sitten einziehen und das rohe Spiel der Kräfte (das nur leicht zum rohen Ernst wird) einer friedensrichterlichen Gewalt weicht«, daß eine »Sublimierung ins Humane« spürbar wird[4].

4. Das volkstümliche Versgut wurde und wird – wo es die Erwachsenen gebrauchen und anbieten – von den Kindern übernommen, in die freie Spielgruppe hineingetragen, hier unverändert genutzt oder aber auch auf eigene Weise und für eigene Zwecke, ohne den lenkenden und zensierenden Einfluß der Großen, umgemodelt und durch eigene Reimschöpfungen ergänzt.

Dieses *kindereigene Versgut* hat in die Sammelbände nur zum Teil Eingang gefunden. Es entspricht nicht immer den ästhetischen und pädagogischen Auswahlkriterien der landläufigen Volkstumspflege. Vieles steht im krassen Widerspruch zu der Vorstellung einer unschuldigen Poesie aus Kindermund. Unabhängig davon, ob dieses Sprachgut als heruntergekommene Volksliteratur oder als Dokument echter und ursprünglicher Äußerung gewertet wird, sollte man sich aus empirischem Interesse an der objektiven Wirklichkeit damit beschäftigen.

Peter Rühmkorf hat mit seinem »Exkurs in den literarischen Untergrund« eine ausführliche Studie mit zahlreichem Material vorgelegt. Seine Dokumentation zieht allerdings zu wenig in Betracht, wie weit die derben, grobschlächtigen und von der Konvention abweichenden Verse tatsächlich Schöpfungen aus Kindermund sind, und wie weit sie nicht doch literarische Produkte der Heranwachsenden und der Erwachsenen darstellen. Die Auswahl Rühmkorfs erweckt außerdem – gewollt oder ungewollt? – den Eindruck, als seien Bezeichnungen, zotige Anspielungen, genitale und anale Anzüglichkeiten durchgängig in allen

[4] Peter Rühmkorf: Über das Volksvermögen. Exkurs in den literarischen Untergrund. Rowohlt Taschenbuch. Reinbek 1969, S. 59.

Kindergruppen, wenn man sie nur ungestört gewähren läßt, gang und gäbe, weil ja »dem so oft berufenen Volksgeist die Obszönität anhängt wie eine zwangsbedingte Mitgift der Natur«[5]. Richtig ist, daß die Wirklichkeit des Kinderverses tatsächlich auch andere und rauhere Züge hat als das von den »idealistischen Hegemeistern« gesammelte Literaturgut. Ebenso zutreffend ist, daß die kindereigenen Verse nicht nur spielbegleitende oder die scherzhafte Kurzweil fördernde Reimgebilde sind, sondern auch tiefgründigere Funktionen erfüllen.

Die freie Kindergruppe bedient sich ihrer beispielsweise als Instrumentarium zur Regelung gruppeninterner Sozialprobleme. Mit Reimen wie

Hat gelogen,
hat betrogen,
hat die Kuh am Schwanz gezogen

wird der Lügner, nicht aus sittlicher Entrüstung, sondern weil er das Vertrauensverhältnis in der Gruppe untergräbt, bloßgestellt, angeklagt und unter moralischen Druck gesetzt. Mit einem Sprüchlein wie

Geschenkt, geschenkt: nimmer geben!
Gefunden, gefunden: wieder geben!

werden schwierige Fragen der Eigentumsverhältnisse geregelt. Im Schmäh- und Spottvers, im Streitdialog, im Vers zum Hereinlegen usw. erwächst den Rivalen ein Mittel, die handfeste Auseinandersetzung zu umgehen, die Unsicherheit zu umspielen, ohne das Gesicht zu verlieren.

Der gruppeneigene Kindervers spielt auch eine Rolle für das Verhältnis der Kinder zu den Erwachsenen. Zahlreiche Verse entsprechen dem Wunsch nach Übereinstimmung und Gemeinsamkeit mit den Großen. Andere entspringen dem Bedürfnis, sich eine eigene kleine Welt aufzubauen, sie zu wahren und abzuschirmen und – sich zur Wehr zu setzen. Autoritäten, Respektspersonen und Drohfiguren werden veräppelt, Erziehungsnormen bleiben unbeachtet, Verbotenes wird ausgesprochen, Reime und Lieder aus Familie und Schule werden respektlos verformt und umgedeutet. Wie weit sich dahinter nur harmlose Freude am Spaßigen und Komischen oder Aggressionslust und Destruktionstrieb verbergen, ist umstritten und wohl auch nur am Einzelfall zu entscheiden. Grundsätzlich sollte man die im Kinderreim erkennbaren Regungen der Selbständigkeit und Unabhängigkeit, das Bedürfnis nach Absonderung und den Wunsch nach einer eigenen Welt mit eigenen Regeln und Geheimnissen nicht immer gleich als »unmißdeutbare« Deklaration der »Rechte der unterdrückten und geschurigelten Natur«, als »eine unter Kindern und gegen die Erwachsenen ausgehandelte Sache«[6] interpretieren.

---

[5] P. Rühmkorf: a.a.O., S. 29.

[6] P. Rühmkorf: a.a.O., S. 20 und S. 26.

B. Kinderlieddichter

1. Neben dem Kindervers und Kinderlied des Volksguts gibt es die Kinderpoesie der Dichter. Bei einem Gang durch die Literaturgeschichte *bis ungefähr zur Wende von 1800* ist die Ausbeute kindertümlicher Verse nicht sehr umfangreich. Nur hin und wieder stoßen wir auf einen Dichter, dessen Gesamtwerk auch einige Gedichte für Kinder enthält (z. B. M. Claudius), im allgemeinen sind Stücke von der Anschaulichkeit und Naivität, wie sie Kinder brauchen, Einzelfälle[7].

Der pädagogische Eifer der Aufklärung bescherte uns zwar Kinderprosa und Kindergedichte in Fülle. Belehrungssucht und Verstandesnüchternheit ließen aber Kindlichkeit und Poesie nur selten aufkommen. Die Kinderlieder des Volkes – ein paar Menschenalter später das bewunderte Vorbild der Kinderlieddichter – wurden als unnützer Wildwuchs verurteilt. Man distanzierte sich von ihnen und wollte sie am liebsten ganz und gar aus Familie und Kinderstube verjagen. Die Aufklärung brachte die ersten Kinderlieddichter in Deutschland hervor. Was diese aber »zur Belehrung und Erbauung der lieben Kleinen« geschrieben haben, ist heute größtenteils nicht mehr genießbar.

2. Die *Romantik* schenkte uns Kinderlieddichter, die wir als Klassiker des Kinderlieds bezeichnen können[8]. Viele ihrer Verse und Lieder stehen an Anmut und Echtheit nicht hinter denen der anonymen Volksdichtung zurück. Sie haben daher auch den Weg ins Volk gefunden.

Der Schweinfurter Friedrich Rückert (geb. 1788) stand zwar noch in der aufklärerischen Tradition des 18. Jahrhunderts, aber er war doch auch schon dem Geiste der Romantik verbunden. Als Fünfundzwanzigjähriger schrieb er, beeindruckt vom »Wunderhorn«, die »Fünf Märlein zum Einschläfern fürs Schwesterlein« mit den immer noch ansprechenden Versgeschichten

Vom Büblein, das überall mitgenommen hat sein wollen;
Vom Bäumlein, das andere Blätter hat gewollt.

Ein erfolgreicher Kinderlieddichter war Wilhelm Hey (geb. 1789). Seine Tiergedichte wollen die Liebe zwischen Tier und Kind, seine frommen Lieder, das vertrauensvolle Verhältnis zwischen Kind und Gott pflegen. Eine kleine Auswahl für Familie und Schule ist auch heute noch am Platze[9]. Einige seiner frommen Lieder sind Volkslieder geworden:

---

[7] Vgl. James Krüss: Gedichte für Kinder u. Kindergedichte. Anhang zur Gedichtsammlung »So viele Tage wie das Jahr hat«; Gütersloh 1959. Dasselbe in: Naivität und Kunstverstand. Weinheim 1970 (2. Aufl.).

[8] Vgl. die ausführliche Darstellung von H. L. Köster: Geschichte der deutschen Jugendliteratur. A.a.O., S. 103 ff.

[9] Vgl. die Schaffstein-Auslese »Fünfzig Fabeln« von Hey mit den Illustrationen O. Speckters der Erstausgabe von 1933 (Schaffsteinbändchen).

Alle Jahre wieder;
Weißt du wieviel Sternlein stehen;
Aus dem Himmel ferne.

Viele sangbare Verse des Germanisten Heinrich Hoffmann von Fallersleben (geb. 1798) sind so sehr Gemeingut geworden, daß darüber der kinderfreundliche Autor in Vergessenheit geriet. Wer kennt nicht

Kuckuck, Kuckuck, ruft aus dem Wald;
Ein Männlein steht im Walde;
Alle Vögel sind schon da;
Winter ade;
Summ, summ, summ, Bienchen, summ herum;
Ward ein Blümlein mir geschenket.

Im Ansbacher Friedrich Güll (geb. 1812) begegnet uns ein schriftstellernder Pädagoge, der wirklich Dichter war. Er, Lehrer in München, schrieb Kinderverse voll plastischer Anschaulichkeit und freundlichem Humor. Zu seinen besten Stücken zählen

Das Büblein auf dem Eis;
Klaus ist in den Wald gegangen;
Steigt das Büblein auf den Baum;
Der erste Schnee.

Fügen wir den genannten Namen noch August Kopisch (»Heinzelmännchen«) und Robert Reinik hinzu, dann haben wir die bedeutendsten Kinderlieddichter aufgezählt, deren Werke vorwiegend in der ersten Hälfte des 19. Jahrhunderts entstanden sind. Sie führten die Kinderlieddichtung auf eine Höhe, die sie zu keiner anderen Zeit erreichte.

Seither hatte jede nachfolgende Generation ihre Kinderlieddichter. Bei manchen ist ein später Einfluß der lehr- und moralbegeisterten Aufklärung unverkennbar, andere wollen fehlende Kindlichkeit durch süße Sentimentalität und läppisches Gerede ersetzen. Einige aber ragen aus dem Durchschnitt heraus und bereichern den Liedschatz durch schöne Beiträge. So Heinrich Seidel (geb. 1842) mit »köstlich burschikosen Versen ... sprühend von hübschen Einfällen und kecken Wendungen« und der originelle Victor Blüthgen (geb. 1844), »ganz und gar unter vollem Einsatz all seiner Kräfte und Möglichkeiten ein Dichter für Kinder«, bestechend durch die »poetischen und musikalischen Töne seiner Leier«[10].

3. Gegen Ende des Jahrhunderts wurden *neue Stimmen* vernehmbar, die aus dem Chor der traditionsbestimmten Kinderlieddichter herausklangen. Sie standen unter dem Einfluß einer sich wandelnden Pädagogik, die vom Eigenwert

[10] J. Krüss: a.a.O., S. 295.

der Kindheit überzeugt ist und Lebensart und Erlebensweise des Kindes entschieden respektieren will. Das Neuartige lag weniger in der Wahl der Stoffe: Themenkreis war und blieb die Welt des Kindes. Aber man bemühte sich nun um eine unvoreingenommene Stellungnahme, um eine Sicht vom Denken und von der Moral des Kindes aus. Der Kinderlieddichter will nicht mehr in der Rolle des freundlichen Onkels auftreten, der zwar gutmütig auf die Fehler der Kleinen schaut, mit seiner ernsten Erwachsenenmeinung aber doch nicht zurückhält. Er stellt sich mit den Kindern in eine Reihe und erklärt sich mit ihnen solidarisch[11].

Die konsequente Hinwendung zum Kind hat eine erfreulich frische und unorthodoxe Kinderdichtung hervorgebracht. Paula und Richard Dehmel sind ihre bekanntesten Vertreter (»Fitzebutze«, 1900; »Rumpumpel«, 1903 u. a. Bände). Auch Christian Morgenstern gehört mit seinen Kindergedichten (»Klein Irmchen« 1906) in diese Richtung. Aber nicht alle seine Verse klingen so echt und unkompliziert wie »Wenn es Winter wird« oder »Drei Spatzen«:

> In einem leeren Haselstrauch,
> da sitzen drei Spatzen Bauch an Bauch.
> Der Erich rechts und links der Franz
> und mittendrin der freche Hans...

Joachim Ringelnatz (Hans Bötticher) war, wie Polgar sagt »ein Eulenspiegel, wenn auch einer aus Sachsen, mit koboldischer Lust am Durcheinanderbringen von Sinn und Unsinn ..., ein Schatzgräber dort, wo es keinem lohnte zu graben«. In seinem »Kinderverwirrbuch« führt er die Kleinen in die heiterverspielten Gefilde des Unsinnverses (Nonsense) und in die Welt des Kleinen und Unscheinbaren[12]:

> Ein Federchen flog über Land;
> ...
> Aufs Nilpferd setzte sich die Feder
> und streichelte sein dickes Leder.
> Das Nilpferd öffnete den Rachen
> und mußte ungeheuer lachen.

Es ist für die neue Einschätzung des Kinderpublikums und des Kindergedichts bezeichnend, daß nunmehr auch namhafte Autoren, die keineswegs von Hause aus »Kinderlieddichter« sind, Kinderpoesie schreiben. Ihre Kinderliteratur nimmt keinen abgesonderten Eigenplatz in ihrem literarischen Gesamtschaffen ein.

---

[11] Vgl. die Ausführungen von Krüss zur Emanzipation des Kindes im Kindergedicht; a.a.O., S. 296 ff.

[12] Vgl. G. Sichelschmidt: Joachim Ringelnatz als Kinderdichter. In: ZS Jugendschriften-Warte 1966/7. und 8.

So auch bei Bertolt Brecht. Für ihn ist das Kindergedicht sozialkritisch und philanthropisch engagierte Poesie. Sein Hauptthema, »wie der Mensch gehandelt wird«, bestimmt auch das Kindergedicht[13]:

Eins. Zwei. Drei. Vier.
Vater braucht ein Bier.
Vier. Drei. Zwei. Eins.
Mutter braucht keins.

Was ein Kind gesagt bekommt
...
Zum Alter ist man ehrerbötig,
Süßigkeiten sind für den Körper nicht nötig.
Kartoffeln sind gesund.
Ein Kind hält den Mund.

Moralist, mit einem weiten Verständnis für die Eigen- und Unarten der Kinder, ist Erich Kästner. Sein Solidaritätsgefühl ist gepaart mit pädagogischer Verantwortung. Daß er ganz und gar nichts von herkömmlicher Kraft- und Autoritätspädagogik hält, geht aus dem »Verhexten Telefon« (1932) hervor. Nach all dem Unsinn, den Pauline und die sieben Kinder getrieben haben, reagiert ihr Lehrer erziehlich »modern«.

...
Was geschah am Tage drauf?
Grete rief: »Wir tuns nicht wieder.«
Doch er sagte: »Setzt euch nieder.
Was habt ihr im Rechnen auf?«

4. Im *Kindergedicht der Gegenwart* gewinnt zunehmend an Boden, was um die Jahrhundertwende und im ersten Drittel des 20. Jahrhunderts sich vereinzelt als neue Richtung bemerkbar gemacht hat. Nun scheint eine eigenständige, vom Vorbild des vergangenen Jahrhunderts emanzipierte Kinderpoesie zu entstehen, die nicht mehr Maß nimmt am »klassischen« Kinderlied, seine Formeln und Inhalte beständig imitiert und zu Klischees entwertet.

Autoren wie Josef Guggenmos (»Was denkt die Maus am Donnerstag«, Bitter 1967 und dtv, »Ein Elefant marschiert durchs Land«, Bitter 1968, »Gorilla, ärgere dich nicht«, Bitter 1971), James Krüss (»Der wohltemperierte Leierkasten«, Bertelsmann 1961, »3 × 3 an einem Tag«, Betz 1966 u. a.), Hans Baumann (»Wer Flügel hat, kann fliegen«, Ensslin 1966, »Der Kindermond«, Ensslin 1968), Christina Busta (»Die Sternenmühle«, O. Müller 1969), Vera Ferra-Mikura (»Lustig singt die Regentonne« 1964), Peter Hacks (»Der Flohmarkt« 1965), Eva Rechlin, Ilse Kleberger, Elisabeth Borchers und andere, gehören zu

[13] Vgl. Monika und Martin Sperr: Herr Bertolt Brecht sagt. München 1970.

den Schriftstellern, denen das Kindergedicht Neubelebung und Bereicherung verdankt.

Josef Guggenmos ist einer der schlichtesten und gleichzeitig originellsten Kinderdichter. In kaum einem seiner Verse sagt er ein Wort zu viel; fast alle seine Bilder stimmen und überzeugen wegen ihrer Ursprünglichkeit. Auch wenn er sich den immer wiederkehrenden Stoffen der Kinderpoesie zuwendet, klingen seine Verse so, als hätte noch keiner vor ihm dieses Thema in Reim und Rhythmus gefaßt. Wenn Guggenmos von Tulpe, Maus, Wind oder Ball dichtet – vielstrapazierte Stoffe! –, dann ist da keine Spur von Imitation und klischierten Modellen. Sein »Im Herbst« lautet so:

Zwei Hasen hoppeln
über die Stoppeln.
Zwei ältere Herren
mit ernstem Gesicht.
Der eine spricht:
»Hier wuchs einmal Weizen.
Wo ist er? Wo?
Es ändert sich alles.
Ist's nicht so?«
Der andre entgegnet:
»Da haben Sie recht.
Erst ging es uns gut,
bald geht es uns schlecht.«

Im Unterschied zum stofflich weitgehend stagnierenden volkstümlichen Kindervers ist in der Kinderpoesie der Dichter auch von Dingen die Rede, die der speziellen Umwelterfahrung der Kinder von heute entsprechen. Flugzeuge und Weltraumschiff, Auto und Lügendetektor, Kino und Fernsehen, Schreibmaschine und Briefkasten und noch anderes Zubehör des technischen Zeitalters fügen sich erstaunlich gut in das Kindergedicht mancher Autoren. Im modernen Bettgehvers kann es heißen: »Träume gehen auf die Reise / Weltraumschiffe drehen Kreise.« Und ein Hasengedicht nimmt die Wendung: »Doch saß kein Hase im Kraut / es saß drin ein Astronaut«. Natürlich finden auch Straße, Bahnhof und Autostrom einen Platz:

Eine Straße hat wie jedes Ding zwei Seiten,
doch wie sind sich diese Seiten manchmal fern.
Von der einen zu der anderen zu schreiten,
ist so schwierig wie der Weg zum nächsten Stern.
Vom Bahnhof bis zum Dom
braust der Autostrom.

(Eva Rechlin)

Ist Guggenmos ein Meister der prägnanten, oft lakonischen, manchmal auch lyrisch verdichteten Kürze, so liegt James Krüss' Stärke im balladenhaften Erzählgedicht. Hier läßt er seiner Lust am Fabulieren und Phantasieren mit Dingen, Szenen und auch mit der Sprache freien Lauf. Der Reim scheint ihm mühelos aus der Feder zu fließen, was die Produktivität, jedoch auch die schwankende Qualität begünstigt. Seine lustigen Erzählgedichte wie etwa »Der Zauberer Korinthe« sind weit bekannt (und wohl in jedem neueren Lesebuchwerk vertreten), seine Versgeschichten in zahlreichen Bilderbüchern zu finden. Zu seinen besten Bilderbuchversen zählt »3 × 3 an einem Tag« (Betz), die Geschichte eines dramatisch ablaufenden Tages, der idyllisch beginnt:

Die Sonne ging auf, der Tag begann,
da fingen drei Hähne zu krähen an,
da bliesen drei Jäger auf Hörnern.

Hans Baumann, vorwiegend als Autor von Jugendromanen bekannt, »gelingt in vielen seiner Kindergedichte eine organische Verquickung von Bildern der realen Umwelt mit Bildern der Phantasie«[14]. Wie kann man im Kindergedicht z. B. das »Alle Menschen sind Brüder« ohne lehrhafte Aufdringlichkeit explizieren?

Ein Holländerkind,
ein Negerkind,
ein Chinesenkind
drücken beim Spielen die Hände in Lehm.
Nun geh hin und sag, welche Hand ist von wem!

Die Gemeinschaft aller Kinder der Welt – dieses Thema findet sich auch bei anderen Autoren, bei Ilse Kleberger (»Gebet für Kinder – Manche Kinder sind gelb und manche schwarz ...«), bei Gina Ruck-Pauquèt (»Im gleichen Moment – Jetzt, wo du lachst / mag ein Eskimo weinen ...«), bei Max Bolliger (»Bei uns hat es geschneit / die Welt ist weit ...«).

Alle Kinder sind gleich, aber nicht allen geht es gleich. Jürgen Spohns »Kindergedicht« ist Anklage gegen Ungerechtigkeit in der Welt:

Honig, Milch und Knäckebrot –
manche Kinder sind in Not.
Zucker, Ei und Früchtequark –
macht nur manche Kinder stark.
Götterspeise, Leibgericht –
kennen manche Kinder nicht.

---

[14] Hans-Joachim Gelberg: Das Kindergedicht Anno dazumal und heute. In: Arbeitskreis für Jugendliteratur (Hrsg.): Jugendliteratur in einer veränderten Welt. Bad Heilbrunn 1972, S. 138.

Wurst und Käse, Vollkornbrot –
manche Kinder sind schon tot.

Der lapidare Vierzeiler »Das Wunderkind« aus dem Versbüchlein »Purzelbaum« von Hans Stempel und Martin Ripkens (Ellermann) spricht nicht von der wirtschaftlichen Not des Zu-kurz-Gekommenen, sondern von dem menschlichen Jammer des Kindes, das nicht Kind sein darf:

Es kann Klavier und Flöte
und liest schon Grass und Goethe.
Zum Spielen hat es keinen,
und nachts hört man es weinen.

Diese Gedichte sind Beispiele für den Ernst, die herbe, oft pessimistische Realistik und das sozialkritische Engagement, die in der modernen Kinderpoesie neben Spaß, Spiel, Scherz, Nonsens und kurzweiliger Unterhaltung ebenfalls einen Platz gefunden haben.

Eine eigene Kategorie – zwischen Spiel und Ernst angesiedelt – sind jene Eltern-Kindgedichte, in denen vom Aspekt des Kindes das »pädagogische Verhältnis« kritisch angeleuchtet wird. Susanne Kilians »Kindsein ist süß? – Kindsein ist mies.«, Gerd Hoffmanns »Blöd! – Immer dasselbe bei uns nach fünfe« oder der »Spaziergang« von H. Stempel und M. Ripkens (»Zieh die Strümpfe hoch / bleib nicht dauernd stehn!«) sind das Gegenteil der herkömmlichen Moralliteratur. Hier spricht nicht mehr der Erwachsene zum Kind, sondern das Kind (über seinen Anwalt, den Autor) zum Erwachsenen. Sie sind die Antwort des geschubsten und bevormundeten Kindes auf die konventionelle Anpassungspädagogik. Ohne Zweifel also eine Kinderliteratur, die vorwiegend den Eltern etwas zu sagen hat. Kinder werden mit dieser Poesie nur etwas anzufangen wissen, wenn das humanitäre Pathos nicht überwiegt, wenn keine klassenkämpferische Agitation gegen die Eltern als Unterdrücker betrieben wird, wenn ein bißchen Spaß, ein bißchen Augenzwinkern mit dabei sind, so wie in Hans Adolf Halbeys »Trotzdem«, wo es nach fünf Proteststrophen zu der köstlichen Schlußwendung kommt:

Und wenn Papa abends droht:
Schluß mit Fernsehn, Abendbrot! –
schreit doch jedes Kind im Haus:
Raus!
Trotzdem:
Kinder, schützt eure Eltern!

Antiverse sind etwas Mode geworden. Sie sollten nicht am grünen Tisch der antiautoritären Pädagogik geschrieben werden, sondern im Umgang mit (eigenen) Kindern. Dann erweist sich auch ihre Tauglichkeit am ehesten.

C. Kindergedicht und literarische Erziehung

1. Warum haben Kinder eine Vorliebe für Verse, für kleine Reime, die oft nur einen bescheidenen Sachverhalt umschreiben, die nicht selten sogar sinnlose Wortgebilde enthalten, für Versgeschichtlein, die sich als Prosatext einfacher und ausführlicher erzählen ließen?

Eine Erklärung wird uns das Kind selbst schuldig bleiben; denn sie ist im vorbewußten kindlichen Erleben zu suchen. Hier treffen wir zunächst auf den *Spieltrieb*. Er erstreckt sich, als eigentliches Lebenselement des Kindes, auf alle Bereiche und Fähigkeiten, die ihm zugänglich sind und zur Verfügung stehen. Dazu gehören auch die Sprache und das Sprechen. Das Kind genießt Laute und Worte schon frühzeitig als etwas, mit dem man spielend »hantieren« kann. Die ungeordneten Lallmonologe des ersten Lebensjahres sind eine Vorstufe zu den rhythmisch durchgegliederten Klanggebilden in der Art von »Ene, bene, subtrahene ...« oder »Eins, zwei, drei, pigga, pogga, nei ...«

Das Kind freut sich an der reichhaltigen Wandlungsfähigkeit der Sprache und an dem Vermögen, schwierige Gebilde nachzusprechen. Es ist eine spielerische Tätigkeit, die von Funktionslust geleitet wird, d. h. (nach K. Bühler) von der Lust an einer Tätigkeit als solcher, am glatten und reibungslosen Funktionieren der Organe; in unserem Falle der sprachlichen Organe des Menschen. Es darf auch diesem spielerischen Tätigsein ein prospektiver Sinn unterlegt werden. Er besteht in der physiologischen Übung der Sprechfunktionen, darüber hinaus in der geistigen Auseinandersetzung mit dem Phänomen Sprache und der in ihm beschlossenen Möglichkeit, Ereignisse und Erscheinungen des Lebens in verschiedenen Modulationen auszudrücken.

Aber offensichtlich ist noch ein weiteres Moment gegeben, das die Neigung des Kindes zur wohlklingenden, gereimten und rhythmisch gegliederten Sprachdarstellung erklärt: *das ästhetische Erleben*. In dem Lebensabschnitt, der allgemein als außerästhetische Phase gekennzeichnet wird, sind bereits Bedürfnis und Fähigkeit für ästhetische Empfindungen vorhanden. Sie werden als »literarästhetische Urerlebnisse« bezeichnet. Schliebe-Lippert charakterisiert sie als Vorgänge, die zum vorbewußten Erleben gehören. »Sie sind nicht das Ergebnis einer ästhetischen Erziehung, sondern dem Menschen mitgegeben oder unmittelbar in ihn eingehend. Sie können sehr früh liegen, etwa am Ende des ersten Lebensjahres. Mit Sicherheit aber sind sie während des zweiten Lebensjahres und in den weiteren Jahren der Kindheit nachweisbar«[15]. Die kindliche Seele, »ein fruchtbarer Ackerboden voll treibender Keime« (Wolgast) ist schon Jahre vor Beginn der Reifezeit ästhetischer Regungen und Empfindungen fähig. Die ohne äußeren Zwang sich entfaltende Neigung für Kinderreim und Kindergedicht bezeugt dies. Freilich sind Neigungsausmaß und Wirkungsstärke abhängig

[15] Elisabeth Schliebe-Lippert: Der Mensch als Leser. In: Begegnung mit dem Buch. Ratingen 1950, S. 52.

von der individuellen Begabung des Kindes, aber auch von der Anregung, die von außen her erfolgt. Die Umwelt wird wesentlich mitentscheiden, ob die ursprünglichen poetischen Bedürfnisse und Fähigkeiten mit zunehmendem Alter erlöschen oder als Grundlage weiterer Entfaltung erhalten werden können.

Es ist eine der Aufgaben der Elementar- und Grundschule, die ersten Beziehungen des Kindes zur Dichtkunst behutsam zu pflegen, die vom Kinde selbst geknüpften Fäden nicht abreißen zu lassen, eine Brücke zu schlagen von den Kinderreimen und Kindergedichten des Volkes zu denen der Kinderlieddichter und weiter zu den Versdichtungen der Erwachsenenliteratur, soweit sie dem Kind schon zugänglich gemacht werden können.

2. Der Gedanke einer kontinuierlichen Höherführung von Stufe zu Stufe, eines allmählichen Hineinwachsens auf der Grundlage einfacher literarischer Formen in schwierigere, verdient auch in diesem Zusammenhang der Erwähnung. Der bisherige Deutschunterricht leide, sagt Walther Seidemann, neben dem Mangel, daß er zu stofflich-äußerlich sei, an der Gepflogenheit, eine große dichterische Form unvorbereitet an die Kinder heranzubringen[16]. Daher fordern Lesebuchherausgeber eine Textauswahl, durch die erreicht wird, »daß das Kind – zunächst unbewußt und später bewußt – in planvollem Aufbau und in erweiternder Wiederholung auf höherer Stufe gleichsam einen ›Elementarkurs‹ im Erleben und Erfassen dichterischer und sprachlicher Formen durchläuft«[17]. Die fundamentale Funktion des Kindergedichts innerhalb eines solchen literarischen »Elementarkursus« wird grundsätzlich von allen Lehrern der Muttersprache anerkannt. Seine formale Struktur verkörpert eine Reihe *poetischer Grundelemente*.

Viele Kindergedichte besitzen *epische* Merkmale. Sie geben gemächlich ergänzend einen aneinandergereihten Geschehensablauf wieder (»Die Ammenuhr«, »Das bucklige Männlein«); verschaffen Einblick in einfache Verkettungen und Folgen, wie etwa bei den »Zehn kleinen Negerlein« oder dem Kettengedicht vom Jockel, den der Herr vergeblich zur Arbeit ausschickt, oder den Märlein Rückerts; schildern eine Handlung mit deutlich akzentuiertem Höhepunkt (vom neunzeiligen »Kletterbüblein« Gülls bis zur Heinzelmännchengeschichte von Kopisch). Das Verständnis des Kindes für komplexere poetische Darstellungen wird geschärft, es lernt, Begebenheit für Begebenheit zu erfassen, ihren Einfluß auf den Fortgang der Handlung zu erspüren und die Einzelbilder zu einer Handlung zu fügen.

Auch Grundformen *dramatischer* Dichtung finden sich in Kinderversen, vor allem in Tanzliedern und gereimten Spieltexten. Eine knappe, in sich geschlosse-

---

[16] Walther Seidemann: Der Deutschunterricht als innere Sprachbildung. Heidelberg 1969 (8. Aufl.). Seidemann will das allmähliche Hineinwachsen (Hinauflesen) in die Großformen besonders beachtet wissen.

[17] Klaus Gerth in: Begleitschrift zu LESEBUCH 65. Schroedel Verlag, Hannover 1965

ne Handlung mit Konfliktcharakter wird durch Dialog, Monolog und durch körperliches Mitwirken unmittelbar anschaulich gegenwärtig. In zahlreichen Singspielen wird ein Partner erwählt, umworben und verschmäht (»Die Reise nach Amerika«, »Ich hab verloren meinen Schatz«), werden Rätsel- und Entscheidungsfragen gestellt und wird am Ende gelaufen, gefangen und gekämpft (»Wir kommen aus dem Mohrenland«). Das Kind erlebt in einfachster Form das dramatische Zwiegespräch, die Steigerung durch Rede und Antwort, die Stauung der Kräfte bis zu einem Punkt, dem entscheidenden Stichwort. Wie sehr es im spielenden Gebrauch dieser Verse und Lieder ganz und gar die dramatischen Möglichkeiten verwirklicht, das zeigt die Beobachtung.

Schließlich steht das Kindergedicht auch in Beziehung zur *Lyrik*. Die sangbaren und melodischen Gedichte verkörpern als Lieder die Urgestalt und mit ihrem stimmungs- und gefühlsbetonten Gehalt ein Wesenselement lyrischer Dichtung. Sie erschöpfen sich nicht in der Darstellung der äußeren Erscheinung, sondern bringen einfache innerseelische Vorgänge, die durch gemüthafte Begegnung mit der Welt entstehen, unmittelbar zum Ausdruck. In den Wiege- und Koseliedern liegt Zärtlichkeit und Innigkeit, aus vielen Spiel- und Scherzreimen klingt das Gefühl herzlicher Gemeinschaft, in den Versen um Tiere und Pflanzen kommt die gemütvolle Verbundenheit zum Ausdruck. Entscheidend dabei ist, daß diese Gefühle nachvollzogen werden können. Romantik ist nur maßvoll angedeutet und immer konkret mit Gegenständlichem angefüllt, ohne Melancholie, immer mit einem Zug heiterer Klarheit. (Man vergleiche etwa die Kindersehnsucht in Blüthgens »Ach, wer das doch könnte« oder in Guggenmos' »Die Schwalben sind davongezogen« mit einem Gedicht zur Sehnsucht aus der Erwachsenenlyrik!)

3. Es wäre ein Mißverständnis, wollte man das *Kindergedicht im Unterricht* zum Objekt einer intensiven, systematischen »Behandlung« machen. Die Unterstufe der Grundschule (und erst recht die Vorschule) können im allgemeinen nur wenig tun, um das Dichterische bewußt zu machen. Ihre Hauptaufgabe besteht darin, die poetische Neigung im Kinde zu erhalten und zu pflegen und für eine natürliche Begegnung zwischen Schüler und gestalteter Sprache zu sorgen.

Dazu bedarf es keines großen methodischen Aufwands, keiner ausgeklügelten Lehreinheit, meistens auch keiner 45- oder 60-Minutenstunde. Kinderverse und Kindergedichte werden nicht analysiert und interpretiert, sondern einfach ihrer ursprünglichen Funktion entsprechend situationsgerecht angewendet. Unaufdringlich gesellen sie sich dem Gesamtunterricht und dem Schulleben bei, kommen in Sing- und Spielstunden zu Wort, werden bei kleinen Feiern – vielleicht zum Geburtstag eines Kindes – aufgesagt. Gelegentlich können die Kinder zum Nachschaffen angeregt werden, zum Spiel mit Klang, Wort und Reim, etwa durch Selbererfinden von Unsinnsversen, Neckversen, Abzählreimen.

Dieser natürlich-kindliche Umgang läßt kein falsches Pathos, keine aufgebauschte Rhetorik, keine einstudierte »Sprechkunst« aufkommen, sondern fördert eine Vortragsweise, wie sie den schlichten poetischen Gebilden angemessen ist. Der Lehrer muß freilich auch hierin ein gutes Beispiel geben.

Abschließend sei noch darauf verwiesen, daß sich Eltern, Kindergärtnerinnen, Lehrer nicht nur mit jenem kleinen Bestand an Gedichten, Reimen, Versen und Sprüchen begnügen sollten, wie er ihnen durch das Lesebuch angeboten wird oder aus der eigenen Kinderzeit geläufig ist. Eine Reihe von Sammelbänden mit alten und neuen Kinderversen aus Deutschland und aller Welt steht zur Verfügung; einige Bände eignen sich auch für die Hand des Schulkindes.

Sammelbände mit Kinderreimen, Kindergedichten und Kinderliedern sind:

So viele Tage wie das Jahr hat. Gedichte für Kinder und Kenner. Hrsg. J. Krüss (Mohn). – Bunter Kinderreigen. 188 neue und alte Verse und Reime. Hrsg. H.-J. Gelberg (Arena). – Allerleirauh. Viele schöne Kinderreime. Hrsg. H. M. Enzensberger (Suhrkamp). – Ist die schwarze Köchin da. Alte und neue Kinderlieder. Hrsg. J. Bienath (dtv). – Ilse Bilse. 12 Dutzend alter Kinderreime. Hrsg. A. Roscher (Thienemann). – Kinderlieder aus des Knaben Wunderhorn (Insel). –

Die Hirtenflöte. Europäische Volkslieder. Hrsg. J. Krüss (Biederstein). – Die Stadt der Kinder. 243 Gedichte für Kinder von 67 Autoren. Hrsg. H.-J. Gelberg (Bitter). – Ein Reigen um die Welt. 274 Gedichte aus 75 Sprachen. Hrsg. H. Baumann (Mohn). – Kinderreime der Welt. Hrsg. I. Faber du Faur (Müller und Kiepenheuer). –

Glück und Segen. 570 Gedichte für alle Feste des Jahres und des Lebens. Hrsg. B. H. Bull (Mosaik). – Viel Glück und viel Segen. Gedichte für alle Feste des Jahres und des Lebens. (O. Maier). – Der Rummelpott. Hrsg. A. Könner (Jugend und Volk). – Das Windrad. (Kindergedichte aus zwei Jahrzehnten) Hrsg. H. Preißler (Kinderbuchverlag).

D. Literatur zu Kinderreimen und Kindergedichten

Bamberger, R.: Jugendlektüre. Wien 1965 (2. Aufl.), S. 114 ff.

Bausinger, H.: Formen der »Volkspoesie«. Berlin 1968.

Beinlich, A.: Das Gedicht in der heutigen Unterrichtspraxis. In: Handbuch des Deutschunterrichts. Bd. 2, Emsdetten 1970 (5. Aufl.), S. 1363 ff.

Bodensohn, A.: Im Spielraum der Lyrik. Kinderreime und Kindergedichte als lyrische Vorformen. Frankfurt a. M. 1965.

Dyhrenfurth, I.: Geschichte des deutschen Jugendbuches. Zürich/Freiburg i. Br. 1967 (3. Aufl.), S. 75 ff., S. 108 ff. u. a.

Enzensberger, H. M.: Nachwort zu: Allerleirauh, Frankfurt a. M. 1969.

Gelberg, H.-J.: Das Kindergedicht. Anno dazumal und heute. In Arbeitskreis für Jugendliteratur (Hrsg.): Jugendliteratur in einer veränderten Welt. Bad Heilbrunn 1972, S. 121 ff.

Gelberg, H.-J.: Das neue Kindergedicht. Nachwort zu: Die Stadt der Kinder. Recklinghausen 1969, S. 217 ff.

Hürlimann, B.: Europäische Kinderbücher in drei Jahrhunderten. Zürich/Freiburg i. Br. 1959, S. 15 ff.

Köster, H. L.: Geschichte der deutschen Jugendliteratur. München-Pullach/Berlin 1972. Nachdruck der 4. Aufl. 1927, S. 95 ff., S. 103 ff.

Krüss, J.: Naivität und Kunstverstand. Gedanken zur Kinderliteratur. Weinheim 1970 (2. Aufl.).

Lorbe, R.: Die Welt des Kinderliedes. Dargestellt an Liedern und Reimen aus Nürnberg. Weinheim 1971.

Nentwig, P.: Dichtung im Unterricht. Braunschweig 1969 (4. Aufl.), S. 182 ff.

Rühmkorf, P.: Über das Volksvermögen. Exkurs in den literarischen Untergrund. Rowohlt Taschenbuch. Reinbek 1969.

Seemann, E.: Kinderlied. In: Reallexikon der deutschen Literaturgeschichte. Begr. v. P. Merker und W. Stammler. 2. Aufl. herausgegeben von W. Kohlschmidt und W. Mohr. Bd. I, Berlin 1958, S. 818.

Aus Zeitschriften:

Bayerl, L.: Friedrich Güll, der Neugestalter des Kinderliedes. In: Jugendliteratur 1962/6. – Bull, B. H.: Nonsense und manieristische Elemente in der neueren deutschen Kinderpoesie. In: Jugendliteratur 1962/6. – Bull, B. H.: Was gibt es Neues in der Kinderpoesie? In: Jugendliteratur 1968/1. – Essen, E.: Ursprüngliche Begegnung mit dem Gedicht. In: Deutsche Schule 1961/1. – Jaeger, E.: Kinderverse historisch, literarisch und psychologisch betrachtet. In: Kinderheim 1962, S. 67 – Ruth, A.: Friedrich Rückerts »Kindermärlein«. In: Jugendliteratur 1968/1. – Sichelschmidt, G.: Vom Nonsense im Kindergedicht. In: Das gute Jugendbuch 1966/3. – Sichelschmidt G.: Richard Dehmel und das Kindergedicht. In: Das gute Jugendbuch 1963/2. – Sichelschmidt G.: Joachim Ringelnatz als Kinderdichter. In: Jugendschriften-Warte 1966/7. und 8. – Stein, G.: Lyrik im Kinderreim. In: Das gute Jugendbuch 1966/3.

Das Märchen

A. Das Volksmärchen und seine Sammler

1. Wenn wir hierzulande vom Märchen sprechen, denken wir zuerst an die von den *Brüdern Grimm* gesammelten Volksmärchen. Jakob und Wilhelm Grimm haben (von einigen unvollkommenen Versuchen vor ihnen abgesehen) mit den »Kinder- und Hausmärchen« (1812 ff.) (KHM) als erste im deutschen Sprachgebiet in einer groß angelegten Arbeit mündlich überliefertes Märchengut zusammengefaßt und aufgeschrieben. Es war ihrer eigenen Meinung nach »vielleicht gerade Zeit, diese Märchen festzuhalten, da diejenigen, welche sie bewahren sollen, immer seltener werden«. Ihrer vorbildlichen Haltung zum Erzählgut des Volkes ist es zu danken, daß verstreute und zum Teil nur noch einzelnen Personen bekannte Märchen wieder Besitz des ganzen Volkes wurden. Zwar wollten sie als Wissenschaftler auch »der Geschichte der Poesie und der Mythologie einen Dienst erweisen«; ihr Anteil an der seit Herder eingeleiteten Märchenforschung ist entscheidend. Zugleich aber war es ihre Absicht, »daß die Poesie selbst, die darin lebendig ist, wirke und erfreue, wen sie erfreuen kann«[1]. Es lag ihnen fern, der deutschen Literaturwissenschaft einen weiteren musealen Gegenstand einzuverleiben, sie wollten die Märchen dem Volke in die Hände geben, damit es sie wie in früheren Zeiten lebhaft gebrauche und sich daran erfreue. Mit Nachdruck wandten sie sich gegen subjektive Änderungen, die den ursprünglichen Charakter wandeln und verfälschen. Was durch Jahrhunderte hindurch gewachsen war, sollte rein wieder der lebendigen Tradition überantwortet werden; mochte es dann von dieser auf natürliche Weise weiter gestaltet und entwickelt werden.

»Was die Weise betrifft, in der wir hier gesammelt haben, so ist es uns zuerst auf Treue und Wahrheit angekommen. Wir haben nämlich aus eigenen Mitteln nichts hinzugesetzt, keinen Umstand und Zug der Sache selber verschönert, sondern ihren Inhalt so wiedergegeben, wie wir ihn empfangen hatten; daß der Ausdruck und die Ausführungen des einzelnen großenteils von uns herrührt, versteht sich von selbst, doch haben wir jede Eigentümlichkeit, die wir bemerkten, zu erhalten gesucht, um auch in dieser Hinsicht der Sammlung die Mannigfaltigkeit der Natur zu lassen ... Zwar ist unbezweifelt, daß in allem lebendigen Gefühl für eine Dichtung ein poetisches Bilden und Fortbilden liegt, ohne welches auch eine Überlieferung etwas Unfruchtbares und Abgestorbenes wäre ... Aber es ist doch ein großer Unterschied zwischen jenem halb unbewußten, dem stillen Forttreiben der Pflanzen ähnlichen und von der unmittelbaren Lebensquelle getränkten Entfalten und einer absichtlichen, alles nach Willkür zusammenknüpfenden und auch wohl leimenden Umänderung; diese aber ist es, welche wir nicht billigen können«[2].

[1] Aus der Vorrede der Brüder Grimm zu den KHM (Fassung von 1819).
[2] Aus der Vorrede.

Haltung und Wirken der beiden Brüder bekunden den Wandel in der Einschätzung der Volksmärchen. Die Klassik hat den Umschwung eingeleitet; Herder würdigte das Märchen als volkstümliche Dichtung, in der »eine ewige Ernte an Lehren der Weisheit« enthalten sei und die es wie keine andere Gattung verstehe, »dem menschlichen Herzen so feine Dinge so fein zu sagen«[3]. Musäus gibt seine »Volksmärchen der Deutschen« heraus (1782–87), eine Sammlung die sich allerdings von der Grimmschen wesentlich durch die Umgestaltung des mündlich überlieferten Textes auf Kosten der Schlichtheit und Einfachheit unterscheidet. »Ich sammle die trivialsten Ammenmärchen, die ich aufstutze und noch zehnmal wunderbarer mache, als sie ursprünglich sind«[4]. Jedenfalls schickt sich das ausgehende 18. Jahrhundert an, die kompromißlose Ablehnung des Märchens zu überwinden. Aber von der begeisterten Bejahung, wie sie von der Romantik vertreten wurde, ist noch nichts zu spüren. Typisch ist für diese Übergangszeit die Bemerkung Wielands: »Ammenmärchen im Ammenton erzählt mögen sich durch mündliche Überlieferung fortpflanzen, aber gedruckt müssen sie nicht werden«[5].

Die Kinder- und Hausmärchen der Brüder Grimm bringen neben schwankhaften, sagen-, legenden- und fabelähnlichen Erzählungen eine Sammlung von Märchen, die das deutsche Volksmärchen in reinster und bester Form wiedergeben, ja die – um mit dem Italiener Luigi Santucci zu sprechen – »die Aspekte und Satzungen der Kinderliteratur zu exemplarischer Evidenz[6]« erheben. Es gehört zu den positiven Erscheinungen der sonst so leidgeprüften Geschichte der Jugendliteratur, daß diese Märchen sich erfolgreich durchsetzten und als Buchausgaben auch heute noch zu den Bestsellern des Kinderschrifttums zählen. Eine ansehnliche Gruppe Grimmscher Märchen ist fast jedem Erwachsenen aus seiner Kinderzeit bekannt. Zu ihnen zählen »Der Wolf und die sieben Geißlein«, »Rotkäppchen«, »Schneewittchen«, »Hänsel und Gretel«, »Dornröschen«, »Der Froschkönig«, »Frau Holle«. Diese und andere Märchen aus der Grimmschen Sammlung verdienen es, von Generation zu Generation lebendig zu bleiben. Die Familie erfüllt heute leider nicht mehr in dem Maße wie früher die Aufgabe der Vermittlerin[7], wenngleich auf dem Büchermarkt mehr Märchenausgaben denn je angeboten werden.

---

[3] Zitiert bei H. L. Köster: a.a.O., S. 155.

[4] Zitiert bei B. Hürlimann: Europäische Kinderbücher . . . A.a.O., S. 45.

[5] Zitiert bei H. L. Köster: a.a.O., S. 154.

[6] Luigi Santucci: Das Kind – sein Mythos und seine Märchen. Hannover 1964, S. 70.

[7] Eine Befragung von 150 Landkindern ergab, daß angeblich nur 4 Kinder Märchen vor dem Schuleintritt kannten. Bei 250 Stadtkindern sind den meisten schon vor Schuleintritt Märchen bekannt geworden, nicht aber durch die Familie, sondern durch den Kindergarten. (Inge Wensauer in einer Zulassungsarbeit an der Päd. Hochschule Regensburg 1963).

Zu den großen Auswahlbänden Grimmscher Märchen mit künstlerischer Ausstattung gehören:

Grimms Märchen. Hrsg. O. Hohenstatt, Illustr. K. Wendlandt (Union). – Die schönsten Märchen der Brüder Grimm. Hrsg. W. Villaret, Illustr. F. Fischer (Mohn). – Grimms Märchen, 3 Bde., Illustr. G. Oberländer (Ellermann). – Rotkäppchen und andere Märchen. Sneewittchen und andere Märchen. Hrsg. M. Pietsch, Illustr. N. Plump (Thienemann). – Schönste Märchen. Illustr. M. Mannhart (Ensslin). – Die Kinder- und Hausmärchen der Gebrüder Grimm. Illustr. W. Klemke (Beck).

Zu den Gesamtausgaben zählt die Neuauflage Die Kinder- und Hausmärchen (1857). Mit Holzschnitten von L. Richter (Bardtenschlager)[8].

2. Nach Grimm haben auch *andere Märchensammler* deutsches Volksgut zusammengetragen und nacherzählt.

Ihre Ausgaben zeigen einerseits, daß mit den Grimmschen Märchen der Hauptteil der Motive bereits angesprochen worden ist; sie bringen andererseits wertvolle Varianten und Ergänzungen aus dem gesamten deutschen Sprachgebiet.

Die Brüder Ignaz und Joseph Zingerle sammelten »Kinder- und Hausmärchen aus Süddeutschland« (1854) und »Märchen aus Tyrol« (1859). Josef Haltrich machte mit Märchen aus Siebenbürgen bekannt. Otto Sutermeister ergänzte den allgemeinen Bestand durch »Kinder- und Hausmärchen aus der Schweiz« (1865). Paul Zaunert legte eine beachtenswerte Zusammenstellung mit den »Deutschen Märchen seit Grimm« (1912/1923) vor und veröffentlichte außerdem »Deutsche Märchen aus dem Donauland« (1926).

Weitere Namen könnten aufgezählt werden. Daß es sich immer wieder lohnt, dem regionalen Märchenschatz nachzuspüren, die alten Aufzeichnungen zu sichten und neu zu erzählen, zeigen Bücher wie »Alte deutsche Volksmärchen« (1959) von Herbert Kranz oder »Märchen aus Österreich« (1955), »Märchen aus deutschen Landen« (1956) von Max Stebich oder »Das Wunderschiff« (1961) von Franz Georg Brustgi.

Zu den bekanntesten und erfolgreichsten Märchensammlern des 19. Jahrhunderts zählt *Ludwig Bechstein*. Seine Märchenwerke »Thüringische Volksmärchen« (1823), »Deutsches Märchenbuch« (1845) und »Neues Deutsches Märchenbuch« (1856) zeichnen sich durch die große Vielfalt der Erzählungen und ihren Wunderreichtum aus. Wie kaum ein anderer verfügt Bechstein über das »schimmernde Rüstzeug des Märchens«. Dazu schreibt L. Santucci: »Da wimmelt es von Königen, die sich bei der Jagd im Wald verirren, von Brüder-Triaden, die immer wieder die gewagtesten Abenteuer unternehmen, von armen Holzfällern, die von mysteriösen Personen Wohltaten empfangen, und von

[8] Billige Ausgaben der Grimmschen Märchen bieten die Fischer Bibliothek (Exempla Classica), Goldmanns Gelbe Taschenbücher und dtv junior.

Stiefschwestern in Nöten. Und Wunder, Wunder die Fülle: Feen, Hexen, Zaubermeister, Drachen und sprechende Tiere, nicht zu vergessen die Teufel und Schutzengel. In kühnen Zick-Zacklinien geht es von einer Mythologie zur anderen«[9].

Dieser geradezu verschwenderische Einsatz des Wunderbaren entspricht den Erwartungen der Kinder. Ihnen gefällt auch der Optimismus und die Würdigung der Tugend. Bechstein, für den das echte Märchen immer Kindermärchen ist, schenkt der ethisch-pädagogischen Tendenz besondere Beachtung. Das verleitet ihn allerdings dazu, pädagogische Hinweise einzublenden und so dem Märchen ein recht auffallendes erziehliches Mäntelchen umzuhängen.

Bei »Hänsel und Gretel« heißt es in der Bechsteinschen Fassung: Sie »wurden sehr wohlhabende Leute, aber sie spendeten auch von ihrem Segen den Armen viel und taten viel Gutes, weil sie immer daran dachten, wie bitter es gewesen, da sie noch arm waren und betteln mußten.«

Schneeweißchen ist nicht nur die Allerschönste, »sondern sie hatte auch ein großes edles Herz, das die Untaten, die die falsche Frau an ihr verübt, nicht selbst rächte«.

An den »Sieben Raben« zeigt sich besonders deutlich, wie Bechstein um der erziehlichen Wirkung willen die Märchen umarbeitet und manchmal verfremdet. In seiner Fassung ist nicht – wie bei Grimm – die Ungeschicklichkeit der Knaben und die Angst des Vaters, das Töchterchen müsse ungetauft sterben, das Motiv der Verwandlung, sondern die Unartigkeit und Bosheit der Buben. »Denn sie wurden zur größten Betrübnis ihrer Mutter immer unartiger, ja sie wurden sogar wild und böse. Die arme Frau ... wollte jedoch ihre Kinder gut und fromm erziehen, und ihre Strenge und Milde fruchtete nichts, der Knaben Herzen waren und blieben verstockt.« Sie werden erst aus der Rabengestalt erlöst, nachdem sie ihr böses Verhalten bitter bereut und der Mahnung zugestimmt hatten, »daß ihr eure gute Mutter nie mehr ärgern wollet, daß ihr fleißig mit uns arbeitet, und die Ehre und Freude eurer alten Mutter werden wollet«. Und nun zeigt Bechstein natürlich auch noch ihre Besserung. Sie »nahmen alle bald darauf junge, sittsame Frauen ... und so hatte die gute Mutter noch viel Freude an ihren Kindern und wurde von denselben bis in ihr spätes Alter liebevoll gepflegt und kindlich verehrt.«

Schon aus diesen wenigen Zitaten geht hervor, wie bei Bechstein neben der Erziehungstendenz auch das Bestreben nach Rationalisierung und Konkretisierung mitwirkt. Seine Märchen kommen dadurch in die Gefahr, trotz der vielen Wunder und geheimnisvollen Gestalten in die nüchterne Wirklichkeit, auf die Ebene der Realitäten gestellt zu werden. Durch das Konkretisierungsbedürfnis geht nicht selten der Charakter der orts- und zeitfreien Wundererzählung ver-

[9] L. Santucci: a.a.O., S. 82.

loren, es führt auch gelegentlich zu einer Überbetonung des Bösen und Grausamen.

Zur Märchensprache Bechsteins ist zu sagen, daß sie an Volkstümlichkeit und dichterischer Qualität hinter der Erzählkraft der Brüder Grimm zurückbleibt. Gewiß kann sich sein Stil mit den meisten Märchensammlern seiner Zeit messen, und viele überragt er weit. Im Vergleich zu den genialen Märchenerzählern Jakob und Wilhelm Grimm tritt aber sein Mangel an erzählerischer Schlichtheit und Natürlichkeit spürbar hervor.

Doch sollten die kritischen Einwände nicht dazu führen, das Verdienst Ludwig Bechsteins für das deutsche Volksmärchen zu schmälern. Er hat eine Reihe von Märchen und Volkserzählungen zum Allgemeingut gemacht, so das Scherzmärchen »Schlaraffenland« (bei Grimm nur eine kurze Lügengeschichte, in der die wunderlichen Dinge aufgezählt werden), das Beispielmärchen »Mann und Frau im Essigkrug« (Variante zu Grimms »Von dem Fischer un syner Fru«) oder das legendenhafte »Märchen vom Mann im Mond«. Eine Durchsicht der Bechsteinschen Sammlung lohnt sich auch heute noch. Es wird sich manches Stück finden, das wir nach sprachlicher Überarbeitung gerne in unser Erzählrepertoire aufnehmen. Ich denke an »Zwergenmützchen«, »Hirsedieb«, »Das Nußzweiglein«, »Des kleinen Hirten Glückstraum« und andere.

Die Kinderausgaben von Bechsteins Märchen (bei Boje, Droemer, Loewes und anderen Verlagen) werden dabei gute Dienste leisten[10].

3. Mit dem Interesse für das deutsche Volksmärchen wuchs gleichzeitig das Interesse für das *Märchengut anderer Völker* (schon die Brüder Grimm haben irische Feenmärchen übersetzt).

Von allen fremdländischen Volkserzählungen sind die aus »Tausendundeiner Nacht« am bekanntesten geworden. Orientalisches Erzählgut hat schon im Mittelalter bei uns Eingang gefunden. Die Rahmenerzählung »Tausendundeine Nacht« ist im Abendland vor allem durch die Übersetzung des Franzosen Galland (um 1710) berühmt geworden. Seitdem im 19. Jahrhundert großangelegte deutsche Übersetzungen erstellt worden waren, drang ein Teil der bunten orientalischen Mischung auch in die Kinderliteratur ein. Jedes einigermaßen belesene Kind kennt »Aladin und seine Wunderlampe« und »Ali Baba und die vierzig Räuber«. In diesen und anderen Geschichten der Sammlung wird die Freude des älteren Kindes am Fremdländisch-Exotischen und Abenteuerlich-Bunten angesprochen. Sie sollten daher auch erst vom 9./10. Lebensjahr an gelesen werden. Die zahlreichen Kinder- und Jugendausgaben bemühen sich um ein ausgewähltes Angebot, das sprachlichen und pädagogischen Anforderungen gerecht werden will.

Heute ist fast kein Kulturkreis zu finden, aus dessen Märchenbestand nicht

---

[10] Billige Ausgabe der Bechsteinschen Märchen in der Reihe Goldmanns Gelbe Taschenbücher.

wenigstens einiges in andere Sprachen und ins Deutsche übersetzt worden ist. In der Erforschung fremdländischer Märchen führend ist das vielbändige Sammelwerk »Die Märchen der Weltliteratur« (Diederichs), das von Friedrich von der Leyen begründet worden ist[11]. Während hier ein ausschließlich wissenschaftlich-literarisches Anliegen verfolgt wird, wird in Kinder- und Jugendausgaben der Standpunkt des jungen Lesers eingenommen.

Beispiele von Sammlungen fremdländischer Märchen für Kinder:

J. Diederichs: Märchenbuch der Welt (Diederichs). – M. Dor: Der Sohn des Wesirs (Jugoslawisches Märchen) (Jugend und Volk). – J. Hofmiller: Nordische Märchen (Nymphenburger Verlagshandlung). – J. Mike: Märchen von der Goldküste (Nymphenburger Verlagshandlung). – F. Mühlenweg: Das Schloß des Drachenkönigs (Chinesische Märchen) (Herder u. Arena). – K. Rauch: Der Zaubervogel. Die Reise zur Schwester Sonne (Franz. und russ. Volksmärchen) (Herder). – H. Rieder: Märchen aus Europa (Österreichischer Bundesverlag). – L. Tetzner: Das Füchslein und der zornige Löwe (Tiermärchen aus aller Welt) (Sauerländer). – L. Tetzner: Märchen der Völker (Schaffstein-Bändchen). – P. Wanner: Die schönsten Märchen Europas Bd. 1 u. 2 (Junior International – J. F. Schreiber). – Das große Buch der Tiermärchen (Ueberreuter). – Märchen aus 1001 Nacht (Union, Loewes u. a.).

B. Das Kunstmärchen und seine Dichter

1. Man bezeichnet gemeinhin jene Märchen als Kunstmärchen, die von einem Dichter abstammen. Diese Kennzeichnung als »Dichtermärchen« ist nur vordergründig und nicht ganz stichhaltig. Denn es darf angenommen werden, daß auch hinter dem Volksmärchen in seiner Urform ein persönlicher Verfasser steht, wenn uns auch sein Name nicht überliefert ist. Die Auffassung, das Volksmärchen und andere Gattungen der Volksliteratur seien unmittelbar aus dem Volke als das Werk von vielen herausgewachsen, ist bei nüchterner Betrachtung anzuzweifeln. Sicher ist aber, daß es dem literarischen Gestaltungstrieb und den Vorstellungs- und Denkinhalten der breiten Schicht entspricht. Es wurde frühzeitig von der Allgemeinheit als Eigentum angenommen und von ihr weitergegeben und weiterverwandelt.

Im Kunstmärchen hingegen dominieren die subjektiven, subtilen Kunst- und Gestaltungsmittel eines einzelnen. Es ist das Erzeugnis eines bewußt und zielstrebig schaffenden Kunstverstandes. Der Gehalt wird weitgehend von den Ideen und der Weltschau der individuellen Person, nicht zuletzt von dem Geist einer Literaturrichtung bestimmt. Das schließt die Möglichkeit der Annäherung an das Volksmärchen nicht aus (manches Kunstmärchen hat den volkstümlichen

---

[11] Siehe auch die Sammlung ausländischer Märchen im Fischer Taschenbuch Verlag.

Ton genau getroffen), führt aber doch im allgemeinen zu einer inneren und äußeren Struktur, die dem einfachen Leser nicht ohne weiteres zugänglich ist.

2. Das *deutsche Kunstmärchen* empfing seinen entscheidenden Impuls durch die Romantik. Ihr Verhältnis zum Märchen wurde von jener Wendung zum Volkstum bestimmt, zu der schon vor einer Generation Herder aufgerufen hatte, und die nun zur Wiederentdeckung und Wertschätzung der Volksdichtung führte.

Die Früchte des romantischen Märchenschaffens sind sehr unterschiedlich. Sie reichen von Erzählungen, die im Geiste des Volksmärchens geschrieben sind und den kindlichen Leser anzusprechen vermögen, bis zu sublimen Erzeugnissen, die für naives Publikum weder gedacht noch geeignet sind. Vor allem sind die märchenhaften Erzählungen, Novellen, Romane und Schauspiele der Frühromantik des Jenaer Kreises (Tieck, Novalis) durchwegs sehr künstliche Schöpfungen, in denen das Märchenhafte als Gefäß der Philosophie, der Symbolik, der Satire und der Ironie benützt wird. Diesen Romantikern geht es weniger darum, möglichst reine Nachbilder der Volksdichtung hervorzubringen; sie wollen vielmehr alles Poetische, jede Dichtungsart, märchenhaft verklären[12]. »Das ist ja eben Romantik«, schreibt Ricarda Huch, »daß dem Wunderbaren nicht nur mehr ein Winkel im Garten der Poesie gewidmet sein sollte, Sage, Märchen oder Mythos benannt, sondern daß es ein einziger Wundergarten sein sollte«[13]. So kommt es zur kunstreichen Verquickung des Märchenhaften mit Novelle, Roman, Sinndichtung usw., zu Gebilden, die die Grenzen des herkömmlichen Märchens sprengen und dem unbefangenen Märchenleser nicht mehr zugänglich sind.

Die jüngere und späte Romantik brachte Dichter hervor, die den reinen und einfachen Märchenton suchten.

Bei Clemens Brentano liegen natürliche Erzählfreude, Frische der Phantasie und der Hang zum Schwärmerischen, Exzentrischen, gelöste Heiterkeit und tiefsinniger Ernst nahe beieinander. Seine Kunstmärchen sind nur mit Einschränkung als Kinderlektüre zu bejahen. Sein berühmtestes Märchen »Gockel Hinkel und Gackeleia« wird wohl mit Recht endgültig als Kinderstoff abgelehnt[14]. Mit anderen Märchen wie »Dilldapp«, »Myrtenfräulein« oder »Witzenspitzel« könnte nach behutsamer Überarbeitung des Textes ein Versuch gewagt werden. Auch aus den »Rheinmärchen« – nach Prestel »die Krone in Brentanos Märchenschatz« – wäre manches Stück der Überprüfung wert.

Der bekannteste deutsche Märchendichter und aus anderem Holz als Bren-

---

[12] »Das Märchen ist gleichsam der Kanon der Poesie. Alles Poetische muß märchenhaft sein.« (Novalis)

[13] Ricarda Huch: Die Romantik. Tübingen 1951, S. 289.

[14] »... die Phantasie läuft ihm immer aus der Märchenwelt fort in die der Erwachsenen, der reine Klang beginnt leise zu klirren.« (Paul Fechter)

tano ist Wilhelm Hauff. Seine Märchen, zusammengefaßt in der Trilogie »Die Karawane«, »Der Scheich von Alexandria« und »Das Wirtshaus im Spessart«[15], spielen in zwei unterschiedlichen geographischen Bereichen: im bunten Orient und in den Wäldern und Schluchten des rauheren Nordens. In allen ist das Abenteuerliche dominierend. Den jungen Hauff (er starb schon mit 25 Jahren) lockte die Fremde, und er verband den Abenteuerdrang mit der Liebe zum Wunderbaren und Märchenhaften. So schuf er einen eigenen abenteuerlich-realistischen Märchentyp, der nicht dem Kind im Märchenalter, aber dem ins Abenteueralter Hineinwachsenden angemessen ist. Von diesem Alter her sind die Maßstäbe für die Beurteilung der Hauffschen Märchen als Kinderlektüre zu setzen. Bei der Auswahl empfiehlt es sich, die Märchen mit den grausam-makabren Zügen auszuscheiden.

Als Lektüre haben sich bewährt:

im 4./5. Schj.: »Zwerg Nase« aus »Der Scheich von Alexandria«, »Der kleine Muck« aus »Die Karawane«, »Die Geschichte vom Kalif Storch« aus »Die Karawane«;

im 6./7. Schj.: »Das kalte Herz« aus »Das Wirtshaus im Spessart«

Kinderausgaben der Hauffschen Märchen:

Hauffs Märchen. Hrsg. W. Fehse, Illustr. E. Hölle (Boje). – Märchen. Hrsg. J. Paar, Illustr. J. Grabianski (Ueberreuter)[16].

Eduard Mörike, der bedeutendste deutsche Lyriker zwischen Romantik und Realismus, ist auch als Novellendichter (»Mozart auf der Reise nach Prag«) und als Märchendichter hervorgetreten. Seine Märchen besitzen einen behaglich-krausen Humor und sind im anheimelnden, zum Teil schwäbisch-mundartlichen Ton erzählt. Die »Historie von der schönen Lau«, eingefügt in die Märchennovelle vom »Stuttgarter Hutzelmännlein« (1852), ist ein frei erfundenes Nixenmärchen, das aber wie altes Volksgut anmutet. Dennoch ist das Lau-Märchen frühestens vom 13./14. Lebensjahr an zugänglich, und auch dann wird es nicht ohne behutsame Hinführung Anklang finden. Wer es als Unterrichtslektüre verwenden will, findet bei Schnaß/Rutt eine Anleitung[17]. Einfacher, wenn auch lehrhafter, ist das Märchen »Der Bauer und sein Sohn«, das von Prestel als »die poetischste Gabe der ganzen deutschen Tierschutzliteratur« bezeichnet wird.

Ein anderer großer deutscher Dichter, der ebenfalls Märchen geschrieben hat, ist Theodor Storm. »Der kleine Häwelmann« (1849) ist ein rechtes Kindermärchen. »Bulemanns Haus« (1863), eine spukhaft-unheimliche Geschichte, und »Die Regentrude« (1865) mit Motiven aus der Naturmythologie sind Märchen

[15] Neuausgabe mit Zeichnungen von Alfred Kubin in der Nymphenburger Verlagshandlung, München 1967.

[16] Hauffs Märchen werden in Einzelschriften, z. B. in der Reclam Universal-Bibliothek, als Schaffstein-Bändchen und als Ravensburger Taschenbuch angeboten.

[17] Schnaß F./Rutt Th.: Die Einzelschrift im Deutschunterricht. Bd. I: 5.–10. Schuljahr. Bad Heilbrunn 1967 (5. Aufl.).

für reifere Leser. Für das Klassenlesen finden sie sich in verschiedenen Einzelschriften-Reihen (so bei Reclam und Schaffstein).[18]

Zu den Kunstmärchen, die ganz bewußt Kindermärchen sein wollen, zählen Richard Volkmann-Leanders »Träumereien an französischen Kaminen«. Sie sind 1870 vor Paris entstanden und waren ein Gruß des Autors an seine Kinder in der Heimat. Das Auswahl-Bändchen, das der Arena-Verlag zusammenstellte, zeigt, wieviel Frische die Märchen Volkmann-Leanders, wenn sie sprachlich etwas modernisiert sind, auch heute noch besitzen.

Ganz in der Böhmerwaldheimat verwurzelt und aus volkstümlichen Quellen gespeist sind die Märchen von Hans Watzlik. Wir finden darunter Erzählungen, die schon für das Märchenalter geeignet sind: »Das goldene Rössel« (aus »Der Riese Burlebauz«), »Der wandernde Brunnen« (aus »Der Stilzel und der Mühlknecht«), das »Fünffingermärchen« (aus »Der blaue Falter«). Andere sind wegen ihrer altertümelnd-romantischen Sprache oder auch wegen der furchterregenden Räuber- und Teufelsgestalten erst für Kinder über zehn Jahrn zu empfehlen.

Ein erfolgreicher Märchenerzähler ist Wilhelm Matthießen. Er hat eine Reihe kindertümlicher Märchenbücher geschrieben wie »Das Alte Haus« (erstmals 1923), »Die Grüne Schule«, »Der Bunte Kuckuck« (1962) mit Geschichten, die so klar erzählt sind und der Phantasiewelt des Kindes entsprechen, wie wir es uns für das Lesealter zwischen fünf und acht Jahren nur wünschen können. Die Gepflogenheit Matthießens, durch eine Rahmenhandlung die einzelnen Märchen miteinander zu verbinden, ist allerdings nicht unbedingt zu bejahen, da sie für das Alter, dem die Geschichten zugedacht sind, eher eine Belastung als eine Hilfe bedeutet.

3. Als König unter den Märchendichtern gilt der Däne *Hans Christian Andersen* (1805–1875), Sohn eines armen Schuhmachers.

Seine Märchen, die er seit 1835 herausgab, erlangten bald Weltruhm[19]. Zunächst knüpfte er an die volkstümliche Tradition an. In den Märchen wie »Die Prinzessin auf der Erbse«, »Das Feuerzeug«, »Der Wandergefährte«, »Tölpelhans«, »Der kleine Klaus und der große Klaus« ist der Bezug zur Volkserzählung besonders deutlich zu erkennen. Aber Andersen überschreitet diesen Rahmen und wird zum Schöpfer eines neuen Märchentyps.

Ein Kennzeichen seiner Märchen ist, daß das unbestimmte »Irgendwo« und »Es war einmal« in eine genau fixierte Umwelt gerückt wird. Andersen zeichnet mit Sorgfalt den Schauplatz der Geschichten. »Man findet darin nicht nur Kopenhagen mit seinen Backsteinbauten . . ., nicht nur ganz Dänemark mit seinen

---

[18] Unterrichtliche Besprechungen der Stormschen Märchen bei Schnaß F./Rutt Th. und bei Heinrich Benfer: Die Ganzschrift im Deutschunterricht. Bochum o. J.

[19] Siehe »Gesammelte Märchen« in 2 Bänden beim Manesse-Verlag und »Gesammelte Märchen« in der Reihe Goldmanns Gelbe Taschenbücher.

Mooren, seinen Wäldern ..., sondern Skandinavien, das schneereiche, eiskalte Island und darüber hinaus Deutschland, die Schweiz, das sonnengebadete Spanien, Portugal, Mailand, Venedig, Florenz; und Rom; und Paris, die Stadt der schönen Künste und der Revolutionen. Ägypten wird darin lebendig, Persien, China, der Ozean bis in jene Tiefen, wo die Nixen hausen, der Himmel, über den die Weiße der großen wilden Schwäne dahinstreicht«[20]. Die Beschreibungen und Schilderungen beziehen sich auf das Milieu im weitesten Sinne, auf die räumliche Umwelt, die Zeitverhältnisse, die sozialen Umstände, auf alle besonderen Gegebenheiten, in denen sich die Märchengestalt befindet. Auch die Märchengestalten selbst werden ausführlich dargestellt.

Was kann bei Andersen nicht alles Träger und Teilhaber des Märchengeschehens werden! Neben Königen und Prinzessinnen, guten und bösen Zauberwesen, Kindern und großen Leuten, wie wir sie auch im Volksmärchen finden (die Menschen der Andersen-Märchen sind allerdings vorwiegend Zeitgenossen seines Jahrhunderts), spielt vor allem die Natur eine wichtige Rolle. Der Wind, der über das Land hinwegfegt, der kleine Sonnenstrahl, der in die Stube des kranken Kindes fällt, Blumen, Käfer und Schmetterlinge werden beseelt und personifiziert. Aber auch das Spielzeug der Kinder oder unscheinbare Dinge wie Stopfnadel, Schreibfeder und Teekanne erwachen zum Leben und haben ein Schicksal. Kein Dichter vor Andersen hat mit so viel Hingabe die »Magie der Dinge« enthüllt. Luigi Santucci nennt »diese Großmut, mit der er selbst den unscheinbarsten Gegenständen eine Seele schenkt«, einen der »originellsten und faszinierendsten Aspekte« im Werke des dänischen Märchendichters[21].

Individuelle Lebenserfahrung und empfindsamer Charakter haben Andersen gelehrt, daß es viel Leid in der Welt gibt, daß oft der Mensch selbst das Unglück verursacht – und der Dichter verschweigt nicht die Schattenseiten des Daseins. Sie verleihen manchen Märchen einen dunklen und melancholischen Zug. Er meditiert über Tod, Armut und Leid, er zeigt die Zwiespältigkeit der menschlichen Natur und geißelt nicht selten mit ironischem Spott die Torheit, die Eitelkeit und die Anmaßung. Aber er bleibt nicht bei den negativen Seiten stehen. Es gibt auch so viel Gutes und Schönes in der Welt. Man muß es nur sehen; man muß daran glauben, daß es jedem Geschöpf einmal zuteil wird; man muß sich auch im Unglück dankbar an die glücklichen Stunden erinnern, so wie der Tannenbaum, der noch im Feuer an einen Sommertag im Walde, an eine Winternacht draußen, wenn die Sterne glänzten, und an den Weihnachtsabend dachte. Dankbarkeit, Hoffnung, Glaube und vor allem uneigennützige Liebe machen das Leben leichter. Die alte Teekanne »stieg nun zur Armut hernieder«, stand zwecklos herum, aber dann wurde sie mit Erde angefüllt und in die Erde eine

---

[20] Paul Hazard: Kinder, Bücher und große Leute. Hamburg 1952, S. 124 (Neuaufl. 1970).

[21] L. Santucci: a.a.O., S. 80.

Zwiebel gelegt, die bald zur Blume keimte. »Ich sah sie«, erzählt sie selbst, »ich trug sie, ich vergaß mich selbst in ihrer Schönheit. Gesegnet ist es, sich selbst in anderen zu vergessen!«

Die Märchen Hans Christian Andersens haben nicht die Unschuld und Naivität der Volksmärchen. Ihr Wissen um das Leben ist differenzierter, ihre Lösungen sind weniger eindeutig und einsichtig. In einer bewußteren Weise als das Volksmärchen wollen sie Ideen und Zuständlichkeiten bildhaft darstellen, wodurch manche Erzählungen in die Nähe der Allegorie rücken und die Ratio als Aufbauelement deutlich hervortreten lassen. Man kann daher nicht erwarten, daß sie alle dem Verständnis und der Erwartung des Kindes entsprechen. Wenn dennoch viele den Zugang zur Kinderliteratur gefunden haben, so ist es dem Umstand zu danken, daß schon ihr äußerer Handlungsverlauf die Kinder zu fesseln vermag. Der tiefere Sinn der Ideenmärchen bleibt ihnen noch verborgen, er schließt sich erst dem Jugendlichen und Erwachsenen voll auf.

Die großen Auswahlbände zahlreicher Verlage geben einen Überblick über die schönsten und bekanntesten Märchen Andersens. Für den Heranwachsenden (etwa vom 9./10. Lebensjahr an) können sie über Jahre hinweg zu einer Quelle immer neuer Entdeckungen werden.

Einige Beispiele:

Die schönsten Märchen von Hans Christian Andersen. Hrsg. A. Leonhardt, Illustr. G. Kraaz (Mohn). – Märchen und Historien, Bd. 1. Illustr. G. Oberländer (Ellermann). – Die schönsten Märchen. Hrsg. Hecke, Illustr. J. Grabianski (Ueberreuter). – Märchen. Hrsg. F. Nothardt, Illustr. K. Schöllkopf (Riederer). – Märchen. Illustr. J. Trnka (Artia). – Sämtliche Märchen. Hrsg. B. Pattloch. Illustr. H. Rothfuchs (Pattloch). – Die schönsten Märchen von Hans Christian Andersen. Illustr. F. Zörner-Bertina (Spectrum).

C. Zu Ursprung und Wesen des Volksmärchens

1. Die Frage nach *Herkunft und Entstehungsweise der Volksmärchen* hat verschiedene Theorien hervorgebracht. Nur auf die bedeutendsten soll hier kurz eingegangen werden[22].

Die Brüder Grimm schlossen sich der Hypothese an, wonach in den deutschen Volksmärchen vorwiegend die alten Götter- und Heldenmythen weiterleben. Diese mythologische Deutung fand im volkstums- und vergangenheitsgerichteten Denken der Romantik großen Anklang. Später wurde sie dahingehend ergänzt, im Märchen habe die symbolhafte Deutung von Naturvorgängen einen Niederschlag gefunden.

[22] Vgl. Friedrich von der Leyen: Das Märchen. Heidelberg 1958 (4. Aufl.). Im ersten Kapitel des Buches gibt von der Leyen eine Zusammenstellung der verschiedenen Herkunftstheorien.

Mit dem genaueren Bekanntwerden des großen Märchenreichtums Indiens um die Mitte des vergangenen Jahrhunderts wurde die Ansicht von der bodenständig-völkischen Herkunft erschüttert. Der Orientalist Theodor Benfey wurde zum Wortführer der indischen Theorie. Sie besagt, die Märchen seien ursprünglich aus Indien eingewandert; dort liege die Quelle des abendländischen Märchenschatzes. Diese Annahme wurde durch die Ergebnisse der vergleichenden Märchenforschung zunächst bestärkt; denn es zeigte sich, daß zwischen den Märchen der verschiedenen Völker eine große Ähnlichkeit in Motiv, Fabel und Komposition bestehe. Bald wurde aber die indische Theorie als einseitig und nicht für alle Märchen zutreffend erkannt. Indien ist ein bedeutendes Märchenzentrum, aber nicht das einzige. Auch der keltische Kulturkreis wurde beispielsweise als wichtige Ausgangsbasis entdeckt.

Eine andere Richtung sucht den gemeinsamen Ursprungsort nicht bei einem bestimmten Volk, sondern verlegt ihn in die Seele des Menschen selbst. Gleichartige Urideen und Urbilder leben in den Menschen aller Völker. Sie sind der Grundstoff, aus denen sich Mythen, Sagen und Märchen bilden. Englische, französische und deutsche Forscher (in Deutschland vor allem Hans Naumann) haben diese Ansicht vertreten. Schon W. Grimm hat in einer späteren Äußerung (1850) den Weg zu einer solchen Entstehungstheorie gezeigt: »Es gibt aber Zustände, die so einfach und natürlich sind, daß sie überall wiederkehren, wie es Gedanken gibt, die sich wie von selbst einfinden, es konnten sich daher in den verschiedensten Ländern dieselben oder doch sehr ähnliche Märchen unabhängig voneinander erzeugen«[23]. Über ein halbes Jahrhundert später hat C. G. Jung seine Lehre vom kollektiven Unbewußten und von den Archetypen entwickelt. Er verweist auf den unbewußten, vor jeder persönlichen Erfahrung liegenden Besitz der Menschen, durch den ihrem Erleben und Tun Richtpunkte gesetzt werden. Die Bilder des tieferen Unbewußten und die allverbreiteten Urvorstellungen finden in die Mythen und Märchen aller Völker und Zeiten Eingang. So erfährt durch die Tiefenpsychologie die anthropologische Märchentheorie eine Begründung[24]. Durch Verlagerung des Ursprungsortes der Märchen in die psychische Sphäre des Menschen ist nun auch eine Erklärung für die Übereinstimmung von Märchen isolierter Primitivkulturen mit Märchen der übrigen Welt gegeben.

Die Bejahung des gemeinsamen anthropologischen Urgrundes schließt die anderen Märchentheorien nicht aus. Die in einem Volk lebendigen Götter-, Helden- und Naturmythologien können auf das Erzählgut Einfluß genommen haben oder selbst zu Märchen geworden sein. Ebenso wahrscheinlich ist es, daß zu bestimmten Zeiten und auf seltsamen Umwegen orientalische Märchen auf abendländischen Boden herübergewandert und hier absorbiert worden sind. Es

[23] W. Grimm in der 2. Auflage des 3. Bandes der KHM 1850.
[24] Vgl. C. G. Jung: Symbolik des Geistes. Zürich 1948, S. 432.

gibt keine für alle Märchen gültige Einzeltheorie, wenngleich die anthropologische Erklärung die tiefgreifendste und entscheidendste sein dürfte.

Auch die Herkunft der deutschen Volksmärchen kann nicht einheitlich gedeutet werden. Keineswegs dürfen sie als ureigenes Erzeugnis der »deutschen Volksseele« allein betrachtet werden. Der Einblick in das Märchenschaffen der Welt und des Abendlandes verbietet uns zu behaupten – wie das in Laienkreisen manchmal geschieht –, Märchen seien etwas typisch Deutsches. Richtig ist, daß die Märchen der Völker trotz mannigfacher Ähnlichkeiten das individuelle Gesicht des jeweiligen Volkes widerspiegeln und somit auch das deutsche Volksmärchen ein eigenes Gepräge zeigt[25].

Zusammen mit den meisten abendländischen Märchen besitzt es besondere Wesenszüge; einige davon sollen im folgenden herausgestellt werden[26]:

2. Das Märchen *überschreitet die Wirklichkeitsgrenze.* Es erzählt von wunderbaren Begebenheiten und Zuständen, die dem Naturgeschehen widersprechen und an sich unglaubwürdig sind. Die Wirklichkeit ist mit dem Magischen, das Diesseitige mit dem Jenseitigen in dauernder Berührung. Das Märchen wird deshalb auch eine »Zweiweltenerzählung« genannt. Diese Festlegung ist aber irreführend, da sie den Eindruck erweckt, als ob im Märchen die Welt des Wirklichen und die des Außerwirklichen streng voneinander getrennt seien. Sie treten nicht als zwei voneinander geschiedene Bereiche auf, sondern gehen ineinander über, ganz selbstverständlich, ohne Bruch und Zäsur. Sie ergänzen sich auf so »natürliche« Weise, daß sie zusammen *eine* Welt ergeben, die wir eben als die Welt des Märchens bezeichnen.

Lüthi spricht von der »Eindimensionalität« des Märchens. Diesseitige und jenseitige Gestalten »stehen nebeneinander und verkehren unbefangen miteinander. Der Märchendiesseitige hat nicht das Gefühl, im Jenseitigen einer andern Dimension zu begegnen«[27]. Auch der Märchenhörer erlebt den Wechsel vom Wirklichen und Unwirklichen ohne Überraschung mit. Nicht, daß er keinen Unterschied zwischen beiden wahrnehmen würde; aber er empfindet den Übergang nicht als Szenenwechsel. Die jenseitigen Kräfte und Gestalten sind ihm selbstverständliche Bestandteile jener Daseinsordnung, die uns das Märchen verkörpert.

Anders ist es in der Sage. Ihr Bereich ist die realistische Dimension, eine scharf abgegrenzte diesseitige Welt, in welche die Über- und Unterirdischen einbrechen. Ihr Erscheinen wird von den Erlebnisträgern der Sage wie von den Zu-

---

[25] Vgl. Maria Führer: Das Gesicht der Völker in den europäischen Volksmärchen. In: ZS Jugendliteratur 1960/11.

[26] Der Charakterisierung liegen die Grimmschen Märchen zugrunde, und zwar die reinen Märchen der Sammlung, ohne die schwankhaften, legenden- und fabelähnlichen Erzählungen der KHM.

[27] Max Lüthi: Das europäische Volksmärchen. Form und Wesen. Dalp-Taschenbuch 351; Bern/München 1960 (2. Aufl.), S. 12.

hörern als etwas ganz Außerordentliches und Unerhörtes aufgenommen, als etwas, das nicht in unser Erfahrungswissen hineinpaßt. ›Wenn ich es nicht selber erlebt hätte‹, so scheint der Erzähler immer wieder zu sagen, ›ich würde es nicht für möglich halten!‹ Das Märchen tilgt Widerspruch und Zweifel, weil es die Grenzen von vorneherein ausschaltet, sie ohne Zögern überschreitet, so wie wir sie im Traume ausschalten und überschreiten.

3. Dennoch herrscht in der Märchenwelt, in der die Naturgesetze überspielt werden, eine *innere Ordnung*. Es kann nicht alles geschehen, sondern nur das, was sich dieser Ordnung einfügt. Vereinfachend wird sie durch die Formel ausgedrückt: Das Gute siegt, das Böse unterliegt.

Die Unschuld besteht trotz Bosheit und Niedertracht; Treue, Fleiß, Hilfsbereitschaft, Redlichkeit werden belohnt, Faulheit, Geiz, Habsucht, Falschheit finden die verdiente Strafe. Es ist eine einfache und ursprüngliche Volksmoral, die hier verwirklicht wird, ein naiver Gerechtigkeitssinn, wie ihn auch die Kinder besitzen.

Das typische Märchen kommt dem Grundbedürfnis nach klarer sittlicher Entscheidung entgegen, wenn auch die Entscheidung nicht immer einer nach persönlichem Verdienst und Verschulden abwägenden Ethik entspricht. Moralische Gegensätze werden unmißverständlich herausgestellt, und es kann kein Zweifel darüber aufkommen, daß die Sympathie des Hörers der guten Seite gebührt.

Wie kommt es, daß die optimistische Weltschau des Märchens so überzeugend wirkt, obwohl sie sich nicht mit dem wirklichen Leben deckt? Der Märchendichter will uns nicht eine schönere Welt vorgaukeln, sie auch nicht so schildern, wie sie sein soll; er ist sicher, daß sie in ihrem Wesen so ist, wie er sie sieht. Klar und durchsichtig stellt er das Gute wie das Böse an seinen Platz, läßt in epischer Gelassenheit die Dinge geschehen, wie sie nach der tieferen Ordnung geschehen müssen, begründet und erklärt sie nicht. Das gibt dem Märchen eine Selbstsicherheit, die den Hörer gefangennimmt und sein Vertrauen erwirbt. »Wie der Held des Märchens sich durch unbekannte Dinge und Gestalten bewegen und führen läßt, ohne nach ihrem Wesen und ihrer Herkunft auch nur zu fragen, so lassen wir uns die Lebenshilfe, die das Märchen uns schenkt, dankbar und ohne Widerstand gefallen«[28]. Traum und Glauben des Menschen von der »Umgestaltung des realistischen Weltbildes in ein idealistisches«, das elementare Streben, »aus dem elenden und jammervollen Stückwerk des Lebens ein glückliches, paradiesisches Dasein zu schaffen«[29], sind im Märchen überzeugend verwirklicht.

4. Neben der Verschränkung von Wunder und Wirklichkeit und der opti-

---

[28] M. Lüthi: a.a.O., S. 79 f.
[29] S. Rüttgers: a.a.O., S. 13.

mistischen Welthaltung zeichnet sich das Volksmärchen durch *Einfachheit und Eindringlichkeit der Gestaltung* aus.

Einfach und klar erkennbar sind Rolle und Charakter der Personen. Der Erzähler vermeidet ihre ausführliche Beschreibung, er reflektiert nicht über ihre Gedanken und Gefühle, sondern kennzeichnet in sparsamen Strichen die Eigenschaften, auf die es ankommt, läßt sie aber dafür um so mehr in der Handlung lebendig werden. Das wichtigste Hilfsmittel für die einfache Personencharakteristik ist die Polarisation. »Wenn ich nämlich eine Person durch ihren schroffen Gegensatz zu einer anderen Person kennzeichne, so habe ich damit auf die wirksamste und verständlichste Weise die Eigenschaft hervorgehoben, auf die es mir ankommt«[30].

Durch die Polarisation bedingt treten die Figuren als Extreme und damit als einfache Typen auf. Vollkommene Schönheit oder vollkommene Häßlichkeit, Güte oder Bosheit, Armut oder Reichtum, Fleiß oder Faulheit: in solchen Kontrasten markiert das Märchen seine Helden und Gegenhelden.

Auch die Situation, in der sie stehen, die Begebenheiten, die ihnen widerfahren, die Aufgaben, die sie erfüllen müssen, sind meistens extrem gezeichnet. »Pech und Gold ergießen sich über die Kontrastfiguren des Märchens, grausame Strafe und höchster Lohn stehen einander gegenüber. Held und Heldin sind meist das einzige Kind oder das jüngste von dreien; oft stehen sie als Dummling oder Aschenputtel da. Gern erzählt das Märchen von kinderlosen Ehepaaren oder dann von solchen mit gar zu vielen Kindern. Die Eltern sterben und lassen ihre Kinder allein zurück. Held und Heldin sind jung, ihre Ratgeber aber alte Männer und Frauen. Einsiedler, Bettler, Einäugige treten auf. Neben dem reichen Pelz steht das schäbige Gewand oder die bare Nacktheit. Der Held kann bärenstark sein, die Heldin aber hilflos einem Ungeheuer preisgegeben. Die Jenseitigen zeigen sich als Riesen oder als Zwerge«[31].

Die oft kritisierte Darstellung des Bösen und Grausamen im Märchen entspringt ebenfalls dem Bedürfnis, unmißverständliche Verhältnisse aufzuzeigen, klare Ausgangspunkte und Schlußpunkte zu setzen. W. Scherf räumt ihm eine dreifache Funktion ein[32].

Die sogenannte Grausamkeit verdeutlicht erstens die Isolation des Helden, z. B. die Kindsaussetzung in »Hänsel und Gretel«, die Mordabsicht in »Brüderchen und Schwesterchen«. »Der Held muß, falls er nicht wie seine profanen Brüder verworfen werden soll, sich aus den vordergründigen Bindungen lösen, vom Kind zum Mann werden, auf sich selbst gestellt sein ... Nur aus der Isolation kann er wahrhaft wachsen und reifen.« Diese Ausgangsbasis wird in

---

[30] Charlotte Bühler: Das Märchen und die Phantasie des Kindes. München 1971 (3. Aufl.), S. 32.

[31] M. Lüthi: a.a.O., S. 35.

[32] W. Scherf: Was bedeutet dem Kind die Grausamkeit der Volksmärchen? In: ZS Jugendliteratur 1960/11.

der bedingungslosen Kontrastmalerei des Märchens unter Einbeziehung oft unmenschlicher Geschehnisse verdeutlicht.

Die Grausamkeit veranschaulicht zweitens die Prüfungen, die dem Helden auferlegt sind, z. B. im »Treuen Johannes« (die eigenen Kinder töten). Gefährdungen absonderlicher Art müssen durchschritten werden, um die Unerschütterlichkeit und Lauterkeit des Helden, die Hilfe der guten Mächte, ihre Treue und Kraft, aber auch das Ausmaß des Bösen überzeugend genug zu beweisen.

Schließlich soll die Darstellung strenger und oft grausamer Strafen den totalen Sieg der Gerechtigkeit aufzeigen. Die Strafwürdigen werden verbannt, wie z. B. in »Hänsel und Gretel«, in einem Nagelfaß den Berg hinabgerollt, wie in »Die drei Männlein im Walde« usw. »Die Welt wird durch mancherlei Strafen und Zurechtordnungen wieder als heile Welt hinterlassen ... Und mit dieser abschließenden Szene ist aller Konflikt geordnet, das Böse ist schlechthin aus der Welt verwiesen, seine Asche in alle vier Winde verweht, kurz, die Welt ist wieder heil.« Das Märchen macht reinen Tisch und schafft klare Verhältnisse. Und dazu sind ihm die drastischsten Mittel oft gerade die geeignetsten. Keine Spur von Zweifel soll zurückbleiben, daß Gerechtigkeit und Reinheit triumphieren.

Das Märchen verliert sich hierbei nicht ins Detail, niemals verweilt es ausmalend bei den Begleiterscheinungen: es beschreibt nicht die Wunden, läßt kein Blut fließen, schildert nicht den Schmerz. Mit wenigen Sätzen stellt es die Tatsachen eindeutig vor Augen, ohne Entsetzen und Grauen bei den Hörern hervorzurufen.

Der Handlungsablauf der Volksmärchen ist im allgemeinen einfach und ohne größere Schwierigkeiten gedanklich nachzuvollziehen. Er setzt ohne Umschweife ein und schreitet unverzüglich von Begebenheit zu Begebenheit[33]. Das Entscheidende wird meistens schon in den ersten Phasen der Erzählung angedeutet und dem Leser als eine Art Disposition unterbreitet[34]. So kann er sich auf das Kommende einstellen. Ein vielgebrauchtes Mittel ist die Wiederholung. Hörer und Erzähler gewinnen dadurch einen Halt, und das Wichtige wird gebührend hervorgehoben und eingeprägt. Besonders beliebt ist die dreifache Wiederholung: Dreimal versucht der Held die Lösung, drei Aufgaben hat er zu übernehmen, drei Brüder machen sich hintereinander an dasselbe Werk oder drei Gaben stehen zur Verfügung. Die Wiederholung des gleichen Vorgangs wird gern mit denselben Worten geschildert. Der Märchenerzähler zieht der sprachlichen Variation die wörtliche Wiederkehr von Formeln, Sätzen und Satzfolgen vor;

---

[33] Im orientalischen Märchen findet sich im Gegensatz zu unserem eine Vorliebe für verweilendes und ausschmückendes Beschreiben der Einzelheiten.

[34] Ch. Bühler hat darauf aufmerksam gemacht, wie den Vorhersagen in verschiedener Form (Prophezeiung, Gebot, Verbot, Warnung) eine Funktion der Vorwegnahme des Handlungsganges zukommt (a.a.O., S. 71).

nicht aus stilistischer Schwäche, sondern in der Absicht, die Kombinationsgabe der Hörer nicht zu überfordern und die straffe Gliederung und den Rhythmus der Handlung zu unterstreichen.

Von einer ausmalenden Sprache kann kaum die Rede sein. Das reine Märchen begnügt sich meistens mit einfachen Benennungen. Bilder und verdeutlichende Vergleiche sind selten, und wenn sie vorkommen, schlicht und anspruchslos: »... so schön, daß die Sonne selber, die doch so vieles gesehen hat, sich verwunderte, sooft sie ihr ins Gesicht schien.« (KHM, Nr. 5) »... und es war, als ob ihm Nachricht von den verborgensten Dingen durch die Luft zugetragen würde.« (KHM, Nr. 17) »... ein Töchterlein, das war so weiß wie Schnee, so rot wie Blut und so schwarzhaarig wie Ebenholz.« (KHM, Nr. 53) »... so fromm und gut, so arbeitsam und unverdrossen, als je zwei Kinder auf der Welt gewesen sind.« (KHM, Nr. 161) »In dem Wald war es so still wie in der Kirche.« (KHM, Nr. 107) Im allgemeinen aber verzichtet das Märchen darauf, Personen und Umstände durch Beschreibung genauer zu charakterisieren. Einer knappen, lapidaren Skizzierung folgt sofort die Handlungsdarstellung. »Diese echt epische Technik der bloßen Benennung läßt uns alles Benannte als endgültig erfaßte Einheit erscheinen. Jeder Ansatz zu ausführlicher Beschreibung erweckt das Gefühl, daß nur ein Bruchteil von allem Sagbaren wirklich gesagt wird... Die knappe Bezeichnung umreißt und isoliert die Dinge mit fester Kontur«[35].

D. Bedeutung des Märchens für das Kind

Das Volksmärchen ist Forschungsgegenstand verschiedener Fachgebiete. Die Literaturwissenschaft, die Volkskunde, die Völkerkunde, die Psychologie, aber auch die Pädagogik wenden dem Märchen ihr Interesse zu. Die Pädagogik sucht von der ihr eigenen Fragestellung aus die Funktion des Märchens, Bedeutung und Auswirkung für seine Hörer und Leser zu ergründen. Dabei ist wichtig, daß nicht ein pädagogisches Erwartungsbild von außen herangetragen, sondern über die dem Märchen innewohnende Eigenstruktur ein Einblick in seine möglichen Wirkungen versucht wird. Märchen sind nicht moralische Lehr- und Beispielsdichtung; sie sind frei von vordergründiger Absicht und Tendenz. Ebensowenig sind sie ausschließlich Unterhaltung, zwecklose Erfindung der Phantasie, die lediglich etwas Abwechslung und Farbe in das nüchterne Einerlei des Alltags bringt.

1. Märchenerleben ist *Welterleben.* Das Märchen ist »welthaltige Dichtung«, weil es wesentliche Elemente und Grundzustände des menschlichen Seins widerspiegelt.

Es zeichnet in typisierender Vereinfachung Elementarverhältnisse und Grundkategorien des Lebens. Zu ihrer Verdeutlichung bedient es sich der Kontrastie-

---

[35] M. Lüthi: a.a.O., S. 26.

rung: Dem Großen steht das Kleine, dem Starken das Schwache, der Macht die Hilflosigkeit, der Klugheit die Dummheit, dem Schönen das Häßliche, dem Guten das Böse gegenüber. So begegnet dem Märchenhörer die Welt als eine auf ihre antinomischen Grundelemente abstrahierte Wirklichkeit. Und da ihm Figuren und Geschehnisse nicht in vielfältiger Differenziertheit, nicht als komplizierte »Mischformen« vorgestellt werden, werden Erscheinungen und Ereignisse transparent und in ihren wesentlichen Merkmalen und Motiven erkennbar. Das Märchen zeichnet nicht – wie seine Gegner meinen – ein unrealistisches und falsches Bild der Welt. Was hier demonstriert wird, ist eine auf einfache Strukturen reduzierte Wirklichkeit, die zu den nuancierten und vielfältigen Phänomenen menschlicher Existenz nicht im Widerspruch steht, sondern ihnen vorgeordnet ist.

Ebenso vereinfacht und auf einzelne, leicht überschaubare Grundelemente isoliert sind die Handlungsmotive der Märchenpersonen. Das Märchengeschehen wird von Grundanliegen und Urthemen des menschlichen Daseins bestimmt. Der Wunsch nach Glück und Erfolg, nach Ordnung und Gerechtigkeit, nach Liebe und Gemeinsamkeit, die Verstrickung in Neid, Habgier und Bosheit, die Auseinandersetzung mit irdischen und überirdischen Mächten, guten wie bösen: das alles sind Themen, die der ursprünglichen Welterfahrung des Menschen, der allgemeinen Grundkonzeption menschlicher Psyche entsprechen und stets und überall – wenn auch in variierter, verschleierter oder mit anderen Anliegen und Motiven verschlungener Form – vorkommen. Die Anwendbarkeit der allgemein gültigen Aussagen auf die verschiedensten individuellen Lebenslagen und Verhältnisse wird dadurch begünstigt, daß das Märchengeschehen an keinen geographisch festumrissenen Ort und an keine historisch genau datierbare Zeit gebunden ist. Auch die Gegenwart wird mit ihren speziellen Erscheinungen und Problemen vom Märchen nicht gesondert angesprochen. Wer ihm die Gegenwartsferne als Anachronismus anlastet, verkennt die Eigenart dieser Gattung. Was sie dem modernen Menschen zu sagen hat, ist prinzipiellerer Art, berührt Zuständigkeiten und Aufgaben, die nicht allein das Individuum einer besonderen Epoche angehen, sondern der menschlichen Existenz überhaupt eigen sind.

So gesehen kann man das Märchen als symbolische Dichtung bezeichnen. Alles, was es an konkreten Figuren und Ereignissen darstellt, ist auf einen weiten Wirklichkeitshorizont übertragbar. »Das Besondere, von dem es erzählt, meint nicht nur sich selber; ein Allgemeines birgt und offenbart sich in ihm. Mit dem Schweinejungen und der Prinzessin meint das Märchen nicht nur einen Schweinejungen und eine Prinzessin, sondern zugleich Menschen überhaupt. Die Krankheit ist nicht nur Krankheit, sie deutet auf Leiden schlechthin. Bei der Errettung eines Mädchens vor dem Tode durch den Drachen erlebt der unbefangene Hörer gewiß zunächst eben diesen äußeren Vorgang nach, aber in dem äußeren Bilde wird ihm zugleich seelisches Geschehen zum Gesicht. Not und Befreiung der Menschenseele, Macht und Ohnmacht ungeheurer triebhafter Gewalten können in solchen Bildern sich aussprechen ... und der Hörer spürt, je nach seiner eigenen inneren Situation, etwas von diesem oder dieses alles. Unbewußt oder halbbewußt ist ihm das geschaute Bild nicht nur Schaubild, sondern immer zugleich auch ›Bild für ...‹.«[36]

Wenn man das Märchen als Symboldichtung versteht, die uns die Wirklichkeit in gleichnishaften Bildern zeigt, dann erhalten auch Zauberkräfte, Wundergaben und numinose Eingriffe einen durchaus angemessenen Platz im Märchen als welthaltiger Dichtung.

Man kann das Element des Wunderbaren im Märchen als Symbol der Wirklichkeit auf verschiedene Weise deuten: als Sinnbild für das Wirken des Guten und Bösen in der Welt, für Begnadung und Gefährdung des Menschen, für Hilfen, die ihm unerwartet und selbstverständlich zuteil werden können, oder für Gefahren und Anfechtungen, die ihn dauernd umgeben und ihn plötzlich wie aus dem Hinterhalt überfallen. Das Wirken des Numinosen und Geheimnisvollen im Märchen kann gleichnishaft besagen, wie sehr die menschliche Existenz vom Unbekannten abhängig ist, und kann somit als Symbol für die Unwägbarkeit des Schicksals überhaupt gesehen werden.

Das Irreale der Märchenerzählung fungiert aber nicht nur als Symbol für etwas, sondern ist selbst Wirklichkeit. So jedenfalls entspricht es der Vorstellung des Märchenerzählers und Märchenhörers. Das Neben- und Miteinander von diesseitiger und jenseitiger Welt im Märchen ist die Dokumentation eines weiten Wirklichkeitsbegriffes, der nicht nur auf sinnlich und objektiv Wahrnehmbares begrenzt ist, sondern auch das Transzendente als gegeben einbezieht. In der ihm eigenen Selbstverständlichkeit stellt das Märchen den Zusammenhang und die Auseinandersetzung zwischen Irdischem und Außerirdischem dar.

Das entspricht den Erwartungen und Fähigkeiten des Märchenhörers. Wenn die Märchen die Zusammenhänge des Daseins nur bedingt im streng rational-logischen Sinn aufzeigen, dann kommt das vor allem dem Kind bis etwa zum 8. Lebensjahr entgegen. Es versucht ja, seine erstmals als etwas Eigenständiges und Eigenmächtiges erlebte Umwelt mit dem Verstand zu begreifen *und* über das magische Vorstellen zu ergründen. Das Märchen wird deshalb zu einer willkommenen Gabe, weil in ihm das Magisch-Wunderbare einen ebenso selbstverständlichen Platz einnimmt wie in der Vorstellung des Kindes.

Wer magisches Denken und Deuten im Kindesalter lediglich als sinnlosen Umweg oder Irrweg zur objektiv-sachlichen Beurteilung der Welt versteht, wird das Märchen als Kindergeschichte ablehnen. Wer aber im magischen Denken des Kindes eine Entwicklungsstufe sieht, die im Vergleich zum vorhergehenden physiognomischen Weltbild einen wesentlichen Fortschritt in der Zuwendung zu den Dingen und Vorgängen darstellt und die notwendigerweise der Aneignung eines realistischen Weltbildes vorausgeht, der wird das Märchen als

[36] M. Lüthi: a.a.O., S. 87.

positives Instrument im Entwicklungsgang des kindlichen Weltverständnisses und Weltverhältnisses einschätzen[37].

Es erhebt sich aber noch die Frage, ob das Märchen Wunder- und Zauberkraft nicht mißbraucht, um mit ihrer Hilfe eine verklärte Wunschwelt, eine illusionistische Traumwelt darzustellen, die zur nüchternen Realität im krassen Gegensatz steht und im Kinde eine falsche Vorstellung der tatsächlichen Wirklichkeit begünstigt. Die Antwort auf diese Frage kann nicht unbeachtet lassen, daß das Märchen gerade die Zwiespältigkeit des Daseins eindrucksvoll aufzeigt, das Böse und Dunkle, die Mängel und Gefährdungen des Menschen nicht verheimlicht. Freilich – am Ende siegt der Held und mit ihm das Gute. Diese letztlich stets optimistische Weltschau (von Märchenkritikern als »heile Welt« apostrophiert) vermittelt dem Kind die Gewißheit, daß dieses Leben gemeistert werden kann. Es gibt ihm Mut und Zuversicht für die vor ihm stehende Zukunft. Ich meine, man sollte dem jungen Menschen diesen Zuspruch nicht vorenthalten. Er braucht ihn als Vorbereitung für ein Leben, das zwar nicht den unerschütterlichen Optimismus des Märchens wahrmacht, aber immer von neuem in jeder Generation um die Objektivierung von Recht und Wahrheit zu ringen hat, will es nicht auf die Stufe der Unmenschlichkeit und Würdelosigkeit absinken.

2. In enger Verbindung mit dem Gewinn von Einsichten und Erfahrungen steht der *formale Einfluß* auf den Märchenhörer, vor allem auf Gemüt und Phantasie.

Über den Zusammenhang von *Märchen und Gemüt* sagt Wilhelm Grimm: »Kindermärchen werden erzählt, damit in ihrem reinen und milden Licht die ersten Gedanken und Kräfte des Herzens aufwachen und wachsen.«[38] Es sind besonders soziale Gefühlsregungen, die durch das Märchen angeregt und bereichert werden. Das Wohl und Wehe des Helden, vor allem des Märchenkindes, die Treuherzigkeit der lichten und die Arglist der dunklen Gestalten, die Belohnung und der Erfolg der einen und die Bestrafung und der Mißerfolg der anderen stiften Mitfreuen und Mitleiden, Sorge und Genugtuung, Sympathie und Antipathie.

Da jedoch das Volksmärchen nur selten Gefühlsregungen und Affekte seiner Figuren beschreibt und schon gar nicht reflektiert über Leid und Freuden, über seelische Nöte und Konflikte, über Triumph und Erfolg, stattdessen fast sachlich nur Handlung zeigt, wird der Hörer nicht schon von vorneherein in der Inten-

[37] »Durch diese Bilder (des Märchens), in denen Grundtatsachen des menschlichen Lebens ihren Ausdruck finden, erfährt (das Kind) von dieser Lebenswirklichkeit sehr viel, was man ihm noch nicht erklären kann ... Wer im Märchen eine Beeinträchtigung des nüchternen Wirklichkeitssinnes des Kindes sieht, der vergißt, daß das Kind in einer der Märchenwelt sehr verwandten Welt, auch ohne daß es vom Märchen je etwas erfahren hat, zu Hause ist.« Aus Hildegard Hetzer: Kind und Jugendlicher in der Entwicklung. Berlin/Hannover/Darmstadt 1958 (4. Aufl.), S. 75.

[38] Aus der Vorrede zu den KHM.

sität seines emotionalen Erlebens festgelegt; das heißt, es liegt nicht in der Absicht des Märchens, die Gefühle ausdrücklich und besonders heftig zu stimulieren; es bleibt dem Hörer überlassen, im Rahmen seiner entwicklungsmäßig gegebenen Möglichkeiten emotional zu reagieren.

Selbst das Böse und Grausame im Volksmärchen fügt sich in den Rahmen der gemäßigten Atmosphäre. Die Sorge, das Kind würde in heillose Angst und in den Bann von Zwangsvorstellungen geraten, ist im allgemeinen nicht berechtigt. Das will nicht besagen, daß es die Vorgänge überhaupt nicht zur Kenntnis nimmt, aber es gewahrt sie nicht in realistischen Details. Dafür sorgt der Erzählstil des Märchens, der in der Regel ohne Andeutung einer körperlichen und seelischen Qual, ohne Schilderung von physischen Einzelheiten nur lapidar seine Feststellungen trifft.

Das gut erzählte Volksmärchen will seine Hörer nicht erschüttern. Tragische Ausgänge, in denen Unglück und Not bis zur letzten bitteren Konsequenz wirksam werden, sind ihm fremd. Es unterscheidet sich hierin von manchem Kunstmärchen. Man vergleiche z. B. das Grimmsche Märchen: »Die Sterntaler« mit dem Andersen-Märchen »Das kleine Mädchen mit den Schwefelhölzern«. Beiden Erzählungen unterliegen die gleichen Motive: Armut und Verlassenheit eines Kindes. Das Schicksal der Grimmschen Kindergestalt geht zu Herzen, eine letzte tiefe Erschütterung bleibt aber dem Hörer erspart; denn wie das arme Mädchen »so stand und gar nichts mehr hatte, fielen auf einmal die Sterne vom Himmel und waren lauter harte blanke Taler«. Bei Andersen hofft der kindliche Leser vergeblich auf die erlösende Wendung: »Der Morgen des neuen Jahres ging über der kleinen Leiche auf.«

Mit Recht wird auch der Zusammenhang zwischen *Märchen und Phantasie* immer wieder hervorgehoben. Ohne hohe Beteiligung des phantasiehaften Vorstellens ist das Erfassen des Märchengeschehens gar nicht denkbar, denn es führt ja ständig über den Bereich des wirklich Wahrnehmbaren hinaus. Die Eigenart der Märchenwelt kann nur mit den Augen der Phantasie geschaut werden. Es zeigt sich überdies, daß die Gestaltung einzelne Züge besitzt, die – mehr als in anderer Literatur – die Phantasiekräfte herausfordern. Charlotte Bühler[39] verweist auf die zahlreichen Veränderungen des Bildes (Verwandlung, Verkleidung, Versetzung an einen anderen Ort); sie nennt das Spiel mit abnormen Größenverhältnissen (Schneewittchen unter den Zwergen, Schneiderlein und Riese), die Lebhaftigkeit und Bewegung der Märchendarstellung, die keine Ruhe und Zustandsschilderung kennt. Das verlangt Gewandtheit der Phantasie und ein dauerndes »Wandern in der Vorstellung«. Dem Kinde bereiten diese Phantasieleistungen Vergnügen, es übt sie mit großer Bereitschaft, so daß wir annehmen dürfen, seine Vorliebe für das Märchen werde nicht unwesentlich davon getragen.

---

[39] Ch. Bühler: a.a.O., S. 77.

3. Welche Bedeutung dem Märchen für die *literarische Entwicklung* zukommt, kann nicht durch direkte Beobachtung des Kindes ermittelt, sie kann auch nicht rückblickend auf die eigene individuelle Entwicklung festgestellt werden. Aber allein die Tatsache, daß sich eine Reihe von Märchen unverlierbar ins Gedächtnis eingegraben hat und nicht nur deren Inhalt, sondern oft auch die äußeren Umstände und die Seelenlage im Augenblick der Begegnung bis ins Erwachsenenalter lebhaft gegenwärtig bleiben, beweist die Eindringlichkeit dieser Gattung. Bei vielen Kindern führt die Begegnung mit dem Märchen zu einem ersten Höhepunkt literarischen Erlebens. Die Hinwendung zeigt eine Intensität, die ihresgleichen erst wieder im Abenteueralter hat. Der literarische Bezug setzt nicht die Lesefähigkeit voraus; er basiert auf Erzählen und Zuhören, bedient sich also der ursprünglichen Weise literarischer Kommunikation. Literarpädagogisch gesehen bedeutet dies, daß das Märchen – als Literatur, die ja erzählt werden soll – einen Beitrag zur Pflege primärer Fähigkeiten literarischen Umgangs ermöglicht: Hier ist der Anfang einer Literaturerziehung zu sehen, die auch im planmäßigen Schulunterricht nicht vernachlässigt werden sollte, um dem jungen Menschen jenen Zugang zur Literatur offen zu halten, der in zunehmendem Maße durch den Einsatz von akustischen Medien (Schallplatte, Tonband, Kassette, Fernsehen) auch im Buchzeitalter eine Rolle spielt.

Natürlich kommt diesem intensiven Literaturerleben auch Bedeutung für die spezielle Leseerziehung zu. Da das märchenhörende Kind frühzeitig mit dem Märchenbuch, aus dem der Erzähler seine Geschichten nimmt, in Berührung kommt, wird die unbewußte, erstmalig am Bilderbuch gemachte Erfahrung unterstrichen: Bücher sind etwas Schönes und Begehrenswertes. Darüber hinaus darf angenommen werden, daß dem Märchengut eine aufschließende Funktion für andere Literaturbereiche zukommt. Die schon durch Bilderbuch und Kindervers gelegte Basis literarischer Entwicklung wird durch das Märchen ausgeweitet. Josef Prestel sucht die »Lesebahnen« konkret aufzuzeigen, die sich vom Märchen als »Ausstrahlungskern« her anbieten. Sie führen vom Scherzmärchen über das Tiermärchen zur Fabel und Tiergeschichte, bzw. zum Schwankbuch und zur Volkserzählung (Hebel); vom Märchen zum Besinnen hin zum Dichtermärchen und zur dichterischen Kurzerzählung; vom Märchen zum Staunen über das Heldenmärchen zur Heldensage, zur historischen Erzählung und zum Abenteuerbuch[40]. Solche Linienführungen literarischer Entwicklungsgänge dürfen freilich nur als Hypothesen und nicht als Schematas hingenommen werden, nach denen die Leserwege vorausgesagt werden können. Zu viele Faktoren beeinflussen die Entwicklung des Leserindividuums, als daß sie mit Sicherheit vorweg fixiert werden könnte.

---

[40] Josef Prestel: Lesende Jugend. München 1950, S. 18.

E. Das Märchen in Kindergarten, Vorschule und Schule

Während das Märchenerzählen (und das Erzählen überhaupt) in der Familie seltener geworden ist, nimmt es im vorschulischen Bereich und in den ersten Jahrgängen der Grundschule immer noch einen beachtlichen Platz ein. Auch die nach 1945 wieder einsetzende, in ihren Grundzügen seit der Aufklärung geläufige Märchenkritik konnte die Position des Märchens in den vorschulischen und schulischen Bildungsinstitutionen nicht ernsthaft gefährden. So kommt es, daß Kindergarten und Grundschule häufig genug nur die einzigen Orte sind, wo Kinder mit dem Märchen in Berührung kommen, bzw. wo sie es noch in der angemessenen ursprünglichen Darbietungsform des mündlichen Erzählens kennenlernen.

1. Die Bejahung des Märchens darf nicht dazu führen, von vorneherein jedes Märchen für alle Kinder als geeignet anzusehen. Eine genauere Betrachtung stößt auf *strukturelle und inhaltliche Unterschiede.* Sie sind hinsichtlich der Individualität und der Altersstufe des Kindes zu beachten und machen eine Auswahl erforderlich.

Es gibt zahlreiche Märchen, die nach Aufbau und Erzählweise so einfach sind, daß sie auch schon vom Vorschulkind (ab 3./4. Lebensjahr) ohne Schwierigkeiten verstanden werden. Sie begnügen sich mit einem Motiv und entwickeln daraus eine schlichte Handlung, die oft fast linear verläuft oder in einer einzigen Kurve das Geschehen umfaßt (»Die Wassernixe«, Nr. 79; »Der süße Brei«, Nr. 103; »Der goldene Schlüssel«, Nr. 200; »Die Sterntaler«, Nr. 153)[41].

Andere Märchen gliedern sich in Geschehensakte auf. Solange aber die Handlung auf wenige Szenen beschränkt ist, diese in unmittelbarem Zusammenhang mit dem Grundgeschehen stehen und überdies kettenartig im Sinne einer unkomplizierten Und-dann-Erzählung gereiht sind, bereiten sie vom Aufbau her dem Vorschulkind keine besonderen Schwierigkeiten. Die meisten der bekannten Kindermärchen gehören hierher (»Der Wolf und die sieben Geißlein«, Nr. 5; »Hänsel und Gretel«, Nr. 15; »Rotkäppchen«, Nr. 26; »Dornröschen«, Nr. 50).

Schwerer nachvollziehbar sind jene Märchen, die nicht nur einem Motiv entspringen, sondern über Nebenmotive und oft mehrere Hauptmotive verfügen, neue Geschehnisse mit anderen Gesichtspunkten und Schauplätzen ins Spiel bringen. In diesen meistens recht umfangreichen Erzählungen muß die Aufmerksamkeit viele Vorgänge erfassen, behalten, überschauen und zueinander in Beziehung bringen. Der Schwierigkeitsgrad wird noch gesteigert, wenn die Ereignisse nicht nacheinander eintreten, sondern sich überlappen oder zeitlich parallel nebeneinander laufen (»Die zwei Brüder«, Nr. 60; »Die Gänsehirtin am Brunnen«, Nr. 179).

Bei Betrachtung des Inhalts ergeben sich ebenfalls Eignungsunterschiede.

---

[41] Diese und folgende Beispiele entstammen den KHM der Brüder Grimm.

Märchen, die vom Mutter-Kindverhältnis und vom familiären Milieu erzählen (»Der Wolf und die sieben Geißlein«, Nr. 5; »Rotkäppchen«, Nr. 26) finden das besondere Interesse des Kleinkindes. Sie bleiben durch das ganze Vorschulalter beliebt und werden auch noch im ersten Schuljahr als alte Bekannte gerne aufgenommen.

Die drollig-heiteren Kurzmärchen von Tieren und leblosen Gegenständen, wie wir sie bei Grimm finden, gehören ebenfalls auf eine frühe Erzählstufe (»Das Lumpengesindel«, Nr. 10, »Strohhalm, Kohle und Bohne«, Nr. 18).

Vom 4./5. Lebensjahr an und für die ersten Schuljahre eignen sich die echten Wundermärchen von verzauberten Prinzen (»Froschkönig«, Nr. 1), vom Wirken böser und guter Mächte (»Schneewittchen«, Nr. 53; »Brüderchen und Schwesterchen«, Nr. 11), von außerirdischen Welten (»Frau Holle«, Nr. 24), von seltsamen Wundergaben (»Tischlein deck dich«, Nr. 36) usw. Plötzliche Verwandlungen und Verzauberungen können vom Kleinkind weniger gut erfaßt werden. Die gleichen Kinder, denen die Geschichte vom Rotkäppchen, das unversehrt und quicklebendig aus dem Bauch des Wolfes herausschlüpft, keine Schwierigkeit bereitet, sind oft noch nicht fähig, den totalen Gestaltwandel, wie ihn das eigentliche Wundermärchen bringt, in der Vorstellung nachzuvollziehen.

Zu den Wundermärchen gesellen sich bald die Heldenmärchen, die heiter getönten früher (»Das tapfere Schneiderlein«, Nr. 20; »Daumerlings Wanderschaft«, Nr. 45), die mit ernstem und abenteuerlichem Charakter später (»Das blaue Licht«, Nr. 116; »Der goldene Vogel«, Nr. 57; »Der Trommler«, Nr. 193). Heldenmärchen, in denen das Abenteuerliche durch Buntheit des Geschehens und Vielfalt der Schauplätze besonders gesteigert wird (wie im »Treuen Johannes«, Nr. 6; oder im »Eisenhans«, Nr. 136), sollten erst dann erzählt werden, wenn beim Kind die Fähigkeit des logischen Erfassens und Überschauens von größeren und komplizierteren Zusammenhängen ausreichend entwickelt ist.

Dasselbe gilt von den Märchen mit Fabel-, Legenden- oder Schwankcharakter. (Fabeln: »Der Zaunkönig und der Bär«, Nr. 102; »Der Fuchs und die Katze«, Nr. 75; Legenden: »Die Lebenszeit«, Nr. 176; »Die Kornähre«, Nr. 194; Schwankgeschichten: »Meister Pfriem« Nr. 178; »Die kluge Else«, Nr. 34). Sie sind meistens keineswegs dem Vorschulkind und oft auch noch nicht dem Schulanfänger angemessen.

Der Märchenerzähler wird also gruppieren und staffeln, manches ausscheiden oder zurückstellen, dies und jenes aber auch entdecken und übernehmen, was nicht zum üblichen Märchenrepertoire für Kinder gehört. Insgesamt sollte er versuchen, alle dem Lebensalter seiner Hörer zugänglichen Spielarten des Märchens zu berücksichtigen. Das heißt auch, daß er sich nicht allein auf die von den Brüdern Grimm überlieferten Märchen oder nur auf das deutsche Märchengut beschränken sollte. Allerdings glaube ich nach wie vor an die exemplarische Bedeutung der Grimmschen Märchen für die Gewinnung von Beurteilungskriterien und Auswahlmaßstäben. Wer sich an ihnen in Analyse und kritischer

Sichtung geübt hat, wird zur Beurteilung von anderen Volksmärchen und von Kunstmärchen gute Voraussetzungen mitbringen.

2. Die *Märchendarbietung* folgt dem Grundsatz: Märchen sollen erzählt werden.

Das Volksmärchen ist Erzählgut, das einstmals durch Generationen mündlich überliefert worden ist. Es ist außerdem in der lebendigen Erzählgemeinschaft groß geworden. Sein Gehalt kommt deshalb über die gesprochene Sprache und in der Geselligkeit von Erzähler und Zuhörer am besten zur Geltung.

Erzählen ist nicht Vorlesen. Wenn der Erzähler das Buch benützt, sollte er nicht an den Seiten kleben, sondern über das Buch hinweg den Kontakt mit den Kindern suchen. Aus unscheinbaren Äußerungen der Reaktion erspürt er Stimmung und innere Haltung der Zuhörer. Er merkt, ob sie mitgehen, ob sie auffassen, was als Erlebnis vermittelt werden soll, ob die Resonanz dem dargebotenen Gehalt entspricht, ob etwa Ernstes als »lustige Einlage« mißverstanden wird, ob bestimmte Stellen und Wendungen Erschrecken oder Entsetzen auslösen. Die Erzählgemeinschaft ist die beste Voraussetzung für die einfühlende Teilhabe der Zuhörer und für die psychologische Anpassung des Erzählers. Das unmittelbare Neben- und Miteinander, die menschliche Nähe, stiftet eine Situation, in der das Kind sich aufgehoben weiß. Da lassen sich die gefährlichen Begebenheiten im Märchen leichter miterleben, da verlangt man sogar immer wieder darnach, fordert die Angst heraus, in der Gewißheit, daß man selbst sicher ist. »Kein Kind provoziert die Angst, wenn es allein ist. Diese Beobachtung ist, so scheint es mir, der Schlüssel zum eigentlichen Verständnis inmitten der ganzen Verwirrung, um die Grausamkeitsproblematik für und wider das Märchen. Die Angst schafft niemand aus der Welt, aber das Vertrauen hilft sie besiegen. Ein Kind ist in der schreienden Meute seiner Mitspieler so gut aufgehoben, daß es alle Angst vor Hexen und schwarzen Männern im Spiel abzubauen vermag. Und noch besser ist es in der Familie aufgehoben, wenn die Mutter ihm abends Märchen erzählt«[42].

Weil menschliche Atmosphäre und direkter Kontakt beim Märchenerzählen wichtig sind, ist die Skepsis gegenüber der *technischen Apparatur als Märchenvermittlerin* verständlich. Schallplatte, Tonband, Fernsehgerät, Radio lassen den Zuhörer isoliert und konfrontieren ihn mehr oder weniger auf gut Glück mit der Erzählung. Dieser Nachteil kann nur durch besonders sorgfältige Auswahl der Märchenstoffe von seiten der Produzenten und Regisseure und durch verständiges Mitwirken der Eltern auf seiten des Kindes ausgeglichen werden. Aber die Produktion ist – vor allem auf dem Sektor der Märchenschallplatte – im allgemeinen noch sehr verbesserungsbedürftig. Das literarische und pädagogisch-psychologische Problembewußtsein ist gering entwickelt. Eine Arbeitsgrup-

---

[42] W. Scherf: Kindermärchen in dieser Zeit? München 1961, S. 8.

pe »Schallplatten für Kinder« kam u. a. zu folgendem Ergebnis: »Offensichtlich bedarf es in der Bundesrepublik Deutschland wie auch in der Schweiz und in Österreich einer besseren Zusammenarbeit und Koordinierung aller Kräfte, die sich mit der Kinderplatte befassen. Es gibt wenig Autoren, die mit der Hörspielproblematik vertraut sind. Die Produktion wendet nur ungenügende Mittel auf. Die kritische Beurteilung steht erst in den Anfängen und die Feldforschung im Hörerbereich fehlt völlig«[43]. Es fehlt auch bislang noch an ausreichenden Hilfen, die den Eltern und Erziehern bei kritischer Beurteilung, Einkauf und Verwendung der Märchenschallplatte zur Hand gehen[44].

Märchenerzählen setzt Vorbereitung voraus. Sie besteht zunächst im Eindringen in Geist und Gesamtgehalt der Erzählung. Ihm folgt das Überblicken und Einprägen des Handlungsablaufes mit seinen Einzelheiten, Höhepunkten, Zwischengliedern und entscheidenden Situationsänderungen. Ein mechanisches Auswendiglernen erübrigt sich, wenngleich wesentliche Wortwendungen und problematische Stellen wörtlicher Einprägung bedürfen. Die jahrhundertealte, in lebendiger Erzählgemeinschaft erworbene Erfahrung hat in den Märchen ihren Niederschlag gefunden. Wir sollten diese Erfahrung nicht gering achten. Da aber das Volksmärchen auch heute noch lebendiges Überlieferungsgut ist und nur lebendig bleibt, wenn es der Erzählsprache der jeweiligen Zeit angepaßt wird, sind Veränderungen, soweit sie nicht den Inhalt entstellen und die Märchenstruktur gefährden, durchaus angebracht. Auch die Brüder Grimm haben die vorgefundenen Märchen nicht wortwörtlich weitererzählt, sondern sie in der Sprache ihrer Zeit neu gestaltet. Wir sollten allerdings, wenn wir uns auf Grimm berufen, nicht übersehen, wie sehr sie sich vor leichtfertigen Abänderungen hüteten; denn »es ist doch ein großer Unterschied zwischen jenem halb

---

[43] XVIII. Internationale Jugendbuchtagung des Arbeitskreises für Jugendliteratur 1972 in Urach/Württ.

[44] Das Verzeichnis »Schallplatten für Kinder«. Hrsg. Friedrich-Bödecker-Kreis/Gewerkschaft Erziehung und Wissenschaft ist ein wertvoller Anfang auf dem Gebiet der pädagogischen und literarischen Rezension.
Beiträge zur Diskussion der Märchen- und Kinderschallplatte:
H. Bantze: Rattenfängermethode in Theorie und Praxis, Hörspielplatten für Kinder. In: ZS Buch und Bibliothek 1971, S. 859 ff. – K. Kallbach/H. Pickert: Die Schallplatte für Kinder. In: ZS Jugendschriften-Warte 1970/1. u. 2. – R. Kreuzer: Methodische Hinweise für den gezielten Einsatz von Kinderschallplatten. In: ZS Jugendschriften-Warte 1972/7. u. 8. – V. Mönckeberg: Das Märchen und unsere Welt. Düsseldorf/Köln 1972, S. 169 ff. – M. Müller: Dornröschen in Hi-Fi, Märchenschallplatten für Kinder. In: Buch und Bibliothek 1971, S. 616 ff. – F. Westphal: Märchen auf Platten. In: ZS Jugendliteratur 1960/2. – F. Westphal: Kinderschallplatte und Schallplatten für Kinder. In: Zeitschrift für Jugendliteratur 1967/2. – Kinderschallplatten kaufen – aber wie? In: ZS Bulletin 1969/0.

unbewußten, dem stillen Forttreiben der Pflanzen ähnlichen und von der unmittelbaren Lebensquelle getränkten Entfalten und einer absichtlichen, alles nach Willkür zusammenknüpfenden und auch wohl leimenden Umänderung«[45].

Nicht einlernen, sondern einleben; nicht einstudieren, sondern einfühlen! Dann ergibt sich fast von selbst die rechte Weise des Erzählens. Wer wie ein Schauspieler agiert, mit großem gestischen und sprachlichen Aufwand Wirkung erzielen will, hat den Geist des Märchens nicht verstanden. Es ist gefährlich, das Lapidare noch durch besondere sprachliche und mimische Mittel zu unterstreichen. Der Märchencharakter wird dadurch grundsätzlich verändert, die Einheit von Wunder und Wirklichkeit zerbrochen, und schnell kann aus einer Bestrafungsszene, über die das Märchen mit wenigen Worten schlicht berichtet, ein übles Grusel- oder Schreckereignis werden.

Ist ein Märchen in Kindergarten oder Schule zu Ende erzählt, so stellt sich die Frage, was nun in unmittelbarem Anschluß zu folgen habe. Die Erfahrung zeigt nämlich, daß der Übergang vom Märchenerlebnis zur alltäglichen Situation nicht abrupt eintreten kann. Die Kinder stehen im Banne der Erzählung, es muß ihnen Gelegenheit gegeben werden, zu verarbeiten und zu reagieren. Das Naheliegendste ist das natürliche Sichaussprechen der Kinder: im ungegängelten Gespräch mit dem Erzähler oder in einer freien Unterhaltung der Kinder untereinander. Je eindrucksvoller das Märchen war, um so stärker ist das Bedürfnis nach einer Äußerung. Zeichnen, Basteln, Singen oder szenisches Spiel sind weitere Möglichkeiten, den Eindruck zu Ausdruck werden zu lassen.

Auf diese Weise wird das Märchen Ausgangspunkt für Übungs- und Lernprozesse in Bereichen, die außerhalb des eigentlichen Vorgangs Märchenerzählen und Märchenhören liegen. Schulisch bedeutet dies, daß es über die Erzählstunde und den Literaturunterricht hinaus auch für andere Unterrichtsgebiete dienstbar gemacht wird. Im Rahmen eines koordinierten Unterrichts greift der Märchenstoff in die Sprach-, Schreib- und Lesestunde hinein oder wird gelegentlich zum Stoff der verschiedenen musischen Fächer. Dagegen ist nichts einzuwenden, wenn die »Anschlußstoffe« sich ohne Verkrampfung ergeben, wenn das Märchen nicht zerpflückt wird, und solange mit der ungezwungenen Bereitschaft der Kinder, sich mit dem Märcheninhalt weiter zu beschäftigen, gerechnet werden kann. In der Regel wollen die Kinder das Märchenerlebnis lange lebendig halten, und man tut gut daran, die sie bewegenden Vorstellungen und Gefühle nicht künstlich zu unterdrücken und abzubauen. Dies gilt für Vorschule und Kindergarten in noch stärkerem Maße als für die Schule.

Ein Wort schließlich noch zur ethischen Anwendung. Das Märchen ist tendenzlos, ist keine Moralgeschichte zu unmittelbarer erziehlicher Anwendung. Das muß es auch in Kindergarten und Schule bleiben. Der Erzieher darf deshalb

---

[45] Aus der Vorrede zu den KHM.

nicht im Lehrgespräch den sittlichen Wert verstandesmäßig und gar regelhaft herausarbeiten. Das Märchen braucht nicht diese Unterstützung, um sittlich zu wirken.

F. Literatur zum Märchen

Bamberger, R.: Jugendlektüre. Wien 1965 (2. Aufl.), S. 119 ff. und 133 ff.

Beit, H. v.: Symbolik des Märchens. Bern Bd. I 1960 (2. Aufl.), Bd. II 1956.

Beit, H. v.: Das Märchen. Sein Ort in der geistigen Entwicklung. Bern 1965.

Bilz, J.: Märchengeschehen und Reifungsvorgänge. In: Ch. Bühler: Das Märchen und die Phantasie des Kindes. München 1971 (3. Aufl.).

Bolte, J./Mackensen, L.: Handwörterbuch des deutschen Märchens. Bern, 3 Bde., 1930–1940.

Bühler, Ch.: Das Märchen und die Phantasie des Kindes. München 1971 (3. Aufl.).

Doderer, K.: Klassische Kinder- und Jugendbücher. Weinheim 1969, S. 137 ff.

Dyhrenfurth, I.: Geschichte des deutschen Jugendbuches. Zürich/Freiburg i. Br. 1967 (3. Aufl.).

Gerstl, Qu.: Die Brüder Grimm als Erzieher. München 1964.

Giehrl, H. E.: Volksmärchen und Tiefenpsychologie. München 1970.

Hasenkamp, E.: Umgang mit Märchen. Allensbach 1958.

Helmich, W.: Die erzählende Volks- und Kunstdichtung in der Schule. In A. Beinlich (Hrsg.): Handbuch des Deutschunterrichts. Bd. II, Emsdetten 1970 (5. Aufl.).

Höller, G.: Hans Christian Andersen und seine Märchen. Leipzig 1905.

Hürlimann, B.: Europäische Kinderbücher in drei Jahrhunderten. Zürich/Freiburg i. Br. 1959, S. 35 ff.

Jalkotzy, A.: Märchen und Gegenwart. Wien 1952 (2. Aufl.).

Köster, H. L.: Geschichte der deutschen Jugendliteratur. München-Pullach/Berlin 1972. Nachdruck der 4. Aufl. 1927, S. 151 ff.

Leyen, F. v. d.: Das Märchen. Heidelberg 1958 (4. Aufl.).

Leyen, F. v. d.: Die Welt der Märchen. Düsseldorf Bd. I 1953, Bd. II 1954.

Lüthi, M.: Das europäische Volksmärchen. Form und Wesen. Dalp-Taschenbuch 351. Bern/München 1960 (2. Aufl.).

Lüthi, M.: Es war einmal. Vom Wesen des Volksmärchens. Göttingen 1962.

Meyer, R.: Die Weisheit der deutschen Volksmärchen. Stuttgart 1963 (5. Aufl.).

Mönckeberg, V.: Das Märchen und unsere Welt. Düsseldorf/Köln 1972.

Obenauer, K. J.: Das Märchen. Dichtung und Deutung. Frankfurt a. M. 1959.

Röhrich, L.: Märchen und Wirklichkeit. Wiesbaden 1956.

Santucci, L.: Das Kind – sein Mythos und sein Märchen. Hannover 1964.

Scherf, W.: Kindermärchen in dieser Zeit? München 1961.

Schoof, W.: Zur Entstehungsgeschichte der Grimmschen Märchen. Hamburg 1959.

Wittgenstein, O.: Träume, Märchen, Schicksale. Düsseldorf/Köln 1965.

Wolfersdorf, P.: Märchen und Sage in Forschung, Schule und Jugendpflege. Braunschweig 1958.

Aus Zeitschriften:

Baus,, M.: Zum Problem des Märchenfilms. In: Film, Bild, Ton 1962/11. – Dieckmann, H.: Zum Aspekt des Grausamen im Märchen. In: Praxis der Kinderpsychologie und Kinderpsychiatrie 1967/8. – Führer, M.: Das Gesicht der Völker in den europäischen Volksmärchen. In: Jugendliteratur 1960/1. – Heller, H.-D.: Zur Deutung des Märchens. Eine Handreichung für die Oberstufe. In: Der katholische Erzieher 1965, S. 248 ff. – Heller, H.-D.: Der goldene Vogel. Märchenbehandlung im 5./6. Schuljahr. In: Die Scholle 1965, 227 ff. – Kolbenstetter, U.: Das Märchen als Grundlage von Darstellungsspielen. In: Die Bayerische Schule 1962, S. 550 ff. – Langfeldt, J.: Das Märchen und die Angst des Kindes. In: Jugendliteratur 1958/7. – Langfeldt, J.: Von der Problematik des Märchens als Kinderliteratur. In: Jugendliteratur 1960/11. – Murdak, E.: Das Volksmärchen. In: Jugendliteratur 1958/7. – Obenauer, K. J.: Die Grimmschen Kinder- und Hausmärchen. In: Jugendliteratur 1960/2. – Rößner, L.: Märchenbehandlung im siebten Schuljahr. In: Lebendige Schule 1965, S. 497 ff. – Scherf, W.: Was bedeutet dem Kind die Grausamkeit der Volksmärchen? In: Jugendliteratur 1960/11. – Scherf, W.: Wie erzählt man Märchen? In: Jugendliteratur 1962/12. – Schoof, W.: 150 Jahre »Kinder- und Hausmärchen«. In: Wirkendes Wort 1962, S. 331 ff. – Schoof, W.: Zur Geschichte des Grimmschen Märchenstils. In: Jugendschriften-Warte 1967/9. – Ulshöfer, R.: Das Märchen im Unterricht. In: Der Deutschunterricht 1956/6. (Beiträge verschiedener Autoren).

Die Kindergeschichte

Die Bezeichnung »Kindergeschichte« ist kein fest umrissener Gattungsbegriff. Sie soll hier als Sammelname für Erzählungen verwendet werden, die den Kindern vom Erstlesealter bis etwa zum 10. Lebensjahr zugedacht sind und vorwiegend von Kindern selbst und ihrer Welt handeln. Im Unterschied zum Märchen (und auch zur Sage und Legende) tritt das realistische Moment und der Bezug zur gegenwärtigen Wirklichkeit eindeutig hervor. Wo ausschließlich realmögliche Tatsachen und Ereignisse den Inhalt ausmachen, spricht man von der »realistischen Kindergeschichte«, wo auch phantastische Elemente hereinspielen, von der »phantastischen Kindergeschichte«.

A. Die realistische Kindergeschichte

Mit dem allmählichen Nachlassen des Märcheninteresses wächst die Vorliebe für wirklichkeitsnahe Darstellungen, für »wahre« Geschichten. Die realistische Neigung ist nicht etwas völlig Neues, sie ist auch in früheren Phasen schon vorhanden; ihr entsprechen die wirklichkeitsnahen Inhalte der Bilderbücher, Versgeschichten und Kleinkindererzählungen. Nun aber rückt sie eindeutig in den Vordergrund. Das Kind tritt in die »realistische Phase« ein, zeigt eine auffallend extravertierte Haltung und versucht, die Erscheinungen der Umwelt sachgerecht zu erfassen.

1. Bevorzugtes *Themenfeld der realistischen Kindergeschichte* ist das Kinderleben selbst. Erlebnisse in Haus und Familie, unter Geschwistern, Spielkameraden und Erwachsenen, auf der Straße und in der Schule kehren in vielen Variationen wieder. Alltagserlebnisse, heitere und ernste Begebenheiten, wie sie jedem Kind geläufig sind, aber auch besondere Ereignisse von teilweise abenteuerhaftem Gepräge können den Inhalt dieser Geschichten ausmachen.

In manchen realistischen Kindergeschichten nimmt die sachlich-gegenständliche Seite einen breiteren Raum ein. Bücher dieser Art, die dem Kinde helfen wollen, das Wissen von seiner Umwelt zu erweitern und zu klären, sind eine Vorform des erlebnishaft gestalteten Sachbuches. Die Einzelthemen sind der Nahwelt des Lesers entnommen. Wo sie außerhalb liegen, müssen Brücken vorhanden sein, die Bekanntes mit Unbekanntem verbinden und vom Kinde unter zehn Jahren mühelos begehbar sind. Eine Einführung in die moderne Arbeitswelt wird von der Familie, dem Beruf des Vaters oder eben von Gegebenheiten ausgehen, die der kindlichen Vorstellung vertraut sind. Verkehr und technische Erscheinungen müssen vom Blickwinkel des Kindes aus betrachtet werden, an seine Alltagserfahrungen (z. B. Schulweg, Spiel) anknüpfen und die nächsten Beziehungen aufsuchen, die vom Leser her zum Gegenstand bestehen.

Das gilt auch von Kindergeschichten, die sich in anderen Ländern abspielen und von Lebensverhältnissen erzählen, die dem Acht- und Neunjährigen im Grunde noch fremd sind. Was diese Bücher dennoch anziehend und der in der heimatlichen Umwelt verhafteten Vorstellung zugänglich macht, ist die Tatsache, daß ihr Schwerpunkt nicht im Andersartigen liegt, sondern jene Erscheinungen hervorgehoben werden, die den Kindern aller Welt geläufig sind. Bezeichnend heißt es auf dem Umschlagdeckel zu »Klein Pear«, einer Kindergeschichte aus China: »Überall auf der ganzen Welt haben die kleinen Buben die gleichen Dummheiten im Kopf, sogar, wenn auf diesem Kopf ein kleiner Zopf sitzt wie bei unserem Klein Pear, dem Chinesenjungen. Auch er treibt sich herum, läßt Drachen steigen und rutscht über den glattgefrorenen See.«

Bei aller Wirklichkeitsnähe wird das realistische Kinderbuch die Mit- und Umwelt nicht in naturalistischer Härte zeigen. Die Darstellung muß sich an der Wahrheit, gleichzeitig aber auch am kindlichen Wunschbild von einer liebenswerten und geordneten Welt orientieren. »Zeichnen wir dem Kind die Welt der Erwachsenen so, daß sie seinem Verlangen nach Schutz, nach Liebe, nach Geborgenheit entgegenkommt. Zeigen wir ihm die einzelnen Dinge der Umwelt nicht als verzerrte Karikatur, sondern rein und klar, daß sein Drang nach Welterfassung, seine Liebe zu den kleinen Dingen und sein Wahrnehmungsvermögen gepflegt werden«[1].

Eine besondere Bedeutung kommt den geschilderten Kindergestalten zu. Der Leser betrachtet sie ja als seinesgleichen und mißt ihr Verhalten an den eigenen Erfahrungen. Sie müssen daher echt und natürlich gezeichnet sein, nicht nur mit guten Eigenschaften, sondern auch mit Mängeln und Fehlern. Frühere Zeiten neigten zur Idealisierung des Kindes, die moderne Kinderliteratur ist bestrebt, das Kind zu zeigen, wie es wirklich ist; die Tendenz, sein Tun und Wünschen weitgehend zu akzeptieren, ist deutlich erkennbar. Wenn aber die realistische Kindergeschichte einer pädagogischen Betrachtung standhalten will, darf sie einer wertenden Unterscheidung zwischen guten und weniger guten Eigenschaften nicht aus dem Wege gehen. Da sind Großsprecherei und Rauflust der Buben; da ist der Hang zur Eitelkeit und Geschwätzigkeit bei den Mädchen: natürliche Erscheinungen der Entwicklung, die aber kein vernünftiger Erzieher fördern wird. Die gute Kindergeschichte zeigt daher – nicht durch aufdringliche Belehrung, sondern durch das Verhalten ihrer Personen –, wie beispielsweise die Geschwister trotz gelegentlicher Reibereien gut zusammenleben, wie in der Spielgruppe Buben und Mädchen sich verstehen, wie Streiche ausgeheckt werden, ohne daß sie in rüde Flegeleien ausarten, wie auch die Mädchen allerlei frische Unternehmungen im Kopf haben und sich nicht wie Modepüppchen benehmen.

Auch Familienleben und Elternhaus sollten nicht in einem idealistisch-romantischen Licht gezeigt werden, als sei jeden Tag Weihnachten. Wenn es zum Wesen der realistischen Kindergeschichte gehört, die Wirklichkeit der Kinderwelt darzustellen, dann können Spannungen, Reibereien und Konflikte, wie sie in je-

---

[1] R. Bamberger: Jugendlektüre. A.a.O., S. 168.

der Familie vorkommen, nicht verschwiegen werden. Nur sollten sich die Kindergeschichten nicht in einem Familienpessimismus ergehen, der den Eindruck erweckt, als sei das häusliche Leben eine permanente Kontroverse zwischen Kindern und Eltern, ein ständiges Sichdurchsetzenmüssen gegen Unverständnis und Übergriffe. Mit Erstaunen vernehmen viele Kinder beim Lesen solcher Lektüre zum erstenmal, daß es ihnen rundweg miserabel geht, daß sie unterdrückt werden und daß sie gut beraten sind, mißtrauisch zu sein und immer das Gegenteil von dem zu tun, was Erwachsene anraten und verlangen. Hier werden den jungen Lesern Vorstellungen aufgedrängt, die ihrem Erfahrungsbereich nicht entsprechen. Es werden ihnen Verhaltensweisen empfohlen, die ihrem Wunschdenken zuwiderlaufen. Kein Wunder, daß Bücher dieser Kategorie von den meisten Kindern als langweilig bezeichnet werden.

2. Die *formale Gestaltung* der realistischen Kindergeschichten geht vom Stand der seelisch-geistigen Entwicklung, der sprachlichen Fähigkeit und der Lesefertigkeit des Sieben- bis Zehnjährigen aus.

Es wäre ein arges Mißverständnis, wollte man angesichts des Wirklichkeits- und Sachinteresses der Kinder auf den Wunsch nach sachlich-nüchterner Stoffaneignung schließen. Jeder Lehrer in den Grundschulklassen weiß, wie es auf Verlebendigung der Gegebenheiten ankommt. Verlebendigung heißt: den Inhalt in Geschehnis und Handlung auflösen, dem praktischen Verhalten den Vorrang geben, die ganzheitlichen Zusammenhänge belassen und keineswegs vorschnell begrifflich abstrahieren und systematisieren. Das Kind will erlebnishaft zu den Dingen und Menschen in Kontakt treten. Umweltgeschichten, die das nicht ermöglichen, können im allgemeinen nicht damit rechnen, sich als freie Lektüre durchzusetzen.

Das Lesebedürfnis dieser Stufe ist ohnehin nicht besonders ausgeprägt. Bei manchen Kindern ist geradezu eine Leseabneigung feststellbar. Die unmittelbare Begegnung mit der Wirklichkeit, Bewegung und Spiel im Freien werden dem Stillsitzen und Lesen vorgezogen. Schon aus diesem Grunde müssen Stil und Aufbau dem Kinde entgegenkommen. Die Erzählungen sollten leicht überschaubar, ohne komplizierte Verschachtelungen, Rückblenden und ausgeklügelte Rahmenhandlungen sein. Kleine Bändchen sind dicken Büchern vorzuziehen. Handelt es sich um eine längere Geschichte, dann sollte sie möglichst so gegliedert sein, daß die einzelnen Kapitel in sich ein abgerundetes Ganzes darstellen. Übersichtlicher Druck und auflockernde Illustrationen erleichtern die Lektüre.

Es ist nicht richtig, schwaches Leseinteresse durch Literatur mit großem Spannungsgehalt anstacheln zu wollen. Auch das Kind will spannende Geschichten, und es unterscheidet sehr wohl schon in diesem Alter zwischen abwechslungsreichen und langweiligen Texten. Man sollte sein Spannungsbedürfnis nicht zu gering einschätzen. Das Kind verlangt aber in der Regel noch nicht nach großen Abenteuern und männlichen Heldentaten. Es gibt sich mit lebendig geschilderten Alltagsbegebenheiten zufrieden, und will – soweit abenteuerliche Ereignisse berichtet werden – gerne Kinder als Handlungsträger erleben. Die Beziehung zum großen Abenteuer der Erwachsenen stellt sich erst später ein, und es ist bedauerlich, wenn die besten Jugendbücher dann keinen Anreiz mehr bieten, weil sie in früheren Jahren unter ungenügenden Voraussetzungen und ohne rechtes Verständnis bereits gelesen worden sind.

Das Angebot altersgemäßer Bücher ist groß. Es stehen viele geeignete Erzählungen zur Verfügung. Der Inhalt ist verschiedenartig genug, um den individuellen Interessen entsprechen zu können. Literarisch gesehen stehen sie größtenteils auf der Stufe gutdurchschnittlichen Schrifttums. Jahr für Jahr tauchen viele Neuerscheinungen auf, das Alte tritt in den Hintergrund und wird wieder vergessen. Werke von klassischer Bedeutung, die über Generationen eine Spitzenstellung in der Kinderlektüre halten können, sind seltener. Wir werdem dem Gros der Kindergeschichten wohl am besten dadurch gerecht, daß wir es als Gebrauchsliteratur einstufen. Ihre literarpädagogische Bedeutung sehe ich vor allem in ihrer Funktion als kindadäquates Übergangsschrifttum. Das Märchen hat an Zugkraft verloren, die eigentliche Jugendliteratur ist noch nicht zugänglich, die Zwischenzeit füllt die Kindergeschichte aus. Sie läßt die Beziehung zum guten Schrifttum nicht abbrechen und sichert die Verbindungswege, die zur Literatur nachfolgender Lesestufen hinführen.

Beispiele realistischer Kindergeschichten:

Vom Erstlesealter an: A. de Vries: Das Buch von Hans-Frieder (Bahn u. Maier). – A. Lindgren: Lotta zieht um (Oetinger). – A. Lindgren: Die Kinder aus der Krachmacherstraße (Oetinger). – A. Lindgren: Wir Kinder aus Bullerbü (Oetinger). – A. Lindgren: Michel bringt die Welt in Ordnung (Oetinger). – A. Lindgren: Michel in der Suppenschüssel (Oetinger). – A. Baker: Kleiner Läufer aus dem Langhaus (Carlsen). – H. v. Gebhardt: Toffi und das kleine Auto (Dressler). – U. Wölfel: Siebenundzwanzig Suppengeschichten (Anrich). – W. Bergengruen: Zwieselchen (Thienemann). – H. Peterson: Als wir eingeschneit waren (Oetinger). – E. Lattimore: Klein Pear (Thienemann). – H. Heckmann: Geschichten vom Löffelchen (Middelhauve u. dtv) – V. Wahlstedt: Keiner glaubt Aslak (Klopp). – K. Jaenicke: Kleines Mädchen zu verleihen (Dressler).

Vom 9. Lj an: U. Wölfel: Feuerschuh und Windsandale (Hoch). – U. Wölfel: Die grauen und die grünen Felder (Anrich). – M. Schlein: Umi wird Jäger (Weismann u. Jungbrunnen). – P. S. Buck: Der Drachenfisch (Thienemann u. Maier). – E. Unnerstad: Pelle Göran (Gundert). – M. Z. Thomas: Schwestern schenkt der liebe Gott (Dressler u. Maier). – M. Z. Thomas: Brüder sind nicht mit Geld zu bezahlen (Dressler). – Janosch: Lukas Kümmel Zauberkünstler (Bitter). – H. Peterson: Jan Jansson – ein Junge mit Glück (Oetinger). – P. Clarke: Die Zwölf vom Dachboden (Dressler). – N. Carlson: Drei finden einen Großvater (Klopp u. dtv). – C. Freud: Grimpel (Oetinger). – J. Krüss: Mein Urgroßvater und ich (Oetinger). –

M. Hamsun: Die Langerudkinder (List). – M. Cocket: Ferien auf der Dampfwalze (Thienemann). – G. Linde: Die Kinder aus der Schornsteingasse (E. Schmidt). – A. Bröger: Der Ausreden-Erfinder und andere Bruno-Geschichten (Thienemann). – A. M. Matute: Juju und die fernen Inseln (Bitter u. dtv.). – Ch. Reinig: Hantipanti (Beltz). – H. Beyersdorff: Pawels Geheimnis (Oetinger). – M. de Jong: David bekommt einen Freund (Herder). – B. Bartos-Höppner: Aljoscha und die Bärenmütze (Arena). – V. Mulkerns-Kennedy: Verrat mich nicht, Nina (Benziger).
Meyers neues Kinder- und Verkehrsbuch (Bibl. Institut).

B. Die phantastische Kindergeschichte

Die realistische Kindergeschichte entspricht dem Verlangen des Kindes, seine Um- und Mitwelt naturgetreu zu erfassen. Abweichungen von der Wirklichkeit werden als solche erkannt und ganz bewußt in das Reich des Märchens und der Phantasie verwiesen. Das heißt aber nicht, daß man ihnen nur mit Widerwillen begegnet. Es ist vielmehr eine recht beachtliche Neigung für derlei »unwahre« Darstellungen feststellbar. Als allgemeine Ursache kann die Freude am Spielenlassen der Phantasie, die als seelische Grundkraft in keinem Lebensalter erlischt, genannt werden. Dazu kommen noch spezielle Gründe für die Anziehungskraft des Unwirklichen. Im Märchen wird der elementare, das magische Alter überdauernde Wunsch, den guten sympathischen Menschen erfolgreich zu sehen, erfüllt, mögen auch die Mittel, die ihm dazu verhelfen, als unglaubhaft erkannt werden. In der Heimatsage wird offen ausgesprochen, woran auch der reife Mensch in einem versteckten Winkel seiner Seele glaubt, daß nämlich hinter den Dingen noch andere Kräfte walten als unser Verstand wahrhaben möchte. In der Heldensage akzeptieren wir die Überschreitung des objektiv Möglichen, weil mit ihrer Hilfe Heldentum und menschliche Kraft überragend zum Ausdruck kommen. In verschiedenen Stücken der Schwankliteratur werden unwirkliche Übertreibungen gerne hingenommen, weil durch sie das Lustig-Komische eine besondere Unterstreichung findet.

Die phantastische Kindergeschichte, von der hier die Rede ist, verdankt ihre Beliebtheit neben der Lust am phantastischen Fabulieren vor allem dem Umstand, daß in ihr das Kind ein Mittel findet, seinen Verstand zu erproben und ihn überlegen ins Spiel zu bringen.

Anna Krüger, die sich meines Wissens als erste eingehend mit der phantastischen Kindererzählung auseinandergesetzt hat, betont mit Nachdruck ihre Bedeutung für die Ausformung und Pflege des realistischen Welterfassens[2]. Sie hat

[2] Anna Krüger: Das Buch – Gefährte eurer Kinder. Stuttgart 1954 (2. Aufl.), S. 21 (6. Aufl. München o. J.) – A. Krüger: Das fantastische Buch. In: ZS Jugendliteratur 1960/8. – Vgl. auch Ruth Koch: Phantastische Erzählungen für Kinder. Untersuchungen zu ihrer Wertung und zur Charakteristik ihrer Gattung. In: Studien zur Jugendliteratur, Ratingen 1959/5.

das phantastische Buch als Gattung eigenen Gepräges klassifiziert und vom Märchen abgehoben; denn man hat es »aus einer Art Verlegenheit heraus ... bis heute zu den Märchen gezählt«. »Im Märchen wundert sich niemand über das Wunder, weil alle Personen die Welt magisch erleben. In der phantastischen Abenteuergeschichte widerfährt das Wunder gewöhnlich nur einem, höchstens einigen Menschen, die über ihre seltsamen Erlebnisse zunächst sehr erstaunt sind, die übrigen Gestalten der Bücher sind nüchtern denkende Wesen, für die es gar kein Wunder geben kann, weil die Welt sonst aus ihrer gesetzmäßigen Ordnung fiele. Das märchenhafte Ereignis hebt sich also immer deutlich gegen die Wirklichkeit ab«[3]. Das phantastische Kinderbuch steht nicht im Widerspruch zur Wirklichkeitsschau des Kindes. Das Außergewöhnlich-Phantastische spielt sich in einem Rahmen ab, der den normalen Verhältnissen entspricht; Wirkliches und Unwirkliches stehen sich klar konturiert gegenüber und werden vom Kind erkannt. Greifen wir als Beispiel Lindgrens »Lillebror und Karlsson vom Dach« heraus: Lillebror ist ein durchaus gewöhnlicher Bub mit durchaus gewöhnlichen Eltern und Schulkameraden in einer durchaus gewöhnlichen Stadt. Ungewöhnlich aber ist Herr Karlsson, der in einer kleinen Hütte auf dem Dach des Hauses wohnt und – fliegen kann. Aus seinem Rücken wächst ein kleiner Propeller, der durch einen Knopf am Bauch zum Schnurren gebracht wird und den seltsamen Herrn Karlsson in die Luft hebt. In dieser wie in anderen Geschichten konstatieren die Kinder das phantastische Moment sofort, und sie haben ihren Spaß daran, so sicher unterscheiden zu können.

Das Nebeneinander von Möglichem und Unmöglichem wirkt oft komisch und löst Heiterkeit aus. Echte Komik liegt ja immer dann vor, wenn überraschende und übertriebene Abweichungen von der Norm des Natürlichen festgestellt werden. So wird manche phantastische Geschichte auch zu einer lustigen Geschichte, die das Bedürfnis des Kindes in der »frohen Phase« nach Scherz und Humor befriedigt.

Die phantastische Kindergeschichte ist vor allem in England zu Hause. Der skurrile Charakter der Nonsense-Literatur findet jedoch bei Kindern anderer Länder nicht immer den rechten Anklang. »Alice im Wunderland«, *das* englische Kinderbuch, konnte bis heute bei uns nicht die gleiche Verbreitung finden wie in seinem Ursprungsland. Auch die Doktor Dolittle-Bücher von H. Lofting oder die Geschichten der Mary Poppins von P. L. Travers, des Kinderfräuleins mit den Zauberkräften, werden von deutschen Kindern unterschiedlich aufgenommen. Ein eindeutiger Erfolg im deutschsprachigen Raum wurde »Pippi Langstrumpf«. Die lebhafte Diskussion, die dieses Buch der schwedischen Autorin Astrid Lindgren nach seinem Erscheinen auslöste, lenkte bei uns die Aufmerksamkeit nicht nur auf die phantastische Kindergeschichte, sondern auch auf eine neue Art des Kinderbuches überhaupt, auf Erzählungen, die von unkonventio-

[3] A. Krüger: Das Buch ... A.a.O., S. 21.

nellen Kindern und Familien berichten und die den Rahmen der herkömmlichen Anpassungsliteratur verlassen. »Hier wird uns der Sinn der Phantastik klar: gesteigertes Kinderleben zu formen, die geheimsten Kinderwünsche erfüllen zu können, Kinderträumen Wirklichkeit zu geben.«[4]

Daß sich Autoren, denen ein freies, ungezwungenes und glückliches Kinderdasein besonderes Anliegen ist, gerade auch des phantastischen Elements in ihrem Werk bedienen, wird dadurch verständlich. Nicht nur Erich Kästner (»Der 35. Mai«, »Der kleine Mann«), sondern auch die progressive junge Generation der Kinderbuchautoren (z. B. Christine Nöstlinger »Wir pfeifen auf den Gurkenkönig«, »Die Kinder aus dem Kinderkeller«) bringen reale Kinderwelt und phantastisches Geschehen miteinander in Zusammenhang.

Phantastische Geschichten der hier gemeinten Art werden dann am meisten Verbreitung finden, wenn sie Kindergeschichten sind, d. h. wenn sie nach Umfang, Aufbau und Sprache dem Leser bis zu zehn Jahren entsprechen. Im darauffolgenden Alter ist das Interesse an diesen Geschichten nicht mehr sonderlich stark. Dem Neunjährigen bereitet das Ineinanderspiel von Realität und Irrealität allerhand Spaß, der Elfjährige weiß im allgemeinen nicht mehr viel damit anzufangen; es erscheint ihm albern und kindisch. Er hat die unbeschwerte Naivität verloren, ist aber doch noch nicht reif genug, um von der Warte eines höheren Bewußtseins aus Geschichten dieser Art reizvoll zu finden.

Beispiele phantastischer Kindergeschichten:

Vom 7./8. Lj. an: I. Bachér: Das Kinderhaus (Atlantis). – M. Lobe: Die Großmama im Apfelbaum (Schneider). – V. Ferra-Mikura: Der alte und der junge und der kleine Stanislaus (Jungbrunnen) u. Forts. – V. Ferra-Mikura: Ein Vormittag mit Trallala (Jungbrunnen). – E. Kästner: Das Schwein beim Friseur (Dressler). – E. Kästner: Der kleine Mann (Dressler) u. Forts. – E. Kästner: Der 35. Mai (Dressler). – Th. Egner: Die Räuber von Kardemomme (Blanvalet). – C. Collodi: Pinocchio (Loewes u. a.). – O. Preußler: Die kleine Hexe (Thienemann). – O. Preußler: Der kleine Wassermann (Thienemann). – O. Preußler: Der Räuber Hotzenplotz (Thienemann) u. Forts. – O. Preußler: Thomas Vogelschreck (Thienemann und dtv). – O. Preußler: Das kleine Gespenst (Thienemann). – Ch. Nöstlinger: Die feuerrote Friederike (Jugend und Volk). – H. Winterfeld: Telegramm aus Liliput (Blanvalet). – A. Schmidt: Wiplala (Boje) u. Forts. – A. Lindgren: Im Wald sind keine Räuber (Oetinger). – R. O. Wiemer: Der gute Räuber Willibald (Steinkopf u. Arena). – R. O. Wiemer: Kalle Schneemann (Steinkopf u. Arena). – S. Michalkow: Hurra, die Eltern streiken (Arena). – Janosch: Lari Fari Mogelzahn (Beltz). – T. Michels: Mit Herrn Lämmlein ist was los (dtv). – H. Baumann: Bombo in seiner Stadt (Thienemann). – F. Hofbauer: Die Träumschule (Sauerländer).

---

[4] R. Bamberger: a.a.O., S. 146.

Vom 9./10. Lj an: A. Lindgren: Pippi Langstrumpf (Oetinger). – A. Lindgren: Karlsson vom Dach (Oetinger). u. Forts. – L. Carroll: Alice im Wunderland (Bitter u. a.). – P. L. Travers: Mary Poppins (Dressler) u. Forts. – M. Ende: Jim Knopf und Lukas, der Lokomotivführer (Thienemann) u. Forts. – H. Winterfeld: Kommt ein Mädchen geflogen (Blanvalet). – H. Baumann: Kasperle hat viele Freunde (Ensslin u. Maier). – Ch. Nöstlinger: Wir pfeifen auf den Gurkenkönig (Beltz). – R. Bolt: Der kleine dicke Ritter (Hoch u. dtv). – B. Lornsen: Robbi, Tobbi und das Fliewatüüt (Thienemann). – Ch. Nöstlinger: Die Kinder aus dem Kinderkeller (Beltz). – Th. Beckmann: Weltreise mit Korilu (Loewes). – H. Lofting: Doktor Dolittle und seine Tiere (Dressler u. Maier) u. Forts. – T. Jansson: Eine drollige Gesellschaft (Benziger u. Maier) u. Forts. – L. M. Boston. Der Fluß bei Green Knowe (Rex) u. Forts.

C. Die Tiergeschichte

Die Zuneigung des Kindes zum Tier, die sich schon in der Freude am Tierbilderbuch und Tiermärchen bekundet, hält in der realistischen Phase unvermindert an.

Im Vordergrund stehen wahrheitsgetreue Geschichten, in denen die Erlebnisse von Kindern mit »ihren« Tieren geschildert werden. Sie entsprechen der realistischen Kindergeschichte. In der Regel wird von vertrauten Tieren des Hauses und der Heimat erzählt und von Begebenheiten, die das Kind und den Erwachsenen im freundschaftlichen Verhältnis zur Kreatur zeigen. Da viele Tiere fremder Landschaften dem Kind nicht mehr unbekannt sind und vor allem durch das Fernsehen immer mehr in die Vorstellungswelt des Kindes gelangen, haben auch sie in den Tiergeschichten dieser Stufe einen berechtigten Platz. Der natürliche Wunsch aller Kinder, mit Tieren in ganz nahen Kontakt zu kommen, aber auch das Bedürfnis, recht viel von ihnen zu erfahren, werden mit den Tiergeschichten angesprochen.

Die Vorliebe für die realistische Darstellung schließt die Vermenschlichung des Tieres nicht aus. Das Kind steht ja mit ihm auf Du und Du und findet es nicht widersinnig, wenn es wie ein Mensch spricht, denkt und reagiert. Die wichtigste Aufgabe der Anthropomorphisierung liegt in der Verstärkung der gefühlsmäßigen Bindungen zum Tier. Dem sachlichen Kennenlernen ist die von der wirklichen Natur abweichende Schilderung auf den ersten Blick nicht dienlich; sie kann unter Umständen zu einer groben Verzeichnung der tierischen Wesensart führen[5]. Sie kann aber – mit Maß und Umsicht angewendet – dem Kinde einen Zugang zur Tierseele eröffnen und auf symbolhafte Weise das Trieb-

---

[5] Vgl. Willy Lussnigg: Laßt das Tier ein Tier sein! In: ZS Jugendliteratur 1956/8. – Hermann Klingler: Die Vermenschlichung der Tiere und ihre Folgen. In: ZS Jugendschriften-Warte 1958/S. 29.

und Instinktleben verdeutlichen. Nicht nur die Kinderliteratur kennt diesen Kunstgriff, auch große Meister der Tierdarstellung statten ihre Tierhelden mit menschlichen Zügen und Fähigkeiten aus und versuchen dadurch, die von der Natur gesetzte Kluft zwischen kreatürlicher und menschlicher Welt zu überbrücken (Löns, Kipling).

Selbst dann, wenn die Vermenschlichung der Tiere so weit getrieben wird, daß kleine Katzen, Mäuse und Bären wie kleine Menschen agieren, wird nicht immer ein Nein berechtigt sein. Solche Erzählungen können mit viel Witz und Humor geschrieben sein, so daß sie bei Kindern und Erwachsenen Vergnügen hervorrufen. Ob sie noch als Tiergeschichten bezeichnet werden dürfen, mag dahingestellt sein; auf jeden Fall sind sie eine Bereicherung der heiteren Kinderliteratur. Leider überwiegen auf diesem Gebiet die kunstlosen, nach dem üblichen Klischee geschriebenen und gezeichneten Geschichten von Osterhasen, Waldkäfern, Schmetterlingen usw.

Beispiele kindertümlicher Tiergeschichten:

Vom 7./8. Lj. an: M. de Jong: Das siebente Kätzchen (Schaffstein). – A. Birkel: Das entlaufene Schweinchen (Ensslin). – J. te Haar: Schnabbelchen (Loewes) u. Forts. – G. Ruck-Pauquèt: Pony (Atlantis). – H. G. Seuberlich: Nikolai und Furchtsam (Ensslin). – H. M. Denneborg: Das Eselchen Grisella (Dressler). – K. Recheis: Der kleine Biber und seine Freunde (Herder).

Vom 9./10. Lj. an: H. Peterson: Matthias und das Eichhörnchen (Oetinger) u. Forts. – H. Peterson: Ein Löwe im Haus (Oetinger u. dtv). – M. de Jong: Das schneeweiße Kätzchen (Schaffstein). – H. M. Denneborg: Jan und das Wildpferd (Dressler) u. Forts. – H. Baumann: Der Bär und seine Brüder (Ensslin). – Wäscha-kwonnesin/Graue Eule: Sajo und ihre Biber (Franckh). – B. Bartos-Höppner: Tiergeschichten unserer Zeit (Arena). – W. Netschajew: Pat und Pilagan (Bitter). – F. Reinhardt: Hansel Knopfauges Abenteuer (Franckh u. Meier). – M. Henry: Misty (Hoch). – L. Gast: Ein Sommer mit Tieren (Loewes).

Lustige Tiergeschichten mit vermenschlichten Tieren:

S. Neven-du Mont: Willibald Maus (Ensslin). – E. H. Minarik/M. Sendak: Der kleine Bär (Sauerländer) u. Forts. – J. Lada/O. Preußler: Kater Mikesch (Sauerländer). – A. D. Hildebrand: Wolle Waschbär (Bitter). – C. Beverly: Die Maus und das Motorrad (Union). – P. Gallico: Vom mutigen Manxmaus-Mäuserich (Bertelsmann). – Janosch: Der Mäusesheriff (Bitter). – W. D. Edmonds: Das Mäusehaus. (Loewes).

In einer kurzen Zwischenbemerkung sei hier auch auf die *Tierfabel* eingegangen. Sie hat mit den bisher erwähnten Formen der Kindergeschichte nichts zu tun; sie ist ebensowenig eine Tiergeschichte im eigentlichen Sinne. Was aber ihre Erwähnung in diesem Kapitel berechtigt, ist die bekannte Erfahrung, daß sie bereits von Kindern im Alter von acht bis zehn Jahren gelesen und mit einiger Freude aufgenommen wird. Mit Recht reiht deshalb der Literaturpädagoge die einfacheren Stücke dieser Gattung in den Lesekanon der Grundschule ein. Die alten Fibeln und Lesebücher wiesen eine beträchtliche Anzahl von Fabeln auf, während sie in neueren Schulbüchern nur noch spärlich anzutreffen sind. Die Entwicklung ist weitgehend eine Folge der übertriebenen lehrhaft-moralischen Ausnutzung des Fabelstoffes, sie wird aber der tatsächlichen Bedeutung der Gattung als Lehr- und Beispielgut nicht gerecht.

Der Sinn der Fabeldichtung liegt bekanntlich darin, mit Hilfe von Tieren (manchmal auch von Pflanzen) dem Menschen ein Spiegelbild seines sittlichen und gesellschaftlichen Verhaltens vor Augen zu stellen. Die Tiere treten als Repräsentanten bestimmter Eigenschaften auf: der Fuchs als Symbol für Schlauheit und freche Unverschämtheit, der Wolf für rücksichtslose Gier, Taube und Schaf verkörpern die Unschuld, der Bär die tolpatschige Kraft usw. Nicht auf naturkundlich zutreffende Zeichnung, überhaupt nicht auf die Darstellung des Tieres selbst kommt es an, sondern auf das Veranschaulichen einer menschlichen Wahrheit. Diese Wahrheit herauszulesen, bedarf es freilich der Fähigkeit zur Abstraktion, die bei jüngeren Kindern noch nicht oder nur gering entwickelt ist. Doch gibt es Fabeln, deren einfacher moralischer Kern auch schon von Neunjährigen und Jüngeren erfaßt werden kann. Ganz richtig wird außerdem von den Freunden der Fabel vermerkt, daß sie wegen ihrer formalen Schlichtheit und Prägnanz einen hohen sprachbildenden Wert besitzt. Ihr Mißbrauch in früheren Epochen sollte daher nicht zu einer Ablehnung der Fabel überhaupt führen[6].

Sammelbände mit Geschichten für Kinder:

S. Gräfin Schönfeldt (Hrsg.): Geschichten, Geschichten, Geschichten (Dressler). – H.-J. Gelberg (Hrsg.): Geh und spiel mit dem Riesen (Beltz). – H.-J. Gelberg (Hrsg.): Kinderland, Zauberland (Bitter). – E. Borchers (Hrsg.): Lalula (Ellermann). – G. Ruck-Pauquèt: In jedem Wald ist eine Maus die Geige spielt (Bitter). – G. Ruck-Pauquèt: Wenn der Mond auf dem Dach sitzt. Geschichten zur Guten Nacht (Beltz u. dtv). – G. Rodari: Gutenachtgeschichten am Telefon (Thienemann). – G. Middelhauve (Hrsg.): Dichter Europas erzählen Kindern (Middelhauve).

---

[6] Vgl. zur Fabel: Werner L. Lehmann: Fabel und Parabel als literarisches Bildungsgut. In: Studien zur Jugendliteratur und literarischen Bildung 1961. Ratingen 1961, S. 26 ff. – Paul Nentwig: Dichtung im Unterricht. Braunschweig 1960, S. 317 ff. – Walter Schäfer: Die Fabel im Dienste der Spracherziehung. In: ZS Der Deutschunterricht 1955/5. – Klaus Doderer: Fabeln, Formen, Figuren, Lehren. Zürich/Freiburg i. Br. 1970.

Das Mädchenbuch

A. Zur Eigenart und Bedeutung des Mädchenbuches

Die Existenz des Mädchenbuches reicht bis zu den Anfängen der Jugendliteratur in der Aufklärung zurück. Im 19. Jahrhundert eroberte es sich im Gesamtschrifttum der Jugend als eigene Gattung einen festen Platz. Die Produktion von Mädchenbüchern hat seither unvermindert angehalten. Angehalten hat aber auch die Kritik. Es gibt keine andere Jugendbuchgattung, die gleich ihr im Kreuzfeuer der Meinungen steht.

Das Mädchenbuch wendet sich an den weiblichen Leser zwischen etwa neun und sechzehn Jahren. Es will den Erwartungen und Bedürfnissen seines Leserpublikums dadurch entgegenkommen, daß es Mädchen selbst als Hauptgestalten auftreten läßt. Es will sie in ihrer Art, die Welt zu betrachten und zu erleben, zeigen; es will ihre besonderen Interessengebiete und Wunschvorstellungen berücksichtigen; es will geschlechtsspezifische Rollenfunktionen in Familie, Beruf und Gesellschaft ansprechen.

1. Ein Kriterium vieler Mädchenbücher ist *der emotionale Akzent*. Bereitwillig geht die Leserin darauf ein, und läßt sich von den in der Literatur vorgegebenen Stimmungen und Gefühlen ansprechen und leiten.

Nun ist es sicherlich falsch, die Emotionalität im weiblichen Seelenleben so hervorzuheben, als ob das Mädchen das ihm Begegnende fast ausschließlich gefühlsmäßig aufnehme und verarbeite, das logische Denken und das überlegte, zielgerichtete Wollen hingegen nur eine untergeordnete Rolle spielten. Richtig ist, daß die Kräfte des Gemüts und das Gefühlsleben des Mädchens – ob natur- oder umweltbedingt sei dahingestellt – leichter ansprechbar und früher entwickelt sind als beim gleichaltrigen Knaben. Diese Tatsache spricht dafür, die Lektüre der Mädchen so auszuwählen oder zu schreiben, daß auf die emotionale Anlagen der Leserin Rücksicht genommen wird.

Das Wissen um die gefühlsmäßige Ansprechbarkeit des Mädchens verleitet allerdings manche Autoren zu Übertreibungen. Auswahl und Gestaltung der Stoffe zielen fast ausschließlich auf Gemüt und Gefühl und vernachlässigen andere Bereiche und Kräfte der weiblichen Psyche. Vor allem werden die noetischen Fähigkeiten häufig viel zu gering eingeschätzt. Auch das Mädchen kann und will die Erscheinungen verstandesmäßig-logisch und sachlich betrachten. Wer das verkennt, beurteilt die Wesensart des weiblichen Geschlechts falsch und einseitig, er trägt dazu bei, die Entfaltungsmöglichkeiten der Frau und des Mädchens künstlich einzuengen. Er übersieht außerdem, daß die leicht erregbaren Gefühle und Stimmungen der jungen Leserin noch von geringer Tiefe und oft von mangelnder Qualität sind. Sie neigt zu Gefühlsüberschwang (das ist ein Aufwand an emotionalen Regungen, der in keinem Verhältnis zur Bedeutung des Erlebnisobjektes steht), zu seichter Sentimentalität und zu exaltierter

Schwärmerei. Das Mädchenbuch sollte diesen Hang nicht fördern, dafür aber zu Regulierung und Kultivierung der Gefühle beitragen.

2. Ein anderes Merkmal des Mädchenbuches ist sein näheres Eingehen auf *menschliche und zwischenmenschliche Gegebenheiten* und die ihnen zugrundeliegenden innerseelischen Vorgänge. Das Mädchen wendet sich gerne Erzählungen zu, die mehr den personalen als den sachlichen Gegebenheiten Aufmerksamkeit schenken. Dies scheint – nach Ph. Lersch u. a. – seinen Grund in einer spezifisch weiblichen Lebenshaltung zu haben. »Die ursprüngliche Beziehung der Frau zu allem Lebendigen, ihre Rolle als Hüterin des Lebens bringt es mit sich, daß sie all das, was innerweltlich begegnend in den Kreis ihres Bewußtseins eintritt, von vornherein nach Möglichkeit als Phänomen des Lebens und der Lebendigkeit auffaßt, während der Mann die Erscheinungen zu versachlichen sucht«[1].

Die tragenden Gestalten des Buches sind junge Menschen, die im gleichen Alter wie die Leserin stehen oder etwas älter sind, bevorzugter Erzählstoff sind Erlebnisse in Elternhaus und Schule, in Freizeit und Beruf. Die junge Leserin findet diese Geschichten über ihresgleichen reizvoll, selbst dann, wenn die äußere Handlung in einer räumlich recht engen Welt und ohne sonderliche Dramatik abläuft. Diesbezüglich sind ihre Ansprüche viel bescheidener als die des lesenden Knaben. Sie nimmt nicht Anstoß, wenn die Darstellung sich gelegentlich ausmalend verbreitert, der Gang der Erzählung durch längeres Verweilen beim Detail angehalten wird. Was man hierin dem lesenden Mädchen zumuten kann, zeigen Gleichförmigkeit und Langatmigkeit im minderwertigen Mädchenbuch, die jeden nichtweiblichen Leser anöden, von vielen Mädchen aber mit unvermindertem Interesse angenommen werden. Es scheint so, als ob auch die dünnste Erzählung ihre Anteilnahme herausfordert und die Phantasie beflügelt, wenn sie nur von mitmenschlichen Verhältnissen berichtet, die in einem Bezug zur Lebenssituation des Mädchens stehen.

Die Darstellung fremder Mädchen gibt der Leserin Gelegenheit, sich mit dem Eigenmenschlichen zu beschäftigen. Der Junge sucht ebenfalls über die Lektüre den Zugang zur eigenen Person, nicht aber mit der gleichen Nachhaltigkeit wie das Mädchen. Sein Bedürfnis nach reflektierender Eigenbetrachtung findet durch das Mädchenbuch vielfältige Anregung und Befriedigung. Es vergleicht sein eigenes Fühlen, Denken und Wollen mit dem der Heldin und ist entzückt, wenn es sich bestätigt sieht. Die Buchgestalt wird zur imaginären Freundin, von der man sich verstanden weiß und deren Verhalten man sich zum Vorbild nimmt. So kann der Drang zur Selbstbetrachtung gleichzeitig zum Impuls für Selbstgestaltung und -erziehung werden.

Dies gilt vor allem für die Reifezeit, in der das Mädchen zu Büchern greift, die sich mit den besonderen Problemen der Pubertät auseinandersetzen. Nicht das Kennenlernen der Mit- und Eigenwelt schlechthin, sondern die Betrachtung von

[1] Philipp Lersch: Vom Wesen der Geschlechter. München 1947, S. 65.

Welt und Ich unter dem Aspekt der Reifevorgänge steht nun im Vordergrund. Das Mädchen sucht Ebenbilder, die gleich ihm vor den Fragen des neuen Lebens stehen; es sucht Vorbilder, die diese Fragen meistern. Themen wie Berufswahl und Lebensbewährung, Freundschaft, Begegnung mit dem anderen Geschlecht, Auseinandersetzung mit der älteren Generation finden besonderes Interesse. Sie werden vom Mädchenbuch in zahlreichen Variationen behandelt.

Die menschliche Thematik des Mädchenbuches zielt also auf die Mitwelt, die Ichwelt und die Reifewelt des heranwachsenden Mädchens. Heiner Schmidt hat diesen Tatbestand besonders herausgearbeitet. Er glaubt, die dreifache Feststellung als Schlüssel zur Gruppierung des Gesamtkomplexes Mädchenbuch verwenden zu können. Eine erste Gruppe nennt er das Mitweltbuch (bevorzugt für die Zehn- bis Zwölfjährigen), eine zweite das Ichweltbuch (bevorzugt um das 12. und 13. Lebensjahr) und eine dritte das Reifeweltbuch (bevorzugt für die Dreizehn- bis Fünfzehnjährigen)[2]. Die Katalogisierung nach Mit- und Ichweltbuch dürfte in der Praxis auf Schwierigkeiten stoßen. Das Buch selbst kann nicht darüber Auskunft geben, ob seine Darstellung der fremdmenschlichen oder eigenmenschlichen Mädchenwelt gilt. Die Antwort liegt beim Leser und seinem subjektiven Erleben. Für ihn aber dürfte sicher sein, daß er (auch schon vom 10. Lebensjahr an) niemals das Fremdmenschliche für sich isoliert betrachtet, sondern immer schon den Rückschluß auf das eigene Ich vollzieht. Das Herausstellen einer besonderen Gruppe als Reifeweltbuch ist einleuchtend und praktizierbar, denn tatsächlich läßt sich eine Reihe von Mädchengeschichten auf Grund der vorherrschenden Motive und Inhalte eindeutig als Pubertätsgeschichten erkennen.

Beispiele für Mädchenbücher mit vorwiegend mit- und ichweltklärender Bedeutung:

Vom 9./10. Lj. an: K. Allfrey: Delphinensommer (Dressler). – H. v. Gebhardt: Das Mädchen von irgendwoher (Dressler). – E. Kästner: Das doppelte Lottchen (Dressler). – A. Konttinen: Geh nicht fort, Inkeri (Boje u. dtv). u. Forts. – R. Hoffmann: Poosie aus Washington (Dressler) u. Forts. – L. Fitzhugh: Harriet (Bertelsmann). – M. Gripe: Der Nachtpapa (Bertelsmann). – U. Wölfel: Sinchen hinter der Mauer (Hoch u. Maier). – S. O. Jewett: Der Silberreiher (Gundert). –

Vom 11./12. Lj. an: M. Hamsun: Tina und Ihre Freunde (Ueberreuter). – V. Ferra-Mikura: Meine Freundin Rosine (Jungbrunnen). – A. P. Paluel-Marmont: Das Mädchen aus der Sahara (Boje u. Benziger). – C. E. Pothast-Gimberg: Tonia und Freund Corso (Arena). – U. Wölfel: Mond, Mond, Mond (Hoch u. dtv). – D. G. Butters: Schicksal im Schatten (Boje u. Arena). – E. Wustmann: Hrenki und das große Lied (Loewes). – J. Rodrian: Die Welt in meiner Hand (Arena). – J. Saint-Marcoux: Prinzessin Kaktus

[2] Heiner Schmidt: Das lesende Mädchen. Wien/München 1959.

(Boje u. dtv). – J. Procházka: Lenka (Bitter). – R. Field: Der Maibaum der Indianer (Schwaben).

Beispiele für Reifeweltbücher:

Vom 13./14. Lj. an: Scott O'Dell: Insel der blauen Delphine (Walter). – A. Müller-Tannewitz: Kleine Sonne Schonela (Thienemann u. dtv). – R. Cross: Hiawatha (Union). – K. v. Roeder-Gnadeberg: Andschana, die Geschichte eines indischen Mädchens (Thienemann). – B. Bartos-Höppner: Die Königstochter aus Erinn (Thienemann). – I. Brender: Fünf Inseln unter einem Dach (Bertelsmann). – J. Saint-Marcoux: Anuschka und ihre Pantherkatze (Boje). – J. Cervenková: Dana (Signal). – K. Bruckner: Sadako will leben (Jugend und Volk Trio). – E. Wustmann: Taowaki, das Mädchen vom Amazonas (Ensslin). – E. Coatsworth: Das Mädchen auf Horn Pond (Habbel). – S. Conrad: Und das Leben ist doch schön (Herold). – V. u. B. Cleaver: Stimmt das, Ellen Derryberry? (Sauerländer) u. Forts. – J. Domagalik: Ich habe mich entschieden (Jugend und Volk). – M. Stolz: Liebe hat Zeit (Franckh u. Arena). – M. Otava: Steine sind stumm (Sauerländer). – K. Jarunková: Die Einzige (Oetinger).

Vom 15. Lj. an: I. Bayer: Julia und die wilde Stute (Arena). – L. Tetzner: Wenn ich schön wäre (Sauerländer). – J. West: Das Mädchen Creszent mit dem bunten Hut (Wunderlich). – I. Brender: Noch einmal Dankeschön (Franckh). – A. Setälä: Irja tauscht Rentiere (Dressler). – L. Heiß: Das Mädchen im Feuer (Union). – R. Lampel: Der Sommer mit Ora (Sauerländer). – K. Lütgen: Wagnis und Weite (Arena). – V. Ctvrtek: Der Fels am Strom (Thienemann). – J. Jurgielewicz: Ich warte, Ninka (Benziger). – A. Ingolič: Die Gymnasistin (Rosenheimer). – H. Colman: Abschluß-Party (Rosenheimer). – H. F. Brinsmead: Treffpunkt Paradies (Ueberreuter). – E. Gallwitz: Unter dem Wetterengel um acht (Herder u. Maier). – V. Adlová: Blues für Alexandra (Sauerländer).

B. Ja oder Nein zum Mädchenbuch?

Die Bestrebungen gegen das spezifische Mädchenschrifttum gehen auf verschiedene Gründe zurück. Es ruft vor allem die entschiedene Ablehnung jener Vertreter der Geschlechterpsychologie hervor, die den Unterschied zwischen Mann und Frau – vom Biologischen abgesehen – nur für unerheblich, nicht naturbedingt und nur für ein künstliches Ergebnis von Umwelt und Erziehung halten. Demnach sei das Mädchenbuch überflüssig, ja sogar schädlich, weil es eine unechte Differenzierung der Geschlechter betone und ständig von neuem fixiere.

Die Frage, ob geschlechtsspezifische Unterschiede von Natur aus gegeben oder durch Gesellschaft und Erziehung aufgeprägt sind, darf nicht zur Leitfrage in der Diskussion um das Mädchenbuch gemacht werden. Entscheidend ist, ob der weibliche Leser – aus welchen Ursachen auch immer – eigene Lesehaltungen und -bedürfnisse hervorbringt, die beim männlichen Altersgenossen nicht oder jedenfalls nicht im gleichen Ausmaß vorhanden sind. Ist eine solche spezifische Lesermentalität gegeben, dann darf sie nicht ignoriert werden, sondern muß durch entsprechendes Leseangebot Berücksichtigung finden. Das braucht keineswegs bedeuten, daß dadurch die in der Unterscheidung der Geschlechter auch implizierte Diskriminierung und benachteiligende Rollenzuteilung der Frau bestätigt und vertieft wird. Gerade eine auf Mädchen spezifizierte Lektüre kann dazu beitragen, zur Entfaltung bisher vernachlässigter Fähigkeiten und zur Stärkung des emanzipatorischen Bewußtseins beizutragen.

Im übrigen scheint die extreme Position der Geschlechterpsychologie, welche die nahezu völlige geistig-seelische Identität von Mann und Frau für gegeben hält, heute weitgehend überwunden. Die Mehrheit vertritt die Auffassung, daß bei aller Gleichheit der Geschlechter, die sich aus der gemeinsamen Zugehörigkeit zum Menschengeschlecht ergibt, Mann und Frau einige typische Beschaffenheiten besitzen, die sie voneinander unterscheiden. Die neuere Pädagogik hat sich diese Wesensschau der Geschlechter zu eigen gemacht, und sie versucht, in Bildung und Erziehung der grundsätzlichen Gleichheit von Knaben und Mädchen ebenso gerecht zu werden wie der teilweisen Verschiedenheit.

Eine eigens für Mädchen gedachte Literatur und Schrifttumserziehung (sie hat freilich nur partielle Bedeutung und ist in den für beide Geschlechter gemeinsamen Lesekanon und Bildungsgang einzuordnen!) findet in diesem Rahmen einen durchaus berechtigten Platz.

Andere Einwände gegen das spezifische Mädchenschrifttum sind rein literarischer Art.

Erstens befürchtet man, der weibliche Leser könnte sich in seiner Lektürewahl auf das Mädchenbuch allein beschränken, an der Gesamtheit guter jugendgemäßer Literatur keinen Anteil nehmen und somit literarisch in eine Sackgasse geraten, die keinen Zugang zum dichterischen Schrifttum erlaubt. Wolgast, der entschiedene Vertreter dichterischer Erziehung, hat aus Sorge um die Hinführung zu ranghoher Literatur jede eigens für Mädchen berechnete Literatur abgelehnt; denn »unsere Dichter kennen keine Poesie für den Mann und Poesie für das Weib«[3].

Der zweite Einwand beruft sich auf die Erfahrung, daß keine andere Jugendbuchgattung so viele minderwertige Erzeugnisse hervorgebracht habe. Sollte man daher auf das Mädchenbuch nicht überhaupt verzichten? Wieder ist es Wolgast, der angesichts des trivialen Mädchenschrifttums seiner Zeit die Überzeugung vertritt, daß eine Rücksichtnahme auf das Geschlecht alles künstlerische Schaffen ausschließe. In der Literatur für die weibliche Jugend sei keine Spur dichterischer Triebkraft zu entdecken, alles sei gemacht, nichts gewach-

---

[3] Heinrich Wolgast: Das Elend unserer Jugendliteratur. Worms 1950 (7. Aufl.), S. 189.

sen[4]. Auch Literaturpädagogen unserer Tage teilen diese Ansicht. Else Schmücker kommt zu dem Schluß »daß das ›Mädchenbuch‹ heute keine Daseinsberechtigung hat. All die wertvollen Forderungen der Jugendbuchausschüsse, alle schönen Vorschläge, der Mädchenliteratur andere, reale, weit gefaßte Aufgaben zuzuweisen, werden im wesentlichen unwirksam bleiben ... Ich bin nicht so radikal, auf Jugendbücher verzichten zu wollen, aber dem Mädchenbuch, dieser gewollten Abseitsliteratur, sollte der Garaus erklärt werden. Es entsteht keine Lücke, wenn es ausgemerzt ist«[5].

Die Sorge um die Hinführung zur Dichtung ist ernst zu nehmen, vor allem auch die Empfehlung, geeignete Bücher der Erwachsenenliteratur den spezifischen Mädchenbüchern vorzuziehen. Daß es diese aber – vorwiegend für die jüngeren Leserinnen – in Fülle gibt, muß angezweifelt werden. Das große Lesebedürfnis der Mädchen kann mit dichterischer Auslese allein nicht befriedigt werden. Es bleibt eine Lücke, die durch Jugendliteratur und Mädchenliteratur auszufüllen ist. Die Gefahr literarischer Isolierung und Abseitsentwicklung besteht nur da, wo ausschließlich Mädchenbücher, ohne Unterschied nach gut und minderwertig über mehrere Jahre hin gelesen werden. Eine überlegte literarische Einwirkung durch die Erwachsenen kann dieser Gefahr erfolgreich entgegentreten.

Die Bejaher des Mädchenbuches heben außerdem zu Recht hervor, daß der Versuch, für Mädchen zu schreiben, nicht zwangsläufig im Minderwertigen enden muß. Eine Reihe von Mädchenbüchern kann sich mit den Werken der übrigen Kinderbuchgattungen wohl messen, manche halten dichterischen Ansprüchen stand.

Malte Dahrendorf hat sich in einer 1970 vorgelegten Studie[6] ausführlich mit dem Mädchenbuch auseinandergesetzt. Obwohl er die überwiegende Mehrzahl der von ihm analysierten Bücher als Literatur kennzeichnet, in der sich »der Konservatismus und die unbewegliche Starrheit ihres ›Weltbildes‹ nicht übersehen« läßt[7], die die historische Entwicklung der Diskussion um Befreiung der Frau negiert, sich »auf einen engen Kanon gesellschaftlicher Rollen« festlegt und »eine autoritär-vorschreibende, auf Bewahrung und Fernhalten unliebsamer Einflüsse ausgerichtete Erziehungshaltung zur Geltung« bringt, »die sowohl in den angebotenen Leitbildern wie im Erziehungsstil den erzieherischen Erfordernissen unserer Zeit in keiner Weise entspricht«[8], hält er die Existenz des

---

[4] Hch. Wolgast: Elend ... A.a.O., S. 189. Vgl. auch Wolgast: Über Lektüre für Backfische In: Vom Kinderbuch. Leipzig 1906, S. 100 ff.

[5] Else Schmücker: Das Mädchenbuch. In: Probleme der Jugendliteratur. Ratingen 1956, S. 184.

[6] Malte Dahrendorf: Das Mädchenbuch und seine Leserin. Schriften zur Buchmarkt-Forschung 21. Hamburg 1970.

[7] M. Dahrendorf: a.a.O., S. 15.

[8] M. Dahrendorf: a.a.O., S. 234.

Mädchenbuches insgesamt und gerade auch die von der Jugendbuchkritik abgelehnten Produkte für berechtigt und notwendig. Er begründet seine Einstellung vor allem damit, »daß das Mädchenbuch offenbar tatsächlich gegenwärtigen Interessen vieler Mädchen entgegenkommt, insbesondere den Interessen der jüngeren und der aus der Unterschicht und der unteren Mittelschicht stammenden Mädchen«[9]. Diese Literatur den Mädchen vorzuenthalten, hieße für viele, ihr Anrecht auf literarische Unterhaltung, auf Selbstbestätigung und Kompensation beschneiden, hieße aber auch, ihr einen Zugang zur Literatur versperren.

Dahrendorfs Überlegungen unterscheiden sich von der bisherigen Jugendbuchtheorie insofern, als er literarsoziologische Fakten in die Mitte stellt und damit einem Mangel herkömmlicher jugendliterarischer Betrachtungen abhilft. Er entgeht aber nicht der Gefahr des Soziologismus, das Faktische normativ zu überhöhen: Während er die ideellen Zielvorstellungen und die Veränderungs- und Wirkungsabsichten der Literaturpädagogik in Frage stellt, macht er unversehens oder beabsichtigt die vorgefundenen Normalverhältnisse zur Norm. Hinter der Bejahung des Mädchenbuches als Anpassungs- und Bestätigungslektüre steht eine Auffassung von Literaturpädagogik, deren vorwiegende Funktion in der Anpassung an das »was sowieso geschieht« (Schelsky), zu suchen ist.

Auch die Literaturpädagogik muß, wenn man sie überhaupt noch als Pädagogik versteht, den Weg zwischen »Anpassung und Widerstand« zu gehen versuchen. Dies bedeutet im Hinblick auf das Mädchenbuch, daß nicht das Angebot insgesamt, wie es nun einmal besteht, ohne qualitative Unterscheidung hingenommen werden kann. Dabei kommt es nicht auf eine Qualitätsgruppierung an, die davon ausgeht, ob das Buch der elitären oder der trivialen Literatur, der ranghohen Dichtung oder »bloß« der Unterhaltungslektüre angehört; die Maßstäbe sollen vorwiegend vom stofflichen Aussagegehalt und nur bedingt vom Literaturästhetischen bestimmt sein. Wo realistisch gemeinte und aufgefaßte Literatur die Lebenswirklichkeit verzeichnet und entstellt, wo eine zur Identifikation und Selbstformung anregende Literatur in ihren handelnden Gestalten ein für die Personagenese fragwürdiges Menschenbild anbietet, darf mit Recht nach wie vor von minderwertiger Literatur gesprochen werden. Nicht »Anpassung«, sondern »Widerstand« ist ihr gegenüber am Platz.

C. *Das minderwertige Mädchenbuch*

Wenn vom minderwertigen Mädchenbuch die Rede ist, denkt man zuerst an die Erzeugnisse schriftstellernder Damen des 19. Jahrhunderts, die mit viel Emsigkeit die weibliche Jugend mit Literatur versorgten. Thekla von Gumpert schrieb für die Herzblättchen und Backfische des »feineren Publicums«. Mit ihrem »Töchteralbum« (1856 ff.), das als Jahrbuch herauskam und bis 1933

[9] M. Dahrendorf: a.a.O., S. 234 f.

regelmäßig erschien, und mit »Herzblättchens Zeitvertreib« (1856 ff.) schuf sie den Prototyp der seichten Mädchenliteratur. Sie bereitete den Boden für die zahllosen Backfischbücher, die mit »Backfischchens Leiden und Freuden« von Clementine Helm, den Trotzkopfgeschichten der Emmy von Rhoden, den Nesthäkchenbänden von Else Ury einen Höhepunkt erreichten. Ihr Geist ist bis heute nicht ausgestorben und auch in der Backfisch- und Teenagerliteratur unserer Tage zu finden. Äußerlich sind zwar manche Veränderungen feststellbar, dem inneren Wesen nach sind sich alt und neu treu geblieben[10]. Das erklärt auch, warum mancher Mädchenbuchschlager des 19. Jahrhunderts sich bis heute noch ohne Schwierigkeiten in die Neuproduktion einreihen läßt.

1. Das minderwertige Mädchenbuch verzeichnet die *Lebenswirklichkeit*. Es gibt zwar vor, das Leben zu zeigen, wie es wirklich ist, tatsächlich bietet es aber eine Pseudowirklichkeit, die den Vergleich mit der Objektivität nicht aushält. Das alte Backfischbuch wählt mit Vorliebe das Milieu der sogenannten besseren Kreise, des Adels, des höheren Beamtentums, des Großgrundbesitzers, des Offiziers. Die neuere Literatur hat diesen Hang nicht abgelegt. Zwar wird vielfach auch das Mädchen des Mittelstandes geschildert, aber die Tendenz zu »etwas Besserem« ist deutlich spürbar: Man verkehrt mit einer wohlsituierten Freundin, strebt einen angesehenen Beruf an oder gewinnt einen Lebenspartner in bester gesellschaftlicher und wirtschaftlicher Stellung. Nicht mehr der Herr Baron oder Leutnant, aber der Arzt, der Ingenieur, der Direktor, der Industrielle, der Filmregisseur spielen als Vater, Onkel, Freund oder Gönner eine Rolle. Der Leser gewinnt den Eindruck, daß erst in der gehobenen Gesellschaft das Leben wirklich lebenswert ist. Bezeichnend ist, daß die schulpflichtigen Buchmädchen fast immer die Höhere Schule besuchen, und Volksschule und Berufsschule als Normalschule der meisten Mädchen kaum Erwähnung finden.

Einer echten Lebensproblematik gehen viele Mädchenbücher aus dem ,Wege. Das gilt vor allem für die alten Backfischgeschichten mit den wohlbehüteten Pensionstöchtern. Die neuere Literatur bemüht sich, realistischer zu sein. Man findet Ansätze zur Darstellung von glaubwürdigeren und ernsthafteren Situationen und Konflikten. Aber letzten Endes gehen die selbstbewußten Teenager von heute denselben leichten Weg zu Erfolg und Glück wie die umsorgten Backfische von 1900. Das happy end stellt sich zwangsläufig ein, oft ohne wesentliche Eigenleistung und durch glückliche Zufälle. »Wie das Leben eben so spielt« lösen sich die Probleme, erfüllen sich die ehrgeizigsten Wünsche. Die Heldin gewinnt den großen Preis, sie erringt beruflichen oder sportlichen Erfolg, sie findet den hilfreichen Mäzen, der ihr die Karriere als Sängerin, Tänzerin oder Filmschauspielerin ermöglicht, oder sie begegnet nach altem Vorbild dem idealen Mann füs Leben. Das gute Mädchenbuch soll nicht nur die

[10] Vgl. Heimgard Roos: Das moderne Backfischbuch. In: Studien zur Jugendliteratur. Ratingen 1955/1.

rauhe Wirklichkeit darstellen, sondern Bilder von einem schönen und glücklichen Leben zeigen, jedoch keinen Zweifel darüber lassen, daß ohne Anstrengung und Eigenleistung kaum ein dauernder Erfolg zu erwarten ist, daß nicht alle Herzenswünsche in Erfüllung gehen, vor allem dann nicht, wenn sie von vornherein außerhalb des Realisierbaren liegen. Das minderwertige Mädchenbuch streut Sand in die Augen, provoziert Zukunftsbilder und Lebenspläne, die sich nicht verwirklichen lassen und letzten Endes zu schmerzvollen Enttäuschungen führen.

2. Typisch ist weiterhin, daß auch *das Wesen des Mädchens selbst* einseitig gezeichnet ist. »Der unreife Mensch kommt hier zu Wort, und die jugendliche Leserin ist entzückt, sich selbst vorzufinden« (Helene Pagés). Koketterie, Eitelkeit, übertriebene Selbstbespiegelung, Phrasenhaftigkeit, Exaltiertheit, Wichtigtuerei in Oberflächlichem und Nichtigem, Überschätzung der äußeren Erscheinung, Schwärmerei usw.: all diese zweifelhaften Züge des jungen Mädchens stehen im Mittelpunkt und werden oft mit Hingabe breitgetreten. Die modernen Backfischbücher haben sich zwar den heutigen Vorstellungen über das Wesen des Mädchens angepaßt; ihre Buchheldinnen sind aufgeweckter, selbständiger und unternehmungslustiger, sie ergreifen einen Beruf (meistens einen recht ausgefallenen), treiben Sport, sind nicht mehr so zimperlich und auf konventionelle Formen bedacht wie ihre Vorgängerinnen. Die Wiedergabe eines lebensechten, abgerundeten Mädchenbildes mißlingt aber ebenso wie in den Erzählungen Gumpertscher und Helmscher Prägung.

Hier und dort begegnen wir unechten Gestalten, konstruiert, hohl und ohne überzeugende Zeichnung des Charakters und der Charakterentwicklung.

3. Von Autoren, die ihren Stoff so oberflächlich beherrschen, kann *keine Originalität der darstellerischen Form* erwartet werden. Sie klammern sich entweder an Muster und Vorbilder, um damit Ausdruckskraft vorzutäuschen, oder schreiben einen Stil, den sie dem jungen Publikum vom Munde abgelesen haben.

Wer das Wesen des literarischen Kitsches am Beispiel studieren will, der greife zu einem der »klassischen« Backfischbücher. Hier findet er die Sprachschablone, das abgegriffene Klischee, die Stilblüte, die hohle Phrase. Vergeblich sucht er nach Ursprünglichkeit und Tiefe; der Kitsch bleibt an der Oberfläche und tummelt sich in Banalitäten. Wolgast urteilt über den »Trotzkopf«: »In dem ganzen Buche ist nicht ein voller Ton, der aus der Tiefe kommt; es ist alles oberflächliches Geschwätz und Getue ... Weite Strecken öden Gepappels abgegriffener Einzelheiten ...«[11]. Genau besehen geht es den dilettantischen Mädchenbuchautoren wie allen Kitschautoren ja nicht um Veranschaulichung einer wesentlichen Sache, einer Wahrheit oder einer lebensechten Situation, sondern um die Erzeugung von Reizwirkung. Um ihretwillen werden alle Register gezogen. Kein

[11] Hch. Wolgast: Elend ... A.a.O., S. 208.

Thema ist zu abgeschmackt, kein Handlungsverlauf zu konstruiert, kein Stilmittel zu verbraucht. Sie bieten alles auf, was die Sprache hergibt, um den Leser in Bann zu halten. Ökonomie des Ausdrucks, sparsamer Einsatz der Worte, der Vergleiche und Bilder sind ihnen fremd. Was der Könner mit wenigen Strichen überzeugend sagt, das wollen sie durch Aufwand erreichen. Und doch bleibt alles ohne Anschauungswert und Überzeugungskraft. Gute Ansätze zu eindrucksvoller Erzählweise verlieren sich in redseligen Schilderungen von Details und in endlosen Gesprächen über Nichtigkeiten.

Die neuere Backfischliteratur ist im Gebrauch der »erhabenen« Sprache maßvoller geworden. Viele ihrer Autoren verzichten bewußt auf Sprachkultur und verlegen sich auf Nachahmung des Jungmädchenjargons. Man kann nicht bestreiten, daß der Ton hin und wieder gut getroffen wird. Oft aber wird die Saloppheit derart übertrieben, daß wir schwerlich ein Mädchen finden, das diesen »jugendgemäßen« Stil im eigenen Sprachgebrauch konsequent durchhalten könnte. Das Entscheidende ist aber auch hier: Der Stil dient nicht als Mittler zur Erschließung von Sinnzusammenhängen und Wahrheitsgehalten, sondern erfüllt nur die Aufgabe der Reizwirkung. Durch plumpe Übertreibung der mädchenhaften Alltagssprache wird Solidarität mit dem Leser vorgetäuscht, will man Beifall einheimsen und die Konsumentenzahl vergrößern.

Wer sich dazu versteht, den Kitsch als harmlose Erscheinung, vielleicht sogar als notwendigen »Übergangswert« zu sehen, wird in seinem Urteil über die Fehlformen des Mädchenbuches nicht allzu streng sein. Wer ihn aber als Wurzel der Geschmacksbildung ernst nimmt, wird die minderwertige Mädchenlektüre als Gefahr bezeichnen. Der dauernde Umgang mit ihr verbaut den Zugang zum sachgerechten literarischen Werk. Darüber hinaus muß der Mädchenbuchkitsch (wie der Kitsch überhaupt) auch in seiner Bedeutung für die allgemeinmenschliche Prägung gesehen werden. Dauernder Umgang mit Unwahrheit, Unechtheit und Verlogenheit trübt den Blick für die tatsächlichen Welt- und Lebensverhältnisse und fördert Verbildung und Halbbildung des Menschen[12].

D. Literatur zum Mädchenbuch

Arbeitskreis für Jugendliteratur (Hrsg.): Triviale Jugendliteratur? Das Jugendbuch als Unterhaltungslektüre. Internationale Jugendbuchtagung 1968 in Loccum. Mainau 1968.

Bamberger, R.: Jugendlektüre. Wien 1965 (2. Aufl.), S. 172 ff.

Dahrendorf, M.: Das Mädchenbuch und seine Leser. Schriften zur Buchmarkt-Forschung 21. Hamburg 1970.

Doderer, K.: Klassische Kinder- und Jugendbücher. Weinheim 1969, S. 121 ff.

---

[12] Vgl. Josef Peters: Unterhaltungsliteratur und Kitsch pädagogisch und schrifttumspolitisch gesehen. In: Probleme der Jugendliteratur. Ratingen 1956, S. 276 ff. – Walther Killy: Deutscher Kitsch. Göttingen 1962 (2. Aufl.) – Ludwig Giesz: Phänomenologie des Kitsches. Heidelberg 1960.

Dyhrenfurth, I.: Geschichte des deutschen Jugendbuches. Zürich/Freiburg i. Br. 1967 (3. Aufl.), S. 144 ff.

Nutz, W.: Der Trivialroman. Köln/Opladen 1962.

Schliebe-Lippert, E.: Die weibliche Vorpubertät im Spiegel des Backfischbuches. Erfurt 1934 (2. Aufl.).

Schmidt, H.: Das lesende Mädchen. Wien/München 1959.

Schmücker, E.: Das Mädchenbuch. In: Probleme der Jugendliteratur. Ratingen 1956.

Wolgast, H.: Das Elend unserer Jugendliteratur. Worms 1950 (7. Aufl.).

Aus Zeitschriften:

Dahrendorf, M.: Das moderne Mädchenbuch in soziologischer und pädagogischer Analyse. In: Das gute Jugendbuch 1970/2. – Gerth, K.: »Die abenteuerliche Flucht der unglücklichen Komteß« oder Was haben wir an der Trivialliteratur? In: Bertelsmann Briefe 1968/60. – Hoffmann-Luschnat: Sinnigsüßes Seelenkonfekt. In: Jugendliteratur 1959/1. – Jehmlich, B.: Neuere ausländische Mädchenbücher. In: Studien zur Jugendliteratur 1957. – Köberle, S.: Von der Bildung des Frauenzimmers. Nach Mädchenbüchern des 18. Jahrhunderts. In: Zeitschrift für Jugendliteratur 1968, S. 145. – Krüger, A.: Das gute Mädchenbuch. In: Der Deutschunterricht 1957/4. – Roos, H.: Das moderne Backfischbuch. In: Studien zur Jugendliteratur. Ratingen 1955/1.

Das Jungenbuch

Das Jungenbuch ist eine Art Parallele zum Mädchenbuch. Es wird vorwiegend von Buben zwischen zehn und vierzehn Jahren gelesen, aber auch von Mädchen, wie Beobachtungen und Umfragen zeigen.

Seinen Namen verdankt es den Hauptgestalten. Sie treten als einzelne auf, als Freundeskreis, als Jugendgruppe, als Schulklasse, als Geheimbund oder Bande und sind so dargestellt, daß sie der Leser als seinesgleichen erlebt. Seine Pläne, Wünsche und Phantasien werden in den Geschichten Realität. Die Inhalte seiner Spiele und einfachen Erlebnisse finden eine gesteigerte Ausweitung und eine Übertragung ins Ernstfeld der Wirklichkeit. So ergibt sich ein Handlungsgefüge von Spannungsdichte und bewegter Abenteuerlichkeit.

Das unterscheidet das Jungenbuch von der realistischen Kindergeschichte und bringt es in unmittelbare Nähe des Abenteuerbuches. Man tut aber doch gut daran, es nicht einfach als Zweig der Abenteuerliteratur zu bezeichnen. Während die Abenteuergeschichte in die weite Welt und in fremde Zeiten führt, zieht das Jungenbuch die heimatliche und vaterländische Welt vor; es bleibt im allgemeinen im Umkreis der zivilisatorischen Verhältnisse, selbst wenn die Handlung auf fremden Kontinenten spielt.

Die Helden des großen Abenteuers sind normalerweise erwachsene Menschen, während im Jungenbuch – wie schon festgestellt – junge Menschen als Hauptpersonen agieren. Der Erwachsene nimmt nur eine nebengeordnete Stellung ein. Die jungen Leute bleiben weitgehend unter sich und bewegen sich in einer relativ autonomen Jugendwelt. Sie setzen sich selbst ihre Ziele und versuchen die Aufgaben aus eigener Kraft zu lösen.

Die Gattung hat sich erst im 20. Jahrhundert entwickelt. In Deutschland geht sie zum Teil auf die Jugendbewegung zurück, deren Bestreben nach jugendeigenen Lebens- und Kulturformen auch eine Literatur hervorbrachte, in der das moderne Daseinsverständnis Ausdruck finden sollte. Im großen gesehen waren die Versuche nicht sehr erfolgreich, und sie haben über die einzelnen Bünde hinaus, in denen sie entstanden sind, keine Verbreitung erfahren. Die Themen aber, die damals aufgegriffen worden sind, Fahrt, Lagerleben, Jugendkameradschaft, Erlebnisse auf alten Burgen, Schlössern und im Grenzland, Bewährung in unerwarteten Situationen und Mutproben, sind immerwiederkehrende Bestandteile des Jungenbuches.

Entscheidend für Fortentwicklung und Ausbreitung wurden einzelne Schriftsteller, die Erzählungen aus der Vorstellungswelt der Gegenwartsjugend schufen. Besonders zu nennen ist Erich Kästner mit »Emil und die Detektive« (1928), und »Das fliegende Klassenzimmer« (1932). Auch andere Autoren nehmen in der Entwicklung der neuen Gattung einen markanten Platz ein, wie Wolf Durian mit »Kai aus der Kiste« (1926) und Friedrich Schnack mit »Klick aus dem Spielzeugladen« (1933). Nun wirkten sich wohl auch frühe Vorläufer des Jungenbuches aus, wie »Tom Sawyer« (1876) von Mark Twain (erst nach dem Ersten Weltkrieg ins Deutsche übertragen) oder romanhafte Darstellungen bewegter Jungenjahre wie »Oliver Twist« (1838) von Charles Dickens.

A. Themenkreise

1. Versucht man, die Fülle nach einzelnen Themengruppen zu ordnen, so fallen zunächst die zahlreichen *Detektivgeschichten* ins Auge. Sie nehmen einen großen Raum innerhalb der Jungenbücher ein und stellen mit den Fahrtenbüchern den ursprünglichen Kern der Gattung dar.

Hervorragendes Beispiel und immer noch Muster für viele Nachahmungen ist »Emil und die Detektive«. Emil und seine Berliner Freunde jagen auf eigene Faust den Dieb und übergeben ihn schließlich der Polizei. Das Buch ist mit Recht zu einem klassischen Kinderbuch geworden. Es entgeht meisterhaft den Gefahren, denen andere Geschichten mit ähnlichem Thema oft erliegen. Sicher, die Jungen machen ihre Sache unwahrscheinlich gut. Die Schwierigkeiten werden aber nicht verniedlicht, so, als ob eine Handvoll schneidiger Buben alles fertig brächte. Die Erwachsenen kommen – abgesehen vom Gauner Grundeis – nicht schlecht weg. Man denke vor allem an die Darstellung von Emils Mutter. Auch ein Mädchen, Ponny Hütchen, ist am Erfolg beteiligt. Kästners Stil ist voll sprühender Originalität und Frische, voll Klarheit und ungezwungener Natürlichkeit. Wer in einer Schulklasse mit Elf- bis Zwölfjährigen ein literarisches Erlebnis vermitteln will, der lese den »Emil« vor; dann wird er erfahren, wie gut Kästner in Ton und Inhalt die Erwartungen der Kinder getroffen hat.[1]

Das Angebot an Detektiverzählungen reicht von humorvollen Aufdeckungsgeschichten, die noch der realistischen Kindererzählung nahestehen, wie die Blomquist-Bücher der Lindgren, bis zu Büchern, die als Vorläufer des Kriminalromans angesprochen werden können, wie »Die Schwarze Laterne« von Baylay. Es sind nicht immer nur Bücher mit Jungen als HauptheIden. In zahlreichen Geschichten fungieren gemischte Gruppen als Handlungsträger, oder es wird das Prinzip jugendlicher Akteure überhaupt verlassen und einem Erwachsenen die führende Rolle übertragen. Es handelt sich hierbei um die Jugendbuchform von Kriminalstories, in deren Mittelpunkt ein berühmter Detektiv oder Komissar steht. Jugendkrimis dieser Art, wie z. B. Jo Pestums Kurzkrimis mit Kommissar Katzbach (»Der Kater spielt Pik-As« und Forts.), sind keine Jungenbücher im gattungsmäßigen Sinne, werden aber bevorzugt von männlichen Jugendlichen gelesen.

---

[1] Literatur zu Erich Kästners Jugendbuchschaffen: K. Beutler: Erich Kästner. Eine literaturpädagogische Untersuchung. Weinheim 1967. – E. Ch. Breul: Die Jugendbücher Erich Kästners. In: Studien zur Jugendliteratur 1958/4. – K. Doderer: Klassische Kinder- und Jugendbücher. Weinheim 1969, S. 35 ff. – A. Krüger: Kinder- und Jugendbücher als Klassenlektüre. Weinheim 1970 (2. Aufl.), S. 178 ff.

Die Konjunktur, von der die Kriminalliteratur heute erfaßt ist, hat offensichtlich auch die Jugendliteratur beeinflußt[2]. Hier wie dort finden wir qualitativ unterschiedliche Verarbeitungen des kriminalistischen Stoffes; hier wie dort finden wir auch ein Leserpublikum, das sich mit Interesse gerade kriminalistisch einschlägigen Texten zuwendet und nicht selten unter Ausschluß anderer Lektüreinhalte eine einseitige Lesespezialisierung entwickelt.

Es besteht kein Anlaß, Leseneigungen dieser Richtung skeptischer zu beurteilen als andere auf Unterhaltung und spannende Abwechslung bedachte Lektüreinteressen. Es wäre abwegig, beim Leser von Detektivgeschichten prinzipiell Sensationsgier, Lust an Gewalttätigkeit oder gar versteckte kriminelle Neigung als Motive anzunehmen. Wesentliche Gründe für die Beliebtheit sind der Spaß am Entwirren komplizierter Zusammenhänge, an der allmählichen, über allerlei Umwege sich anbahnenden Lösung, das kritische Dabeisein und eigene kombinatorische Lösungsversuche, die Genugtuung über die erfolgreiche Aufdekkung geheimnisvoller und ungeklärter Ereignisse. Es entspricht dem Genre der Detektivgeschichte, den Erfolg nicht maßgeblich von körperlicher Überlegenheit abhängig zu machen. Um in einer verzwickten und noch dazu gefährlichen Angelegenheit ans Ziel zu kommen, um den Übeltäter überhaupt erst einmal zu entdecken, müssen geistige Fähigkeiten eingesetzt werden. Körperkraft und kämpferische Entschlossenheit helfen da nicht weiter, vor allem nicht dem jugendlichen Detektiv, der ja in der körperlichen Auseinandersetzung von vorneherein dem erwachsenen Gauner und Verbrecher gegenüber im Nachteil ist. Nur logisches Kalkulieren, kritisches Abwägen, vorurteilsloses und nüchternes Einschätzen von Fakten und Personen, planmäßiges Vorgehen sichern ihm schließlich den Erfolg.

Der Kritiker stellt allerdings mit Recht die Frage, ob es angebracht ist, in Detektivgeschichten für junge Leser die abgefeimtesten Schurken auftreten zu lassen. Manche Autoren überbieten sich in der Erfindung von neuen Verbrechen, um die Tüchtigkeit und geistige Überlegenheit der Jungen besonders kenntlich zu machen. Sie stellen ihnen Rauschgiftschmuggler, Landesverräter und kriminelle Sadisten gegenüber, denen die Polizei nichts anhaben kann, die aber den gewitzten jungen Leuten schließlich auf den Leim gehen. Vor allem jene Schriftsteller, die es sich zur Aufgabe gemacht haben, die Jugend am laufenden Band mit Detektivgeschichten zu versorgen, verfallen der Gefahr, die unmöglichsten Situationen und Verwicklungen zu konstruieren. Sie schreiben mit routinierter Hand, ihre moralische Grundkonzeption ist nicht anfechtbar, die Spannungsmomente sind geschickt gesetzt. Die Frage bleibt aber, ob die intensive Bekanntschaft mit Kapitalverbrechern nicht doch eine sehr unnötige und zwei-

---

[2] Vgl. Gerhard Schmidt-Henkel: Kriminalroman und Trivialliteratur. In: Bertelsmann Briefe 1963/20. Hier sind Beispiele für das Anwachsen der Kriminalliteratur angeführt.

felhafte Sache ist, und ob das schneidige Verhalten der Buchhelden im gleichaltrigen Leser nicht ein übertriebenes Selbstbewußtsein hervorruft, das zu seinen tatsächlichen Fähigkeiten in keinem Verhältnis steht[3].

2. Die Detektivgeschichte steht oft im Zusammenhang mit dem *Fahrtenerlebnis*. Solche Erzählungen entsprechen dem Wunsch der jungen Leute, in einem freien Leben, auf sich allein gestellt, losgelöst von der Ordnung der Familie, der Schule und des Alltags ein großes Abenteuer zu bestehen.

Nicht immer aber ist das Fahrtenerlebnis mit kriminalistischen Momenten durchzogen. Manche Jugendbücher beschränken sich auf das Erlebnis von Landschaft und Menschen, wie »Wir sind durch Deutschland gefahren«, erzählen von Bergbesteigungen und Segelfahrten oder von gefährlichen Situationen, die durch jugendlichen Tatendrang heraufbeschworen werden.

In den Fahrten- und Lagergeschichten, z. B. in Hans-Georg Noacks »Das große Lager«[4] wird vor allem das Gemeinschaftserlebnis geschildert und beispielhaft gezeigt, wie das Zusammenleben dem Einzelnen Aufgaben stellt, die er bewältigen oder verfehlen kann, und wie die Gemeinschaft zu Leistungen fähig ist, die der Einzelgänger nicht vollbringen kann[5].

3. Fast niemals verzichten Jungenbücher auf lustig-heitere Einlagen. In den *Lausbubengeschichten* wird der Bubenhumor zum Hauptthema[6].

Fragt man die Zehn- bis Zwölfjährigen, was ihrer Meinung nach zu einer wirklich lustigen Geschichte gehöre, dann taucht nichts so häufig auf wie die Äußerung: Wenn jemand hereingelegt wird. Überprüft man ihre Aufsätze zum

---

[3] Vgl. zum Thema Detektivgeschichte und Kriminalliteratur: M. Dahrendorf: Kriminalgeschichten für die Jugend. In: ZS Jugendschriften-Warte 1969/10. – W. Gerteis: Detektive. Ihre Geschichte im Leben und in der Literatur. München 1953 – W. Hofmann: Die Kriminalgeschichte und ihre Entwicklung pädagogisch gesehen. In: ZS Lehrerrundbrief 1960/1. – H. Pleticha: Kriminalromane und Jugendlektüre. In: ZS Das gute Jugendbuch 1960/3. – F. Wölken: Der literarische Mord. Untersuchung über englische und amerikanische Detektivliteratur. Nürnberg 1953.
Beispiele unterrichtlicher Behandlung von Detektivgeschichten finden sich in M. Dahrendorf/H. Bödecker (Hrsg.): Das Taschenbuch im Unterricht. Ravensburg 1972 (Beiträge von H. P. Meyer, P. Zimmermann, H. Ossowski).

[4] Unterrichtsbeispiele hierzu in A. C. Baumgärtner (Hrsg.): Jugendliteratur im Unterricht. Weinheim 1972 (Beitrag von H. Mitzkat) und in M. Dahrendorf/H. Bödecker (Hrsg.): Das Taschenbuch im Unterricht. Ravensburg 1972 (Beitrag von K.-H. Klimmer).

[5] Vgl. W. Scherf: Die Kinder- und Jugendbande. Analyse literarischer Zeugnisse kindlichen Gesellungsdranges. In: ZS Jugendliteratur 1963/4. u. 5.

[6] Vgl. zum Humor im Kinderbuch Arbeitskreis für Jugendliteratur: Humor in der Kinder- und Jugendliteratur. XII. Internationale Jugendbuchtagung in Urach/Württ., Mainau 1970 – H. Helmers: Sprache und Humor des Kindes. Stuttgart 1971 (2. Aufl.) – K. E. Maier: Schelmereien und Streiche als lustige Kindergeschichten. In: ZS Der Deutschunterricht 1962/5.

Thema »Ein lustiges Erlebnis«, dann stellt man fest, daß Schelmereien und Streiche ein wesentliches Stück des kindlichen Humors ausmachen. Die schelmisch-spitzbübische Lust ist aber nicht gleichzusetzen mit Boshaftigkeit. Sie beruht auf der Freude am Gelingen eines originellen Einfalls, auf dem Reiz, jemand scherzhaft an der Nase herumzuführen und dabei für eine Zeitspanne den Zustand der Überlegenheit auskosten zu können. Sie ist außerdem Ausdruck des Verlangens, die Starrheit und Regelmäßigkeit des Alltags zu durchbrechen. Die Enge und Abwechslungslosigkeit des nach Erwachsenenmaßstäben geordneten Kinderlebens, die Autorität von Familie und Schule, der Zwang von Aufgaben und Pflichten verlangen hin und wieder nach einem Ventil, durch das die Spannung entweichen kann.

Bei älteren Kindern und Jugendlichen tritt neben der Lust am Streich an sich auch schon das satirische Bedürfnis hervor, bestimmte Personen, gegen die sich Kritik und Opposition richten, lächerlich zu machen. Im Gegenspiel zwischen Heranwachsenden und Gereiften, zwischen Schülern und Lehrern, zwischen Schwachen und Starken wird der Streich für die Partei der Jungen zu einer Waffe, gegen die alle Weisheit und Autorität machtlos ist.

Die Wirklichkeit duldet nicht allzu viele Ausbrüche aus dem Kreis der Normen. Darum vollzieht der Mensch in der Phantasie, was ihm der Alltag nur selten erlaubt. Die Literatur ist dabei willkommene Hilfe, und lesend genießt er die Orginalität der Einfälle, die erfolgreiche Überwindung der gesetzten Realitäten oder die Opposition gegen einen autoritären Personenkreis.

»Fredys Hütte am Teich« ist ein Beispiel für Jungenbücher, in denen die Buben ohne absichtliches Wollen einen Streich nach dem andern vollführen. Alles, was sie unternehmen, wird zum Dummen-Jungen-Streich. Ihr Verhältnis zu den Erwachsenen ist nicht durch Opposition getrübt, aber ihre Einfälle durchkreuzen ungewollt immer wieder die von den Erziehern und Lehrern gesetzte Ordnung. Anders verhält es sich mit den Lausbuben vom Schlage Tom Sawyers. Sie gehen ganz bewußt zu Werke, um einen ausgeheckten Streich erfolgreich durchzuführen. Er entspringt der gutmütig-harmlosen Schelmenlust. Die ›Opfer‹ in Gestalt verschiedener Personen sind eine notwendige Begleiterscheinung, nicht eigentliches Ziel. Vergleichen wir damit Ludwig Thomas »Lausbubengeschichten«. Hier liegen zwar auch eine gehörige Portion Experimentierlust und die Freude am Gelingen der Streiche um ihrer selbst willen zugrunde. Jedoch spielt das Objekt schon eine entscheidende Rolle. Greift man zum Beispiel die Gestalt des Religionslehrers Falkenberg heraus, dann wird klar, daß er nicht zufällig der Unternehmungslust der Buben zum Opfer fällt, sondern wegen seines Verhaltens die Spott- und Rachelust herausfordert. »Wenn er was Heiliges redet, zwickt er die Augen zu und macht seinen Mund spitzig. Er faltet immer die Hände und ist recht sanft und sagt zu uns: Ihr Kindlein. Deswegen haben wir ihn den Kindlein geheißen. Er ist aber gar nicht so sanft. Wenn man ihn ärgert, macht er grüne Augen wie eine Katze und sperrt einen viel länger ein wie unser Klaßprofessor.« Die Bubenstreiche richten sich gegen das unechte Gebaren Falkenbergs, sie durchkreuzen seinen scheinheiligen Eifer und ziehen seine salbungsvolle Moralität ins Lächerliche. – Während der kindliche Leser kritische und satirische Wendungen normalerweise übersieht, greift sie der angehende Jugendliche begierig auf. Ein Ton wird jetzt vernommen, der in seinem Innern ein starkes Echo findet, seitdem die Lust zur Kritik und zum Widerstand lebendig geworden ist.

Kein Erzieher, der Kinder und Jugendliche kennt, wird an der Vorliebe für Streichgeschichten Anstoß nehmen; vorausgesetzt, es handelt sich um wirkliche Jungenstreiche, richtig gesehen aus der psychologischen Verfassung der Heranwachsenden, nicht aber um moralische Delikte[7]. Vorausgesetzt auch, die Generation der Erwachsenen wird nicht in einer Weise kritisiert und herabgesetzt, daß der Eindruck entstehen könnte, sie sei insgesamt engstirnig, verschroben und pharisäerhaft. Man darf auch von einer Lausbubengeschichte Verständnis für die Lage und Aufgabe der Erwachsenen erwarten, wie man ohne Frage voraussetzt, daß sie sich in die Psyche der Jugend einfühlt. Wo sie – oft nur um des billigen Beifalls der Leser willen – rücksichtslos gegen den Erwachsenen polemisiert, begünstigt sie eine radikale Polarisierung und gefährdet den Entwicklungsgang vom zeitweiligen Neben- und Gegeneinander zum gemeinschaftlichen Für- und Miteinander der Generationen.

4. Schließlich sollen auch noch Erzählungen über die heranwachsende männliche Jugend, die *ernste Lebensprobleme* aufgreifen, unter dem Sammelnamen »Jungenbuch« hier erwähnt werden. So wie das Bilder- und Kinderbuch, das Mädchen- und Abenteuerbuch kann auch das Jungenbuch existentielle Konflikte behandeln und literarisch zu gestalten versuchen. Eine Berücksichtigung dieser Variante von Problembüchern muß freilich in Kauf nehmen, daß sich der herkömmliche Begriff »Jungenbuch« erheblich ausweitet und seine Konturen verwischter und unklarer werden.

Jungengeschichten mit religiösem Akzent wollen die weltanschauliche Entwicklung des Reifenden, sein Suchen nach einem Standort, seine Gefährdung in der modernen Welt und die sittlich-religiöse Bewährung am Beispiel darstellen. Die Verschmelzung religiöser Fragen mit abenteuerlichen Bubengeschichten und spannenden Detektiverzählungen gelingt nur selten so, daß das Verhalten der dargestellten jungen Leute ohne Skepsis hingenommen werden kann. Da treten lebensunwirkliche Tugendhelden auf, die im gleichen Atemzug jugendliche Kraftausdrücke und tiefe religiöse Wahrheiten von sich geben; da wird grobe Schwarz-weiß-Malerei betrieben und werden Gegensätze konstruiert, die heute im Zusammenleben der Menschen auf religiöser Ebene gar nicht in dieser Schärfe vorhanden sind.

---

[7] Vgl. Karl Judt: Schwarze Schafe. In: ZS Jugendliteratur 1962/2. Judt wendet sich mit Recht gegen kleinliche, pädagogisch begründete Einwände.

Speziell christliche Literatur dieser Art findet kaum Eingang in die Kreise solcher Jugendlicher, die religiös kritisch oder gleichgültig sind. Ihre individuelle Wirklichkeit ist von der Buchwirklichkeit zu weit entfernt, als daß sie sich veranlaßt fühlten, sich damit zu identifizieren oder auseinanderzusetzen. Häufig ist auch die Absicht der Belehrung und der Missionierung allzu offenkundig und ruft im Leser eine Abwehrhaltung hervor.

Die verschiedenen Abhandlungen über religiöses Jugendschrifttum kommen bezüglich der erzählenden Literatur teilweise zu sehr kritischen Urteilen.

Ein Religionslehrer schreibt: »Die Bücher, die von den sogenannten christlichen Jugendbüchern den breitesten Raum einnehmen, nämlich die, die den Versuch machen, junge Menschen im Spiegel ihrer eigenen Welt zu zeigen und zu Christus zu führen, sind bedauerlicherweise äußerst mangelhaft. Es sind Bücher guten Willens und lauterer Absicht, lassen aber sowohl in der thematischen Auswahl wie in der Akzentsetzung der Ausführung und der sprachlichen Gestaltung in der Regel sehr viel zu wünschen übrig. Sie nehmen weithin eine falsche Front ein, indem sie den gläubigen Leser voraussetzen und nicht vom fragenden, skeptischen und indifferenten jungen Menschen unserer Tage ausgehen«[8].

Friedrich Hahn gelangt zu der Feststellung, daß die Behandlung religiöser Fragen »in den speziell für Kinder und Jugendliche bestimmten Geschichten und Erzählungen doch recht problematisch und fragwürdig ist. Gefährdeten wir eigentlich die christliche Unterweisung unserer Jugend, ihre Einübung im Christentum, ihre Zurüstung zur Auseinandersetzung mit religiösen Problemen und Lebensfragen, wenn wir darauf verzichteten, unseren Kindern sogenannte christliche Erzählungen, Abenteuergeschichten und Missionsromane in die Hand zu geben? Sicherlich nicht! Aus Religion, um des Evangeliums willen, sollten wir die jungen Leser vor dieser Pseudochristlichkeit bewahren«[9].

Nun kann allerdings darauf hingewiesen werden, daß im Bereich des Bilderbuches und des Sachbuches die Suche nach guter christlicher Literatur viel positiver ausfällt. Wir treffen hier sogar auf eine Reihe ganz vorzüglicher Bücher mit speziell religiösem Gehalt. Außerdem gibt es ausgezeichnete Jugendbücher, die sich nicht vorweg als »christliche Jugendliteratur« etikettieren lassen, aber

---

[8] Rudolf Creydt: Das sogenannte christliche Jugendbuch. In: ZS Jugendschriften-Warte 1960/5.

[9] Friedrich Hahn: Religiöse Probleme in der Literatur für junge Menschen. In: ZS Bertelsmann Briefe 1967/49.

Vgl. auch M. Glaser: Das Problem der christlichen Jugendlektüre. In: ZS Der Deutschunterricht 1959/6. – F. Hahn: Zwischen Verkündigung und Kitsch. Religiöse Probleme in der heutigen Jugendliteratur. Weinheim 1968. – S. Heuser: Moderne christliche Jugendbücher – ein Beitrag zur kritischen Sichtung. In: Studien zur Jugendliteratur 1955/1. – K. Langosch: Zum Wesen und zur Formung der christlichen Jugendliteratur. In: ZS Jugendliteratur 1961/1.

doch Fragen behandeln, die mittelbar zu religiösen und christlichen Anliegen hinführen.

Hierher können Erzählungen von jungen Menschen in sozialer und wirtschaftlicher Not gerechnet werden. Sie konfrontieren den Leser mit Extremsituationen des Daseins und veranlassen ihn, über Probleme der Schuld und Vergebung, der Gerechtigkeit und der Toleranz, der Verantwortung des Menschen vor anderen und vor sich selbst nachzudenken. Zu den bekanntesten Büchern, in denen von elternlosen, entwurzelten Kindern und Jugendlichen erzählt wird, gehört Kurt Helds »Die rote Zora und ihre Bande.« Eine Gruppe von Halbwüchsigen (unter Führung der bubenhaften Zora) schlägt sich auf eigene Faust durchs Leben, gibt sich selbst einen Codex von Recht und Unrecht, leidet unter dem Unverständnis der Erwachsenen, findet aber auch Freunde unter den Großen, denen es schließlich gelingt, sie in geordnete Verhältnisse zurückzuleiten. In Estrid Otts »Chicos lange Wanderung« geht es um einen Waisenjungen, der sich allein auf den Weg macht, um ein Heim zu finden, in dem er arbeiten, lernen und in einer Gemeinschaft leben kann. Elternlosigkeit, Vereinsamung und Suche nach einem Zuhause sind auch die Hauptthematik in Ursula Wölfels »Der rote Rächer« und Astrid Lindgrens »Rasmus und der Landstreicher«.

Bücher dieser Art können, wenn sie ohne Sentimentalität geschrieben und nicht mit ausgedehnten Reflexionen zur äußeren und inneren Not der Menschen belastet sind, für den Leser von erziehlicher Bedeutung sein. Sie spielen nicht nur eine wichtige Rolle bei der Bildung des sozialen Verständnisses und der Erziehung zur Hilfsbereitschaft, sondern machen auch empfänglich für Fragen nach dem tieferen Zusammenhang und dem Sinn des Lebens.

B. Zusammenfassung der pädagogischen und literarerziehlichen Bedeutung

Das Jungenbuch stellt die Eigenwelt der späten Kindheit und der frühen Jugend dar und hält dem Leser ein Bild seiner selbst vor Augen. Durch die konkreten und lebendigen Darstellungen werden die Wunschvorstellungen von einem selbstgelenkten und erfolgreichen Jugenddasein verwirklicht, die eigenen Probleme bewußter gemacht und Wege zu ihrer Lösung gezeigt. Gesundes Geltungsstreben und Leistungswille, Selbstbewußtsein und Vertrauen in die eigene Kraft können Auftrieb und Stärkung erfahren. In den meisten Geschichten muß sich der junge Mensch in der Gemeinschaft bewähren. Das entspricht dem Gesellungstrieb der Heranwachsenden und fördert das Solidaritätsgefühl zu den Altersgenossen und – bei rechter Anlage des Buches – zu den Mitmenschen überhaupt.

Negative Auswirkungen auf den Leser müssen allerdings dann befürchtet werden, wenn die Fähigkeiten der jungen Helden übertrieben, die Erwachsenen vorwiegend im ungünstigen Licht gezeigt werden und dem anderen Geschlecht nicht die rechte Würdigung zuteil wird. Es sind solche Jungenbücher vorzuziehen, in denen die Buben nicht durchwegs als Allerweltskerl gezeichnet sind, denen es ein Leichtes ist, allen Schwierigkeiten Herr zu werden. Es sollte immerhin anklingen, daß der Mensch zwischen zehn und vierzehn Jahren noch nicht fertig ist, daß Erwachsene in der Regel doch mehr wissen und mehr können und daß es eine schwere, aber wichtige Aufgabe ist, der Mitwelt in Verständnisbereitschaft, Toleranz und ohne Vorurteile gegenüberzutreten.

Literarpädagogisch gesehen kann das gute Jungenbuch zu anderer Literatur weiterleiten. Es bereitet mit seinem abenteuerlichen Charakter auf die Lektüre eigentlicher Abenteuerliteratur vor, öffnet aber auch das Tor zum Problembuch der reifen Jugend. Man sollte dafür sorgen, daß der junge Mensch zu anderen altersgemäßen Büchern Zugang behält. Das ist vor allem bei der Ausstattung von Gruppenbüchereien der Jugendorganisationen zu beherzigen.

Beispiele guter Jungenbücher:

Vom 10./11. Lj. an: E. Kästner: Emil und die Detektive (Dressler). – E. Kästner: Das fliegende Klassenzimmer (Dressler). – W. Durian: Kai aus der Kiste (Schmidt). – W. Matthießen: Das rote U (Schaffstein). – A. Lindgren: Kalle Blomquist (Oetinger). – M. Twain: Tom Sawyers Abenteuer (Ensslin, Blüchert u. a.). – A. Buckeridge: Fredys Hütte am Teich (Schaffstein u. dtv) u. Forts. – A. Lindgren: Rasmus und der Landstreicher (Oetinger) u. Forts. – P. Jenny: Jack und Cliff, die Abenteurer (Sauerländer). – U. Wölfel: Der rote Rächer (Maier). – E. Dillon: Die Insel der Pferde (Herder). – V. Rezác: Das grüne Büchlein (Sauerländer). – G. Boshell: Käptn Cobwebl (Oetinger).

Vom 12./13. Lj. an: K. Robertson: Das Geheimnis des Schachturms (Union). – N. Dale: Das Schloß des Erfinders (Maier). – St. M. Meader: Schmuggler in der Townsend-Bucht (Droemer u. Trio). – V. Baylay: Die schwarze Laterne (Schweizer Jugendverlag, Bertelsmann u. Maier). – F. Molnar: Die Jungen der Paulstraße (Dressler). – L. Wispler: Wir sind durch Deutschland gefahren (Baken). – L. Thoma: Lausbubengeschichten (Piper u. Rowohlt). – K. Bruckner: Die Strolche von Neapel (Benziger u. Trio). – K. Held: Matthias und seine Freunde (Sauerländer). – K. Held: Die rote Zora und ihre Bande (Sauerländer). – E. Ott: Chicos lange Wanderung (Dressler) u. Forts. – H.-G. Noack: Das große Lager (Maier). – A. Walden: Im Schatten des Vaters (Klopp). – W. Corbin: Christoph und sein Hund (A. Müller). – G. Bufalari: Das gelbe Boot (Loewes). – K. Kingman: Das Jahr des Waschbären (Sauerländer).

Vom 14. Lj. an: Ch. Dickens: Oliver Twist (Ueberreuter, Boje u. a.). – D. Pflanz: Vierzehn (Beltz). – H.-G. Noack: Rolltreppe abwärts (Signal). – J. Bouček: Jan und die schweigenden Männer (Bitter).

Das Abenteuerbuch

A. Die Wesenszüge des Abenteuerbuches

Ein Grundmerkmal der Abenteuergeschichte ist die *gesteigerte Dynamik* ihres Handlungsablaufes. In wechselvoller Buntheit reihen sich die Geschehnisse aneinander, ziehen den Leser in ihren Bann, bis sie über mancherlei Umwege und Verwicklungen zu einem befriedigenden Abschluß gelangen. Held und Gegenspieler, Freund und Feind, Aufgabe und Hindernis, Chance und Gefahr stehen sich gegenüber. Steigerungen, Höhepunkte, überraschende Wendungen, Auf und Ab in Bedrohung, Wagnis, Rettung und Glück verleihen der Handlung den Charakter erregender Bewegtheit. Der junge Leser umreißt dies insgesamt mit dem Begriff »spannend«; das heißt, er erfährt im gesteigerten Mit- und Nacherleben die Gefühlsregungen der Erwartung und Überraschung, der Befürchtung und Hoffnung, der Enttäuschung und Genugtuung.

Nicht selten verfällt jedoch das Abenteuerschrifttum der Gefahr, die Dynamik maßlos zu übertreiben. Es spekuliert auf das bedingungslose Interesse der Leser, reißt sie von Höhepunkt zu Höhepunkt, von Sensation zu Sensation und läßt sie nicht in Phasen ruhigeren Verlaufs zur Ruhe und Besinnung kommen. Mittel künstlerischer Gestaltung werden bewußt außer acht gelassen, Maßstäbe der Lebenswirklichkeit nicht angelegt; es gilt nur das eine Ziel: den Leser zu gewinnen, zu bannen und mitzureißen.

Ein anderes Merkmal des Abenteuerbuches ist die Bevorzugung des *Außergewöhnlichen und Fremdartigen.* Es bewegt sich nicht im Gewohnten und Vertrauten, sondern führt in Verhältnisse, die sich durch extreme Gegebenheiten deutlich von dem Gleichmaß und der Überschaubarkeit des Alltags abheben. Die außergewöhnliche Situation erfordert außergewöhnliche Leistung, sie verlangt den *Helden*, der sich kämpferisch bewährt. Das überraschend auf ihn Zukommende erweist sich als Bedrohung seiner existentiellen Sicherheit. Er muß all seine Kraft und Findigkeit einsetzen, um die Lage zu bewältigen, den Ablauf des Geschehens in die Hand zu bekommen und so zu lenken, daß seine persönliche Sicherheit wieder hergestellt wird.

Dennoch bleibt Abenteuerlektüre im Rahmen des wirklich Möglichen; sie ist *realistische Lektüre* und wird auch vom Leser als solche eingeschätzt. Das Außergewöhnliche verläßt nicht die Grenzen der tatsächlichen Wirklichkeit, die besondere Leistung liegt nicht außerhalb des Menschenmöglichen. Milieu und äußere Umstände können zwar sehr ungewöhnlich sein, Ereignisse und Zufälle erstaunliche Ausnahmen darstellen, sie bewegen sich aber innerhalb der faktisch existierenden oder jedenfalls denkbaren Welt. Die Fähigkeiten der Handlungsträger gehen nicht – mögen sie auch noch so überdurchschnittlich entwickelt sein – über die Möglichkeiten der menschlichen Natur hinaus. Der Held besitzt weder übersinnliche Kräfte, noch kommen ihm numinose Mächte zu Hilfe.

Das Wissen um die Reizwirkung des Fremdartigen und Außergewöhnlichen kann den Autor zu Übertreibungen verleiten, die innerhalb einer Literatur, die vorgibt, realistisch zu sein, nicht mehr gerechtfertigt sind. Der unkritische Leser läßt sich irreführen und fällt auf vorgetäuschte Realistik herein. Es gehört mit zu den literarpädagogischen Aufgaben, gegenüber der kritiklosen Abenteuerbegeisterung immer wieder den Versuch zu machen, Wirklichkeitsverfälschungen an konkreten Einzelheiten nachzuweisen und den Leser zu schulen, mit den Maßstäben der Wahrheit zu messen.

B. Alte und neue Abenteuerliteratur

Abenteuerliche Ansätze finden wir schon in den Märchen und Sagen, im höfischen Epos und in der Spielmannsdichtung des Mittelalters, in den phantastischen Rittererzählungen, die im 16. Jahrhundert als Volksbücher weite Verbreitung gefunden haben, in den freizügig gestalteten Chroniken und in den Reiseberichten. Vor allem in der Reiseliteratur erkennen wir die stärkste Wurzel, aus der sich die eigentliche Abenteuerliteratur entwickelte. Die Kunde von fremden Ländern und Völkern, vermischt mit Schilderungen gefährlicher Unternehmungen und außergewöhnlicher Geschehnisse, weckte von jeher die Neugier weiter Kreise. In der beginnenden Neuzeit um 1500 mit ihrer größeren Daseinsbejahung und Weltfreude, ihrer Tendenz zur Unmittelbarkeit, die sich auch in der stärkeren Hinwendung zu den Realitäten ausdrückte, schwoll das Interesse an der Reiseliteratur besonders an. Die Nachricht von fernen Ländern und Meeren, von bisher unbekannten Völkerschaften und Kulturkreisen lieferte den Erzählern neue Stoffe und regte ihre Phantasie an. Tatsächliche Gegebenheiten und die Wunderwelt von Fabeltieren und Fabelmenschen vermengten sich in den Schilderungen oft auf krause Weise. Das bunte Nebeneinander von objektiver Wirklichkeit und phantastischer Erfindung, wie es die mittelalterliche Reiseliteratur auszeichnet, blieb auch für die Reiseliteratur der beginnenden Neuzeit noch charakteristisch. Während die exotische Literatur vor 1500 nur auf den arabisch-islamischen Orient oder auf Indien zurückgriff, weitete sich jetzt der Kreis auf die gesamte bis dahin entdeckte oder erahnte Welt. Durch die zahlreichen Entdeckungsfahrten über die Ozeane fanden nun auch das Meer und die Schiffahrt Aufnahme in den Stoffbereich abenteuerlicher Schilderungen und Geschichten. Mit zunehmender Welterfahrung entwickelte sich eine realistische Erzählliteratur, auf deren Grundlage schließlich das Abenteuerbuch im eigentlichen Sinne wachsen konnte.

Eine Systematisierung des vielfältigen Angebots an Abenteuerbüchern bereitet nicht geringe Schwierigkeiten. Bisherige Versuche, ein Ordnungsschema zu finden, das möglichst allen Spielarten gerecht wird, haben zu keinem befriedigenden Ergebnis geführt.

Welche Einteilungsgesichtspunkte sind denkbar?

Wenn man literarische Maßstäbe als ordnungsstiftendes Kriterium zugrundelegt, ergibt sich eine Gruppierungsmöglichkeit nach ranghoher, dichterischer Abenteuerlektüre, nach Unterhaltungsschrifttum, nach Schundliteratur. Von der literarischen Struktur her kann man Kurzgeschichten, Erzählungen, persönliche Schilderungen, Romane unterscheiden, von der Beachtung des Wirklichkeitsbezugs läßt sich nach erdachten Abenteuern und nach wirklich erlebten Abenteuern gliedern. Der Gesichtspunkt der entwicklungspsychologischen Eignung der Abenteuerbücher führt zur Einteilung nach Altersstufen.

Jede dieser Betrachtungsweisen kann wertvolle Einsichten vermitteln und in dem Bestreben, Überblick zu gewinnen, ein Stück weiterhelfen. Umfassend und allein ausreichend ist keine.

Das gilt auch für eine Gliederung der Abenteuerlektüre nach inhaltlichen Kategorien. Sie ist aber doch die naheliegendste Möglichkeit und für die literaturpädagogische Arbeit wohl der brauchbarste Ansatzpunkt. Die folgenden Aufzeichnungen versuchen daher eine Übersicht vom Inhalt her. Sie behandeln folgende Buchgruppen:

Völkerkundlich-geographisch orientierte Abenteuerbücher,
Robinsonaden,
Seegeschichten,
historisch orientierte Abenteuerbücher,
Indianergeschichten,
abenteuerliche Erzählungen mit Tieren,
utopische Abenteuergeschichten.

Die Einteilung erhebt nicht den Anspruch perfekter Systematisierung. Die Gruppen sind nicht exakt gegeneinander abzugrenzen; manche beziehen sich auf einen stofflich engeren, andere auf einen sehr weiten Bereich. Insgesamt dürften aber mit Hilfe dieser Einteilung die wichtigsten Erscheinungsformen der Abenteuerliteratur erfaßt werden können.

1. Die *völkerkundlich-geographisch orientierten Abenteuerbücher* sind am zahlreichsten. Auf dem Hintergrund ferner Landschaften und bei fremden Völkern schildern sie außergewöhnliche Begebenheiten, menschliche Taten und Schicksale.

Im Unterschied zum erzählenden Sachbuch nehmen aber die erdkundlichen und ethnologischen Tatbestände im Abenteuerbuch nur eine sekundäre Stellung ein (vgl. Kapitel Sachbuch!). Dennoch darf nicht übersehen werden, mit welcher Intensität der Leser mit der spannenden Handlung auch die sachlichen Gegebenheiten aufnimmt. Das Bild der nordamerikanischen Prärie, des afrikanischen Urwalds, der arktischen Eiswüste oder irgendeiner anderen typischen Landschaft der Erde, die Ansicht über die Indios am Amazonas, über die Lebensweise der Lappländer oder eines anderen fremden Volkes werden durch die Abenteuerlektüre oft viel entscheidender geprägt als durch Unterricht und Lehrbuch. Es ist deshalb nicht gleichgültig, ob die Wirklichkeit wahrheitsgetreu oder verzerrt dargestellt wird, ob der Autor sie nur als Kulisse betrachtet, die er willkürlich verändern kann, oder ob er sie als feste Realität nimmt, der sich seine erdachte Handlung anpassen muß.

Es gibt kaum ein Gebiet der Erde, mit dem sich die Abenteuerliteratur nicht schon befaßt hat. Eine Reihe von Buchtiteln mag zeigen, welche geographische Weite das Abenteuerbuch zu umspannen vermag:

Polarkreis und Alaska:

K. Lütgen: Kein Winter für Wölfe (Arena, ab 14. Lj.). – H. Ch. Jessen: Sieben entkamen dem Eismeer (Hoch, ab 12. Lj.). – H. Radau: Großer Jäger Little Fox (Hoch u. dtv, ab 12. Lj.) u. Forts.

Nordamerika:

G. u. K. Swarthout: Staubtornado (Arena, ab 13. Lj.). – S. Fleischman: Chancy und der große Gauner (Union, ab 11. Lj.). – K. Pinkerton: Am Silbersee (A. Müller u. Trio, ab 12. Lj.). – J. F. Hayes: Die Botschaft des Piraten (Schaffstein, ab 11. Lj.). – F. Gerstäcker: Die Flußpiraten des Mississippi (Herder, ab 12. Lj.). – Ch. Hagen: Der Mustangjäger (Herder, ab 13. Lj.).

Südamerika:

H. Wendt: Rebellion unter dem Sonnentor (Signal u. Arena, ab 14. Lj). – H. Radau: Illampu (Hoch u. Arena, ab 12. Lj.). – F. Braumann: Entscheidung am Goldfluß (Arena, ab 13. Lj.). – H. Kranz: Im Dschungel abgestürzt (Herder, ab 12. Lj.). – A. Sperry: Kaltes Feuer (Sauerländer, ab 12. Lj.).

Afrika:

M. d'Arle: Zelte in der roten Wüste (Benziger, ab 12. Lj.). – K. Lütgen: Das Elefantenjahr (Arena, ab 12. Lj.). – H. Kaufmann: Der Teufel tanzt im Ju-Ju-Busch (Styria u. Trio, ab 12. Lj.). – A. Manzi: Weißer Sohn des kleinen Königs (Maier, ab 12. Lj.). – F. Goldie: Biwak am Goldfluß (Signal, ab 13. Lj).

Indien:

H. Junker: Barfuß nach Bombay (Arena, ab 13. Lj.).

Zentralasien:

M. de Smeth: Dario, der Sohn des Basmatsch (Thienemann u. dtv, ab 12. Lj.) u. Forts.

China und Mongolei:

F. Mühlenweg: Großer Tiger und Christian (Herder u. Einzelbände bei Arena, ab 12. Lj.). – S. Sherry: Die Grünen Bergdrachen (Klopp, ab 11. Lj.). – M. de Jong: Tien Pao, ein Chinesenjunge (Trio, ab 11. Lj.). – K. R. Seufert: Das Jahr in der Steppe (Herder, ab 13. Lj.).

Sibirien und Nordrußland:

F. Braumann: Gold in der Taiga (Ensslin u. Trio, ab 13. Lj.). – J. Korinetz: Dort, weit hinter dem Fluß (Beltz, ab 12. Lj.)

Australien:

I. Southall: Buschfeuer (Signal u. Maier, ab 12. Lj.). – I. Southall: Sieben werden vermißt (Benziger, ab 11. Lj.). – M. Th. Clark: Die Stadt der funkelnden Steine (Signal, ab 13. Lj.). – J. Kjelgaard: Balalu und sein Dingo (Schaffstein, ab 11. Lj.). – K. Krolinski: Jage, Buschmann, jage (Schaffstein, ab 11. Lj.)

2. Auch *Robinsonaden* spielen in fremden Breiten. Von ihrem Ausgangswerk und den mit ihm verwandten Erzählungen soll in diesem Abschnitt gesondert berichtet werden.

1719 erschien »Robinson Crusoe« von Daniel Defoe. Dieses Buch sollte bald dazu beitragen, dem abenteuerlichen Element im Jugendschrifttum einen festen und anerkannten Platz zu verschaffen und die Entwicklung des realistischen Abenteuerbuches überhaupt entscheidend zu fördern. Noch im selben Jahr erschienen 4 weitere Auflagen, und bereits 1720 wurde eine französische, eine holländische und eine deutsche Übersetzung gedruckt. Diesen ersten Übersetzungen folgten im Laufe von zwei Jahrhunderten Übertragungen in etwa 30 Sprachen. Für Deutschlands Literatur bedeutet die Einführung des »Robinson« ein Novum; denn abgesehen vom »Simplicissimus« hatte das deutsche Schrifttum noch keine originale Literatur auf dem Gebiet des realistischen Romans hervorgebracht. Daß der Defoesche Roman gerade bei uns solchen Anklang fand, hat nach Aussagen des Robinsonforschers Hermann Ullrich[1] seine Gründe »einmal in den damaligen Verhältnissen unseres Vaterlandes«[2]. Die politische und geistige Unfreiheit, die starken Bindungen an gesellschaftliche Schranken, die enge Begrenzung des Lebensraumes mußte eine Literatur besonders anziehend machen, in der dies alles aufgehoben war. Robinson verläßt freiwillig die Ordnung der bürgerlichen Zivilisation und sucht auf der Weite des Meeres die Ungebundenheit und das Abenteuer. Das Schicksal verbannt ihn zwar auf die Insel, aber er ist frei von politischer, gesellschaftlicher, geistiger Bevormundung und eigener Herr in seinen Entscheidungen.

Das Robinsonmotiv regte zu zahlreichen Neu- und Nachschöpfungen an, die ebenfalls vom Leben in insularer Abgeschiedenheit, fern von menschlicher Gesellschaft, erzählen. Ullrich nennt über 200 Robinsonaden, die in der Folgezeit entstanden sind. Die meisten erreichen nicht annähernd die Größe des Vorbildes, viele weichen auch wesentlich von der ursprünglichen Konzeption ab.

Die Zentralidee einer echten Robinsonade bildet die Inselexistenz; ob einer allein oder eine Gruppe von Menschen das inselhafte Dasein erlebt, ob sie ungewollt oder freiwillig in diese Situation geraten, ja selbst die Tatsache, ob es sich um eine Insel im Meer oder einen anderen von Menschen isolierten Flecken Er-

---

[1] Hermann Ullrich: Defoes Robinson Crusoe. Die Geschichte eines Weltbuches. Leipzig 1924.

[2] H. Ullrich: a.a.O., S. 82.

de handelt, ist nicht entscheidend. Maßgeblich für die Kennzeichnung als Robinsonade ist die Isolation von Zivilisation und Gesellschaft und die sich daraus ergebende ursprungshafte Anfangslage, in der sich der Mensch zurechtfinden und bewähren muß.

I. G. Schnabel erzählt in der »Insel Felsenburg« (1731) von einer Menschengruppe, die auf eine Insel übersiedelt, um dort Zuflucht vor der verderbten Welt zu finden. Im Unterschied zum Ur-Robinson ist das Eiland nicht unfreiwilliges Exil, sondern selbstgewähltes Asyl[3]. Eine andere, heute noch verlegte Robinsonade ist der »Schweizerische Robinson« von J. R. Wyß (1812). Ein Schweizer Pfarrer strandet mit seiner Familie auf einer Insel, richtet sich ein, erzieht seine Kinder und führt mit ihnen angesichts der südlichen Flora und Fauna naturwissenschaftliche Lehrgespräche. Auch G. H. Schuberts »Schicksale Philipp Asthons unter Seeräubern und auf der Insel Ruatan« (1848) trägt starke naturkundlich-belehrende Züge. Zu den besten alten Robinsonaden zählt F. Marryats »Masterman Ready« (1841), die Geschichte eines selbstlosen Seemanns, der freiwillig das Schicksal einer schiffbrüchigen Familie teilt und sein Leben für sie opfert. Sie fand in Deutschland unter dem Titel »Sigismund Rüstig« besondere Verbreitung und wird heute noch von der Jugend gelesen.

Die unübersehbare Flut von ausländischen und deutschen Robinsonaden der Vergangenheit kennt einen Sächsischen, Thüringischen, Schwäbischen, Böhmischen, Berlinischen, Niederländischen, Medizinischen, Weiblichen Robinson usw.

Auch in der modernen Jugendliteratur ist das Robinsonmotiv noch lebendig. Lisa Tetzner schildert in »Das Schiff ohne Hafen« und »Die Kinder auf der Insel«[4] das Schicksal von sieben Kindern, die mit einem Emigrantenschiff stranden und auf einem Eiland ihr Leben bis zur Rettung fristen. Das sind Episoden einer Kinderodyssee, die sich auf dem Hintergrund der politischen Verhältnisse des Dritten Reiches abspielt. A. Krüger zählt das neunbändige Werk, zu denen die beiden Bücher gehören, »zu den wenigen wertvollen Jugendbüchern in deutscher Sprache über die Zeit von 1932 bis 1945«[5].

Mit Scott O'Dells »Insel der blauen Delphine« ist ein neuer weiblicher Robinson erstanden. Der amerikanische Autor des Buches, das 1963 mit dem deutschen Jugendbuchpreis ausgezeichnet wurde, erzählt von einem Indianermädchen, das auf einer einsamen Insel vor Kalifornien der erbarmungslosen Umwelt Nahrung und Sicherheit abringt.

Als Robinsonade kann auch Sonnleitners »Die Höhlenkinder« (um 1920 als dreibändige Buchfolge geschrieben) bezeichnet werden. Durch eine Naturkata-

---

[3] Bezeichnenderweise hat die weltflüchtige Romantik »Insel Felsenburg« neu entdeckt und herausgegeben (Arnim und Tieck).

[4] Band IV und V von »Die Kinder aus Nr. 67« (Sauerländer).

[5] Anna Krüger: Kinder- und Jugendbücher als Klassenlektüre. Weinheim 1970 (2. Aufl.), S. 217.

strophe werden zwei Kinder in ein entlegenes Gebirgstal verschlagen, wo sie, wie Menschen der Urzeit, Stufe für Stufe von der bloßen Fristung des Lebens bis zur Beherrschung der Natur emporsteigen.

Abgesehen von diesen Neugestaltungen wird der Ur-Robinson selbst bis heute immer wieder bearbeitet und aufgelegt. Die zahlreichen Ausgaben unterscheiden sich nicht unwesentlich voneinander. Die berühmteste und wohl auch freizügigste Bearbeitung ist die des Philanthropen Joh. Hch. Campe, der durch Rousseaus Bemerkungen über Robinson im »Emil« angeregt wurde. In seinem »Robinson der Jüngere« (1779) wertet Campe den Bildungs- und Moralgehalt im Sinne der Aufklärung pedantisch aus. Er macht aus dem »Robinson« ein Lehr- und Erziehungsbuch, in dem die Handlung nur noch Ausgangspunkt ist, um in langen Wechselgesprächen Kenntnisse über Menschenarbeit und -tugend zu vermitteln. »Campe segelte mit einer Zeitströmung, und dieser Umstand, in Verbindung mit seinen sonstigen wirklichen Verdiensten, gewannen seiner Bearbeitung einen Erfolg, der unendlich weit über ihr Verdienst hinausging. In weit über hundert Originalauflagen, mehreren Nachdrucken, zahlreichen Umarbeitungen und Übersetzungen in zwanzig Sprachen verbreitet, wurde sie schuld, daß man über ihr das Original fast ganz aus dem Gesicht verlor und den Robinsonstoff vielfach nur in dieser Gestalt kennenlernte«[6].

Spätere Bearbeiter waren von Zillers Bildungsplan inspiriert, nach dem der erziehende Unterricht des zweiten Schuljahres von »Robinson« als Stammlektüre und zentralem Stoffgebiet ausgehen solle[7].

Die starke Abweichung vom Original zugunsten des Pädagogischen wurde bereits in der Aufklärung vereinzelt kritisiert. Erst durch Wolgasts scharfe Polemik gegen das tendenziöse Jugendbuch fand auch der Ur-Robinson wieder eine bessere Würdigung. Die grundsätzliche Frage nach Verantwortung und Freiheit des Bearbeiters mußte sich ja nun gerade an diesem in so vielen Variationen vorhandenen Werk entzünden. Sie wird bis heute immer von neuem gestellt[8]. Die Grundintentionen des Originals müssen erhalten bleiben. Da der Kern des Werkes das Inselleben darstellt, die abenteuerlichen Reiseerlebnisse vor und nach dem Aufenthalt auf dem Eiland bei Defoe selbst nur zweitrangige Bedeutung haben, ist eine Beschneidung dieser Geschehnisse in Jugendausgaben zulässig. Notwendig ist jedoch, daß die Gesinnung des jungen Robinson, ehe er sich einschifft, England verläßt und Schiffbruch erleidet, deutlich zum Ausdruck

---

[6] H. Ullrich: a.a.O., S. 99 f.

[7] Vgl. Otto Willmann: Robinson als Lesestoff des erziehenden Unterrichts. In: Pädagogische Vorträge. Leipzig 1868.

[8] Ulrich Klein: Jugendbuchbearbeitungen, Robinson Crusoe. In: ZS Jugendschriften-Warte 1963/4. – Johannes Langfeldt: Robinsonausgaben und Robinsonbearbeitungen. In: ZS Jugendliteratur 1959/10. – Heinrich Pleticha: Die Bearbeitungen des »Robinson Crusoe« und die Entwicklung des klassischen Abenteuerbuches. In: ZS Jugendliteratur 1960/6.

kommt, denn nur so kann die Charakterentwicklung des Helden in den langen Jahren des Alleinseins verstanden werden.

In diesen Jahren wächst Robinson unter dem Zwang der Verhältnisse zur selbstverantwortlichen, pflichtbewußten, religiösen Persönlichkeit. Das Inseldasein gibt ihm Gelegenheit, über sich selbst, sein bisheriges Leben und über den Menschen in der Welt überhaupt nachzusinnen und führt ihn durch mancherlei Krisen schließlich zur abgeklärten Haltung eines geduldigen und gottvertrauenden Menschen.

Die Natur ist ihm nicht Anlaß sentimentaler und ästhetischer Betrachtung, sondern Objekt des verfügenden und umgestaltenden Zugriffs. Er ist in sie gestellt, um sie sich dienstbar zu machen. Bis ins Detail schildert Defoe die Pionierarbeit des auf sich allein Angewiesenen. »So wird der Robinsonroman stets das hohe Lied der menschlichen Existenz bleiben.« In ihm »wird gezeigt, daß jeder Mensch kraft seiner Vernunft, d. h. kraft seines eigenen Nachdenkens und Überlegens, imstande ist, genau so zu handeln wie Robinson. Auch darin liegt ein ungeheurer, erzieherischer Wert des Buches, das seine Feuerprobe für den Leser naturgemäß dann am besten besteht, wenn dieser sich in Not und Einsamkeit und Gefahr befindet. Der Robinson zeigt und lehrt uns, wie wir die rauhe Wirklichkeit meistern können«[9].

Die Darstellung der Naturbewältigung ist gleichzeitig exemplarisches Abbild der kulturgeschichtlichen Entwicklung der Menschheit. Was Robinson in 28 Jahren unermüdlicher Arbeit vollbringt, das hat die Gattung Mensch auf breiter Ebene in Jahrtausenden vollzogen[10].

Beispiele deutscher Jugendausgaben von Defoes »Robinson«:

Robinson. Hrsg. u. Illustr. A. Zacharias (Wiking/Franckh u. Maier). – Die seltsamen und erstaunlichen Abenteuer des Robinson Crusoe. Hrsg. P. Korn, Illustr. G. Ulrich (Bertelsmann). – Leben und Abenteuer des weltberühmten Engländers Robinson Crusoe. Hrsg. J. S. Viera, Illustr. J. Kamps (Ensslin). – Das Leben und die Abenteuer des Robinson Crusoe. Hrsg. A. K. Stöger, Illustr. A. Grohé (Herder). – Robinson Crusoe. Hrsg. M. Wagner, Illustr. G. Oberländer (Ellermann u. dtv). – Robinson Crusoe. Bearb. K. Recheis, Illustr. H. Schubert (Ueberreuter). – Robinson Crusoe. Hrsg. D. Rahm, Illustr. G. Gossmann (Weiß).

Jugendbücher mit Robinson-Motiv:

M. Marryat: Sigismund Rüstig (Loewes, Union u. Ueberreuter). – A. Th.

---

[9] Gerhard Jacob: Daniel Defoe (1660–1731) und sein »Robinson Crusoe«. In: Werke der Weltliteratur für die Jugend. Reutlingen 1951 (Jahresgabe des Ensslin-Verlages).

[10] Vgl. auch Josef Prestel: Robinson und Abenteuerbuch. In: Handbuch der Erziehungswissenschaft. München 1932; IV. Teil, Bd. 2 – J. Prestel: Robinson. In: Jugend und schönes Schrifttum, Ansbach 1925 – Anneliese Bodensohn: Abenteuer, Meer, Insel, Schiff. Untersuchungen zur Jugendlektüre. Bd. I; Frankfurt a. M. 1960.

Sonnleitner: Die Höhlenkinder (Franckh). – L. Tetzner: Das Schiff ohne Hafen. Die Kinder auf der Insel (Bd. IV u. V von »Die Kinder aus Nr. 67« bei Sauerländer). – Scott O'Dell: Insel der blauen Delphine (Walter). – B. Bradbury: An der Straße der großen Schiffe (Engelbert). – I. Southall: Sieben werden vermißt (Benziger). – J. West: Die Insel der Pinguine (Schweizer Jugend-Verlag).

3. Große Anziehungskraft auf den abenteuerlichen Geist übt seit altersher das Meer aus. Die Gefahren in Wellen und Sturm, die Fahrt in die unbekannte und endlose Weite, männliche Leistung und Kameradschaft, das Wagnis der Erforschung neuer Seewege, der Kampf mit Piraten und Meuterern, das alles sind Stoffe von *Seegeschichten,* die den nach großen Erlebnissen hungernden jungen Menschen faszinieren.

Seegeschichten haben ihre Heimat vor allem in England. Der schon erwähnte Frederik Marryat nahm erheblichen Einfluß auf ihre Entwicklung, und Robert Louis Stevenson schrieb mit seiner »Schatzinsel« eine der erregendsten Piratengeschichten.

Große Kapitäne und berühmte Entdeckungsfahrten wurden zum Thema abenteuerlicher Seefahrtgeschichten. Zu den in der Literatur am meisten wiederkehrenden Seehelden gehört der englische Kapitän James Cook. Seine Reisen über die Weltmeere hat schon Campe für die Jugend bearbeitet. Auch Magellans Weltumsegelung ist in mehreren Abenteuerbüchern geschildert worden. Im Deutschland des ausgehenden 19. Jahrhunderts brachten der Kolonialgedanke und der Aufstieg zur Seemacht der Seefahrtliteratur neue Impulse. Die meisten dieser Erzählungen tragen aber den Stempel einseitiger patriotischer Tendenz.

Zu den Klassikern der großen See-Literatur gehört der Roman »Moby Dick« des Amerikaners Hermann Melville. 1851 geschrieben fand dieses Werk erst nach fast 100 Jahren größere Beachtung in Deutschland. Es ist die Geschichte von Kapitän Ahab, der den weißen Wal Moby Dick vom Atlantik bis in den Pazifik jagt, um Rache an ihm zu nehmen, schließlich im Kampf gegen den Wal untergeht.

Das ist die äußere Handlung des Romans. »Moby Dick« ist aber mehr als nur die abenteuerliche Geschichte von der wahnwitzigen Idee und dem selbstverschuldeten Untergang des Walfängers Ahab. Er ist Dichtung von stark symbolhaftem Charakter. Die Melville-Forschung hat das Werk nach verschiedenen Seiten zu deuten versucht:

»So kann man in Moby Dick den Dämon der See erblicken, der den Menschen vom Land aufs Meer verlockt und in den unendlichen Räumen des Ozeans umkommen läßt. In Ahab mag uns das Inbild des alles wagenden Menschen erscheinen, der sich die Erde untertan machen will. Er ist dem Wahn verfallen, die Kreatur sei um seinetwillen geschaffen. So gesehen, ist die Jagd nach dem weißen Wal ein Gleichnis für die menschliche Hybris. Doch ist es auch möglich, Ahab als den irrenden Sucher aufzufassen, der auf seiner Lebensreise von bösen

Mächten umlauert ist. Im Kampfe mit ihrer Verkörperung, mit dem Inbegriff der Heimtücke Moby Dick, wird er selber zum Berserker, zum blinden Zerstörer. Er glaubt zu hetzen und ist doch selber nur ein Gehetzter, eine arme Seele, die mit Satan paktiert hat und am Ende in die Hölle gerissen wird. Gleichwohl begegnet man ihm auch als dem Einzelnen, der sich vor der Allmacht seines Königsrechts bewußt ist und ihr trotzt, obschon auf den Trotz die Vernichtung folgt. Er ist Luzifer, der Engel, der von Gott abfällt und gegen ihn um den Besitz der Welt kämpft«[11].

Der jüngere Leser wird den Ideenhintergrund noch nicht erfassen. Ziehen wir außerdem den breit angelegten Aufbau mit vielen Einschüben naturwissenschaftlicher und philosophischer Art in Betracht, so wird klar, daß »Moby Dick« kein Jugendbuch ist. Nur in bearbeiteter Form wird es dem Leser zwischen vierzehn und sechzehn Jahren zugänglich. Kürzung und Raffung dürfen jedoch nicht dazu führen, daß nur noch das äußere Handlungsgerippe zurückbleibt und der ursprüngliche Charakter der Dichtung völlig verändert wird. Wenn auch der junge Leser zunächst nur das Außengeschehen wahrnimmt, so soll ihm doch die Möglichkeit nicht versperrt werden, durch wiederholtes Lesen die tiefere Bedeutsamkeit wenigstens ahnungsweise zu erspüren.

Beispiele abenteuerlicher Seegeschichten:

Vom 11./12. Lj. an: R. L. Stevenson: Die Schatzinsel (Loewes, Boje, Maier, Arena, Herder u. a.). – Gerstäcker: Die Dschunke der Piraten (Arena). – P. Gording: Entfesselter Atlantik – verwegene Kapitäne (Jugend und Volk). – F. Hutterer: Die große Fahrt des Richard Hook (Schaffstein). – H. Leip: Die Klabauterflagge (Bitter). – S. O'Dell: Die schwarze Perle (Walter u. dtv). – S. Fleischman: Der Geist in der Mittagssonne (Union). – M. Diekmann: Marijn bei den Freibeutern (Arena). – E. Dillon: Die Irrfahrt der Santa Maria (Herder). – D. Lachmund: Schwarzer Korb am Mast (Arena). – H. Wenzel: Die große Fahrt des Christoph Kolumbus (Boje). – J. London: Joe unter Piraten (Boje).

Vom 13./14. Lj. an: N. v. Michalewsky: MS Josephine ruft Nordwind (Klopp). – J. V. Marshall: Wenn der blaue Wal singt (Universitas). – K. Lütgen: Der große Kapitän (Arena). – K. Lütgen: Kapitäne, Schiffe, Abenteuer (Loewes). – R. Armstrong: Der Untergang der Orion (Benziger). – L. Ugolini: Mit Magellan um die Welt (Styria). – K. Honolka: Magellan (Arena). – H. Melville: Moby Dick (Ensslin, Engelbert, Herder, Ueberreuter) (Jugendausgabe). – H. Baumann: Die Barke der Brüder (Ensslin). – H. Pease: Schiffbruch in der Südsee (Hörnemann). – K. M. Wallenius: Fangboote klar! (Arena).

---

[11] Karl Bahnmüller: Hermann Melville (1819–1891) und sein »Moby Dick«. In: Werke der Weltliteratur für die Jugend. Reutlingen 1951, S. 81 – Vgl. auch A. Bodensohn: a.a.O., S. 131 ff.

4. Abenteuerbücher führen den Leser nicht nur in fremde Welten, sondern auch in ferne Zeiten. So weit sie eine bestimmte geschichtliche Vergangenheit zum Rahmen wählen, spricht man vom *historisch orientierten Abenteuerbuch*.

Die Mehrzahl historischer Erzählungen und Romane ist dem reiferen Leser vorbehalten, in der Hauptschule kommen sie normalerweise erst für die Schüler der Abschlußklassen in Betracht. Das beruht auf formalen und sachlichen Gründen.

Der Autor historischer Erzählungen setzt gewöhnlich einen Leser voraus, der schon über ein reiferes Geschichtsbewußtsein verfügt. Davon kann erst in der Pubertät die Rede sein. So erklärt sich, wie Hermann Bertlein feststellt, daß die Verfasser, »wenn sie Geschichte gestalten wollen, sofort in die Form hineingeraten, die ein Lesealter von dreizehn, vierzehn Jahren an voraussetzt«[12]. Gute Darstellungen, denen es gelingt, auch den Kindern auf der Vorstufe des historischen Bewußtseins gerecht zu werden, sind seltener.

Das geschichtliche Jugendbuch geht oft von Einzelfakten aus, die dem Durchschnittsleser ungeläufig sind, oder bezieht sich auf eine fremdländische Vergangenheit, für die der Geschichtsunterricht keine Einführung bietet. Wenn aber die historischen Gegebenheiten nur Hintergrund und Begleitumstände für einzelmenschliche Erlebnisse bilden, wenn diese Erlebnisse anschaulich erzählt und den Interessen der jeweiligen Altersstufe angenähert sind, können die geschichtlich orientierten Bücher auch den unkundigen Leser fesseln.

Eine Umschau ergibt, daß keineswegs alle Epochen der Geschichte, vor allem nicht unserer vaterländischen Geschichte, gleichmäßig vertreten sind. Die Zeit der Entdeckungen nimmt einen verhältnismäßig breiten Platz ein. Das Thema Entdeckung, Eroberung und Zerstörung mittelamerikanischer Kulturen zieht die Autoren immer wieder an. Nimmt man die zahlreichen Wildwest- und Indianererzählungen als geschichtliche Abenteuerliteratur, dann ist auch die nordamerikanische Vergangenheit ausschnittsweise gut repräsentiert. Vorübergehend rücken geschichtliche Teilaspekte wie die Urzeit der Menschheit oder historische Einzelphänomene wie das Leben und die Herrschaft ostasiatischer Steppenvölker in den Vordergrund. Seit etwa 1950 taucht auch die jüngste Geschichte häufiger im Jugendbuch auf. Einige dieser Erzählungen haben abenteuerlichen Charakter. Im allgemeinen gehören die zeitgeschichtlichen Jugendbücher anderen Gattungen, oft dem erlebnishaften Sachbuch an.

Ein Blick in die historisch orientierte Jugendliteratur zeigt außerdem, daß jene Bücher seltener werden, die eine falsch verstandene patriotische Gesinnung, Kriegsbegeisterung und Intoleranz zur Schau tragen. Heinrich Wolgast hat schon vor der Jahrhundertwende die pseudopatriotische Jugenderzählung tref-

[12] Hermann Bertlein: Über die Problematik des geschichtlichen Jugendbuches. In: Das gestaltete Sachbuch und seine Probleme. Reutlingen 1955 (Jahresgabe des Ensslin Verlages), S. 22.

fend charakterisiert und bloßgestellt[13]. Seine scharfe Kritik vermochte nicht zu verhindern, daß nationalistischer Dünkel sich noch ein halbes Jahrhundert lang im deutschen Jugendschrifttum breit machte und in verlogenen Tönen von »deutscher Kraft und deutscher Tüchtigkeit, deutscher Treue und deutschem Gemüt« kündete. Das moderne Jugendbuch will mit dieser anmaßenden Einseitigkeit und Engstirnigkeit nichts mehr gemein haben, es will »versäumte Lektionen« nachholen. Viele Autoren und Verleger bemühen sich ehrlich um eine friedensliebende, humanitäre und weltbürgerliche Haltung; ein Bemühen, das hin und wieder auch zu recht konstruierten und unglaubwürdigen Ergebnissen führt. Selbst Hans Baumann, dem wir eine Reihe vorzüglicher historischer Jugendromane verdanken, ist dieser Gefahr in seinem Buch »Ich zog mit Hannibal« nicht immer entgangen.

Wenn die geschichtliche Jugendliteratur der Gegenwart nicht mehr wie früher der nationalen Selbstbespiegelung und Selbstüberschätzung dient, dann ist das nicht zuletzt der Tatsache zu verdanken, daß ein beachtlicher Prozentsatz unseres Schrifttums übernommene ausländische Literatur ist. Bamberger bemerkt ganz richtig: »Man begegnet der Gefahr der nationalen Fälschung des Weltbildes unserer Jugend, indem man ihr die Möglichkeit gibt, in übersetzten Jugendbüchern die Geschichte auch mit den Augen anderer Völker zu sehen. So dürfen wir hoffen, daß das nationale Geschichtsbild durch ein europäisches oder ein weltbürgerliches abgelöst oder zumindest ergänzt wird«[14].

Die folgenden Titel sind Beispiele für gute oder wenigstens befriedigende Abenteuerbücher mit historischer Orientierung. Bei manchen läßt sich die Frage, ob sie eher erlebnishaft gestaltete Sachbücher als Abenteuerbücher seien, nicht exakt beantworten.

Vom 10./11. Lj. an: J. O. Harvey: Jenseits der Schattenschlucht (F. Schneider). – P. Weitershagen: Am Morgen der Menschheit (Schaffstein). – H. Hörler: Jugs abenteurliche Reise zum Fluß der Flüsse (Jugend und Volk) u. Forts. – M. Twain: Prinz und Bettelknabe (Hoch).

Vom 12./13. Lj. an: R. Sutcliff: Der Adler der Neunten Legion (Union u. dtv). – R. Sutcliff: Das Stirnmal des Königs (Union). – H. Baumann: Ich zog mit Hannibal (Ensslin u. dtv). – H. Baumann: Dimitri und die falschen Zaren (Ehrenwirth). – F. Habeck: Taten und Abenteuer des Doktor Faustus (Jugend und Volk). – J. Engelhardt: Im Schatten des Staufers (Thienemann). – Grimmelshausen: Der abenteuerliche Simplicissimus (Herder u. Maier) (Jugendausgabe). – A. Haller: Der Page Orteguill (Sauerländer). – J. Reding: Trommler Ricardo (Arena). – B. Bartos-Höppner: Rettet den großen Khan (Thienemann). – C. Holland: Der zweite Pfeil (Thienemann). – I. Bayer: Nacht des Jaguars (Arena). – A. Hochheimer: Nacht im Sonnen-

---

[13] Hch. Wolgast: Elend ... A.a.O., S. 140–168.
[14] R. Bamberger: Jugendlektüre. A.a.O., S. 208.

reich (Auer). – H. Plate: Brennende Dschungel (Hoch). – A. Rutgers: Mensch oder Wolf ...? (Jugend und Volk). – H. Pyle: Die Abenteuer des Robin Hood (Ueberreuter). – W. Scott: Ivanhoe (Hoch) (Jugendausgabe). – N. v. Michalewsky: Allahs verlorene Söhne (E. Schmidt). – J. Procházka: Es lebe die Republik (Bitter). – W. Fährmann: Das Jahr der Wölfe (Arena u. Goldmann).

Vom 14. Lj an: I. Bayer: Ein heißer Wind ging über Babylon (Arena). – I. Bayer: Der Teufelskreis (Arena). – J. Engelhardt: Ein Schiff nach Grönland (Bertelsmann). – S.O'Dell: Vor dem Richter des Königs (Walter u. Benziger). – H. Baumann: Der Sohn des Columbus (Ensslin). – H. Baumann: Steppensöhne (Ensslin u. dtv). – B. Bartos-Höppner: Kosaken gegen Kutschum Khan (Thienemann). – C. Wethekam: Tignasse, Kind der Revolution (Thienemann). – H. Bester: Kein Trommelschlag hat sie begrüßt (Union). – F. Bahl: Schwarze Vögel (Arena). – K. Held: Guiseppe und Maria, 4 Bde. (Sauerländer).

Abenteuererzählungen nach Sagenmotiven: L. Alexander: Taran und der Zauberkessel (Arena, ab 10. Lj.) u. Forts. – O. Preußler: Die Abenteuer des starken Wanja (Arena, ab 10. Lj.). – O. Preußler: Krabat (Arena, ab 12. Lj.). – K. Lütgen: Suzumé, der Sohn der Samurai (Arena, ab 11. Lj.). – E. M. Almedingen: Die Ritter von Kiew (Sauerländer, ab 12. Lj.). – A. Lindgren: Mio, mein Mio (Oetinger, ab 10. Lj.).

5. Völkerkundlich-geographisch und zugleich historisch orientiert sind die zahlreichen *Indianerbücher*. Nordamerika in der Pionierzeit, Leben und Kampf der Indiander und Ansiedler, der Wilde Westen sind seit rund hundert Jahren beliebtester Stoff der Abenteuerlektüre.

Man fragt sich, welche Gründe dazu geführt haben, daß gerade Volk und Land der Indianer und dieser Ausschnitt der nordamerikanischen Geschichte eine so überragende Stellung im Abenteuerschrifttum der Jugend einnehmen[15]. Der Aufschwung der Indianerliteratur und der Geschichten aus dem Wilden Westen im 19. Jahrhundert ist wohl zunächst auf die große Zahl der Auswanderer zurückzuführen, die damals Europa verlassen haben, um jenseits des Ozeans ihr Glück zu versuchen. Durch sie wurde das Interesse an der neuen Welt besonders angeregt. Ganze Generationen von Ansiedlern standen dort urtümlichen Verhältnissen gegenüber und mußten sich in außergewöhnlichen Situationen kämpferisch bewähren. Vor allem bewegen jene Berichte und Erzählungen, die von der Auseinandersetzung mit den Ureinwohnern Nordamerikas handeln. Der Charakter des indianischen Volkes wird mit unterschiedlichen Farben gezeichnet. Ob der rote Krieger als grausamer und tückischer Gegner oder als edler und unverdorbener Naturmensch geschildert wird, in jedem Falle fesselt er die Aufmerksamkeit der Leser. Der junge Mensch fühlt sich zu diesem Volk

---

[15] Vgl. Walter Scherf: Zur Geografie des Abenteuers. In: ZS Jugendliteratur 1957/8.

hingezogen, das aus seinem Lebensraum verdrängt und schließlich auf tragische Weise nahezu ausgerottet wurde. So finden besonders die Trapper und Jäger seine volle Zustimmung, die als Freunde oder als edle Gegenspieler des indianischen Menschen in der Literatur auftreten und nicht die Ansicht der meisten Grenzläufer der Pionierzeit vertreten, der beste Indianer sei der tote Indianer.

Diese Gründe würden aber allein noch nicht den Siegeszug der Indianerliteratur erklären. Ein großer Schriftsteller hat durch sein Werk dem Indianerroman einen festen Platz in der Literatur gesichert. Es ist James Fenimore Cooper (1789–1851). Von seinen 32 Romanen sind seine Lederstrumpf-Erzählungen zur unvergänglichen Abenteuerliteratur geworden. Sie gelten bis heute als klassisches Schrifttum über die Indianer und das Grenzerleben im Wilden Westen. Sie umfassen folgende fünf Bände:

Die Ansiedler an den Quellen des Susquehanna; Der letzte Mohikaner; Die Prärie; Der Pfadfinder; Der Wildtöter.

Verbindende Hauptgestalt der Romane ist Lederstrumpf, auch Wildtöter, Falkenauge oder Pfadfinder genannt. Mit ihm errichtete Cooper den vielen Pionieren und Waldläufern, die auf sich allein gestellt die Wildnis durchstreiften, ein idealisiertes Denkmal. Die indianischen Bundesgenossen und Freunde schildert er als edle und aufrecht handelnde Menschen, ohne dabei ihre Schwächen und Fehler zu verkennen. Cooper sucht im roten Mann die Ursprünglichkeit und Unverdorbenheit des natürlichen »Wilden«. Mit Wehmut schaut er auf die rote Rasse, die der überlegenen, aber nicht besseren weißen weichen muß. In der Gestalt des Unkas, des letzten Mohikaners, schildert er die Tragik ihres Verfalls und Untergangs.

In zahlreichen Ausgaben stehen Coopers Bücher heute der Jugend zur Verfügung, z. B.:

Der Lederstrumpf (alle 5 Erzählungen). Illustr. M. Slevogt (Ellermann). – Lederstrumpf-Erzählungen. Bearb. L. Weitbrecht, Illustr. K. F. Brust (Thienemann). – Die Lederstrumpf-Erzählungen. Hrsg. G. v. de Vring, Illustr. K. Wendlandt (Droemer). – Lederstrumpf-Erzählungen. Bearb. L. Hahn, Illust. E. Hölle (Boje).

Cooper ist Vorbild für viele Indianerschriftsteller geworden. Besonders deutlich ist die Nachfolgeschaft bei Karl May. Auch er stellt die Freundschaft zwischen einem großen Häuptling und einem ebenbürtigen weißen Trapper in den Mittelpunkt der Handlung; auch er überhöht diese Gestalten. Während aber Cooper seine Helden in angemessener Berücksichtigung der äußeren und psychologischen Möglichkeiten beschreibt und handeln läßt, versteigt sich Karl May in ein unwirkliches und unwahrhaftiges Superheldentum. Er ist Meister der Übertreibung und Überspitzung. Coopers Erzählweise zeichnet sich aus durch den Wechsel von Bewegung und Ruhe der Handlung, durch eindrucksvolle Bilder, die Atmosphäre schaffen, durch die Zeichnung von Menschentypen, die den Anspruch erheben können, innerlich echt zu sein, durch

Naturschilderungen von dichterischer Kraft. All das ist bei Karl May nur viel seltener zu finden. Wenn bei ihm der Handlungsbogen den Kulminationspunkt überschritten hat, beginnt er langweilig zu werden. Er vermag die Wellentäler zwischen den Höhepunkten nicht mit kraftvollen Schilderungen oder überzeugenden Beschreibungen auszufüllen; typisch dafür sind seine papierenen Landschafts- und Menschenschilderungen, künstlich eingeschobene Zwischenstücke, die sich dem Ganzen nicht organisch einfügen (vom Leser deshalb auch für überflüssig gehalten und überblättert werden).

Goethe hat im hohen Alter einige Bücher Coopers gelesen, er urteilt darüber: »Ich bewundere den reichen Stoff und dessen geistreiche Behandlung; nicht leicht sind Werke mit so großem Bewußtsein und solcher Konsequenz durchgeführt wie die Cooperschen Romane.« Konsequenz: das ist die stilistische Einheit, die Geschlossenheit und Abgewogenheit des Aufbaus, die Folgerichtigkeit der Handlung im Einklang mit dem Wesen der Charaktere und den realen Gegebenheiten[16].

Die Tecumseh-Reihe von Fritz Steuben mit ihren acht Bänden von »Schneller Fuß und Pfeilmädchen« bis »Tecumsehs Tod« verbindet das Abenteuerliche mit historisch und völkerkundlich fundierter Darstellung. Der Shawanohäuptling Tecumseh und sein großer Gegenspieler Daniel Boon spiegeln als Vertreter der verfeindeten Parteien Rot und Weiß die Tragik des Kampfes um Nordamerika. Steuben begnügt sich nicht mit der Darstellung der kriegerischen Auseinandersetzung, betrachtet die Vorgänge auch nicht einseitig vom Standpunkt einer Partei, sondern zeichnet die menschlichen Qualitäten und Konflikte beider Seiten. Durch die enge Anlehnung an die historische Wirklichkeit nimmt sein Werk eine Mittelstellung ein zwischen dem abenteuerlichen und sachlich betonten Indianerbuch.

Umstritten ist die Berechtigung von Indianergeschichten für den Leser unter zehn Jahren. Das Thema »Indianer« nimmt in der Vorpubertät bei vielen eine

---

[16] Literatur zu Cooper und Karl May:
P. Aley: J. F. Coopers »Lederstrumpf« in Jugendausgaben. In: K. Doderer (Hrsg.): Klassische Kinder- und Jugendbücher. Weinheim 1969 – K. Bahnmüller: James Fenimore Cooper (1789–1851) und sein »Lederstrumpf«. In: Werke der Weltliteratur für die Jugend. A.a.O. – R. Bamberger: Jugendlektüre. A.a.O., S. 132 ff. – A. Bodensohn: Im Zeichen des Manitu. Frankfurt a. M. 1963 – V. Böhm: Karl May und die Gründe seines Erfolges. Wien 1949 – O. Forst-Battaglia: Karl May. Wien 1931 – K. Langosch: Dürfen wir der Jugend noch Karl-May-Bücher in die Hand geben? In: ZS Das gute Jugendbuch, 1960/2. – R. Pasewald: Die Problematik der »Lederstrumpf«-Bearbeitungen in den westdeutschen Ausgaben. In: Studien zur Jugendliteratur 1959/5. – H. Plischke: Von Cooper bis Karl May. Düsseldorf 1951 – H. Plischke: Winnetou. In: ZS Jugendliteratur 1961/10. – M. Schloter: Karl May, Für und Wider. In: ZS Das gute Jugendbuch 1964/3. u. 4., 1965/1. – A. Schmidt: Sitara und der Weg dorthin. Eine Studie über Wesen, Werk und Wirkung Karl Mays. Karlsruhe 1963.

so zentrale, oft jede andere Literatur verdrängende Stellung ein, daß es literarpädagogisch ungünstig ist, das Interesse schon vorher auf diesen Themenkreis zu lenken. Es besteht die Gefahr, die von der Indianerlektüre bestimmte Lesephase über Gebühr auszuweiten und andere Kinderbucharten zu verdrängen. Es ist ratsam, mit dem Indianerbuch zu warten, bis die realistische Lesephase (Umweltalter) durchlaufen ist. Es liegen allerdings einige Indianererzählungen für Acht- und Neunjährige vor, die so ansprechend sind, daß man sie trotz des grundsätzlichen Einwandes gerne gelten lassen wird. Was hier aus der indianischen Welt berichtet wird, ist auch dem umweltbefangenen Leser schon zugänglich, weil Kindererlebnisse und -probleme im Mittelpunkt stehen. Es handelt sich im Grunde um Umweltgeschichten.

Einige Beispiele aus dem Indianerschrifttum:

Umweltalter:

K. Recheis: Sinopah und das Pony (Maier). – U. Wölfel: Fliegender Stern (Hoch u. Maier). – G. Drabsch: Die Indianergeschichte (Wiking u. Maier). – G. Ruck-Pauquèt: Wolfsnase (Bertelsmann). – G. Ruck-Pauquèt: Wa-ta-wah (Bertelsmann).

Vom 10./11. Lj an:

J. F. Cooper: Lederstrumpfgeschichten (Ellermann, Thienemann u. a.). – F. Steuben: Tecumseh – Strahlender Stern (Franckh u. in Einzelbänden bei Maier). – A. Müller-Tannewitz: Tochter der Prärie (Arena). – Sat-Okh: Das Land der Salzfelsen (Bitter u. Maier). – K. Recheis: Kleiner Adler und Silberstern (Herder). – K. Recheis: Die Hunde Wakondas (Oetinger). – A. Jürgen: Blauvogel, Wahlsohn der Irokesen (Frankch u. Maier). – L. Forster: Sturmwolke (Schneider u. Maier). – R. Guillot: Red Kid aus Arizona (Blanvalet). – E. Arnold: Der zerbrochene Pfeil (Boje). – F. Gerstäcker: Rote und weiße Jäger (Arena). – P. Duna: Der schwarze Mustang (Boje).

Vom 12./13. Lj. an:

A. Müller-Tannewitz: Kleine Sonne Schonela (Thienemann). – L. Welskopf-Henrich: Der Weg in die Verbannung (Union). – L. Welskopf-Henrich: Die Söhne der großen Bärin. 6 Bde. (Union) u. Forts. – Z. Ball: Joe Panther (Sauerländer) u. Forts. – R. G. Toepfer: Das brennende Blockhaus (Walter). – J. Schaefer: Der Felsenkönig (Boje u. Maier). – F. Strauß: Der rote Logan (Arena). – H. Keith: Von Komantschen gefangen (Ueberreuter).

Sachbetonte Indianerliteratur:

J. Misch: Der letzte Kriegspfad (Union, ab 12. Lj.). – O. La Farge: Die Welt der Indianer (Maier, ab 13. Lj.). – O. La Farge: Die große Jagd (Walter u. Fischer, ab 13. Lj.). – C. Appell: Die Indianer (Gorber, ab 13. Lj.). – H. Künnemann: Wigwams, Büffel, Indianer (Arena, ab 14. Lj.).

6. In vielen Abenteuerbüchern spielen *Tiere* eine entscheidende Rolle; aber

auch das Tierbuch selbst kann zum Abenteuerbuch werden. Das trifft zu, wenn ihm ein Handlungsablauf von gesteigerter Dynamik zugrundeliegt und es nach Wahl der Stoffe und Darstellungsmittel der Lust am Außergewöhnlichen entgegenkommt.

In zahlreichen Geschichten wird das Tier zum Handlungsträger und zum Helden. Es muß sich mit seinesgleichen, mit Natur oder Mensch kämpferisch auseinandersetzen. Andere Schilderungen verlegen den Schwerpunkt der Betrachtung auf den Menschen, der in der Begegnung mit dem Raubtier oder als Jäger gezeigt wird. Abenteuerlichen Charakter können auch die Erzählungen haben, in denen das Tier als treuer und mutiger Helfer des Menschen auftritt und durch sein Verhalten den Verlauf des Geschehens wesentlich beeinflußt.

Ernest Thompson-Seton will das bewegte und heldenhafte Dasein von Tieren darstellen. Er sagt selbst dazu: »Diese Erzählungen sind wahr – obwohl ich die geschichtliche Wahrheit an manchen Stellen umgangen habe: die Tiere in diesem Buch haben alle wirklich gelebt. Ihr Leben floß dahin, wie ich es geschildert habe, und sie bewiesen Persönlichkeit und Heldengröße weit nachdrücklicher als meine schwache Feder wiederzugeben imstande war«[17].

Zu den berühmtesten Hundegeschichten gehört Jack Londons »Wenn die Natur ruft«. Im Schlittenhund Buck siegt, ebenso wie im halbzahmen Wolf bei Durians »Robber«, schließlich die Stimme des Blutes über die Treue zum Menschen.

Einer der größten Tierdichter ist der Däne Svend Fleuron. Aus seinen dreißig Tierbüchern spricht packend die wahre Seele des Tieres, sie sind von hoher Erlebniskraft und nicht selten voll abenteuerlicher Spannung. Für ein erstes Kennenlernen dieses Autors eignen sich die Fuchsgeschichten »Reineke« und »Die rote Koppel«.

Weltliteratur sind Rudyard Kiplings »Dschungelbücher«. Die berühmteste Erzählung des aus verschiedenen Stücken zusammengesetzten Werkes handelt vom Mogli, dem Urwaldmenschen. Wenn sie auch nicht als realistisch im eigentlichen Sinne bezeichnet werden kann, erfüllt sie doch durch ihren fesselnden Handlungsverlauf und die fremdartigen Gegebenheiten die abenteuerlichen Erwartungen des Lesers. Die künstlerisch hochstehende Erzählung mit ihrem originalen Gehalt ist heute weitgehend durch primitive Tarzangeschichten in den Hintergrund gedrängt worden. Die Geschichte vom tapferen Mungo Rikki Tikki Tavi entstammt ebenfalls den »Dschungelbüchern«.

Beispiele abenteuerlicher Erzählungen mit Tieren:

Vom 11./12. Lj. an:

E. C. Foster/S. Williams: Der Freund des Wolfes (Schwaben). – R. F. Leslie: Meine Bären und ich (Brockhaus u. dtv). – M. de Jong: Das Pferd, das im Sturm kam (Boje). – N. Carlson: Boskos weite Wanderung (Klopp

---

[17] Nachwort an den Leser. In: Bingo und andere Tiergeschichten (Franckh).

u. dtv). – H. Griffiths: Leon, die Geschichte eines Hundes (Ueberreuter). – A. Catherall: Jagd auf den König der Elche (Schaffstein). – L. Dietz: Das Jahr der großen Katze (Klopp). – H. Platz: Furcht vor tödlichen Pranken (Engelbert). – H. J. Vermaas: Schwarze Antilope (Ensslin). – W. Durian: Robber (Trio). – R. Guillot: Grischka und sein Bär (Blanvalet). – F. Gipson: Sein Freund Jello (Bertelsmann u. Maier). – A. J. Dawson: Jan, der schlaue Schlittenhund (Walter). – S. Fleuron: Reineke Rau (Arena). – R. Kipling: Die Dschungelbücher (Dressler u. a.). – G. Siebeneicher: Die Welt der Tiere (Südwest).

Vom 13/14 Lj an:

E. Thompson-Seton: Tierhelden (Franckh). – E. Thompson-Seton: Bingo u. andere Tierhelden (Franckh). – E. Thompson-Seton: Die schönsten Tiergeschichten (Franckh). – J. London: Wenn die Natur ruft (Universitas). – J. London: Der Ruf der Wildnis (Maier). – J. London: Wolfsblut (List). – K. Lütgen: Vorwärts Balto! (Arena). – K. Robertson: Das Tal der wilden Hunde (Union u. dtv). – N. Kalashnikoff: Faß zu, Toyon! Bertelsmann u. Arena). – J. Chipperfield: Der Mustang der wilden Berge (Ueberreuter). – H. Griffiths: Gefährtin des Windes (Ueberreuter u. Arena). – S. Fleuron: Die rote Koppel (Diederichs). – H. Wendt: Die schönsten Tiergeschichten (Ueberreuter). – D. P. Mannix: Geschichte einer Feindschaft (Hoffmann & Campe).

Der Vorliebe einer breiten Leserschaft für Tierliteratur kommt das Kinder- und Jugendschrifttum auf allen Altersstufen durch ein vielfältiges Angebot entgegen. Die abenteuerliche Tiergeschichte ist nur eine der vielen Formen. Sie ist für den Leser in der »sensationsgesteuerten Phase« ein Literaturzweig, der sich auf Grund des dynamischen und an außerordentlichen Ereignissen reichen Geschehens mühelos als Bestandteil seiner Lieblingslektüre einreihen läßt.

Wir sollten aber nicht übersehen, daß die abenteuerliche Tiergeschichte gleichzeitig zur Überwindung einer bloß auf Abenteuerlust beruhenden Leseneigung beitragen kann. Durch ihren spezifischen Stoff lenkt sie das Interesse auf ein Feld, in dem nicht nur menschliche Sensationen und Heldentaten maßgeblich sind. Durch den glücklichen Umstand, daß das Tierschrifttum eine Reihe ausgezeichneter Werke hervorgebracht hat, die schon dem Heranwachsenden zugänglich sind (es fehlt allerdings auch nicht an vielen schwachen und literarisch bedeutungslosen Produktionen), öffnet sich ein Zugang zur Erwachsenenliteratur. Man sollte nicht versäumen, neben den abenteuerlichen Tierbüchern auch mit anderen Formen dichterischer Tiergestaltung bekannt zu machen, namentlich mit Beispielen der Novellendichtung und der Kurzgeschichte. Der Literaturunterricht wird von der vorwiegend auf äußere Spannung bedachten Tiererzählung zu besinnlicherer Lektüre überleiten, so etwa zu den älteren Dichtungen einer Marie v. Ebner-Eschenbach (»Krambambuli«, »Die Spitzin«), eines Wilhelm Heinrich Riehl (»Der stumme Ratsherr«), eines Hermann Löns (»Mümmelmann«, »Isegrims Irrgang«), aber auch zu modernen Meistererzählern wie Luise Rinser (»Die rote Katze«), Heinrich Böll (»Unberechenbare Gäste«), Hans Bender (»Ein Bär wächst zum Dach«, »Die Wölfe kommen zurück«).

7. *Utopien* schildern Zustände und Ereignisse, die der Zukunft angehören, an keinem Ort (u topos) Wirklichkeit sind und daher nur in gedanklicher Konstruktion entwickelt werden können.

Die großen utopischen Romane der Literaturgeschichte befassen sich mit dem politischen, sozialen und wirtschaftlichen Leben der Zukunft und entwerfen, meist mit erzieherischer Absicht, entweder ein ideales Wunschbild von Staat und Gesellschaft oder ein ins Extrem übersteigertes Zerrbild, in dem die ungesunden Zeiterscheinungen zur vollen Auswirkung kommen. Utopien tauchen besonders in den Umbruchs- und Krisenzeiten der Geschichte auf, so Platos »Politeia« in der griechischen Neuzeit, die »Utopia« von Thomas Morus (1516) an der Wende vom Mittelalter zur Neuzeit.

Moderne Zukunftsvisionen betonen die technisch-naturwissenschaftliche Seite. Übereinstimmend wird eine perfektionierte Entfaltung angenommen und die Gesellschaft entweder als glückliche Beherrscherin der Technik geschildert oder – dem modernen Kulturpessimismus entsprechend – als unterworfene entpersönlichte Masse, die einem mit höchster Machtvollkommenheit ausgerüsteten Staatsapparat ausgeliefert ist. Utopien der modernen Literatur sind Ernst Jüngers »Gläserne Bienen« und »Heliopolis«, George Orwells »1984«, Alfred Döblins »Berge, Meere und Giganten«, Aldous Huxleys »Schöne neue Welt«.

Die Zukunftsromane der Unterhaltungsliteratur verzichten in der Regel auf anspruchsvolle kulturelle und gesellschaftliche Anspielungen. Ihr Schwerpunkt liegt in der mit Handlung reich durchflossenen Schilderung künftiger Lebensverhältnisse unter dem Aspekt der technischen Vorwärtsentwicklung. Als Vater der neueren utopischen Unterhaltungsliteratur gilt der Franzose Jules Verne (1828–1905). Er nimmt in seinen Erzählungen zahlreiche technische Errungenschaften, besonders verkehrstechnischer Art, vorweg. Die »Reise von der Erde zum Mond« gehört zu den ersten realistisch-abenteuerlichen Darstellungen der Raumfahrt. Damit findet ein Thema, das bisher nur in märchenhaft-romantischer Weise behandelt wurde, Eingang in die realistische Erzählliteratur.

Heute nehmen im utopischen Unterhaltungsschrifttum (Science Fiction) Kosmos und Weltraumfahrt den ersten Platz ein. Das ist nicht verwunderlich zu einer Zeit, in der die Menschheit mit Raketen und Raumschiffen in den Weltraum eindringt, und die spektakulären Erfolge der Astronautik die Phantasie der breiten Schichten wachgerufen haben. Technische Spekulationen fallen auf fruchtbaren Boden und verbinden sich mit dem alten Menschheitstraum, die Geheimnisse des Alls zu erkunden, ferne Planeten aufzusuchen und in Besitz zu nehmen. Sie verbinden sich aber auch mit dem Wunsch des Menschen, seine eigenen Möglichkeiten auszuweiten und nicht nur die Grenzen des äußeren Raumes und der Zeit, sondern auch die der innermenschlichen Natur zu durchstoßen, biologische und psychische Abhängigkeiten abzuwerfen und so durch neue Fähigkeiten den Aktionsradius menschlichen Handelns entscheidend zu vergrößern. Die Science Fiction greift solche technischen und psychologischen Spekulationen auf, macht sie zum ernsten Gegenstand literarischer Gestaltung und läßt sie als Realität erleben.

Das Interesse des jugendlichen Lesers an der SF-Thematik ist groß. Die naturwissenschaftlich-technischen Details, das eigentliche Element der Science Fiction, überfordern aber in der Regel seine Auffassungskraft. Sie allein wären nicht in der Lage, sein ursprüngliches Interesse an fiktiven Zukunfstdarstellungen wachzuhalten. Mehr noch als die technische Utopie ziehen ihn die außergewöhnlichen Geschehnisse, die unerhörten Ereignisse, die sich im Rahmen der erdachten technischen Möglichkeiten abspielen, in den Bann. Die utopische Erzählung ist für ihn eine andere Art der Abenteuergeschichte.

Das verleitet nicht wenige Autoren von Zukunftsgeschichten dazu, auf eine verständliche Darstellung der technischen Zusammenhänge zu verzichten und erst gar nicht den Versuch zu unternehmen, die erdachten Fakten als Zukunft der gegenwärtigen Wirklichkeit plausibel zu machen. Eine sachliche Problematik existiert kaum noch; worauf es ihnen ausschließlich anzukommen scheint, ist eine mit sensationellen Geschehnissen und Spannungseffekten versehene äußere Handlung.

Dieses bedingungslose Spekulieren mit der Gunst des Lesers ist vor allem ein Kennzeichen der *Science Fiction-Comics*. In den fünfziger Jahren hat der deutsche Comic-Markt das utopische Abenteuer für sich entdeckt. Robert Schilling machte auf das erhebliche Ansteigen der SF-Comics bei gleichzeitigem Rückgang der damals durch die Prüfzensur stark behinderten Bildstreifen-Krimis aufmerksam. Seine Befürchtung, »daß sich ... die ausgesprochen minderwertigen Schreiber aus dem Kriminalsektor auf dieses neue, vermeintlich erfolgversprechende Gebiet werfen werden«[18], hat sich bewahrheitet. Sie beherrschen heute eindeutig das Feld der utopischen Kinder- und Jugendliteratur. Superman, Batman, Phantom sind die Helden der kindlichen Utopien und Geheimwelten. Im tatsächlichen oder vermeintlichen Wandel der Comics sind diese Streifen nach Form und Inhalt die minderwertigen Abenteuer-Comics der Nachkriegszeit geblieben. Ihre Absicht ist nach wie vor, auf billigste Weise und ohne Berücksichtigung sachgerechter oder gestalterischer Maßstäbe die Sensationslust der Leser zu befriedigen. Sie unterscheiden sich von den geringer gewordenen Verbrecher- und Kriminal-Comics nur dadurch, »daß die Gewaltverherrlichung und die Betätigung des Faustrechts und der Brutalität in den interplanetarischen oder interstellaren Raum verlegt und mit Zukunftsvernichtungsmitteln unternommen werden«[19]. Die Handschrift der Produzenten ist die gleiche

---

[18] Robert Schilling: Literarischer Jugendschutz. Berlin/Neuwied 1959, S. 83.
[19] R. Schilling: a.a.O., S. 82 f.

geblieben, nur die Kulissen wurden gewechselt. »Sie verlegten ihren bisherigen Verbrecherschmonzes einfach in den Weltraum und statteten ihre Helden statt mit Colts mit Strahl-Pistolen aus.«[20] Unverändert blieben auch Stupidität und Oberflächlichkeit der Handlung.

Vor mir liegt ein Band der Comic-Serie »Nick der Weltraumfahrer« (W. Lehning). Bild und Text sind nicht in der Lage, eine klare Vorstellung von den Phantastereien zu geben, die hier unter dem Titel »Wettlauf mit Maschinen« zu Druck gebracht worden sind. Großspurig wird von »seltsamen Phänomenen«, »Dimensionsfeldern«, »seltsamen elektrischen Erscheinungen«, »Energieschutzschirmen«, »Tentakeln«, von einem »Energiedom«, einer »Teleportations-Anlage« gesprochen. Dem Leser wird keine Möglichkeit geboten, sich von diesen Begriffen mehr als eine vage und verwobene Vorstellung zu machen.

Im übrigen sind die »seltsamen Phänomene« ja nur Kulisse, vor denen sich ein ganz primitives Handlungsfragment abspielt. In einem von unbekannten Feinden ferngesteuerten Raumschiff zerstört der Superheld Nick »blitzartig« eine Fernsehkamera, dann eine zweite »automatisch montierte« Kamera; er versetzt »mit aller Kraft« dem angreifenden Roboter einen Fußtritt und erwehrt sich – natürlich erfolgreich – metallener Fänge, die ihn aus der Wand des Raumschiffes zu umklammern versuchen; eine Zange will seinen Plastikhelm zerbrechen, aber »Nick reißt seinen Arm hoch und lenkt das gefährliche Werkzeug ab«; mit seiner Strahlenpistole vernichtet er schließlich den Roboter und den Mechanismus, der die metallenen Arme lenkt. Dann stößt er sich ab und »schnellt in der Schwerelosigkeit wie ein Geschoß durch das Feld«, robbt zu seinen Freunden zurück und erklärt ihnen im Comic-Kauderwelsch, was geschehen ist und was weiter getan werden muß. Professor Raskin wird davon überzeugt, daß nur noch eine »Teleportations-Anlage« die bedrohte Menschheit vor der Invasion der fremden Macht retten kann. »Laßt euch den nächsten Nick-Großband auf keinen Fall entgehen!«

Auf dem *Jugendbuchsektor* spielt die utopische Erzählung die Rolle eines Außenseiters[21]. Sie wird es wohl auch weiterhin schwer haben, ihre Position zu verbessern. Die geringe Zahl einschlägiger Titel geht vor allem darauf zurück, daß gerade diese Gattung vom Autor Voraussetzungen verlangt, die selten erfüllt sind: eingehende Spezialkenntnisse, wissenschaftliche Phantasie und erzählerische Begabung. Immerhin finden sich bei mehreren Jugendbuchverlagen Einzel- oder Reihenausgaben von utopischen Abenteuerbüchern. Gelegentlich tauchen auch in Jugendbuchverzeichnissen Titel aus der Erwachsenenliteratur auf,

---

[20] Helmut Lamprecht: Teenager und Manager. München 1965 (2. Aufl.), S. 77.

[21] Es gibt eine Reihe guter s a c h l i c h e r Darstellungen über Raketenforschung und Raumfahrt für die Jugend. Sie verzichten auf erzählerisch-abenteuerliche Ausgestaltung, sind keine Utopien, sondern bleiben auf dem Boden der Gegebenheiten. Sie gehören in den Bereich des Sachbuches.

die für junge Leser geeignet sind. Die Erzählungen sind überwiegend in einem flüssigen Journalistenstil geschrieben, was ihnen als spannende Unterhaltungslektüre zugute kommt. Bücher von gehobener literarischer Qualität – wie das 1970 erschienene »Die Erde ist nah« von L. Pešek – sind selten. Inhaltlich gesehen handelt es sich fast ausschließlich um Weltraumbücher. Grob gegliedert lassen sich drei Themenkreise unterscheiden: das technische Unternehmen der Weltraumfahrt und der Weltraumerkundung; die Begegnung mit fremden Existenzen des Kosmos; der Weltraum als Schauplatz kämpferischer Auseinandersetzung.

Eine Gruppe von Büchern macht sich zur Aufgabe, die Weltraumfahrt selbst als außerordentliche technische und menschliche Leistung erzählerisch zu gestalten. Die literarische Fiktion bemüht sich um wissenschaftliche Genauigkeit; das heißt, sie setzt mit ihrer Phantasie beim gegenwärtigen Stand der Forschung ein und versucht, die vermutliche Weiterentwicklung in der nächsten Zukunft darzustellen. Ein hervorragendes Buch dieser Art ist das schon erwähnte Werk von L. Pešek »Die Erde ist nah«. Es schildert den Verlauf einer Marsexpedition. Andere Bücher stecken sich räumlich und damit auch wissenschaftlich weitere Ziele. Ihre Raumschiffe steuern zur Venus (A. Robé: SOS von der Venus), zum sagenhaften Friedensstern Hesikos (A. M. Vicar: Der verlorene Planet) oder mit Hilfe der utopischen Lichtrakete zu Planeten ferner Sonnensysteme. Im Ausmalen der technischen Möglichkeiten zeigt sich die schöpferische Phantasie, aber auch der realistische Sinn des Erzählers. Es ist sein gutes Recht als Erfinder von Utopien, daß er in visionärer Freiheit die Zukunft vorwegnimmt. Dennoch sollte er bestimmte Realvoraussetzungen, die mit Sicherheit auch für die Zukunft gelten werden, nicht ignorieren. Gelegentlich wird in Erzählungen der Eindruck erweckt, als handle es sich bei der Vorbereitung einer Weltraumexpedition um eine nicht allzu komplizierte Sache: etwa dann, wenn ein paar Wissenschaftler mit einer Handvoll Monteuren – oft in aller Stille und unbemerkt – ein Raumschiff bauen, oder wenn gar wissenschaftliche Laien sich an Werk machen[22]. Auch Utopien dürfen nicht darüber hinwegtäuschen, daß ohne Mitwirken zahlreicher Kräfte, ohne große Produktionsstätten und ohne eine vielmaschige Organisation ein Werk dieses Ausmaßes nicht zustandekommen kann. Auch weiß heute alle Welt, daß nur sorgfältig ausgewählte und jahrelang vorgeschulte Personen imstande sind, die Schwierigkeiten eines Raumfluges zu meistern. Die Fiktion wird unglaubwürdig, wenn Jugendliche oder Journalisten ohne Vorbereitung und von heute auf morgen in die Astro-

[22] Im Umschlagtext eines Buches heißt es: »Der 16-jährige Jerry Grant ... muß sofort versuchen, ein neues Raumschiff startklar zu bekommen, um seinen Onkel, den berühmten Forscher Dr. McKinnon, und ein ebenfalls verunglücktes Rettungsschiff abzuholen. Zusammen mit der Sekretärin Janet bringt er die zweite Expedition zustande.«

nauten-Crew aufgenommen werden oder – was selbst noch in einem 1972 erschienenen Buch zu lesen ist – sich als blinde Passagiere an Bord schleichen.

Kaum eine Erzählung mit dem Thema Raumfahrt verzichtet darauf, die Landung auf einem fremden Planeten einzubeziehen. Damit setzt jeweils, nach Abschluß des gefahrvollen Anflugs, ein neues an Abenteuern und Erlebnissen reiches Kapitel ein. Der Phantasie des Autors öffnet sich ein weites Feld. Die Forscher müssen extreme klimatische und schwierige geologische Verhältnisse überwinden, sie treffen auf seltsame Erscheinungen und geheimnisvolle, bedrohliche Kräfte, die es zu enträtseln gilt, oder sie begegnen fremden Existenzen. Der Leser erwartet, daß die faszinierende Frage nach einem Leben im All aufgegriffen wird. Wird sie vom Erzähler bejaht, ergeben sich für ihn viele Möglichkeiten spannender und effektvoller Schilderungen. M. Crichton läßt in »Andromeda« die Besatzung einer Raumsonde, die außerirdisches Leben einfangen soll, zum Übertrager eines todbringenden Erregers werden. E. Dolezal nimmt in »Von Göttern entführt« auf dem Planeten einer fernen Sonne eine menschliche Kultur an. Die Träger dieser Kultur sind vor 50 000 Jahren von Astriten einer fremden Welt, die auf der Erde gelandet sind, entführt worden. In anderen Erzählungen treffen die Forscher auf Lebewesen und Kulturen, die sich völlig unabhängig von der Erde entwickelt haben. Die Maßstäbe, die uns geläufig sind, haben für die Beschreibung der fremden Existenzen nur bedingt Gültigkeit, dennoch muß sich aber die Fiktion – will sie realistische Fiktion bleiben und nicht zum abstrusen Hirngespinst ausarten – auf der Grundlage des nach menschlichem Ermessen noch Denkbaren und des im Rahmen der Naturgesetze noch Möglichen bewegen. Durchaus denkbar ist, daß vermutliche Kulturen auf fremden Sternen in mancher Hinsicht der unseren weit voraus sind. Die Weltraumgeschichten malen die fortschrittliche Entwicklung in Einzelheiten aus. Ihre Darstellungen beziehen sich vor allem auf das Gebiet der Technik, der Wirtschaft und des Verkehrs, manchmal aber auch auf die menschliche und gesellschaftliche Entwicklung. Die pädagogische Absicht, Beispiele hoher sittlicher Würde und sozialer Vollkommenheit vor Augen zu führen, ist gelegentlich unverkennbar. Hierin nähern sich die Weltraumgeschichten jenen Utopien der großen Literatur, die der besserungsbedürftigen und im Fortschrittsglauben blinden Menschheit einen Idealzustand von Staat und Gesellschaft aufzeigen. Die Forscher betreten eine Welt, in der es weder Kriege noch Feindschaften gibt (Dolezal: Von Göttern entführt) oder sie sind überwunden und gehören einer fernen Vergangenheit an, an die man sich nur noch dunkel und mit Abscheu erinnert. Das Goldene Zeitalter ist aber nicht vollkommen. Es wird überschattet von der Existenzbedrohung durch Veränderungen des Klimas oder der Luftzusammensetzung. Nur ein hochkompliziertes System künstlicher Einrichtungen ermöglicht den Fortbestand des Lebens. Die Städte sind unter die Erde verlegt oder von einer schützenden Kuppel überdacht (Vicar: Das Geheimnis des verlorenen Planeten). In einzelnen Darstellungen hat sich der Untergang bereits vollzogen, das Leben ist erloschen, und nur noch Spuren der einstigen Kultur zeigen sich dem staunenden Blick des Forschers (Elam: Jenseits der Erde).

In einer Gruppe von Weltraumbüchern geht es nicht primär um Weltraumfahrt und Planetenerforschung, sondern um die kämpferische Auseinandersetzung feindlicher Gruppen und Mächte, sei es daß fremde Weltenbewohner landen oder mit ihren Robotern die Erde zu unterwerfen versuchen (J. Christopher: Dreibeinige Monster auf Erdkurs), daß sich politische Machtkämpfe der Menschen ins Weltall verlagern (M. Brandis: Weltraumpartisanen) oder daß der interplanetare Raum zum Tummelplatz von Verbrechern und Hasardeuren wird (R. Robert: Duell mit der Sonne).

Die Utopien beziehen sich meistens auf eine sehr ferne Zukunft, in der die technische Vervollkommnung schon weit vorangeschritten ist und die Raumfahrt zu den selbstverständlich genutzten Errungenschaften gehört. Je weiter die geschilderte Epoche von unserer Gegenwart entfernt liegt, um so vielfältiger und ungebundener sind die Möglichkeiten für die Entfaltung der Phantasie. Es empfiehlt sich, unter der großen Zahl stofflicher Möglichkeiten eine Auswahl zu treffen. Die Beschränkung kommt der literarischen Durchgestaltung zugute, dient der Klarheit in der Zeichnung von Situationen und handelnden Personen, der Einheit und Folgerichtigkeit des Aufbaus und dem Bemühen um schriftstellerische Originalität[23].

Utopische Jugenderzählungen älterer und neuer Produktion:

Vom 12./13. Lj. an: E. Dolezal: Von Göttern entführt (Jugend und Volk). – M. Brandis: Weltraumpartisanen (Herder) i. Forts. – L. Pešek: Die Mondexpedition (Bitter). – A. Robé: SOS von der Venus (Weiß). – A. M. Vicar: Der verlorene Planet (Koehler) u. Forts. – M. l'Engle: Spiralnebel 101 (Claudius).

Vom 14. Lj. an: L. Pešek: Die Erde ist nah (Bitter). – J. Christopher: Dreibeinige Monster auf Erdkurs (Arena) u. Forts. – M. Chrichton: Andro-

[23] Literatur zu utopischer und Science-Fiction-Literatur:
H. Bemmann: Über die Lektüre utopischer Romane. In: ZS Das neue Buch 1960/4. – U. Diederichs: Zeitgemäßes und Unzeitgemäßes. Die Literatur zur Science-Fiction. In: G. Schmidt-Henkel u. a. (Hrsg.): Trivialliteratur. Olten/Freiburg i. Br. 1964 – L. Dietz: Der Zukunftsroman als Jugendlektüre. In: Der Deutschunterricht 1961/6. – W.-H. Friedrich/W. Killy: Literatur II. Zweiter Teil. Fischer Bücherei, Frankfurt am Main 1965, S. 587 ff. – E. Hierronimus: Ideologie und Unterhaltung? Literatur über Science Fiction. In: ZS Buch und Bibliothek 1971/2. – H. J. Krysmanski: Die utopische Methode. Eine literar- und wissenssoziologische Untersuchung deutscher utopischer Romane des 20. Jahrhunderts. Köln 1963 – F. Leiner/J. Gutsch (Hrsg.): Science-Fiction (Textsammlung). Frankfurt am Main 1971 – M. Pehlke/N. Lingfeld: Roboter und Gartenlaube. München 1970 – R. Schilling: Utopia – ein neues Gebiet für Schundautoren? In: ZS Jugendliteratur 1959/1. – M. Schwonke: Vom Staatsroman zur Science-Fiktion. Stuttgart 1957.

meda (Droemer). – R. Robert: Duell mit der Sonne (Boje). – R. M. Elam: Jenseits von der Erde (Oetinger TJ). – H. Swoboda (Hrsg.): Willkommen auf dem Mars (Loewes) (Romanauszüge).

C. Bedeutung der Abenteuerliteratur

1. Hinter dem Abenteuerdrang stehen *elementare Triebfedern,* die den jungen Menschen aller Zeiten bewegen. Im späten Kindesalter und mit Beginn der Reifezeit treten sie besonders hervor und werden geradezu zum Grundmotiv der Lebensführung. Erlebnishunger, Tatendrang, Sehnsucht nach der Ferne, Interesse am Außergewöhnlichen, Bedürfnis nach Bewährung und kämpferischer Auseinandersetzung, die Lust zur selbständigen Entscheidung, der Trieb zur Nachahmung heldischer Vorbilder, Idealismus und Romantik: das alles wirkt am Zustandekommen des Abenteuerdranges mit. Seine Erfüllung ist naturgewollt, legal und wie andere menschliche Grundstrebungen für die Entfaltung und Ertüchtigung der Person bedeutsam.

Der junge Mensch versucht auf verschiedene Weise seine Abenteuerlust zu stillen. Im Verlangen, sich selbst zum Mittelpunkt von realen Erlebnissen erregender Art zu machen, provoziert er gefährliche Situationen, sucht er Orte auf, an denen sein Wagemut unter Beweis gestellt werden kann, schließt er sich mit seinesgleichen zusammen, um – losgelöst von den Erwachsenen – das Leben unmittelbar zu erfahren und selbständig zu meistern. Durch große und kleine Unternehmungen will er der Wirklichkeit das abenteuerliche Erlebnis abzwingen.

In unserer zivilisatorisch geordneten Daseinsform sind die Möglichkeiten zur kämpferisch-vitalen Existenzerprobung gering, der Alltag ist gegen äußere Gefährdungen weitgehend abgeschirmt. Der junge Mensch sieht sich in eine geordnete und überschaubare Umwelt gestellt, in der die reale Erfüllung des Abenteuerdrangs nur wenig Chancen hat. Um so mehr gewinnt für ihn die virtuelle Befriedigung an Bedeutung. Er sucht im Phantasiespiel, im Film und in der Lektüre Ersatz für das selbsterlebte Abenteuer. Die Gefahren und Bewährungsproben fremder Menschen, ihre großen Taten werden zum Gegenstand eigenen Nach- und Miterlebens und befriedigen die Lust am Abenteuer.

2. Die literarische Begegnung mit dem Abenteuer kann zu *individuell verschiedenen Wirkungen* führen.

Es ist bekannt, daß abenteuerliche Lektüre für den Leser zum Ansporn werden kann, im konkreten Nachvollzug gleiche oder ähnliche Handlungen zu vollbringen. Da die wirklichkeitsgetreue Nachahmung in unserer Gesellschaftsordnung nicht möglich ist, kommt es zu Zerwürfnissen mit dieser Ordnung, deren harmlosere Form die Unzufriedenheit ist. Im Banne der faszinierenden Abenteuergeschichte (oder des Abenteuerfilms) erscheint der eigene Alltag grau und langweilig, seine Aufgaben unbedeutend und so reizlos, daß man erst gar nicht ernsthaft versucht, sie zu bewältigen. Angesichts der großen Taten, zu denen sich der junge Mensch berufen fühlt, opponiert er gegen die täglichen

Anforderungen und zieht sich in unfruchtbare Tagträumereien zurück. Es wird ihm nicht bewußt, daß er, der Erregendes und Gewaltiges unternehmen will, schließlich in Tatenlosigkeit dahinlebt und weder Kleines noch Großes vollbringt. Die aktiven Naturen unter den Abenteuerlesern entschließen sich möglicherweise zu abwegigen Unternehmungen, um aus ihrer Umwelt, die ihnen nichts bedeutet und ihre Erwartungen nicht erfüllt, auszubrechen. Sie schwänzen die Schule, verlassen den Arbeitsplatz oder laufen von zu Hause fort, um es irgendwo in der Fremde ihren Traumhelden gleichzutun.

Die Verantwortung für die Folgeerscheinungen dieser Art trägt nicht die Abenteuerliteratur schlechthin. Die individuelle Anlage des Lesers, die Beschaffenheit seines Familienmilieus, die Atmosphäre in Schule und Beruf, die Berufswahl, der Einfluß der Kameraden bereiten den Boden für Fehlhaltungen und Fehlhandlungen. Das Lektüreerlebnis gibt dann noch den letzten Ausschlag. Freilich trägt unter solchen Voraussetzungen das auf Sensation und primitive Affekte abgestellte Schrifttum zu negativen Reaktionen besonders bei. Die rechte Auswahl der Lektüre, noch mehr aber die allgemeine erziehliche Führung werden von diesem Standpunkt aus zu einer wichtigen Verpflichtung.

Abenteuerlektüre kann aber auch in der Weise wirken, daß der vitale Erlebnishunger gestillt und weitgehend beruhigt wird. Die Neigung zum handfesten Abenteuer, zur Verwirklichung allerlei abwegiger Einfälle und zur Befriedigung primitiver Triebe wird abreagiert. Es handelt sich dabei um eine zur eben beschriebenen Nachahmung gerade gegenteilige Folgeerscheinung. »Ganz gewiß aber sind Imitatio und Katharsis, immer zu gleicher Zeit, vom gleichen dichterischen Werk her in ein und demselben Leser wirksam.« Stolte spricht von einer »echten Antinomie«, die hier vorliegt[24].

Eine dritte Art der Wirkung liegt zwischen der Anstachelung des Abenteuertriebes, die zur Nachahmung des Gelesenen führt, und der Abreaktion, zwischen Imitatio und Katharis. Sie zeigt im Endergebnis weder ein Erlöschen der Abenteuerlust noch eine extreme, oft perverse Aufgipfelung. Gemeint ist hier eine Sublimierung der triebhaften Abenteuerlust und der Einsatz der sie belebenden Kräfte für wertvolle Leistungen auf anderen als den Gebieten der vitalen Kraftbefriedigung. Die Intensität des literarischen Erlebens erwirkt eine Aktivierung des Individuums, fördert das Entfalten von Eigenschaften wie Widerstandskraft, Ausdauer, Mut, Unternehmungslust, die sich aber nun nicht auf abwegige Pläne konzentrieren, sondern der Meisterung des Lebens im Hier und Jetzt verfügbar werden. Die Bewunderung des Helden führt nicht zu dem Verlangen, seine objektiven Taten zu wiederholen, sondern zur Nachahmung seiner Vorzüge und zu dem Wunsch, so zu werden wie er, um die Aufgaben des subjektiven Lebens zu bewältigen. Der Held wird zum Vorbild, von dem

---

[24] Heinz Stolte: Über Antinomien der Literaturpädagogik. In: Erziehung und Schule in Theorie und Praxis. Weinheim 1960, S. 106.

Impulse zur Selbstgestaltung ausgehen. Eine zunächst noch apsychologische Einstellung will äußere und einzelne Eigenschaften verwirklichen. Im Zuge der voranschreitenden Entwicklung tritt die Gesamtheit der Persönlichkeit des Helden mit ihrer inneren Haltung und Gesinnung in das Blickfeld. Angesichts der erfolgreichen Taten erwächst dem Leser die Zuversicht, daß auch er seine individuellen Auseinandersetzungen besteht. Er wird ermutigt, sich mit dem Ernstfall des Lebens, mit Unsicherheiten und Gefahren der Zukunft zu konfrontieren, ohne Zögern die Grenzen der vertrauten Gewohnheiten zu überschreiten, Neues zu wagen und selbständige Entscheidungen zu treffen. Dieser Optimismus ist als Mitgift auf den Lebensweg von größter Bedeutung. Er ist wichtig für die Reifejahre, in denen der Mensch das naive Selbstvertrauen der Kindheit abstreift und zwischen euphorischer Hochstimmung und tiefer Niedergeschlagenheit hin- und hergerissen wird.

3. *Literarpädagogisch* gesehen betritt der Leser des guten Abenteuerbuches ein weiteres Stockwerk des literarischen Hauses. Die Begegnung mit abenteuerlichem Erzählgut schafft unmittelbare Zugänge zu dichterischem und unterhaltendem Erwachsenenschrifttum. Die Berührungspunkte zwischen Jugend- und Erwachsenenliteratur sind auf diesem Sektor besonders zahlreich. Eine Reihe der besten jugendgemäßen Abenteuerbücher ist ja ursprünglich Erwachsenendichtung, bzw. ist auch als Jugendlektüre bereits Dichtung im besten Sinne.

Die formale Struktur ist schwieriger als die der üblichen Kinderliteratur. Aufbau, Wechsel der Schauplätze, Vielzahl der Personen, Stoff- und Handlungsreichtum, komplizierte Zusammenhänge erfordern logisches Mitdenken, deutliches Erfassen der entscheidenden Momente, gedächtnismäßiges Bereitstellen und Reproduzieren des Wesentlichen, Klarheit der Übersicht usw. In dem Bemühen, diesen Anforderungen der Abenteuererzählung gerecht zu werden, liegt gleichzeitig ein Einüben von Fähigkeiten, ohne die dem Leser der Zugang zur großen Erzählliteratur versperrt bleibt.

Die positive Leserentwicklung wird allerdings durch vorwiegenden Genuß zweifelhaften Abenteuerschrifttums verhindert. Der permanente Einfluß des Reißerischen läßt die wertvollen Lesereigenschaften nicht zur Entfaltung kommen. Feinere Töne werden nicht vernommen, maßvolle Darstellungen und subtile Gehalte stoßen auf Unverständnis und werden als langweilig abgetan. Der abgestumpfte Leser versucht seinen Reizhunger in den Abenteuerschmökern, den Grusel-Comics, den Kriminalberichten der Boulevardpresse oder auch in den Gangsterfilmen zu stillen. Das Bedürfnis nach massiven Reizen beschränkt sich nicht auf das Literarische allein, sondern wird bestimmend für die gesamte menschliche Haltung. Der Schwund an Erlebnisfähigkeit und -tiefe entwickelt ein hektisches Begehren nach Abwechslung und groben Genußmitteln, führt zur Jagd nach immer stärkeren Stimulantien verschiedenster Art und zeigt sich – weil der Mensch durch nichts mehr voll befriedigt werden kann – als Flucht vor der ständig drohenden Langeweile.

D. Literatur zum Abenteuerbuch

Arbeitskreis für Jugendliteratur (Hrsg.): Triviale Jugendliteratur? Das Jugendbuch als Unterhaltungslektüre. Internationale Jugendbuchtagung 1968 in Loccum. Mainau 1969.

Arbeitskreis für Jugendliteratur (Hrsg.): Bücher spiegeln die Welt. Das Bild der Völker und Rassen in der Jugendliteratur. Internationale Jugendbuchtagung 1969 in Donndorf bei Bayreuth. Mainau 1969.

Bamberger, R.: Jugendlektüre. Wien 1965 (2. Aufl.), S. 186 ff.

Bodensohn, A.: Untersuchungen zur Jugendlektüre. Bd. I–IV, Frankfurt a. M. 1960 ff.

Hölder, A.: Das Abenteuerbuch im Spiegel der männlichen Reifezeit. Ratingen 1967.

Plischke, H.: Von Cooper bis Karl May. Düsseldorf 1951.

Rutt, Th.: Buch und Jugend. Konstanz 1960 (2. Aufl.), S. 104 ff.

Sichelschmidt, G.: Liebe, Mord und Abenteuer. Eine Geschichte der deutschen Unterhaltungsliteratur. Berlin 1969.

Werke der Weltliteratur für die Jugend. Grimmelshausen, Defoe, Cooper, Melville. Ensslin-Jahresgabe 1951. Reutlingen 1950.

Aus Zeitschriften:

Hölder, A.: Das Wort Abenteuer. In: Jugendliteratur 1958/2. – Künnemann, H.: Hat das Abenteuer noch eine Chance? Aspekte der Lektüre von 12- bis 18-jährigen. In: Zeitschrift für Jugendliteratur 1967/8. – Lütgen, K.: Gestaltungsprobleme beim Abenteuerbuch. Aus der Sicht des Autors. In: Zeitschrift für Jugendliteratur 1968, S. 67 – Pleticha, H.: Das Abenteuer im historischen Roman und im historischen Jugendbuch. In: Zeitschrift für Jugendliteratur 1968, S. 349 – Reith, H.: Das Abenteuer. In: Jugendliteratur 1958/2. – Tröger, W.: Zur Pädagogik des Abenteuers. In: Jugendliteratur 1963/11.

Die Comics

A. Zu Geschichte, Struktur und Erscheinungsformen

1. Die *Entstehung der Comics* geht auf die wirtschaftliche Zwangssituation großer Zeitungsverlage (Pulitzer, Heart) in den USA gegen Ende des 19. Jahrhunderts zurück. Einerseits sollten teure Rotationsmaschinen besser ausgenützt werden, andererseits wollte man eine breitere Konsumentenschicht ansprechen und als Abnehmer gewinnen. Die regelmäßig wiederkehrenden Bilderstreifen mit ihren schablonisierten und einfachen Bildern und dem anspruchslosen, klamaukhaften Inhalt wirkten auf die amerikanische Öffentlichkeit faszinierend und erwiesen sich als vorzügliche Werbemittel für die Zeitungen und Magazine, in denen sie abgedruckt waren. Der Erfolg zeigte, daß man offensichtlich eine neue Form literarisch-kurzweiliger Unterhaltung gefunden hatte, die den Bedürfnissen und Fähigkeiten der breiten Masse aufs beste entsprach.

Es fällt schwer, die aus rein kommerziellen Spekulationen erwachsenen Comic-Strips in einen Zusammenhang mit kunst- und literaturgeschichtlichen Vorläufern zu bringen. Denn, was sie etwa mit den Armenbibeln früherer Jahrhunderte, den Bildergeschichten Wilhelm Buschs oder mit den Bilderbögen des ausgehenden 19. Jahrhunderts verbindet, ist bestenfalls eine oberflächliche äußere Ähnlichkeit. Im Grunde handelt es sich bei den herkömmlichen und in Masse verbreiteten Comics um Neuschöpfungen, die durch Verzicht auf künstlerische Gestaltung und Aussage und durch die besondere Eigenart, mit der Graphik und Sprache angewandt und verbunden werden, sich von den vermeintlichen Vorgängern ganz wesentlich unterscheiden. »Was hinter den eigentlichen Comics steht, ist nicht der Wille, die Welt im Medium Kunst zu bewältigen oder zu ihrer Umgestaltung aufzurufen, sondern sind – vom Produzenten her gesehen – ganz robuste Geschäftsinteressen.«[1]

Die hohe Beliebtheit der Zeitungs-Strips veranlaßte ihre Hersteller, Comics auch als Hefte und Broschüre (Comic-Books) herauszugeben. Diese Erzeugnisse erreichten eine sensationelle Verbreitung und bewährten sich – nicht nur in den USA, sondern auch in Westeuropa und großen Teilen der Welt – als Verkaufsschlager ersten Ranges. Sie wurden von vielen hundert Millionen konsumiert und avancierten zur begehrten Amüsierlektüre vor allem von Kindern und Jugendlichen.

In den dreißiger Jahren drängen Abenteuer-, Spionage-, Kriminal- und Horror-Comics die ursprünglich humoristisch gehaltenen Bildergeschichten in den Hintergrund, während des Zweiten Weltkrieges wird das Angebot durch Kriegs-Comics und Comics propagandistischen, teilweise auch erzieherischen Inhalts ergänzt. In der Nachkriegszeit sichert sich innerhalb der Abenteuer-Comics die Science Fiction-Thematik einen breiten Raum.

---

[1] A. C. Baumgärtner: Die Welt der Comics. Bochum 1972 (5. Aufl.), S. 17.

Trotz der intensiv geführten Anti-Comic-Kampagnen, die vor allem in den fünfziger Jahren ihren Höhepunkt erreichen, kann der Erfolg der Comic-Literatur nur jeweils örtlich eingeschränkt werden. Die Produzenten reagieren auf die heftigen Angriffe von Pädagogen, Jugendschutzbehörden und Prüfstellen, indem sie Serien und Inhalte, die der Kritik besonders ausgesetzt sind, aufgeben oder ändern, auf neue Reihen ausweichen, ohne aber von der formalen und inhaltlichen Struktur prinzipiell abzuweichen.[2]

Seit etwa 1964/65 bahnt sich jedoch in Europa eine Art Besinnungsaktivität an, die sich zunächst der Sichtung des gesamten und nicht nur des kinder- und jugendspezifischen Comic-Materials widmet. Man fordert eine wissenschaftlich-sachliche, betont emotionsfreie Analyse des Angebots. Internationale Kongresse, Ausstellungen, Kolloquien schaffen die Basis für ein neues Comic-Bewußtsein und die Voraussetzungen für eine multiple Auseinandersetzung mit einem Gegenstand, der bislang von Pädagogen und Literaten als Inbegriff der Schundliteratur verachtet und bekämpft worden ist. Es bildet sich eine Pro-Comic-Bewegung heraus, die neben den bedächtig-abwägenden Stimmen auch Comic-Fans zu Wort kommen läßt, deren Aussagen den Eindruck entstehen lassen, es handle sich bei den Comics um das zeitgemäße Medium schlechthin.

Eine Revision der Beurteilung wird durch Erscheinungen in der jüngeren Comic-Literatur begünstigt, die erheblich von der bisherigen Massenproduktion abweichen. Sie wird auch gefördert durch einen Wandel des literarischen und literarpädagogischen Verständnisses. Das mehr und mehr sich verbreitende Interesse an den Unterhaltungs- und Informationsmedien der Subkultur, die Bereitschaft zur Toleranz und Anerkennung gegenüber den Konsuminteressen und -gepflogenheiten der Unterschicht lassen selbst herkömmliche Comics in einem anderen Licht erscheinen.

2. Zu den *formalen Kennzeichen* der publikumswirksamen Comics gehört, daß mit Hilfe vieler, meist kleinformatiger Bildchen praktisch endlose Fortsetzungsgeschichten dargeboten werden. Die Zeichnungen sind in der Regel primitiv ausgeführt, beschränken sich auf wenige schematisierte Grobmerkmale der dargestellten Figuren und Gegenstände und legen keinen Wert auf die Gestaltung einer detaillierten Szenerie. Der Hintergrund wird oft lediglich als farbige, schraffierte oder mit anderen graphischen Mitteln erzeugte Fläche dargestellt.

Kennzeichnend ist außerdem das unmittelbare Ineinander von Bild und Text. Die eingezeichnete Sprechblase (englisch ballouns, italienisch fumetti), die den Figuren aus Mund oder Kopf quellen, enthalten Dialoge oder (als gestrichelte Blasen) Gedanken in knappster Form. Textbalken geben kurze, zum not-

---

[2] Vgl. meine Anmerkungen zu den Science-Fiction-Comics im Abschnitt über utopische Abenteuergeschichten S. 147 f.

wendigsten Verständnis des Handlungsablaufs erforderliche Erklärungen des Autors wieder.

Die graphische Umrahmung des Textes gehört zum Codierungs-System der Comics, dessen Beherrschung für das Verstehen des Inhalts entscheidend ist. Auch wiederkehrende Bildsymbole, die in allen Serien verwendet werden und gleiche Bedeutung haben, zählen zum Codierungs-System. Sie ermöglichen eine rasche und auf knappste Form gebrachte Verständigung, engen allerdings Differenzierungs- und Variationsmöglichkeiten ganz beträchtlich ein. In einer Art »Bildgrammatik« deuten »zum Beispiel Herzen, die um eine Person gezeichnet sind, Verliebtheit an. Noten stehen für Gesang oder Musik (verzerrt gezeichnete Noten bedeuten Katzenmusik), Ausrufezeichen stehen für Erstaunen oder Verblüffung, Sterne, Spiralen, Kreise um den Kopf einer Person deuten ›Benommenheit‹, ›Bewußtlosigkeit‹ an . . .«[3]

Auch die Darstellung der Figuren selbst unterliegt der Codierung. Bestimmte Körpermerkmale und Physiognomien stehen für bestimmte Charaktereigenschaften, Stimmungslagen usw., sie signalisieren dem geübten Leser sofort die Funktion der gezeichneten Person im Rahmen des Geschehens, sie ordnen sie in ein Schema von Typen ein, wobei gewisse äußere Merkmale immer auch gleich signifikant für innere Wesensmerkmale der Person sind.

Die genannten formalen Kennzeichen treffen auch heute noch für die überwiegende Zahl Comics zu. Einige neuere, in der Regel aber nicht an das Massenpublikum und an die Kinder adressierte Produktionen, weisen differenziertere und vom Schema abweichende Konstruktionskriterien auf.

3. *Inhaltlich gesehen* ist – wie schon angedeutet – das Angebot unterschiedlich.

Die *Abenteuer-Comics* bringen Dschungelgeschichten (Tarzan), Western, Krimis, Detektivgeschichten (Tim und Struppi), Erlebnisse und Taten historischer oder pseudohistorischer Personen (Prinz Eisenherz, Sigurd, Asterix), Science Fictions (Superman, Batman, Akim, Phantom), wobei einzelne Stoffgebiete vorübergehend in den Hintergrund treten oder ganz vom Markt verschwinden können. Abenteuer-Comics bevorzugen den Superhelden. Er ist unbesiegbar und oft mit Kräften ausgestattet, die weit über die Realität hinausgehen. Seine Gegenspieler – fast immer schon von der äußeren Erscheinung her als abstoßende oder lächerliche Figuren gekennzeichnet – dienen, ehe sie unterliegen oder vorübergehend ausgeschaltet werden, als Staffage zur Verdeutlichung der überragenden Fähigkeiten des Helden.

Lustige Comics treten in verschiedenen Variationen auf. Das »Lustige« wird vorwiegend durch possenhafte Situationskomik, durch Slap-Stick-Humor, durch karikaturistische Verzeichnung von Menschen und Tieren (Micky Maus,

[3] Hansjörg Ostertag: Micky Maus und Superman. Meiringen/Schweiz 1972, S. 23.

Donald Duck) hervorgerufen. Gegen den einfältigen Humor an sich ist nichts zu sagen, so lange nicht dümmliche, einfallslose und allzu plumpe Spaßmacherei überhand nimmt. Manche Reihen kommen über die stereotype, mit stets gleichen Effekten agierende Possenreißerei nicht hinaus. Andererseits gibt es aber Serien, die nicht nur abwechslungsreiche Situationskomik anbieten, sondern auch durch Wortwitz, hintergründige Anspielungen und ironisch-satirische Anzüglichkeiten eine subtile Art von Humor vertreten (Peanuts).

Sogenannte *Educational Comics* wollen dem Leser neben Unterhaltung gezielte Information anbieten. Sie entstanden während des Krieges im Rahmen der nordamerikanischen Truppenausbildung. Heute sind solche Comics für erzieherische und allgemeinbildende Aufgaben über die USA hinaus in verschiedenen Ländern zu beobachten. »Frankreich bringt Bibel- und Roman-Comics heraus; die skandinavischen Länder bevorzugen fremdsprachliche, geschichtliche und literarische Comics; Deutschland versucht sich u. a. mit naturwissenschaftlichen Themen in der Comic-Form . . .«[4] Der Vorteil, den man sich von dieser Art der Information verspricht, liegt in der Übernahme von Formen, die von breiten, sonst leseunwilligen Kreisen bevorzugt und verstanden werden. Daß aber die Weise des Angebots – bedingt durch die Strukturmerkmale der Comics – eine drastische Simplifizierung und Minimalisierung erforderlich macht und dadurch zur Verzerrung und Verfälschung des Gegenstandes führen kann (siehe z. B. die infantile Raffung von Werken der Weltliteratur), sollte nicht unbeachtet bleiben.

Ausgesprochene *Erwachsenen-Comics* sind Bildergeschichten, die »von den populären Strips weit entfernt, beim Betrachter die Fähigkeit voraussetzen, Bildzitate zu erfassen, Anspielungen zu verstehen, Ironie und Satire zu erkennen. Es handelt sich um raffiniert gemachte artistische Gebilde, die ganz offensichtlich für eine Leserschicht produziert werden, die anderes und anders zu rezipieren gewohnt ist als der bislang typische Comics-Konsument«[5]. Comic-Bücher für Erwachsene haben – nach Günter Metken[6] – von Frankreich ihren Ausgang genommen. Das erste berühmte Beispiel dieser Gattung (Barbarella) zeigt bereits jene Züge und Elemente, die in den nachfolgenden Erwachsenen-Comics dominierend sind: Erotik, Gesellschaftskritik, Anleihen aus Mythologie und Sage, ebenso aber Einbeziehung einer technisch versierten Science-Fiction-Welt. Ob es sich bei den einzelnen Serien jeweils um gesellschaftskritische Aufklärung handelt, die mit kräftigem Sex angereichert wird, oder um Sex-Comics, die primär den voyeuristischen und sadistischen Neigungen des Publikums entge-

---

[4] Wolfgang Kempkes: Informationen über Comics. Educational Comics und ihre schulische Verwendung. In: ZS Jugendschriften-Warte 1971/3. u. 5.

[5] A. C. Baumgärtner: a.a.O., S. 116.

[6] Günter Metken: Comics. Fischer Bücherei, Frankfurt a. M. 1970, S. 143 ff.

genkommen, das Zeitkritische aber nur als Zusatz beigeben, sei hier dahingestellt. Ihr politischer Gehalt richtet sich gegen Herrschaftsstrukturen und Konsumgesellschaft (Jodelle), gegen politisch kaschierte Brutalität und Borniertheit (Phoebe Zeit-Geist), gegen die spätkapitalistische Zivilisation (Pravda) und ihren Mythos von der angeblichen Emanzipation und Gleichberechtigung der Frau (Glamour-Girl, Super-Mädchen). Diese intellektuellen Comics sind weder für Kinder gedacht noch geeignet. Die kunstvolle Verwendung von Ingredienzien des naiven Massenmediums Comic verleiht ihnen ein respektables Niveau. Für die Aufwertung der Kinder-Comics, mit denen sie nichts zu tun haben, kommen sie nicht in Betracht.

Es ist für die Lebendigkeit und Anziehungskraft der Comics bezeichnend, daß auch außerhalb des eigentlichen Comic-Bereichs ihre Form- und Darstellungselemente genutzt werden. Der Einfluß ist in Film und Fernsehen, in der Werbegraphik und in der Gebrauchsindustrie, aber auch in der seriösen Buchproduktion erkennbar. Neuerdings tauchen Comics auch *im Kinderbuch* auf, sei es, daß ihre Darstellungstechniken gelegentlich Verwendung finden (z. B. die Blasensprache in Borchers/Stiller »Das rote Haus in einer kleinen Stadt«) oder daß Comic-Manier zum durchgehenden Gestaltungsstil wird (z. B. W. Schmögner »Das Drachenbuch« oder W. Schlote »Superdaniel«).

B. Meinungen, Urteile, Diskussion

1. Eine *literarische Betrachtung* der Comics hat sich, obwohl sie schon kurze Zeit nach ihrer Entstehung für Millionen zur begehrten und bevorzugten Lektüre wurden und bald auch in Form von Comic Books den literarischen Markt erheblich beeinflußten, keineswegs von Anfang an ergeben. Sie setzte erst ein, als Interessenten und Fachleute der Jugendliteratur und der Literaturpädagogik auf die Comic-Produktion aufmerksam wurden und sie in ihre Diskussion einbezogen. Die Sichtung der Comics vom jugendliterarischen Aspekt her erfolgte im Rahmen der traditionellen Literaturpädagogik, deren Wertungs- und Zielvorstellungen eindeutig vom ästhetisch-künstlerischen Literaturbegriff und vom Buch als Leitbild und Endpunkt aller leseerziehlichen Bemühungen bestimmt waren. Unter diesen Voraussetzungen mußte die kritische Comic-Analyse zu einer Reihe sehr negativer Feststellungen kommen.

Sie lauten zum Beispiel: Dauernde Rezeption von Comics führt bei Kindern und Jugendlichen zu oberflächlichem Lesen; sie beeinträchtigt die Lesefähigkeit überhaupt. Die charakteristische Bild-Textanordnung zwingt zu einem ständigen Springen von Bild zu Text und umgekehrt, sie verlangt fortdauerndes Querfeldeinlesen, da die Textteile willkürlich-verschieden und keineswegs in gleichbleibender linearer Zeilenordnung angebracht sind. Das Überwiegen der Bilder vermindert die Lust und das Können zum Lesen reiner Textliteratur, macht unfähig, nur über Sprache Sinninhalte zu erfassen, läßt die prognostizierende Phantasie verkümmern und wirkt sich somit störend auf die Entwicklung zum

Buchleser aus. Comics fördern die Entstehung eines modernen Analphabetentums.[7]

Ein weiterer Einwand wendet sich gegen die Sprache der Comics. Sie ist im Vergleich zur Buchsprache dürftig und mangelhaft. Sie begnügt sich mit einem Minimum an inhaltlicher Aussage, beschränkt sich auf Kurzformulierungen, Satzfragmente, Ausrufe und lautmalende Interjektionen. Die Kritik stellt fest: Die Comic-Sprache hat nicht anregenden Charakter, sondern beeinträchtigt die individuelle Sprachentwicklung. Sie begünstigt und festigt den Gebrauch der restringierten und verhindert die Entfaltung der elaborierten Sprache. Die Comics erweisen sich daher in einer Erziehung, die in der fortschreitenden Sprachbefähigung und -kultivierung einen zentralen Schlüssel für die seelisch-geistige Entwicklung sieht, als untaugliches, ja retardierendes Mittel. Sie sind ganz und gar unbrauchbar, um das Verständnis für ästhetisch-dichterische Sprache zu wecken und zu pflegen.

Andere, vor allem neuere Comic-Interpreten, stellen die literarische und literarpädagogische Abwertung der Bildergeschichten in Frage oder halten eine literarische Betrachtung der Comics überhaupt für unangebracht. Man verweist nicht nur darauf, daß eine verallgemeinernde Verurteilung der Comic-Sprache im Hinblick auf die unterschiedliche Sprachqualität einzelner Typen unberechtigt sei[8], sondern stellt auch fest, daß man der Comic-Sprache nicht gerecht werde, wenn man sie in Relation zur Buchsprache setze. Sie hat ihre eigenen Gesetze, die sich aus Funktion und Struktur der Comics ergeben. Die synchrone Verbindung von Bild und Text, der visuelle Charakter der Comics erfordern einen anderen Sprachgebrauch; die Dominanz des Dialogs macht einen anderen Satzstil erforderlich. Dabei steht man nicht an, dieser »anderen Sprache« eine Reihe von Vorzügen zuzubilligen: »Die Comic-Sprache ist knapp, konkret, präzise und vermittelt dem Leser viele Informationen. Ihr Satzbau ist kunstlos und einfach. Durch die Verwendung unvollständiger Sätze und Ellipsen wird der Lesefluß (für sich allein gesehen) zwar gestört, jedoch nicht nachhaltig gehemmt. Ausdrucksstarke Verben, Adjektiva und Substantiva verleihen dem Text Dynamik und Lebendigkeit. Alle Sprachelemente sind leicht erfaßbar und anschaulich. Sie haben einen bildhaft-assoziativen Charakter.«[9] Was bisher als gravierender Nachteil interpretiert wurde, wird nunmehr als Positivum gerühmt:

---

[7] »Die düstere Ahnung umsummt mich, daß in weniger als 100 Jahren der letzte Neger, Tunguse und Polareskimo seine analphabetische Unschuld verliert und – Komiks liest, während in den zivilisierten Ländern von tausend nicht einer mehr wirklich lesen kann.« Stefan Andres: Die Komiks. In: ZS Jugendschriften-Warte 1955/3.

[8] Darauf wurde übrigens auch schon in älteren Untersuchungen aufmerksam gemacht. Vgl. Marietheres Doetsch: Comics und ihre jugendlichen Leser. Meisenheim 1958 – Manfred Welke: Die Sprache der Comics. Frankfurt a. M. 1958.

[9] W. Kempkes: a.a.O., S. 10 u. 11.

Die knappe, fragmentarische Minimalsprache ist kein Mangel, sondern dient angeblich der lapidaren Präzisierung, der Anschaulichkeit und dem leichten und schnellen Erfassen des Gemeinten. Kunstlosigkeit und Einfachheit ergeben – so wird außerdem konstatiert – zusammen mit dem ebenso kunstlosen und einfachen Bild ein Medium, das allgemein zugänglich ist.

Das Medium ist vor allem jenen Sozialschichten verfügbar, die zur vorherrschenden Wort- und Bildkultur keine Verbindung haben. »Dieses Medium ist kein im engeren Sinn literarisches, es hat wenig zu tun mit der kulturellen Tradition des Schriftlichen, aber viel mit dem massenkulturellen Demokratisierungsprozeß, in dem wir stehen, wenig mit den vom gebildeten Bürgertum genormten Inhalten und Kulturtechniken, aber viel mit den Bedürfnissen der in bürgerlicher Umwelt nicht zu ihrem Recht Kommenden, der Frustrierten und von der esoterischen literarischen Kultur nicht Erreichten und Angesprochenen«[10]. Aus dieser soziologischen Sicht werden die herkömmlichen Literaturkriterien für die Beurteilung der Comics vollends irrelevant. Für viele sind sie schon als Produkt der Massen- und Subkultur ein Wert an sich, das aus der Diskriminierung zu befreien ist und als Unterhaltungs- und Informationsmedium der Unterschicht, als Instrument zur Unterstützung der emanzipatorischen Tendenzen Anerkennung verdient.

2. Vom *erziehlichen Standpunkt* aus steht – vorausgesetzt man bestreitet nicht grundsätzlich Auswirkungen, die von literarisch Wahrgenommenem und Erlebtem ausgehen – eine Reihe kritischer Einwände im Hinblick auf die von Kindern und Jugendlichen bevorzugten Comics zur Diskussion.

Ein erster Einwand besteht darin, daß die Comics ein oberflächliches und entstelltes Bild der Welt vermitteln. Primitivität und Stereotypie der sprachlichen und bildlichen Aussage versperren den Blick auf die Fülle und Differenziertheit der Wirklichkeit und lassen den Antrieb, tiefere Zusammenhänge und innere Bedingungen zu erkennen, verkümmern. Sie verleiten schließlich den Dauerkonsumenten dazu, die Wirklichkeit so zu nehmen, wie sie ihm die Comic-Lektüre zeigt.

Hand in Hand mit zunehmender Übernahme der Comic-Book-Wirklichkeit in die Vorstellungswelt der Kinder vollzieht sich ein Eingriff in ihr psychisches Antriebs- und Handlungssystem. Hilde L. Mosse berichtet aus ihrer kindertherapeutischen Erfahrung in den USA von Kindern, »die unruhig und reizbar sind und eine argwöhnische und kämpferische Einstellung der Umwelt gegenüber haben.« Ihre Träume, Wachträume und Spiele, die sich ganz in der Phantasiewelt der Comics bewegen, »zeichnen sich durch gewalttätigen Inhalt aus«. Sie fühlen sich »dauernd angegriffen und schlagen zu, ohne angegriffen zu sein, weil sie befürchten geschlagen zu werden, so daß sie sicher sein wollen, zuerst

---

[10] M. Dahrendorf: Vorüberlegungen zu einer Didaktik der Comic Strips. In: J. Vogt (Hrsg.): Literaturdidaktik. Düsseldorf 1972, S. 253.

dreinzuschlagen«[11]. Durch Mosse fühlten sich viele in ihrer Annahme gestärkt, daß das Lesen von Abenteuer-Comics zur Entstehung von Aggressivität, kriminellen Handlungen und seelischen Schäden Anlaß gebe. Zurecht wird aber eingewendet, daß Mosses Feststellungen nur für amerikanische Verhältnisse zuträfen, für Deutschland aber ein solcher Nachweis bis jetzt nicht erbracht worden sei. Im Gegenteil: Marietheres Doetsch konnte auf Grund ihrer umfangreichen Erhebungen bei deutschen Kindern keinen Zusammenhang zwischen Comic-Lesen und Aggressivität oder gar Kriminalität erkennen[12]. Die unterschiedlichen Ergebnisse sind darauf zurückzuführen, daß trotz erheblicher Verbreitung die Comic-Literatur in Deutschland doch nie die Bedeutung erlangt hat wie in den USA, wo außerdem ausgesprochen »harte« Horror- und Krimigeschichten, die bei uns kaum Eingang fanden, zum täglichen Brot des amerikanischen Comic-Lesers gehören. Immerhin zeigen die Beobachtungen Mosses, welche Auswirkungen vom intensiven Dauerkonsum brutaler Abenteuer-Comics ausgehen können. Ob bei weniger intensiver Rezeption von Comics mit brutalem Inhalt Störungen geringerer oder anderer Art auftreten, welches Ausmaß an Gewalttätigkeit Kinder ohne Schaden aufnehmen können, entzieht sich noch der genauen Feststellung.

Baumgärtner sieht die eigentliche Gefahr der Comics (wobei er sich auf die bei uns gängigen Abenteuer-Comics verschiedener Arten bezieht) nicht im Literarpädagogischen, auch nicht in der unmittelbaren Auswirkung auf das Antriebs- und Handlungssystem der jungen Leser, sondern in ihrem Einfluß auf die politische Vorstellungs- und Urteilsbildung. »Es wäre höchst bedenklich, wenn eine größere Zahl von Menschen das politisch zweifellos relevante Weltbild der Comics übernähmen, sich von ihm beeinflussen ließen oder gar in ihm eine Bestätigung von Vorstellungen fänden, die sie sich selbst bereits, mehr oder minder klar, von der Wirklichkeit und ihrer eigenen Stellung in ihr gebildet haben. Diese Gefahr ist kaum von der Hand zu weisen«[13]. Die politische Bedenklichkeit der Comic-Lektüre sieht er vor allem darin, daß sie die Welt als einen »Dschungel beziehungsloser Einzelsituationen« darstellt, in der immer wieder »gegen eine Unzahl von Feinden um die Erhaltung der bloßen Existenz gekämpft werden muß«[14]. Sie verstellt den Blick für die gesellschaftlichen Zusammenhänge, von denen der Mensch abhängig ist und in denen er mitgestaltend wirken muß. Die Welt wird außerdem als Chaos mit bedrohlichen Zügen gezeigt, in dem der Einzelne beständig gegen etwas oder gegen jemand in Aktion treten muß. Das Dasein ist auf das Angriffs-Verteidigungsmodell reduziert. »Die

---

[11] Hilde L. Mosse: Die Bedeutung der Massenmedia für die Entstehung kindlicher Neurosen. In: Monatsschrift für Kinderheilkunde 1955/2.

[12] Marietheres Doetsch: a.a.O.

[13] A. C. Baumgärtner: Die Welt der Comics. A.a.O., S. 103.

[14] Baumgärtner: a.a.O., S. 103.

Vielfalt des menschlichen Miteinander und Füreinander ist umgefälscht in ein schroffes, durch nichts zu überbrückendes Gegeneinander«[15]. Wer dieses Weltbild übernimmt, kann sich nur auf kompromißlosen Kampf einrichten. Wie dieser zu führen ist, dafür liefern die Abenteur-Comics ein klares Rezept: Rücksichtsloser Einsatz aller verfügbaren Mittel (vor allem körperliche Gewalt), mitleidlose und brutale Jagd auf die Bösen mit dem Ziel der Vernichtung, da sie die Ursache allen Übels sind und in ihrem Charakter nicht geändert werden können. Sollte der Jugendliche »-was zu befürchten ist – diese Vorstellung auf die Realität übertragen, würde das jedes Bemühen um ein Verständnis gegnerischer, ja auch nur anderer Positionen ausschließen. Intoleranz, Haß auf den Andersdenkenden und Vernichtungswille gegenüber dem Gegner sind dann kaum zu vermeidende Folgen«[16].

Gewiß – man kann sich angesichts solcher höchst beunruhigender Aspekte hinter den Einwand zurückziehen: Alles nur Hypothesen! Nichts erwiesen! – Aber auch schon die Hypothese solcher Auswirkungen, die – bei unserem Wissen um die Mächtigkeit von Sozialisationseinflüssen – keineswegs unrealistisch sind, sollte Anlaß genug sein, sie so lange ernst zu nehmen, so lange nicht der Beweis für die Harmlosigkeit derartiger Comics erbracht ist.

3. Die *pädagogisch-didaktischen Konsequenzen* sind unterschiedlich. Abgesehen von der großen Zahl der irritierten und verunsicherten Pädagogen, die sich zu keiner Reaktion mehr bereitfindet, liegt das Verhalten der übrigen zwischen den Extremen »nach wie vor entschieden bekämpfen!« und »Kunst der Comics genießen lehren!«

In den ersten beiden Nachkriegsjahrzehnten (und vor allem in den fünfziger Jahren) standen – dem einheitlichen Ablehnungsstandpunkt entsprechend – abwehrende Maßnahmen im Vordergrund. Sie reichten von der gelegentlichen gesetzlichen Indizierung solcher Hefte, die geeignet sind, »Kinder und Jugendliche sittlich zu gefährden«[17] bis zu Umtauschaktionen großen Stils oder Schultaschen-Razzien in den Klassen. Die Bekämpfung der Comics wurde aber auch durch Aufklärung der Jugendlichen betrieben. Comics avancierten zum Gegenstand des literaturkundlichen Unterrichts, um dem Leser die Mängel überzeugend aufzuzeigen, um ihn aus der engen und unreflektierenden Bindung an das Medium zu lösen, um ihn kritikfähig zu machen.

Nun spielt angesichts der vorherrschenden geringwertigen u. U. gefährlichen Comics die unterrichtliche Aufklärung gegen die Comics auch heute noch eine Rolle. Was allerdings hinzukommt, ist die Einsicht, daß harmlose und auch positiv zu bewertende Comic-Serien existieren. Das gibt einer »Didaktik der

---

[15] Baumgärtner: a.a.O., S. 104.
[16] Baumgärtner: a.a.O., S. 105.
[17] Gesetz über die Verbreitung jugendgefährdender Schriften (1961). BGBl. 1961, S. 497 ff.

Comics« ein anderes, vielfältigeres Gesicht und keineswegs nur das Gepräge einer entschiedenen Kontra-Stellung.

Bei der Einbeziehung von Comics in den Unterricht wird es im einzelnen um folgendes gehen:

Auch bei der Behandlung von abzulehnenden Gattungen ist der Unterricht tolerant und ohne Verächtlichmachung des Geschmacks und der Bedürfnisse der Leser zu führen. Es werden nicht Werturteile (weder negativer noch positiver Art) an die Spitze gesetzt, um eine echte Diskussion, deren Ergebnis noch offen ist, zu ermöglichen, um dem Schüler nicht eine bestimmte Meinung aufzuoktroyieren[18].

Eine durchweg wertneutrale Didaktik ist aber nicht möglich. Es wird notwendiger- und sinnvollerweise bei Schülern und Lehrern zu wertenden Stellungnahmen kommen. Entscheidend ist aber, daß sie nicht absolut gesetzt, sondern argumentierend erörtert werden, daß sie nicht indoktrinierend dem anderen aufgezwungen werden.

Ein Lernziel ist, die Struktur der Comics einsichtig zu machen und dabei ihre Eigenart erkennen zu lassen. Der Vergleich mit dem Buch (strukturell, nicht wertmäßig) liegt nahe und ist zweckmäßig. Dabei geht hervor, daß Comics etwas anderes als Bücher sind und auch etwas anderes leisten, was natürlich auch bedeutet, daß sie kein Ersatz für Bücher sein können.

Ein anderes Lernziel sollte wenigstens in Ansätzen angestrebt werden: die Rezeptionsweisen des Comic-Lesers zu erkennen. Durch solche Rationalisierung des Konsumprozesses könnte ein Anfang zur Überwindung der passiven Konsumeinstellung und der einseitig affektiven-unkontrollierten Bindungen gemacht werden.

Für die unterrichtliche Behandlung wichtig ist die Hereinnahme verschiedener Arten von Comics. Das kann dazu beitragen, die Abhängigkeit von bestimmten, vielleicht minderwertigen Serien, zu lockern und das Interesse auf andere Comics zu lenken, die inhaltlich und formal akzeptabler sind.

Bei der Besprechung der Inhalte werden freilich äußere Vorgänge und Fakten den Ausgangspunkt und für längere Unterrichtspassagen auch den Schwerpunkt darstellen. Es ist aber gerade beim Medium Comic anzustreben, daß auch das dahinterstehende Welt-, Menschen- und Gesellschaftsbild aufgedeckt und bewußt erfaßt wird. Bei reiferen Schülern bietet sich Gelegenheit zu ideologiekritischen Analysen.

Nun sollte man freilich den Comics im Unterricht nicht ein Übergewicht geben, das andere literarpädagogische Ziele in den Hintergrund drängt. Manche »progressiven« Lehrer sind nahe dabei, den Literaturunterricht unter Einbeziehung von Comics und Trivialliteratur so mißzuverstehen, als ginge es nur noch

---

[18] Vgl. meine Ausführungen zur Privatlektüre im Unterricht (Lektüregespräch), S. 214 ff.

um Massenlektüre und Massenmedien, denen gegenüber Buchlektüre oder gar die Befähigung zum Umgang mit Wortkunst keine Bedeutung mehr zukomme. Es hat nichts mit Mißachtung des Geschmacks und der Einstellung der Masse zu tun, wenn man den Gegenstand ihrer Bedürfnisse und Interessen einer kritischen Wertung unterzieht und wenn man nicht bereit ist, die Erscheinungsformen einer Subkultur qualitätsmäßig auf die Ebene der übrigen Kultur zu stellen oder gar die Subkultur zur Superkultur, von der künftig die Maßstäbe bestimmt werden, zu erheben. Für den Literaturunterricht und für die Comics als Unterrichtsgegenstand bedeutet das: Comics sind als Massenmedien für die Prägung und Fixierung von Vorstellungen, als Informations- und Unterhaltungsmittel von großer Bedeutung; die Befähigung zum kritischen Umgang mit ihnen ist eine unterrichtliche Aufgabe. Ihre Übernahme in den Lehrplan darf aber nicht auf Kosten und zum Nachteil einer auf Sprach- und Wortkultur zielenden Literaturpädagogik erfolgen.

C. Literatur zu den Comics

Bamberger, R./Jambor, W.: Die unterwertige Lektüre. Wien 1965.

Baumgärtner, A. C.: Die Welt der Comics. Bochung 1972 (5. Aufl.).

Baumgärtner, A. C.: Die Welt der Comics als semiologisches System. In H. D. Zimmermann (Hrsg.): Vom Geist der Superhelden. Berlin 1970.

Beer, U.: Geheime Miterzieher der Jugend. Düsseldorf 1961.

Dahrendorf, M.: Vorüberlegungen zu einer Didaktik des Comic Strips. In J. Vogt (Hrsg.): Literaturdidaktik. Düsseldorf 1972, S. 253.

Doetsch, M.: Comics und ihre jugendlichen Leser. Meisenheim 1958.

Fuchs, W./Reiberger, R.: Comics. Anatomie eines Massenmediums. München 1971.

Kempkes, W.: Bibliographie der internationalen Literatur über Comics. Detroit/München 1971.

Leinweber, H.: Der Comic-Strip als publizistisches Phänomen. Wien 1958.

Metken, G.: Comics. Frankfurt 1970.

Mosse, Hilde L.: Die Bedeutung der Massenmedien für die Entstehung kindlicher Neurosen (Gefährliche Comics). Köln-Klettenberg 1955.

Ostertag, H.: Micky Maus und Superman. Comics als Lesestoff für unsere Kinder? Meiringen/Schweiz 1972.

Reinhardt, H.: Schmutz und Schundliteratur im Volksschulalter. Ratingen 1957.

Riha, K.: Zok Roarr Wumm. Zur Geschichte der Comics-Literatur. Steinbach 1970.

Schilling, R.: Literarischer Jugendschutz. Theorie und Praxis, Strategie und Taktik einer wirksamen Gefahrenabwehr. Berlin 1959, S. 83 ff.

Schückler, G.: Jugendgefährdung durch Comics. Köln-Klettenberg 1954.

Welke, M.: Die Sprache der Comics. Frankfurt 1958.

Zimmermann, H. D. (Hrsg.): Comic Strips. Geschichte, Struktur, Wirkung und Verbreitung der Bildergeschichten. Katalog der Ausstellung in der Akademie der Künste Berlin 1969.

Zimmermann, H. D. (Hrsg.): Vom Geist der Superhelden. Comic Strips. Colloquium zur Theorie der Künste. Berlin 1970.

Aus Zeitschriften und Zeitungen:

Ackermann, L.: Die Linke und die Micky Maus. Der Strip als Instrument der herrschenden Klasse. In: Spontan 1970/2. – Andres, St.: Die Komiks. In: Jugendschriften-Warte 1955/3. – Brüggemann, Th.: Das Bild der Frau in den Comics. In: Studien zur Jugendliteratur 1956/2. – Couperie, P.: Keine Arbeiter – keine Neger. Die manipulierte Thematik der Comics. In: Tendenzen 1968, 1. Sonderheft, S. 184 – Dahrendorf, M.: Die Comics – Stiefkind der Literatur. In: Bulletin Jugend und Literatur 1970/9. – Dahrendorf, M.: Comic und Buch – eine Alternative? In: Jugendschriften-Warte 1970/9. – Dahrendorf, M.: Comics, immer noch Streitobjekt? In: Jugendschriften-Warte 1971/5. – Ell, E.: Der Jammer mit den Bildheften. Bilderidiotismus oder Bildungsgut? Erlauben oder verbieten? In: Jugendwohl 1961/2. – Feld, F.: Comics – immer brutaler. In: Zeitschrift für Jugendliteratur 1967/8. – Friedrich, H.: Die Micky-Mäuse der Kulturrevolution. In: Neue Züricher Zeitung vom 23. 2. 1969 – Gerteis, K.: Charlie Brown und die Seinen. »Die Peanuts«: Comic strips für Intellektuelle. In: Die Welt vom 7. 12. 1968 – Giehrl, H. E.: Comic-Books. Eigenart und Geschichte. In: Jugendschriften-Warte 1954/1., 2., 3. u. 4. – Glaubitz, J.: Kommunistische Moralpredigten in Comic Books. In: Die Zeit vom 19. 8. 1966 – Hesse-Quack, O.: Der Comic-Strip als soziales und soziologisches Phänomen. In: Kölner Zeitschrift für Soziologie und Sozialpsychologie 1969/3. – Hoffmann, M.: Was Kinder durch Micky-Maus-Comics »lernen«. In: Westermanns Pädagogische Beiträge 1970/10. – Hofmann, W.: Die Kunst der Comic strips. In: Merkur 1969/3. – Kempkes, W.: Informationen über Comics, Educational Comics und ihre schulische Verwendung. In: Jugendschriften-Warte 1971/3. u. 5. – Kempkes, W.: Comics im Unterricht. Stundenprotokolle. In: Jugendschriften-Warte 1972/1. u. 3. – Köhlert, A.: Weiter mit den Comics? In: Jugendschriften-Warte 1971/1. – Künnemann, H.: Walt Disney oder: die demolierte künstlerische Bildform. In: Jugendschriften-Warte 1967/3. – Lussnigg, W.: Alarmierende Not der lesenden Jugend in den Entwicklungsländern. In: Das Jugendbuch 1964, S. 17 – 23 – Maier, K. E.: Gute und schlechte Abenteuergeschichten. In: Der Deutschunterricht 1961/6. – Richter, H. P.: Die verteufelten Comics. In: Bulletin Jugend und Literatur 1971/2. – Rossa-Fischer, D.: Das Problem der Comics in Dänemark. In: Jugendliteratur 1965/8. – Scherf, W.: Gibt es gute Comics? In: Jugendliteratur 1959/9. – Schmidt, H.: Jugend und Buch in der Gefährdung von Comics und Kitsch. In: Unsere Volksschule 1961/6. – Schöler, F.: Comics für Erwachsene: In: Welt der Literatur 1969/10. – Segebrecht, D.: Plädoyer für die Comics. In: Buch und Bibliothek 1971, S. 256 ff. – Sulzbach, P.: Politische Bildung für die Kleinen. In: Pardon 1965/6. – Toll, C.: Alle Comics auf den Müll? In: Spielen und Lernen 1971/8. – Tröger, W.: Wie schädlich ist das Chaos? Comics und politisches Verhalten. In: Süddeutsche Zeitung vom 15. 6. 1966 – Ulshöfer, R.: Bekämpfung der Comics. Einführung in elementare Fragen der literarischen Wertung im 5. bis 7. Schuljahr. In: Der Deutschunterricht 1961/6. – Wenz, G.: Die Kunst des Lesens und die Comics. In: Unsere Volksschule 1961/8. – Wermke, J.: Zur Behandlung von Comics im Literatur-Unterricht. In: Zeitschrift für Literaturwiss. u. Linguistik 1972/6.

Das Sachbuch

Die deutsche Jugendschriftenbewegung hat das Sachbuch zunächst als Außenseiter der Jugendliteratur betrachtet und ihm nur wenig Aufmerksamkeit geschenkt. Unter dem Zwang der Entwicklung (Anwachsen der Sachlektüre und gesteigerter Beliebtheit bei jungen Lesern), auch dank der anregenden Stellungnahme einzelner Fachleute (Fronemann, Vaupel u. a.) fand es als Gattung eigener Art neben dem dichterischen und unterhaltenden Schrifttum Anerkennung.

A. Wesen des Sachbuches

Was unter Sachbuch zu verstehen ist, darüber besteht keine Einhelligkeit. Eine genaue Definition wird wohl auch wegen der Überschneidungen mit anderen Buchgattungen niemals möglich sein.

1. Es ist naheliegend, zunächst *vom Inhalt her* eine Abgrenzung zur übrigen Jugendlektüre zu suchen. Der Begriff »Sach«-Buch ist nicht recht glücklich, denn wer von ihm ausgeht, könnte meinen, es handle sich um Schriften, in denen es nur um »Sachen« gehe. Diese schlichte Erklärung vom Wort her ist aber unzureichend. Nicht nur Sachen im Sinne von Gegenständen und toter Materie machen den Inhalt des Sachbuches aus. Auch die Pflanze, das Tier und nicht zuletzt der Mensch als biologisches, geschichtliches und soziales Wesen werden dargestellt. Das Entscheidende dürfte sein, daß alle diese Inhalte um ihres Wirklichkeits- und Tatsachencharakters willen aufgegriffen werden. Es geht im Sachbuch um wirkliche Realitäten. Nur das tatsächlich Seiende und Gewesene im Bereich der Technik, der Geographie, der Biologie, der Geschichte, der Sozialkunde, der Politik ist sein Gegenstand.

Der Dichtung dienen die Tatsachen nur als Hintergrund, als kulissenhafter Rahmen; in der Sachschrift sind sie primäres Anliegen. Stevensons »Schatzinsel« ist kein Sachbuch, so konkret und wirklichkeitsnah es auch gestaltet sein mag. Die sachlichen Gegebenheiten Meer, Schiffahrt, Insel sind nur Kulisse, um eine lebendige Handlung aufzubauen und Schicksale, Taten und Charaktere von Menschen dichterisch und gleichnishaft darzustellen. Setzen wir Heyerdahls »Kon-Tiki« daneben, so finden wir gerade umgekehrte Verhältnisse. Die Erlebnisse der sechs Norweger sind fesselnd und erregend, sie lassen aber nicht das Hauptanliegen des Buches vergessen, einen Beitrag zur Erforschung ozeanischer Verhältnisse und völkerkundlicher Gegebenheiten zu liefern. Von vorneherein eindeutig ist der literarische Ort von Büchern wie – um bei einem Beispiel des gleichen Stoffbereiches zu bleiben – F. Böers »Alles über ein Schiff«, weil hier Tatsache und Wirklichkeit unter Verzicht auf die Schilderung von einzelmenschlichen Schicksalen allein den Inhalt bestimmen.

2. Ein weiteres Kennzeichen des Sachbuches ist die *Zielsetzung* des Autors. Er will belehren, unterrichten, informieren. Daß er sich dabei dem jungen Leser

gegenüber besonderer Formen bedienen muß, wird gleich noch zu vermerken sein. Es geht ihm prinzipiell darum, Wissen, Kenntnisse, Fertigkeiten (Werkbuch) weiterzugeben. Er appelliert an den Wissensdrang und Lerntrieb, der auf allen Entwicklungsstufen lebendig ist und neben Erlebnisdrang, Genußstreben, Unterhaltungsbedürfnis zu den wesentlichen Lesemotiven gehört. Mit Recht nennt man das Sachbuch daher auch »belehrende Jugendschrift« oder »zweckgerichtete Jugendschrift«.

Auch das Dichterische belehrt, nicht aber mit der gleichen Direktheit und Bewußtheit. Die belehrende Funktion der Dichtung begnügt sich nicht mit der äußerlich wahrnehmbaren Seite der Welt, sondern will ihre Hintergründigkeit und innere Wesenheit aufspüren. Eine sachliche Auswertung geht ja auch deshalb am Wesen des dichterischen Werkes vorbei. In J. P. Hebels Erzählung »Kannitverstan« zum Beispiel ist nicht etwa die Darstellung holländischer Verhältnisse das Hauptanliegen, sondern die bildhafte Darstellung einer uralten menschlichen Wahrheit. Der Lehrer verfehlt den Kern der Novelle, wenn er sie als Sachergänzungsstoff für Geographie auswertet, nicht aber ihren menschlichen Ideengehalt herausstellt, der an kein Land gebunden ist und auf dem Hintergrund irgendeiner anderen Landschaft, »in Emmendingen und Gundelfingen so gut wie in Amsterdam«, veranschaulicht werden könnte.

B. Formale Gestaltung des Sachbuches

Inhalt und Zielsetzung umreißen noch nicht ausreichend die Eigenart des Sachbuches als Kinder- und Jugendlektüre. Es fehlt eine dritte, entscheidende Betrachtungsweise, die der formalen Gestaltung. Erst dieser Aspekt ermöglicht eine deutliche Unterscheidung vom Lehr- und Fachbuch und von der wissenschaftlichen Schrift. Auch sie befassen sich mit den wirklichen und realen Tatsachen, auch sie wollen unterrichten und belehren. Das Sachbuch der freien Jugendlektüre ist aber kein Fachbuch (wenn es auch fachlich ausgerichtet ist), es ist kein Lehrbuch (obgleich es belehren will), es ist kein wissenschaftliches Buch (obgleich es ohne wissenschaftliche Fundierung nicht denkbar ist). Wir dürfen eben nicht übersehen, daß das Sachbuch dem jungen Menschen zugedacht ist, daß es als Teil der freiwilligen Privatlektüre verstanden sein will. Als solches gehört es in den Bereich der Freizeit, der Muße, der eigenständigen Selbstbeschäftigung, muß deshalb an die spielerische Lust und an das Bedürfnis nach kurzweiliger Unterhaltung anschließen, muß die Fähigkeiten berücksichtigen, die der junge Leser, wenn er auf sich allein gestellt ist, entfalten und gebrauchen kann. Das eigentliche Schulbuch ist in den Unterricht eingebettet. Von hier erhält es Interpretation und Ergänzung, Belebung und Anregung. Dem Sachbuch der freien Lektüre stehen diese Hilfen im allgemeinen nicht zur Verfügung. Es kann nicht mit der Unterstützung eines Lehrers und den didaktischen Weisungen eines Unterrichts rechnen; es muß Methodik, Didaktik und Gestaltung in sich selber tragen.

Aus solchen Überlegungen entspringt der Ruf nach dem »gestalteten Sachbuch«. Kehren wir damit aber nicht wieder auf den Standpunkt der Aufklärung zurück, die in ihrem Bemühen um kindertümliche Darstellung von Wissenswertem ein Zerrbild der Jugendlektüre geschaffen hat? Wir müssen aus den alten Fehlern lernen und uns vor »Übergestaltung« und »Verunstaltung« hüten. Es gibt keine festen Schemata und keine immer passenden Gestaltungsmittel. Der Blick auf den Leser und auf die Eigenart des Stoffes und die Treue des Autors zu seiner schriftstellerischen Eigenart machen das gestaltete Sachbuch zu einem Werk von eigenständiger Originalität. Jedenfalls ist vom Standpunkt der Leser- und Lernpsychologie gegen eine rechtverstandene Gestaltung des Sachbuches kein grundsätzliches Veto berechtigt.

Grob gesehen lassen sich zwei Formen der Sachbuchgestaltung nennen:

1. Die erste Form ist die *erlebnishafte Gestaltung*. Sie bedient sich der Darstellungselemente der dichterischen und unterhaltenden Lektüre. Ihre äußere Gestalt unterscheidet sie nicht wesentlich vom übrigen erzählenden Schrifttum. Daß aber ein bestimmtes Tatsachenmaterial in den Mittelpunkt gesetzt wird, mit der Absicht, das Wissen des Lesers zu bereichern, ist der Grund, warum wir trotz Formgleichheit von einem Sachbuch sprechen können.

Der junge Leser soll nicht nur mit den Mitteln rationaler Sacherfassung belehrt werden, sondern zu einer erlebnishaften Begegnung mit den Tatsachen gelangen. Das Sachbuch dieser Art will Erlebnisbuch sein. Sprachlich-stilistisch tritt an die Stelle der objektiven Beschreibung und Erklärung die subjektive Schilderung, an die Stelle des nüchternen Berichtes und der bloßen Mitteilung die lebendige Erzählung. Der Aufbau ist nicht durch wissenschaftliche Ordnungskategorien, sondern durch eine Handlung, meistens ein menschliches Geschehen, bestimmt.

Nach Fronemann ist das Erlebnisbuch »die wertvollste Form des belehrenden Jugendbuches«, denn es entspricht der Mentalität des jungen Lesers, der den Kontakt mit den Dingen sucht und ihn findet, wenn sie im Zusammenhang mit Einzelfällen und menschlichen Begebenheiten stehen. Nicht den Gegenstand an sich will er zuerst kennenlernen, sondern seine Bedeutung im konkreten Leben. Im Umweltalter will er ihn zum Kinderdasein in Beziehung gesetzt sehen; im Abenteueralter erwartet er seine Verflechtung in ein dynamisches, mit Höhepunkten und dramatischen Ereignissen versehenes Geschehen. Mit nüchterner Sachdarbietung oder gar leitfadenmäßiger Aufzählung gibt sich der junge Leser nicht zufrieden. Auch der Erwachsene läßt sich ja gerne vom erlebnishaft-erzählerischen Buch in einen Wisssensbereich einführen, vor allem dann, wenn das Gebiet ihm Neuland ist und er nicht schon von vorneherein ein ausgeprägtes Interesse dafür besitzt.

Nun haben gewiß nicht alle Versuche, Sachbücher als Erlebnisbücher zu gestalten, zu glücklichen Ergebnissen geführt. Die gut gemeinte Absicht, ein Sachgebiet in angenehmer Auflockerung und altersgemäßer Erzählweise Kindern schmackhaft zu machen, artet nicht selten in kindertümliches Sichherabneigen aus, greift zu Mitteln billiger Anbiederung oder beschränkt sich auf Plattheiten. Eine besondere Gefahr liegt in der Rahmenerzählung. Man möchte mit ihr »einstimmen« und »hinführen«, erreicht aber oft gerade das Gegenteil; lange Einleitungen und Vorgeschichten können vom Gegenstand ablenken, sei es, daß sie ermüden und langweilen oder daß sie den Leser allzusehr auf angenehmes Unterhaltenwerden einstellen. In beiden Fällen gelingt es nicht, ein sachliches Fragen und Erkennenwollen wachzuhalten oder hervorzurufen. Leider vermißt man gerade bei Sachbuchschriftstellern häufig die Fähigkeit origineller erzählerischer Gestaltung. Es ist nicht besonders einfallsreich und wirksam, etwa durch einen Dialog zwischen Kindern und Erwachsenen oder durch eine von außen her beobachtende Person (Besuch in einer Fabrik) einen Sachzusammenhang lebendig wiedergeben zu wollen. Im Grunde handelt es sich dabei nur um dürftig verkappte Belehrungen.

Wer als Autor nur Meister der Sache, nicht aber auch Meister der Sprache und jugendnahen Darstellung ist, wird der erlebnishaft gestalteten Sachlektüre keinen guten Dienst erweisen. Gediegene Sachkenntnis und erzählerische Begabung müssen Hand in Hand gehen.

Beispiele vorwiegend erlebnishafter Gestaltung:

Technik, Wirtschaft: Meyers Kinder-Verkehrsfibel (Bibl. Institut, ab 8. Lj). – K. Kuberzig: Triumphe der Forschung (Arena, ab 11.Lj.) – H. G. Prager: Florian 14. Das Buch der Feuerwehr (Bertelsmann, ab 11. Lj.) – A. Pludek: Teichheger Mareš schöpft Verdacht (Baken, ab 12. Lj.). – K.-H. Engler: Pflanzen, pflegen, ernten (Gartenbauberufe) (Schwann, ab 14. Lj.).

Geographie: J. Ivany: Komm mit auf See (Franckh, ab 11. Lj.). – G. Pausewang: Südamerika aus erster Hand (Arena, ab 12. Lj.). – K. R. Seufert: Abenteuer Afrika (Herder, ab 12. Lj.). – M. Baumann: Im Schatten des Kilimandscharo (Ensslin, ab 12. Lj.). – S. Hedin: Abenteuer in Tibet (Brockhaus, ab 13. Lj.). – H. Gauthier-Pilters: Atschana, das heißt Durst (Schwann, ab 13. Lj.). – W. Enzinck: Der große Berg (Himalayaexpedition) (Bitter u. dtv, ab 13. Lj.).

Geschichte, Kultur: Die Bibel der Kinder (Furche, Butzon & Bercker, ab 8. Lj.). – H. Harrer/H. Pleticha: Entdeckungsgeschichte aus erster Hand (Arena, ab 11. Lj.). – R. Hinderks-Kutscher: Donnerblitzbub Wolfgang Amadeus (Franckh u. dtv, ab 11. Lj.). – F. Hetmann: Von Trappern und Scouts (Arena, ab 12. Lj.) u. andere a. d. Reihe »Abenteuer Amerika«. – H. Kranz: Der Weg in die Freiheit (1848) (Arena, ab 12. Lj.). – A. Hageni: Ich will nach Indien (Kolumbus) (Hoch, ab 13. Lj.). – F. Night: Abenteuer und Entdecker (Herder, ab 13. Lj.). – H. Frevert (Hrsg.): Die Masken des Krieges (Signal, ab 14. Lj.). – L. Barring: Geist und Herz (Lebensbilder großer Frauen) (Loewes, ab 14. Lj.). – H. Baumann: Die Welt der Pharaonen (Bertelsmann u. Maier, ab 14. Lj.). – P. Herrmann: Das große Buch der Entdeckungen (Ensslin, ab 14. Lj.). – H.-G. Noack: Der gewaltlose Aufstand (Arena, ab 14. Lj.).

Natur- und Tierkunde: U. Jensen: Kennst du deinen Körper? (F. Schneider, ab 9. Lj.). – Mayers Tierbuch für Kinder (Bibl. Institut, ab 10. Lj.). – H. Heyn: Lawinenhund Alf (Rosenheimer, ab 10. Lj.). – H. Kocher: Der Teufelswal (Gundert, ab 11. Lj.). – L. Pešek: Nur ein Stein (Beltz, ab 11. Lj.). – B. und M. Grzimek: Serengeti darf nicht sterben (Ullstein, ab 13. Lj.). – P. Leitch: Mit Zaumzeug und Sattel (Rosenheimer, ab 14. Lj.) u. andere a. d. Reihe »Mach mit«.

2. Neben dem erlebnishaft gestalteten Sachbuch ist ein zweiter Formtypus feststellbar, den ich als *sachlich gestaltetes Sachbuch* bezeichnen möchte. Es ist darunter jene Sachliteratur zu verstehen, die im großen und ganzen die Tatsachen für sich allein sprechen läßt und auf Anleihen aus der dichterischen und unterhaltenden Lektüre verzichtet. So vermissen wir das ausmalende Erzählen und die auf Einzelschicksalen aufgebaute Handlung. Der Leser steht unmittelbar dem Sachkern gegenüber. Es fehlen Rahmen und Einkleidung, die der Darstellung ein lebendiges und unterhaltendes Gepräge geben. Klaus Doderer spricht in diesem Zusammenhang vom nüchtern darstellenden Referatstil des Sachbuches im Unterschied zum emotional bestimmten Erzählstil[1].

Auch diese Sachbuchform hat sich bestimmten Gestaltungsprinzipien zu unterwerfen, wenn sie als freie Jugendlektüre zur breiteren Geltung kommen will. Sie kann sich zwar auf eine Leserschaft berufen, die ein starkes Interesse für spezielle Sachgebiete mitbringt, vielleicht auch schon über Vorkenntnisse verfügt, die ohne Umschweife vom Gegenstand selber und nicht Geschichten um ihn herum hören will. Sie sucht detaillierte Antworten auf bestimmte Fragen (Wie baue ich ein Aquarium? Wie sieht ein Schiff aus? Wie steht es mit der Raketenforschung?) und ist auch bereit, sich mit den Gegebenheiten auseinanderzusetzen. Trotz dieser sachbuchfreundlichen Haltung – vor allem bei älteren Kindern und Jugendlichen – darf nicht übersehen werden, daß wir es mit Laien, mit Dilettanten im guten Sinne zu tun haben, deren Vorkenntnisse zwangsweise doch nur dürftig und deren formalgeistige und sprachliche Fähigkeiten begrenzt sind. Es tauchen im jugendliterarischen Sektor ähnliche Probleme auf, wie sie die Popularisierungsbestrebungen der allgemeinen Volksbildung kennen: Wie machen wir das Schwierige leicht und einfach, ohne es zu versimplifizieren? Wie führen wir zum Verständnis heute gültiger Ergebnisse, ohne den langen Weg der Wissenschaft nachzuvollziehen? Wie gebrauche ich eine Sprache, die dem Laien verständlich ist, ohne die mühsam erarbeitete Fachterminologie zu verwässern? Die Schwierigkeiten sind in den einzelnen Sachge-

---

[1] Klaus Doderer: Das Sachbuch als literarpädagogisches Problem. Frankfurt a. M. 1961, S. 28.

bieten verschieden groß, immer aber hat der Autor den Abstand zu würdigen, der zwischen Gegenstand und Laienleser normalerweise besteht.

Warum gibt es Werk- und Bastelbücher, die den Kindern nicht das geben, was sie von ihnen erwarten? Weil meistens ein Fachmann schreibt, der von der Sache unendlich viel, von der Auffassungsgabe und -grenze der Kinder aber zu wenig versteht. Niemand verlangt, daß der Verfasser von Bastelanweisungen Geschichtlein erzählt. Aber ohne jegliche Gestaltung auf den jungen Leser hin geht es nicht. Er muß sich um Klarheit und einfache Übersichtlichkeit bemühen, er muß anschaulich erklären, er muß durch viele Bilder und Skizzen das Verständnis erleichtern, er darf nicht Spezialkenntnisse und Fachausdrücke voraussetzen usw.

Das Betrachten solch einfacher Regeln bereitet gerade dem gescheitesten Fachmann und Wissenschaftler Kopfzerbrechen. Was er zustandebringt, ist oft nur Verkürzung und abrißhafte Verkleinerung eines wissenschaftlichen Systems, nicht aber eine Darstellung, die nach Stil, Aufbau und Auswahl dem jungen Leser angepaßt ist.

Beispiele vorwiegend sachlicher Gestaltung:

Technik, Wirtschaft: M. O. Hyde/B. Myers: Auf in den Weltraum (Herder, ab 10. Lj.). – R. Wyler/G. Ames: Der Weltraum und seine Erforschung (Maier, ab 11. Lj). – Kirsch/Korn: Bahnhof (Maier, ab 12. Lj.). – K. E. Mardel: Giganten der Schiene (Franckh, ab 13. Lj.). – F. Böer: Alles über ein Schiff (Herder, ab 13. Lj.). – A. Scherl: Das Buch der Technik (Bertelsmann, ab 14. Lj.). – M. Schäfer: Die Mächtigen der Wirtschaft (Arena, ab 14. Lj.). – R. Nitsche: Weltmacht Geld (Österr. Bundesverlag, Schreiber u. Union, ab 14. Lj.). – E. H. Heimann: Um die Wette mit dem Schall (Schwann, ab 14. Lj.).

Geschichte, Kultur: H. Pleticha: Lettern, Bücher, Leser (Arena, ab 12. Lj.). – H. Pleticha: Bürger, Bauer, Bettelmann (Arena, ab 12. Lj.). – J. Isenbörger: Dome, Burgen, Bürgerhäuser (Grunewald, ab 13. Lj.). – O. Mielke: Das große Buch der Seefahrt (Ensslin, ab 14. Lj.). – H.-Ch. Kirsch: Gewalt oder Gewaltlosigkeit? (Arena, ab 14. Lj.). – F. Hetmann: Die Spur der Navahos (Bitter, ab 14. Lj.). – R. Winston: Karl der Große (Ensslin, ab 14. Lj.). – L. Barring: Die Entdeckung der Völker (Loewes, ab 14. Lj.).

Natur- und Tierkunde: E. Merz: Kennen wir uns? (Einheimische Tierwelt) (Union, ab 10. Lj.). – O. v. Frisch: Die ersten Stunden ihres Lebens (Schreiber, ab 11. Lj.) u. Forts. – O.v. Frisch: Tarnkappe der Tiere (Schreiber, ab 11. Lj.) u. Forts. – H. Stern: Mit Tieren per Du (Maier, ab 12. Lj.). – W. Weiß: Aquarium (BLV, ab 12. Lj.). – W. Durian: Der See im Glas (Klopp, ab 13. Lj.). – H. Makowski: Amsel, Drossel, Fink und Star (Franckh, ab 13. Lj.). – E. W. Bauer: Höhlen, Welt ohne Sterne (Österr. Bundesverlag, Schreiber u. Union, ab 13. Lj.).

Lexika und Nachschlagewerke: Mein erster Brockhaus (Brockhaus, ab 5. Lj.). –

Meyers Kinderlexikon (Bibl. Institut, ab 8. Lj.). – Kinderduden (Bibl. Institut, ab 8. Lj.). – Herders buntes Bilderlexikon (Herder, ab 8. Lj.). – Von A bis Z in einem Griff (F. Schneider, ab 10. Lj.). – Wunderbare Welt (Herder, ab 11. Lj.). – Herders kleines Bildungsbuch (Herder, ab 13. Lj.).

Spiel- und Experimentierbücher: J. Lammèr: Kinder basteln Geschenke (Maier, ab 8. Lj.). – L. Kampmann: Ravensburger Kindermalschule (Maier, ab 8. Lj.). – J. Preetorius: Knaurs Spielbuch (Droemer, ab 10. Lj.). – H. J. Press: Spiel, das Wissen schafft (Maier, ab 11. Lj.). – G. Lentz: Knaurs Buch der Hobbys (Droemer, ab 12. Lj.). – A. Rex: Mein Spiel- und Experimentierbuch (Südwest, ab 13. Lj.). – R. Zechlin: Werkbuch für Mädchen (Maier, ab 13. Lj.). – G. Voss: Knaurs Bastelbuch (Droemer, ab 14. Lj.). – G. Lindner: Freude am Werken (Bertelsmann, ab 15. Lj.). – A. Römpp/ H. Raaf: Chemische Experimente mit einfachen Mitteln (Franckh u. dtv, ab 15. Lj.).

C. Literatur zum Sachbuch

Antz, J.: Führung der Jugend zum Schrifttum. Ratingen 1955 (3. Aufl.), S. 110 ff.

Bamberger, R.: Jugendlektüre. Wien 1965 (2. Aufl.), S. 222 ff.

Dahrendorf, M. (Hrsg.): Die Sacherzählung in der Schule. Eine Handreichung für den Lehrer. Hamburg 1969.

Das gestaltete Sachbuch und seine Probleme. Ensslin-Jahresgabe 1955. Reutlingen 1955. (Beiträge von H. Bertlein, H. Pleticha und O. Metzker).

Dierks, M.: Das Jugendbuch und die technische Welt. In: Studien zur Jugendliteratur und literarischen Bildung 1961. Ratingen 1961.

Doderer, K.: Das Sachbuch als literarpädagogisches Problem. Frankfurt a. M./Berlin/ Bonn 1961.

Fronemann, W.: Das Erbe Wolgasts. Langensalza 1927, S. 115 ff.

Fronemann, W.: Schrifttum und Erziehung. Ratingen 1951, S. 89 ff.

Gieseler, H.: Dichtung und Sachschrift in der Schule. Lübeck/Hamburg 1961.

Institut für Buchmarktforschung: Aussichten und Probleme des Sachbuches (Vortragssammlung) Hamburg 1965.

Aus Zeitschriften:

Andrae, F.: Das Sachbuch für Jugendliche. In: Bücherei und Bildung 1958/10. – Bertlein, H.: Das geschichtliche Jugendbuch auf dem Weg in die Schule. In: Zeitschrift für Jugendliteratur 1968, S. 131 – Brüggemann, Th.: Die Sachlektüre in der Volksschule. In: Das Jugendbuch. Beilage zu Der katholische Erzieher 1960. – Kleye, W. A.: Das Sachbuch und der jugendliche Leser. In: Bertelsmann Briefe 1968/55. – Langenbucher, W. R.: Bücher der öffentlichen Wissenschaft. In: Bertelsmann Briefe 1969/65. – Leithäuser, J. G.: Der junge Mensch und das Sachbuch. In: Bücherei und Bildung 1959/11. – Maier, K. E.: Das Sachbuch als Kinder- und Jugendlektüre. In: Der Deutschunterricht 1959/6. – Naujok, R.: Das technische Jugendbuch. In: Der Deutschunterricht 1961/6. – Oblinger, H.: Das Sachbuch im Unterricht. In: Welt der Schule 1964/17. – Pleticha, H.: Das erdkundliche Jugendbuch. In: Der Deutschunterricht 1959/6. – Pleticha, H.: Jugend und Sachbuch. In: Jugendschriften-Warte 1969/1. – Rombach, Th.: Versuch einer Definition des Sachbuches. In: Jugendliteratur 1958/10. – Rutz, A.: Über die Geschichte des historischen Jugendbuches. In: Jugendliteratur 1960/1. – Steinbuch, K.: Bemerkungen zum Sachbuch. In: Buch und Bibliothek 1972/6. – Westphal, F.: Die Sache und die Sacherzählung. In: Jugendliteratur 1958/10.

ZWEITER TEIL

Jugendliteratur in historischer Betrachtung

(Seine Einschätzung im Wandel der Geschichte)

A. Vom Mittelalter bis zum Barock

1. Das Schrifttum, bislang einer gebildeten Oberschicht vorbehalten, eroberte sich nach Erfindung des Buchdruckes neue Kreise. Die Buchproduktion schloß sich bevorzugt an *das volkstümliche Erzähl- und Beispielgut* an, das im Mittelalter als mündliche Tradition lebendig war, und fand so Zugang zu den breiten Schichten. Wenn auch – abgesehen von Schul- und Lernbüchern – eine eigens für die Jugend gedachte Lektüre nur vereinzelt geschrieben wurde, so dürfen wir doch als sicher annehmen, daß die vom breiten Volk ergriffene Literatur auch den Zugang zur Jugend fand. Volksliteratur und Jugendliteratur waren in der Frühzeit des Buchdruckes weitgehend identisch.

In der überwiegenden Zahl dieser frühen Schriften ist der lehrhaft-moralische Zug unverkennbar. Lehre und Unterweisung stehen aber in engem Zusammenhang mit dem Unterhaltend-Ergötzlichen. Das alte Prinzip des prodesse et delectare[1] wurde verhältnismäßig diskussionslos und im Vergleich zum späteren Schrifttumsverhalten in ungezwungener Natürlichkeit angewendet. Die Belehrung ging Hand in Hand mit Veranschaulichung und Unterhaltung. Der Stoffhunger und das Bedürfnis des einfachen Menschen nach moralischen Beispielen wurden ebenso befriedigt wie das Verlangen nach kurzweiliger, Phantasie und Sinne beeindruckender Unterhaltung.

Das zeigt sich deutlich an der *Legende*, einer Literaturform, die wie keine andere sich größter Verbreitung erfreute. Ihre Vorrangstellung verdankte sie einerseits dem religiösen Gehalt (der Mensch der frühen Neuzeit stand noch in unmittelbarer Beziehung zur Religion), andererseits dem kurzweiligen Erzählcharakter und der Veranschaulichung durch das Beispiel. In der Legende verrät sich der Glaubensgehalt »niemals durch Behauptung und Unterscheiden, sondern durch Gestalten. Alles muß ihm anschaulich werden, alles Abstrakte wird

---

[1] Horaz: »Aut prodesse volunt aut delectare poetae, aut simul et jucunda et idonea dicere vitae.« (Ars poetica).

Bild und Geschichte: Was nicht durch Vorstellung gebannt werden kann, das muß eben ausfallen. So kam es denn auch, daß das sprachliche Gewand den Legenden in vollendetem Guß zugewachsen ist... Niemals ist deutsche Prosa kräftiger und wohlklingender gewesen als in diesem ihren ersten großen Epos... Der Kompilator des Augsburger Passionals von 1470[2] ist einer der besten deutschen Erzähler aller Zeiten. Er war so, ohne es zu wissen, ohne daß seine Zeit, die sein Werk mit solcher Begierde aufnahm und in treuer Pflege hielt, auch nur seinen Namen aufzeichnete. Was er tat, das hätten Hunderte seiner Zeitgenossen auch gekonnt. Denn in den Prosawerken jener Zeit spricht nie der einzelne, sondern das ganze Volk. Wie die Welt der Vorstellungen, so war auch die Sprache Gemeingut; sie brauchte nicht zu wählen und zu suchen, sie hatte nur auszusprechen. Sie war kein Denken, sondern nur wiedergebendes Gestalten. Sie sprach wie ein Kind, das Geschichten erzählt«[3].

Ungebrochenes Erzähltalent und die Begabung, Belehrung und Ergötzung auf natürliche Weise miteinander zu verschwistern, sprechen auch aus zahlreichen Sammelwerken, die in bunter Reihe Legenden und Parabeln, biblische Geschichten des Alten Testaments und der Passion, Umwelterzählungen mit religiösem Exempelgehalt, heimische Volkssagen, orientalisches und antikes Erzählgut, Pilgerreiseabenteuer enthalten. Eines dieser Bücher, von dem wir übrigens wissen, daß es der Jugend zugedacht war, ist »Der Seele Trost« (1478).

Es ist bezeichnend, daß die *Fabel* in der frühliterarischen Zeit ebenfalls eine bedeutende Stelle einnahm. Wir finden sie in Sammelbänden und in gesonderten Ausgaben. Sie bietet sittliche Lehre in verhülltem Gewand, eingebettet in eine kurze, einprägsame Erzählung. Im Erzählteil und nicht in der Glosse, die den didaktischen Gehalt ohne Umschreibung lehrhaft zusammenfaßt, liegt das Hauptgewicht der ursprünglichen Fabel. Und als solche tritt sie um 1500 auf.

Für die Mehrheit der Schriften, die in der ersten Epoche des Buchdruckes das breite Volk und die Jugend erreichten, kann gesagt werden: Sie ist getragen von einer noch ungetrübten, naiven Erzähl- und Lehrbegabung, sie kennt nicht die Frage nach Mentalität und Bedürfnis des Lesers und nicht das Problem der formal besten und psychologisch wirksamsten Form. Ohne sich der Reflexion darüber hinzugeben, bewältigt sie unbewußt die Schwierigkeiten und schafft schlichte und eindringliche Kunst, »in welcher dem Form geliehen wird, was in allen lebt, in der die Sprache des Alltags im Verhältnis zum Inhalt neu gefühlt wird und sich verjüngt«[4].

2. Bald schon wurden die Beziehungen zur volkstümlichen Sprachgestaltung spärlicher und die Werke seltener, die aus der Freude am naiven Erzählen, Be-

---

[2] Es handelt sich hierbei um die frei übertragene Legenda aurea.

[3] S. Rüttgers: Die Dichtung in der Volksschule. Leipzig 1914, S. 214 f.

[4] Aus W. Seidemanns Charakterisierung der Volksdichtung in: Der Deutschunterricht als innere Sprachbildung. Heidelberg 1958 (3. Aufl.), S. 141 (8. Aufl. 1969).

richten und Lehren entstehen. Wer jetzt für Allgemeinheit und Jugend schrieb, wollte und konnte sich nicht mehr auf eine natürliche Fähigkeit verlassen; zwischen Antrieb und Ausführung schob sich eine Cäsur, in der über Form, Inhalt und Absicht erst nachgedacht wurde. Jugendgemäße und volksnahe Literatur *wurde zum Problem.*

Im Banne der Glaubenskämpfe bemächtigten sich die konfenssionelle Polemik und die religiös-erzieherische Absicht mit solcher Stärke der Literatur, daß andere Interessen kaum noch angesprochen wurden. Die literarische Produktion unterstellte sich einer rein praktischen, im Dienst von Sitte und Religionslehre stehenden Auffassung.

Bezeichnend ist: Die Legende kommt ihres erzählerisch ausmalenden und phantasievoll schweifenden Charakters wegen in den Ruf der »Lügende« (Luther). Die Fabel wird immer ausgeprägter zum Instrument der unverhüllten Belehrung, Mahnung und Anprangerung; die Glosse siegt über die Erzählung. In der für Volk und Jugend gedachten Literatur war man zwar gewillt, die pädagogische Absicht durch »Gesänge, Reime, Lieder, Sprüche, Spielen der Komödien, Tragödien usw.« erträglicher zu machen[5], sie blieb aber doch so beherrschend, daß neben der zweckgebundenen Wirkung jede andere nahezu unmöglich wurde. Die harmonische Einheitlichkeit von Lehre und Unterhaltung, durch die das volkstümliche Literaturschaffen der Jahrzehnte vorher sich auszeichnete, ging verloren. Das Bild einer konstruierten, unkünstlerischen Zweckliteratur wurde kennzeichnend. Nur wenige Ausnahmen stehen außerhalb dieses Rahmens, so Wickrams »Knabenspiegel« (1554) und »Goldfaden« (1557). Die Masse der Schriften ist ohne dichterischen und unterhaltenden Reiz.

So erklärt sich, daß der einfache Leser, dem solches von oben her geboten wurde, die Verbindung nach unten zu einer Literatur suchte, die seine Sinne massiv befriedigte. Nach der »lutherischen Pause« um die Mitte des 16. Jahrhunderts kam vor allem die *Narrenliteratur* zu neuer Blüte. »Während der folgenden Dezennien erscheinen in rascher Folge, oft von beträchtlichem Umfang und mit vielen Auflagen, solche Schwanksammlungen. Man wollte sich befreien von dem kirchlichen Druck, der allenthalben lastete; aus der Bibel floh man in ihr Widerspiel, den Schwank und die Zote. Die Seele war überfüttert, nun verlangte auch der Körper sein Recht und reagierte auf die ständigen Postillen, Andachts- und Erbauungsbücher mit dieser derben, sinnlichen Kost«[6]. Hier wie

---

[5] Typisch der Ausspruch eines Lutheraners (1539): »... so muß man jetzund Gottes Wort und Lehre, gute Sitten der tollen Welt und ungezogenen Jugend vortragen mit Predigen, Gesängen, Reimen, Liedern, Sprüchen, Spielen der Komödien, Tragödien usw., ob vielleicht die, die das Predigen nicht hören, noch sonst Zucht leiden wollen, durch Spielen oder Gesänge könnten erworben werden.« Zit. bei Wolfgang Stammler: Die deutsche Dichtung von der Mystik zum Barock. Stuttgart 1950 (2. Aufl.), S. 304.

[6] W. Stammler: Die deutsche Dichtung ... A.a.O., S. 438.

in den Volksbüchern, die im zweiten Drittel des 16. Jahrhunderts literarisches Gemeingut wurden, kam das einfache Publikum auf seine Rechnung, und der sich mehr und mehr vergröbernde Geschmack fand in der stetig absinkenden Massenliteratur seine Entsprechung.

Das seriöse Schrifttum distanzierte sich von solchem Erzählgut und bald von volkstümlicher Prosa überhaupt. Im jugendliterarischen Sektor siegte vollends der Schulmeister und Pastor über den Dichter und Erzähler. Angekränkelt von der Humorlosigkeit des Humanismus, der eifernden Strenge des Reformationszeitalters und der pathetischen Gestelztheit des Barock ging das Jugendschrifttum den Weg zur spezifischen Jugendliteratur der Aufklärung.

B. Aufklärung und 19. Jahrhundert

1. Das Kinder- und Jugendschrifttum der *Aufklärung*, genauer gesagt des deutschen Philanthropismus, kann durch zwei Wesenszüge charakterisiert werden: rationale Belehrung und Versuch bewußter Kindertümlichkeit.

»Wie köstlich ist's«, schreibt Rochow, »wenn man seinen Verstand anwendet, den Unwissenden zu belehren und allem bösen Wesen abzuhelfen.« Der Satz weist auf die Vorzugsstellung der Pädagogik, die zum Lieblingsgegenstand der Zeit erhoben wurde; er kennzeichnet auch den Schwerpunkt des pädagogischen Bemühens: Verstand und Belehrung. Das Schrifttum wurde der rational bestimmten Erziehung unterstellt und ganz bewußt als Mittel der Volksbildung und Menschenerziehung ergriffen. Literatur, die nach Meinung der Aufklärung keinen unmittelbaren pädagogischen Wert erkennen ließ, verfiel der Ablehnung. Das auch ohne offizielle Förderung noch lebendige Volksgut (Märchen, Sagen, Legenden, Volksbücher usw.) konnte im Urteil einer vordergründigen Verstandesbetrachtung nicht bestehen und wurde verächtlich gemacht und bekämpft. Nur die Fabel ließ man ihres lehrhaften Charakters wegen gelten, putzte aber das fabula docet ganz gehörig heraus.

Wie zu keiner Zeit vorher stieg die Produktion von eigens für Kinder gedachten Abhandlungen und Erzählungen an. »Wie Pilze nach einem milden Sommerregen schossen die ›Beispiele der Weisheit und der Tugend‹, die ›Moral in Beispielen‹, die ›Sittenspiegel‹, die Taschenbücher und Almanache und Reisebeschreibungen und Kinderdramen usw. hervor«[7].

Das Lehrhafte und Erzieherische ist kein originaler Wesenszug des philanthropinen Jugendschrifttums. Es hat aber der pädagogischen Tendenz, die im 16. und 17. Jahrhundert schon deutlich sichtbar wurde, zu einer bisher nicht erreichten Vorherrschaft verholfen.

Nicht genau so verhält es sich mit dem zweiten Wesenszug, dem bewußten

---

[7] Hermann L. Köster: Geschichte der deutschen Jugendliteratur. München-Pullach/Berlin 1972. Nachdruck der 4. Aufl. 1927, S. 283 – Vgl. auch Josef Prestel: Geschichte des deutschen Jugendschrifttums. Freiburg i. B. 1933, S. 13 ff.

Streben nach kindertümlicher Gestaltung. Es ist im vorangegangenen Schrifttum nur gelegentlich und ansatzweise erkennbar. Die Jugendschriftsteller der Aufklärung erhoben die Kindertümlichkeit zu einem Prinzip ihres Schaffens, sie wollten die Mentalität des jungen Lesers ergründen und berücksichtigen, ohne allerdings ihre Auffassung vom Kinderbuch als Lehr- und Erziehungsmittel preiszugeben. Das heißt: Sie bemühten sich um eine Synthese des Nützlichen und des Angenehmen, des Ernsten und Heiteren, des Lehrhaften und Unterhaltenden. Kein Werk der aufgeklärten Jugendliteratur, das nicht belehren und moralisieren, keines aber auch, das nicht ergötzen möchte. Man erfand Geschichten aus der Welt des Kindes, man erzählte in einer Denkart, Vorstellungsweise und Sprache, von denen man annahm, sie seien kindernah. Das Mißgeschick der philanthropien Jugendschriftsteller aber erklärt sich aus der falschen Interpretierung der kindlichen Psyche, aus der Prävalenz der rationalen Literatureinschätzung und aus der großen Zahl untalentierter Schriftsteller, die sich als Kinderbuchautoren berufen fühlten[8]. So kam es zu einer Jugendliteratur, die von lebensfrischer Kindertümlichkeit ebenso weit entfernt war wie von dichterischer Darstellungskunst. Unter dem Einfluß der pädagogischen Leidenschaft entartete die Koppelung von »Lust und Lehr« zu einer taktischen Maßnahme, zu einer List der Erziehernaturen. Paul Hazard läßt den bildungsbeflissenen, nur scheinbar auf die Bedürfnisse des Kindes eingehenden Erwachsenen aller Zeiten so sprechen:

»Unsere Kinder können lesen und wachsen heran, und nun kommen sie und bitten uns um Bücher. Laßt uns ihre Neugierde und ihren Lesehunger ausnutzen. Laßt uns so tun, als bauten wir ihnen die Schlösser, die sie so lieben, aber tun wir es auf unsere Weise, da wir ja bekanntlich alle Weisheit unser eigen nennen. In ihre Schlösser werden wir Schulzimmer einbauen, geschickt verkleidet natürlich; in ihre Gärten werden wir Gemüse pflanzen: sie werden es schon für Blumen halten. An der nächsten Biegung der Allee wird uns die Vernunft entgegenkommen, die Ordnung, die Weisheit, die Naturwissenschaft, die Physik und die Chemie. Während wir die Geschichten ihrer Amme weiter auszuspinnen scheinen, werden wir ihnen höchst gelehrte Märchen erzählen. Da sie ja naiv sind, werden sie es kaum bemerken; und während sie sich zu amüsieren glauben, werden sie vom Abend bis zum Morgen nichts tun als lernen«[9].

2. Mit der klassich-romantischen Erneuerung erstand dem Geist der Aufklärung eine heftige Gegnerschaft. Die Masse der Jugendliteratur wurde jedoch

---

[8] Als führende und verdienstvolle Kinderbuchautoren ragen hervor: Joachim Heinrich Campe (»Robinson der Jüngere«, 1779), Christian Felix Weiße (Wochenzeitschrift »Kinderfreund«, 1775 ff.), Christian Gotthilf Salzmann (»Unterhaltungen für Kinder und Kinderfreunde«, 1778), Friedrich Eberhard v. Rochow (Lesebuch »Kinderfreund«, 1776).

[9] P. Hazard: Kinder, Bücher und große Leute. Hamburg 1952, S. 22 f. (Neuaufl. 1970)

davon nicht beeinflußt. Die Entwicklung vollzog sich auf der Grundlage des philanthropinen Schrifttums weiter, isoliert von den Strömungen der allgemeinen Literaturgeschichte, und trieb unter dem Einfluß einer regen Konjunktur die seltsamsten pseudokindertümlichen und pseudopädagogischen Blüten. Das 19. Jahrhundert wurde zum Jahrhundert des verrufenen *spezifischen Kinderschrifttums*.

Schon 1787 schrieb der Berliner Gymnasialdirektor Gedike: »Keine einzige literarische Manufaktur ist so sehr im Gange, als die Büchermacherei für die Jugend nach allen Graduationen und Klassen ... Und siehe, jung und alt eilt hin und sammelt – wenig Perlen und Ambra, desto mehr Schlamm, höchstens buntgefärbte Schneckenhäuser ... Studenten und Kandidaten, deutsche und lateinische Schulhalter, angehende Erzieher und Nichterzieher, kurz alles, was nur gesunde Hände zum Schreiben oder auch nur zum Abschreiben hat, verfertigt Büchlein für die liebe Jugend«[10].

Die Entdeckung des Kindes als Leser trug ihre Früchte, leider sehr viele schlechte und mittelmäßige. Grundsätzlich galt die alte Formel »Zur Lehre und Ergötzung« weiterhin. Während aber das jugendliterarische Schaffen der Aufklärung doch weitgehend einer ehrlichen pädagogischen Absicht entsprang, wurde jetzt bei vielen die kommerzielle Kalkulation der eigentliche Antrieb. Das Kind wurde nicht nur als Leser, sondern auch als Abnehmer und Konsument entdeckt. Sollte die Jugendschriftstellerei als Geschäft blühen, mußte man versuchen, mit allen Mitteln den Beifall der Kinder und die Zustimmung der Eltern zu finden. Beuge dich zum Kind herab, presse dich in seine Welt und Sprache, schmeichle seinen Erwartungen und Vorstellungen – und es wird deine Bücher begehren! Gib dich moralisch, lehrhaft (dem pietistischen Geist der Bürgerlichkeit entsprechend: fromm-religiös) – und dir wird auch der Beifall der Erwachsenen sicher sein! Dilettantismus und Geschmacklosigkeit, Unwahrhaftigkeit und Scheinheiligkeit feierten unangefochtene Triumphe. Vereinzelt erhoben sich Stimmen der Kritik[11]. Ihr Einfluß blieb aber gering. Ein spürbarer Wandel der allgemeinen Auffassung und eine damit verbundene Besserung des Lesegutes trat erst gegen Ende des Jahrhunderts ein. Der entscheidende Anstoß kam aus den Reihen der Kunsterzieher und der Kunsterziehungsbewegung.

C. Heinrich Wolgast und die Jugendschriftenbewegung

Die Kunsterziehung sieht die Kunst als Erzieherin und Lebensbegleiterin. Schon frühzeitig muß daher der junge Mensch zur Kunst geführt, im Umgang mit ihr geschult und im künstlerischen Genießen geübt werden. Die Literatur ist einer der bedeutendsten Kunstzweige. Zu ihr können die meisten Menschen

[10] Zit. bei I. Dyhrenfurth: Geschichte des deutschen Jugendbuches. Zürich/Freiburg i. Br. 1967 (3. Aufl.), S. 65.

[11] Vgl. die Zusammenstellung der kritischen Stimmen bei H. L. Köster: a.a.O., S. 385 ff.

Zugang finden, sie spielt neben der Musik auf dem Gebiet der Volks- und Jugenderziehung die größte Rolle.

Auf Grund solcher Überlegungen trat das Jugendbuch in den Diskussionsbereich der Kunsterzieher. Hervorragendster Sprecher und Anreger war *Heinrich Wolgast* (1860–1920), Volksschullehrer zu Hamburg. Seine Kampfschrift »Das Elend unserer Jugendliteratur« (1896) gab den Anlaß zu leidenschaftlichen Auseinandersetzungen im gesamten deutschsprachigen Raum und löste die Jugendschriftenbewegung aus, die im Laufe der nächsten fünfzig Jahre entscheidende Wirkungen hervorbrachte. Zum Träger dieser Bewegung im Sinne Wolgasts wurden die Prüfungsausschüsse für Jugendliteratur, die sich im Rahmen der allgemeinen Lehrervereine konstituierten und bis heute auf eine einflußreiche Tätigkeit verweisen können.

1. Der zentrale Leitsatz der Wolgastschen Schrift lautet: *»Die Jugendschrift in dichterischer Form muß ein Kunstwerk sein«*[12].

Mit dieser Forderung wird ein Standpunkt bezogen, der bisher nur vereinzelt vertreten worden ist und jedenfalls in der jugendliterarischen Praxis keine Beachtung gefunden hat. Sie verlangt eine Blickwendung von der belehrend-moralischen und der unterhaltend-kindertümlichen Seite hin zur literarästhetischen Bedeutung der Kinder- und Jugendschrift. Soweit sie in »dichterischer Form« geschrieben sei (Lehrbuch, informatives Schrifttum, Sachbuch i. e. S. sind hier nicht gemeint), müsse sie sich den Gesetzen der Dichtung unterwerfen.

Der Wolgastsche Rigorismus ist zu verstehen einerseits aus der tiefen Enttäuschung an der Jugendliteratur des 19. Jahrhunderts und der Überzeugung, daß nur durch das Anlegen hoher künstlerischer Maßstäbe eine Rettung möglich sei; andererseits aus der Einschätzung der Dichtung als hohen Eigenwert. Der junge Mensch müsse zu ihr hingeführt werden, er müsse literarisch aufnahme- und genußfähig gemacht werden: nur das künstlerisch wertvolle Jugendbuch könne diese Aufgabe erfüllen.

2. Ein weiterer Leitsatz entwickelt sich folgerichtig aus dem ersten: *»Der Begriff der Jugendliteratur in dem Sinne eines Schrifttums, das eigens für die Jugend geschaffen ist und im allgemeinen auch nur für die Jugend Interesse haben kann, muß fallen«*[13].

Die Ergebnisse der spezifischen Jugendschriftstellerei sind für Wolgast Beweis genug, daß die Isolation des Jugendbuches zwangsläufig ins Banale und Minderwertige führe, ins Fahrwasser unwahrer Kindertümlichkeit gerate und literarische Stümperhaftigkeit ermutigte. Er zitiert das Stormsche Paradoxon »Wenn du für die Jugend schreiben willst, so darfst du nicht für die Jugend schreiben!« und regt mit Erfolg an, die Literatur für unsere Kinder aus dem bereits vorhandenen Bestand des deutschen Dichtgutes auszuwählen. »Nur unsere

---

[12] Heinrich Wolgast: Das Elend unserer Jugendliteratur. Worms 1950 (7. Aufl.), S. 25.
[13] Wolgast: a.a.O., S. 25.

echten Dichter sollen unsere Jugendschriftsteller sein!« Was aus ihren Werken für die Jugend bereitgestellt wird, »kann durch diese Erweiterung des Hörerkreises nichts von seinem allgemein literarischen Wert verlieren«, es werden Kunstwerke bleiben, »ob sie gleich Jugendlektüre sind«[14].

3. Ein anderer Kernsatz lautet: *»Die Dichtkunst kann und darf nicht das Beförderungsmittel für Wissen und Moral sein!«*[15] Die Jugendliteratur soll Dichtkunst sein, also gilt diese Feststellung auch für sie.

Wolgast und die Hamburger lösten durch die Verurteilung des Tendenzschrifttums eine scharfe Polemik aus. Man warf ihnen vor, das Ästhetische vor das Sittliche zu stellen, bzw. der Jugendliteratur jegliche sittliche Wirkung abzusprechen. Aus Wolgasts »Elend der Jugendliteratur« und seinen späteren Veröffentlichungen geht aber hervor, daß er die erzieherische Bedeutung der Jugendschrift nicht verkennt. Er zitiert das bekannte Herderwort: »Ein Buch hat oft auf eine ganze Lebenszeit einen Menschen gebildet und verdorben«; und er schreibt selbst, »daß die Jugendschrift ausnahmslos unter dem Gesichtspunkt bewußter erzieherischer Einwirkung zu betrachten ist«[16]. Nur müsse eben eine gute Erzählung aus sich selber wirken, auf direkte pädagogische Belehrung verzichten und andere Wege gehen wie Unterricht und Wissenschaft. »So sicher es ist, daß ein poetisches Kunstwerk nicht den Zweck der Belehrung hat, so sicher ist es, daß es, recht verstanden und mit Innigkeit genossen, dem Erkenntnisvermögen einen Zuwachs gibt . . . Der Künstler lehrt uns, die Welt mit neuen Augen anzusehen. Wenn wir Welt und Menschen längst zu kennen glauben, kommt der Dichter, der sie von einer anderen Seite gesehen oder etwas tiefer ins Innere geschaut hat, und stellt uns eine Welt und stellt uns Menschen vors Auge, daß wir erst glauben, es sei alles neu und dann doch das sichere Bewußtsein alter Bekanntschaft haben«[17]. Auch ein starker charakterlicher Einfluß gehe von der Dichtung aus, sie wirke veredelnd und erhebend und trage »die Seele über den Dunst und Gestank der Gemeinheit empor«, sie bereite das Herz, »die großen Regungen der Selbstzucht und Nächstenliebe zu hegen und zu Willensakten anwachsen zu lassen«. »So liegt wohl im echten Kunstwerk, das ohne Rücksicht auf Sittlichkeit und Erziehung entstanden ist, ein stärkerer Anreiz zum sittlichen Handeln als in jenen eigens auf die Moral zugeschnittenen Pseudodichtungen, und ich bin überzeugt, daß, wenn wir die Lektüre der aus erziehlichen Gesichtspunkten gefertigten Jugendschriften durch literarisch wertvolle Werke, die nur dem künstlerischen Genuß dienen sollen, ersetzen, wir damit nicht nur der Geschmacksbildung, sondern auch der Charakterbildung unserer Jugend einen wesentlichen Dienst leisten«[18].

---

[14] Wolgast: a.a.O., S. 26.
[15] Wolgast: a.a.O., S. 22.
[16] Wolgast: a.a.O., S. 19.
[17] Wolgast: a.a.O., S. 49.
[18] Wolgast: a.a.O., S. 61 f.

Durch die literarästhetische Sicht werden die traditionellen Zweckbestimmungen des Lesegutes aus ihrer dominierenden Stellung verdrängt; die bildend-erziehende Funktion wird nicht ignoriert, aber in neuem Zusammenhang gesehen. Jugendliteratur besitzt belehrende und moralisierende Kraft durch ihr Wesen als dichterisches Werk, sie erzielt bildnerisch-erzieherische Wirkung, wie sie nur von der Dichtung ausgeht. Die Auffassung über Tendenzschriften wurde im Laufe der Diskussion weiter präzisiert und geklärt. Die Generalversammlung der deutschen Prüfungsausschüsse für Jugendschriften stellt 1906 in München fest: 1. Tendenz im Sinne des Dranges nach Darstellung einer Idee mit den Mitteln der Dichtkunst ist ein notwendiges Moment dichterischen Schaffens. Tendenz im Sinne des absichtlichen Werbens für einen außerhalb der Kunst liegenden Zweck bringt ein fremdes Moment in das dichterische Schaffen. 2. Dichtungen, die bei voller Wahrung der Gesetze künstlerischen Gestaltens zugleich eine religiöse, moralische oder patriotische Wirkung auf den Leser ausüben, sind, sofern sie im übrigen der Aufnahmefähigkeit jugendlicher Leser gerecht werden, als Jugendlektüre unbedingt zu empfehlen. 3. Eigentliche Tendenzschriften müssen vom Kinde ferngehalten werden, weil sie die Naivität des künstlerischen Genießens zerstören und falsche Normen für die Wertschätzung von Dichtungen festlegen[19].

4. Auch die Frage nach der Funktion des Kinderbuches als Unterhaltung wird vom kunstästhetischen Standpunkt aus anders als herkömmlich beantwortet. *»Unterhaltung in Form der Dichtung – in diesem Begriff liegt das ganze Elend der Jugendschriftstellerei beschlossen«*[20].

Damit wird ausgedrückt: Literatur dürfe erstens nicht zum Ersatz werden für jene natürliche Unterhaltung, die das Kind im Tätigsein und im Spiel finde. Ein Kind, das *nur lese*, darin seine volle Befriedigung finde und dem Hang zur Bewegung, zum Laufen, Springen und Spielen nicht mehr nachkomme, lebe außerhalb der naturgewollten Entwicklung. Es wäre besser, das Lesen einzuschränken, als die kindgemäßen Äußerungen des Tätigkeitstriebes zu unterdrücken. Zweitens widerspreche es dem Wesen der Dichtung, Unterhaltung zu vermitteln.

Die Jugend soll, nach Wolgast, nicht zur Unterhaltung und zum Vergnügen lesen, sondern »um des Genusses willen«. Sie soll sich an der Schönheit der Form und der Erhabenheit des Gehaltes erfreuen, sie soll künstlerisch genießen. Wolgast, der idealistische Verfechter dichterischer Erziehung, der kompromißlose Gegner minderwertiger Jugendlektüre, bestreitet die Existenzberechtigung unterhaltenden Schrifttums für die Jugend.

Es steht heute außer Zweifel, daß dieser Standpunkt als unrealistisch und unpsychologisch abzulehnen ist. Er überschätzt die Fähigkeiten des Kindes und

---

[19] Vgl. Franz Xaver Thalhofer: Die Jugendlektüre. Paderborn 1925 (2. Aufl.). – Wilhelm Fronemann: Das Erbe Wolgasts. Langensalza 1927.

[20] Wolgast: a.a.O., S. 14.

verkennt die Grenzen, die eine spätere Leserpsychologie deutlich herausgestellt hat. Er übersieht die Bedeutung, die dem unterhaltenden Moment im Jugendlesen zukommt. (Näheres hierzu im nächsten Kapitel!)

Hier wie an anderen Stellen der Wolgastschen Konzeption wird deutlich, daß eine ausschließliche Betrachtung des Kinderlesens und der Kinderliteratur von der literarästhetischen Seite unvollkommen ist und zu fehlerhaften Schlußfolgerungen führt.

D. Soziologische Akzente in der Gegenwart

In der neueren Entwicklung der jugendliterarischen Theorie spielt die soziologische Betrachtungsweise eine zunehmende Rolle. Das hat seine allgemeine Ursache in dem Bestreben, die Reflexion über Jugendbuch und Jugendlesen aus einer gewissen Enge und Monotonie herauszuführen und durch Einbeziehen neuer Aspekte, durch ein vieldimensionales Betrachten des Komplexes, Ansätze zu einer möglichst realen und wirklichkeitsbezogenen Theorie zu finden. Hierzu bietet sich in besonderer Weise der bislang vernachlässigte oder nur partiell berücksichtigte soziologische Aspekt an. Fragestellung und Methoden der Soziologie finden somit in der Theorie der Jugendliteratur Eingang und erhalten in zunehmendem Maße auch hier jene Bedeutung, die sie in anderen Wissenschaftsbereichen und nicht zuletzt in der Literatur- und Sprachwissenschaft bereits einnehmen. Das soziologische Interesse im Sektor Jugendliteratur findet nachhaltige Unterstützung durch die gesellschaftsreformerischen und gesellschaftspolitischen Strömungen unserer Tage. Durch sie werden allerdings zusätzlich politisch-weltanschauliche und ideologische Momente ins Spiel gebracht. Extreme Auffassungen und absolut gesetzte ideologische Vorentscheidungen verwirren die Lage erheblich und schaffen eine Polarisation, die die wissenschaftliche Diskussion durch das Vorherrschen einer militanten, von Emotionen beeinflußten Polemik erheblich beeinträchtigt.

Dennoch besteht kein Zweifel, daß mit der verstärkten Einbeziehung der soziologischen Dimension eine Reihe von Tatsachen und Bedingungen evident geworden ist, deren Berücksichtigung für eine gegenwartsnahe und realistische Jugendliteratur-Theorie von großer Bedeutung ist und die der wissenschaftlichen Arbeit neue Wege weist. Dazu gehören:

Lesen als kommunikativer Vorgang;
unterschiedliche Befähigung der jungen Leser zur Teilnahme an der literarischen Kommunikation;
schichtspezifische Bedingungen des Literaturverhaltens und Literaturkonsums;
wissenschaftliche Sichtung und Erforschung trivialer Texte;
kritische Überprüfung von Inhalt und Aufgabe des Literaturunterrichts.

Eine intensive wissenschaftliche Auseinandersetzung mit diesen und anderen soziologisch relevanten Themen muß dazu beitragen, Ungereimtheiten und Widersprüche auszuräumen, die die derzeitige Diskussion belasten und bei vielen eine skeptische und reservierte Haltung gegenüber der soziologischen Betrachtung hervorrufen. Es ist der Gefahr einer neuen Einseitigkeit entgegenzutreten. Der gesellschaftliche und schichtspezifische Aspekt darf trotz seiner Bedeutsamkeit nicht zum nahezu ausschließlichen und allein maßgeblichen Ausgangspunkt literarischer und leseerziehlicher Erörterungen und Konsequenzen avancieren, wobei dann andere Fakten vernachlässigt oder ignoriert werden. Die notwendige multiple Betrachtung des Gegenstandes bringt unterschiedliche und zum Teil divergierende Ergebnisse, die zueinander in Beziehung gebracht und im Gesamtzusammenhang auf das Ausmaß ihrer Gültigkeit geprüft werden müssen. Wenn beispielsweise aus soziologischer Sicht die Berücksichtigung und Anerkennung trivialer Texte gefordert wird, weil sie das überwiegende Lesegut der Mehrheit von Kindern und Jugendlichen ausmachen, so ergibt sich daraus vom literarischen und pädagogischen Aspekt eine Reihe von Problemen, die nicht übersehen oder nur oberflächlich abgetan werden kann. Dieselbe Trivialliteratur, die in den Unterricht einbezogen werden soll, weist Inhalte auf, die wirklichkeitsentstellend und lebensfremd sind. Dieselben Texte, die soziolinguistisch betrachtet besondere Beachtung verdienen, weil sie den Sprach- und Denkschemata der Unterschicht entgegenkommen, erweisen sich auf Grund eben dieser vorherrschenden Sprach- und Denkschematas als ein zumindest sehr bedenkliches, wenn nicht untaugliches Instrumentarium der heute allenthalben geforderten kompensatorischen Erziehung der kulturell unterprivilegierten Sozialgruppen. Sie sind Bestätigungsliteratur, welche die soziokulturell determinierten Denk- und Verhaltensstrukturen nicht verändert, sondern begünstigt und fixiert.

E. Resümee zur historischen Betrachtung

Der kurze geschichtliche Abriß[21] läßt Gesichtspunkte erkennen, von denen aus die Literatur der Jugend in den einzelnen Epochen betrachtet worden ist.

Überwiegend ist die Einschätzung der Jugendschrift als Lehr- und Erziehungsgut. Der Leser soll durch Unterweisung und Beispiel zum guten Lebenswandel im Sinne der Normen der Erwachsenenwelt angehalten werden und

---

[21] Ausführliche Gesamtdarstellungen der Geschichte der Jugendliteratur bei I. Dyhrenfurth, J. Prestel und H. L. Köster, a.a.O. Weitere historische Arbeiten: Josef Prestel: Das Lesegut der Jugend in geschichtlicher Darstellung. In A. Beinlich (Hrsg.): Handbuch des Deutschunterrichts. Emsdetten 1970 (5. Aufl.), S. 1063 ff. – Horst Kunze: Schatzbehalter. Vom Besten aus der älteren deutschen Kinderliteratur. Hanau a. M. 1965. – Ludwig Göhring: Die Anfänge der deutschen Jugendliteratur im 18. Jahrhundert. Erstveröffentlichung 1891. Nachdruck der Ausgabe 1904 bei Dausien Hanau a. M. 1967 – Adalbert Merget: Geschichte der deutschen Jugendliteratur. Erstveröffentlichung 1866. Nachdruck der Ausgabe 1882 bei Dausien Hanau a. M. 1967.

durch die Darstellung wissenswerter Gegebenheiten seine Kenntnissse erweitern. Jugendliteratur ist in den Dienst der Pädagogik gestellt, die das Kind aus seiner Unreife herausführen und den Weg zur sittlich-geistigen Mündigkeit weisen will. Die geschichtliche Betrachtung zeigt, daß die pädagogische Intention schon in den Anfängen der Jugendliteratur ein bedeutendes Gewicht hat. Sie ist zunächst auf natürliche Weise mit anderen Belangen gekoppelt, verselbständigt sich dann aber und ordnet sich andere Funktionen unter. Erst durch die Jugendschrifttumsbewegung verliert sie ihren beherrschenden Platz.

Seit dem Rationalismus spielt die Überlegung eine wichtige Rolle, wie man sich dem Leser als Kind anpassen könne. Es kann gesagt werden, daß zu Beginn des Buchzeitalters die Belange des volkstümlichen und jugendlichen Lesers eine verhältnismäßig angemessene Berücksichtigung finden, während die Jugendschriftentheorie des Philanthropismus und seiner Nachfolgeschaft, obwohl sie ganz bewußt dem Kinde gerecht werden will, nur sehr unbefriedigende Leistungen hervorbringt. Bei Wolgast und in der Anfangsphase der Jugendschriftenbewegung erfährt durch die starke Betonung des Literarästhetischen die kindertümliche Seite nicht immer ausreichende Würdigung, wenngleich der Versuch, die Forderungen der Dichtung und des Kindes in einer Synthese zu vereinigen, unverkennbar ist.

So selbstverständlich es auch erscheinen mag, Jugendlektüre als Zweig der Literatur zu betrachten und mit literarischen Maßstäben zu beurteilen – in der Geschichte der Jugendliteratur findet diese Sicht erst in der jüngeren Vergangenheit eine entscheidende Beachtung. Der literarische Wert spielt als Kriterium bei der Begutachtung und Auswahl durch Jahrhunderte keine ernsthafte Rolle. Die jugendnahen Prosawerke um 1500 sind noch Bestandteil der aus der Erzähltradition des Volkes kommenden Gesamtliteratur. Die der Jugend zugedachten Schriften der folgenden Epochen stehen beziehungslos zur dichterischen Allgemeinliteratur, und ihre Autoren fühlen sich anderen Maßstäben als den literarischen verpflichtet, wollen Lehrer, Erzieher und Unterhalter sein. Erst die Kunsterziehungsbewegung und in ihr die Jugendschrifttumsbewegung verkünden die Forderung nach künstlerischer und literarischer Qualität der Jugendlektüre.

So macht uns ein geschichtlicher Rückblick mit drei wesentlichen Betrachtungsweisen – der pädagogischen, der kindertümlich-psychologischen, der literarischen Betrachtungsweise – bekannt, zu denen in der Gegenwart der soziologische Aspekt hinzugefügt wird. Und während wir die zeitbedingte Einstellung wahrnehmen und ihre jeweiligen Auswirkungen überdenken, erkennen wir gleichzeitig die Möglichkeiten und Grenzen der verschiedenen Standpunkte. Akzentuierungen sind notwendig, um die Augen für eine bislang vernachlässigte Seite des Gegenstandes zu öffnen und einen Wandel der Entwicklung herbeizuführen. Extreme haben aber immer auch die Blindheit für andere wichtige Momente zur Folge. Nur unter großer Anstrengung kann das geistige Sehfeld des Menschen alle Seiten einer Sache umfassen. So ist, wie Willmann sagt, »jeder Fortschritt mit Verlusten, jeder Zuwachs eines Organs mit Verkümmerung eines anderen erkauft worden«[22]. Das lehrt uns auch die Geschichte des Jugendschrifttums. Ihren Irrwegen, Versuchen und Fortschritten hat die Gegenwart viel zu verdanken. Ohne sie wäre die moderne Jugendschriftentheorie nicht imstande, die vielschichtige Problematik der Jugendlektüre aufzufassen, und zu erkennen, welche polaren Gegensätze wirksam sind. Die fortentwickelte Theorie sollte das Wissen um die Unausgeglichenheiten bewußt als Bestandteil ihrer Lehre aufnehmen und versuchen, durch tieferes Eindringen in die Antinomien den Blick für das Wesentliche der Kinderliteratur, des literarischen Erlebens und der literarischen Erziehung zu schärfen. Das Grundschema des Spannungsgefüges baut auf den drei angeführten Kategorien Literaturgut, Kindgut und Lehrgut auf. Sie stellen drei Seiten einer Sache dar, von denen keine gestrichen werden darf, ohne den Inbegriff dessen, was als Jugendliteratur verstanden wird, von grundauf zu verändern.

Alle drei Seiten stehen in integrativem Zusammenhang mit der soziologischen Dimension. Das bedeutet, daß für die Beurteilung des Jugendbuches und des Lesens immer auch die soziologische Fragestellung einbezogen werden sollte.

Streng genommen kann keiner der hier genannten Hauptaspekte für sich allein und scharf getrennt von den anderen betrachtet werden. Wenn wir etwa die sprachlich-stilistischen Eigenschaften eines Kinderbuches ins Auge fassen und beurteilen, so ist dabei gleichzeitig das entwicklungs- und sozialbedingte Sprachverständnis des Kindes, dem dieses Buch zugedacht ist, einzubeziehen, ebenso die mögliche oder wahrscheinliche Wirkung des durch Sprache und Stil vermittelten Inhalts, wobei seine pädagogische Bedeutung sowohl hinsichtlich des Personalisations- als auch des Sozialisationsprozesses zu befragen ist.

Erst die mehrdimensionale Betrachtung läßt ein Gesamturteil zu. Der Kritiker von Jugendbüchern darf nicht ausschließlich als Literat, als Psychologe, als Pädagoge oder als Gesellschaftswissenschaftler die Maßstäbe setzen.

Aus Gründen der systematischen Darstellung werden in den folgenden Kapiteln jugendliterarische Fragen und Einsichten getrennt nach der literarischen, der pädagogischen und kindertümlich-psychologischen Seite dargestellt, die soziologische Komponente soll jeweils Erwähnung finden.

---

[22] Otto Willmann: Didaktik als Bildungslehre. Braunschweig 1909 (4. Aufl.), S. 196.

Jugendschrift als Literaturgut

A. Jugendliteratur und Gesamtschrifttum

Kinder- und Jugendbücher sind ein Teil der literarischen Wirklichkeit. Man muß sich die Tatsache vor Augen halten, »daß im literarischen Leben der Gegenwart – aber nicht nur der Gegenwart – das Jugendschrifttum einen bestimmten, nicht zu übersehenden Stellenwert hat«[1]. 1970 wurden beispielsweise auf dem westdeutschen Büchermarkt 1691 als Jugendbücher ausgewiesene Titel erstmals oder neu aufgelegt (Schulbücher ausgenommen)[2]. Um so erstaunlicher ist es, daß die Germanistik in der Jugendliteratur immer noch ein Feld sieht, das außerhalb ihres Forschungs- und Lehrbereiches liegt. So erhält die Meinung stets von neuem Nahrung, es handle sich beim Jugendbuch gar nicht um eigentliche Literatur, und es lägen ihm andere Gesetze als dem Schrifttum schlechthin zugrunde.

Auf diese Weise wird die Jugendliteratur in eine Isolation gedrängt, die weder zuträglich ist (wie die Geschichte des Jugendbuches beweist), noch berechtigt oder gar notwendig ist. Wenn das Jugendschrifttum sich als eigener Bereich absondert, »unter sich« bleibt und nach eigenen Direktiven lebt, erfährt der literarische Aspekt lediglich eine untergeordnete Würdigung und eine abgeschwächte, vage Auslegung. Kritik an literarischen Fehlleistungen wird mit dem Hinweis auf andere Werte, denen man sich verpflichtet wisse, zurückgewiesen; oder man bequemt sich zu der Ausrede, man habe doch »nur für Kinder« geschrieben. Bamberger fordert daher im Sinne der Jugendschriftenbewegung, bei der Bewertung eines Jugendbuches den literarischen Gesichtspunkt an die Spitze zu setzen; denn die Praxis habe gezeigt: »Wo immer der künstlerische Gesichtspunkt nicht an erster Stelle stand, wurde unter dem Deckmantel des ›Bildungszieles‹, des ›Kindertümlichen‹ des ›Lebensnahen‹ usw. fragwürdiges Lesegut in die Empfehlungslisten eingeschmuggelt. Die große Mühe der Sichtung der Jugendliteratur wurde so durch zahlreiche Versager entwertet«[3]. Um die Sonderstellung nicht zu unterstreichen, möchte Rutt die Bezeichnungen ›Kinderschrift‹, ›Jugendbuch‹, ›Jugendliteratur‹, ›Kinderdichtung‹ usw. nur mit Vorbehalt hinnehmen. Sie seien kaum mehr als Hilfsbegriffe, die den Zusammenhang zwischen Erwachsenen- und Kinderliteratur verschleiern. »Nur mit dem fest

---

[1] K. Doderer: Jugendliteratur und Forschung. In: ZS Jugendschriften-Warte 1964/1. und 2.
Vgl. auch K. Doderer: Bemerkungen zum gesellschaftlichen Ansehen der Jugendliteratur. In: ZS Bertelsmann Briefe 1967/49. – Vom Standpunkt des Jugendbuchverlegers nimmt Katharina Baudach zur Einschätzung des Jugendbuches Stellung: Nur ein Jugendbuch. In: ZS Bertelsmann Briefe 1967/49.

[2] Buch und Buchhandel in Zahlen. Hrsg. Börsenverein des Deutschen Buchhandels, Frankfurt a. M. 1971.

[3] R. Bamberger: Jugendlektüre. A.a.O., S. 55.

auf das Gestaltete gerichteten Blick gelingt es, das Schwache und Zurechtgemachte zu erkennen und zu beseitigen«[4].

In der Orientierung an der Literatur, an der Dichtung, aber auch an der »Schönen Literatur« als »schöne Einkleidung des Subjektiv-Gefühlvollen, des Rednerischen, des Unterhaltenden und des Lehrhaften«[5] bewahrt sich die Jugendschrift vor dem Abgleiten ins Banale und einseitig Zweckbestimmte. Sie muß wissen, daß sie im Rahmen der Gesamtliteratur ihren Platz hat und nicht irgendwo außerhalb, wo die literarischen Gesetze und Maßstäbe nur noch bedingte Gültigkeit haben. Auch der literarisch fein empfindende Erwachsene, der sich überdies einen Sinn für Welt und Lebenshaltung des Kindes bewahrt hat, wird dann seine Freude an der Jugenderzählung haben. Sie wird bleibenden Wert haben, wird »klassisch« sein, »in dem Sinne, daß jedes Alter in ihr einen Besitz hat und der Zögling den Antrieb verspürt, auch später wieder zu ihr zurückzukehren«[6].

Das Jugendbuch ist also als literarisches Werk ernst zu nehmen und darf nicht nur als vorliterarische Erscheinung angesehen werden, so richtig es auch ist, daß seine Leser literarisch unmündig und unreif sind. Es ist ein sprachliches Gebilde und somit sprachgestalterischen Anforderungen zu unterwerfen. Die weiteste Formulierung, die sich daraus als Maßstab ableitet, heißt: Stoff und Inhalt müssen mit einwandfreien literarischen Mitteln vergegenwärtigt werden.

Diese Forderung kann, weil sie von einer engen Festlegung auf künstlerisch-dichterische Qualität absieht, auf alle Gattungen des Jugendbuches angewendet werden. Sie gilt auch für die auf erzählerische Darstellung verzichtende, unmittelbar informierende Sachschrift, ebenso für die große Zahl der nichtkünstlerischen Unterhaltungslektüre. Es wäre unrealistisch, wollten wir an die Gesamtheit der Jugendschriften das Postulat anlegen, sie müsse Dichtung und Kunstwerk sein. Es gibt alte und neue Werke, die dieser Forderung standhalten[7], die aber nicht, trotz ihrer erfreulichen Anzahl, die Fülle des Jugendschrifttums ausmachen.

Die Masse der empfohlenen Kinder- und Jugendbücher ist gute und solide Unterhaltungsliteratur, ohne künstlerische Überhöhung, wenn sie auch von sprachlichem Könnertum zeugt. Die Scheu vor diesem Zugeständnis wird oft verspürt. Sie geht auf eine grundsätzliche Geringschätzung des unterhaltenden Schrifttums zurück. Erzählende Literatur, die sich nicht als Dichtung ausweisen kann, muß nicht zwangsläufig unschön, geschmacklos, unecht, kitschig sein.

---

[4] Theodor Rutt: Buch der Jugend. Konstanz 1960 (2. Aufl.), S. 140.

[5] Definition von Benedetto Croce, zit. nach Wolfgang Kayser: Das sprachliche Kunstwerk. Bern/München 1961 (7. Aufl.), S. 15.

[6] O. Willmann: Pädagogische Vorträge über die Hebung der geistigen Tätigkeit durch den Unterricht. Leipzig 1868.

[7] Vgl. A. Krüger: Die Gestalt des künstlerisch durchgeformten Jugendbuches. In: ZS Jugendliteratur 1959/11.

»Ausgezeichnete Unterhaltungsbücher erzählen mit viel Sinn für eine gute Darstellungsform und eine gepflegte Sprache, wie seltsam und überraschend es im Leben zugehen kann. Sie fesseln den Leser durch ihren außerordentlichen Inhalt und durch ihre gute Form«[8]. Die Ablehnung des unterhaltenden Jugendschrifttums verkennt die Bedürfnisse des Lesers, die vorwiegend auf Unterhaltung, Abwechslung und schlichte Welt- und Menschendeutung angelegt sind. Sie wird nicht dem Durchschnittsleser gerecht, von dessen Beziehung zur Unterhaltungsliteratur J. Peters sagt: »Dieses unkünstlerische Schrifttum nimmt bekanntlich in der Lektüre von Bücherfreunden, deren Interessen und Gefühle gesund und unverbogen sind, und die sich nicht an die Sentimentalität und die Sensation verlieren, aber doch nicht ohne weiteres den Aufschwung zur anspruchsvollen Dichtung vollziehen, einen sehr breiten Raum ein. Aus diesem Bereich des unkünstlerischen und vorkünstlerischen Erzählgutes erfährt der Leser über alle Abwechslung, Entspannung und Unterhaltung hinaus eine schlichte phantasiemäßige Erweiterung seines Erlebensspielraumes, die tief zu packen und stark zu fesseln vermag, doch von der künstlerischen Ergriffenheit um eine Welt geschieden bleibt«[9]. *Gute* Unterhaltungsliteratur – und nur von ihr sprechen wir hier – erfüllt auch eine wichtige literarpädagogische Funktion. Wolgast glaubte, seine Forderung, die Auswahl auf dichterische Werke zu beschränken, dadurch realisieren zu können, indem er gleichzeitig ein Zurückdrängen des freien Lesens verlangte. Die Entwicklung ging andere Wege. Unser Zeitalter ist zu einem lesenden, zu einem »papierenen« Zeitalter geworden. Die Nachfrage der Jugend nach Lesestoffen ist so groß, daß sie mit jugendgemäßen Dichtungen nicht gedeckt werden kann[10]. Sie stehen in dem erforderlichen Ausmaß einfach nicht zur Verfügung. Was liegt näher, als den Durchschnittsleser mit guter Unterhaltungsliteratur zu versorgen und dadurch seinem Lesebedürfnis, aber auch seinen literarischen Erwartungen und Fähigkeiten entgegenzukommen. Gute Unterhaltungslektüre schließt die Beziehung des Lesers zu künstlerisch gestalteter Literatur nicht aus, der Zugang zur ranghohen Literatur bleibt offen.

B. Merkmale des literarischen Wertes

Den folgenden Feststellungen hinsichtlich des erzählenden Jugendbuches liegt die weite Formulierung zugrunde, Stoff und Inhalt müßten mit einwandfreien

---

[8] A. Krüger: Das Buch – Gefährte eurer Kinder. Stuttgart 1954 (2. Aufl.), S. 7 f. (6. Aufl. München o. J.).

[9] Josef Peters: Unterhaltungsliteratur und Kitsch. A.a.O., S. 282.

[10] Film, Fernsehen und andere moderne Freizeitinteressen änderten nichts daran, daß auch heute noch das Lesen mit an der Spitze der Freizeitbeschäftigungen steht. Statistiken und Umfragen beweisen das.
Vgl. die instruktiven Ausführungen zum Lesen als Freizeitbeschäftigung bei Erich Weber: Die Freizeitgesellschaft und das Buch. München 1967, S. 13 ff.

literarischen Mitteln dargestellt sein. Sie decken sich nicht mit dem literarischen Wertbegriff, wie ihn die Dichtung verkörpert. Die angeführten Merkmale stehen aber nicht im Widerspruch zur künstlerischen Gestaltung.

1. Das gute Jugendbuch besitzt *organische Einheit*. Das heißt: äußere und innere Geschlossenheit des Werkes.

Sie setzt die Bewältigung des Stoffes voraus. Der Autor muß ihn beherrschen, ihn nach vielen Seiten durchdrungen haben und über seine Fülle verfügen. So erst wird er sich über die Stoffmasse erheben können, um auszuwählen, zu formen und zu gestalten. Ohne Bewältigung des Stofflichen ist ein organischer Aufbau des Gedanken- und Handlungsverlaufs nicht denkbar. Er bewährt sich in der folgerichtigen Entwicklung des äußeren und inneren Geschehens, das in einer Jugenderzählung möglichst flüssig und ohne störende Abschweifungen und längere Stauungen ablaufen soll. Es ist auf wenig Hauptmotive aufgebaut, wächst aus ihnen heraus und verliert nicht die Verbindung mit ihnen. Deutlich zeigt sich die Wahrung des organischen Zusammenhangs im Verhalten der Personen. Sie wirken »unmotiviert«, wenn sie nicht aus dem belebenden Zentralmotiv heraus gezeichnet sind. Ihr Tun und Denken, ihr Verhalten und ihre Verhaltensänderungen sind nicht überzeugend, wenn sie zur sonstigen Charakterzeichnung in Widerspruch stehen, bzw. überhaupt nicht begründet sind. Ihr Wesen wird am besten nicht durch Erklären und Beschreiben, sondern durch wirkliches Geschehen und lebendige Dialoge veranschaulicht.

Einheitlich und geschlossen sind Werke, von denen wir sagen können, sie seien »wie aus einem Guß«, die den Eindruck erwecken, in einem Zug geschrieben worden zu sein. Es mag zutreffen, daß – nach einem Worte Thomas Manns – der Schriftsteller ein Mensch ist, »dem das Schreiben schwerer fällt als allen anderen Leuten«. Der Leser darf aber von der Mühe des Ringens mit Stoff und Form nichts verspüren. Wo eine Erzählung noch Zeichen des beschwerlichen Entstehungsaktes aufweist, kann mit Recht auf Noch-nicht-fertig-sein, auf Flüchtigkeit oder Unvermögen geschlossen werden. Das Werk sollte in seiner Endgestalt frei sein von nachlässigen Wortentscheidungen, unanschaulichen und schiefen Bildern, wortreichen und umständlichen Erklärungsversuchen, Widersprüchen und unnötigen Wiederholungen und vor allem auch von Stilbrüchen. Der Autor muß in der Regel der gewählten Gestaltungsart das ganze Buch hindurch treu bleiben. Wo nach einem einfallsreichen und frischen Anfang bald die Kraft des sprachlichen Ausdrucks nachläßt und schließlich das Geschehen wie in einem dünnen Faden ausläuft, ist die Einheit mißlungen, ebenso da, wo Phantasie und Gedankenreichtum nicht gezügelt werden und von Seite zu Seite immer üppigere Früchte treiben.

Manches hervorragende Werk erfährt durch den Eingriff von Bearbeitern und Herausgebern eine nachteilige literarische Veränderung, die nicht zuletzt auch den Charakter der Geschlossenheit zerstört. Bekanntlich wird gerade unter dem

Motto »für die Jugend bearbeiten« oft allzu freizügig und sorglos verfahren. Die Absicht, dem jungen Leser ein Werk frühzeitig zugänglich zu machen, führt immer wieder zu Bearbeitungen, die in entscheidenden Punkten von der ursprünglichen Gestalt und Absicht abweichen und die literarische Qualität mindern. Es wäre in manchen Fällen besser, sich zu dem Urteil »noch nicht geeignet« zu bekennen und das Werk einstweilen zurückzustellen. Andererseits ist eine Bearbeitung nicht immer zu umgehen. Manches wertvolle, aber alte Literaturgut vermag den modernen Leser einfach nicht mehr anzusprechen. Es bliebe ein Museumsstück der Literatur, würde es nicht der Sprachauffassung und dem Literaturverständnis der Gegenwart angeglichen.

Es ist Gepflogenheit, in Jahrbüchern, Sammelbänden, Vorlesebüchern und Zeitschriften Ausschnitte aus großen Erzählungen und Romanen abzudrucken. Dagegen ist nichts einzuwenden, wenn der ausgewählte Abschnitt nicht den Eindruck eines willkürlich herausgebrochenen Stückes erweckt, sondern ein in sich abgerundetes Ganzes darstellt. Die Schullesebücher haben seit über 150 Jahren gute und schlechte Möglichkeiten, Literaturausschnitte anzubieten, vorgezeigt. Viele ältere trifft der Vorwurf zu Recht, sie seien nur Sammlungen von Häppchenliteratur. Andere haben bewiesen, daß es möglich ist, neben ungekürzter Kleinprosa auch Buchausschnitte zu bringen, die eine lebendige und ganzheitliche Wirkung hervorrufen. Selbst die »Ganzschriften«, einst aus Protest gegen die Lesebuch-»Stücke« entstanden, bringen heute vielfach Literatur in Ausschnitten.

2. Ein wesentliches Kennzeichen literarischer Qualität ist die *Echtheit*. Die Verwendung dieses Begriffes im literarischen Bereich verlangt eine zweifache Fragestellung:

In welchem Verhältnis steht der Autor als Träger der Äußerung zu seiner literarischen Aussage?

In welchem Verhältnis steht der Inhalt der Äußerung zur Wirklichkeit?

Zentralpunkt der zweifachen Betrachtungsweise ist die literarische Aussage. Von ihr aus wird im ersten Fall der Blick auf den Autor, im zweiten Falle auf die Wirklichkeit der Welt gerichtet.

Die literarische Äußerung, soweit sie nicht nur als schlichte Mitteilung objektiver Tatsachen und Geschehnisse verstanden sein will, ist wesentlich getragen von der Person ihres Urhebers. Das gilt nicht nur für die Dichtung, sondern für alle anderen auch weniger ranghohen Formen der Literatur. Je mehr die literarische Äußerung mit der subjektiv gegebenen Welt- und Lebensauffassung des Autors übereinstimmt, je mehr sie mit seiner Innerlichkeit identisch ist, um so mehr kann die Aussage als echt bezeichnet werden. Der Autor kleidet das in Worte, in Bilder, in ein Handlungsgeschehen, was in ihm wirklich lebendig ist, was seinem individuellen Fühlen, Denken, Werten und Wollen entspricht. Besteht aber ein Mißverhältnis zwischen Aussage und Innerlichkeit, dann ist das gegeben, was wir mit unecht zu bezeichnen haben. Das inhaltlich Gesagte ist nicht »durch eine wirkliche Seelenlage gedeckt«[11]. Übrigens kann jede menschliche Äußerung, nicht nur die literarische, mit den Maßstäben echt-unecht gemessen werden. »Echtheit ist eine Kategorie der Befragung einer ... Äußerung nach ihrer existentiellen Fundierung, also danach, ob sie von ihrem Träger innerlich gewest wird«[12].

Unechte Äußerungen sind oft nur schwer durchschaubar. Das gilt besonders für das Literarische, da ja hier die Person des Autors nicht zugegen ist. Das Unechte kann sich hinter mannigfachen Verschleierungen raffiniert verbergen. Und häufig können wir zunächst nur gefühlsmäßig sagen, daß etwas nicht stimmt, daß ein falscher Ton mitschwingt. Doch zeigen sich dem geschulten Leser auch konkrete Anhaltspunkte.

Ein solcher Anhaltspunkt kann schon im Stoff liegen. Wenn sich ein Autor für Inhalte entschließt, die beim Publikumsgeschmack derzeit hoch im Kurs stehen, die »todsicher« ankommen, dann verrät er nicht selten, daß er selbst keine rechte innere Bindung zum Thema hat. Er muß sich jedenfalls gefallen lassen, daß der kritische Leser zunächst die Annahme setzt, hier liege eine unechte Haltung vor. Gerade in der Jugendschriftstellerei ist die Meinung nicht selten, es genüge, sich der Allerweltsmotive und -inhalte zu versichern, die sich in der Kinderliteratur bewährt haben. Und man entschließt sich, »Kindermärchen«, »Verse für die lieben Kleinen«, »spannende Geschichten« zu schreiben, die dann aber alle darunter leiden, daß sie hohl und leer sind.

Auch der Gebrauch abgenutzter Gestaltungsmittel kann ein Hinweis für Unechtheit sein. Stileigenheiten und literarische Kunstgriffe müssen aus der Person des Autors jedesmal neu herauswachsen. Mit anderen Worten: die Literatur – mögen es auch »nur« Kindergeschichten sein – braucht Ursprünglichkeit und Originalität. Mangel an Ursprünglichkeit und Originalität kann durch gewandtes Virtuosentum nicht wettgemacht werden. Treffende Beispiele unechter Aussagen, die durch Wortgewandtheit verdeckt sind, gibt Pfeiffer[13].

Der unechte Charakter einer Erzählung kann dem Autor selbst gar nicht bewußt sein. Gerade Jugendliteratur reizt immer wieder Männer und Frauen zum Schreiben, die zwar lauter in ihrer Absicht und guten Willens sind, nicht aber die Voraussetzungen zu originalen und echten schriftstellerischen Aussagen mitbringen. Sie durchsetzen die Jugendliteratur mit ihren fragwürdigen Beiträgen und drücken das Gesamtniveau[14].

Der Schundfabrikant allerdings gibt sich erst gar nicht die Mühe, die eigene Innerlichkeit mit dem, was er schreibt, in Einklang zu bringen. Er errichtet eine

---

[11] Johannes Pfeiffer: Umgang mit Dichtung. Hamburg 1958 (9. Aufl.), S. 43.

[12] Ph. Lersch: Aufbau der Person. München 1952 (5. Aufl.), S. 490.

[13] J. Pfeiffer: a.a.O., S. 42 ff.

[14] »Es hat sich allmählich herumgesprochen, daß der Gegensatz von Kunst nicht Natur ist, sondern: gut gemeint.« (G. Benn)

äußere Fassade, hinter der er seine wahre Gesinnung, sein wirkliches Denken und Werten, aber auch sein geringes Können und sein Halbwissen bewußt zu verbergen sucht. Diesen Erzeugnissen gegenüber sind Prädikate wie »schamlos«, »unverfroren«, »verlogen« wahrhaftig am Platz. Ihre Unechtheit wird vom jungen Leser nur schwer erkannt. Er nimmt in seiner Unerfahrenheit das Falschgeld für echte Münze, wenn ihn nicht der kundige Erwachsene vor der Übertölpelung schützt.

Die zweite Frage nach echt und unecht führt auf eine andere Betrachtungsebene. Sie untersucht das Verhältnis zwischen literarischer Aussage und der Wirklichkeit des Lebens und der Welt.

Was heißt: Eine Erzählung muß wirklichkeitsecht, muß wahr sein?

Die Forderung kann zunächst im Hinblick auf die äußeren Gegebenheiten der literarischen Darstellung erfüllt sein; dann nämlich, wenn die gezeigten Erscheinungen in der Realität der Wirklichkeit tatsächlich so sind. Das Buch setzt sich nicht in Widerspruch zu den objektiven Tatsachen, sondern verleiht ihnen – mag es sich um die Umwelt des Kindes, um fremde Zonen und Völker oder um den Bereich von Natur und Technik handeln – einen gerechten Ausdruck.

Entscheidender noch als die äußere Wahrheit ist die innere Wahrheit einer Erzählung. Ein Buch kann sich, wenn es nicht den Anspruch erhebt, als realistische Literatur gewertet zu werden, über die äußere Wahrheit hinwegsetzen, niemals aber über die innere. Diese beweist sich vor allem in der Darstellung menschlicher Charaktere und Geschehnisse. Was die nachgebildeten Menschen denken, reden, fühlen und tun, muß einer inneren Folgerichtigkeit entwachsen. Gesinnungsänderungen, überraschende Verhaltensweisen dürfen nicht mit dem Wesen der geschilderten Person in Widerstreit stehen. Wahr bedeutet in diesem Sinne so viel wie psychologisch wahr.

Schönhuber bringt in seinen immer noch lesenswerten Ausführungen über »Grundsätzliches zur Jugendschriftenfrage« Beispiele für psychologisch wahre und unwahre Darstellungen: In Christoph von Schmids »Rosa von Tannenburg« wird eine Sterbeszene geschildert. Eine durch schwere Krankheit gänzlich entkräftete Frau liegt in den letzten Zügen. »Ihr legt nun der Erzähler nicht nur eine, sondern eine Reihe von Abschiedsreden in den Mund, alle wohldurchdacht, alle wohlgesetzt, wie der gesündeste Prediger von der Kanzel herunter es nicht besser machen könnte. Seitenlang geht dies im Buch so fort. Wie unwahr diese Situation! Wie unwahr zumindest für jeden, der einmal ein Lebenslichtlein in Wirklichkeit verglimmen sah.« Schönhuber vergleicht dann damit zwei andere Erzählungen, in denen ebenfalls der Tod eines Menschen geschildert wird. Bei Roseggers »Wie der Meisensepp gestorben ist« geht das Leben eines Holzknechts zu Ende. Wie er noch seine irdischen Angelegenheiten ordnet, das ist psychologisch wahr und überzeugend. L. Thoma läßt den sterbenden Steffelbauern (»Das Sterben«) nur drei Sätze hervorstoßen, »aber diese drei Sätze mit ihrem Drum und Dran versetzen uns so zwingend hinein in die Situation, daß es jedem einfühlsamen Leser sein muß, als hätte ihn des Todes Hand selber leicht berührt[15].

Wie steht es mit dem Wahrheitsprinzip im Märchen, in der phantastischen Geschichte, in Sage und Legende? Sie entsprechen nicht den Anforderungen äußerer Wahrheit, weil das Dargestellte mit den Gesetzen der objektiv wirklichen Welt nicht übereinstimmt. Dennoch haben sie innere Wahrheit, weil die Geschehnisse in die vom Erzähler gewählte Atmosphäre hineinpassen und die Personen im Rahmen dieser Atmosphäre folgerichtig und psychologisch wahr handeln. Im Märchen überlagern sich Wirkliches und Magisches auf selbstverständliche und »natürliche« Weise; das Wunderbare ist in seinem Rahmen gültig und wahr. Die extremen menschlichen Geschehnisse und das Verhalten der Märchengestalten gehen zwar über das, was Menschen erleben und leisten können, hinaus, sind aber nicht eine grundsätzliche Verfälschung der Lebenswahrheit, sondern eine pointierte und durch kontrastreiche Bilder hervorgerufene Verdeutlichung der Wirklichkeit des Daseins. Man kann für das Märchen und andere »unwirkliche« Erzählgattungen so sagen: Sie sind wahr und wirklichkeitsecht, wenn die äußeren Gegebenheiten im Rahmen der vom Autor angenommenen Welt- und Lebensatmosphäre möglich sind und das Verhalten der Personen sich folgerichtig einordnet, ohne die psychologischen Gesetze, denen der Mensch unterworfen ist, grundsätzlich zu verletzen.

3. Wenn von der Jugendliteratur die Rede ist, wird man nicht das Phänomen der *Spannung* übergehen dürfen. Sie spielt zwar in jeder Literatur, die das erhöhte Interesse des Lesers gewinnt, eine wichtige Rolle (vorwiegend als »innere Spannung«); im Jugendbuch aber wird sie – vor allem durch das deutliche Verlangen des jungen Lesers selbst – zu einem entscheidenden Merkmal.

Die allgemeine Literaturtheorie hat bisher dem Moment der Spannung nur wenig Aufmerksamkeit geschenkt und teilweise auch das Spannungsbedürfnis der Leserschaft nicht ausreichend gewürdigt. Während anspruchsvolle Erzähl- und Romanliteratur die spannungsfördernden Mittel oft so sparsam verwendet, als handle es sich um etwas Geringwertiges und Unseriöses, bedient sich das minderwertige Unterhaltungsschrifttum ihrer im Übermaß und sichert sich dadurch seine Publizität. Theorie und Praxis der Jugendliteratur stehen der Spannung aufgeschlossen gegenüber. Die Ergebnisse der Jungleserkunde, die Auseinandersetzung mit dem Wesen der Schundliteratur und mit den Gründen ihres überwältigenden Erfolges, die Suche nach wirksamen Wegen der Literaturpädagogik haben der Tatsache, daß Kind und Jugendlicher zuerst und vor allem nach spannenden Geschichten verlangen, zur allgemeinen Anerkennung verholfen.

---

[15] Franz Xaver Schönhuber: Grundsätzliches zur Jugendschriftenfrage. In F. Fikenscher (Hrsg.): Jugend und schönes Schrifttum. Ansbach 1925, S. 6 f.

In der Abenteuerliteratur erfährt das Spannungsmoment seine höchste Entfaltung. Das entspricht ganz den Erwartungen der Leser in der Vorpubertät. Es darf aber nicht übersehen werden, daß auch die übrigen Altersstufen ein Lesegut wünschen, das sie zu fesseln vermag, wenn sie auch ihre Lieblingslektüre nicht bewußt danach beurteilen und das Wort »spannend« nicht zum Zentralbegriff der Buchbeurteilung erheben. Bamberger verweist auf die Notwendigkeit einer altersgemäßen Betrachtung des Spannungsbedürfnisses und stellt in einer ersten kurzen Überschau fest: »Das ›Märchenkind‹ erwartet mit Spannung die Wiederkehr von bekannten Motiven und sogar von Redewendungen ... Das Kind der ersten Sachstufe findet im schlichten Wechsel von gegenständlichen Vorstellungen richtigen Spannungsreiz ... Die Sachwelt ist dem Kind noch neu, und das bloße Bekanntwerden mit diesem Neuen ist für das Kind lustbetont. Im Abenteueralter (wie auch beim erwachsenen, primitiven Menschen) lockt das Auffallende, das Außergewöhnliche, das Unverhältnismäßige, das Unerwartete, das Bewegte«[16].

Die wertvolle Spannung erfüllt zwei Funktionen: Sie befriedigt den menschlichen Drang nach gesteigerten innerseelischen Erlebnissen, der mit dem Begriff Erlebnisdrang eine weitgefaßte Formulierung findet. Im Zustand der Spannung aktualisiert sich der Erlebnisdrang in Gefühlsregungen wie Erwartung, Ungeduld, Unruhe, Befürchtung, Zweifel, Hoffnung, Überraschung, Enttäuschung. Die Begegnung mit spannungshaltigen Geschehnissen ist willkommene Gelegenheit, seiner selbst in innerseelischen Vorgängen und Zuständen inne zu werden und sich ihnen genießerisch hinzugeben. Das ist die subjektive, die reflexive Seite der Spannung.

Die andere Funktion erfüllt sich dadurch, daß kein Spannungserlebnis ohne Objektbezug möglich ist. Das Spannungsbedürfnis veranlaßt den Menschen, mit der Umwelt Kontakt zu suchen, sie in den Erlebnishorizont herein und auf sich wirken zu lassen. Ein Stück Wirklichkeit wird zum Erlebnis und auf diese Weise vom Individuum ganz intensiv erfaßt und mit uneingeschränkter Aufmerksamkeit aufgenommen. Das ist die objektive, die stoffliche, die transitive Seite des Spannungsvorganges.

Eine gute Erzählung wird beiden Funktionen gerecht: Sie befriedigt das Bedürfnis nach gesteigertem Innewerden des eigenen Selbst; sie stellt sich aber auch in den Dienst der Weltbegegnung und wird zum Mittel von Wirklichkeits- und Lebenserhellung. Die literarisch schwache Erzählung entbehrt entweder der Spannungsgehalte überhaupt, wirkt langweilig und nichtssagend, oder sie zielt allein auf die Befriedigung des subjektiven Spannungsbedürfnisses, erhebt die innerseeliche Erregung zum Selbstzweck, die stimulierende Wirkung zur einzigen und letzten Aufgabe. Der Autor manipuliert mit den Stoffen um der Reizwirkung willen, er spekuliert auf die Spannungsbereitschaft der Leser und die

---

[16] R. Bamberger: Jugendlektüre. Bonn/Wien 1955 (1. Aufl.), S. 58.

Erregbarkeit der Sinne und Nerven. Das allein ist ihm Richtschnur, und nach ihr baut er ohne Rücksicht auf Wahrheit und Lebensechtheit, auf Eigengesetzlichkeit des Stoffes und Ausgeglichenheit der Form die Handlung zusammen. Dem guten Autor geht es um die Gestaltung eines sachlichen oder ideellen Gehaltes, dem er seine literarischen Kunstmittel anpaßt und aus dem er Bewegung und Kontrast, Steigerung und Höhepunkt organisch herauswachsen läßt. Die spannungserregenden Momente sind maßvoll gesetzt und lassen einen gesunden Rhythmus von Anpassung und Lockerung zu. Neben Perioden gedrängter Geschehnisse stehen solche des ruhigen Dahinschreitens. Ganz im Gegensatz zum Reißer, der den Leser von der ersten Seite an erfassen, fort-»reißen« und nicht mehr zu sich selber kommen lassen will.

Negative Spannung hinterläßt, wenn das Buch zu Ende gelesen ist, ein Gefühl von Unbefriedigtsein und innerer Leere; sie stachelt den Hunger nach immer tolleren Erlebnissen an. Sie provoziert schließlich eine menschliche Gesamthaltung, der es unmöglich ist, feinere Töne wahrzunehmen, und die sich völlig den groben Reizeinwirkungen ausliefert. Lektüre dieser Art hält im Zusammenspiel mit Kino, Radio, Fernsehen »den Menschen auch in der Freizeit unter Dauerspannung, während Psychologie, Kulturkritik und allgemeine Lebenserfahrung zeigen, daß eine periodische Totalentspannung, ein völliges Abschalten und eine wirklich befreite Muße für die Entwicklung der Menschlichkeit unerläßlich sind«[17]. Die negative Spannung bringt außerdem keinen Gewinn für die Welterhellung, sondern führt zur Entstellung und Verfälschung des Welt- und Menschenbildes.

Lektüre mit positiver Spannung schafft Erlebnisbefriedigung; sie entläßt den Leser so, daß es ihm möglich ist, wieder in einen Zustand der Gelassenheit und der Besinnung zurückzukehren, und daß er als bleibenden Gewinn einen Zuwachs an Welt- und Lebenserfahrung buchen kann.

C. Jugendbuch und literarische Erziehung

In pädagogischen Krisenzeiten besinnt sich die Erziehungstheorie der Tatsache, daß die absichtlichen und planvollen Maßnahmen, die als Erziehung i. e. S. und vorwiegend als Schulerziehung verstanden werden, nur einen kleinen Teil der zahlreichen formenden Einflüsse darstellen. Die Verhältnisse, die außerhalb der intentionalen Erziehung auf das Kind einwirken, treten nun deutlicher in den Gesichtskreis der Pädagogen. Nicht anders verhält es sich auf dem Gebiet der Literaturpädagogik.

1. Angesichts der unbefriedigenden Ergebnisse des Literaturunterrichts mußte sich die Frage nach anderen Faktoren der Lesererziehung immer zwingender stellen. Wie ist es möglich, daß bei der Mehrzahl der Schulentlassenen alle planmäßigen und methodischen Bemühungen so wenig Erfolg haben und das Ziel

[17] Theodor Wilhelm: Pädagogik der Gegenwart. Stuttgart 1959, S. 369.

der »Lesermündigkeit« nicht annähernd erreicht wird? Sobald der junge Mensch außerhalb der Einflußsphäre der Schule allein entscheidet, handelt er allzu oft gegen ihre Grundsätze. Obwohl er sich Jahre hindurch als guter oder wenigstens befriedigender Schulleser zeigt, versagt er – auf eigene Füße gestellt – als Privatleser. Schon während der Schulzeit liest er auf zwei Ebenen und entwikkelt die virtuose Fähigkeit, ein literarisches Doppelleben zu führen. Als Schulleser akzeptiert er die unterrichtlichen Argumente und zeigt ein lehrerkonformes Verhalten, »das keineswegs unwahrhaftig ist; denn die meisten Kinder haben Freude an Lese- und Literaturstunden, sie beteiligen sich aufgeschlossen im Gespräch und auch an kritischen Auseinandersetzungen«[18]. Dennoch wird ihre Haltung als Freizeitleser davon oft kaum berührt. Es gelingt also nicht, Schullesen und Freizeitlesen miteinander derart in eine Verbindung zu bringen, daß Lernerfahrungen und Interessenzuwachs bei beiden gleichermaßen wirksam werden.

Diesem Bemühen begegnen prinzipielle Schwierigkeiten, die in der Verschiedenheit von Schul- und Freizeitlesen zu suchen sind. Schullesen vollzieht sich im Rahmen des Literaturunterrichts, d. h. es untersteht – dem Wesen von Schule und Unterricht entsprechend – der Systematisierung und Rationalisierung. Planung und Zielsetzung, Reflexion und Analyse sind notwendige Bestandteile auch des literarischen Lernprozesses. Dadurch unterscheidet sich Literaturbegegnung in der Schule wesentlich vom Lektürekonsum in der Freizeit, und es kann nicht ohne weiteres erwartet werden, daß der unterrichtliche Zuwachs an Erkenntnissen und Fähigkeiten unmittelbar dem Leseverhalten in der Freizeit zugute kommt.

Der Kontrast zwischen beiden Lesebereichen wird noch verstärkt, wenn der Literaturunterricht ausschließlich oder überwiegend mit Texten arbeitet, die als Privatlektüre eine geringe Rolle spielen. Die traditionelle Literaturdidaktik versteht unter Erziehung zur Lesermündigkeit die Befähigung zum verstehenden Umgang mit literarästhetischen Texten von besonderer Qualität, womit vor allem die als Dichtung ausgewiesene Literatur gemeint ist. Andere Erscheinungsformen ästhetischer Literatur[19] werden ignoriert oder nehmen nur eine Randposition im Unterricht ein. Damit versperrt sich die Schule selbst den Zugang zur Freizeitwelt des Kindes; sie trainiert literarische Verhaltensweisen, die auf Schule und spezifische Schullektüre begrenzt sind, während der außerschulische Alltag einen Lektürekonsumenten produziert, der unbekümmert um die

---

[18] Lichtenstein-Rother/Kokemohr: Welchen Anspruch stellt die Buch- und Leseerziehung an die Volksschule? In: ZS Bertelsmann Briefe 1967/51.

[19] Hermann Helmers: »Ästhetische Literatur ist nicht mit Dichtung gleichzusetzen. Dichtung ist nur ein Sektor der ästhetischen Literatur, neben u. a. Unterhaltungsliteratur und Reklameliteratur.« Schwärmerei oder Aufklärung? Zur gesellschaftlichen Funktion des Literaturunterrichts. In: ZS Diskussion Deutsch 1971/6., S. 296.

unterrichtlichen Normen seinen eigenen Weg geht. Besonders betroffen von dieser dualistischen Situation sind die Kinder der unteren Bevölkerungsschicht, da zwischen dem soziokulturell determinierten und dem in der Schule geübten literarischen Verhalten eine besonders weite Kluft besteht.

Von den genannten Schwierigkeiten, die einer Integration von Literaturunterricht und Freizeitlesen im Weg stehen, sind die aus der Eigenart des systematischen Unterrichts sich ergebenden am wenigsten vermeidbar, es sei denn, literarische Erziehung in der Schule würde darauf verzichten, »Unterricht« zu sein und durch didaktische Organisation dem Schüler Einsichten und Befähigungen zu vermitteln. Was nicht heißen soll, daß Reformen des Literaturunterrichts durch Erprobung und Verwirklichung »natürlicher« Methoden nicht doch auch zu einer Annäherung an wirklichkeitsechte Voraussetzungen und Umstände des Lesens außerhalb der Schule beitragen können.

Ein wichtiger Ansatz zur Annäherung von Schul- und Freizeitlesen ist die Aufnahme außerschulischer Lektüre in den Literaturunterricht; eine unterrichtsinhaltliche Maßnahme, die auch die grundsätzliche Frage der literarischen Wertung und der Zielsetzung des Literaturunterrichts unumgänglich macht.

Die Einbeziehung marktkonformer Gebrauchs- und Unterhaltungsliteratur in den Unterricht kann von unterschiedlichen Aspekten aus und zu unterschiedlichen Zwecken erfolgen. Die gesellschaftspolitische Begründung spricht für Rehabilitierung und Aufwertung der Trivialliteratur, u. a. weil sie Konsumgut der Masse, weil sie »Massenkultur« darstelle. Geringschätzung der Trivialliteratur »offenbart eine mangelnde Reflexion des eigenen sozialen Standorts«, drückt »soziale Vorurteile, soziale Verachtung aus zur Rechtfertigung der eigenen sozialen Position«[20]. Trivialliteratur entspricht in sprachlich-formaler und inhaltlicher Hinsicht den spezifischen Bedürfnissen und Erwartungen des Unterschichtenpublikums.

Ihre Diskriminierung komme nicht nur einem »Geschmacksterror« gleich, sondern sei auch autoritärer Eingriff in die Art des Freizeitverhaltens, die vielen Menschen Befriedigung und Freude bringe. Es wird außerdem betont, daß schon deshalb eine Zurückdrängung der Trivialliteratur, gleich welcher Art, nicht angehe, weil dadurch die als Dichtung anerkannte Literatur monopolisiert werde. Eine auf Dichtung abzielende literarische Bildung erreiche nur wenige und bringe daher einen »Kulturfeudalismus« hervor, der in einer demokratischen Gesellschaft unerträglich sei.

Literarpädagogisch gesehen kann eine rein gesellschaftspolitische Begründung nicht befriedigen. Sie tendiert dazu, literarische Wertkriterien als überflüssig zu erachten oder ihnen jedenfalls angesichts der gesellschaftlichen Kompetenz nur eine untergeordnete Bedeutung einzuräumen. Das bedeutet im Extremfall,

---

[20] M. Dahrendorf: Trivialliteratur als Herausforderung für eine literaturdidaktische Konzeption. In: ZS Diskussion Deutsch 1971/6., S. 304.

daß der Literaturunterricht für die Kinder der unteren sozialen Schichten (namentlich also in der Volksschule) die im Freizeitraum vorherrschende und bevorzugte Trivialliteratur ohne Rücksicht auf graduelle Unterschiede zum primären Gegenstand des Unterrichts macht. Die Folge ist – wie H. Helmers m. E. richtig bemerkt –, eine weitere Benachteiligung der Volksschüler[21]. Zu den schon bestehenden Sprachbarrieren treten Literaturbarrieren, unterstützt durch eine Schule, die der Regression der Literaturrezeption in der gegenwärtigen Situation nicht entgegenwirkt, sondern sie fördert. Es ist tatsächlich nicht einsehbar, wie ein Unterricht, der sich literarischer Wertungen hinsichtlich der Triviallektüre absichtlich enthält, um das schichtspezifische Kulturverhalten nicht zu diskriminieren, dennoch den erwünschten kompensatorischen Fortschritt erwirken kann. Im Gegenteil: Literarpädagogisch gesehen werden die Schüler aus der Unterschicht durch ein didaktisches Konzept, das die schichtspezifischen Lektüresorten bevorzugt, ohne sie einer wertkritischen Analyse zu unterziehen, in ihrem regressiven Literaturverhalten bestärkt. »Die Schüler aus der Unterschicht werden ... von wesentlichen Erkenntnissen und Deutungspotenzen am Beispiel der ›schönen Literatur‹ ausgeschlossen. Das kann aber nicht Ziel einer prospektiven literarischen Erziehung sein«[22].

Soll der Literaturunterricht nach wie vor eine literarpädagogische Aufgabe verfolgen, dann kommt er nicht daran vorbei, die im Deutschunterricht verwendeten Texte literarisch zu werten und nach ihrer literarpädagogischen Funktion einzustufen. Das bedeutet, daß auch nichtdichterische Erzählliteratur nach literarischen Niveaustufen zu unterscheiden ist, wobei jedoch nicht das Maß am dichterischen Kunstwerk zu nehmen ist, sondern Gebrauchs- und Unterhaltungslektüre als Wert an sich zu gelten hat[23]. Gute Alltagsliteratur wird als förderungswürdiges Literaturgut um seiner selbst willen in den Unterricht einbezogen. Die Schule gibt damit ihre ausschließlich auf literar-ästhetische Hochliteratur ausgerichtete Zielsetzung auf und entwickelt ein didaktisches Konzept, in dem Dichtung und nichtkünstlerische Alltagsliteratur gleichermaßen gewürdigt werden.

In der Praxis des Literaturunterrichts ergibt dies eine gewisse Zweigleisigkeit mit unterschiedlichen didaktischen Mitteln und curricularen Absichten. Die sich voneinander abhebenden Aufgaben, Literaturpädagogik als Erziehung zur Dichtung und Literaturpädagogik im Zusammenhang mit Medienpädagogik, stehen aber nicht im Widerspruch zueinander, sondern ergänzen sich. Nur ein Deutschunterricht, der beide Aufgaben bewußt ins Auge faßt, kann für sich beanspruchen, zur Befähigung des Schülers, mit allen Textformen der Literatur ange-

---

[21] Vgl. H. Helmers: Schwärmerei oder Aufklärung? A.a.O.

[22] Helmut Fischer: Das außerschulische Leseverhalten von Hauptschülern. In: J. Vogt (Hrsg.): Literaturdidaktik. Düsseldorf 1972, S. 228.

[23] Vgl. hierzu meine Anmerkungen zur Unterhaltungsliteratur S. 190 f.

messen umgehen zu können, beizutragen. Vor allem aber bietet sich die Möglichkeit, das außerschulische Leseverhalten einzubeziehen und eine »Didaktik der Privatlektüre« (Gaudig) zu betreiben, die zunächst das Was und Wie des Freizeitlesens überhaupt erst in den Reflexionshorizont des Schülers rückt, zum kritischen und selbständigen Überdenken anleitet und schließlich zu einer Kultivierung des Freizeitlesens beiträgt.

In den meisten Richtlinien und Bildungsplänen für den Literatur- und Leseunterricht an westdeutschen Schulen sind Formulierungen enthalten, die davon sprechen, den herkömmlichen Unterricht auszuweiten. Sie verlangen die Pflege »aller Formen« des Lesens, sie fordern ein Schullesen, das eine Begegnung mit »allen Bereichen« der Literatur ermöglicht und neben Lesebuch, Einzelschrift, Broschüre, periodischen Schriften verschiedener Art und Qualität auch *Kinder- und Jugendbücher* verwendet. Die begrüßenswerten Hinweise werden im allgemeinen von der Schulpraxis zu wenig beachtet und wohl auch mit zu wenig Nachdruck und Überzeugung von der Schulbehörde vertreten. Die amtlichen Forderungen sind häufig Bestandteile einer unterrichtlichen Gesamtkonzeption, die noch durchwegs einseitig auf ästhetisch-künstlerische Literaturbildung abzielt und der außerdem in der Lehrplanstruktur (der Hauptschule) ein zu geringer Anteil an der Unterrichtszeit eingeräumt wird[24]. So bleibt die Einbeziehung außerschulischer Lektüre in den Literaturunterricht, insbesondere die Verwendung von Kinder- und Jugendbüchern, vielerorts eine unerfüllte Forderung. Junge Lehrer für Grund- und Hauptschulen, die während ihrer Ausbildung pflichtgemäß oder nach freier Wahl – entsprechend der Prüfungsordnung des Landes – den Fragenkreis Jugendliteratur kennengelernt haben und bereit sind, schulpraktische Konsequenzen zu ziehen, legen oft schon nach kurzer Zeit ihre guten Vorsätze ab und gleichen sich den vorherrschenden Gepflogenheiten und äußeren Einschränkungen an. Die angehenden Schulgermanisten der Gymnasien kommen erst gar nicht in die Lage, Jugendschrifttum und »freie Lektüre« als literarpädagogischen Faktor annähernd kennenzulernen; denn ihr Studiengang trägt wenig oder gar nichts dazu bei, das Mißverständnis vom Jugendbuch als Spezies eigener Art und die Auffassung von der poetischen Zielsetzung des Literaturunterrichts abzubauen.

2. Ein starker Einfluß auf das Freizeitlesen und eine lebensnahe Literaturpädagogik könnte von einer gut ausgebauten und rege genützten *Schülerbücherei* ausgehen. Ihre Einrichtung ist durch einschlägige Verordnungen den Schulen zur Pflicht gemacht. Ihre Bedeutung wird in Richtlinien und Bildungsplänen hervorgehoben. Wenn man aber von der Repräsentativbefragung der Vereinigten Jugendschriftenausschüsse von 1958 zum Stand der Schülerbüchereien in

[24] Zur Situation des Literaturunterrichts an den Volksschulen (Hauptschulen) der Bundesrepublik siehe H. Helmers: Schwärmerei oder Aufklärung? A.a.O., S. 290 ff.

der Bundesrepublik ausgeht, dann ist es nicht zum besten um die Schülerbüchereien bestellt:

»Das Ergebnis unserer Repräsentativbefragung zeigt, besonders unter den zu Anfang erwähnten Vorbehalten, daß die Schülerbüchereien in der Bundesrepublik sich in einer ernsten Notlage befinden. In einer Zeit, da die Milliardenausgaben der Länder und des Bundes von der Öffentlichkeit als etwas Selbstverständliches hingenommen werden, läßt man die Notlagen der Schulen unbeachtet, findet sich damit ab, daß die Schülerbüchereien in der Bundesrepublik im Durchschnitt nur eben 1 Buch für einen Schüler bereitstellen, und das auch nur, wenn man die Befragung so günstig auslegt wie nur denkbar. Ein wirklich kläglicher Zustand für ein Volk, das die Bedeutung des Buches für Bildung und Erziehung bisher niemals verkannt hat«[25].

Es mag im letzten Jahrzehnt eine Besserung der Allgemeinlage eingetreten sein, keineswegs aber in dem Ausmaß, daß man von befriedigenden Verhältnissen sprechen könnte. Die Einzelfälle, in denen Schülerbüchereien mustergültig ausgebaut sind und vorbildlich eingesetzt werden, ändern nicht viel an dem unerquicklichen Gesamtbild.

Auch die 1970 veröffentlichte Untersuchung des Instituts für Jugendbuchforschung Frankfurt zur Situation der Schulbibliotheksverhältnisse in der Bundesrepublik und in West-Berlin ergab keine wesentliche Änderung der Gesamtsituation: »Der Buchbestand ist fast durchwegs zu klein, teilweise veraltet und unaktuell und entspricht vor allem in Hinsicht auf die älteren Schülerjahrgänge ganz und gar nicht den Erwartungen und Notwendigkeiten für einen solchen Leserkreis. Die bibliothekarische Organisation ist vielfach dilettantisch und unübersichtlich. Die Position des Büchereileiters ist weder attraktiv, noch spielt sie in den Augen der Lehrerschaft eine wichtige Rolle innerhalb des Lern- und Erziehungsvorgangs ... Bei der Verteilung der Mittel wird die Schulbücherei vollends stiefmütterlich behandelt. Eine Integration der Schulbibliothek in den schulpädagogischen Arbeitsverlauf ist nur in wenigen Ansätzen versucht worden«[26].

Der Ausbau des gesamten Jugendbüchereiwesens der Bundesrepublik ist noch unbefriedigend. Wir müssen zugeben, schreibt Walter Scherf 1967, »daß wir den Wettlauf mit der Zeit in mancherlei Hinsicht verloren haben. Es ist vieles erreicht, aber ebenso vieles nicht vollendet worden, was wir während des allgemeinen kulturellen Aufbaus hätten vollenden müssen und was wir bei der über Nacht hereingebrochenen radikalen Beschneidung der Mittel nun auf lange Sicht nicht mehr in Angriff nehmen können«[27].

---

[25] John Barfaut: Schülerbücherei in Not. In: ZS Jugendschriften-Warte 1959/1.

[26] Institut für Jugendbuchforschung: Die moderne Schulbibliothek. Bestandsaufnahme und Modell. Hamburg 1970, S. 49.

[27] W. Scherf: Aufgaben und Form der Jugendbücherei. In: ZS Bertelsmann Briefe 1967/53.

Der beklagenswerte Zustand vieler Schülerbüchereien ist nicht immer nur auf fehlende Mittel und mangelhafte finanzielle Unterstützung durch den Schulträger zurückzuführen. Freilich sind Aufbau und Erhaltung einer Bücherei ohne Geld nicht denkbar. Häufig werden aber selbst die geringen Möglichkeiten ungenügend ausgeschöpft oder nicht zweckmäßig genützt. Viele Schulen sehen in ihren Büchereien nur eine zweitrangige Einrichtung, die man gelegentlich den Schülern zu ihrer Unterhaltung zugänglich machen könne, keinesfalls aber ein unerläßliches Bildungsinstrument. Wo diese Einstellung vorherrscht, ist es nicht verwunderlich, wenn man sich über die Funktion der Schülerbücherei keine besonderen Gedanken macht, die Ergänzung des Buchbestandes ohne Sorgfalt durchführt oder verfügbare Etatmittel zunächst für alles andere verwendet und erst eine verbleibende Restsumme der Schülerbücherei zugute kommen läßt.

Es wäre sehr nützlich, wenn für jede große Schule und für mehrere kleinere Schulen zusammen ein schulbibliothekarisch vorgebildeter Lehrer als Betreuer der Schülerbücherei und Berater der Kollegenschaft zur Verfügung stünde. Die Schulverwaltung sollte durch Kurse oder Seminare dafür sorgen, daß interessierte Lehrer sich das Rüstzeug zum »Schulbibliothekar« aneignen können, und es nicht weiterhin dem Zufall überlassen, ob sich hier und dort fähige Pädagogen finden oder nicht.

Die personelle Misere zeigt sich ja nicht selten schon an der Hilflosigkeit und Ahnungslosigkeit, mit der die Auswahl der Bände vorgenommen wird, die für die Schülerbücherei bestimmt sind. Man trifft immer wieder auf Fälle, bei denen die Zusammenstellung der Buchtitel einer Buchhandlung übertragen oder die Auswahl von deren zufälligem Sortiment abhängig gemacht wird. Dabei gibt es wertvolle Hilfen, die dem einzelnen, der die große Zahl des Angebots unmöglich überschauen kann, zur Verfügung stehen[28].

---

[28] So z. B. das jährlich erscheinende Verzeichnis »Das Buch der Jugend«. Es wird vom Arbeitskreis für Jugendliteratur, München, unter Mitwirkung der Vereinigten Jugendschriftenausschüsse herausgegeben. Titel, die als Grundstock für eine Schülerbücherei geeignet sind, sind besonders gekennzeichnet. Auslieferung: Schwaben Verlag, Ruit bei Stuttgart, Gutenbergstr. 12.
Andere Sammelverzeichnisse sind:
»Auswahlliste zum Deutschen Jugendbuchpreis« (jährlich). Hrsg. Arbeitskreis für Jugendliteratur, München, Kaulbachstraße 40 – »Deutscher Jugendbuchpreis 1966 bis 1970«. Hrsg. Arbeitskreis für Jugendliteratur, München, Kaulbachstraße 40 – »1000 & 1 Buch« (alle 2–3 Jahre). Hrsg.: Österreichischer Buchklub der Jugend und Internationales Institut für Jugendliteratur und Leseforschung. A–1010 Wien VIII, Fuhrmannsgasse 18a – »Kinderbücher – Jugendbücher« (jährlich). Hrsg. Studien- und Beratungsstelle für Kinder- und Jugendschrifttum. A–1010 Wien I, Nibelungengasse 1 – »Das Buch für Dich« (jährlich). Hrsg. Schweizerischer Bund für Jugendliteratur, CH–3000 Bern, Herzogstraße 5 – »Die Welt im Taschenbuch« (jährlich, für Jugendliche). Hrsg. Schweizerischer Bund für Jugendliteratur. Auslieferung: Samuel Jud, CH–8820 Wädenswill, Walther-Hauser-Straße 6.

Die Mindestanzahl der Bände einer Schülerbücherei sollte – nach den Forderungen der Vereinigten Jugendschriftenausschüsse von 1951 – das eineinhalbfache der Schülerzahl betragen, bei kleineren Schulsystemen mit weniger als fünf Klassen oder hundert Schülern das doppelte der Schülerzahl. Das ist allerdings eine Forderung, die einen Minimalansatz für den notwendigen Ausbau darstellt. Nach den Vorschlägen des Frankfurter Instituts für Jugendbuchforschung sollte die moderne Schulbibliothek über zehn Titel je Schüler verfügen.

Bei der Auswahl ist zu beachten, daß der Buchbestand alle Gattungen berücksichtigt. In den Empfehlungen des Deutschen Städtetages wird darauf verwiesen, daß nicht nur unterhaltende, schöngeistige Schriften einzustellen seien, sondern auch geeignete, dem Schüler verständliche Sachbücher aus den verschiedenen Gebieten. Er hält ein Mengenverhältnis von Unterhaltungsbuch und Sachbuch von 60:40 für erstrebenswert[29]. Besonders wertvolle Bücher sollten nach Möglichkeit mehrfach vorhanden sein. Die Anschaffung billiger Ganzschriften und Taschenbücher kann – wenn der Etat großzügig bemessen ist – gelegentlich in größerer Zahl erfolgen, damit sie als Klassenlektüre verwendbar sind. Im allgemeinen ist der Kauf preiswerter Büchlein für das Schullesen durchaus den Eltern der Schüler zumutbar.

Eine umstrittene Frage ist die der strukturellen Organisation der Schülerbücherei. Ist der zentralen Schulhausbücherei, in der alle Bücher in einem Ausleihraum zusammengefaßt sind, der Vorzug zu geben, oder soll man bei den herkömmlichen Klassenbüchereien verbleiben?

Obwohl es beide Büchereitypen in der Schulwirklichkeit gibt, ist es sehr schwer, die Vor- und Nachteile so gegeneinander abzuwägen, daß man sich uneingeschränkt für eine der beiden Strukturformen entscheiden könnte. Der Vorzug der klasseneigenen Bibliothek liegt in ihrer bequemen Verfügbarkeit. Die Bücher befinden sich in Greifweite der Schüler und des Lehrers und können jederzeit ausgeliehen oder unterrichtlich verwendet werden. Dadurch ergibt sich ein hohes Maß an Möglichkeiten der systematischen Buchpädagogik. Vor allem kann der Lehrer seine Schüler individuell betreuen und literarerzieherisch beeinflussen.

Die zentrale Schulbücherei hat besonders vom Gesichtspunkt der Rationalisierung erhebliche Vorteile. Die zusammengefaßte Bibliothek ist besser überschaubar, besser zu verwalten und unter Umständen auch billiger als die zahlreichen Schulzimmerbüchereien. Wo die räumlichen Gegebenheiten es zulassen, wird man in der Zentralbücherei einen Leseraum einrichten, der in der unterrichtsfreien Zeit zur Verfügung steht und ein ungestörtes Sich-Beschäftigen mit den Büchern ermöglicht. Die Atmosphäre ist unpersönlicher und schafft eine größere Distanz zwischen Bibliotheksleiter und Benützer, ein Zu-

---

[29] Deutscher Städtetag: Empfehlungen zur Zusammenarbeit von Schule und öffentlicher Bücherei. Köln (2. Juni 1961).

stand, der namentlich von älteren Schülern als Vorzug empfunden wird, »weil diese sich dann weniger ›pädagogisiert‹ vorkommen und die Büchereibenützung mehr den erwünschten Privatcharakter gewinnt, bei der man im Sinne des freien Lesens unbefangener wählen kann«[30].

Für welchen Büchereitypus die Schule sich auch jeweils entscheidet, sie muß versuchen, aus ihrer Schülerbücherei eine lebendige Einrichtung zu machen, deren Buchbestand nicht hinter verschlossenen Türen sorgsam gehütet wird, sondern von den Schülern begehrt und genutzt wird. Sie muß dafür sorgen, daß die Schulbücherei die ihr eigene Funktion im Rahmen des gesamten Jugendbüchereiwesens erfüllen kann. Die Aufgabe der Schülerbücherei liegt nicht ausschließlich und auch nicht in erster Linie in der Bereitstellung von Büchern für das häusliche Lesen. Zwar trägt sie auch dazu bei; die Möglichkeiten, die sie diesbezüglich im Vergleich zu den öffentlichen Büchereien hat, sind aber beschränkt. Ihr spezifischer Auftrag besteht darin, auf den jungen Menschen als Schüler einzuwirken, ihm an exemplarischen Beispielen die Gattungen der Literatur kennenlernen zu lassen, ihn planmäßig im Umgang mit Büchern und Büchereien vertraut zu machen und in die Kategorie des rechten Lesens und in Maßstäbe der literarischen Beurteilung einzuführen. Diesem Auftrag kann sie am besten innerhalb des Unterrichts nachkommen.

Wo zentrale Schulbüchereien existieren, müssen sie daher in jedem Falle so organisiert sein, daß neben der Einzelausleihe auch Gruppenausleihen an die Klassen möglich sind, daß die einzelnen Lehrer ohne größere Umstände über die Bücher verfügen und sie nach eigenem erzieherischen und unterrichtlichen Ermessen einsetzen können.

In diesem Zusammenhang sind die Ergebnisse einer österreichischen Untersuchung interessant, die sich zum Ziel setzte, die Form der Schülerbücherei ausfindig zu machen, die die meisten Möglichkeiten einer systematischen Führung zum Buch bietet. Zentrale Schulbücherei und Klassenbücherei sollten miteinander verglichen werden. Das Resultat spricht für die Klassenbücherei. Es war allerdings dadurch beeinflußt, daß offensichtlich das Experiment von vorneherein der Klassenbücherei mehr Aufmerksamkeit und Pflege zuteil werden ließ als der Zentralbücherei und »gutgeführte« Schulzimmerbibliotheken solchen zentralen Schulbüchereien gegenübergestellt wurden, die »im versperrten Raum oder Schrank« ihr Dasein fristen. Das Ergebnis lautet unter anderem: »In gutgeführten Klassenbüchereien werden mindestens fünfmal soviel Bücher gelesen wie in den zentralen Schulbüchereien. In einzelnen Fällen konnte man eine zehnfache Steigerung der Entlehnzahlen bemerken. Während die zentrale Schulbücherei meist nur vierzig bis sechzig Prozent erfaßt, die öffentliche Bücherei in den einzelnen Schulorten nur zwanzig bis dreißig Prozent (im Landesdurchschnitt sogar nur zehn bis fünfzehn Prozent), lesen in der Klassenbücherei ein-

[30] E. Weber: A.a.O., S. 57.

fach alle Kinder, denn der Klassenlehrer kann ständig Anregungen geben.« Die Wirksamkeit der Klassenbücherei zeige sich auch darin, daß jährlich zwanzig bis fünfundzwanzig Prozent der Bücher erneuert werden müssen, während zentrale Schulbüchereien nur einen jährlichen Verschleiß von fünf Prozent haben. Der Bericht aus Österreich verweist außerdem auf eine beachtliche Steigerung des Interesses an öffentlichen Büchereien, das von rege genützten Klassenbüchereien ausgeht, und auf ein merkliches Ansteigen des privaten Buchbesitzes[31].

Das Frankfurter Jugendbuchinstitut schlägt die zentrale Schulbibliothek vor. Dabei ist an eine Gesamtbücherei gedacht, die Schüler- und Lehrerbücherei vereinigt, allen Angehörigen der Schule – Lehrenden und Lernenden – gleichermaßen offensteht, von einem sachkundigen und vorgebildeten Schulbibliothekar mit Hilfspersonal verwaltet wird und auch über Lese- und Arbeitsräume verfügt. »Die Schule würde dann in der zentralen Schulbibliothek eine Werkstätte bekommen, die in der Tat mindestens genau so nötig ist wie die Turnhalle, die naturwissenschaftlichen Experimentierräume oder auch das kostspielige Schwimmbecken.«[32]

Ein Vorschlag, dessen Verwirklichung das herkömmliche Gesicht der Schülerbücherei völlig verändern würde, zielt auf die Zusammenlegung der Schülerbücherei mit der öffentlichen Bücherei. Seine Befürworter denken vor allem an die Rationalisierung der Mittel und Kräfte, an die fachkundige bibliothekarische Verwaltung und an die Hinführung der Jugend zum öffentlichen Büchereiwesen. Der Plan findet unter der Lehrerschaft viele Skeptiker und Gegner. Sie befürchten, wenn die Schülerbücherei im öffentlichen Büchereiwesen integriert wird, eine Verringerung der literarpädagogischen Möglichkeiten der Schule, eine Angleichung an die öffentliche Bücherei und damit ein allmähliches Verkümmern der spezifischen Funktion der Schülerbücherei; sie befürchten außerdem, daß bei einem Großteil der Lehrerschaft mit der Verantwortung für die Schülerbücherei die Verantwortung für die Bucherziehung überhaupt verloren geht[33].

---

[31] R. Bamberger: Die Aktion »Geistiger Jugendschutz durch Klassenbüchereien« – Ein Bericht aus Österreich. In: ZS Bertelsmann Briefe 1967/49.

[32] Institut für Jugendbuchforschung: Die moderne Schulbibliothek: a.a.O., S. 13.

[33] In Skandinavien pflegt man seit Jahrzehnten die Idee enger Koordination zwischen Schul- und Volksbüchereiwesen. Wie aus einem Bericht über Schweden zu entnehmen ist, scheint aber nun bei den Freunden der Integration der Zweifel aufzukommen, ob dieses System auf die Dauer den erwarteten Erfolg bringen werde. Mary Orvig (Schweden) erklärte auf einer internationalen Tagung (1967): »Was Schweden betrifft, so gibt es keinen Zweifel, daß wir uns in dieser Frage am Scheideweg befinden. Nachdem ich selbst viele Jahre lang Anhänger des Koordinationsgedankens war, also für enge Zusammenarbeit zwischen Schulbücherei und öffentlicher Bücherei eintrat, sehe ich jetzt – und viele andere mit mir – die Zeit für eine Intensivierung der Arbeitsprogramme beider Büchereitypen gekommen. Möglicherweise ist die Integrierung doch nicht die richtige Lösung.« (M. Orvig: Aufgaben und Form der Jugendbücherei. Ein Diskussionsbeitrag. In: ZS Bertelsmann Briefe 1967/53).

Der unbefriedigende Zustand im Schulbüchereiwesen darf nun wahrlich nicht dazu führen, durch eine Umorganisation die literarpädagogischen Möglichkeiten der Schule zu beschneiden oder den Anschein zu erwecken, als ob die Schule auf diesem Gebiet weitgehend entlastet werden könnte. Die Lehrerschaft muß davon überzeugt werden, daß hier ein Arbeitsfeld vorliegt, dessen Betreuung nach wie vor zu den Aufgaben von Schule und Lehrer gehört.

Das schließt eine enge Zusammenarbeit von Schule und öffentlichem Büchereiwesen nicht aus. Eine solche Zusammenarbeit ist möglich und notwendig. Der Deutsche Städtetag hat in seinen »Empfehlungen zur Zusammenarbeit von Schule und öffentlicher Bücherei« (1961) eine Reihe praktischer Vorschläge unterbreitet[34], und auf seiten der Bibliothekare wird die Bereitschaft zur Mitarbeit und Hilfe immer wieder unterstrichen. Es ist zu hoffen, daß Ressentiments, die allenthalben ein fruchtbares Zusammenwirken noch behindern, abgebaut werden und auch das Konkurrenzdenken bald der Vergangenheit angehört. Beide Institutionen sind aufeinander angewiesen: Wo Schülerbüchereien aufgelöst werden, läßt der Besuch der öffentlichen Büchereien nach[35], denn sie werden ihres Unterbaus beraubt; wo die Schulpädagogik die öffentlichen Büchereien nicht einbezieht und nicht auf sie hinarbeitet, ist den schuleigenen Büchereien nur eine kurzfristige und fragwürdige Wirkung möglich.

Zusammenfassend kann zum Problem der Schülerbüchereien von heute gesagt werden:

Die Schülerbücherei sollte als Bestandteil der Schule erhalten bleiben.

Sie hat sich auf ihre eigene Funktion gegenüber den öffentlichen Büchereien zu besinnen und ist danach organisatorisch einzurichten und buchmäßig auszustatten.

Für jede größere Schule oder für mehrere kleinere Schulen zusammen ist ein vorgebildeter Schulbibliothekar zu bestellen. Für eine Ausbildung von Lehrern zu Schulbibliothekaren ist Sorge zu tragen.

Die Zusammenarbeit zwischen öffentlicher Bücherei und Schule ist unbedingt anzustreben.

Die Schulpädagogen sollten in der technischen Bibliotheksarbeit durch bi-

---

[34] Einige Vorschläge aus dieser Denkschrift: Schulklassen besuchen die am Ort vorhandenen Volksbüchereien und wissenschaftlichen Bibliotheken; die öffentliche Bücherei stellt den Schulen ein Gesamtverzeichnis, sowie Auswahlverzeichnisse zu bestimmten Buchgruppen oder Themen zur Verfügung; die Bestände der Schulbücherei werden durch leihweise Überlassung von Büchern aus der öffentlichen Bücherei ergänzt; die öffentliche Bücherei berät und unterstützt die Schulen beim technischen Aufbau ihrer Büchereien und entlastet die Lehrer von bibliothekstechnischen Arbeiten; die öffentliche Bücherei veranstaltet in der Schule Buchausstellungen; Schule und öffentliche Bücherei stimmen sich in der Buchanschaffung aufeinander ab.

[35] Vgl. Konrad Kallbach: Schülerbücherei in der Krise. In: ZS Die Deutsche Schule 1965/1.

bliothekarische Fachleute und Hilfskräfte unterstützt und entlastet werden[36].

3. Im folgenden sollen Möglichkeiten aufgezeigt werden, wie das *Jugendbuch in Schule und Unterricht* verwendet werden kann.

Eine sehr einfache, aber besonders erfolgreiche Möglichkeit ist *das Vorlesen*. Es bereitet die geringsten organisatorischen Schwierigkeiten und gestattet eine Begegnung der ganzen Klasse mit dem Buch, auch wenn nur ein Exemplar des Werkes vorhanden ist. In der Regel wird der Lehrer selbst das Vorlesen übernehmen. Damit ist am sichersten die Gewähr gegeben, daß nicht durch ungewandtes und fehlerhaftes Lesen die Wirkung beeinträchtigt wird. Zum Abschluß einer Arbeitsepoche, nach besonderen Anstrengungen und Leistungen, im Schullandheim, auf Klassenfahrt oder längeren Wanderungen bieten sich besonders gute Gelegenheiten, um nach ein paar Worten der Einstimmung die Kinder in die Atmosphäre des gemeinsamen Zuhörens zu versetzen. Die literarische Begegnung wird zu einem Gemeinschaftserlebnis und ist gerade deshalb besonders eindringlich; sie wird zu einem Höhepunkt des schulischen Zusammenlebens. Vorlesen kann aber auch eine wichtige didaktische Funktion im Rahmen des Literaturunterrichts erfüllen, auf der Stufe der Hinführung das literarische Interesse wachrufen, auf der Stufe des Erlebens den Begegnungsprozeß unterstützen, auf der Stufe der Vertiefung und Gestaltung klärend und anregend wirken.

Gutes Vorlesen verlangt Vorbereitung. Es ist überheblich zu glauben, ein literarisch durchgestaltetes Werk auf Anhieb »vom Blatt« darbieten zu können. »Von unausbleiblichen Lesefehlern abgesehen, wird dann der Text im persön-

[36] Weiter Abhandlungen zur Schülerbücherei:
H. Bachmann: Klassenbüchereien oder öffentliche Büchereien. In: ZS Bertelsmann Briefe 1967/49. – R. Bamberger: Die Klassenbücherei. Wien 1961 – H. Bödecker: Die Schülerbücherei. In: Handbuch für Lehrer. Gütersloh 1961, Bd. 1 – Deutscher Büchereiverband (Hrsg.): Die Schulbibliothek. Stand der Fachdiskussion. Berlin 1972 – K. Doderer: Buch, Bibliothek und Schule. In: ZS Bücherei und Bildung 1969/8. – K. Kallbach: Die Bücherei in der Schule. In: Zeitschrift für Jugendliteratur 1967/6. – K. Kallbach: Handreichung zu Einrichtung und Führung einer Schulbücherei. In: Jugendschriften-Warte 1971/4. – K.-H. Klimmer: Schüler, Bücher, Schülerbücherei. In: Jugendschriften-Warte 1961/1. und 3. – N. Koch/R. Renard: Das pädagogische Bibliothekswesen in Deutschland. München 1965 – A. Krüger: Die Schulbücherei. In: ZS Bertelsmann Briefe 1964/30. – J. Langfeldt: Volksbildung als Aufgabe (Volks- und Schülerbüchereiwesen). Köln 1953 – U. Mallmann: Theorie und Praxis der Schulbücherei. (Forschungsberichte aus dem deutschen Jugendinstitut) München 1966 – D. Margies: Das Elend unseres Schulbüchereiwesens. In: ZS Bertelsmann Briefe 1964/30. – H. Porktert: Schule und Bücherei auf dem Lande. In: ZS Bücherei und Bildung 1968/6. – E. Schindler/H. Schmidt, Theorie und Praxis der Schulbücherei. In: ZS Das gute Jugendbuch 1959–1965. – R. Schmidt: Das Lesen lehren! (Schulbüchereiwesen – Öffentliches Büchereiwesen). In: ZS Bertelsmann Briefe 1963/22.

lichen Tonfall des Vorlesers mitgeteilt, aber nicht rhythmisch-melodisch richtig gesprochen. Auch fehlt dem Leser der Überblick, ohne den nicht passend pausiert, nicht planmäßig gesteigert werden kann. Wie die Tonkunst, so verlangt auch die Wortkunst zu ihrer guten Wiedergabe, daß man zuvor mit hingebender Geduld sorgfältig und feinhörig in das Sprachwerk hineinlauscht«[37]. Wenn der Lehrer sich entschließt, Schüler vorlesen zu lassen, ist auf gründliche Vorbereitung besonders zu achten. Man fordere sie etwa auf, aus einem Buch, das ihre Zustimmung gefunden hat, einen Abschnitt auszuwählen und so vorzulesen, daß die Zuhörer Gefallen daran finden. Zum besseren Verständnis der Stelle kann vorher ein kurzer Überblick über den Gesamtinhalt der Erzählung gegeben werden. »Die Erfolge der in der Klasse beliebten Lesetüchtigen spornen auch die Leseträgen zum Nacheifern an, besonders, wenn ein fesselnder Inhalt und schöner Sprachklang die Lesefreude steigern«[38].

Die Anregung zum Selbstlesen ist die wertvollste Wirkung, die vom Vorlesen ausgeht. Der Lesefaule verspürt als Hörer den Reiz des Buches, und er fühlt sich aufgefordert, seine Leseabneigung aufzugeben. Der Leseuntüchtige wird angespornt, mit größerem Eifer als bisher seine Fertigkeit zu verbessern. Der Oberflächliche und Flüchtige erlebt die Vorzüge des sorgfältigen und behutsamen Lesens. Der einseitig Interessierte wird auf andere literarische Stoffe und Gattungen aufmerksam.

Eine andere Form des Umgangs mit Jugendbüchern in der Schule ist *das gemeinsame Klassenlesen*, das heißt die Verwendung von Jugendliteratur als Klassenlektüre.

Der herkömmliche Leseunterricht wählt fast ausschließlich das Lesebuch als Mittel des gemeinsamen Klassenlesens und sieht in ihm das schulische Lesegut schlechthin. Nun ist die Vorliebe für das Lesebuch sicher nicht allein von seiner bequemen Verfügbarkeit her verständlich: es erfüllt eine wichtige literarpädagogische Funktion und ist als »literarisches Arbeitsbuch« nach wie vor unerläßlich. Man sollte aber nicht seine Grenzen übersehen, die selbst dann noch bestehen, wenn es als modern und literarisch anspruchsvoll und vielfältig gestaltetes Lesebuch von den kritisierten Mängeln befreit worden ist.

Die Forderung heißt nicht: weg vom Lesebuch und hin zum Jugendbuch! sondern: Lesebuch *und* Jugendbuch als sich ergänzende Schullektüre! Eine ansehnliche Zahl von Jugendbüchern, die sich durch echte Kindertümlichkeit, literarischen Rang und Lebensbedeutsamkeit auszeichnen, bieten sich für den Unterricht als Lesestoff an. Leselust und Erlebnisbereitschaft, die im täglichen Umgang mit dem Lesebuch erfahrungsgemäß stark nachlassen, werden durch den Einsatz von Jugendbüchern neu belebt und bewahren das Schullesen davor, in

[37] F. Schnaß/Th. Rutt: Die Einzelschrift im Deutschunterricht. Band I; Bad Heilbrunn 1967 (5. Aufl.), S. 39.

[38] Schnaß/Rutt: a.a.O., S. 72.

den Augen des Kindes (und des Lehrers) zu einem langweiligen Fach abzusinken. Das Angebot des Lesebuches kann bereichert und durch Literaturformen, die im Lesebuch nur in Ausschnitten oder gar nicht enthalten sind, ergänzt werden[39].

Der Praktiker wird allerdings einwenden: Woher soll ich die zur Klassenlektüre erforderlichen dreißig oder vierzig Exemplare eines Jugendbuches nehmen? Die Schülerbücherei weist günstigenfalls zwei oder drei Ausgaben des gleichen Titels auf, die finanziellen Mittel reichen nicht aus, um den Bestand auf die erforderliche Höhe zu bringen.

Ein gangbarer Ausweg ist in den billigen Einzelschriften zu sehen, vor allem aber in den seit einiger Zeit erscheinenden Jugendtaschenbüchern.

Die Kinder- und Jugendtaschenbücher haben nicht nur den Vorzug, wirkliche Bücher zu sein, sondern auch die nicht zu unterschätzende Eigenschaft, den Text in der Regel ungekürzt wiederzugeben.

Aus der großen und vielseitigen Auswahl der einzelnen Reihen seien nur einige Titel genannt:

Ravensburger Taschenbücher (O. Maier):

P. S. Buck: Der Drachenfisch. – R. L. Stevenson: Die Schatzinsel. – M. Z. Thomas: Brüder sind nicht mit Geld zu bezahlen. – M. Twain: Huckleberry Finn.

dtv junior (Deutscher Taschenbuch-Verlag):

N. Carlson: Boskos weite Wanderung. – D. Defoe: Robinson Crusoe. – A. Matute: Juju und die fernen Inseln. – A. Rutgers: Flieh, Wassilis, flieh!

Arena-Taschenbücher:

H. Kaufmann: Roter Mond und Heiße Zeit. – E. Lillegg: Feuerfreund. – K. Lütgen: Kein Winter für Wölfe. – F. Mühlenweg: Großer Tiger und Kompaßberg.

Trio-Jugendtaschenbücher (Sauerländer, Jugend und Volk):

F. Braumann: Gold in der Taiga. – K. Bruckner: Sadako will leben. – J. Denys: Sieger im roten Staub. – W. Durian: Robber.

bt Kinder- und Jugendtaschenbuch (Benziger):

B. Bartos-Höppner: Die Bucht der schwarzen Boote. – S. O'Dell: Vor dem Richter des Königs. – L. Tetzner: Die Kinder auf der Insel. – E. Wustmann: Hrenki und das Große Lied.

---

[39] Vgl. in diesem Zusammenhang zur Lesebuch-Diskussion:
J. Antz: Das Lesebuch. In: Handbuch der Erziehungswissenschaft. München 1932, Teil IV, Bd. 2 – P. Braun (Hrsg.): Neue Lesebücher. Analyse und Kritik. Düsseldorf 1972 – H. Helmers (Hrsg.): Diskussion um das deutsche Lesebuch. Darmstadt 1969 – H. Helmers: Geschichte des deutschen Lesebuchs in Grundzügen. Stuttgart 1970 – P.-M. Roeder: Zur Geschichte und Kritik des Lesebuches der höheren Schulen. Weinheim 1961.

rororo-rotfuchs (Rowohlt):

A. Hopf: Die große Elefanten-Olympiade. – A. Hannover: Das Pferd Huppdiwupp. – Janosch: Der Räuber und der Leiermann. – D. Neven-du Mont: Das Getüm.

Die stoffliche und gehaltliche Ergiebigkeit des guten Jugendbuches, sein hoher Grad an Altersgemäßheit, nicht zuletzt auch sein Neuheitscharakter machen es für das *Gruppenlesen* besonders geeignet.

Das Gruppenlesen kennt – wie die Gruppenarbeit in der Schule überhaupt – verschiedene Formen. Nach Art der Zusammensetzung der Gruppe denken wir vor allem an die auf natürliche Sozialbeziehungen sich aufbauende Gruppe, in der die Gesellungstendenz des Kindes möglichst zwanglos zur Auswirkung kommen kann. Je mehr sie sich ihrer Struktur nach den selbstgewachsenen außerschulischen Kindergemeinschaften (Spielgruppe) annähert, um so besser ist es für den Gruppengeist, für die Bereitschaft zur Zusammenarbeit und somit auch für den Leistungserfolg. Sie umfaßt tüchtige und schwache Schüler, in den Klassen mit verschiedenen Altersstufen jüngere und ältere Kinder, in gemischten Klassen Buben und Mädchen. Als Lesegruppe bringt sie so die Voraussetzung mit, daß Schüler mit unterschiedlicher Lesefähigkeit und Leseerfahrung, mit individuell verschiedenen Leseneigungen und -interessen sich ergänzen und bereitwillig aufeinander Rücksicht nehmen; daß überdies das gruppenweise Lesen auch außerhalb der Schule fortgeführt wird – ein nicht unbedeutender Vorzug für die Ökonomisierung der Unterrichtsarbeit, aber auch für den schulischen Einfluß auf das Freizeitlesen.

Nach Art der Leseaufgaben läßt sich ein »arbeitsgleiches« und ein »arbeitsteiliges« Gruppenlesen unterscheiden.

»Arbeitsgleich« ist das Verfahren, wenn alle Gruppen dasselbe lesen und die gleichen allgemeinen oder speziellen Fragen beachten müssen. Diese Art des Gruppenlesens schafft bei allen Schülern die gleiche stoffliche Ausgangssituation für die nachfolgende gemeinsame Klassenarbeit. Da alle den Text kennen, erübrigt sich die zeitraubende Einführung in den Inhalt. Der Unterricht kann sich gleich mit inhaltsklärenden Fragen und weiterführenden und vertiefenden Gesprächen befassen. Es besteht außerdem für Lehrer und Schüler die Möglichkeit, die Leistungen der Gruppen, die sich ja mit der gleichen Literatur auseinandergesetzt haben, besser zu vergleichen. Unterschiedliche Meinungen treffen aufeinander und fördern die Lebhaftigkeit der Aussprache.

Ein anderes Verfahren ist das »arbeitsteilige« Gruppenlesen. Man kann darunter ein Lesen verstehen, bei dem den einzelnen Gruppen verschiedenartige Teilaufgaben am gleichen oder an einem verschiedenartigen Lesegut zugewiesen werden, und die Ergebnisse in gemeinsamer Klassenarbeit zueinandergeführt und zu einem Ganzen vereinigt werden. Ich möchte hier das Gruppenlesen mit verschiedenen Texten besonders hervorheben, weil es aus organisatorischen Gründen verhältnismäßig leicht praktizierbar ist. Einer gut ausgebauten Schülerbücherei können die Jugendbücher entnommen werden. Jede Gruppe kann sich gleichzeitig und in der gebotenen Gründlichkeit und Muße mit ihrem Buch beschäftigen. Es bleibt auch Spielraum für die schwachen Leser der Gruppe, denn die Lesezeit braucht nicht auf ein Mindestmaß beschränkt zu werden, weil andere auf das Buch warten. Ohne befürchten zu müssen, nicht rechtzeitig fertig zu werden, kann jeder einmal die Rolle des Vorlesers übernehmen und jeder innerhalb der Gruppe Fragen stellen und Meinungen äußern. In Ruhe kann schließlich der Bericht für die Klasse vorbereitet werden.

Diesen Vorzügen des »arbeitsteiligen« Gruppenlesens stehen aber Schwierigkeiten auf der Stufe der »Arbeitsvereinigung« gegenüber, da es ja nun darauf ankommt, die verschiedenen Gruppenlesestoffe für die gesamte Klassenarbeit fruchtbar zu machen. Zwei Möglichkeiten bieten sich an:

Der Lehrer kann den Lesestoff *einer* Gruppe zum Gesprächsmittelpunkt machen. Die Gruppe berichtet, liest vor, wirft Fragen auf, äußert ihre Meinung; die Klasse ist zunächst vorwiegend hörend beteiligt, denn sie muß ja den fremden Stoff erst kennenlernen, sie stellt Fragen, bringt Vermutungen vor. Erst nach dieser informierenden Zwischenstufe wird sich langsam eine Aussprache entwickeln, an der der ganze Klassenverband aktiv teilnimmt.

Die zweite Möglichkeit besteht darin, einen Problemkreis herauszustellen, der zu jeder Gruppenlektüre in enger Beziehung steht. Alle Schüler tragen zur Erörterung und Klärung des Problems aus der Sicht ihres speziellen Buches bei. Die ganze Klasse kann von Anfang an an der Diskussion teilnehmen, und der Schwerpunkt der Aktivität liegt nicht bei einer Gruppe allein. Freilich bedarf es der wachsamen Führung des Lehrers, damit das Gespräch nicht auseinanderflattert und das Zentralthema nicht aus den Augen verloren wird.

Wichtig ist der Hinweis, daß das Gruppenlesen – wie die Gruppenarbeit in der Schule überhaupt – an die Beteiligten Anforderungen stellt, die von jüngeren Kindern noch weniger ohne einübende Vorbereitung geleistet werden können als von älteren. Das stufenweise Vorwärtsschreiten von einfacheren zu schwierigeren Formen ist vom Lehrer planmäßig zu pflegen. Es ist außerdem zu beachten, daß nicht jedes Buch für gruppenweises Lesen gleich gut geeignet ist. Abgesehen vom Schwierigkeitsgrad sind sachbetonte Darstellungen und handlungsreiche Erzählungen einer Lektüre vorzuziehen, die besinnliches Eindringen oder starke gemüthafte Beteiligung erfordert.

Das Jugendbuch im Unterricht ermöglicht nicht zuletzt eine Leseform, deren Pflege heute mehr als früher gefordert wird: *das stille Einzellesen.*

Es ist die lebensnächste aller Leseformen (99% des gesamten Erwachsenenlesens ist stilles Lesen!), nicht aber die kindertümlichste. In der Grundschule tritt sie gegenüber dem lauten Lesen noch zurück, vom fünften und sechsten Schuljahr an sollte sie aber gründlich geübt und – wie andere Leseformen – überprüft und verbessert werden.

Die Bewältigung eines Buches als Schullektüre ist gar nicht denkbar, ohne auch vom stillen Lesen Gebrauch zu machen. Normalerweise wird ein Drittel oder bestenfalls die Hälfte des Buches gemeinsam oder in Gruppen gelesen, der übrige Teil muß – wenn er nicht durch Vorlesen geboten wird – im stillen, vor allem auch häuslichen Lesen aufgenommen werden. Aber selbst wenn diese Notwendigkeit nicht bestünde, müßte der Lehrer aus leseerziehlichen Gründen dem Stillesen im Unterricht einen gebührenden Platz einräumen.

Es ist zu begrüßen, wenn die Schule zusätzlich dafür sorgt, daß auch gelegentlich ein ganzes Buch im stillen Einzellesen aufgenommen wird. Im Schulzimmer, im Gruppenarbeitsraum oder im Leseraum der Schulbibliothek kann Einzelnen oder der gesamten Klasse die Möglichkeit geboten werden, sich ungestört einem Buch hinzugeben. Die Gesetze des systematisierten und gelenkten Unterrichts sind hier nicht am Platze. Es kommt viel darauf an, eine Atmosphäre zu begünstigen, wie sie in den Lesestuben der öffentlichen Bibliotheken zu Hause ist, damit weitgehend der Charakter des lustgetönten und gelösten Privatlesens erhalten bleibt. Der Lehrer wird auf bindende Vorschriften zum Lesegut und zum Lesepensum verzichten und durch sein Verhalten dem Schüler die Gewißheit geben, daß er zu seiner Freude und nach Maßgabe seiner individuellen Interessen und Lesefähigkeiten lesen darf. Das schließt dennoch literarpädagogische Absichten und Möglichkeiten nicht aus. Das individuelle Stillesen und der selbständige Umgang mit dem Literaturgut erlaubt es dem Lehrer, Einblick in den Stand des Schülers als Privatleser zu gewinnen, seinen Lesestil zu studieren und die Erkenntnisse leseerziehlich auszuwerten.

In welcher Form das Jugendbuch in Schule und Unterricht auch verwendet wird, immer werden sich zahlreiche Möglichkeiten zum *Gespräch über die Lektüre* anbieten.

Die Lesemethodik hat sich längst von der Auffassung distanziert, es komme in erster Linie dem Lehrer zu, über Inhalt und Gestalt der Lektüre zu referieren und den Schüler lediglich als Zuhörer oder in der Rolle des Antwortenden fungieren zu lassen. Im freien Lektüregespräch von heute soll der Schüler für geistige Selbständigkeit, denkende Auseinandersetzung und engagierte Stellungnahme gewonnen werden.

Der didaktische Ort des Gesprächs in einer Leseeinheit, für die ein Jugendbuch als Lektüre gewählt worden ist, läßt sich nicht starr festlegen. Es kann schon vor Beginn des eigentlichen Lesens einsetzen oder nach den einzelnen Kapiteln sinnvoll sein. Im allgemeinen aber wird sich das Gespräch im Anschluß an die Lektüre des ganzen Buches als am zweckmäßigsten und am ergiebigsten erweisen.

Es nimmt von den Personen, den äußeren Geschehnissen und Situationen der Erzählung seinen Ausgang. Unschwer kann das Gespräch aber auch, wie bei allen anderen Lektüregesprächen, über das Stoffliche hinaus zu Fragen tieferer Bedeutsamkeit geleitet werden, die sich etwa mit dem Verhalten und den Charaktereigenschaften der Personen und Helden befassen, ihre Stellung zur Um-

und Mitwelt klären, ihr Denken und Handeln beurteilen. Durch die kritische Wertung wird unmerklich die Beziehung zur kindlichen Lebenssituation und -anschauung hergestellt und die Diskussion unausgesprochen von der Frage »Wie hätte ich mich verhalten?« gelenkt. Themen der Lebenskunde und der Ethik fließen in das Lektüregespräch ein. Ein Hinweis Scheuerls ist aber beachtenswert, man sollte »die ›existentielle Betroffenheit‹, von der zu reden ein wenig Mode geworden ist, angesichts der Dichtung in der Schule nicht überbetonen. Denn schon die freudige Hingabe an das Spiel der Bilder, die zum Vertrautwerden mit ihrem Gehalt führt, ist, wenn sie im Literaturunterricht wirklich gelingt, für die Schüler der Volksschule sehr viel[40]«. Der Vergleich verschiedener Werke regt auch zur Betrachtung der literarischen Gestaltung an. Je nach Alter und Begabung der Schüler läßt sich über Aufbau, Gliederung oder stilistisch-sprachliche Eigentümlichkeiten sprechen – nicht allgemein, sondern in enger Fühlung mit den vorliegenden Texten. Das Vorlesen einzelner Stellen ist dabei eine gute Hilfe. Der Lehrer könnte etwa vorschlagen: Jede Gruppe liest aus ihrem Buch die schönste, die lustigste die spannendste, die wichtigste Stelle, den Anfang der Geschichte oder den Höhepunkt vor! Vergleicht, unterscheidet, stellt Ähnlichkeiten fest! Betrachtet die wörtlichen Reden! Sprechen die Erwachsenen, die Kinder wirklich so? Sucht unbekannte und weniger gebräuchliche Ausdrücke! Lest solche Stellen vor, in denen dem Verfasser eurer Meinung nach eine besonders treffende und einleuchtende Darstellung gelungen ist! usw.

So kann das Klassengespräch helfen, daß die Schüler allmählich lernen, sich aus der naiven Verflochtenheit mit dem Gelesenen zu lösen, daß sie imstande sind, dem Akt des unmittelbaren Erlebens auch einen des Denkens und Reflektierens folgen zu lassen, durch den der Erlebnisgehalt geklärt, vertieft und kritisch gewertet wird. »Weil es ein mehrschichtiger Prozeß ist, der sich zwischen emotionaler Anmutung und objektivierender Betrachtung spannt, besteht die Aufgabe der Leseerziehung für die Vorpubertät und Reifezeit vorwiegend darin, die Fähigkeit zu wecken, einen Text verhalten aufzunehmen. Da die Heranwachsenden die Identifikation von sich aus suchen und dazu kaum einer Hilfe bedürfen, hat der Lehrer die Aufgabe, zu einem reflektierenden Lesen zu führen«[41]. Zunächst sollen aber die Kinder zu einem von Aufgaben und Aufträgen nicht belasteten Leseerlebnis kommen. Dann erst kann und soll in gedanklicher Rückblendung und gegebenenfalls bei erneutem Lesen die verstandesmäßige Arbeit einsetzen. Es ist also zwischen dem Akt des Leseerlebens und dem der Lektürebetrachtung sorgfältig zu unterscheiden.

Das Lektüregespräch ist nicht nur auf das in der Schule gelesene Schrifttum begrenzt. Auch die unabhängig von der Schule freigewählte Privatlektüre sollte

[40] Hans Scheuerl: Die exemplarische Lehre, Tübingen 1958, S. 114.

[41] Lichtenstein-Rother/Kokemohr: A.a.O.

zum Thema der Aussprache gemacht werden. Die Schüler berichten vor der Klasse über die Bücher und Schriften ihrer häuslichen Lesewelt, geben ihre Eindrücke wieder, tragen Urteil und Probleme vor und diskutieren darüber. Für den Lehrer ergibt sich nicht nur ein deutliches Bild der Leseneigungen und der Freizeitliteratur seiner Schüler, er kann auch unaufdringlich zahlreiche Anregungen geben, Fragen klären, verschiedene Betrachtungsaspekte aufzeigen und die Kritik wecken.

Die Sicherheit und Eindeutigkeit, mit denen noch vor wenigen Jahren *»minderwertige« und »wertvolle« Lektüre* voneinander geschieden wurden, sind heute weitgehend dahin. Die Diskussion wird von der Frage bewegt, ob es berechtigt ist, die bisher nicht anerkannte ästhetische und pragmatische Literatur weiterhin als mindere Literatur einzustufen und sie im Unterricht dementsprechend – zensurierend, abwehrend – zu behandeln.

Es wurde schon mehrfach darauf verwiesen, daß es jedenfalls unberechigt ist, die mit dem Sammelnamen »Trivialliteratur« bezeichnete Literatur pauschal als negativ zu beurteilen. Eine differenzierte Betrachtung kommt jedoch nicht umhin, nach wie vor bestimmte Kategorien der Massenlektüre als »minderwertig«, »unterwertig« (oder welche Prädikate man zur Verdeutlichung des Rangniederen auch immer verwendet) zu bezeichnen.

Ein Literaturunterricht, der sich literaturpädagogisch versteht, wird in seiner Zielsetzung von Wertunterscheidungen geleitet. Er steht vor der Aufgabe, die als gut und wertvoll erkannte Literatur zu fördern, er muß auch gegenüber der negativ bewerteten Literatur einen didaktischen Standort beziehen.

In der Vergangenheit war die literarpädagogische Haltung zur minderwertigen Lektüre durch Verbot und Zensur und durch vielerlei Versuche, die Jugend abzuschirmen, gekennzeichnet. Heute setzt sich die Ansicht durch, auch die minderen Sorten der trivialen Literatur in den Literaturunterricht hereinzunehmen, damit der Schüler den kritischen Umgang mit ihnen erlerne. Die Schwäche einiger progressiver Literaturdidaktiker scheint mir aber darin zu liegen, daß sie im Zuge der allgemeinen Anerkennung der Trivialliteratur zu wenig oder gar nicht wertend zwischen den einzelnen Erscheinungsformen unterscheiden und vorwiegend deskriptiv verfahren. Der Nachteil eines solchen literatur-»pädagogischen« Unterrichts liegt auf der Hand. Wie soll sich die Forderung nach Lesermündigkeit, kritischem Lektüreverhalten und Entscheidungsfähigkeit verwirklichen, wenn nicht auch versucht wird, Normen und Maßstäbe zu erarbeiten? Die Tatsache allein, daß diese oder jene Schicht bestimmte Literatursorten bevorzugt, reicht als Lektürekriterium nicht aus. Erziehung zur Mündigkeit und Kritikfähigkeit bleibt eine Leerformel, wenn sie mit der Fähigkeit, zu beobachten und sachlich zu unterscheiden, nicht auch Information über die Eigenschaften vermittelt, die den Wert oder Unwert einer Sache ausmachen. Ohne Maßstabbewußtsein ist es dem Individuum nicht möglich, selbständig und rational zu ermitteln, welches Urteil angemessen ist. Es bleibt in seinen

Entscheidungen unmündig und ist autoritären, dirigistischen und suggestiven Einflüssen ausgeliefert. Allerdings ist von Wichtigkeit, daß wertende Literaturpädagogik sich nicht selbst autoritärer Mittel bedient und Maßstäbe und Normen aufzwingt.

Die Einbeziehung minderwertiger Unterhaltungslektüre in den Unterricht sollte vor allem folgende didaktische Überlegungen berücksichtigen:

Negativ bewertete Literatur gehört zur dominierenden und oft ausschließlichen Freizeitlektüre vieler Schüler der Unterschicht. Sie entspricht schichtspezifisch bedingten Bedürfnissen und Fähigkeiten. Es ist daher dem jungen Leser gegenüber eine tolerante Haltung angebracht, die nicht im mangelnden guten Willen des Schülers, sondern in der gegebenen Situation die überwiegende Ursache des Leseverhaltens erkennt. Keineswegs darf mit der Kritik an der Lektüre der Leser selbst diskriminiert und bloßgestellt werden.

Für viele junge Leser stellt die geringwertige Literatur oft die einzige freiwillig hergestellte und intensive Verbindung zur erzählenden Literatur überhaupt dar. Es ist daher zu vermeiden, daß erfolgreiche unterrichtliche Sanktionen den Schüler in eine Verzichthaltung gegenüber Freizeitlesen und Freizeitlektüre drängen und ein literarisches Vakuum hervorrufen.

Ein grundlegender Wandel der Lektüreinteressen kann nur durch eine erfolgreiche kompensatorische Gesamterziehung erreicht werden. Literaturpädagogik muß daher in eine um die gesamtmenschliche Förderung bemühte Pädagogik eingebettet sein.

Die schulischen Bemühungen um die Kultivierung des freien Lesens haben die gegebene geistig-kulturelle Situation des Schülers, seine vorhandenen Bedürfnisse, Erwartungen, Interessen und Fähigkeiten zu berücksichtigen. Das heißt vor allem, daß als »Ersatz« für die begehrten Lesestoffe ein Angebot bereitgestellt wird, das vom Standpunkt des Schülers mit den bevorzugten Freizeittexten konkurrieren kann.

Ansatzpunkt einer unterrichtlichen Diskussion über geringwertige Freizeitlektüre sollten nicht Forderungen und Beurteilungskategorien sein. Das Nahziel ist eine möglichst objektive Betrachtung von Struktur und Gehalt des zur Sprache stehenden Beispiels, eine sachliche Deskription. Eine wertende Betrachtung ist jedoch unausbleiblich. Sie entspricht dem Anliegen der Schüler selbst, ist außerdem eine literarpädagogische Notwendigkeit. Es sollte eine selbstverständliche Regel sein, daß die Ansichten der Schüler ausreichend zu Worte kommen, daß sie ernst genommen werden. Gespräch und freie Meinungsäußerung sind nicht lediglich eine didaktische Finte. Der Lehrer stellt sich aufgeschlossen und offen dem Gespräch zur Verfügung, würdigt die Meinung der Schüler, so wie er erwartet, daß seine Beiträge von der Klasse ernstgenommen werden.

Beim Erwachsenen setzt ein Lektüregespräch über Lesetexte, die die Schüler als *ihre* Literatur betrachten und von der sie wissen, daß sie von der Schule nicht anerkannt und nicht »verstanden« wird, Takt und Sachverstand voraus.

Noch weniger als anderswo stellt hier der Lehrer seine Kompetenz in den Augen der Schüler durch Appelle, Behauptungen, affektive Reaktionen unter Beweis. Was Mißtrauen abbaut und überzeugt, sind Sachlichkeit, Aufgeschlossenheit und undogmatische Haltung.

4. Die oben angeführten Lese- und Arbeitsformen im Umgang mit dem Jugendbuch können innerhalb einer leseunterrichtlichen Einheit auf vielfache Weise Anwendung finden. Wenn davon ausgegangen wird, daß der *Aufbau einer Leseeinheit,* die sich des Jugendbuches als Lektüre bedient, nach einem Stufenschema erfolgt (wobei nicht an ein starres System gedacht ist), dann lassen sich zusammenfassend etwa folgende Aufgaben und Möglichkeiten für die jeweilige Stufe aufzeigen[42]:

Hinführung

Aufgabe: Leselust und Lesebereitschaft wecken, die Kinder gespannt machen, ihre Sinnerwartung wachrufen. Eigenwelt der Schüler mit der Eigenwelt des Jugendbuches in Berührung bringen.

Möglichkeiten: Kurzes Gespräch über den mutmaßlichen Inhalt des Buches auf Grund des Titels oder der Illustrationen. – Vorlesen eines bestimmten Buchausschnittes oder der ersten Sätze. – Stilles Anlesen der ganzen Klasse. – Stilles Vorauslesen durch begabte Schüler (evtl. auch gruppenweise möglich) und erster informierender Bericht vor der Klasse. – Kleines Unterrichtsgespräch zu einem Thema aus der kindlichen Erlebniswelt, das dem Buchinhalt nahesteht.

Erlesen

Aufgabe: Bekanntwerden mit dem Lesegut. Beteiligung aller Schüler. Inhalt soll aufgenommen, Wesentliches verstanden werden und einigermaßen verfügbar sein.

Möglichkeiten: In der Regel mehrere Leseformen, z. B. in folgender Reihenfolge: Vorlesen durch den Lehrer, dann Erlesen weiterer Kapitel durch wiederholtes Klassenlesen, dann Einzellesen in Schule und Haus bis zum Schluß des Buches.

Umgang mit dem bekannten Text

Aufgabe: Unterstützung der Sinnerfassung, Klärung und Vertiefung des Gehalts, behutsame lebenskundlich-ethische Auswertung. Bereicherung des formalen und literaturkundlichen Verständnisses. Übung der Lesefertigkeit.

Möglichkeiten: Lektüregespräch in mehr oder weniger gebundener Form, je nach Alter und Fähigkeit der Schüler und Unterrichtsabsicht des Lehrers. – Erneutes Lesen wichtiger oder problematischer Stellen (Vorlesen durch Schüler, stilles Lesen oder gemeinsames Klassenlesen). – Gruppenweises Lesen bestimmter

---

[42] Vgl. A. Krüger: Kinder- und Jugendbücher als Klassenlektüre. Weinheim 1970 (2. Aufl.).

Kapitel, wobei spezielle Aufgaben zu erfüllen sind. – Übungslesen in lauter und stiller Form (Abwechslung im Text, Einbeziehung der schwachen Leser).

Gestaltungsversuche

Aufgabe: Festigung und Anwendung der neuen Erfahrungen. Einsatz von Aktivität und Selbsttätigkeit der Schüler. Einbeziehen anderer Unterrichtsbereiche.

Möglichkeiten: Bildnerisches Gestalten zu bestimmten, vom Schüler selbst gewählten Szenen. – Fortspinnen der Handlung in freier mündlicher oder schriftlicher Erzählung. – Aufsätze über eigene Erlebnisse, die mit dem Gelesenen verwandt sind, oder schriftliche Erörterung zu einem Problem der Lektüre. – Gestaltung einer Vorlesestunde durch eine Schülergruppe. – Anregungen zum weiterführenden Lesen. – Gespräch über thematisch verwandte Jugendbücher (auch minderwertige Privatlektüre).

Es könnten noch weitere Möglichkeiten aufgezählt werden. Welche jeweils ausgewählt werden, hängt von der Struktur des Jugendbuches, dem Ziel des Unterrichts, der Altersstufe, der Lesereife und geistigen Leistungsfähigkeit der Klassen und Schüler ab. Ohne Zweifel gehen vom Jugendbuch als Schullektüre viele Impulse zur methodischen Erneuerung des Lese- und Literaturunterrichts aus.

5. Der Blick in die gegenwärtige Schulpraxis zeigt, daß sich das *Jugendbuch im Sachunterricht* einen etwas günstigeren Platz erobern konnte als im Deutschunterricht. Nicht immer aber ist sein Einsatz als »Arbeitsmittel« sehr sinnvoll gestaltet, und häufig werden Bücher ausgewählt, die sich für eine sachunterrichtliche Verwendung nicht eignen.

Man muß sich davor hüten, jedem Lesegut eine stoffliche Unterrichtsfunktion unterlegen zu wollen. Viele Erzählungen eignen sich nicht für sachstoffmäßige Auswertung. Wo dies dennoch geschieht, wird ihnen Gewalt angetan und die in der Literatur liegende Wirkungsabsicht verfälscht. Das gilt vor allem für dichterische Werke, im Grunde genommen aber für alles Erzählgut, das sich nur locker und fast nur zufällig einen Sachhintergrund geschaffen hat, auf dem es ein menschliches Geschehen oder eine Lebenswahrheit anschaulich darstellt. Wenn nun solche Lesestoffe auch nicht unmittelbar dem Sachunterricht verfügbar gemacht werden können, so ist nichts einzuwenden, wenn sie unter dem Gesichtspunkt der Bildungseinheit in lockerer Form dem Sachunterricht beigeordnet werden.

Grundsätzlich muß also unterschieden werden zwischen Büchern, die sich für eine stoffliche Auswertung eignen und als Arbeitsbücher des Sachunterrichts eingesetzt werden können, und anderen, die keinen stofflichen Gewinn im Sinne des Sachthemas bringen, ihrer Grundstruktur nach überhaupt nicht für sachkundliche Erörterung tauglich sind, sich aber an die Thematik des Sachunterrichts anschließen lassen, um dann in ganz andere Betrachtungsgebiete zu führen.

In Abwandlung der von Fronemann dargestellten Formen des Lesens im Sachunterricht[43] sei hier auf drei Möglichkeiten verwiesen.

Im *darbietenden Lesen* wird eine Erzählung oder ein Ausschnitt aus ihr der Klasse bekanntgemacht. Oft wird es am Anfang einer Sachunterrichtseinheit stehen, um an diesem didaktischen Ort als Einstimmung oder Einführung zu fungieren. Ebenso wichtig wie der auswertbare Stoffgehalt ist der erlebnishafte und fesselnde Charakter des Vorgetragenen. Das Interesse soll geweckt, die Bereitschaft für das Kommende hergestellt, ein erster lebendiger Kontakt zum Gegenstand geschaffen werden. Solche Inhalte sind zu bevorzugen, die Ausstrahlungsmöglichkeiten zulassen. Wir steigen mit der Literatur irgendwo ins Thema ein, versuchen aber dann von diesem einen Punkt nach verschiedenen Seiten weiterzuschreiten. Mit dem Ausschnitt aus Kinaus »Braune Segel in Sonne und Wind« (Baken), der vom Tod im Watt erzählt, ermöglichen wir den Schülern nicht nur eine erste erlebnishafte Begegnung mit dem Thema »Nordsee«, sondern gewinnen damit auch eine unterrichtliche Ausgangsbasis, von der aus eine Reihe wesentlicher Tatsachen, wie Nordsee – Mordsee, Fischfang, Küstenbewohner, aufgegriffen werden kann. – Aber auch auf der Stufe der Darstellung kann das darbietende Lesen (Vorlesen) eine wichtige Rolle spielen, indem es den verschiedenen Möglichkeiten unterrichtlicher Stoffbehandlung zur Seite tritt. Fraglos fällt ihm eine besondere Aufgabe zu, wenn es gilt, die Kleinarbeit am Gegenstand durch eine lebensvolle Darstellung zu unterbrechen und abzurunden. Nicht jeder Lehrer ist selbst ein Meister des schildernden und ausmalenden Wortes. Das gute Buch bietet sich ihm als Hilfe an. So kann er etwa den Charakter der Wüste durch Sven Hedins Schilderung »Dem Untergang nahe« (Schaffstein) noch plastisch verdeutlichen.

Im *erarbeitenden Lesen* wird die Lektüre zum Arbeitsmittel. Während das darbietende Lesen vorwiegend auf der rezeptiven Haltung des Schülers beruht, verlangt das erarbeitende Lesen von vornherein aktives, verstandesmäßiges Zugreifen und zergliederndes Eindringen. Der erarbeitende Umgang verlangt eine höhere geistige Bewußtheit als das schlichte Aufnehmen. Ehe sich der Schüler reflektierend zu einer Erzählung äußern kann, muß er sich aus ihrem Bann lösen und Abstand zu den Geschehnissen gewinnen. Er muß außerdem das erkenntnisbildende, auf rationales Erfassen drängende Lesen beherrschen, das sich vom Lesen als erlebnishaftem Erfassen wesentlich unterscheidet. Im erarbeitenden Lesen übt der Schüler unter Anleitung des Lehrers diese so bedeutsame Form des literarischen Umgangs. Am prüfbaren und vergleichbaren Ergebnis wird kontrolliert, ob der Versuch erfolgreich verlaufen ist oder nicht. Mit kleinen Teilaufgaben wird begonnen und zu schwierigeren Aufgaben fortgeschrit-

---

[43] Wilhelm Fronemann: Schrifttum und Erziehung. Ratingen 1951, S. 105. – W. Fronemann: Der Unterricht ohne Lesebuch. Köln (dargestellt bei Antz: Führung der Jugend zum Schrifttum, Ratingen 1955, 3. Aufl., S. 117 ff.).

ten. Je jünger das Kind ist, um so schwerer fällt ihm das auf rationales Erkennen angelegte Lesen. Leseversuche werden daher von der methodisch einfachsten Situation, dem gemeinsam erarbeitenden Lesen der Klasse unter Anleitung des Lehrers und der Mithilfe aller Schüler ausgehen. Erst wenn diese Normal- und Ausgangsform beherrscht wird, kann zum erarbeitenden Einzellesen (zu Hause oder als Stillbeschäftigung in der Schule) übergegangen werden. Die meisten Anforderungen stellt gruppenmäßig erarbeitendes Lesen. Hierbei geht es nicht nur um die geistige Bewältigung des Lektürestoffes, sondern immer auch um eine soziale und organisatorische Leistung. Ohne planmäßige Schulung und Übung, ohne stufenweises Fortschreiten vom Einfachen zum Schwierigen wird das erarbeitende Gruppenlesen die Quelle vieler Enttäuschungen sein.

Vom *weiterführenden Lesen* ist dann zu sprechen, wenn die Lektüre über die Thematik der Unterrichtseinheit hinausgreift oder wenn sie in andere Bildungsgebiete hineinführt. Hier spielen auch die literarisch bedeutsamen Werke eine Rolle, die zum Sachstoff nur noch eine ganz lose Verbindung haben und andere als sachkundliche Ziele verfolgen. Fachlich gesehen ist ihr eigentlicher Platz nicht im Sach- sondern im Deutschunterricht. Literatur dieser Art darf nicht als Beförderungsmittel von sachlichem Wissen betrachtet werden. Dies will vor allen Dingen besagen, daß nicht durch rationales Zerpflücken und Auswerten der ihr eigene Reiz zerstört und an ihrem Grundanliegen vorbeigegangen wird. Natürlich kann eine Erzählung von Tolstoi im Zusammenhang mit Rußland gelesen werden, natürlich darf »Emil und die Detektive« im Lektüreplan stehen, wenn Berlin durchgenommen wird. Man muß sich nur darüber klar sein, daß der Kern dieser und anderer Lektüre außerhalb des Sachfaches liegt und daher auch nicht krampfhaft diesem zugeordnet werden darf.

D. Literaturhinweise zu Leseunterricht, literarischer Erziehung und Jugendliteratur im Unterricht

Arbeitskreis für Jugendliteratur (Hrsg.): Triviale Jugendliteratur? Das Jugendbuch als Unterhaltungslektüre. Internationale Jugendbuchtagung 1968 in Loccum, Mainau 1969.

Arbeitskreis für Jugendliteratur (Hrsg.): Humor in der Kinder- und Jugendliteratur. Internationale Jugendbuchtagung 1970 in Urach/Württ., Mainau 1970.

Bamberger, R.: Jugendlektüre. Wien 1965 (2. Aufl.).

Bamberger, R.: Jugendliteratur und Buchpädagogik. Wien/München 1971.

Baumgärtner, A. C. (Hrsg.): Jugendliteratur im Unterricht. (Unterrichtsvorbereitungen) Weinheim 1972.

Baumgärtner, A. C.: Perspektiven der Jugendlektüre. Beiträge zur Leseerziehung. Weinheim 1969.

Baumgärtner, A. C./Dahrendorf, M. (Hrsg.): Wozu Literatur in der Schule? Braunschweig 1972 (3. Aufl.).

Beinlich, A. (Hrsg.): Handbuch des Deutschunterrichts. Bd. II, Emsdetten 1970 (5. Aufl.).

Dahrendorf, M./Bödecker, H. (Hrsg.): Das Taschenbuch im Unterricht. Ravensburg 1972.
Darga, E.: Die Ganzschrift und ihre methodische Behandlung im Unterricht. Berlin 1951.
Erlinger, H. D.: Möglichkeiten strukturaler Textbetrachtung. In: J. Vogt (Hrsg.): Literaturdidaktik. Düsseldorf 1972.
Essen, E.: Methodik des Deutschunterrichts. Heidelberg 1969 (8. Aufl.).
Helmers, H. (Hrsg.): Moderne Dichtung im Unterricht. Braunschweig 1971 (2. Aufl.).
Helmers, H.: Lyrischer Humor. Strukturanalyse und Didaktik der komischen Versliteratur. Stuttgart 1971.
Helmers, H.: Didaktik der deutschen Sprache. Stuttgart 1971 (6. Aufl.).
Ide, H./Ivo, H./Merkelbach, V./Thiel, H.: Ideologiekritik im Deutschunterricht. Frankfurt am Main 1972.
Ivo, H.: Kritischer Deutschunterricht. Frankfurt am Main 1971 (3. Aufl.).
Krüger, A.: Kinder- und Jugendbücher als Klassenlektüre. Analysen und Schulversuche. Weinheim 1970 (2. Aufl.).
Kerstiens, L.: Medienkunde in der Schule. Bad Heilbrunn 1971 (2. Aufl.).
Killy, W.: Deutscher Kitsch. Göttingen 1970 (6. Aufl.).
Nentwig, P.: Dichtung im Unterricht. Braunschweig 1969 (4. Aufl.).
Nutz, W.: Der Trivialroman. Köln-Opladen 1962.
Peters, J.: Unterhaltungsliteratur und Kitsch. In: Probleme der Jugendliteratur. Ratingen 1956.
Pfeffer, F.: Zur Beurteilung des Lesegutes der Jugend. In A. Beinlich (Hrsg.): Handbuch des Deutschunterrichts. Emsdetten 1970 (5. Aufl.), S. 1035 ff.
Pfeiffer, J.: Umgang mit Dichtung. Hamburg 1958 (9. Aufl.).
Pfeiffer, J.: Wege zur Dichtung. Hamburg 1960 (5. Aufl.).
Reiners, L.: Stilkunst. München 1971 (101.–108. Tsd.).
Richards, I. A.: Prinzipien der Literaturkritik. Frankfurt am Main 1972.
Ritz-Fröhlich, G.: Weiterführender Leseunterricht in der Grundschule. Bad Heilbrunn 1972.
Rutt, Th.: Buch und Jugend. Konstanz 1960 (2. Aufl.).
Schaller, H.: Zur lesepädagogischen Funktion der Jugendliteratur. In: E. Wolfrum (Hrsg.): Taschenbuch des Deutschunterrichts. Esslingen 1972.
Schmidt, H.: Bibliographie zur literarischen Erziehung. Zürich/Einsiedeln/Köln 1967.
Schmidt, H.: Jugendbuch im Unterricht. Inhaltliche Erschließung des Jugendschrifttums. Duisburg/Weinheim 1966 (2. Aufl.).
Schnaß, F./Rutt, Th.: Die Einzelschrift im Deutschunterricht. Bad Heilbrunn, Bd. I 1967 (5. Aufl.).
Singer, K.: Lebendige Lese-Erziehung. München 1969 (5. Aufl.).
Ulshöfer, R.: Methodik des Deutschunterrichts. Stuttgart, Bd. I 1969 (4. Aufl.), Bd. II 1970 (8. Aufl.), Bd. III 1970 (6. Aufl.).
Vogt, J.: Werkimmanentes und didaktisches Interpretieren. In: J. Vogt (Hrsg.): Literaturdidaktik. Düsseldorf 1972.
Vogt, J. (Hrsg.): Literaturdidaktik. Aussichten und Aufgaben. Düsseldorf 1972.
Winkler, Ch.: Lesen als Sprachunterricht. Ratingen 1962 (3. Aufl.).

Aus Zeitschriften:

Bamberger, R.: Äußere und innere Spannung. In: Jugendliteratur 1959/2. – Bamberger, R.: Echt und unecht. In: Jugendliteratur 1959/5. – Bamberger, R.: Zum Lesen verlockende Jugendbücher als Klassen- und Gruppenlektüre. In: Die Barke 1967 – Bendl, J.: Einbau der Privatlektüre im Unterricht. In: Studien zur Jugendliteratur und literarischen Bildung 1961. Ratingen 1961 – Dahrendorf, M.: Dichtung und Jugend-Literatur. In: Zeitschrift für Jugendliteratur 1967/7. – Dahrendorf, M.: Leseerziehung oder literarästhetische Bildung? In: Westermanns Pädagogische Beiträge 1969/5. – Dahrendorf, M.: Trivialliteratur als Herausforderung für eine literardidaktische Konzeption. In: Diskussion Deutsch 1971/6. – Dahrendorf, M.: Zur Situation der Jugendbuch-Kritik heute. In: Jugendschriften-Warte 1972/4. und 5. – Geißler, R.: Wozu Literaturunterricht? In: Diskussion Deutsch 1970/1. – Helmers, H.: Schwärmerei oder Aufklärung? Zur gesellschaftlichen Funktion des Literaturunterrichts. In: Diskussion Deutsch 1971/6. – Helmers, H.: Zehn Thesen zur literarischen Bildung. In: Westermanns Pädagogische Beiträge 1969/5. – Israel, W.: Über Wesen und Bedeutung der spezifischen Jugendliteratur. In: Das gute Jugendbuch 1967/2. – Jungmann, E.: Ein Jugendbuch als Klassenlektüre. In: Studien zur Jugendliteratur und literarischen Bildung 1961. Ratingen 1961 – Kastner, K.: Jugendbücher vom Fließband. In: Börsenblatt für den Deutschen Buchhandel. Frankfurter Ausgabe 1970, S. 2421 ff. – Klimmer, K.-H.: Hans Baumann, Die Höhlen der großen Jäger, im Deutschunterricht einer 6. Klasse. In: Das gute Jugendbuch 1969/1. (und andere Unterrichtsbeispiele in Das gute Jugendbuch) – Krüger, A.: Die Gestalt des künstlerisch durchgeformten Jugendbuches. In: Jugendliteratur 1959/11. – Krüger, A.: Bausteine des Erzählens. In: Zeitschrift für Jugendliteratur 1967/4. – Künnemann, H.: Leiter und Rutschbahn: Unsere Schule – Vehikel oder Hemmschuh auf dem Weg in die Literatur? In: Bertelsmann Briefe 1967/49. – Lichtenberger, S.: Und am Ende steht der Groschenroman. In: Börsenblatt für den Deutschen Buchhandel. Frankfurter Ausgabe 1970, S. 2426 ff. – Lichtenstein-Rother. I./ Kokemohr, R.: Welchen Anspruch stellt die Buch- und Leseerziehung an die Volksschule? In: Bertelsmann Briefe 1967/51. – Reding, J.: Äußere und innere Spannung im Jugendbuch. In: Jugendliteratur 1957/8. – Schaller, H.: Der Deutsche Jugendbuchpreis. Zur Auswahl und Kritik. In: Zeitschrift für Jugendliteratur 1968/1. Beiheft – Schaller, H:. Jugendlektüre in der Schule. In: Zeitschrift für Jugendliteratur 1967/1. – Scherf, W.: Kritische Gesichtspunkte zur erzählenden Kinder- und Jugendliteratur. In: Der junge Buchhandel 1971, S. 155 ff. – Stein, G.: Didaktisch-methodische Überlegungen zur Arbeit mit Jugendlektüre. In: Das gute Jugendbuch 1968/1. – Vogel, H.: Das Jugendbuch im Deutsch-Unterricht. In: Blätter für den Deutschlehrer 1972/2.

Jugendliteratur als Lehr- und Erziehungsgut

Das Wesen der ästhetischen Literatur kann unabhängig von allem Pädagogischen verstanden werden. Ihre Werke weisen sich nicht erst als bedeutsam aus, wenn sie pädagogische Funktionen erfüllen. Als Dichtung unterstehen sie künstlerisch-ästhetischen Gesichtspunkten, als Unterhaltungsschrifttum wollen sie mit Hilfe guter sprachlicher Gestaltung und ansprechender Inhalte vorwiegend erfreuen, Kurzweil schaffen und den Alltag erfrischen. Es ist ein »Vorurteil«, sagt Goethe, »entspringend aus der Würde eines gedruckten Buches, daß es nämlich einen didaktischen Zweck haben müsse. Die wahre Darstellung aber hat keinen«[1]. Solche Bemerkungen von Dichtern und Interpreten stellen sich gegen die Ansicht, der Literatur – insbesondere der Dichtung – komme vor allem eine moralische Aufgabe zu, eine Aufgabe, die deutlich im Vordergrund zu stehen habe. Sie verkennen aber nicht, daß sie in einer ihr eigenen Weise menschenformende Wirkungen hervorbringt. So fährt Goethe in dem oben angeführten Zitat fort: »Sie (die dichterische Darstellung) billigt nicht, sie tadelt nicht, sondern sie entwickelt die Gesinnungen und Handlungen in ihrer Folge, und dadurch erleuchtet und belehrt sie«[2]. Dilthey schreibt: »... jedes echte poetische Werk hebt an dem Ausschnitt der Wirklichkeit, den es darstellt, eine Eigenschaft des Lebens heraus, die so vorher nicht gesehen worden ist. Indem es eine ursächliche Verkettung von Vorgängen oder Handlungen sichtbar macht, läßt es zugleich die Werte nacherleben, die im Zusammenhang des Lebens einem Geschehnis und dessen einzelnen Teilen zukommen ... So erschließt uns die Poesie das Verständnis des Lebens«[3].

Es ist verständlich, wenn der Pädagoge dem erzieherisch-bildenden Element in der ästhetischen Literatur nachspürt und sich mit verabsolutierenden Definitionen nicht zufriedengibt, die allein vom Eigenwert und der Eigengesetzlichkeit der reinen Dichtung ausgehen. Er empfindet Feststellungen, die vom »monologischen« Charakter des dichterischen Schaffens, das »keine therapeutischen und pädagogischen Ansatzkräfte« (G. Benn) habe, als ein unrealistisches Extrem. »Es ist wohl so: zwischen Dichtung und Erziehung besteht eine uralte Verwandtschaft, die wechselnd der einen wie der anderen Seite mißfiel. Den Dichtern und ihren Interpreten erscheint alles Pädagogische leicht banal, unwürdig, primitiv. Auch wenn man eine indirekte Beziehung zum Pädagogischen nicht ganz leugnen kann, möchte man doch auf jeden Fall den erhabeneren Eigenwert der Dichtung retten, man betont z. B. ihren ›Spielcharakter‹ und distanziert sich standesbewußt von gefährlich ›utilitaristisch gemeinten Wörtern

---

[1] Dichtung und Wahrheit. Dreizehntes Buch, S. 689. Cotta-Ausgabe 1952.

[2] Goethe: a.a.O., S. 689.

[3] Wilhelm Dilthey: Das Erlebnis und die Dichtung. Stuttgart/Göttingen 1957 (13. Auflage), S. 125.

wie Lebenshilfe‹. Die pädagogisch Gesinnten dagegen blicken mißtrauisch auf den Dichter, der ihnen unseriös vorkommt und dem sie gern amoralische, liederlich-vagante Züge andichten ... Wie dem auch sei: die ungleichen Brüder sind nun einmal miteinander verwandt. Ein Blick in die Geschichte zeigt unmittelbar, wie selbstverständlich das Verwandte unter sehr verschiedenen Aspekten aufgefaßt wurde«[4]. Unter Hinweis auf das Wesen der Sprache, die ja immer von etwas spricht, etwas bedeutet, also mehr ist als nur ein reines ästhetisches Gebilde, folgert Pielow: »Somit gibt es keine Literatur, die frei wäre von einer durch die Sprache selbstverständlich gewordenen pädagogischen Bedeutung. Wir dürfen sagen: das Ästhetische wird im Wort, das einen Sinn trägt, immer ethisch-pädagogisch relevant«[5]. Karl Wolf gibt auf die Frage nach dem Zusammenhang von Dichtung und Erziehung in ähnlicher Weise Antwort: »Dichtung ist immer von erzieherischer Bedeutsamkeit, positiv oder negativ, mag der Dichter solche Wirkungen beabsichtigen oder nicht ... Aber ›reine‹ Dichtung ist der Grenzfall des Ästhetizismus, der dem Appellcharakter des lebendigen Wortes widerstreitet und sich selbst aufhebt. Rilke will zeitweise der Absicht nach ›nur mit sich allein sein‹, er verneint den Willen zur Aussage und Wirkung: poésie pure, poésie absolute. Ähnlich Benn: Kunst ist der Sinn der sonst sinnlosen Welt. Aber dem echten Dichter hilft keine Beteuerung des Nichtwirkenwollens, er wirkt dennoch, durch seine Haltung, durch seine Gestalten«[6].

Die pädagogische Relevanz wird besonders augenscheinlich, wenn der Leser sich noch im Stadium der Kindheit und Jugend befindet. Der junge Mensch ist unreif und unfertig, er ist plastisch und formbar. Seine Entfaltung zu einer bestimmten Persongestalt vollzieht sich nicht unbeirrt nach angeborenen Merkmalen und Anlagen, sondern wird gesteuert von den zahlreichen Eindrücken, Erlebnissen und Erfahrungen, die er von außen her empfängt. Das Buch in den Händen von Werdenden, die mit einer Aufgeschlossenheit, wie sie auf keiner späteren Lebensstufe mehr anzutreffen ist, alle Eindrücke aufnehmen und verarbeiten, wird zum Faktor von Erziehung und Bildung. Ob der Autor diesen Umstand bei der Niederschrift des Werkes mit einbezogen hat oder nicht, ändert nichts an der Tatsache, daß er durch sein Buch die geistige Gestalt, die Sinnesart und den künftigen Charakter beeinflußt.

Der Wirkungszusammenhang nimmt in der Erörterung des Kinderbuches von jeher einen bevorzugten Platz ein. Die Frage nach der »Bedeutung« für den Leser, nach dem erziehlichen, bildungsmäßigen, literarischen »Einfluß«, nach der »Funktion« der Lektüre im Entwicklungsgang des Kindes, nach ihrem »Beitrag« zur Selbstidentifikation, zur Welt- und Lebensdeutung war in der Aus-

---

[4] Winfried Pielow: Dichtung und Didaktik. Bochum o. J. (ca. 1962). S. 12 f.

[5] W. Pielow: a.a.O., S. 13.

[6] Karl Wolf: Skizze zu einer Wirkungslehre der Literatur. In: ZS Wirkendes Wort 1958/3.

einandersetzung um den Wert der Kinderliteratur im ganzen und um den Wert einzelner Titel und Stoffe immer bevorzugt im Spiel. Nun sind freilich die Wirkungserwartungen (was soll das Kinderbuch?) und die formalen Auffassungen (wie erfolgt sein Einfluß?) nicht immer gleich gewesen. Der jeweilige Wandel der pädagogischen Zielvorstellungen, die vorherrschenden lernpsychologischen und didaktischen Erkenntnisse sind nicht spurlos an der Einschätzung des Wirkungsfaktors vorübergegangen. Sie haben zeitweise – wie etwa in der Aufklärung, in der Reformpädagogik um 1900 oder auch in der Gegenwart mit ihrer soziologischen und gesellschaftspolitischen Akzentuierung – die theoretische Betrachtung des Wirkungszusammenhangs zwischen Kind und Literatur ganz erheblich beeinflußt.

Man möchte angesichts des schon so lange beachteten Aspekts annehmen, es hätte sich eine fundierte Theorie, eine brauchbare Wirkungslehre der Kinderliteratur herausgebildet, die über die wichtigsten Kategorien des Wirkungsbezugs und über Grundelemente und Methoden der Wirkungsforschung Aussagen machen kann. Das ist aber nicht der Fall. Die Erörterungen sind über allgemeine und weitgehend unbestimmte Feststellungen kaum hinausgekommen; eine systematische Wirkungsforschung, wenn sie überhaupt betrieben wird, ist noch in den Anfängen[7].

A. Lesen als Zugang zur Welt

1. Lesen heißt, über die Sprache mit Realitäten und Sinngehalten in Verbindung treten. Die Sprache wird zum Medium zwischen Mensch und Welt, zum »Schlüssel zur Welt«[8].

Es sei kurz angedeutet, wie es um die Beziehung *Sprache und Welt* steht, und welche grundsätzliche Bedeutung sich daraus für das In-der-Welt-sein des Menschen als sprachbegabtes Individuum ergibt.

Die Sprachkraft ist eine menschliche Fähigkeit, mit deren Hilfe es möglich wird, »die Welt in das Eigentum des Geistes umzuschaffen« (W. v. Humboldt). Sie ist nicht nur ein Mittel, um Geschautes mit Worten nachträglich auszudrükken, sondern wesentliche Hilfe beim Erfassen, Deuten und Bewältigen der Erscheinungen. Der sprachfähige Mensch nimmt gegenüber der stummen Kreatur eine bevorzugte Sonderstellung ein. Er begibt sich dank der Sprache auf eine höhere Ebene des Lebens. Während das Tier dem Augenblick verhaftet bleibt und vom dauernden Wandel der Geschehnisse und Eindrücke mitfortgerissen wird, erhebt sich der Mensch durch die fixierende und distanzierende Kraft des

---

[7] Vgl. K. E. Maier: Fragen zur Wirkungslehre der Kinderliteratur. In Arbeitskreis für Jugendliteratur (Hrsg.): Jugendliteratur in einer veränderten Welt, Bad Heilbrunn 1972. Auch in: ZS Bertelsmann Briefe 1972/76.

[8] Helmut Gipper (Hrsg.): Sprache – Schlüssel zur Welt. Festschrift für Leo Weisgerber. Düsseldorf 1959.

Wortes über die Flüchtigkeit der Gegenwart; er gewinnt Überblick, Einblick, und Ordnung. »Das Wort ist Symbol des Bleibenden im Fluß der Erscheinungen, in ihm wird ihre Flüchtigkeit zum Stehen gebracht ... Das Ansprechen der Welt ist ein Vorgang der Organisation, ein feststellendes Ordnen und Einordnen des Erlebten in den Lebensraum, in dem der Mensch sein Dasein zu besorgen hat«[9]. Die Sprache »illuminiert die weite einfärbige Weltkarte«, sie ist »der feinste Linienteiler der Unendlichkeit, das Scheidewasser des Chaos«, durch sie wird »das Äußere wie eine Insel erobert und vorher dazu gemacht«[10]. Sie ist »transparent für die Wirklichkeit, sie enthält die ganze Welt mit all ihren Gegenständen, Eigenschaften, Beziehungen, Ereignissen in sich«[11].

Die Sprache spielt aber ihre entscheidende Rolle für die Welterfahrung und Weltbemächtigung nicht nur dadurch, daß der Mensch als Individuum die Dinge an- und ausspricht, selbst sprachliche Ausdruckskraft besitzt, sondern auch durch die Befähigung, als Glied einer Sprachgemeinschaft die von anderen »gewortete« Wirklichkeit an- und aufzunehmen. Damit ist ihm die Möglichkeit gegeben, teilzuhaben am Denken, Vorstellen und Fühlen der Sprachgemeinschaft, sich auseinanderzusetzen und hineinzuwachsen in das spezifische Weltbild, das sie in sich trägt[12]. Darüber hinaus kann er Kontakt aufnehmen zur individuell geprägten Sichtweise, Auffassung und Deutung der Welt, wie sie von einzelnen durchgeführt wird.

Durch Literatur wird Weltschau und Welterfahrung in *geschriebener Sprache* weitergegeben. Ehe in den nächsten Abschnitten davon gesprochen wird, wie der Leser auf verschiedene Weise literarisch dargestellte Wirklichkeit aufnehmen kann, sei noch auf Schwierigkeiten und Gefahren hingewiesen, die der kommunikative Prozeß mit sich bringt.

Zunächst ist festzustellen, daß sprachliche und literarische Rezeption kein unmittelbares Begegnen von Ich und Welt darstellt. Sie stehen sich nicht direkt gegenüber, die Wirklichkeit ist nicht sinnenfällig gegeben, sondern muß erst aus der Sprache entschlüsselt werden. Für den Leser ist damit eine doppelte Aufgabe verbunden: ein mehr technischer Vorgang, der in der Umsetzung der Schriftzeichen in Sprache besteht; ein geistiger Vorgang, der auf die Erfassung des Sinngehalts, wie er in der Sprache eingeschlossen ist, hinzielt. Das technische Lesen macht den meisten Menschen unseres Buchzeitalters keine Schwierigkeiten. Das Sinnlesen wird aber oft nur mangelhaft gemeistert. Die Folgen sind, daß die in der Literatur gemeinte Wirklichkeit mißverstanden oder überhaupt nicht erkannt wird, daß der Leser den Seite für Seite aufgebauten In-

---

[9] Ph. Lersch: Aufbau der Person. A.a.O., S. 361.
[10] Jean Paul: Levana oder Erziehlehre. 2. Abt. § 129.
[11] Hans Freyer: Sprache und Kultur. In: ZS Die Erziehung 1928, S. 72.
[12] Vgl. Leo Weisgerber! Vor allem die gedrängtere Zusammenfassung: Muttersprache und Geistesbildung. Göttingen 1929.

halt nicht als Ganzes erfaßt, am Detail hängenbleibt oder die Akzente unrichtig setzt und insgesamt zu einem Ergebnis kommt, das sich nicht mit dem Inhalt deckt. Weil die Wirklichkeit nur literarisch vorhanden ist, ich sie nicht selbst befragen und mein vorstellungsmäßig aufgebautes Bild überprüfen kann, ist die Gefahr, mir ein »falsches Bild« von ihr zu machen, immer gegeben. Gerade das Kind ist solchen Gefährdungen ausgesetzt, da es an eigenen Erfahrungen, die zum Vergleich herangezogen werden könnten, noch arm ist.

Weil das Buch den Weg zur wahren Erkenntnis der Wirklichkeit auch verstellen und irreleiten kann, darum ist eine gewisse Skepsis gegenüber dem Lesen verständlich. Bei Rousseau steigert sie sich zur brüsken Ablehnung. Er, dem die Erfahrung an der tatsächlichen Wirklichkeit über alles geht, ruft aus: »Ich hasse Bücher, sie lehren uns von Dingen reden, von denen man nichts weiß ... Nur die Welt sei sein (Emils) Buch und die Tatsachen seine Lehrer« (Emil). Wie klein bliebe aber diese Welt, wollten wir nur das sinnlich Erfahrbare gelten lassen! Wie eng wäre der Horizont, müßten wir uns allein auf das Direkt-Begegnende beschränken. Das gehört ja gerade zu den bedeutendsten Vorzügen des Lesens, daß die Grenzen der ausschreitbaren Umwelt fallen. Der Leser kann über Raum und Zeit seiner eigenen Wirklichkeit hinausstoßen, und es stehen ihm Wege offen, die in nahezu alle Bereiche führen. Äußere Hindernisse und Schwierigkeiten, die sich im Realfall der Begegnung einstellen, brauchen nicht überwunden, persönliche Risiken nicht gewagt zu werden. Der Leser kann sich gleichsam spielend und erprobend mit den gewagtesten Situationen, den fernsten Dingen, den kühnsten Gedanken einlassen. Prinzipielle Einwände gegen die literarische Welterfahrung sind dann berechtigt, wenn der Zugang zur Wirklichkeit ausschließlich über das Buch gesucht und die Möglichkeit tatsächlicher Berührung nicht genutzt wird; wenn die Buchwelt als Welt schlechthin gesehen und ein »Buchwissen« aufgebaut wird, gegen dessen Autorität jede konkrete Erfahrung machtlos bleibt.

Darüber hinaus ist aber auch die Feststellung wichtig, daß die vermittelte Welt – in unserem Zusammenhang die literarisch vermittelte Welt – ja gar nicht die »reine«, objektiv existierende Wirklichkeit ist. »Denn ausgesagt werden kann nicht die Wirklichkeit, sondern nur was der Mensch (Kommunikator) von ihr erfaßt hat, wie er sie sich gedeutet hat. Nicht einmal das aber wird tatsächlich ausgesagt, sondern von dem nur ein Ausschnitt, nämlich das, was der Sprecher dem Partner und der Situation für angemessen hält. Es steht aber auch ganz im Belieben des Kommunikators, die Aussage nach seinen Wünschen und Intentionen noch umzugestalten, ja bewußt einseitig über die Wirklichkeit zu sprechen«[13].

Das Medium Literatur gibt also die Wirklichkeit in einer bestimmten Version wieder mit der absichtlichen oder unabsichtlichen Intention, der Leser möge

---

[13] Ludwig Kerstiens: Medienkunde in der Schule. Bad Heilbrunn 1971, S. 17.

die Fakten und Zusammenhänge ebenso sehen und deuten. Das Problem liegt darin, daß der Mensch einerseits durch mediale Weltvermittlung in hohem Maße Freiheit verwirklichen kann, daß er aber andererseits, während er sich der medialen Möglichkeiten bedient, gleichzeitig der Gefahr der Unfreiheit ausgesetzt ist. Er gerät in Abhängigkeit zu fremden, u. U. falschen oder einseitigen Meinungen und Deutungen, die um so wirksamer wird, je weniger er die Chance hat und sie nützt, sich von der Wirklichkeit selbst ein Bild zu machen oder verschiedene Aussagen kritisch miteinander zu vergleichen. Es gehört zu den Aufgaben der Leseerziehung, nicht nur die positive Bedeutung des Mediums Literatur für das Erfassen und Erkennen der Welt einsichtig zu machen, sondern auch die Grenzen und Risiken, die ihm innewohnen, aufzudecken und beizutragen, daß der Leser, soweit es ihm möglich ist, den Gefährdungen begegnet.

2. Das Lesen als *rationales Erkennen* sucht von vornherein und ganz bewußt in der Literatur Wissenserweiterung und Erkenntnisbildung.

Die Haltung des Lesers ist wesentlich von dem Willen zum denkerischen Durchdringen, zum nüchternen Begreifen, zum kritischen Auseinandersetzen, zum rationalen Erkennen des Dargestellten geprägt. Er versucht, unter Einsatz der verfügbaren noetischen Kräfte die mit den Worten gemeinten Tatsachen gegenstandstreu zu ergreifen, Gefühle und Stimmungen zurückzudrängen, um gewissenhaft und unbefangen auf die Meinung des Verfassers einzugehen. Die Einstellung des Lesenden ist nichtemotional, sie ist sachlich. Er bleibt »in einem gemessenen Abstand zu den Dingen, sucht klärend, zergliedernd, ordnend in sie einzudringen und sie sich so mit aller nur erreichbaren Objektivität zu eigen zu machen«[14].

Ob im Vollzug des Lesens das rationale Erfassen der Wirklichkeit primäre Bedeutung erlangt, hängt nicht vom Leser allein, sondern auch von der Art der Literatur ab. Nicht jedes Schriftgut bringt die gleichen Voraussetzungen und Anregungen zum rationalen Vorgehen mit. Es ist unangemessen, Dichtung vorweg mit dem Intellekt aufnehmen und »verstehen« zu wollen. Ich kann zwar die Gesetze des Dichterischen rational betrachten, ich kann Stilelemente, Aufbauformen und stofflichen Gehalt sachlich analysieren, historische Fakten verstandesgemäß erfassen oder die Wirkung der Dichtung gedanklich erfragen: das dichterische Erleben selbst wird dadurch nicht ausgelöst. Es ist daher verständlich, warum ein Literaturunterricht, der rein erkennend vorgeht, als Erziehung zur Dichtung erfolglos bleibt.

Auch Unterhaltungsliteratur, die rangniedere und einfache Schwester der Dichtung, zielt nicht primär auf erkennendes Lesen. Sie entbindet ja geradezu von der Anstrengung zweckbestimmten Denkens und von der Nüchternheit

---

[14] Max Josef Hillebrand: Psychologie des Lernens und Lehrens. Bern/Stuttgart 1958, S. 40.

objektiver Auseinandersetzung. Sie gibt dem Individuum Gelegenheit, die Buntheit der Dinge und Vorgänge als Mittel der Abwechslung, der Entspannung und der Kurzweil auf sich wirken zu lassen und in Stimmungszustände und Phantasievorstellungen versetzt zu werden. Der Gegenstand der Unterhaltungslektüre kann aus dem Zusammenhang der Erzählung herausgenommen und vom Verstand des Lesers aufgegriffen, untersucht und verarbeitet werden. Das ist aber ein Vorgang, der im unterhaltenden Lesen sekundär auftritt. Er wird gefördert durch ein ausgeprägtes »Intelligenztemperament« (Wenzl) des Lesers oder durch deutliche Sachorientierung der Erzählung und der ihr innewohnenden Tendenz, nicht nur zu unterhalten, sondern auch zu belehren. (Vgl. erlebnishaft gestaltetes Sachbuch!)

Das Lesen, welches von vornherein als rationales Aufnehmen gekennzeichnet ist, finden wir im Umgang mit dem eigentlich belehrenden Schrifttum. Die Besonderheit dieser Literatur besteht nicht im Gebrauch der dichterischen oder unterhaltenden Sprache, sondern der »Erkenntnissprache« (Seidemann). Sie will nicht künstlerische oder unterhaltende, sondern erkenntnismäßige Wirkungen erzeugen. Sie ist »Ausdruck von Beziehungen und trägt die Merkmale der Ausscheidung (Abstraktion), Verallgemeinerung und Zusammenfassung an sich ... Sie umspielt nicht frei den Gegenstand, sondern will ihn genau begrenzen«[15]. Das Wissensbuch, das Lehrbuch, das informierende Sachbuch sind das Produkt verstandesmäßig objektiver Auseinandersetzung mit dem Gegenstand. Wer als Leser dieser Literatur gerecht werden will, muß sich einer sachlichen Haltung befleißigen und primär eine verstandesmäßige Betrachtung der dargestellten Wirklichkeit anstreben.

Das erkenntnisbildende Lesen zu pflegen, ist Aufgabe des Deutschunterrichts. Er muß stufenweise lehren, wie man mit Hilfe der geschriebenen Sprache zu Erkenntnisgewinn gelangen und geistig zugreifen kann. Seidemann geht in seinem Buch »Der Deutschunterricht als innere Sprachbildung« auf diesen Zweig der Leseschulung besonders ein. »Die erkennende Lesearbeit schreitet von Deutungsform zu Deutungsform. Das einzelne Lesestück wird als Beispiel für einen Deutungsweg behandelt und aufgefaßt«[16]. Unter dem Aspekt der Leseerziehung sind die Stücke so auszuwählen, daß an ihnen die Einzelschritte geübt werden können, die zur Vervollkommnung des erkenntnisbildenden und erkenntniskritischen Lesens führen. Das geschieht am besten, wenn die Stufenfolge beachtet wird, die von der kindertümlichen Erkenntnissprache zur volkstümlichen gelehrten Erkenntnissprache voranschreitet[17].

3. Das Lesen als *erlebnishaftes Erfassen* beruht auf der Fähigkeit und dem Bedürfnis, der Welt erlebnishaft innezuwerden. Bekanntlich findet der Erleb-

---

[15] W. Seidemann: a.a.O., S. 162 und 163.
[16] W. Seidemann: a.a.O., S. 166.
[17] Vgl. W. Seidemann: a.a.O., S. 172 ff.

nisdrang in den Jahren der Vorpubertät und der Reifezeit einen besonderen Höhepunkt. Unverkennbar ist aber, daß die gesamte Kindheit und Jugend von diesem seelischen Grundantrieb geprägt ist. Das erlebnishafte Erfassen steht genealogisch vor dem rationalen Erkennen; und sobald das Kind Beziehung zur Literatur aufgenommen hat, sieht es in ihr vorwiegend ein Mittel, den Erlebnisdrang zu stillen.

Das Leseerlebnis trägt starke subjektbezogene Merkmale. Es löst innerseelische Abläufe und Zustände aus. Der Erlebnisdrang ist – auf sein eigentliches Ziel hin betrachtet – »keine expansiv-zentrifugale Bewegung, sondern ein intensiv-zentripetaler Vorgang«. Es geht ihm »um das Erleben endothymer Innenzustände um ihres sensiblen, erregenden Gehaltes willen«[18]. Dennoch ist das Leseerlebnis ohne ein gegenständliches Moment nicht denkbar. Es wird erst durch die Berührung mit der Wirklichkeit ausgelöst. Ein Stück literarisch gestalteter Welt wird zum Erlebnisinhalt, wird »erlebt«. Das bedeutet im Unterschied zum rationalen Erfassen: der Mensch »gibt sich an das Geschehen hin, sucht ihm innerlich so nahe wie möglich zu kommen, sich gleichsam ihm persönlich verbunden zu wissen«[19]. Nicht die gnostische Haltung des kühlen Zugreifens und willentlichen Erarbeitens, sondern die pathische Haltung des Ergriffenwerdens und des Sichaufschließens steht im Vordergrund. Die Wirklichkeit wird – durch nüchterne Reflexion und zerstückelnde Betrachtung ungehindert – besonders intensiv und voll erfaßt. Ein lebensvoller Kontakt wird hergestellt, in dem der Gegenstand Züge offenbart, die bei verstandesmäßiger Betrachtung erst auf Umwegen oder überhaupt nicht erkannt werden. Die lebhafte Gefühlsbeteiligung hebt ihn aus der Fülle alltäglicher Erscheinungen heraus und umgibt ihn mit besonderer Bedeutsamkeit. Das verleiht der Wahrnehmung eine besondere Dauerhaftigkeit. Das Erlebnis geht vorüber, die emotionale Erregtheit klingt ab, Eindruck und Erfahrung aber bleiben als dauernder Besitz zurück und beeinflussen künftiges Urteilen und Verhalten.

Gerade wegen der Eindringlichkeit des erlebnishaft Erfaßten ist es notwendig, den Leser zu befähigen, den aufgenommenen Inhalt auch reflektierend zu betrachten und einer kritischen Analyse zu unterziehen. Was bei der didaktischen Behandlung von Lektürestoffen schon gesagt wurde, gilt auch in diesem Zusammenhang: Der Schüler sollte lernen, sich aus der naiven Verflochtenheit mit dem Gelesenen zu lösen, und instand gesetzt werden, dem Akt des Erlebens auch einen des kritischen Denkens und Reflektierens folgen zu lassen.

Die Art des Leseerlebnisses trägt nicht einheitlichen Charakter. Eine Unterscheidung nach oberflächlichen und tiefen Erlebnissen ist an sich sachlich unzutreffend; denn jedes echte Erlebnis geht in die Tiefe und trifft den Personkern. Wo nur eine oberflächliche Berührung stattfindet, ist die Bezeichnung Erlebnis

---

[18] Ph. Lersch: a.a.O., S. 101.
[19] M. J. Hillebrand: a.a.O., S. 40.

unangebracht. Das ändert freilich nichts an der Tatsache, daß viele Leser sich mit seichten Gefühlchen und flüchtigen Eindrücken zufrieden geben. Gerade der Viel- und Allesleser kommt nur selten über ein oberflächliches Beeindrucktwerden hinaus. Echte Erlebnisse können eben nicht am laufenden Band erzeugt werden. Sie tragen Geschenkcharakter, weil ihr Zustandekommen nicht allein durch die individuelle Erlebnisbereitschaft, sondern auch durch die stoffliche Eignung bedingt ist. Ob etwas für jemanden zum Erlebnis wird, ist von der Relation abhängig, in der Subjekt und Objekt zueinander stehen. Die Literaturpädagogik will dies berücksichtigen und versucht, durch Beachtung der Individual- und Alterslage des Kindes einerseits und der inhaltlich-sprachlichen Struktur des Lesegutes andererseits die günstigen Voraussetzungen für den Erlebnisvollzug zu schaffen.

Eine Unterscheidung der Leseerlebnisse ergibt sich durch die Stellung des Lesers zum Lesegehalt. Wenn Ich und dargestellte Welt in ein versöhnliches, harmonisches Verhältnis zueinander treten, sprechen wir vom *Syntheseerlebnis*. Die Wirklichkeit ist so gezeichnet, daß die in ihr widerstreitenden Kräfte zum Ausgleich kommen, daß Fragen und Probleme nicht nur aufgezeigt, sondern auch beantwortet und gelöst werden. Das Gute, das Große und das Würdige sind dominierend. Im Leser ruft solche Lektüre eine positive Gefühlslage hervor, die vom Zustand des angenehmen Unterhaltenwerdens bis zum beglückenden Berauschtsein reichen kann.

Lesen kann aber auch zum *Kontrasterlebnis* führen, wenn die Wirklichkeit von einer Seite gezeigt wird, die zu den Vorstellungen, Erwartungen und Maßstäben des Lesers in schroffem Widerspruch steht. Im Unterschied zum »schönen« Lektüreerlebnis handelt es sich hier um eine ernstere und härtere Form des Zusammentreffens von Subjekt und Objekt. Sie nähert sich dem, was neuerdings mit dem Begriff »Begegnung« gekennzeichnet wird und pädagogisch von Bollnow und Guardini näher beschrieben worden ist[20]. In der Begegnung liegt der Schwerpunkt bei einer von Menschen »ganz unabhängigen Wirklichkeit, auf die er stößt, auch wenn ihm dieses Zusammentreffen unangenehm und schmerzhaft ist«. Die Fremdartigkeit des Gegenstandes bleibt »in voller Schärfe erhalten« und verleiht so dem Begegnungsvorgang eine »eigentümliche Härte, eine Unerbittlichkeit und Unausweichlichkeit«[21]. Begegnung »zentriert im Anderen«, sein Wesen zeigt sich und verlangt »gewürdigt zu werden«[22]. Es gibt Dichtungen, in denen alle Spannung des Widerspruchs aufgehoben wird. Andererseits gibt es Dichtungen, »die nahezu ausschließlich vom Widerspruch bestimmt sind. Kein festes, endgültiges Bild will deutlich werden. Alles ist Un-

---

[20] R. Guardini/O. F. Bollnow: Begegnung und Bildung. Würzburg 1956.
[21] O. F. Bollnow: a.a.O., S. 32, 33, 34.
[22] R. Guardini: a.a.O., S. 23 und 15.

ruhe, Kampf, Protest. Nichts bleibt endgültig, alles ist Bewegung«[23]. Pielow nennt die Literatur des Widerspruchs »dialektisch« und stellt sie in Gegensatz zur »paradigmatischen«. Beide sind für die Erziehung von grundlegender Bedeutung. »Paradigma heißt: Weg, Antwort, Ziel, Dialektik, aber: Frage, Beunruhigung, Rätsel. Dialektik bedeutet: sich nicht zufriedengeben mit leicht erreichbaren Antworten, bedeutet auch: das gemeinsame Unterwegssein zur Wahrheit hin. ›Invenire quaerendum‹ – in diesem alten Sinne beunruhigt die dialektische Frage; sie durchbricht das Scheinhafte, zerstört die Illusionen ... Es ist von starker erziehlicher Wirkung, es rüttelt auf, vertreibt satte Ruhe und behäbige Selbstzufriedenheit, es öffnet den Blick, zeigt Probleme, Grenzen, zeigt nicht weiter aufzulösende Widersprüche. Zielt das Paradigma im letzten auf Übereinstimmung, Beruhigung, Harmonie, so drängt das Dialektische auf Gegensatz, Disharmonie, Beunruhigung«[24].

In der Kinderliteratur überwiegen Inhalte und Formen, die ein harmonisches Leseerlebnis hervorrufen. Das besagt nicht, daß Härten, Ungereimtheiten und Widersprüche der Wirklichkeit unausgesprochen bleiben. Die negativen Kräfte und Erscheinungen des Daseins dürfen für Kinder- und Jugendbücher nicht als Tabus gelten. So sehr die alte Wahrheit richtig ist, daß Wachstum und Entfaltung eine ausgeglichene Lebensatmosphäre und ein freundliches Verhältnis zur Umwelt brauchen, ebenso berechtigt ist aber auch die Forderung nach der Begegnung und Auseinandersetzung mit dem Negativen und Schwierigen. Eine Literatur, die alle Schattenseiten des Lebens peinlich ausklammert, wird auf die Dauer dem jungen Leser einen schlechten Dienst für Weltfindung und Persönlichkeitsbildung erweisen. Entscheidend ist aber, daß die Kontrastelemente nicht die beherrschende Rolle spielen. Das Böse in der Welt, menschliche Schwächen und Fehler, Not und Unglück, Gefährdung und Schwierigkeit sollen nicht das letzte Wort haben. Der Leser begegnet ihnen, wird beunruhigt, in Unsicherheit gesetzt und manchmal auch aufgewühlt und erschüttert; das gute Kinderbuch will aber mehr. Es zielt letzten Endes auf Lösung, Ausgleich, Beruhigung: die aufgeworfenen Fragen finden Antwort, Gegensätze werden ausgeglichen, Schwierigkeiten und Not werden überwunden, zumindest Auswege angedeutet. Im Märchen dominiert eine optimistische Daseinsschau, und seine Quintessenz lautet: Gut und Bös, Glück und Unglück sind in der Welt; du brauchst dich aber nicht zu ängstigen, es kommt alles wieder ins rechte Lot! Gute Bilderbuchgeschichten und realistische Umwelterzählungen tendieren insgesamt auf eine Welt, in der sich das Kind heimisch fühlen kann. Im Abenteuerbuch ist das Gegeneinander von Kräften und Charakteren leitendes Prinzip; ebenso kennzeichnend ist aber die Lösung: Der Held fällt nicht den Gefahren zum Opfer, sondern überwindet sie, er scheitert nicht an den Aufgaben, sondern löst sie.

---

[23] W. Pielow: a.a.O., S. 47.
[24] W. Pielow: a.a.O., S. 51 f.

Das Kinder- und Jugendbuch jeder Gattung sollte die Aufgabe der Weltbegegnung grundsätzlich auch als Weltbemächtigung verstehen. Hierin unterscheidet es sich wesentlich von einer Erwachsenenliteratur, die ihre Funktion schon im bloßen Schockieren des Lesers ausreichend begründet sieht.

Ist damit dem billigen happy end das Wort geredet? Das gute Ende um jeden Preis, die Hilfe »in letzter Sekunde«, die unmotivierte Situations- und Charakterwandlung, die Schemalösung führen lediglich zu einer äußeren Beseitigung des Kontrasts. Zu einem echten Spannungsausgleich kann es nicht kommen. Der gewünschte Ausgleich stellt sich auch dann nicht ein, wenn die Konfrontierung mit der Wirklichkeit in einer solchen Härte erfolgt, daß die Seelenkräfte des Kindes die Erschütterung und Enttäuschung nicht mehr überwinden können. Der Jugendbuchautor ist der Lebenswahrheit verpflichtet; ebenso aber ist er verantwortlich für seine Leser. Dieser doppelten Verpflichtung müssen sich auch die Erzieher, Bibliothekare, Verleger, Rezensenten bewußt sein, die für die Jugend Lektüre auswählen und empfehlen.

B. Lesen als Weg zum eigenen Ich

1. Die pädagogische Betrachtung des Lesevorgangs erschöpft sich nicht in der Feststellung, wonach der lesende Mensch Zugang zu der Wirklichkeit außerhalb seines Ich findet. Das wäre eine Verkennung des zweiseitigen Leseprozesses. Das Innewerden der Welt, die Wissens- und Erkenntniserweiterung ist die eine Seite des Prozesses (von ihr wurde in den vorangegangenen Abschnitten gesprochen); die Zuwendung zum eigenen Ich und das Kennenlernen seiner selbst ist die andere Seite.

Lesen ist Welt- und Ichfindung zugleich. In der Intention des Lesers, wissend und erlebend an der Vielfalt der Wirklichkeit teilzuhaben, ist immer auch das unbewußte Streben enthalten, sich selbst näher zu kommen. Das in der Außenwelt Wahrgenommene wird zur Eigenwelt in Beziehung gesetzt. Die Einsicht in fremde Verhältnisse gibt Möglichkeiten des Vergleichs, weitet und verändert die Maßstäbe und trägt zur Klärung und Konturierung des eigenen Standorts bei. Im Nach- und Miterleben menschlicher Geschehnisse, vor allem in dem Versuch der Identifikation und Imitation, vollzieht sich eine enge Berührung von Fremdmenschlichem und Eigenmenschlichem. Während der Leser sich in die Welt hinausbegibt, um sich dort umzusehen, kehrt er gleichzeitig bei sich selber ein. Auf dem Wege über das Du erschließt sich ein Zugang zum eigenen Ich und zur individuellen Innenwelt[25].

Mit der Ichfindung eng verbunden sind Impulse der Selbstgestaltung. Wunsch-

---

[25] Vgl. Elisabeth Schliebe-Lippert: Der Mensch als Leser. In: Begegnung mit dem Buch. Ratingen 1950. – Vgl. auch Helmuth Weber: Das Jugendbuch im Urteil seines Lesers. Reutlingen 1954 (Jahresgabe des Ensslin-Verlages). Weltfindung und Selbstfindung werden als Grundantriebe des Lesens herausgestellt.

bilder und Vorbilder entstehen, denen der junge Mensch nacheifert, aber auch negative Bilder, die er in seinem Dasein nicht verwirklicht sehen möchte. So strahlen die Lektürestoffe hinein in die Bereiche der Strebungen und Antriebe, des Wollens und Wünschens, von denen aus Lebenserwartung, Lebensplanung, Lebensbewältigung, künftige Verhaltensweisen und Entscheidungen beeinflußt werden. Sie tragen bei zu der Summe der unverlorenen Vergangenheit, die in der Seele aufgespeichert wird und über den Zeitpunkt ihrer Aktualität hinaus lebendig bleibt. Nichts geht verloren! sagt die Tiefenpsychologie. Auch die Lektüreerlebnisse der Kindheit und Jugend liefern »aus der Brunnenstube der Tiefe ihren Beitrag zu den geglückten wie den mißlungenen Lebensbewältigungen«[26].

2. Dieser hier kurz umrissene Bezug zwischen Lektüre und Ich, der sich auf die Ichfindung und Ichbewältigung auswirkt und für gegenwärtige und zukünftige Verhaltensmotivierungen und Handlungsentscheidungen bedeutsam ist, meint den im engeren Sinne *erziehlichen Einfluß des Lesens.*

Erziehliche Relevanz ist von der traditionellen Kinder- und Jugendbuchtheorie mit Überzeugung und Eifer erörtert worden. Sie nimmt – nach einer kurzen »pädagogischen Pause« – auch heute wieder in der Diskussion einen gewichtigen Platz ein. Allerdings ist das Problembewußtsein bezüglich der erziehlichen Wirkung durch Literatur erheblich gewachsen.

Ein wichtiges Ergebnis der kritischen Auseinandersetzung mit der Wirkungslehre ist die Feststellung, daß literarische Wirkung »zu einseitig gesehen und zu definitiv beschrieben wird«[27]. Man verweist mit Recht auf die Notwendigkeit einer wissenschaftlich exakten Überprüfung, ob fördernder oder schädigender Einfluß tatsächlich in dem bisher angenommenen Ausmaße zutreffe, bzw. in welcher inhaltlichen Richtung und unter welchen Bedingungen er wirke. Es ist verständlich, wenn nicht ausreichend belegte pädagogische Schlußfolgerungen mit Skepsis aufgenommen werden und als subjektive Meinungen, als persönliche Erfahrungen auf schmaler Basis oder als »Glaubenssätze« nur vorbehaltlich Zustimmung finden. Wenn heute fast ausschließlich empirische Forschungsergebnisse als Nachweis wissenschaftlicher Begründung gefordert werden, dann darf allerdings nicht unerwähnt bleiben, daß auf dem Gebiet der literarischen Wirkungslehre dem empirischen Verfahren Grenzen gesetzt sind und keineswegs alle Fragen ausreichend beantwortet werden können. Die Neigung, Aussagen nur zu akzeptieren, wenn sie empirisch-experimentell nachweisbar sind, kann dazu führen, Vorgänge und Zusammenhänge zu negieren, nur weil sie nicht oder noch nicht empirisch überzeugend einsichtig gemacht worden sind.

Unbestritten ist, daß literarische Einwirkungen lediglich im Sinne von »Miterziehung« gemeint sein können. Literatur ist nur *ein* möglicher Faktor in einem umfangreichen Faktorenkomplex. Von dem Gesamtgefüge, das sich aus Stärke,

---

[26] Georg Pfahler: Die Eltern als Erzieher. In: Erziehung wozu? Stuttgart 1956.
[27] M. Dahrendorf: Das Mädchenbuch . . . A.a.O., S. 47.

Umfang und Häufigkeit seiner einzelnen Elemente ergibt, aber auch von der Individualstruktur und dem Entwicklungsstand des Menschen, der im Wirkfeld der Faktoren steht, hängt es ab, ob überhaupt und in welcher Weise die jeweilige Literatur erziehlichen Einfluß nimmt.

Schon der Versuch, das Gesamtgeflecht von Faktoren und Bedingungen anzudeuten, läßt erkennen, daß es sich um hochkomplizierte Zusammenhänge handelt. Es ist sehr schwierig, einen Wirkungsfaktor herauszuisolieren, um dann exakt festzustellen, was etwa auf das Konto Lesen und was auf das Konto anderer exogener und endogener Faktoren zurückzuführen ist. Der Aufbau des Individuums zu einer nach bestimmten Kriterien gleichbleibend urteilenden und handelnden Person ist »nicht einfach ein Prozeß der Entwicklung und Reifung, sondern ein komplexer Lernprozeß, der einerseits ein Sozialisationsprozeß ist im Sinne funktionaler Erziehung und passiver Anpassung an die Umwelt, dem sich niemand entziehen kann, andererseits aus Fremd- und Selbsterziehungsprozessen im Sinne bewußt angestrebter Erziehungs- und Lebensziele besteht, bei denen auf dem Wege zu der gewünschten und geforderten moralischen Autonomie reflektierte erzieherische Hilfen eine entscheidende Rolle spielen.«[28]

Welchen Stellenwert nimmt die Literatur in diesem Lernprozeß ein?

In der *frühen und mittleren Kindheit* ist das Kind in seinem Verhalten und Urteilen vor allem von den konkreten Vorbildern aus der unmittelbaren Umgebung abhängig. Es übernimmt weitgehend unkritisch die Werte und Normen der Eltern und ist bereit, auch deren verbale Lenkung zu befolgen[29]. Die Verhaltensmodelle der Familie, die wiederum von der Moral der soziologisch bedingten Kultur, der sie angehört, abhängig sind, liefern also die entscheidenden Leitlinien des Wunschverhaltens der Kinder. Von ihnen geht die primäre Wirkung aus.

Wenn nun Bilderbücher, Märchen, Kindergeschichten die gleichen Wertvorstellungen vertreten, die auch die Eltern bewußt oder unbewußt vermitteln, wirken sie bekräftigend. Es kommt gegenüber den literarischen Figuren zu einer von Sympathie getragenen Beziehung, die den Hörer oder Leser veranlaßt, sich mit ihnen zu identifizieren und ihr Verhalten als Vorbild für das eigene Verhalten zu übernehmen. Da das gewählte Identifikationsobjekt nicht im Widerspruch, sondern in Übereinstimmung mit den elterlichen Erwartungen und Geboten steht, trägt es zur Internalisierung der Umweltnormen und zur Abwehr der Triebansprüche bei, die diesen Normen zuwiderlaufen.

Verkörpern die Kinderbücher Urteils- und Verhaltensnormen, die dem Wertmodell der nächsten Umwelt nicht entsprechen, bleiben sie entweder unbeachtet oder werden abgelehnt. Die Literatur wird also auf dieser Stufe im Sinne einer

---

[28] Heinrich Roth: Pädagogische Anthropologie. Bd. II. Hannover 1971, S. 383.

[29] Vgl. Waltraud Hartmann-Winkler: Lebensbewältigung im Kinderbuch. Wien/München 1970, S. 91.

Werteinstellungsveränderung kaum wirksam werden; jedenfalls nicht für Kinder, die in einer klaren und konsequenten Wertumgebung aufwachsen.

Die Ablehnung von Figuren kann den psychischen Vorgang der Projektion hervorrufen; das heißt, das Kind verlegt seine nicht ausreichend verdrängten oder abgewehrten Verhaltensimpulse in die negativ gezeichneten Personen und sucht auf diese Weise unerwünschte Eigenschaften und Antriebe zu bekämpfen und zu beseitigen.

Wenn nun auch normalerweise im Kindesalter die Sollensmuster durch Literatur kaum verändert werden, so heißt das dennoch nicht, daß die den kindlichen Leitvorstellungen widersprechenden Verhaltensweisen der Buchgestalten in jedem Falle harmlos und unschädlich sind. Wenn die negativen Eigenschaften eine gewisse Toleranzgrenze überschreiten, stellt sich beim Kind ein hohes Maß an Verwirrung ein, das zu schweren seelischen Belastungen und zu neurotischen Störungen führen kann.

Angesichts der sekundären Bedeutung von Kinderliteratur für die moralische Entwicklung in der frühen und mittleren Kindheit sind Versuche, über Literatur gegen das in Familie und Sozialmilieu bestehende Leitmodell grundlegend Einfluß zu nehmen, nur wenig aussichtsreich. Das gilt für die Bemühungen, mit Literatur schon bei den kleinen Lesern ein neues gesellschaftliches Bewußtsein zu erzeugen ebenso wie für alle anderen Bestrebungen, in denen das Kinderbuch als Instrument der Umerziehung fungieren soll. Nachhaltige Wirkungen werden nur erzielt, wenn die von der Literatur begünstigten Veränderungen gleichzeitig in der unmittelbaren Lebenswelt des Kindes akzeptiert und angestrebt werden.

In der *späten Kindheit* und in der *beginnenden Pubertät* gewinnt Literatur zunehmende Bedeutung als Primärfaktor im moralischen Lernprozeß. Der Heranwachsende sucht sich aus der Abhängigkeit seiner unmittelbaren Umgebung zu befreien (»Entsatellitisierungsprozeß«) und ist bestrebt, aus eigener Entscheidung Verhaltensnormen und Wertmaßstäbe zu gewinnen, wobei zur Orientierung die weitere Umwelt wichtig wird und nun auch räumlich und zeitlich entfernte Menschen, die mit der vorgelebten und geforderten Wertwelt der Eltern nicht übereinstimmen, als Vorbilder gewählt werden können. Die Entwicklung von der heteronomen Moral des Kindes zur autonomen Moral des Erwachsenen setzt ein. Wie weit sich der Heranwachsende von den in der früheren Kindheit übernommenen Wert- und Verhaltensmodellen tatsächlich noch freimachen kann, ist umstritten. Die Möglichkeit, sich für neue Leitmuster zu entscheiden und die alten zu revidieren oder abzulegen, ist jedenfalls prinzipiell gegeben.

Im Rahmen der wirkenden Sozialisations- und Personalisationsfaktoren kann Literatur eine wichtige Rolle spielen. Sie stellt nicht nur ein an Inhalten reiches Orientierungsfeld zur Verfügung, das erheblich über die Grenzen der unmittelbaren Erfahrungen hinausgeht, ihr Angebot nimmt nun auch eine weit eigenständigere Funktion ein als auf den vorangegangenen Altersstufen. Die literarisch aufgezeigten Leitbilder und Verhaltensnormen werden nicht mehr je nach ihrer Identität und Nichtidentität mit dem elterlichen Wertmodell angenommen oder verworfen, sondern (jedenfalls dem Ansatz und der Absicht nach) unabhängig von ihm gewürdigt. So gesehen kann Literatur zu einem wichtigen Instrument beim Aufbau einer eigenen Wertwelt werden.

Abgesehen von der inhaltlichen Ausrichtung ist für den Erwerb der moralischen Autonomie und für die Wahrnehmung der moralischen Selbstkompetenz entscheidend, wie weit es dem Individuum gelingt, sein Verhalten aus der Abhängigkeit affektiver Antriebe zu lösen und zwischen Reiz und Reaktion die Ratio als Führungsinstanz einzuschalten. Die Literatur gibt dem jungen Menschen die Möglichkeit, fremdmenschliches Handeln aus der Distanz des Lesers abwägend zu überdenken und rational zu erhellen. Damit übt er sich in der für die moralische Mündigkeit sehr wichtigen Voraussetzung, kritisch zu reflektieren, seine kognitiven Fähigkeiten einzusetzen und moralisches Bewußtsein zu entwickeln. Freilich kann die Rationalisierung fremdmenschlichen Handelns von den Einzelnen nur unterschiedlich vollzogen werden, weil sie abhängig ist vom Stand der kognitiven Entwicklung, aber auch davon, wie weit der Leser in der Lage ist, sich aus der naiven Verflechtung mit dem Inhalt eines erzählenden Textes zu lösen. Auch aus erziehlichen Gründen sollte daher der Literaturunterricht durch Anregungen und Hilfen dazu beitragen, die Schüler zum kritischen Denken und Urteilen an Hand von Texten anzuhalten; er dient damit der Befähigung zur Fremdreflexion und indirekt zur Selbstreflexion, über deren Bedeutung für die Menschenerziehung Adorno schreibt: Die »Menschen sind davon abzubringen, ohne Reflexion auf sich selbst nach außen zu schlagen. Erziehung wäre sinnvoll überhaupt nur als eine zu kritischer Selbstreflexion«[30].

Eine wichtige Voraussetzung dafür, daß erziehlicher Einfluß möglich wird, liegt in der formalen Gestaltung der Inhalte und in der Art und Weise, wie der Autor seine Leser anzusprechen versteht. Forcierte moralische Absicht macht stutzig, direkte Belehrung stößt ab. Das mag in früheren Jahrhunderten anders gewesen sein, und vielleicht ist die strenge Verurteilung einstiger Tugenderzählungen und Moralschriften nicht ganz berechtigt. In der Gegenwart wird jedenfalls der moralische Zeigefinger auch schon von Kindern – von jüngeren freilich weniger als von älteren – als Zumutung und Nötigung empfunden. Die Empfindlichkeit gegenüber indoktrinären Tendenzen ist heute allgemein verbreitet. Nicht nur der Erwachsene, auch der Jugendliche reagiert mit Unbehagen, wenn er in ein moralisierendes Gespräch gezogen wird. Mit Sicherheit steigert sich dieses Unbehagen zur Abwehr und Ablehnung, wenn salbungsvolle Töne angeschlagen, pathetische Formulierungen oder Wortbezeichnungen gebraucht werden, die heute nur noch antiquierten Klang haben. Das betrifft nicht

---

[30] Th. W. Adorno: Erziehung nach Auschwitz. In: Stichworte. Kritische Modelle 2. Frankfurt a. M. 1969, S. 87.

nur die Benennung einzelner Verhaltenseigenschaften (z. B. demütig, fromm, keusch), sondern auch allgemeine Begriffe (wie Tugend, Moral). »Wenn man auf einem alten Friedhof die Inschriften verwitterter Grabsteine liest, dann findet man oft: Hier ruht der tugendhafte Jüngling, die tugendhafte Jungfrau und so weiter. Tugendhaft zu sein, galt als ein auszeichnendes, hohes Prädikat. Noch um die Zeit der deutschen Klassik konnte sich ein Kreis besonders ernsthaft um ihre Vollendung ringender junger Menschen als ›Tugendbund‹ bezeichnen. Es ist ganz undenkbar, daß sich eine heutige Jugendorganisation unter demselben Namen zusammenfinden würde. Sie würde dem Fluch der Lächerlichkeit verfallen. Und ich glaube, kein junger Mensch würde sich heute gern als tugendhaft bezeichnen lassen«[31].

Der beste Gehalt kann seine Wirkung einbüßen, wenn er im verstaubten und muffigen Gewand daherschreitet; die besten Eigenschaften werden anrüchig, wenn sie von literarischen Gestalten verkörpert werden, für die der Leser keine Sympathie aufbringen kann; sei es, weil sie ihm wie wirklichkeitsentrückte unnatürliche Wesen erscheinen; sei es, weil sie aufdringlich als nachahmenswerte Muster hingestellt werden. Für die moderne Jugendliteratur trifft der Vorwurf, sie passe sich dem Sprachempfinden der Gegenwart nicht an, nur wenig zu. Das Streben nach Modernität bringt gelegentlich einen allzu nüchternen Stil hervor, dessen Glanz- und Einfallslosigkeit die jungen Leser anödet, oder animiert den Autor zur Übernahme eines saloppen Jugendjargons, der die Solidarität zwischen Erzähler und Leser besonders dokumentieren soll, von den jungen Leuten aber oft mit Skepsis aufgenommen wird.

3. Wollte man eine Geschichte der *erzieherischen Gehalte* des Jugendbuches schreiben, so könnte man eine Vielzahl von Themen anführen, die in allen Epochen des Jugendschrifttums wiederkehren. Gleichzeitig wäre aber auch erkennbar, wie neue oder bisher weniger beachtete Motive in den Vordergrund rückten, andere wieder verblaßten.

Die kulturelle Gesamtsituation, die Lebenslage und Lebensauffassung, die vorherrschende Gesellschaftsform ergeben die besondere Problematik einer geschichtlichen Epoche, die dann in den verschiedenen Kulturäußerungen ihren Niederschlag findet. Auch das Jugendbuch bleibt davon nicht unberührt.

Die Inhalte der Kinderliteratur werden namentlich durch die jeweilige Erziehungs- und Bildungsauffassung beeinflußt. Dabei spielen nicht nur zeitspezifische, sondern auch nationale Unterschiede eine Rolle[32]. A. C. Baumgärtner macht auf die heterogenen Erscheinungen im westlichen Jugendbuch aufmerksam und verweist unter anderem auf den Unterschied zwischen dem englischen

---

[31] Otto Friedrich Bollnow: Wesen und Wandel der Tugenden. Frankfurt a. M. 1958, S. 11.

[32] Vgl. Ruth-Gisela Klausmeier: Völkerpsychologische Probleme in Kinderbüchern. Bonn 1963.

und dem französischen Jugendschrifttum, der in den anderen Erziehungsleitbildern seine Erklärung findet (Gruppengeist, ethisch-asketische Haltung hier, Individualisierung, sensualistisch-intellektuelle Einstellung dort)[33].

Nun wirft allerdings die Kritik dem deutschen Kinder- und Jugendbuch vor, daß es in seinen Inhalten eine Literatur von gestern sei. Die Behauptung, es habe den Wandel von Erziehungsauffassung und Erziehungszielen nicht mitvollzogen, es propagiere einen überholten Tugendkatalog, es werde den Tatsachen und Anforderungen der modernen Wirklichkeit nicht gerecht, ist – als Pauschalvorwurf jedenfalls – unberechtigt. Die Forderung nach Analyse und Überprüfung der Inhalte der Jugendliteratur und der ihnen zugrundeliegenden Wertvorstellungen ist berechtigt. Eigenschaften wie Anpassung und Wohlverhalten, Unterordnung und Gehorsam, Fügsamkeit und Disziplin können heute nicht mehr als Kardinaltugenden schlechthin herausgestellt werden, während andere personale Eigenschaften wie Solidarität, Gerechtigkeit, Zivilcourage, Kreativität, Originalität und Kritikfähigkeit nur ein kümmerliches Randdasein führen. Wer die Produktion der letzten Jahre unvoreingenommen überblickt, der muß zugeben, daß sich auch die Jugendliteratur anschickt, ihren Beitrag an der Beseitigung des bestehenden erzieherischen Defizits zu leisten. Neben den traditionellen Anpassungs- und Einordnungsbüchern liegt eine stattliche Reihe von Titeln vor (übrigens auch schon älteren Datums), die das Kind zu unkonventionellem und eigenständigem Denken und Handeln ermutigt und die nicht auf dem alten Autoritätsschema aufbaut.

Berechtigt sind auch die kritischen Fragen nach dem Wirklichkeitsgehalt des Kinderbuches: Welche Realitäten aus Welt und Leben werden vernachlässigt? Kommt die moderne Gegenwart ausreichend zu Wort? Gibt die Jugendliteratur insgesamt ein zutreffendes Bild der Wirklichkeit? Es ist nicht zu bestreiten, daß es Kinderbücher gibt, die als realistische Literatur verstanden sein wollen, die Wirklichkeit jedoch falsch darstellen, sie verniedlichen und verzerren. Sie sind so geschrieben, als gäbe es keine technische Entwicklung, als existierten keine sozialen, politischen und gesellschaftlichen Probleme, als wäre das Leben nur gut und in heiler Ordnung. Es ist auch zutreffend, daß gewisse Realitäten und Aspekte immer noch zu wenig berücksichtigt werden, so daß es an der Zeit ist, die weißen Felder auf der Landkarte der Kinderliteratur auszufüllen und »vergessene Lektionen« nachzuholen. Aber es ist zu warnen vor einer Entwicklung in neue Einseitigkeiten, der ein verengter Wirklichkeitsbegriff zugrunde liegt, weil er nur die Aktualität, die Gegenwart, das unmittelbar Greifbare und der Ratio Zugängliche gelten läßt.

Daß der Wandel der Erziehungsauffassung im Jugendbuch seinen Niederschlag findet, läßt sich beispielsweise daran erkennen, wie *das Generationsver-*

---

[33] A. C. Baumgärtner: Tendenzen im westlichen Kinder- und Jugendbuch von heute. In: ZS Bertelsmann Briefe 1967/49.

hältnis dargestellt wird. Mag unsere Zeit aus verschiedenen Gründen mit Recht als kinderfeindlich bezeichnet werden, so ist andererseits nicht zu leugnen, daß die Einstellung der Erwachsenen zur Jugend von Verstehensbereitschaft, zum Teil von Nachsicht und Nachgiebigkeit gekennzeichnet ist. Die seit Generationen anhaltenden Reformbemühungen haben in vieler Hinsicht nur fragmentarische Ergebnisse erzielt, eines haben sie – zusammen mit der Kinder- und Jugendpsychologie – erwirkt: Aufgeschlossenheit für Natur und Lebensart des jungen Menschen. Im Jugendbuch ist dieser Wandel spürbar. Vom Kindergedicht bis zur romanhaften Jugenderzählung ist der Geist verständnisvoller Solidarität, die Bereitschaft, junge Leute gelten zu lassen, bemerkbar, ohne daß allerdings behauptet werden könnte, die alten Strukturen einer autoritären Erziehung fänden keine literarische Darstellung mehr. Es fehlt nach wie vor nicht an jugendliterarischen Zeugnissen traditioneller Autoritätserziehung, aber sie gelten keineswegs mehr als Prototyp der Kinderliteratur. Die kinderfreundliche Gesinnung des modernen Jugendbuchschaffens zeigt sich allerdings manchmal als naiver pädagogischer Optimismus, der die Schwierigkeiten der Wirklichkeit bagatellisiert und die Natur des Kindes idealisiert, als späte Frucht des Rousseauismus, der überall, nur nicht am jungen Menschen, Kritik zu üben bereit ist. Es gibt Darstellungen des Zusammenlebens von Erwachsenen und Kindern, die den Eindruck erwecken, der ganze Sinn der Erziehung liege nur im Wachsenlassen, in der Freiheitsgewährung, und die uns glauben machen wollen, es komme immer und ausschließlich darauf an, der kindlichen Initiative keine Schranken aufzulegen.

Von solchen Fehlgriffen abgesehen hat die erhöhte Aufgeschlossenheit für die Belange des Kindes das Jugendschrifttum in erfreulicher Weise befruchtet und verändert. Ihr ist es mitzuverdanken, daß es heute eine Reihe von Erzählungen gibt, in denen von *sozialen und wirtschaftlichen Extremsituationen* die Rede ist, die den jungen Menschen in eine besondere äußere und innere Notlage bringen. Dabei werden häufig zeitbedingte gesellschaftliche Verhältnisse zugrunde gelegt. Die Familie ist nicht mehr allein in ihrer traditionellen Form als reibungslos funktionierende Großfamilie gezeichnet, sondern zeigt Züge der modernen Strukturveränderung und die damit zusammenhängenden Auswirkungen auf das Kind. Es wird erzählt von elternlosen Kindern (K. Held »Matthias und seine Freunde«, Sauerländer), von Einzelkindern, die sich Geschwister oder Gefährten wünschen (H. Gebhardt »Das Mädchen von irgendwoher«, Dressler), von Kindern ohne Vater (M. Gripe »Der Nachtpapa«, Bertelsmann) oder anderen, die im Konflikt mit ihren Eltern stehen (O. Wikström »Sverre will nach Hause«, Schwaben), ins Erziehungsheim abgeschoben werden (H.-G. Noack »Rolltreppe abwärts«, Signal). Manche Bücher sparen nicht mit sozialkritischen Untertönen; überwiegend aber ist die Absicht, die Bewältigung der mitmenschlichen Konflikte durch Gemeinschaftsverhalten und gegenseitiges Verständnis aufzuzeigen.

Einen sozialpädagogischen Akzent tragen ebenfalls die Bücher, die vom *Zusammenleben* individuell, sozial, völkisch und rassisch verschiedener Menschen handeln. Ob es sich um Buben oder Mädchen, um Arme oder Reiche, um Menschen mit dunkler oder heller Hautfarbe handelt: sie alle können und sollen freundlich neben- und miteinander leben. Der modernen Pädagogik erwächst für die Aufgabe der Erziehung zur Partnerschaft, zur Toleranz und zur Völkerverständigung im modernen Jugendbuch eine wertvolle Hilfe. Vom Zusammenleben rassisch verschiedener Kinder erzählt »Der Drachenfisch« von P. S. Buck (Thienemann und Maier). Zwei Mädchen sind einsam, weil sie von ihren Brüdern nicht verstanden werden. Lan-may, das Chinesenmädchen und Alice, die kleine Engländerin, werden Freundinnen und »Schwestern«. Von ernstem Realismus sind U. Wölfels Kindergeschichten »Die grauen und die grünen Felder« (Anrich). Sie zeigen, daß die Welt nicht immer schön ist und daß Intoleranz und Vorurteile die Menschen unglücklich machen. In dem Jugendroman »Der Sohn des Columbus« von H. Baumann (Ensslin) finden sich junge Menschen zweier konträrer Welten zur großen Freundschaft. H.-G. Noacks »Hautfarbe Nebensache« (Signal) erzählt das Schicksal eines Besatzungskindes, das auf Verleumdung und Haß stößt, weil es ein Mischling ist. Bücher wie I. Engelhardts »Hexen in der Stadt« (Union) oder W. Fährmanns »Es geschah im Nachbarhaus« (Arena) berichten von Menschenverfolgung und Rassendiskriminierung.

Daß unter dem Einfluß einer unduldsamen Politik die Vorurteile wuchern, der Haß die Menschen blind und bösartig macht, der Krieg unsägliches Leid und Unglück bringt, wollen Bücher zum *Thema Jüngste Vergangenheit* zeigen. Man denke etwa an C. Asscher-Pinkhofs »Sternkinder« (Dressler), an H. P. Richters »Damals war es Friedrich« (Walter), an L. Tetzners »Die Kinder aus Nr. 67« (Sauerländer), an K. Bruckners »Sadako will leben« (Jugend und Volk, Trio) oder an F. Bahls »Schwarze Vögel« (Arena).

Seltener geworden sind Kinderbücher, die den vaterländischen Gedanken fördern, während in den vergangenen Epochen des Kaiserreichs und des Hitler-Deutschlands damit keineswegs gespart worden ist. Manche beklagen diese Lükke im heutigen deutschen Jugendschrifttum. Angesichts der Folgen aber, die aus einem Übermaß an Patriotismus dem deutschen Volk erwachsen sind, ist die augenblickliche Enthaltsamkeit an patriotischer Lektüre nur zu begrüßen. Andere Schwerpunkte sind notwendiger (Weltoffenheit, Völkerverständigung usw.) und der Erziehung des künftigen Bürgers förderlicher.

Ein pädagogisch bedeutsamer Themenkreis des modernen Jugendschrifttums ist die *Reifung zwischen Kindheit und Erwachsenenalter*. Aus erziehlichen Erwägungen hat man früher die Pubertätsprobleme der Heranwachsenden in der Jugendliteratur totgeschwiegen oder nur Beispiele reibungsloser Patentlösungen angeführt. Vor allem galt die sexuelle Entwicklung als Tabu. In der alten Backfischliteratur findet man erste Versuche, das Heranwachsen des Mädchens zur

Frau darzustellen. Die Oberflächlichkeiten und Nebensächlichkeiten, die hier in den Mittelpunkt gestellt und so unerhört wichtig genommen werden, berühren aber die tiefere Problematik der Reifung nicht. Es ist kennzeichnend, daß der Übergang von der Kindheit zum Erwachsensein in der »klassischen« Mädchenliteratur ziemlich unvermittelt erfolgt. Heute noch naives und verspieltes Kind, morgen bereits verlobt und zukünftige Gattin. Das Zwischenalter, die Jugend, mit ihren spezifischen Merkmalen und Aufgaben, existiert in diesen Büchern kaum. Typisch für das Denken der Erwachsenen, die in ihrer Hilflosigkeit die Jahre des Reifens am liebsten aus dem Leben ihrer Söhne und Töchter gestrichen hätten!

Längst ist die Pubertätspädagogik zu einem Schwerpunkt der Erziehung geworden. Es verwundert daher nicht, wenn auch im Jugendschrifttum der Heranwachsende (noch nicht Erwachsener, nicht mehr Kind) mit seinen Problemen und all dem, was sein Denken und Fühlen so intensiv beschäftigt, zu Wort kommt.

Die Literatur spiegelt allerdings auch die Unsicherheit der Jugenderziehung von heute und den Experimentiercharakter, der ihr teilweise anhaftet. Prinzipiell wird die wahrheitsgetreue Darstellung der Reifekonflikte bejaht. Wie sollte auch dem jungen Leser auf Fragen, die sich ihm konkret stellen, eine Antwort gegeben werden können, ohne daß die Dinge verständlich beim Namen genannt werden. Schon die Erkenntnis, daß auch andere von den gleichen Nöten und Schwierigkeiten heimgesucht werden, kann ihm viel bedeuten. Die Schilderungen und erzählten Beispiele ergänzen sein schmales Wissen von sich selbst und seiner Situation. Sie zeigen ihm, wie andere mit den Problemen fertig zu werden versuchen.

Das gilt für Jugendbücher, die von drogensüchtigen jungen Menschen berichten wie I. Bayers »Trip ins Ungewisse« (Arena), H.-G. Noacks »Trip« (Signal) oder G. Birdwoods »Steig aus« (Rosenheimer). Sie wollen durch ihre illusionslose Offenheit aufklären, vorbeugen und helfen.

Das gilt auch für Jugenderzählungen, die sich mit den *Problemen der Sexualität* auseinandersetzen. Ihre Zahl ist leider nur gering. Dabei könnten gerade sie – als Ergänzung zu den notwendigen und reichlich angebotenen Sachinformationen – den menschlichen Hintergrund und den Gesamtzusammenhang, in den sexuelle Entscheidungen und Vorgänge zu stellen sind, an konkreten Einzelepisoden besonders deutlich machen. Aber es ist wohl so, daß in der gegenwärtigen Krise der Sexualpädagogik, die zwischen der traditionellen »repressiven« und der progressiven »positiven« Geschlechtserziehung noch kaum einen überzeugenden praktikablen Weg gefunden hat, der Autor überfordert ist. Er spürt auch, daß gerade für ihn als Erzähler die realistische Einbeziehung sexueller Fakten und Vorgänge besondere Schwierigkeiten bringt. Es ist viel leichter, in der Sachsprache über alle möglichen Fragenkreise offen und freizügig zu informieren, als erzählend die gleichen Aussagen in individuelles Entscheiden und Handeln fiktiver Personen zu übertragen.

Zu den wenigen Jugenderzählungen, in denen Sexualprobleme direkt angesprochen werden, gehören »Das Mädchen im Feuer« von Lisa Heiß (Union) und »Die Gymnasiastin« von Anton Ingolič (Rosenheimer). In beiden Büchern geht es um junge Mädchen, die ein Kind erwarten und sich nun den bitteren Konsequenzen der ungewollten Schwangerschaft stellen müssen. Der Grundton der Bücher entspringt nicht der progressiven Linie moderner Sexualauffassung, denn er ist im Prinzip warnend und vorbeugend. Dennoch handelt es sich keineswegs um die Wiedergabe der traditionellen Abstinenzauffassung. Die Erzählungen lassen sich mit Grundregeln der modernen Sexuallehre in Verbindung bringen, in denen die Kultivierung zwischenmenschlicher Beziehung als elementare Voraussetzung gefordert wird, die von der Entscheidung in Eigenverantwortung sprechen und die den Sexualzwang, der von der Gesellschaft, aber auch von den Jugendgruppen selbst ausgeht, als eine verkappte Freiheitsbeschränkung bezeichnen, gegen die man sich wehren muß. In beiden Erzählungen wird deutlich, daß die Erwachsenen und ihre Welt eine entscheidende Schuld an den Konflikten tragen.

Die jungen Menschen leben »in einer Welt voll Liebesgeschichten, die ihnen dauernd die verführerische ›Tugend‹ vor Augen führen, untugendhaft zu sein«. So heißt es in einem der ersten Bücher auf dem deutschen Jugendbuchmarkt, die Sexualproblematik in zeitgemäßer Sicht aufzugreifen versuchten. »Die unreifen Früchte« von J. L. Summer (Franckh), eine Übertragung aus dem Amerikanischen, schildert die Liebe zweier junger Menschen, die ihren Vorsätzen untreu werden und in sexuelle Beziehung miteinander treten. Das Geschehnis löst Enttäuschung und seelische Verwirrung aus und bringt die Liebe in eine schwere Krise. Das ist ohne Zweifel realistisch gesehen. Es ist aber für dieses Buch ebenfalls typisch, daß die voreheliche sexuelle Enthaltsamkeit als verbindliche Norm gesehen wird und daß somit die Erzählung zu der Auffassung der Sexualwissenschaft, die heute auch in der Sexualpädagogik theoretisch vertreten wird, in Widerspruch steht.

Diese und andere Erzählungen, die sich mit den verschiedenen Reifeproblemen der Heranwachsenden auseinandersetzen, wollen und sollen eine Lebenswirklichkeit zeigen, die nicht verzerrt ist. Das bedeutet, daß sie dem Leser manche Desillusionisierung nicht ersparen können. Aber gerade um der unverfälschten Wirklichkeit willen müssen auch Bücher geschrieben werden, in denen die positiven Möglichkeiten und die schönen Seiten der Reifejahre überzeugend zum Ausdruck kommen. Insgesamt sollten nicht jene Erzählungen überwiegen, die die Jugendzeit ausschließlich mit ihren Belastungen, Konflikten und Depressionen darstellen. Noch wichtiger ist Literatur, die dem jungen Menschen zeigt und bestätigt, »daß es trotz aller Reifeschwierigkeiten eine sehr einmalige und wunderbare Sache ist, jung zu sein«. So schreibt Irmela Brender zu »Noch einmal: Dankeschön« (Franckh), einem Buch voll heiterer Zuversicht und Lebensbejahung. Auch die aus Amerika stammende Erzählung »Das Mädchen

Creszent mit dem bunten Hut« von Jessamyn West (Wunderlich) gehört zu jener Literatur für Jugendliche, die den Fragen und Problemen nicht aus dem Wege geht, insgesamt aber von einer lebensfrohen Grundstimmung durchzogen ist.

4. Nicht nur vom Stofflichen und Gehaltlichen her ist das Jugendbuch für die Gegenwartserziehung bedeutsam: schon der Umgang mit Büchern selbst, das Lesen an sich, kann in unserer derzeitigen Kultursituation besondere Aufgaben erfüllen. Analysen der Gegenwartslage (wie sie z. B. Martin Keilhacker aus pädagogischer Sicht vorgenommen hat[34]) sprechen unter anderem von der um sich greifenden Sachlichkeit, der Extravertiertheit des Menschen und der Uniformierung. Auch Kinder und Jugendliche werden schon frühzeitig in dieser Richtung geprägt. Wie das Lesen guter Bücher diesen Einseitigkeiten gegenüber ein Äquivalent schafft, sei mit wenigen Gedanken angedeutet.

Die überbetonte Sachlichkeit beruht auf allseitig quantitativer Wertung nach naturwissenschaftlich-technischen Maßstäben, auf Erwägungen unmittelbarer Zweckmäßigkeit. Das Erlebnis schöner Literatur spricht menschliche Kräfte an, die der nüchternen Versachlichung entgegenwirken. Das gute Unterhaltungsbuch, das dichterische Werk sind im Vergleich zum Nutzwert anderer produzierter Güter durch ihre »Zwecklosigkeit« gekennzeichnet. Die ästhetische Wertempfänglichkeit wird angesprochen, die nicht danach fragt, wie das Empfangene unmittelbar zum Vorteil und Nutzen ausgewertet werden kann.

Man sagt auch, die moderne Zivilisation fördere *die Extravertiertheit*, die Empfänglichkeit und Einstellungsbereitschaft für alles, was im Außenbereich des Ich vor sich geht. Anpassungsfähigkeit, Wendigkeit, aber auch Oberflächlichkeit, Zerstreuung und Flatterhaftigkeit sind die Folgen. Der lesende Mensch und besonders das lesende Kind sind Symbol der Sammlung und Einkehr. Schon Goethe sagt: »An Zerstreuung laßt es uns die Welt nicht fehlen; wenn ich lese, will ich mich sammeln«.

Der Lesevorgang selbst ist ein geistiger Prozeß, der ein beträchtliches Maß an Konzentration erfordert. Während etwa das Angebot des Fernsehens durch die Verbindung von Bild, Geräusch, Musik und Sprache viel leichter zugänglich ist und mehr oder weniger passiv aufgenommen werden kann, verlangt die Sinnentnahme durch Lesen (über die Schriftzeichen zur Sprache, über die Sprache zum Sinngehalt) persönliche Aktivität und geistige Anstrengung.

Der Trend zur Uniformierung, zum Sein und Denken wie der andere, zur Bereitschaft, in der Masse unterzutauchen, ist ebenfalls eine charakteristische Zeiterscheinung. Sie wird durch die Gleichförmigkeit maschineller Arbeit, durch die Serienproduktion von Gebrauchsgütern, durch die Masseninformations- und Unterhaltungsmittel gestützt und verstärkt. Das Buch ist kein Massenartikel im

---

[34] Martin Keilhacker: Pädagogische Orientierung im Zeitalter der Technik. Stuttgart 1958.

eigentlichen Sinne. Es kann und will weit mehr die individuellen Wünsche und Interessen erfüllen als etwa der Film, die Rundfunk- und Fernsehsendung, die Illustrierte, die sich überwiegend auf den Durchschnitt des Publikums einstellen. Sobald es allen gefallen will, sinkt sein Niveau, sobald es Bestseller wird, macht es sich verdächtig. Buchlektüre ist von Natur aus immer Einzelerlebnis. Bezeichnend ist die Erfahrung, daß der Lektüreeindruck abgeschwächt wird, wenn der Kreis der Beteiligten, beim Vorlesen etwa, zu groß ist. In der ursprünglichen Leseform ist der Leser mit seinem Buch allein; und was er liest, gilt ihm allein.

Ein Vergleich mit dem herkömmlichen Filmerlebnis macht die Eigenart des Lesens noch deutlicher. Die Leute gehen ins Kino, »um die für die in Masse und stereotyp hergestellte Ware kollektiv, also auch als Masse zu konsumieren[35]«. Mit noch hundert anderen im gleichen Raum nehmen wir das Leinwandgeschehen wahr, und das volle Kinoerlebnis ist gestört, wenn der Saal nur spärlich besetzt ist.

Durch die Television ist der Konsum in der äußeren Kollektivsituation zwar überflüssig geworden, »was natürlich keine Minderung der Massenproduktion bedeutet; vielmehr (läuft) die Massenproduktion für den Massenmenschen, ja die des Massenmenschen selbst, auf täglich höhere Touren. Millionen von Hörern (wird) das gleiche Ohrenfutter serviert ... Die Schmids und die Smiths konsumieren die Massenprodukte nun also en famille oder gar allein: ... der Typ des Massen-Eremiten ist entstanden; und in Millionen von Exemplaren sitzen sie nun, jeder vom anderen abgeschnitten, dennoch jeder dem anderen gleich, einsiedlerisch im Gehäuse«[36].

Aber auch wenn man dieser negativen Kennzeichnung des Fernsehens durch Günther Anders nicht beipflichtet, ergeben sich im Hinblick auf die Individualisierung des Menschen beim Lesen günstigere Voraussetzungen als beim Fernsehen. »Die Lektüre« schreibt Erich Weber, »ist frei von einem bestimmten Ablaufs- und Rezeptionstempo, wie sie bei den Ton- und Bildsendungen gegeben sind. Man besitzt die Möglichkeit zum verweilenden Lesen, in das immer wieder Überlegungen, aber auch Informationen, die sich z. B. mit Hilfe von Nachschlagewerken gewinnen lassen, eingefügt werden können. Während man bei Rundfunk und Fernsehen nur das durch die Empfangsmöglichkeiten beschränkte Programm zur Verfügung hat, das häufig die momentanen persönlichen Probleme nicht berücksichtigt, kann man für die jeweils interessierende Fragestellung einschlägige Literatur befragen und durch sie Antwort bekommen«[37]. Weder Ort noch Zeit des Lesens, weder Inhalt der Lektüre noch das Tempo des Lesens werden mir von außen her aufgezwungen; es steht mir auch frei, einzelne Kapitel oder das ganze Buch mehrmals zu lesen. Diese Möglichkeiten zu indivi-

---

[35] Günther Anders: Die Antiquiertheit des Menschen. München 1956, S. 101.
[36] G. Anders: a.a.O., S. 102.
[37] Erich Weber: Die Freizeitgesellschaft und das Buch. München 1967, S. 19.

dueller Entscheidung bieten Film, Funk und Fernsehen nicht oder jedenfalls nur in sehr beschränktem Ausmaß. –

Seelische Fehlentwicklungen, wie sie im Zeitalter der Technik, des Massenkonsums und der Nivellierung den Menschen bedrohen, können durch Literatur allein sicherlich nicht aufgehalten werden. Gute Bücher aber ermöglichen Wirkungen – durch ihren Gehalt und durch das Lesen als geistige Tätigkeit –, die den einzelnen widerstandsfähiger machen gegen negative Einflüsse des gegenwärtigen Zivilisationssystems. Wenn es so wäre, wie manchmal behauptet wird, daß nämlich die Beliebtheit des Buches außerordentlich zurückgegangen ist und das Lesen guter Lektüre in den breiten Kreisen des Volkes keine Bedeutung mehr spielt, dann müßte gerade die Überlegung, welch wichtige Mission die Literatur in der Gegenwartslage übernehmen kann, ein Ansporn zur Hinführung zum Buch und zur Wahrung der Literatur als Besitz der Allgemeinheit sein.

C. Literatur zur belehrenden und erziehlichen Funktion des Jugendbuches

Arbeitskreis für Jugendliteratur (Hrsg.): Bücher spiegeln die Welt. Das Bild der Rassen und Völker in der Jugendliteratur. Internationale Jugendbuchtagung 1969 in Donndorf. Mainau 1969.

Baumgärtner, A. C.: Gesellschaftspolitische Tendenzen im modernen Jugendbuch. In Arbeitskreis für Jugendliteratur (Hrsg.): Jugendliteratur in einer veränderten Welt. Bad Heilbrunn 1972.

Bernstein, B.: Sprache und Lernen im Sozialprozeß. In: A. Flitner/H. Scheuerl (Hrsg.): Einführung in pädagogisches Sehen und Denken. München 1969.

Dahrendorf, M.: Gesellschaftliche Probleme im Kinderbuch. In H. Ide (Hrsg.): projekt deutschunterricht 1. Stuttgart 1971.

Dankert, B.: Die antiauritäre Kinder- und Jugendliteratur. In Arbeitskreis für Jugendliteratur (Hrsg.): Jugendliteratur in einer veränderten Welt. Bad Heilbrunn 1972.

Dilthey, W.: Das Erlebnis und die Dichtung. Stuttgart 1957 (13. Aufl.).

Gipper, H. (Hrsg.): Sprache – Schlüssel zur Welt. Festschrift für Leo Weisgerber. Düsseldorf 1959.

Glotz, P. / Langenbucher, W. R.: Versäumte Lektionen. Gütersloh 1965. Auch Fischer Bücherei, Frankfurt a. M. 1971.

Hartmann-Winkler, W.: Lebensbewältigung im Kinderbuch. Wien/München 1970.

Klausmeier, R.-G.: Völkerpsychologische Probleme in Kinderbüchern. Bonn 1963.

Mehden, H. v. d. (Hrsg.): Vor allem eins, mein Kind. Was deutsche Mädchen und Knaben zur Kaiserzeit gelesen haben. Hamburg 1972.

Maier, K. E.: Fragen zur Wirkungslehre der Kinderliteratur. In Arbeitskreis für Jugendliteratur (Hrsg.): Jugendliteratur in einer veränderten Welt. Bad Heilbrunn 1972.

Pielow, W.: Dichtung und Didaktik. Bochum o. J.

Schaller, H.: Das »politische« Buch für die Jugend. In: Wege zum guten Jugendbuch. Nürnberg 1961.

Scherf, W.: Politische Bildung durch das Jugendbuch? München 1961.

Seiffert, J. E.: Unterdrückte Bildungsinhalte. Ihre Bedeutung im Neuaufbau des Curriculums. In: J. Vogt (Hrsg.): Literaturdidaktik. Düsseldorf 1972.

Weisgerber, L.: Muttersprache und Geistesbildung. Göttingen 1929.

Aus Zeitschriften:

Baumgärtner, A. C.: Tendenzen im westlichen Kinder- und Jugendbuch von heute. In: Bertelsmann Briefe 1967/49. – Flitner, W.: Sprache und Erziehung heute. In: Zeitschrift für Pädagogik 1968, Beiheft 7 – Greven, J.: Wirkungsweise der Literatur. In: Bertelsmann Briefe 1969/61. – Heuser-Wiesbaden, S.: Bücher über die sexuelle Aufklärung und ihre Problematik. In: Jugendliteratur 1960/3. – Heyst, I. v.: Sexualaufklärung im Buch. In: Der junge Buchhandel 1970/4. – Künnemann, H.: Politische Aspekte der Jugendlektüre. In: Jugendschriften-Warte 1966/12. – Richter, H. P.: Der Krieg im Jugendbuch. In: Jugendliteratur 1962/5. – Scherf, W.: Trägt das moderne Jugendbuch zur politischen Bildung bei? In: Zeitschrift für Jugendliteratur 1967/5. – Schönfeldt, Gräfin S.: Jugendliteratur und Lebenswirklichkeit. In: Bücher und Bildung 1970, S. 309 ff. – Sichelschmidt, G.: Kind und Buch im Zeitalter der Massenkultur. In: Jugendliteratur 1961/3. – Weitsch, D.: Ein Versuch, Kinderbücher psychologisch zu sehen. In: Zeitschrift für Jugendliteratur 1967/2. – Wolf, K.: Skizze zu einer Wirkungslehre der Literatur. In: Wirkendes Wort 1958/3. – Wulffen, B. v.: Umkämpftes Kinderbuch. In: Merkur 1972/11.

Literatur als Kind- und Jugendgut

In den vorangegangenen Ausführungen dieses Buches wurde an vielen Stellen auf den jungen Leser selbst eingegangen, sei es, daß davon die Rede war, wie Literatur, die einzelnen Gattungen, bestimmte Formen, bestimmte Gehalte, den Leser ansprechen, auf ihn wirken, sei es, daß von Lesevoraussetzungen, Leseerwartungen, Leseantrieben des Kindes gesprochen wurde. In der Tat stünden die jugendliterarischen Erörterungen auf einer schmalen Grundlage, würden sie nicht das Kind selbst miteinbeziehen. Die besten Literaturwerke bleiben ohne Eindruck, die hervorragendsten Gehalten rühren nicht an, die ausgeklügeltste Literaturdidaktik kommt zu keinem Ziel, wenn die Fakten unbeachtet bleiben, die durch die äußere und innere Situation des Junglesers selbst gegeben sind.

Das Jugendbuch ist nicht nur ein Literaturgut, es ist nicht nur ein Lehr- und Erziehungsgut, es muß vor allem auch – mag es von vornherein für den jungen Leser gedacht sein oder nicht – durch die Eigenart seines Gehaltes und seiner Struktur in der Lage sein, zum inneren Besitz des Kindes zu werden.

A. Die Forderung nach Kindertümlichkeit

1. Der *Begriff »kindertümlich«* wurde um die Jahrhundertwende zu einem festen Bestandteil der pädagogischen Fachsprache. Die grundlegende Bedeutung, die er alsbald erlangte, ist darauf zurückzuführen, daß er einer Einstellung Ausdruck verlieh, die sich durch die Reformpädagogik allgemein durchzusetzen begann: die Bereitschaft, das Kind und seine Welt als etwas Eigenes zu sehen, und die Erkenntnis, daß von der Eigenwelt des Kindes aus der Zugang zur Kulturwirklichkeit gesucht werden muß. Kerschensteiners Bildungsaxiom, wonach das Individuum nur durch jene Kulturgüter gebildet werde, »deren geistige Struktur ganz oder teilweise der Struktur der jeweiligen Entwicklungsstufe der individuellen Lebensform adäquat ist« oder Sprangers Formulierung, daß nur wahrhaft assimiliert werde, »was man zu seinem Lebenskern und Lebenskreis in Beziehung setzen kann«, drücken den Sachverhalt des Kindertümlichkeit in prägnanter definitorischer Form aus.

Schon in seiner allerersten Anwendung wurde der Begriff »kindertümlich« im Zusammenhang mit der Jugendliteratur gebraucht. Ernst Linde, der ihn als Terminus der Pädagogik einführte, umriß mit ihm den Grundsatz, wonach die Auswahl der Literatur für den jungen Leser erfolgen solle: »Nun wir glauben, auf keinen Widerspruch zu stoßen, wenn wir alles das zu bevorzugen gedenken, was – um uns einer Analogiebildung zu volkstümlich zu bedienen – *kindertümlich* zu nennen ist«[1].

Kindertümlich ist, was zur kindlichen Eigenwelt in Beziehung gesetzt werden kann. Zwischen dem, was im Kinde an subjektiven Vorstellungen, Kenntnissen,

---

[1] Ernst Linde: Kunst und Erziehung. Leipzig 1901, S. 244.

Erfahrungen und Wünschen lebendig ist, und dem, was außerhalb des Kindes als objektive Welt existiert, müssen Verbindungen gesucht werden. Der junge Mensch nimmt zwar aus einem natürlichen Wissensdrang und einer gesunden Neugier heraus bereitwillig Anteil an allem, was in seinen geistigen und sinnlichen Gesichtskreis tritt. Das ursprüngliche Interesse erstirbt aber, wenn das Neue nicht an bereits vorhandene Vorstellungen und Erfahrungen angeschlossen werden kann. Eine allgemein anerkannte didaktische Erfahrung ist, daß ein neuer geistiger Gehalt von den Vorstellungen aus, die dem Kinde schon zur Verfügung stehen, entwickelt werden muß. Nicht anders verhält es sich bei der literarischen Kommunikation. Welche literarischen Stoffe und Gehalte eine Chance haben, angenommen zu werden, darüber wurde bei den einzelnen Buchgattungen (vor allem beim Bilderbuch und bei der Kindergeschichte) bereits Näheres ausgeführt. Ein einigermaßen sicheres Urteil setzt ein genaues Wissen über die psychischen Gegebenheiten des Kindes, aber auch Einblick in seine soziokulturelle Umwelt voraus. Erst dann kann ein literarisches Werk auf seine Kindgemäßheit hin betrachtet werden.

Die Rücksicht auf Stoff und Gehalt allein reicht nicht aus. Ein Text kann inhaltlich den kindlichen Lebens- und Erlebensbereich nicht im geringsten überschreiten, dennoch aber den Anforderungen der Kindertümlichkeit nicht genügen. Stoff und Gehalt werden im Leser nicht lebendig. Dieser Fall tritt ein, wenn die Sprache und überhaupt die gesamte formale Struktur des Textes der kindlichen Auffassungsweise nicht entsprechen. Stoff und Gehalt finden nicht das Interesse des Kindes, weil sie in einer Form dargestellt sind, die entweder für den Leser zu schwierig ist (»das ist mir zu hoch!«) oder seine Leistungsfähigkeit unterschätzt (»das ist mir zu kindisch!«). In dem einen Fall redet der Autor über die Köpfe seines Publikums hinweg, im anderen benützt er eine Ausdrucksweise, die wegen ihrer Einfachheit langweilt.

2. Die Forderung nach *kindlicher Sprache* wird nicht dadurch erfüllt, daß man versucht, auf das Niveau der Kindersprache hinunterzusteigen und sich in totaler Anpassung an die Ausdrucksweise der Kinder zu üben. Das Wissen um die Altersmundart und neuerdings um die schichtspezifische Sprache der Kinder gibt uns vorwiegend nur Einblick in die Art, wie Kinder sprechen, nicht aber in das, was Kinder verstehen. Es ist also eine irrige Folgerung, wenn man glaubt, man müsse zum Kind in der von ihm gesprochenen Sprache reden. »Jeder Mensch versteht eine Sprache, die reicher ist und höher steht als diejenige, die er selber spricht. Den Begriffen der gesprochenen und der verstandenen Sprache entspricht das bekanntere Begriffspaar des aktiven und des passiven Wortschatzes. Auf dem Teilgebiet des Wortschatzes wurde nämlich schon lange beobachtet, was wir hier vom Gesamtbereich der Sprache aussagen, daß nämlich die aktiv verwendeten Sprachmittel nur ein Teil der (›passiv‹) verstandenen Sprachmittel ausmachen. Gewisse schwierigere Wörter, Satzkonstruktionen, Stilmittel usw. verstehen die Kinder sehr wohl, verwenden sie aber noch

nicht. Darum wäre es ein Irrtum, wollte man aus der Tatsache des Fehlens dieser Elemente in der gesprochenen Sprache des Kindes den Schluß ziehen, man dürfe sie nicht verwenden, wenn man zu ihm spricht«[2]. Das Kind erwartet vom Buch, daß es eine Sprache gebraucht, die seine Verstehenssprache und nicht die geringer entwickelte Ausdruckssprache berücksichtigt. Es will nicht unter seiner Leistungsfähigkeit beansprucht werden.

Im ständigen Umgang mit Kindern wird der Erwachsene befähigt, wenigstens zu schätzen, wo die Möglichkeiten und Grenzen der sprachlichen Auffassungskraft liegen. Er übt dabei auch den Blick für andere kindliche Kräfte und Fähigkeiten, die beachtet werden müssen, wenn man feststellen will, ob ein Buch kindgemäß ist oder nicht. Reichen Denkbeweglichkeit und Kombinationsgabe des Kindes aus, um die Anforderungen des Buches an seine Leser zu erfüllen? Wird das einfache Gefühlsleben des Kindes überfordert, oder beschränkt sich das Buch im Wesentlichen auf Gefühlswertungen, die vom jungen Leser nachvollzogen werden können? Sind seine Willenskraft und Konzentrationsstärke imstande, die Schwierigkeiten, die durch Aufbau und Umfang des Buches entstehen, zu bewältigen? usw.

3. Freilich muß auch beachtet werden, daß *nicht alle Erscheinungen der Kindesnatur* die gleiche Beachtung und Anerkennung verdienen. Die Kinderpsychologie bemüht sich um eine lückenlose Erkenntnis der seelisch-geistigen Konstitution des Kindes, sie stellt fest, ohne zu werten. Die Pädagogik kommt um eine Wertung und Einstufung der Tatbestände nicht herum. Sie muß zwischen förderungswürdigen Anlagen, Tendenzen und Strebungen und solchen, die nicht unterstützt werden sollen, unterscheiden. Die Faktizität auf seiten des jungen Lesers kann nicht als eine bedingungslos zu bejahende Realität akzeptiert werden. Somit ist es ein Irrtum, das Urteil des Kindes als letzte Instanz anzuerkennen und die Entscheidung, ob ein Buch wirklich kindgemäß sei oder nicht, von den Wünschen und Äußerungen des Lesers abhängig zu machen. Das diffuse Streben des Kindes kann nicht uneingeschränkt zum Maßstab der Kindertümlichkeit erhoben werden. Nicht das Kind entscheidet, sondern der kundige und reife Erwachsene; freilich nicht gegen die Natur des Kindes, sondern in Übereinstimmung mit jenen Anlagen, Fähigkeiten und Antrieben, die dem gesunden Wachstum dienlich sind.

4. Um die positive Fortentwicklung zu begünstigen, ist es pädagogisch sinnvoll, sogar über die Grenze der augenblicklichen kindlichen Kräfte hinauszugehen. Es gehört zum Wesen wahrer Kindertümlichkeit, daß sie auch ein *emporbildendes und weiterführendes Moment* in sich trägt. Das Angebot bisher nicht geläufiger Inhalte und Formen fordert den Menschen heraus und begünstigt einen Prozeß, in dessen Verlauf neue zusätzliche Fähigkeiten entwickelt werden, die kindliche Eigenwelt bereichert und ausgeweitet und das Weiterschreiten zur

[2] Hans Aebli: Grundformen des Lehrens. Stuttgart 1961, S. 41 f. (6. Aufl. 1969).

nächsthöheren Stufe unterstützt wird. Die totale Anpassung an das, was im Kinde bereits ist und an das, was das Kind bereits kann, steht der allgemeinen und literarischen Entwicklung hinderlich im Wege. Sie mündet letzten Endes in jene »Verkindlichung der Kindheit«, die das spontane Wachstum unterdrückt und auf dem Gebiet der literarischen Erziehung zu einem ständigen Reduzieren der Anforderungen und zu einem deutlichen Mangel an Leistungsanspruch führt. Namentlich die Volksschule sollte die Frage durchdenken, ob sie als Erbvollstreckerin der Reformpädagogik den Begriff »kindertümlich« nicht zu eng definiert und in ihrem Bemühen, nur ja abzuschirmen und nicht zu überfordern, zu einer gewissen Infantilisierung und Primitivisierung des literarischen Unterrichts beigetragen hat. Zu welchen Folgen das schon geführt hat, geht aus einer Mitteilung von O. W. Haseloff hervor, wonach in der Grundschule das tatsächliche Leistungsniveau der Schüler »durchschnittlich um ein bis anderthalb Jahre hinter ihrer Leistungsfähigkeit zurückbleibt«[3].

Natürlich sollen Kinder nicht wieder wie kleine Erwachsene behandelt und die Kindheit der Zukunft des Erwachsenseins geopfert werden. Aber die Begeisterung für eine Pädagogik vom Kinde aus hat vielerorts den Blick dafür verdunkelt, daß nicht nur Verfrühungen, sondern auch Verspätungen ein Übel sind. Es ist notwendig, vorauszugreifen und dem Kind Aufgaben zuzumuten, die es bisher nicht gemeistert hat. Die Antizipation ist allerdings nur dann pädagogisch legitim, wenn der Schüler die Mehrforderung produktiv bewältigen kann. Der Abstand zwischen Leistungsanspruch und kindlicher Fähigkeit darf nicht zu groß sein. Auf den Leser angewendet heißt das: Er muß die Chance haben, von seinem augenblicklichen Entwicklungsstand aus unter Einsatz seiner verfügbaren Kräfte mit wenigen Schritten das Fremdartige und Neue zu erreichen. Das Verhältnis zwischen Autor und Kind läßt sich bildlich mit dem zwischen Bergführer und Touristen vergleichen: »Der Bergführer geht dem Touristen zwar voraus, aber nicht so weit, daß dieser wieder ganz auf sich selbst angewiesen ist, sondern nur so weit, daß ihm der Tourist abschauen kann, wie und wo er den Fuß hinsetzen muß, um weiterzukommen«[4].

B. Arbeitsgebiete und Ergebnisse der Jungleserkunde

Ohne fundierte Kenntnisse, ohne exaktes Wissen verfehlen die besten Absichten ihr Ziel. Wie wenig der gute Wille, die Eigenart des Kindes zu beachten, für sich allein ausreicht, zeigen die Ergebnisse des jugendliterarischen Schaffens in der Aufklärung. Die Jungleserkunde will den jungen Leser selbst zum Forschungsgegenstand erheben und mit ihren Ergebnissen einen Einblick in die Umwelt und Innenwelt des lesenden Kindes und Jugendlichen ermöglichen.

[3] Otto Walter Haseloff: Erlebnis, Leistung und Information in der heutigen Schule. In: Schule und Erziehung – ihre Probleme und ihr Auftrag in der industriellen Gesellschaft. Berlin 1960, S. 147.

[4] H. Aebli: a.a.O., S. 42.

Die Anfänge der Jungleserkunde liegen, wenn man die wenig bedeutsamen ersten Versuche im Philanthropismus (Campe) außer acht läßt, in der Entstehungszeit der Jugendschriftenbewegungen gegen 1900. Die Ergebnisse der verhältnismäßig jungen Disziplin sind nicht sehr umfangreich. Ihre Arbeiten tragen oft den Chrakter des Vorläufigen und wollen Anregungen zu weiteren Forschungsbeiträgen sein. Die bisher vorliegenden Leistungen werden daher ziemlich übereinstimmend als noch unbefriedigend bezeichnet. So schrieb Wölfel in einer überblickenden Arbeit 1961: »Offenbar gibt es heute, nach mehr als 60 Jahren Forschungsarbeit auf diesem Gebiet kaum gesicherte oder allgemein anerkannte Ergebnisse der Jungleserkunde«[5].

Man darf dennoch nicht übersehen, daß in einzelnen Teilfragen doch gute Vorarbeit geleistet wurde, zum Beispiel in den Fragen der Leserentwicklung und der Leseinteressen, daß eine Reihe von Spezialproblemen durch leserkundliche Betrachtung wertvolle Klärung gefunden hat, zum Beispiel das Lektüreverhalten der weiblichen Jugend oder die Beziehung des Kindes zum Märchen. Vielen Erziehern, Bibliothekaren, Autoren und Verlegern wurde durch die Beiträge der Jungleserkunde der Blick geweitet und ein vertieftes Eindringen in die komplexen Zusammenhänge ermöglicht. Man sollte auch nicht den Einfluß zu gering achten, der von verschiedenartigen Mitteilungen auf das literaturpädagogische Verhalten eines Teiles der Öffentlichkeit ausgegangen ist und immer noch ausgeht.

Die Aufgabe der Jungleserkunde ist Wirklichkeitsforschung; sie will Tatsachen ergründen (Tatsachenforschung) und fragt primär nach dem, was *ist,* und nicht danach, *wie* es sein soll. Die Wirklichkeit hat eine äußere und eine innere Seite. Beide stehen in einem integrativen Zusammenhang. Die Forschung wird aber, um ihre Kräfte nicht zu zersplittern und um zu exakten Ergebnissen zu kommen, in abgegrenzten Einzelvorhaben sich einmal mehr der einen, einmal mehr der anderen Seite zuwenden.

1. Auch auf dem Gebiet der Jungleserkunde kann man diese zwei Forschungsrichtungen unterscheiden.

Die eine Richtung verlegt ihren Schwerpunkt auf die mehr vordergründigen Tatsachen der Beziehungen zwischen Leser und Schrifttum, sie will vorwiegend *die äußere Lage und das äußere Verhalten des Lesers* feststellen und mitteilen. Im einzelnen beschäftigt sie sich mit Fragen wie Lesefertigkeit und Lesegewohnheiten, Beliebtheit des Lesens und seine Rolle in der Freizeit, Lieblingslektüre und Verbreitung des minderwertigen Schrifttums. Sie erkundet, aus welchen Quellen der Lesestoff bezogen wird, welchen Einfluß Buchhandel, Büchereien, Elternhaus nehmen, wie es mit dem privaten Buchbesitz bestellt ist und anderes mehr.

---

[5] Ursula Wölfel: Der junge Leser im Blickfeld der Forschung. In: Studien zur Jugendliteratur und literarischen Bildung 1961. Ratingen 1961, S. 21.

Die Erhebungen werden im großen und kleinen Rahmen durchgeführt. Es können weit angelegte Befragungen sein wie die 1952 vom Österreichischen Buchklub der Jugend durchgeführte Erhebung (238 000 Kinder und Jugendliche)[6] oder die 1955 von Bödecker im deutschen Bundesgebiet veranstaltete Rundfrage (28 335 Kinder)[7] oder die Untersuchung des DIVO-Instituts Frankfurt am Main aus dem Jahre 1964 (Repräsentativbefragung von rund 2000 Jugendlichen und Erwachsenen)[8].

Die groß angelegten Erhebungen bedienen sich meistens der Fragebogenmethode. In statistisch-tabellarischer Form wird das gewonnene Material unterbreitet, wobei – je nach Anlage der Untersuchung – verschiedene Teilaspekte wie Alter, Geschlecht, Bevölkerungsschicht berücksichtigt werden. Die oft differenzierten Ergebnisse können dem Fachmann wertvolle Einsichten vermitteln. Es darf aber nicht übersehen werden, daß die Fülle der zahlenmäßig festgehaltenen Fakten den meisten Betrachtern erhebliche Auswertungsschwierigkeiten bereitet. Das Lesen von Tabellen, Statistiken und Spezialformen erfordert eine besondere Schulung und Erfahrung. Es ist notwendig, das statistisch aufbereitete Material zu analysieren, die Ergebnisse zusammenzufassen und nach literarpädagogischen Gesichtspunkten zu interpretieren. Wenn es mehr oder weniger kommentarlos der Öffentlichkeit vorgelegt wird, kann es kaum in der Breite der Jugendbucharbeit Konsequenzen hervorrufen.

Neben den hin und wieder veranstalteten Großuntersuchungen werden vielerorts kleine Befragungen durchgeführt. Man sollte ihren Wert nicht unterschätzen[9]. Natürlich können Kleinuntersuchungen nicht für die Allgemeinheit der Leserschaft repräsentativ sein. Ihr Zweck ist, dem Lehrer, dem Bibliothekar, dem Jugend- oder Heimleiter die Augen zu öffnen für die literarische Welt der von ihm betreuten Kinder und Jugendlichen, ihm über die Lektüreinteressen, das Leseverhalten Aufschluß zu geben und eine Kontrolle über die Auswirkungen der bisherigen Bemühungen zu ermöglichen. Es empfiehlt sich sehr, in regelmäßigen Abständen solche begrenzten Befragungen durchzuführen. Die Ergebnisse sind nicht sensationell. Oft bestätigen sie lediglich, was bereits bekannt ist. Nicht selten aber decken sie Vorurteile, Irrtümer und illusionistische Vorstel-

---

[6] Was liest die österreichische Jugend? In: R. Bamberger, Jugendlektüre. Bonn/Wien 1955 (1. Aufl.), S. 37 ff.

[7] Hans Bödecker: Dein Lieblingsbuch – Dein Lieblingsautor. In: ZS Jugendschriften-Warte 1959/3. ff. und 1960/3 f.

[8] M.-R. Girardi/L. K. Neffe/H. Steiner: Buch und Leser in Deutschland. Gütersloh 1965.

[9] Vgl. zum Beispiel die durch die Buchmarkt-Forschung publizierte empirische Erhebung in einer 4. Schulklasse von Jutta Nellen-Piské: Erziehung zum Lesen im Unterricht. Hamburg 1966, oder die Befragung durch Helmut Fischer: Das außerschulische Leseverhalten von Hauptschülern. In J. Vogt (Hrsg.): Literaturdidaktik. Düsseldorf 1972.

lungen auf und geben der literaturpädagogischen Arbeit eine neue, realistischere Grundlage.

Ein Weg der Direktbefragung ist – neben der Fragenbogenmethode – die Aufsatzuntersuchung. Ihr Vorteil liegt vor allem darin, daß sich der Proband frei äußern kann, nicht durch bestimmte Fragen von vorneherein festgelegt ist, sondern die Freiheit hat, die Schwerpunkte nach subjektivem Ermessen zu setzen. Der Aufsatz ist daher ein brauchbares Mittel, um das individuelle Verhältnis des einzelnen Lesers zum Buch aufzudecken, und eignet sich besser für kasuistische Fallstudien als für Feldforschung. Dennoch bedient sich die auf Breitenergebnisse abzielende Jungleserkunde hin und wieder ebenfalls der Aufsatzniederschriften. Ein berühmtes Beispiel dafür ist die Untersuchung von Walter Quast (1923). Er ließ 3600 Schüleraufsätze zum Thema »Lieblingsbuch« schreiben. Er konnte diesen methodischen Weg wählen, weil er keine statistische Auswertung beabsichtigte, sondern Korrelationen zwischen allgemeiner psychischer Entwicklung und Leseneigung aufzeigen wollte[10].

Die natürlichste Art der Direktbefragung ist die mündliche Aussprache. Die Unmittelbarkeit der Begegnung von Fragendem und Befragtem bringt zahlreiche Vorteile. Sie vermeidet Mißverständnisse, erhöht die Genauigkeit der Ergebnisse und ermöglicht es, den individuellen Einzelfall gebührend zu berücksichtigen. Die Ergiebigkeit der explorativen Gespräche liegt nicht in der Quantität, sondern in der Intensivität. Als Beweis dafür kann die Untersuchung von Heinrich Busse (1923)[11] dienen. Sie baut auf den Protokollen auf, die er im Gespräch mit 60 jungen Arbeitern und Lehrlingen erstellte, und brachte wichtige Hinweise zur literarischen Situation der Arbeiterjugend nach dem Ersten Weltkrieg.

Die direkten Erhebungsmethoden wenden sich unmittelbar an den Leser selbst und fordern ihn zur schriftlichen oder mündlichen Äußerung auf. Die indirekten Methoden befragen nicht den Leser, sondern suchen sich über Eltern, Lehrer, Bibliothekare, Buchhändler ein Bild von der lesenden Jugend zu machen. Wenn man bedenkt, daß der junge, noch unreife Mensch nur bedingt imstande ist, über sein Verhalten Rechenschaft abzulegen und dieses wahrheitsgetreu mitzuteilen, dann ist dem indirekten Vorgehen ein gewisser Wert nicht abzustreiten. Voraussetzung ist, daß die Mittelspersonen auf Grund genauer Beobachtungen und langjähriger Erfahrung einen guten Einblick in das Lesegebaren der Jugend haben und daß der Kreis der Befragten eine möglichst vielseitige soziologische Struktur aufweist. Albert Rumpf legte 1927 eine Arbeit vor, die sich ausschließlich auf Mitteilungen stützte, die ihm von Jugendbibliotheken gemacht

---

[10] Walter Quast: Die literarischen Neigungen im Kindes- und Jugendalter. In: Zeitschrift für angewandte Psychologie 1923/S. 105 ff.

[11] Hans Heinrich Busse: Das literarische Verständnis der werktätigen Jugend zwischen 14 und 18. In: Zeitschrift für angewandte Psychologie 1923/Beiheft 32.

worden waren[12]. Weil es sich dabei lediglich um Büchereien des Borromäusvereins handelte, die Grundlagen der Untersuchung somit soziologisch und literarisch einseitig waren, wurde die Allgemeingültigkeit der Ergebnisse gelegentlich angezweifelt.

2. Man kann neben der Jungleserkunde, die sich mit der äußeren Seite der Wirklichkeit beschäftigt, eine vorwiegende *psychologische Jungleserkunde* unterscheiden. Sie wendet sich der Innenseite der Wirklichkeit zu; das heißt: sie versucht die seelischen Voraussetzungen und Grundlagen des Lesers zu ergründen.

Als methodisches Vorgehen bietet sich zunächst ein Weg an, der von außen nach innen führt. Leserpsychologische Gegebenheiten werden von den äußeren Erscheinungen her abgeleitet und fixiert. Das Material der vordergründigen Jungleserkunde wird zum Rohstoff der psychologischen Jungleserkunde. Indem ich feststelle, wie ein Leser sich äußerlich verhält, wie er liest und was er liest, öffnet sich mir ein Zugang zu seinen Interessen, Strebungen, Gefühlsregungen, Denk- und Vorstellungsweisen.

Die psychologische Jungleserkunde beschreibt und erklärt aber den Leser nicht allein von seinem äußeren Verhaltensbild her, sondern versucht ihn auch von den allgemeinen psychischen Fakten aus zu verstehen, die von der Kinderpsychologie, Entwicklungspsychologie, Charakterologie, Typologie erkannt worden sind. So lassen sich beispielsweise aus der realistischen Einstellung des Neunjährigen, aus seiner Fähigkeit zu fixierender Aufmerksamkeit, aus dem Überwiegen positiven Lebensgefühls bestimmte leserpsychologische Eigenschaften ableiten, die als gegeben angenommen werden dürfen, auch wenn das äußere Lektüreverhalten davon zunächst keine Kunde gibt.

Beide Forschungswege sind wichtig. Sich gegenseitig ergänzend können sie ein möglichst wahrheitsgetreues Bild der seelischen Gesamtkonstitution des Menschen in seiner Funktion als Leser ermöglichen. Wo nur von äußeren Erscheinungen ausgegangen wird, besteht die Gefahr oberflächlicher Lückenhaftigkeit. Wo ausschließlich die innerseelischen Gegebenheiten, die von der allgemeinen Psychologie bereitgestellt werden, Berücksichtigung finden, kann es mitunter zu einem recht theoretischen Aufriß der Leserpsyche kommen, der die tatsächliche Wirklichkeit verfehlt.

3. Seitdem es eine leserkundliche Forschung gibt, stellt sie sich die Frage nach den *Leseneigungen und Leseinteressen.*

Charlotte Bühler folgerte 1926 aus den Angaben von 8000 Wiener Kindern zum Lieblingsbuch und auf Grund ihrer Einsichten in die Seelenstruktur der Kinder auf drei Interessenlinien: 1. von der Wirklichkeitsferne zur Wirklichkeitsnähe (vom Märchen bis zum Abenteuerbuch); 2. von dem Interesse an der kindlichen Umwelt (Struwwelpeteralter) zum Jungen- und Mädchenbuch und

[12] Albert Rumpf: Kind und Buch. Bonn/Berlin 1927.

schließlich zum Entwicklungsroman; 3. eine sachgerichtete Interessenlinie. Deutlich kommt bei Bühler die Abhängigkeit der Interessen von Alter und Entwicklung zum Ausdruck[13].

Andere Untersuchungen ergänzen diese Feststellungen durch Hinweise auf den Einfluß von Geschlecht und Milieu, so zum Beispiel die schon erwähnte ältere Arbeit von Rumpf oder die Berliner Arbeit von Otto Walter Haseloff, die erstmals 1961 veröffentlicht worden ist[14].

Man weiß heute jedenfalls, daß die Buchinteressen nicht allein von den psychischen Anlagen gesteuert werden, sondern von der Umweltsituation abhängen. Ganz allgemein kann gesagt werden, daß die moderne Umwelt das Lesebedürfnis fördert. Die vielfältigen Möglichkeiten der Zerstreuung, der Unterhaltung, der Information und der Bildung dürfen nicht – wie es häufig geschieht – lediglich als konkurrierende Faktoren gesehen werden; sie üben teilweise sogar eine stimulierende Wirkung auf das Leseinteresse aus. Es ist außerdem zu beachten, daß das wahrhaft riesenhafte Schrifttumsangebot, dem der Mensch von heute gegenübersteht, in den breiten Schichten das Bedürfnis weckt, von diesem Angebot Gebrauch zu machen. Freilich kann nicht geleugnet werden, daß im Wettlauf um die Gunst des Publikums die Illustrierte und der Schmöker, der Groschenroman und das Bildheft weit günstiger abschneiden als das anspruchsvolle Buch. Die quantitative Zunahme des allgemeinen Leseinteresses hat keineswegs zu einer qualitativen Verbesserung gleichen Ausmaßes geführt.

Der tiefere Grund für die qualitativ verschiedenen Leseinteressen liegt in der Beschaffenheit der sozio-kulturellen Umwelt, namentlich des Elternhauses. Schon die Untersuchungen von Hans Heinrich Busse aus dem Jahre 1927 kommen zu dem Ergebnis: »Die ganze freie Lektüre wird also meistens auf derselben niederen Stufe stehen wie das soziale Milieu«[15]. Heute wird man den Satz etwas einschränken müssen, denn nicht der soziale Status der Familie an sich (wirtschaftliche Situation, Beruf des Vaters), sondern die kulturelle Atmosphäre des Hauses, die nicht allein von der Schichtzugehörigkeit abhängig ist und innerhalb ein und derselben Gesellschaftsschicht unterschiedlich sein kann, wirkt sich auf das Verhältnis zwischen Kind und Literatur aus. Otwald Kropatsch stellte an Hand von empirischen Untersuchungen in der Steiermark fest, daß weder der Buchbesitz der Kinder noch die Lesefreudigkeit in einer ursächlichen Beziehung zum Beruf und zum Wohlstand des Vaters stehen (von einigen Extrem-

---

[13] Ch. Bühler: Kunst und Jugend. In Zeitschrift für Ästhetik und allgemeine Kunstwissenschaft 1926/3. und 4.

[14] O. W. Haseloff: Das Buch im Erleben unserer Jugendlichen. Erstveröffentlichung in ZS Bertelsmann Briefe 1961/2. Neudrucke in: ZS Bertelsmann Briefe 1962/11. und in I. Lichtenstein-Rother (Hrsg.): Jugend und Buch in Europa. Gütersloh 1967.

fällen abgesehen)[16]. Nicht der Sozialstatus, sondern der kulturelle Status des Elternhauses bestimmt die Leseinteressen und -bedürfnisse der Kinder.

Noch entscheidender aber ist der Bildungsstand der Kinder. Begabte und geistig leistungsfähige Schüler entwickeln als Freizeitleser differenziertere und wertvollere Leseneigungen als unbegabte und leistungsschwache. Eine vom EMNID-Institut durchgeführte Untersuchung zur Freizeitsituation der deutschen Jugend im Bundesgebiet zeigt unter anderem: »Das Interesse am Bücher-Lesen erweist sich demnach genau wie dasjenige an Musik als vollständig abhängig vom Stand der erreichten Bildung«[17]. Volksschulentlassene Jugendliche zeigen weniger Interesse am Bücherlesen als Jugendliche mit Mittlerer Reife, diese wieder weniger als Jugendliche mit Abitur.

4. In engem Zusammenhang mit der Erkundung von Leseneigung und Leseinteresse steht die Aufdeckung der *Leseantriebe oder Lesemotive*.

Der Leseantrieb ist psychologisch gesehen selbst keine letzte, nicht mehr reduzierbare Energiequelle. Er hat seine Wurzeln in dem ursprünglichen, angeborenen menschlichen Antriebssystem, das aber keine nach Richtung und Ausmaß feststehende Größe darstellt, sondern von den Reizen und Anregungen der Umwelt gesteuert und aktiviert wird.

Die Erforschung der Beweggründe des Lesens könnte daher so vorgehen, daß sie sich zunächst bei den allgemeinen Grundlagen menschlicher Aktivität umsieht, um an diese dann die spezielle Frage nach ihrer Bedeutung und Auswirkung für das Lesen zu stellen. Der methodische Weg würde seinen Ausgang von der Psychologie der Antriebe und Strebungen nehmen. Es wäre zum Beispiel denkbar, bei der phänomenologischen Lehre Pfänders anzusetzen, die von »reflexiven Grundzielen« spricht, »die darauf hingehen, in der eigenen Seele und dem eigenen Seelenleben etwas zu realisieren, deren Endziel also in der eigenen seelischen Wirklichkeit liegt«, und von »transitiven Grundzielen«, deren Ziel jenseits der eigenen Seele und des eigenen Seelenlebens liegt«[18]. Oder man verwendet die systematische Darstellung, die Philipp Lersch von den menschlichen Triebfedern gibt, und versucht zu klären, wie sehr die »Antriebserlebnisse des lebendigen Daseins«, des »individuellen Selbstseins«, des »Über-sich-hinaussein« auf das Entstehen von Leseantrieben Einfluß haben oder nicht[19]. Unser stückhaftes Wissen um die tieferen Ursachen dessen, was den Menschen zum Lesen veranlaßt, könnte von dieser und anderen Antriebslehren her eine wert-

---

[15] H. H. Busse: Die häusliche Lektüre der Volksschulkinder. In: Vierteljahresschrift für wissenschaftliche Pädagogik 1927, S. 433.

[16] Otwald Kropatsch: Leseerziehung der Zehn- bis Vierzehnjährigen. In I. Lichtenstein-Rother (Hrsg.): Jugend und Buch in Europa. Gütersloh 1967, S. 154 ff.

[17] Viggo Graf Blücher (u. a): Jugend. Bildung und Freizeit. 1966, S. 47.

[18] A. Pfänder: Die Seele des Menschen. Halle 1933, S. 103.

[19] Ph. Lersch: Aufbau der Person. A.a.O., S. 90 ff.

volle Ausweitung erfahren und gleichzeitig einer übersichtlichen Schematisierung zugeführt werden.

Die Leseantriebsforschung hat diesen Weg bisher kaum genutzt. Sie zieht es vor, in unmittelbarer Anlehnung an den Leseprozeß und an das Leseverhalten der Frage nach den Beweggründen nachzuspüren.

Elisabeth Schliebe-Lippert stellt in einer vielbeachteten Abhandlung zwei Grundantriebe fest, die für das Verhalten des Menschen als Leser entscheidend sind, den Grundantrieb der sachlichen Weltbemächtigung und den Grundantrieb der Erschließung des Eigenmenschlichen über das Fremdmenschliche. Beide Antriebe wirken sich durch die gesamte literarische Entwicklung hindurch aus und bestimmen je nach Stärke und Tönung Leseantrieb, Leseinteresse und literarische Gesamthaltung[20]. Ein wertvoller Ansatz zur Systematisierung und Psychologisierung der Lesemotivationen! Die Zweiteilung ist aber nicht umfassend genug. Man vermißt andere Beweggründe, die ebenfalls eine Rolle spielen, in dieser Gliederung aber keinen Platz finden, so der Drang nach zweckloser Unterhaltung, nach ästhetischem Genießen, der Erlebnisdrang um seiner selbst willen, das Streben nach Selbstgestaltung und Selbsterziehung (nicht nur nach Ichfindung). Nach Hans E. Giehrl können mindestens drei herausragende Grundantriebe unterschieden werden. Sie ergeben sich für ihn durch die typische Verhaltensweisen des menschlichen In-der-Welt-Seins: Der erste Grundantrieb des Lesens ist »im Streben nach Weltorientierung und Welt- und Daseinserhellung begründet«. Der zweite Grundantrieb »entspringt dem Streben nach Überwindung oder zumindest Lockerung der menschlichen Gebundenheit«. Im dritten Grundantrieb geht es um »Suchen nach Ordnung und Gestalt, nach Sinndeutung der Welt und des menschlichen Lebens«[21].

Wo versucht wird, die verschiedenartigen Leseantriebe in ein schlüssiges, auf weniger Grundzüge beschränktes System zu bringen, besteht die Gefahr der Vereinfachung und Reduzierung der tatsächlichen Wirklichkeit. Theodor Rutt hat deshalb nicht unrecht, wenn er an Stelle eines anfechtbaren und lückenhaften Ordnungsschemas die schlichte Aufzählung der ihm bekannten möglichen Antriebe wählte. »Wenn sich Beobachtung und Forschung, Umgang und Austausch, Vertrauen und Liebe im Zusammenleben mit Kindern und Jugendlichen verbinden, dann werden uns wesentliche Einblicke, vielleicht ein nahezu erschöpfender Überblick über die Lesemotive zuteil; freilich müssen wir neben den bewährten alten auch neue Ansatzpunkte für das erziehende Lesen berücksichtigen.« Er zählt 27 »wichtige, nachweisbare« Beweggründe auf, die zum Lesen guter Lektüre führen (»aber es gibt ihrer noch mehr«) und ergänzt sie durch ebensoviele Motive, die das Lesen unwertiger oder belangloser Bücher fördern[22].

---

[20] E. Schliebe-Lippert: Der Mensch als Leser. A.a.O.

[21] Hans E. Giehrl: Der junge Leser. Donauwörth 1972 (2. Aufl.), S. 28 ff.

[22] Th. Rutt: Buch und Jugend. A.a.O., S. 76 ff. und S. 79 ff.

Die Beobachtung und Befragung der Wirklichkeit stößt immer wieder auf Vorgänge und Aussagen, die Antwort auf die Frage geben, warum gelesen oder auch, warum nicht gelesen wird. Diese empirischen Feststellungen zunächst einmal zu sammeln und aufzuzählen, um sie dann vergleichend zu diskutieren und u. U. im Hinblick auf einen bestimmten Untersuchungsschwerpunkt näher zu erörtern, ist ein sinnvolles und nützliches Beginnen. M. Dahrendorf zählt beispielsweise in seiner Untersuchung über das Mädchenbuch neun Lesemotive von Jungen und Mädchen auf und untersucht sie auf signifikante geschlechtsspezifische Unterschiede[23].

Erich Weber unternimmt in »Die Freizeitgestaltung und das Buch« einen Gliederungsversuch der Lesemotive, der vorwiegend vom Freizeitaspekt ausgeht[24]. Neben der sekundären Motivation der Lektüre, »bei der es nicht vorrangig um die Aneignung des im Schrifttum objektivierten Inhalts und Gehalts geht, sondern bei der das Lesen vor allem das erstrebte Prestige zu vermitteln und demonstrativ den erwünschten sozialen Status zu dokumentieren hat«, nennt er folgende primäre Beweggründe:

Lesen als Entspannung und Erholung. Wenn die Lektüre nicht allzu anstrengend ist, wird sie zu einem Mittel der aktiven Erholung, die zur Regeneration der einseitig beanspruchten Kräfte beiträgt.

Lesen zur Unterhaltung und Ablenkung. Spannende und abwechslungsreiche Lektüre kann die Monotonie des grauen Alltags überwinden, unproblematische und heitere Lektüre vermag von Belastungen zu befreien. Der Leser will sich mit Unterhaltungsliteratur vergnügen.

Lesen, um die Vereinsamung zu überwinden. In der Situation sozialer Isolierung bei gleichzeitigem Wunsch nach mitmenschlichem Kontakt tritt der Leser in eine innere Zwiesprache mit der Literatur und sucht auf diese Weise, die Last des Alleinseins zu überwinden.

Lesen, um berufliche Kenntnisse und Fertigkeiten zu erlangen. Die Anforderungen der dynamischen Industriegesellschaft veranlaßt viele Jugendliche und Erwachsene, nach Möglichkeiten der Weiterbildung Ausschau zu halten. Neben den Institutionen der Erwachsenenbildung und dem Angebot der Massenmedien spielt weithin das Buch, namentlich Sachbücher und Fachliteratur, eine bevorzugte Rolle. Es hat sein Ansehen als stummer Lehrmeister nicht eingebüßt.

Lesen zur Erweiterung des Wissens überhaupt. Hierbei handelt es sich nicht um berufsbezogene, sondern freizeitbezogene Wissensvermittlung. Man erwartet vom Buch wertvolle Anregungen und Vorschläge für eine sinnvolle Freizeitbetätigung.

Lesen als Gelegenheit zur ideellen Sinnorientierung, zur kontemplativen Erbauung. Schöne Literatur oder philosophisches und religiöses Schrifttum er-

---

[23] M. Dahrendorf: Das Mädchenbuch ... A.a.O., S. 164 ff.

[24] E. Weber: Die Freizeitgesellschaft .. A.a.O., S. 32 ff.

möglicht eine Erweiterung und Vertiefung des Selbst- und Weltverständnisses sowie ein Nachdenken über die eigene Bestimmung und die tieferen Zusammenhänge des Lebens überhaupt.

Weber verweist mit Recht darauf, daß das Bücherlesen »nicht durch einen einzigen Beweggrund bestimmt wird«, sondern durch »komplexe Motivbündel« ausgelöst wird, wobei der Akzent auch bei ein und derselben Person je nach Situation wechseln kann.

Ebenfalls vom Freizeitaspekt ausgehend sucht Otto Walter Haseloff in der schon erwähnten Erhebung bei Berliner Kindern (ab 10. Lj.) und Jugendlichen nach fundamentalen Motivationen, welche die Freizeitaktivitäten insgesamt beeinflussen und jeweils ein bestimmtes Verhalten oder Nichtverhalten hervorrufen. Er analysiert vier »basale Motivationen«. Jede dieser Motivationen führt zur Bevorzugung eines bestimmten Leseverhaltens[25]:

Das Bedürfnis zur rezeptiven Daseinsaneignung. Jugendliche, die durch dieses Bedürfnis bevorzugt motiviert sind, neigen zur möglichst leistungsfreien, passiven und vor allem risikofreien Weltbemächtigung. Sie sind fleißige Kinogänger, ausdauernde Radiohörer und Fernsehzuschauer und sie lesen auch gern. »Eine genauere Analyse der von ihnen bevorzugten Filme und Fernsehprogramme würde uns gleichzeitig Hinweise geben auf jene Themenbereiche, über die wir sie für das Lesen von Büchern begeistern können.«

Das Bedürfnis nach introversiver Erlebnisentfaltung. Das Vorherrschen dieser Basalmotivation führt zur Kontaktarmut und zur Pflege einer privaten, erlebniserfüllten Innenwelt. Auch diese Jugendlichen lesen gern, auch sie sitzen gern vor Radioapparat und Fernsehgerät. Das Lesen aber ist führend und von einer innerlich anderen, qualifizierteren Art als im Fall der rezeptiven Daseinsaneignung.

Das Bedürfnis nach kommunikativer Erlebnisentfaltung. Wo dieses Streben dominiert, werden all die Freizeitaktivitäten bevorzugt, »die gefühlsmäßige Befriedigung durch den Umgang mit anderen Menschen, vorzugsweise durch den Kontakt mit dem anderen Geschlecht ermöglichen«. Die Leseneigungen sind bei diesen Jugendlichen gering. Sie zum Lesen zu motivieren, »dürfte nur auf dem Wege über eine rezeptive Daseinsaneignung möglich sein«. Nach Haseloff kann diese Haltung durchaus mit einer kommunikativen Erlebnisentfaltung gepaart sein. Die Lesebereitschaft sollte vor allem mit einfachen, anspruchslosen und bequem lesbaren Stoffen gefördert werden.

Das Bedürfnis nach expansiver Daseinsaneignung. Jugendliche, die von dieser Antriebsrichtung wesentlich gesteuert werden, bevorzugen die aktive, selbständige und auch risikoreiche Auseinandersetzung mit der Welt. Sie tun etwas für

---

[25] O. W. Haseloff: Das Buch im Erleben unserer Jugendlichen. In: ZS Bertelsmann Briefe 1962/11. S. 5.

ihre Fortbildung, treiben Sport und bemühen sich um Partnerschaft. Das Lesen um seiner selbst willen übt auf sie wenig Anreiz aus, »doch dürften sie verhältnismäßig leicht für eine Literatur zu begeistern sein, die ihnen eine realistische Lebensorientierung ermöglicht und ihnen im Rahmen ihrer Fortbildung als wertvoll und praktisch erscheint«.

Haseloff hält auf Grund der Befunde kein vieldimensionales Bücherprogramm für zweckmäßig, sondern empfiehlt ein Lektüreangebot, das sich thematisch an jenen vier empirisch ermittelten Grundmotivationen orientiert.

5. Nun ist zweifellos das Lesen auch eine Angelegenheit, die mit der persönlichen Entwicklung in engstem Zusammenhang steht. Es gibt kaum eine leserkundliche Abhandlung, die an der Frage der Altersdifferenzierung und der mit ihr verbundenen *Leserentwicklung* vorüberginge.

Charlotte Bühler hat als erste eine einprägsame und plausible Lesealtereinteilung vorgeschlagen. In ihrer 1918 erstmals veröffentlichten Studie über »Das Märchen und die Phantasie des Kindes«[26] geht sie primär den Zusammenhängen zwischen Märchen und kindlicher Phantasie nach, so daß die Bemerkungen über die Lesealter eigentlich nur Randbemerkungen sind. Sie wurden aber außerordentlich aufmerksam zur Kenntnis genommen und haben beachtliche Verbreitung gefunden. Jahrzehnte hindurch galten sie als die literarische Stufeneinteilung schlechthin. Hier die entscheidenden Sätze, die auf das Struwwelpeteralter (bis 4. Jahr), das Märchenalter (4.–8. Jahr), das Robinsonalter und das später hinzugefügte Heldenalter aufmerksam machen:

»Das Märchenalter wird vorbereitet und eingeleitet durch eine andere Periode. Es ist jene erste Zeit, in der dem Kinde Lieder vorgesungen werden und von der Mutter selbst erfundene oder aus dem Märchen zurechtgestutzte Geschichten erzählt werden, die sich vom Märchen vor allem durch ihre persönliche Beziehung zum Leben des Kindes unterscheiden ... Eine kleine Moral wird bisweilen angehängt, wie sie gewöhnlich den Kern der ausgedachten Geschichten bildet. Diese haben einen typischen und anmutigen Ausdruck im Struwwelpeter gefunden, den ein Arzt für seine kleinen Patienten gedichtet hat. Um ein bezeichnendes kurzes Schlagwort zu gebrauchen, wollen wir diese literarische Vorperiode die Struwwelpeterzeit nennen«[27].

»Um einen Überblick über die Bevorzugung bestimmter Märchen durch Kinder verschiedenen Alters zu erhalten, wurde von uns eine Umfrage bei Eltern und Schulkindern veranstaltet ... Als Hauptergebnis dieser Umfrage ist festzustellen, daß die gepflegten Kinder sich etwa vom vierten bis achten Lebensjahr intensiv mit dem Märchen beschäftigen. Bei geistig weniger regsamen und weniger sorgfältig erzogenen Kinder setzt das Märchenalter gewöhnlich erst mit der

---

[26] Ch. Bühler: Das Märchen und die Phantasie des Kindes. München 1971 (3. Aufl.).
[27] Ch. Bühler: a.a.O., S. 26 f.

Schulzeit ein und erstreckt sich mindestens bis in das zwölfte, dreizehnte Lebensjahr«[28].

»Am Ende dieses Märchenalters hört zwar das Grimmsche Märchen noch nicht auf, eine Rolle zu spielen, doch wird es bereits ergänzt und abgelöst von anderem Lesestoff ... Einen einheitlichen Namen für diese Periode zu finden, ist schwierig. Verschiedene Züge treten mit gleicher Deutlichkeit hervor. Eine leidenschaftliche Begeisterung für den heldenhaften Charakter ist unverkennbar. Aber im Gegensatz zu dem Märchenhelden, der einfältig, ja sogar dumm und weltfremd sein darf, soll jetzt der Held Gewandtheit und eine gewisse Weltklugheit besitzen. Dadurch gewinnt das Ganze einen realistischeren Anstrich ... Auch der Hang zum Abenteuerlichen, der im Märchen nur als eine vage Sehnsucht in die Welt hinaus zum Ausdruck kommt, nimmt jetzt viel konkretere Formen an ... Als eine der bezeichnendsten Geschichten dieser Periode können wir die von Robinson Crusoe ansehen, wir wollen daher dieses Stadium mit einem kurzen Schlagwort die Robinsonzeit nennen«[29].

»Ich glaube, daß dem Robinson- als erstes das Heldenalter folgt. Aus dem praktisch Tüchtigen wird dieser ein idealer Held, ein Draufgänger, furchtlos und mutig wie Siegfried, weniger klug als edel«[30].

Walter Quast lehnt sich in der schon erwähnten Arbeit (1923) an Bühler an, versucht aber noch mehr als sie, die Leserentwicklung nach formalen Merkmalen des Kindes und Jugendlichen zu beschreiben. »In großen Zügen sieht er die literarische Entwicklung als eine Abfolge von 1. rein rezeptiver, passiver Hinnahme des Lesegutes (im ›Märchenalter‹, Ende 9./10. Jahr); 2. einer rein rezeptiven Zeit der Helden- und Abenteuer- bzw. Märchenerzählungen (›Robinsonalter‹, Ende bei Knaben 14., bei Mädchen 12. Jahr); 3. einer Zeit der einsetzenden Reflexion mit vielseitigen Leseinteressen (Ende bei Knaben und Mädchen 15./16. Jahr); und 4. einer Zeit der Hinwendung zum Realen, worunter ganz allgemein das Streben nach Erkenntnis und Klarheit, nach Ausbildung der individuellen Fähigkeiten verstanden wird. Mit dem 18. Jahr sieht Quast die literarische Entwicklung im wesentlichen abgeschlossen«[31].

Einen verdienstvollen Beitrag zur Erforschung der Leserentwicklung verdanken wir Elisabeth Schliebe-Lippert. Durch ihren Aufsatz »Der Mensch als Leser« in dem Sammelband »Begegnung mit dem Buch« (Ratingen 1950) hat sie nicht nur das Gespräch um die Lesealter neu belebt, sondern auch dem bisherigen Wissen neue Erkenntnisse hinzugefügt und der nachfolgenden Forschung neue Akzente gesetzt. Vieles, was in den letzten zwei Jahrzehnten über die

---

[28] Ch. Bühler: a.a.O., S. 25.
[29] Ch. Bühler: a.a.O., S. 25 f.
[30] Ch. Bühler: Das Seelenleben des Jugendlichen. Jena 1927 (4. Aufl.).
[31] U. Wölfel: Der junge Leser ... A.a.O., S. 17.

Leseentwicklung geschrieben worden ist, wäre ohne die Vorleistung Schliebe-Lipperts nicht denkbar.

Sie schlägt vor, die Leseentwicklung nicht vom Literaturgut, sondern von der jeweiligen altersgemäßen Psyche abzuleiten. Das Literaturgut wechselt, die Vorliebe für bestimmte Bücher wandelt sich. Die Fragen zur inneren Leseeinstellung und literarischen Entwicklung können daher nicht allein von der Lektüre her beantwortet werden. Erst die Einbeziehung der seelischen Gesamtdisposition führt zu umfassenderen und relativ dauerhaften Erkenntnissen. Schliebe-Lippert legt eine neue Lesealterseinteilung vor, die sich mehr als bisher auf die Einsichten der allgemeinen Entwicklungspsychologie stützt und die menschlichen Grundantriebe systematisch einbezieht. In ihrer Sicht sind dies der Antrieb zur sachlichen Weltbemächtigung und der Antrieb zur Erschließung des Eigenmenschlichen über das Fremdmenschliche (siehe oben!). Beide ziehen sich als Leitlinien durch die gesamte Entwicklung, wobei der Schwerpunkt einmal mehr bei diesem, einmal mehr bei jenem Grundantrieb liegt. Die Stufen werden in zwei große Entwicklungsabschnitte eingeordnet. Das Gesamtschema sieht so aus:

2.–13. Lebensjahr: Stufen des außerästhetischen Verhaltens:
- 2.– 5. Lj.: Lebenseinige, gegenstandsgebundene Anfangsphase;
- 6.– 8. Lj.: Märchenhafte Lesephase;
- 9.–10. Lj.: Sachbetonte Lesephase;
- 11.–13. Lj.: Apsychologisch-sensationsgesteuerte Lesephase.

14.–20. Lebensjahr: Stufen des literarästhetischen Verhaltens:
- 14.–16. Lj.: Frühstufe im literarästhetischen Bereich:
- 17.–20. Lj.: Reifestufe im literarästhetischen Bereich.

Eine der letzten ausführlichen Untersuchungen zur Leserentwicklung legte Alexander Beinlich im »Handbuch des Deutschunterrichts« vor[32]. Er möchte die Lesephase »noch entschiedener als bei Schliebe-Lippert« durch die gleichen psychischen Befunde charakterisiert sehen, die für die Entwicklungsphasen allgemein gelten. Dieses noch engere Sichanschließen an die Entwicklungspsychologie kann nur begrüßt werden; denn die Jungleserkunde soll an den Grundlagenforschungen anderer Disziplinen partizipieren und sich keineswegs als »eigenständiger« und »autonomer« Wissenschaftsbereich verstehen wollen. Die Isolierung trägt auf die Dauer nichts ein. Sie ist unökonomisch, weil sie Befunde ignoriert, die andernorts bereits erarbeitet worden sind, und weil sie die Kräfte zersplittert und für Aufgaben einsetzt, die von anderen Disziplinen mit geeigneteren Mitteln besser gelöst werden können.

Beinlichs Lesealtersbeschreibung (teilweise Bestätigung, teilweise Korrektur der Stufenfolge bei Schliebe-Lippert) verdient wegen ihrer psychologischen

---

[32] Alexander Beinlich: Über die Entwicklung der Leseneigungen und des literarischen Verständnisses. In: Handbuch des Deutschunterrichts. Emsdetten 1970 (5. Aufl.).

Fundierung und wegen des reichen Einzelmaterials, das sie verarbeitet, Beachtung; nicht zuletzt auch deshalb, weil sie die literarästhetische Erlebnisfähigkeit in *allen* Phasen der Entwicklung betont. »Jeder Mensch ist, natürlich in abweichendem Grade, während aller Phasen seiner Entwicklung grundsätzlich auch vom (Wort-)Schönen ansprechbar.« Die »sachbetonte« und die »apsychologisch-sensationsgesteuerte Lesephase« (Schliebe-Lippert) wird zu einer Stufe zusammengefaßt. Ob dies im Hinblick auf die Leserwirklichkeit tatsächlich zwingend und für die Praxis der Literaturerziehung zweckmäßig ist, muß allerdings bezweifelt werden. Die konsequent entwicklungspsychologisch benannten Lesealter lehnen den Begriff »Märchenalter« ab. Dieses Kennwort, so meint Beinlich, »charakterisiert nicht nur das stufengemäße Lesegut einseitig und daher eben einfach falsch, sondern es führt auch immer noch zur Fehleinschätzung der zeitlichen Wirkungsweise ›des‹ Märchens in der literaturpädagogischen und sonstigen wissenschaftlichen Literatur«[33]. Sicher, es kommt auf saubere Begriffe an. Man sollte aber auch die Aussagekraft der Begriffe nicht überschätzen. Streng genommen sind alle Begriffe Vereinfachungen und Verkürzungen, die die ganze Fülle der wirklichen Erscheinung nicht auszudrücken vermögen. Die Bezeichnung »Märchenalter« oder »märchenhafte Phase« will besagen, daß Märchenerleben und magische Welteinstellung neben anderen Haltungen dominieren, nicht aber, daß sie allein und ausschließlich vorhanden sind. –

Die Lehre von den Lesealtern und der Leserentwicklung ist für eine kindertümliche und jugendgemäße Literaturerziehung unerläßlich. Sie wendet die Tatsache, daß jedes Lebensalter seine eigentümliche Seelenstruktur besitzt, auch auf den Menschen als Leser an. Durch jeweilige Seelenstruktur ist – wie Spranger sagt – »der Rahmen dessen gegeben, was überhaupt erlebt werden kann und wie es erlebt werden kann, woran sich dann entsprechende Rückwirkungen auf die Außenwelt knüpfen. Von Zeit zu Zeit versetzt die bildend-entwickelnde Natur den Menschen gleichsam in einen anderen Käfig, der nur bestimmte Aussichten gestattet und andere verschließt, aber auch die qualitative Sehweise (im weitesten Sinne) beeinflußt«[34].

Die Lesealterslehre wird aber stets eine Theorie bleiben, die notwendigerweise verallgemeinert und schematisiert. Ihre Aussagen beziehen sich auf den Durchschnitt und können der individuellen Eigenart des einzelnen nicht voll gerecht werden. Der Literaturpädagoge darf sie daher nicht mechanisch übernehmen und anwenden, sondern muß sich offenhalten für die individuellen Erscheinungsformen und das oft eigenwillige und normabweichende Verhalten der Kinder. Weil wir die Wahrheit entdeckt haben, daß das Kind seine Entwicklungsphasen voll durchleben muß und weil wir zu wissen glauben, wie lange eine

---

[33] A. Beinlich: a.a.O., S. 911.
[34] Eduard Spranger: Der Eigengeist der Volksschule. Heidelberg 1956 (2. Aufl.), S. 19.

solche Phase zu währen hat und wie sie ausgefüllt ist, hemmen wir nicht selten den individuellen Entwicklungsrhythmus. Das Wachstum verläuft nicht nur kontinuierlich; es treten zeitweise auch schubartige Veränderungen auf, die wir akzeptieren müssen, auch wenn darunter die schöne Vorstellung der harmonischen Entwicklung, des langsamen Hineinwachsens in höhere Formen der Literatur auf vorgezeichneten Lesebahnen leidet. Hinweise auf altersgemäßes Leseverhalten oder auf phasengerechtes Schrifttum müssen mit der nötigen Vorsicht aufgenommen werden. Ein und dasselbe Buch kann auf verschiedenen Stufen gelesen werden. Das Märchen ist das bekannteste Beispiel dafür. Durch alle Lebensalter kann es – immer wieder mit neuen Augen gesehen – Bedeutung behalten. Es ist außerdem zu beachten, daß die gleiche Gattung recht unterschiedliche Werke hervorbringt, die verschieden hohe Anforderungen stellen und somit einmal mehr dem jüngeren, einmal mehr dem älteren Leser zusagen. Und schließlich darf nicht übersehen werden: Selbst die typischen Bücher eines Lesealters werden nicht von allen bevorzugt, von manchen schon früher, von anderen erst später oder von einigen überhaupt nicht gelesen.

Die Korrektur des klassischen Entwicklungsbegriffes wendet sich gegen die einseitige Betonung der endogen programmierten organischen Entfaltung und des gesetzmäßig nach Rhythmusintervallen verlaufenden Entwicklungsganges. Sie verweist auf die Abhängigkeit von exogenen Einflüssen und von Lernprozessen, sie betont die individuellen Unterschiede der Entwicklung. Das hat weitgehend dazu geführt, auch schon den Versuch einer inhaltlichen und zeitlichen Festlegung von Entwicklungsstufen abzulehnen. Solchen extremen Konsequenzen kann ich nicht zustimmen. Es ist nach wie vor berechtigt und sinnvoll, die Entwicklung einzelner menschlicher Bereiche (so auch die Leseentwicklung) in stufen- oder phasenweiser Anordnung aufzuzeigen, bestimmte Tendenzen festzuhalten, wobei allerdings ausdrücklich betont werden muß, daß es sich hierbei nicht um absolute Aussagen handelt, sondern um eine Art richtungsweisender, vorläufiger Faustregeln, die im Hinblick auf die individuellen Gegebenheiten und Fakten nur mit Bedacht anzuwenden sind und für eine Revision durch die Wirklichkeit offen bleiben müssen. »Auch die Schwerpunktverlagerung von den entwicklungsbestimmenden Prozessen auf die Lernprozesse durch die sozialpsychologische, soziologische und kulturanthropologische Forschung usw. haben die grundsätzliche Annahme und Entdeckung von Phasen oder Stufen der Entwicklung nicht einfach widerlegt, sondern nur nachgewiesen, daß der Zeitpunkt ihres Auftretens und der Grad ihrer Ausprägung stärker von sozio-kulturellen Bedingungsfaktoren und -feldern abhängig sind, als man zuvor annahm«[35].

---

[35] H. Roth: Pädagogische Anthropologie. A.a.O., S. 98 f.

Nachfolgend soll eine *zusammenfassende Skizzierung der Lesealter* versucht werden[36]:

Etwa 2. bis 5. Lebensjahr: Literarische Frühphase.

Es ist die Zeit des Zuhörens (Vorlesen und Erzählen), des Betrachtens (Bilderbücher), des Nachsprechens (Reime und Verse), des Nacherzählens und Nach-»Lesens«. Die eigentliche und gemäße Lebensbetätigung dieser Phase ist das Spiel, und die Literatur wird gern in das Spiel einbezogen. Bilderbücher werden wie Spielzeuge behandelt, Geschichten werden gespielt, Verse und Reime gesungen.

Für das Kind ist die Literatur noch ausschließlich ein Mittel zweckloser Freude und Unterhaltung. Unbewußt wird aber das nähere Vertrautwerden mit Menschen, Tieren, Pflanzen und Dingen gesucht, werden neue Vorstellungen gewonnen, wird die Sprech- und Denkfunktion geübt. Zuhören und Betrachten sind außerdem Übungen der Konzentration und Aufmerksamkeit.

Literaturpädagogisch werden schon in der Frühphase die ersten Beziehungen zum Buch und zur geformten Sprache angebahnt und einfache ästhetische Grunderlebnisse vermittelt.

Kindgemäße Literatur sind Bilderbücher (Bilderbuchalter), leicht überschaubare kurze Kleinkindergeschichten, einfache Märchen, Kinderreime und -verse, Kindergedichte und -lieder, lustige Szenenspiele, Kasperltheater.

Etwa 5. bis 8. Lebensjahr: Magisch-realistische Lesephase.

Die Bewältigung von Erscheinungen und Zusammenhängen der Umwelt ist verstandesmäßig allein noch nicht möglich. Daraus erklärt sich das Bestreben, die Dinge nicht nur realistisch, sondern auch magisch zu deuten. Beides läuft parallel zueinander, Phantasie und Wirklichkeit gehen ineinander über. Die magische Haltung gibt aber der Phase im Vergleich zu den anderen Phasen ihren ganz besonderen Charakter. Sie wirkt sich vor allem dann aus, wenn das Kind in seinen Gedanken die sinnlich greifbare Umwelt verläßt und »in die weite Welt hinaus« geht. Die Vorliebe für märchenhafte Geschichten ist heute allerdings nicht mehr bei allen Kindern ausgeprägt vorhanden. Die Frage ist umstritten, ob dies lediglich ein Ergebnis der Umwelteinwirkungen ist oder ob daraus geschlossen werden kann, daß das magische Bedürfnis als generelle Entwicklungserscheinung gar nicht existent ist.

Bei vielen Kindern führt diese Phase zu einem ersten Höhepunkt der li-

[36] Im Ersten Teil des Buches wurde bei der Erörterung der einzelnen Buchgattungen auch immer wieder auf die Frage der Leserentwicklung eingegangen. Die dort gemachten Aussagen ergänzen die stichwortartige Zusammenstellung dieses Abschnitts.

terarischen Entwicklung, zu einer Intensität des Erlebens, die erst wieder im Abenteueralter ihresgleichen hat. Freilich kann der hohe Grad des literarischen Anteilnehmens nur unter Mithilfe von Erwachsenen erreicht werden. Der Leseanfänger macht zwar erste Versuche, das Schriftgut allein aufzunehmen; das stille Lesen bereitet ihm aber noch Schwierigkeiten, und er zieht das Zuhören vor. Wo das Buch als Mittel des Lesenlernens überbetont wird, stellen sich bei den weniger leistungsstarken Kindern frühzeitig Aversionen gegen die Literatur ein. Das gleiche gilt, wenn auf den individuellen geistigen Wachstumsrhythmus zu wenig Rücksicht genommen wird. Altersgemäße Literatur sind Volksmärchen (Wunder- und Heldenmärchen) und Kunstmärchen im einfachen Erzählton, sind umweltbezogene Kindergeschichten in Vers und Prosa. Meistens zu wenig beachtet wird, daß dieses Alter auch dem Bilderbuch (Bilderbuchgeschichten) noch sehr zugetan ist.

Etwa 8. bis 11. Lebensjahr: Realistische Lesephase.

Das Kind drängt verstärkt nach realistischer Weltauffassung (naiver Realismus) und versucht nun immer mehr, mit Hilfe des wachsenden Verstandes Zusammenhang und Wesen der Dinge sachgerecht zu erkennen. Sein Lebenshorizont hat sich geweitet, ist aber doch auf die Nahwelt begrenzt. Wo in ferne Bereiche vorgestoßen wird, bleibt ein enger Bezug zur Heimat bestehen, und es werden heimatliche Maßstäbe angelegt. Nicht das Andersartige, sondern das Gleichartige wird gesucht. Auf Grund der wachsenden körperlichen und geistigen Kräfte einerseits, der geringen Erfahrungen und Einsichten andererseits bildet sich eine optimistisch-zuversichtliche Lebenshaltung (»frohe Phase«).

In der Literatur sieht das Kind eine Möglichkeit, sein Wissen von der Wirklichkeit zu erweitern. Gleichzeitig will es aber unterhalten und emotional angesprochen werden. Es wünscht keine sachlichen Beschreibungen, sondern lebensvolle Erzählungen. Das Märchen wird als »nicht wahr« erkannt; das schließt aber eine anhaltende Vorliebe für diese Gattung nicht aus. Der ausgeprägte Tätigkeitsdrang, der Gesellungstrieb und die Lust, viel im Freien zu sein, sind dem Lesetrieb abträglich. Wo das Kind nicht zum Lesen ermuntert wird, kann es sich in dieser Phase zu einem Nichtleser entwikkeln. Schule und Haus müssen sich überlegen, was sie tun können, um die Beziehung zur Literatur nicht ganz abbrechen zu lassen. Leicht zugängliche Schülerbüchereien oder ein kleiner Bestand an eigenen Büchern können die Lesefreude anregen.

Die altersgemäße Lektüre ist mannigfaltig. Im Mittelpunkt stehen realistische Kindergeschichten (Umwelterzählungen aus Heimat und weiter Welt). Die lustige Geschichte ist sehr begehrt. Der Sinn für das Komische schafft Interesse an der phantastischen Geschichte, aber auch an den lustigen Comics verschiedener Qualität. Manche Buben finden zum Jungenbuch oder versuchen sich schon an der Abenteuerlektüre, die meisten Mädchen entdecken das Mädchenbuch als »ihre« Literatur. Eine Auswahl von Heimatsagen, Schwänken, Fabeln und Legenden kann jetzt den Kindern angeboten werden.

Etwa 11. bis 14. Lebensjahr: Abenteuerliche Lesephase.

Die Kennzeichnung dieser Phase, deren zeitlicher Beginn sich mehr und mehr nach unten verschiebt, will den überwiegenden Zug zum Dynamisch-Sensationellen, zum Außergewöhnlichen und Fremdartigen zum Ausdruck bringen, ein Zug, der in der Abenteuerlektüre – aber nicht nur in ihr allein – seine Befriedigung findet.

Das Bewußtsein der eigenen Persönlichkeit stellt sich ein und tut sich im Bedürfnis nach Selbstdurchsetzung und Selbstbestätigung kund. Das Interesse wendet sich bevorzugt dem Menschen und seinem Verhalten in extremen Situationen zu. Man sucht nach Beispielen und Vorbildern. Weil aber zunächst äußere Eigenschaften im Vordergrund stehen und der Gesamtcharakter eines Menschen noch kaum erfaßt wird, spricht man von der apsychologischen Haltung des Heranwachsenden (Schliebe-Lippert). Neben dem Interesse am Menschlichen findet sich auch ein Interesse an den sachlichen Gegebenheiten. Bei manchen jungen Leuten dieses Alters kann es sogar dominierend sein. Es zeigt sich dann als Hinwendung zu bestimmten Sondergebieten, die allerdings innerhalb kurzer Zeit wechseln können.

Die Lesefreude erreicht in dieser Phase einen absoluten Höhepunkt. Vom Lesetechnischen her bestehen normalerweise keine Schwierigkeiten mehr. Die Fähigkeit des Denkens, Kombinierens und Überschauens hat sich unterdessen so weit entwickelt, daß umfangreichere und kompliziertere Lektüre bewältigt werden kann. Mit der Lesefreude verbunden ist die Gefahr der Vielleserei und des Schmökerns. Knaben sind anfällig für reißerische Literatur, Mädchen für süßen Kitsch. Eine planmäßige Leseerziehung ist besonders notwendig, die den altersgemäßen Interessen entgegenkommt, durch gediegene Literatur jedoch das Lesebedürfnis in richtige Bahnen lenkt und durch Unterweisung und Gewöhnung die literarische Urteilsfähigkeit fördert. Der Erfolg literarpädagogischen Einwirkens in dieser Phase ist für die weitere Leserentwicklung und für die Leseinteressen im späteren Leben entscheidend.

Altersentsprechend ist also erlebnisbetonte, »spannende« Lektüre. Bei den Knaben ist das eindeutig das Abenteuerbuch. Eine Zeitlang kann auch das Jungenbuch begehrt sein. Mädchen – die übrigens ebenfalls gerne abenteuerliche Bücher lesen – zieht es vorwiegend zu Erzählungen, die von ihresgleichen handeln. Sie wirken auf den weiblichen Leser nicht weniger spannend als Abenteuergeschichten auf die Buben. Es ist verständlich, daß in dieser Zeit auch die Heldensage und die Ballade Anklang finden. Daneben ist aber das Sachbuch – bekanntlich heute noch mehr als früher – eine begehrte Lektüre. Dem Unterhaltungs- und Informationsbedürfnis gleichermaßen entspricht die Jugendzeitschrift.

Etwa 14. bis 17. Lebensjahr: Phase der literarischen Reifung.

Natürlich ist selbst bei positivem Verlauf der literarischen Entwicklung mit dieser Phase die Reifung nicht abgeschlossen. Im Grunde handelt es sich um eine Frühstufe der Reifung. Da aber für die meisten jungen Menschen in diesen Jahren die Zeit bewußter und planmäßiger Literaturerziehung zu Ende geht (für die Volksschüler schon mit dem 15. Lebensjahr), ist es wünschenswert, daß nun ein gewisser Abschluß erreicht wird. Das bedeutet einerseits: Der Jungleser sollte zuverlässige Kriterien sein eigen nennen, die seinem weiteren Weg als Privatleser eine feste Richt geben; andererseits: Das Lesegut, das er in dieser Phase kennen und schätzen lernt, sollte über den Umkreis der Jugendliteratur i. e. S. hinausreichen und bereits auch Beispiele der Erwachsenenliteratur (Unterhaltungslektüre, Sachschrifttum und Dichtung) enthalten. Die erheblichen Unterschiede der Leseneigungen, Leseinteressen und Lesemotive auf dieser Altersstufe verlangen eine weitgehend individualisierte Betreuung und Lenkung.

Im allgemeinen kann gesagt werden: Das Interesse am ichnahen Buch erfährt in der Pubertät sein höchstes Ausmaß. Über das Fremdmenschliche sucht der Jugendliche das eigene Ich noch tiefer zu ergründen, es in den Griff zu bekommen und zu gestalten. Die Literatur wird zu einem Faktor der Selbsterziehung, der persönlichen Lebensplanung und Weltdeutung. Das größere Verständnis, für seelische Vorgänge, die größere Fähigkeit zu logisch-abstraktem Denken (allerdings in individuell sehr unterschiedlichem Maß) ermöglichen die vertiefte Auseinandersetzung mit Fragen des Lebens, mit geistigen Problemen und mit schwierigeren Fakten der Sachwelt.

Aber nicht bloß der stoffliche Gehalt, auch die Form wird nun bewußter beachtet. Die jeweilige Qualität der geistig-seelischen Konstitution, die kulturelle Atmosphäre der nächsten Umwelt und die Höhe des Bildungsstandes wirken sich auf das ästhetische Anspruchsniveau sehr unterschiedlich aus. Jedenfalls gibt das mit der Pubertät verbundene Entwicklungsgeschehen grundsätzlich die Möglichkeit, für die ästhetischen Werte empfänglich zu sein und sie bewußt aufzufassen.

Wenn man vom Durchschnittsjugendlichen ausgeht (und die erheblichen Abweichungen nach oben und unten außer acht läßt), kann als phasengerechtes Schrifttum genannt werden: Abenteuerbücher in romanhafter Form mit tieferem Gehalt, geschichtliche Romane und Erzählungen, Biographien, Problembücher der Jugend, moderne Kurzgeschichten, Sachschrifttum verschiedener Art. Je mehr die Reifezeit sich als Kulturpubertät erweist, um so ranghöher ist die pragmatische und ästhetische Literatur und um so günstiger sind die Voraussetzungen dafür, neben den epischen Formen auch den Wert und die Schönheit des Dramas oder der Lyrik zu entdecken.

6. Das Anliegen der Jungleserkunde, die Vielzahl vorgefundener Daten zu ordnen und zu systematisieren, Gleiches und Verschiedenes zu trennen, Einzelmerkmale nach Ähnlichkeit und innerer Affinität zu gruppieren, führt zur Erarbeitung von *Lesertypen*. Die Leserforschung hat allerdings – wenn man vom Alters-, Geschlechts- und neuerdings Sozialtypus absieht – diesbezüglich nur wenige Ergebnisse vorzuweisen. Gerade von der Typenbestimmung aber könnte eine wertvolle klärende und ordnungsstiftende Wirkung ausgehen. Sie würde zum tieferen Verständnis der Tatsache beitragen, daß der Leser durch alle Stufen und gegenüber jeder Literatur bestimmte Erlebnis- und Verhaltensweisen bevorzugt; Verhaltensweisen, die aber auch – wenn man sie erkannt hat – der intentionalen Beeinflussung zugänglich sind.

Der typologischen Leserforschung stehen zwei Möglichkeiten offen: Sie kann von bereits bestehenden allgemeinen Typenlehren (soweit diese auf Kinder und Jugendliche anwendbar sind) ausgehen und sie auf ihre Tauglichkeit für den Menschen als Literaturteilhaber überprüfen. Es wäre denkbar, von den Integrationstypen (Jaensch), von den Farb- und Formbeachtern (Kroh), von den Introversions- und Extraversionstypen (Jung, Rorschach) auszugehen oder auch von den Kulturtypen Sprangers, um festzustellen, wie weit sie mit Lesevorhalten und -erleben in Beziehung zu bringen sind. Daß auch von den Motivationstypen her Ansätze möglich sind, haben wir weiter oben im Zusammenhang mit den Leseantrieben (O. W. Haseloff!) gesehen.

Die zweite Möglichkeit betrachtet den Menschen von vornherein als Leser und versucht, allein vom Leser her, eine spezielle Lesertypologie aufzubauen. Je nach dem vorwaltenden Gesichtspunkt sind verschiedene Unterscheidungen möglich: Befrägt man die Leserschaft nach Richtung und Inhalt ihrer literarischen Interessen, so ergeben sich Interessentypen (z. B. der romantische, der phantastische, der pragmatische, der realistische, der moralische Typus). Von der Betrachtung der Erlebensweise her stoßen wir auf Erlebenstypen (z. B. der kühl-nüchterne, der einfühlende Typus). Wieder andere Gruppierungen werden durch Untersuchungen möglich, die sich auf das äußere Leseverhalten beziehen (z. B. der Bücherwurm, der Gelegenheitsleser, der Zeilenfresser, der verweilende Leser). Mit Recht weist Richard Bamberger auf den praktischen Wert solcher Typologisierungen. »Da der Schulunterricht nicht alle individuellen Grundlagen und Möglichkeiten beachten kann, ist es angezeigt, gewisse Pauschalierungen vorzunehmen und besonders häufig auftretende Eigenschaften in Typen zu gruppieren«[37].

---

[37] R. Bamberger: Jugendlektüre. A.a.O., S. 40.

Je mehrschichtiger eine Lesertypologie ist, je mehr sie eine Aufteilung der Haupttypen in Untertypen anstrebt, um so näher kommt sie der individuellen Vielfalt der Wirklichkeit. Es ist allerdings wichtig, nicht verschiedene Betrachtungsebenen durcheinander zu werfen und Merkmale gegenüberzustellen, die inhaltlich nicht zusammengehören. Eine reich differenzierte Lesertypologie wird dem Literaturpädagogen zu einer wertvollen Hilfe, um Zugang zu den Einzellesern zu finden. Den letzten Schritt in die Besonderheit des Einzelfalles kann jedoch keine noch so verzweigte Typenbestimmung abnehmen. »Der Typus steht also am Übergang vom Allgemeinen zum Besonderen«[38], er sagt mehr als nur allgemeingültige, für jeden zutreffende Gesetzmäßigkeiten, er trifft aber nicht die Merkmale, welche dem individuellen Menschen (Leser) nur allein zukommen.

So bleibt eigentlich nur noch zu sagen, daß die Jungleserkunde immer wieder auch Wege beschreiten und Möglichkeiten ergreifen soll, die sich dem Leser als Individuum zuwenden. Der Wert einer Tatsachenforschung mißt sich nicht an der Zahl der untersuchten Fälle. Reihenuntersuchungen, Massenbefragungen, statistisch-tabellarische Auswertungen müssen durch die kasuistische Methode ergänzt werden. Vielseitiges Beobachten, Beschreiben und Auswerten des Einzelfalles ermöglichen ein intensiveres Eindringen in letzte Zusammenhänge als die Beschäftigung mit der großen Zahl. Das Studium individueller Leseentwicklungen, die Betrachtung von Lesehaltungen, literarischen Interessen und Urteilen einzelner Kinder und Jugendlicher stellen uns zwingend die Lückenhaftigkeit des in der Gruppe gewonnenen Allgemeinergebnisses vor Augen und warnen uns vor ihrer dogmatischen Anwendung. Sie weiten den Blick für die Vielfalt menschlichen Lebens und mahnen uns, auch im lesenden Kind die individuell geprägte Person zu sehen, zu würdigen und zu achten.

C. Literatur zur Jungleserkunde

Bamberger, R.: Jugendlektüre. Wien 1965 (2. Aufl.), S. 25 ff.

Beinlich, A.: Über die Entwicklung der Leseneigungen und des literarischen Verständnisses. In A. Beinlich (Hrsg.): Handbuch des Deutschunterrichts. Emsdetten 1970 (5. Aufl.).

Binder, L.: Der junge Leser – Ergebnis einer natürlichen Entwicklung oder sozialer und nationaler Prägungen? In K. Doderer (Hrsg.): Jugendliteraturforschung international. Weinheim 1970.

Blücher, Graf V. (u. a.): Jugend. Bildung und Freizeit. Dritte Untersuchung zur Situation der Deutschen Jugend im Bundesgebiet, durchgeführt vom EMNID-Institut für Sozialforschung (nicht im Buchhandel) 1966.

Bühler, Ch.: Das Märchen und die Phantasie des Kindes. München 1971 (5. Aufl.).

Doderer, K. (Hrsg.): Jugendliteraturforschung international. Frankfurter Kolloquium 1969. Weinheim 1970.

---

[38] Heinz Remplein: Psychologie der Persönlichkeit. München/Basel 1959 (3. Aufl.) S. 420.

Fischer, H.: Das außerschulische Leseverhalten von Hauptschülern. In J. Vogt (Hrsg.): Literaturdidaktik. Düsseldorf 1972.

Giehrl, H. E.: Der junge Leser, Donauwörth 1972 (2. Aufl.).

Giehrl, H. E.: Der junge Leser zwischen gestern und morgen. In Arbeitskreis für Jugendliteratur (Hrsg.): Jugendliteratur in einer veränderten Welt. Bad Heilbrunn 1972.

Girardi, M.-R./Neffe, L. K./Steiner, H.: Buch und Leser in Deutschland. Eine Untersuchung des DIVO-Instituts Frankfurt a. M., Gütersloh 1965.

Haseloff, O. W.: Das Buch im Erleben unserer Jugendlichen. In I. Lichtenstein-Rother (Hrsg.): Jugend und Buch in Europa. Gütersloh 1967.

Helmers, H. (Hrsg.): Zur Sprache des Kindes. Darmstadt 1969.

Kropatsch, O.: Leseerziehung der Zehn- bis Vierzehnjährigen. In I. Lichtenstein-Rother (Hrsg.): Jugend und Buch in Europa. Gütersloh 1967.

Maletzke, G.: Psychologie der Massenkommunikation. Hamburg 1963.

Muth, L.: Der befragte Leser. Buch und Demoskopie. Freiburg 1968.

Nellen-Piské, J.: Erziehung zum Lesen im Unterrricht. Hamburg 1966.

Rosenmayr, L.: Kulturelle Interessen von Jugendlichen. Wien 1966.

Rumpf, A.: Kind und Buch. Das Lieblingsbuch der Jugend zwischen 9 und 16 Jahren. Bonn/Berlin 1927.

Rutt, Th.: Buch der Jugend. Konstanz 1960 (2. Aufl.).

Salber, W.: Lesen und Lesen-lassen. Zur Psychologie des Umgangs mit Büchern. Frankfurt a. M. (Börsenverein des Deutschen Buchhandels) 1971.

Schliebe-Lippert, E.: Der Mensch als Leser. In: Begegnung mit dem Buch. Ratingen 1950.

Weber, E.: Die Freizeitgesellschaft und das Buch. München 1967.

Aus Zeitschriften:

Bayr-Klimpfinger, S.: Die Lesesituation in entwicklungspsychologischer Schau. In: Die Jugend 1964/8. u. 9. – Busse, H. H.: Das literarische Verständnis der werktätigen Jugend zwischen 14 und 18. In: Zeitschrift für angewandte Psychologie 1923, Beiheft 32 – Busse, H. H.: Die häusliche Lektüre der Volksschulkinder. In: Vierteljahresschrift für wissenschaftliche Pädagogik 1927, S. 433 – Felsche, M.: Freizeitlesestoff von Schülern. Empirische Untersuchung in Haupt- und Realschul-Abschlußklassen. In: Hessische Lehrerzeitung 1969/2. – Kleye, A.: Die Lesegewohnheiten der Kinder und Jugendlichen. Methoden zu ihrer Untersuchung. In: Buch und Bibliothek 1971, S. 105 ff. – Klingberg, G.: Die Kinder- und Jugendliteraturforschung. In: Zeitschrift für Jugendliteratur 1968, S. 334 ff. – Lehmann, B.: Leseinteressen und Lesegewohnheiten 13- bis 15-jähriger Schüler. In: Zeitnahe Schularbeit 1969/4. u. 5. – Maier, K. E.: Elternhaus und Jugendbuch. In: Das gute Jugendbuch 1969/2. – Quast, W.: Die literarischen Neigungen im Kindes- und Jugendalter. In: Zeitschrift für angewandte Psychologie 1923, S. 105 ff. – Ries, G.: Lesegewohnheiten bei Landkindern. In: Buch und Bibliothek 1972/6. – Sauer, K.: Kein Platz für Heidi. Zur Situation der Kinder- und Jugendliteraturforschung. In: Börsenblatt des Deutschen Buchhandels. Frankfurter Ausgabe. 1970/87. – Schmidtchen, G.: Lesekultur in Deutschland. In: Börsenblatt des Deutschen Buchhandels (Beilage). Frankfurter Ausgabe. 1968/70. – Wölfel, U.: Der junge Leser im Blickfeld der Forschung. In: Studien zur Jugendliteratur und literarischen Bildung 1961. Ratingen 1961.

PERSONEN- UND AUTORENVERZEICHNIS

SACHVERZEICHNIS